DÉJÀ DEAD

KATHY REICHS

DÉJÀ DEAD

ÉDITIONS ROBERT LAFFONT

Titre original :
DÉJÀ DEAD

Traduit de l'anglais par Laurence Ink

© Kathy Reichs, 1997.
Traduction française : Éditions Robert Laffont, S.A., Paris, 1998
ISBN 2-266-09014-3

Pour Karl et Marta Reichs,
les deux personnes les plus gentilles
et les plus généreuses
qu'il m'est donné de connaître.
Paldies par jūsu mīlestību, Vecāmamma
un Paps.

Karlis Reichs (1914-1996)

AVERTISSEMENT

Afin d'assurer la vraisemblance de ce récit, j'ai consulté des experts dans bien des domaines. Je voudrais remercier Bernard Chapais pour ses informations sur les réglementations canadiennes concernant la protection et l'utilisation d'animaux de laboratoire ; Sylvain Roy, Jean-Guy Hébert et Michel Hamel pour leur aide en sérologie ; Bernard Pommeville pour son exposé détaillé de l'analyse par microfluorescence ; Robert Dorion pour ses conseils en odontologie judiciaire, pour l'analyse des marques de morsures et le bon usage du français. Quant au dernier, mais non le moindre, je voudrais exprimer ma gratitude à Steven Symes pour son infinie patience à discuter de scies et de leurs effets sur les os.

J'ai une dette de reconnaissance envers John Robinson et Marysue Rucci, sans lesquels *Déjà Dead* aurait pu ne jamais voir le jour. John a porté le manuscrit à l'attention de Marysue qui a su lui trouver quelques mérites. Mes éditrices, Suzanne Kirk, Marysue Rucci et Maria Rejt, ont courageusement parcouru la première version de *Déjà Dead*, et leurs conseils avisés m'ont considérablement aidée à l'améliorer. Mille remerciements à mon agent, Jennifer Rudolf Walsch. Elle est surprenante.

En dernier lieu, et sur un plan plus personnel, je tiens à remercier les membres de ma famille qui ont lu les premières ébauches de mon travail et m'ont apporté de précieux conseils. Leur appui et leur patience envers mes fréquentes absences me vont droit au cœur.

L'éditeur français tient à remercier le docteur Michel Evenot, qui dirige le laboratoire d'Odontologie et d'Anthropologie crano-faciale au sein du département de médecines légales de l'université Paris-Ouest-hôpital Raymond-Poincaré, de Garches, qui a vérifié pour la traduction les informations scientifiques, ainsi que le lieutenant Robert Gravel de la Sûreté du Québec à Baie Comeau.

1

Je ne méditais plus sur le type qui s'était fait sauter la cervelle. J'y avais pensé plus tôt. Pour l'instant, j'en rassemblais les morceaux. Devant moi j'avais deux parties de crâne, et une troisième dépassait d'un récipient en inox rempli de sable, sur laquelle la colle finissait de sécher. Il y avait assez de matière osseuse pour confirmer l'identité... Le coroner allait être content.

Nous étions le jeudi 2 juin 1994, tard dans l'après-midi. Pendant que la colle prenait, j'avais laissé mes pensées dériver. Dix minutes allaient encore s'écouler avant que retentisse le coup qui allait me ramener les pieds sur terre, changer indéniablement le cours de ma vie et modifier ma conception des limites que pouvait atteindre la perversité humaine. Je profitais de ma vue sur le Saint-Laurent, l'unique avantage du réduit d'angle qui me servait de bureau. D'une certaine manière, je me suis toujours sentie rajeunie par le spectacle de l'eau, surtout si le flot en est régulier. Freud aurait eu certainement son mot à dire là-dessus.

Mes pensées vagabondaient autour de mes projets de week-end. Je voulais monter à Québec mais sans rien de bien précis en tête. Visiter les plaines d'Abraham, manger des moules et des crêpes, acheter deux ou trois babioles aux Camelots. Un bol d'air de tourisme. J'étais à Montréal depuis plus d'un an comme anthropologiste judiciaire pour la province, mais je n'étais encore jamais allée dans la capitale. J'avais bien besoin de quelques jours sans squelette, sans corps décomposé ni cadavre sortis tout frais du fleuve.

Les idées me viennent facilement. Mais les mettre en pratique est une autre affaire. Je suis du genre à laisser aller. Ce qui est peut-être une échappatoire, une manière de prendre la tangente face à la plupart de mes résolutions. Obsessionnelle dans mon travail, mais irrésolue dans ma vie privée...

J'ai perçu sa présence avant qu'il ne frappe. Il se déplaçait avec une étonnante légèreté pour un homme de sa corpulence, c'était son odeur de vieille pipe qui le trahissait. Pierre LaManche était directeur du Laboratoire de médecine légale depuis presque vingt ans. La simple visite de courtoisie n'étant pas dans ses habitudes, j'ai pressenti une mauvaise nouvelle. Il a frappé doucement à ma porte.

— Tempérance ?

Cela rimait avec France. Il n'aurait jamais employé mon diminutif. Peut-être que, à son oreille, cela ne se traduisait tout simplement pas. Ou que ce nom d'Arizona lui rappelait de mauvais souvenirs. Il était le seul à ne pas m'appeler Tempe.

— Oui ?

En quelques mois, c'était devenu un automatisme. J'étais arrivée à Montréal en me croyant très à l'aise en français, c'était sans tenir compte du français du Québec. J'apprenais, mais lentement.

— Je viens de recevoir un appel.

Il a jeté un coup d'œil sur une fiche rose de messages téléphoniques. Tout était vertical dans son visage, les plis et les rides s'alignaient le long d'un grand nez droit et des oreilles. Profil basset pure race. Même enfant, il devait avoir l'air vieux, ses traits n'avaient fait que se creuser avec le temps. J'aurais été incapable de deviner son âge.

— Deux employés d'Hydro-Québec[1] viennent de trouver des ossements.

Il a observé mon expression, qui n'avait rien de réjoui. Ses yeux sont revenus sur son papier rose.

— Tout près du site où ont été découvertes les anciennes sépultures, l'été dernier, a-t-il dit dans son impeccable français.

Je ne l'avais jamais entendu utiliser d'abréviation. Ni argot, ni jargon de police.

— Vous y êtes allée. Il s'agit certainement de la même chose. J'aurais besoin que quelqu'un se rende sur place pour confirmer que le cas ne relève pas du coroner.

Il a relevé la tête. Le changement d'angle a encore accentué les faux plis qui absorbaient la lumière d'après-midi aussi sûrement qu'un trou noir avalant de la matière. Il s'est essayé à un sourire désolé et quatre rides se sont tournées plein nord.

— Vous croyez que c'est d'ordre archéologique ?

J'essayais de gagner du temps. Une recherche sur le terrain n'était absolument pas prévue dans mes plans. Je devais encore ramasser le linge à la teinturerie, faire ma lessive, m'arrêter à la pharmacie, préparer mes valises, faire le plein d'huile et expliquer à Winston, le concierge de mon immeuble, comment prendre soin de mon chat.

Il a hoché la tête :

— Bon, O.K.

Mais c'était loin d'être O.K.... Il m'a tendu la fiche.

---

1. Société d'État en hydroélectricité. (N.d.T.)

13

— Avez-vous besoin d'une auto de patrouille ?

Je me suis efforcée de lui adresser un regard mauvais.

— Non, je suis venue en voiture.

J'ai lu l'adresse, c'était à côté de chez moi.

— Je trouverai...

Il est reparti aussi silencieusement qu'il était arrivé. Pierre LaManche avait une prédilection pour les chaussures à semelles de crêpe et les poches vides. Il allait et venait, sans plus d'avertissement sonore qu'un foutu crocodile dans une rivière. Il y en avait dans l'équipe qui trouvaient cela déconcertant.

J'ai mis une combinaison de travail et des bottes en caoutchouc dans un sac de toile, ramassé mon portable et mon porte-documents. Je continuais à me promettre de ne pas remettre les pieds au bureau avant lundi. Mais une petite voix intérieure avait une tout autre opinion.

À Montréal, l'été fait irruption comme un danseur de rumba. Soudain, tout n'est plus que frou-frou et coton de couleurs vives, exhibition de cuisses et de peau luisante de sueur. Fête dionysiaque qui commence en juin et ne s'achève qu'en septembre.

La vie se déplace à l'extérieur. Après l'hiver glacial et interminable, les terrasses de cafés réapparaissent, cyclistes et adeptes de rollers se font concurrence sur les pistes cyclables ; les festivals se succèdent, et les foules transforment les trottoirs en zones de tourbillons.

Quelle différence avec la même saison dans ma Caroline du Nord, où c'est plutôt l'époque des abandons dolents dans des fauteuils de plage, sur les terrasses de chalets à la montagne ou de maisons de banlieue. Sans l'aide du calendrier, les démarcations entre printemps, été et automne y sont insaisissables.

Durant cette première année dans le Nord, cette fougue printanière, plus encore que le mordant de l'hiver, m'avait saisie d'étonnement. Et j'en avais oublié le mal du pays, ressenti durant les mois froids et sombres.

Ces réflexions me passaient par la tête en conduisant sur le pont Jacques-Cartier, puis vers l'ouest sur la rue Viger. Dépassant la brasserie Molson, j'ai longé la tour de Radio-Canada. J'ai eu une pensée émue pour les abeilles industrieuses prisonnières à l'intérieur qui, comme moi, devaient aspirer désespérément à la délivrance. Contemplant le soleil au travers des baies vitrées, rêvant de bateau, de vélo, et de chausser leurs baskets, les yeux fixés sur leur montre, dévorés par la fièvre de juin.

J'ai baissé ma vitre et mis la radio.

« Aujourd'hui, je voâ la vie avé les yeux du cœûûûûr... »

La traduction s'est faite en simultané dans ma tête. Gerry Boulet et sa chanson « Avec les yeux du cœur ». Des yeux noirs intenses, une tignasse de cheveux rebelles. Un homme passionné par sa musique. Mort à quarante-quatre ans.

D'anciennes sépultures. Tout anthropologiste judiciaire connaît ce genre de cas. De vieux ossements déterrés par un chien, des travailleurs du bâtiment, des inondations printanières, des fossoyeurs. Au Québec, le bureau du coroner est le gardien de la mort. Si vous ne mourez pas selon les usages, sous le contrôle d'un médecin, dans un lit, le coroner veut savoir pourquoi. Si votre mort menace d'en entraîner d'autres, le coroner veut en être informé. Le coroner exige une explication sur la mort lorsqu'elle est violente, inattendue ou prématurée. Mais des disparus de longue date ne l'intéressent pas vraiment. Même si leur décès a autrefois réclamé justice ou pu être le signe avant-coureur d'une épidémie, leurs voix se sont tues depuis trop longtemps. Leur ancienneté établie, on restitue les restes aux archéologues. Ce devait être un cas de ce genre. J'ai croisé les doigts.

Zigzaguant entre les voies encombrées du centre-ville, j'ai mis moins de quinze minutes pour arriver à l'adresse que m'avait donnée LaManche. Le Grand Séminaire. Vestige des immenses possessions de l'Église catholique, il occupe encore un vaste terrain en plein cœur de Montréal. Centre-ville. Downtown. La petite citadelle défend son îlot de verdure au milieu d'une mer de tours de ciment, avec ses murs de pierre et ses tours de guet encerclant de sombres demeures grises, des pelouses bien entretenues et des terrains en friche.

Dans les temps glorieux de l'Église, c'étaient par milliers que les familles y envoyaient leurs fils, candidats au sacerdoce. Mais le nombre des volontaires s'est considérablement réduit. Les plus gros édifices ont été loués à des écoles ou à des institutions aux missions plus laïques qui remplacent l'étude des textes sacrés et les discussions théologiques par Internet et la télécopie. La métaphore rend bien compte de la société moderne : nous sommes trop préoccupés de communication humaine pour nous interroger sur un Grand Architecte.

Je me suis arrêtée dans une petite rue pour jeter un œil vers l'est de la rue Sherbrooke et la partie de propriété maintenant occupée par le collège de Montréal. Rien d'anormal en vue. J'ai sorti le bras par la fenêtre et me suis retournée. Au contact chaud et poussiéreux du métal, j'ai eu un mouvement de repli comme un crabe qu'on aurait poussé d'un bâton.

Ils étaient bien là. En un contraste saisissant

avec l'allure médiévale d'une tour de pierre, j'apercevais l'auto de patrouille bleu et blanc, avec « Police. Communauté urbaine de Montréal » marqué sur le flanc. Elle bloquait l'accès ouest du domaine. Un camion gris d'Hydro-Québec était garé juste devant, avec les échelles et l'équipement qui surplombaient le toit comme des antennes de station spatiale. Juste à côté, un policier en uniforme parlait avec deux types en combinaison de travail.

J'ai tourné sur la gauche, soulagée de ne pas avoir vu de journalistes. Avec la division montréalaise des médias entre anglophones et francophones, les rencontres avec la presse sont une double épreuve. L'amabilité n'est déjà pas mon fort lorsqu'on m'agresse dans une langue, mais attaquée sur deux fronts, je deviens carrément hargneuse.

LaManche avait raison. J'étais bien venue dans le coin l'été dernier. Des ossements déterrés lors de la réparation d'une conduite d'eau. Affaire d'Église. Vieux cimetière, vieux cercueils. On avait appelé l'archéologue et classé le dossier. Il y avait de bonnes chances pour que tout se déroule de la même manière.

Les trois hommes se sont arrêtés de parler en me voyant me garer en avant du camion. Quand je suis sortie de la voiture, l'agent de police a paru réfléchir à la question, puis s'est dirigé vers moi. Il n'avait pas franchement le sourire. Il devait avoir dépassé son temps de travail, et d'être encore là ne le réjouissait pas. À vrai dire, moi non plus...

— Il faut dégager, madame. Vous ne pouvez pas rester ici.

Il a eu un geste de la main pour m'indiquer la direction que j'étais supposée prendre. Comme pour écarter une mouche de ses frites.

— Je suis le docteur Brennan, ai-je répliqué

en claquant la portière. Laboratoire de médecine légale.

— C'est le coroner qui vous envoie ?

En comparaison, un interrogatoire du KGB aurait eu l'air d'une discussion entre amis.

— Oui. Je suis l'anthropologiste judiciaire — lentement, comme un professeur s'adressant à des petites classes. Je m'occupe des exhumations et des squelettes. Je crois avoir compris que je suis doublement qualifiée pour être ici.

Je lui ai tendu ma carte d'identité. Au-dessus de la poche de sa chemise, une petite plaque de bronze le présentait comme Const. Groulx.

Il a regardé la photo, puis moi. Mon apparence ne jouait pas en ma faveur. Pour travailler sur la reconstitution du crâne, je m'étais habillée en prévision de l'utilisation de colle. Des vieux jeans brun délavé, une chemise en denim dont j'avais roulé les manches, des mocassins, sans chaussettes. Le plus gros de mes cheveux était attaché par une barrette au sommet de ma tête. Le reste avait suivi la loi de la pesanteur et tire-bouchonnait mollement autour de mon visage et le long de mon cou. J'étais mouchetée de projections de colle. Je devais plutôt ressembler à une mère de famille dans la quarantaine, dérangée dans la pose de son papier peint, qu'à une anthropologiste judiciaire.

Il a examiné ma carte pendant un bon moment, puis me l'a rendue, sans commentaire. À l'évidence, je n'étais pas ce qu'il attendait.

— Vous avez vu les dépouilles ? ai-je demandé.

— Non. Je suis chargé d'assurer la sécurité du site.

Nouvelle version du balayage de main, cette fois pour désigner les deux hommes qui ne parlaient plus et nous observaient.

— C'est eux qui les ont trouvés. On m'a appelé. Ils vont vous mener.

À se demander si l'agent Groulx était capable d'une phrase grammaticale complexe. D'un nouveau geste, il m'a encore désigné les deux ouvriers.

— Je surveille votre voiture.

J'ai voulu répondre, mais il avait déjà tourné le dos. Les employés d'Hydro-Québec m'ont regardée approcher en silence. Les deux portaient des Ray-ban, sur lesquelles jouaient les rayons orangés d'un soleil de fin d'après-midi, et arboraient des moustaches qui leur retombaient en un même U inversé autour de la bouche.

Le premier était le plus vieux. Un homme mince et sombre, avec une tête de taupe. Ses yeux allaient et venaient nerveusement, passant d'un objet ou d'une personne à l'autre, comme une abeille butinant fiévreusement un massif de pivoines. Il les a posés sur moi, puis s'est détourné, comme si le contact avec d'autres yeux risquait de l'entraîner à commettre des actes qu'il lui faudrait regretter plus tard. Il se balançait d'un pied sur l'autre, courbait et redressait les épaules.

Son collègue était beaucoup plus grand, avec une queue-de-cheval longue et maigre, et un visage ravagé. Il a souri lorsque je me suis approchée, ce qui a exhibé des gencives pratiquement édentées. Il avait l'air le plus loquace des deux.

— Bonjour. Comment ça va ?

Histoire de les aborder en version française...

— Bien. Bien. — D'un même hochement de tête.

M'étant présentée, je leur ai demandé si c'était eux qui avaient trouvé les ossements. Nouvel acquiescement en duo.

— Racontez-moi ça...

Tout en parlant, j'ai sorti mon calepin de mon sac à dos. Prête à noter. Je leur ai envoyé un sourire encourageant.

Queue-de-cheval s'est exprimé avec précipitation, ses mots se bousculant comme des enfants à la récréation. Visiblement, il prenait plaisir à l'aventure. Il mangeait ses mots et avalait la fin de ses phrases à la manière des Québécois du Nord. Il me fallait être très attentive.

— On était en train de débroussailler. Ça fait partie de notre job. Il m'a indiqué du doigt les lignes électriques au-dessus de nous, puis le sol qu'il a balayé d'un geste. On doit garder les lignes dégagées... Quand je suis arrivé dans le fossé là-bas..., il s'est tourné pour me montrer du doigt un espace boisé qui courait tout le long du domaine, j'ai senti quelque chose de drôle.

Il s'est arrêté, les yeux fixés en direction des arbres, le bras tendu, l'index pointé vers le lointain.

— De drôle ?

Il s'est retourné vers moi :

— Enfin, pas exactement drôle.

Il s'est tu, se mangeant la lèvre inférieure comme s'il cherchait le mot juste dans son vocabulaire personnel.

— La mort, a-t-il dit. Vous voyez ce que je veux dire, la mort...

J'attendais la suite.

— Vous voyez, comme un animal qui va se cacher quelque part et qui crève.

Il a eu un petit haussement d'épaules en disant cela, puis m'a regardée pour avoir mon approbation. Je voyais parfaitement. J'étais à la première place en ce qui concernait l'odeur de la mort.

— C'est ça que j'ai pensé. Que ça devait être un chien, ou peut-être un raton laveur, qui était mort. Si bien que j'ai commencé à jouer avec mon râteau autour des buissons, exactement où ça sentait vraiment le plus. Comme de fait, j'ai trouvé un paquet d'os.

Nouveau haussement d'épaules.

— Euh, hum !

20

Je commençais à ne pas aimer cette histoire. Les vieilles tombes ne « sentent » pas...

— Si bien que j'ai appelé Gil... Il a regardé le plus vieux. Gil avait les yeux rivés au sol. ...et on s'y est mis à deux pour déblayer les feuilles et toute la cochonnerie. Ce qu'on a trouvé, j'ai pas l'impression que c'est un chien ou un raton laveur...

En disant cela, il s'est croisé les bras, a baissé le menton et s'est basculé sur les talons.

— Et pourquoi ?

— Trop grand.

De sa langue repliée, il explorait un des trous qu'il avait entre les dents. Le bout apparaissait et disparaissait, comme un ver de terre cherchant la lumière du jour.

— Autre chose ?

— Vous voulez dire quoi ?

Disparition du ver.

— Avez-vous trouvé autre chose à côté des os ?

— Ouais. C'est ce qui semblait pas correct.

Il a étendu les bras, en indiquant une dimension avec ses mains.

— Il y avait un grand sac plastique autour du truc, et...

Il a eu un haussement d'épaules, a tourné ses paumes vers le ciel, sans continuer sa phrase.

— Et ?

Ma sensation de malaise grimpait en flèche.

— Un siphon.

Il a dit cela vite, à la fois gêné et excité. Je sentais Gil réagir en même temps que moi, son inquiétude collée à la mienne. Ses yeux avaient quitté le sol et virevoltaient tout autour au pas gymnastique.

— Un quoi ?

J'avais dû mal comprendre le mot qu'il avait employé.

— Un siphon. Une ventouse, les machins pour déboucher les toilettes.

21

Il en a mimé l'utilisation, le corps projeté en avant, les mains serrées autour d'un manche imaginaire, les bras qui décrivaient un mouvement de va-et-vient. La mimique macabre avait quelque chose de franchement déplacé, vu le contexte.

Gil a lâché un : « Sacré... », et de nouveau fixé les yeux au sol. Je l'ai regardé. Cela ne collait vraiment pas. J'ai fermé mon calepin.

— C'est humide là-bas ?

Cela ne me tentait pas de mettre mes bottes et ma combinaison, à moins d'une absolue nécessité.

— Nan, a-t-il dit, en jetant un coup d'œil à Gil. Qui a secoué la tête, sans lâcher des yeux la boue à ses pieds.

— Bon. Alors, allons-y.

J'espérais avoir l'air plus calme que je ne l'étais en réalité.

Queue-de-cheval nous a ouvert le chemin au travers des pelouses et jusqu'au bois. Nous sommes descendus progressivement dans un petit ravin. Plus nous arrivions dans le creux, plus les arbres et les buissons devenaient épais. Cela sentait la terre humide, l'herbe et les feuilles pourrissantes. La lumière du soleil pénétrait inégalement au travers du feuillage et parsemait le sol de taches, comme des pièces de puzzle. Des insectes volaient en nuages autour de mon visage, me vrombissaient dans les oreilles, des plantes rampantes s'accrochaient à mes chevilles.

Au fond du ravin, l'ouvrier s'est arrêté pour se repérer, puis a pris sur la droite. Je l'ai suivi, tout en écrasant des moustiques du plat de la main, en écartant les branches et en essayant de voir quelque chose au travers de ces nuées de mouches dont les francs-tireurs me fonçaient droit dans l'œil. J'avais les lèvres ourlées de sueur, les cheveux trempés, et les mèches rebelles se plaquaient sur mon front, mon cou. Je m'étais vraiment inquiétée de ma tenue et de ma coiffure pour rien.

À quinze mètres environ du cadavre, je n'avais plus besoin de guide. Mêlé aux senteurs grasses du bois réchauffé, le relent de la décomposition était faible mais incontestable. Progressivement, la puanteur sucrée et fétide prenait de l'ampleur, s'élevait comme la stridulation d'un grillon, jusqu'à se détacher et surpasser tout le reste. Les effluves de mousse, d'humus, de pin et de grand air reculaient devant la fureur olfactive de la chair pourrissante.

Gil s'est arrêté à une distance prudente. L'odeur lui suffisait. Il n'avait pas besoin d'une seconde visite. À peu près trois mètres plus loin, son jeune collègue a fait halte, s'est retourné et, sans un mot, a indiqué du doigt un petit tas partiellement couvert de feuilles et de débris. Les mouches tournaient autour, comme des étudiants autour d'un buffet gratuit.

À ce spectacle, mon estomac s'est noué et ma voix intérieure y est allée de sa litanie : « Je te l'avais bien dit. » De plus en plus tendue, j'ai posé mon sac au pied d'un arbre, en ai sorti ma paire de gants chirurgicaux et me suis faufilée au travers du feuillage. En approchant du monticule, j'ai bien vu où les hommes avaient débroussaillé. Ce que j'ai aperçu a confirmé mes craintes.

Dépassant des feuilles et de la terre, il y avait une rangée de côtes, dressées vers le ciel comme l'ébauche d'une carcasse de bateau. Lorsque je me suis penchée, les mouches se sont mises à bourdonner avec plus d'intensité, leurs corps bleu-vert prenant dans le soleil des couleurs irisées. Après avoir déblayé un peu, j'ai pu voir que les côtes étaient fixées à un morceau de colonne vertébrale.

J'ai pris une grande inspiration, tiré sur mes gants et me suis attaquée au tas de feuilles mortes et d'aiguilles de pin. Lorsque j'ai tourné l'épine dorsale en plein soleil, un nœud d'insectes surpris s'est éparpillé dans tous les sens, se désentortillant et abandonnant l'un après l'autre les arêtes des vertèbres.

Lentement, j'ai dégagé une zone d'à peu près un mètre carré. En moins de dix minutes, je voyais parfaitement ce que Gil et son collègue avaient découvert. J'ai écarté les cheveux de mon visage, d'une main gantée de latex, et me suis accroupie pour observer le tableau.

C'était un buste, partiellement réduit à l'état de squelette, avec la cage thoracique, l'épine dorsale et le bassin encore attachés par des muscles desséchés et des ligaments. Alors que les tissus conjonctifs sont têtus, refusant d'abandonner leur prise sur les articulations pendant des mois et des années, le cerveau et les organes internes sont moins tenaces. Avec l'aide des bactéries et des insectes, ils se décomposent rapidement, parfois en quelques semaines.

Des résidus de tissus bruns et desséchés moulaient encore la partie thoracique et abdominale des os. Accroupie là, avec les mouches qui vrombissaient et le soleil qui dessinait des taches de lumière tout autour, je savais deux choses avec certitude. C'était un tronc humain, et il n'était pas là depuis très longtemps.

Je savais aussi qu'il n'était pas arrivé là par hasard. La victime avait été assassinée et jetée là. Les restes étaient contenus dans un sac-poubelle, maintenant déchiré, mais qui avait certainement servi à transporter le buste. Il manquait la tête et les membres, et je ne voyais aucun effet personnel ou objet avec le corps. Sauf un.

Les os du bassin encadraient une ventouse de salle de bains, avec le long manche en bois qui pointait vers le haut comme un cure-dents, et la cloche de caoutchouc rouge enfoncée dans l'ouverture du bassin. Vu la façon dont elle avait été placée, aussi macabre que puisse en être l'idée, cela ne pouvait être que délibéré.

Je me suis levée, mes genoux protestant contre ce changement de position, et j'ai jeté un coup d'œil sur les alentours. D'expérience, je savais que des animaux fouisseurs peuvent traîner des tronçons de corps sur des distances impressionnantes. Les chiens ont tendance à les enfouir dans des zones de buissons bas, et les animaux qui creusent des terriers vont enterrer des petits os et des dents. Je me suis frotté les mains l'une contre l'autre, cherchant des yeux ce qui pouvait ressembler à une route.

Les mouches bourdonnaient, un klaxon a retenti à des millions de kilomètres sur Sherbrooke. Me passaient par la tête des souvenirs d'autres bois, d'autres tombes, d'autres ossements, comme des images discontinues de vieux films. Je me tenais absolument immobile, l'esprit en alerte. Enfin, j'ai senti, bien plus que je n'ai vu, une irrégularité dans le paysage. Comme un rayon de soleil qui frappait un miroir. Cela avait disparu avant que mes neurones aient pu en fixer l'image. Un frémissement presque imperceptible m'a fait tourner la tête. Rien. Je ne faisais aucun mouvement, sans être vraiment certaine d'avoir vu quelque chose. J'ai chassé les insectes de devant mes yeux.

Merde. J'ai poursuivi mon observation. Une petite brise a soulevé les mèches libres autour de mon visage et a agité les feuilles. Là, à nouveau, je l'ai senti. L'impression qu'un rayon de soleil miroitait sur quelque chose. Je me suis avancée de quelques pas, toutes mes cellules attentives au jeu d'ombres et de lumières. Rien. Bien sûr que non, espèce d'idiote ! Il ne peut rien y avoir de ce côté, il n'y a pas de mouches.

Et là, mon regard s'est posé en plein dessus. Le souffle du vent tremblait sur une surface scintillante, en provoquant comme une ride éphémère dans la lumière de l'après-midi. Presque rien, mais assez pour accrocher mon regard. J'ai retenu ma respiration et me suis approchée. Ce que j'ai vu ne m'a pas étonnée. « Nous y voilà », ai-je pensé.

Entre le creux des racines d'un peuplier blanc pointait le coin d'un autre sac. Des boutons d'or s'éparpillaient tout autour, lançant leurs pauvres vrilles à l'assaut des herbes folles. L'image de ces fleurs d'un jaune éclatant semblait sortie directement d'un livre de Beatrix Potter, leur fraîcheur contrastant brutalement avec ce que je devinais du contenu du sac.

Le pied de l'arbre était jonché de brindilles et de feuilles. Prenant appui d'une main, j'ai dégagé assez de plastique pour avoir une bonne prise, et j'ai tiré doucement. Cela n'a pas cédé d'un pouce. J'ai enroulé le plastique autour de ma main et tiré plus fort. Le sac a bougé. Ce qu'il y avait dedans n'était pas léger. Les insectes bourdonnaient autour de ma tête. La sueur dégoulinait le long de mon dos. Mon cœur tambourinait comme la batterie d'un orchestre d'heavy metal.

Encore une autre secousse et le sac est venu à moi. Je l'ai traîné assez loin pour regarder ce qu'il y avait dedans. Ou peut-être surtout pour l'éloigner des fleurs de Mme Potter.

J'avais peu de doutes sur ce qu'il renfermait. Lorsque j'ai dénoué le haut, l'odeur de putréfaction était suffocante. J'en ai déplié les bords et j'y ai plongé les yeux.

En face de moi j'avais un visage humain. Comme il avait été préservé des insectes, qui hâtent la décomposition, la chair n'en était pas encore totalement désagrégée. Mais la chaleur et la moisissure avaient modifié les traits en un masque mortuaire n'ayant plus grand-chose à voir avec ce que la personne avait dû être. Deux yeux ratatinés et rétrécis lorgnaient sous des paupières à moitié fermées. Le nez était de travers, avec les narines comprimées et aplaties contre des joues creuses. Les lèvres étaient retroussées, en une sorte de rictus pour l'éternité, sur une rangée impeccable de dents. La chair était d'un blanc crayeux et collait aux os en une enveloppe blême et flasque. Une masse de cheveux roux et sans éclat encadrait le tout, des tire-bouchons de mèches ternes adhérant à la tête dans un limon de matière cérébrale liquéfiée.

J'ai refermé le sac. Secouée. Me souvenant des ouvriers d'Hydro-Québec, j'ai jeté un coup d'œil vers l'endroit où je les avais laissés. Le plus jeune ne me lâchait pas des yeux. Son camarade se tenait derrière à une certaine distance, épaules voûtées, mains enfouies dans les poches de sa combinaison de travail.

En retirant mes gants, je suis passée devant eux, retraversant le bois en direction de la voiture de police. Ils n'ont rien dit, mais je les entendais me suivre, racler des pieds et faire du bruit dans mon sillage.

L'agent Groulx était appuyé contre le capot. Il m'a regardée approcher, sans changer de position. J'avais déjà travaillé avec des individus plus sympathiques.

— Je peux utiliser votre radio ?

Moi aussi, je pouvais être cool.

Il a repoussé le capot des deux mains pour se redresser et a fait le tour de la voiture. Il s'est penché par la fenêtre ouverte, du côté conducteur, pour décrocher le micro et m'a interrogée du regard.

— Homicide...

Il a eu l'air surpris, s'est repris et a procédé à l'appel. « Section des Homicides », a-t-il demandé au *dispatcher*. Au bout du délai habituel d'attente, dans les grésillements, nous est parvenue la voix d'un enquêteur.

— Claudel.

Son ton était agacé.

L'agent Groulx m'a tendu le micro. M'étant présentée, j'ai indiqué ma localisation géographique.

— J'ai un cas d'homicide ici. Probablement un cadavre dont on s'est débarrassé. Probablement de sexe féminin. Probablement décapité. Je pense que vous auriez intérêt à venir faire un constat rapidement.

Il y a eu un long silence à l'autre bout. Ce n'étaient de bonnes nouvelles pour personne.

— Pardon ?

J'ai répété ce que je venais de dire, en demandant à Claudel de passer le message à Pierre LaManche quand il appellerait la morgue. Il n'y aurait rien pour les archéologues cette fois-ci.

J'ai rendu le micro à Groulx, qui m'écoutait de ses deux oreilles. Je lui ai rappelé de prendre la déposition complète des ouvriers. Il avait tout à fait la tête d'un type qui vient de s'en prendre pour dix ou douze ans. Il n'était pas près de partir d'ici. J'avais du mal à compatir. Pour ma part, je pouvais oublier d'aller dormir à Québec.

À vrai dire, me suis-je dit en parcourant en voiture les deux ou trois pâtés de maisons qui me séparaient de mon immeuble, il y avait de grandes chances pour que personne ne dorme beaucoup avant quelque temps. Vu la manière dont la situation allait évoluer, je ne m'étais pas trompée. Ce que je ne pouvais pas deviner, c'était toute l'étendue de l'horreur que nous allions affronter.

2

Le lendemain s'annonçait aussi chaud et enso-leillé que la journée précédente. Ce qui en soi aurait dû me mettre en très grande forme. Ma cote d'humeur fluctuant d'après le baromètre. Mais ce jour-là, la température ne pouvait pas jouer un grand rôle. À 9 heures, j'étais déjà dans la salle d'autopsie 4, le plus petit local du Laboratoire de médecine légale et le mieux équipé en ventilation additionnelle. J'y travaille souvent, du fait que la plupart de mes cas sont loin d'être bien conservés. Mais ce n'est jamais totalement efficace. Il n'y a rien qui puisse l'être. Les ventilateurs et les désin-fectants ne peuvent jamais prendre complètement le dessus sur la senteur d'une mort avancée. Les reflets aseptisés de l'inox ne vont jamais effacer les images de la barbarie humaine.

Les restes retrouvés au Grand Séminaire rele-vaient incontestablement de la salle 4. Après un dîner rapide la veille, j'étais retournée sur le terrain et nous avions ratissé le site. Les ossements étaient à la morgue à 21 h 30. Pour l'instant, ils étaient disposés dans un sac de transport, sur un brancard roulant. Le cas nº 26 704 avait été pré-senté en réunion le matin et, suivant les procé-dures habituelles, avait été affecté à l'un des cinq médecins légistes. Comme le corps était partiel-lement à l'état de squelette et que ce qui pouvait rester de tissus était bien trop décomposé pour permettre une autopsie classique, mes com-pétences étaient requises.

L'un des techniciens d'autopsie s'étant fait porter pâle le matin même, nous nous trouvions à court de personnel. Cela tombait mal. La nuit avait été chargée : un suicide d'adolescent, un couple de personnes âgées trouvées mortes à leur domicile et un accidenté de la route, carbonisé dans sa voiture avant d'être identifié. Quatre autopsies. J'avais proposé de travailler seule.

Je m'étais équipée : habits chirurgicaux verts, lunettes protectrices en plastique, gants en latex. Très chic... J'avais déjà nettoyé et photographié la tête. Cela passerait à la radiographie le matin même, avant d'être bouilli pour éliminer les chairs putréfiées et les matières cérébrales. Ce qui me permettrait ensuite l'étude détaillée de la structure crânienne.

J'avais examiné les cheveux avec soin, à la recherche de restes de fibres ou de n'importe quoi qui puisse servir de preuve. En séparant les boucles moisies, je ne pouvais pas m'empêcher d'imaginer la dernière fois où la victime les avait peignées, ce qu'elle avait pu ressentir. Du contentement, de la frustration, de l'indifférence... Une journée de beaux cheveux. De cheveux déprimants. De cheveux morts.

J'ai écarté ce genre de réflexions, l'échantillon serait adressé aux biologistes pour qu'il soit analysé au microscope. La ventouse et les sacs-poubelles avaient également été envoyés au Laboratoire de science judiciaire, où on allait tenter d'y relever des empreintes, des traces de fluides corporels ou tout autre minuscule élément qui puisse apporter une information sur l'agresseur ou la victime.

Les trois heures passées à quatre pattes la nuit précédente à palper la boue, à passer l'herbe et les feuilles au peigne fin, à retourner des pierres et des bouts de bois n'avaient rien donné de plus. Nous avions cherché jusqu'à ce qu'il fasse totalement nuit, mais nous étions revenus bredouilles. Pas d'effets personnels. Aucun bijou. L'équipe de l'Identité judiciaire devait y retourner pour passer le site au crible, mais j'avais peu d'espoir. Je n'aurais rien pour étayer mes conclusions : pas d'étiquettes de fabriquant ou de marque, ni fermeture Éclair ni boucles, pas de bijoux, pas d'arme ni de liens, pas un accroc, pas une déchirure dans les vêtements. Le corps avait été jeté, nu et mutilé, dépouillé de tout ce qui pouvait le rattacher à une vie particulière.

Je suis revenue au sac de la morgue et à son macabre contenu, prête à démarrer mon examen préliminaire. Les membres et le torse seraient nettoyés plus tard, et je pourrais alors effectuer une analyse complète des os. Nous avions récupéré presque tout le squelette. Le tueur nous avait facilité la tâche. Comme pour la tête et le buste, il, ou elle, avait placé les bras et les jambes dans plusieurs sacs plastique. Quatre en tout. Triés et empaquetés méticuleusement comme les ordures ménagères de la semaine. Je me suis forcée à me concentrer. J'ai sorti les segments, qui avaient été séparés de leurs membres, pour les placer dans l'ordre anatomique sur la table d'autopsie en inox. D'abord le buste, que j'ai disposé au centre, cage thoracique vers le haut. Cela tenait encore assez bien ensemble. Contrairement au sac de la tête, celui qui renfermait les morceaux de corps n'était pas resté fermé aussi hermétiquement. Le buste était le plus abîmé, seules des bandes tannées de muscles desséchés et des ligaments reliaient encore les os. La dernière vertèbre cervicale manquait. J'espérais la trouver attachée à la tête. À part des traces, il ne restait plus rien des organes internes depuis longtemps.

J'ai ensuite placé les bras sur les côtés et les jambes en dessous. Les membres n'ayant pas été exposés au soleil, ils étaient moins desséchés que la poitrine ou l'abdomen. Y adhéraient encore de grands lambeaux de tissus mous, putréfiés. J'essayais de ne pas prêter attention à l'espèce de vague grouillante qui se retirait lentement de la surface des membres dès que je les sortais du sac.

Les asticots abandonnent un cadavre quand il est exposé à la lumière. Ils dégoulinaient du corps sur la table, puis de la table au plancher, en un filet maigre mais continu. Grains de riz d'un jaune pâle, qui se tortillaient à mes pieds et sur lesquels j'évitais de marcher. Impossible de m'y habituer...

J'ai commencé à remplir la fiche de renseignements. Nom : Inconnu. Date de l'autopsie : 3-06-1994. Enquêteurs : Luc Claudel, Michel Charbonneau. Section Homicides, Communauté urbaine de Montréal (Cum). En français et en anglais.

J'ai ajouté le numéro du rapport de police, le numéro pour la morgue et le numéro pour le labo de médecine légale. Et comme d'habitude, j'ai ressenti une bouffée de colère devant l'indifférence et l'arrogance du système. Une mort violente n'autorise aucune forme de vie privée. Elle saccage une dignité aussi sûrement qu'elle a ôté la vie. Le corps est manipulé, examiné et photographié sous toutes les coutures, défini à chaque étape par une nouvelle série de chiffres. La victime devient un élément de preuve, une pièce à conviction, à la disposition de la police, des médecins légistes, des experts en police scientifique, des avocats et, finalement, des jurés. On lui affecte un numéro, on le photographie, on prend des échantillons, on lui accroche une étiquette aux orteils. J'ai beau participer au processus, je ne peux pas accepter ce côté impersonnel. Pour moi, cela relève du pillage au niveau le plus intime. J'allais au moins donner un nom à la victime. Mourir dans l'anonymat ne serait pas l'ultime viol qui lui serait infligé.

J'ai sélectionné un des formulaires de mon bloc. J'allais changer ma routine et remettre l'analyse détaillée du squelette à plus tard. Dans l'immédiat, les enquêteurs ne voulaient que les critères d'identification : sexe, âge et catégorie raciale.

Pour la race, c'était assez simple. Les cheveux

étaient roux, ce qui restait de peau semblait clair. Il est vrai que la décomposition peut avoir d'étranges effets. J'aurais à vérifier les détails du squelette une fois qu'il serait nettoyé. Mais, pour l'instant, la race blanche me semblait une supposition sans risque.

J'avais déjà l'intuition que la victime était de sexe féminin. La structure du visage était délicate et l'ensemble du corps de construction frêle. Les cheveux longs ne voulaient rien dire.

Mon attention s'est portée sur la section du bassin. En la tournant sur le côté, j'ai pu voir que l'échancrure en bas de la crête iliaque était évasée et peu profonde. Je l'ai tournée de nouveau vers moi, pour bien observer les os du pubis, la partie centrale où les branches droite et gauche se rejoignent. L'arc dessiné par leurs deux bords inférieurs formait un angle obtus, les deux minces crêtes osseuses qui se croisaient en avant des os iliaques délimitaient bien distinctement deux triangles, en bas de la structure du bassin. Sans aucun doute, c'était une conformation féminine. Par la suite, je prendrais des mesures et procéderais à l'analyse statistique par ordinateur, mais j'étais sûre de moi.

J'étais en train d'enrouler la section iliaque dans un linge humide, lorsque la sonnerie du téléphone m'a fait sursauter. Je ne m'étais pas rendu compte à quel point tout était calme. Ou à quel point j'étais sous tension. J'ai zigzagué jusqu'au bureau entre les asticots, comme une gamine jouant à la marelle.

— Docteur Brennan.

Repoussant mes lunettes sur le dessus de ma tête, je me suis laissée tomber dans le fauteuil. Du bout du stylo, j'ai catapulté un asticot en bas du bureau.

— Claudel, a répondu une voix.

L'un des deux enquêteurs de la Cum chargés du dossier. J'ai levé les yeux vers l'horloge du couloir :

déjà 10 heures et demie ! Il s'est arrêté là. Apparemment, son nom devait lui sembler un message suffisamment clair.

— Je travaillais justement dessus. Un bruit métallique me grinçait à l'oreille. Elle...

— Elle ? a-t-il coupé.

— Effectivement.

Sous mes yeux, un autre asticot s'est contracté en arc de cercle, a opéré un tête-à-queue avant de répéter la manœuvre dans l'autre sens... Impressionnant !

— Blanche ?

— Oui.

— Âge ?

— Je serai en mesure de vous indiquer une estimation dans moins d'une heure.

À coup sûr, il a regardé sa montre.

— O.K. Je serai là en début d'après-midi.

Clic. Ce n'était pas une demande. Mais une affirmation. Visiblement, cela ne lui faisait ni chaud ni froid que cela me convienne ou non.

J'ai raccroché et suis retournée à ma petite dame. C'était une adulte. J'avais déjà vérifié la bouche, les dents de sagesse étaient entièrement sorties.

À l'examen des bras, là où ils avaient été détachés du corps, la tête de chaque humérus était pleinement formée. Pas de ligne de démarcation délimitant une calotte osseuse, ni sur l'un ni sur l'autre. Pour les jambes, celles des fémurs étaient aussi complètement formées à droite comme à gauche.

Quelque chose dans le sectionnement des articulations me dérangeait. C'était au-delà d'une réaction normale devant un acte de dépravation. Mais c'était vague, nébuleux. En reposant la jambe gauche sur la table, j'ai senti un étau de glace me serrer le ventre. Le même brouillard d'effroi que la veille dans le bois. Je me suis forcée à émerger. Âge. Évaluer l'âge. Une bonne estimation peut conduire à un nom. Ne t'occupe pas du reste tant qu'elle n'aura pas de nom.

À l'aide du scalpel, j'ai commencé à détacher la chair autour des articulations des genoux et des coudes, facilement. Là aussi, les os avaient atteint leur pleine maturité. Il me faudrait vérifier à la radio, mais, pour moi, la croissance osseuse était bel et bien terminée. Je ne voyais pas de becs de perroquet ni de déformations arthritiques. Adulte mais jeune. C'était cohérent avec l'absence d'usure observée sur les dents.

Je voulais être plus précise. Claudel ne me laisserait pas le choix. Je me suis penchée sur chaque clavicule, là où elles rejoignent le sternum à la base de la gorge. L'une était détachée, mais la partie de l'articulation était prise dans un nœud serré de cartilage desséché et de ligaments. Avec des ciseaux, j'ai détaché le plus de tissu coriace que je pouvais, puis j'ai enveloppé l'os dans un autre linge humide. Revenue au bassin, je l'ai retiré du linge et, de nouveau à l'aide du scalpel, j'ai commencé à sectionner, avec beaucoup de précaution, le cartilage joignant les deux morceaux en avant. De l'avoir humidifié le rendait plus flexible et facile à couper, mais l'opération n'en était pas moins fastidieuse. Je ne voulais pas prendre le risque d'abîmer les surfaces osseuses en dessous. Quand les os ont enfin été séparés, j'ai tranché les quelques bandes de ligaments qui rattachaient le bassin à la base de l'épine dorsale. Une fois détaché, je l'ai porté jusqu'à l'évier et l'ai plongé dans l'eau.

Là-dessus, j'ai repris la cage thoracique. Là encore, j'ai raclé le plus de tissus possible. Puis j'ai plongé l'extrémité de la clavicule dans un bac en plastique rempli d'eau.

Un coup d'œil à la pendule : midi vingt-cinq. En m'écartant de la table, je me suis redressée. Lentement. J'avais l'impression que toute une division de football avait pris mon dos pour terrain d'entraînement. Quelques mouvements d'étirement et de rotation n'enlevèrent pas vraiment la douleur mais, au moins, ne l'aggravèrent pas. Ces derniers temps, j'avais fréquemment mal au dos, et rester trois heures penchée au-dessus d'une table d'autopsie n'arrangeait rien. Ce n'était certainement pas un effet de l'âge. Pas plus que mon besoin récent de lunettes pour lire. Ni mon gain de poids, apparemment bien installé, de trois kilos. Vieillir ne pouvait pas avoir d'effet.

En me retournant, j'ai aperçu Daniel, l'un des techniciens d'autopsie, qui m'observait depuis le bureau voisin. Un tic lui tirait la lèvre supérieure et une crispation spasmodique lui faisait cligner des yeux. Il balançait tout son poids sur une jambe, repliant l'autre, comme un bécasseau attendant la vague.

— Quand voudriez-vous que je fasse les radios ? a-t-il demandé.

Ses lunettes lui descendaient sur le bout du nez et il avait plutôt l'air de regarder au-dessus qu'au travers.

— Je devrais avoir terminé pour 3 heures.

J'ai expédié mes gants dans la poubelle des déchets biologiques. En fait, j'avais une faim de loup. Mon café du matin était encore intact sur le comptoir, froid. Je l'avais complètement oublié.

— O.K.

Un petit saut arrière ; il a pivoté sur lui-même et a disparu dans le hall.

Je me suis penchée pour prendre une feuille de papier blanc dans un tiroir et en couvrir le corps. Après m'être lavé les mains, j'ai rejoint mon bureau au cinquième et me suis changée pour aller déjeuner dehors. Cela ne m'arrivait pas souvent, mais aujourd'hui j'avais besoin de soleil.

Claudel était fidèle à sa parole. À mon retour, à 1 heure et demie, il était déjà installé. Face à mon bureau, les yeux fixés sur le crâne reconstitué qui trônait sur ma table de travail. En m'entendant arriver, il a tourné la tête mais n'a pas dit un mot.

— Bonjour, monsieur Claudel. Comment ça va ?

Je lui ai souri par-dessus le bureau.

— Bonjour.

Apparemment, savoir comment je me portais lui importait peu. Bien. J'ai attendu. Je ne succomberais pas à son charme.

Il avait un dossier devant lui. Sa main s'est posée dessus et il m'a regardée. Son visage me rappelait une tête de perroquet. Il pointait en angle aigu depuis les oreilles jusqu'à une ligne médiane qui s'incurvait brusquement au niveau du nez, comme un bec. Le long de cette ligne de crêtes s'inscrivait une série de V, le menton, la bouche et la pointe du nez. Quand il souriait, ce qui était rare, le V de la bouche s'accentuait et les lèvres s'étiraient vers l'arrière plutôt que vers les côtés.

Soupir. Il s'était montré très patient à mon égard. Je n'avais encore jamais travaillé avec lui mais connaissais sa réputation. Il était convaincu de son exceptionnelle intelligence.

— J'ai plusieurs noms, a-t-il dit. Toutes disparues depuis moins de six mois.

Nous avions déjà discuté de la question du temps écoulé depuis le décès. Ce que j'avais vu ce matin confirmait mes impressions. Elle était morte il y avait moins de trois mois, soit en mars au plus tard. Au Québec, les hivers sont rigoureux pour les vivants mais indulgents pour les morts. Un cadavre gelé ne pourrit pas. Si on l'avait balancée avant le début de l'hiver, il y aurait des traces d'une invasion avortée : des pupes, des larves d'insectes... Le printemps avait été doux. La prolifération d'asticots, le niveau de décomposition, ainsi que la présence de tissus conjonctifs et la quasi-absence de viscères et de matières cérébrales, tout indiquait une mort à la fin de l'hiver.

Je me suis appuyée contre le dossier du fauteuil, attendant la suite. Il ne serait pas le seul sur la défensive. Il a feuilleté son dossier. Je ne disais toujours rien.

Il a sélectionné une fiche :

— Myriam Weider... Il parcourait l'information des yeux. Disparue le 4 avril 1994... De sexe féminin. De race blanche... Date de naissance : 6 septembre 1948.

Nous avons tous les deux calculé de tête. Quarante-cinq ans.

— Possible.

Je lui ai fait signe de continuer.

Il a déposé la fiche sur le bureau et pris la suivante :

— Solange Léger. Rapportée disparue par son mari... le 2 mai 1994. Sexe féminin. Race blanche. Date de naissance : 17 août 1928.

— Non. Trop vieille.

Il a replacé la fiche à l'arrière du dossier et en a choisi une autre : Isabelle Gagnon. Vue pour la dernière fois le 1er avril 1994. Sexe féminin, blanche. Date de naissance : 15 janvier 1971.

— Vingt-trois. Ouais... Possible.

La fiche est venue rejoindre les autres sur le bureau.

— Suzanne Saint-Pierre. Sexe féminin. Disparue depuis le 9 mars 1994... N'est jamais revenue de l'école. Il s'est arrêté, le temps de faire son calcul de tête : Seize ans. Oh ! doux Jésus !

— Non. Trop jeune. La nôtre n'est pas une adolescente.

Les sourcils froncés, il a sorti la dernière fiche :

— Évelyn Fontaine. Sexe féminin. Trente-six ans. Vue pour la dernière fois à Sept-Îles le 28 mars. Oh ! tiens ! une Inuk.

— Peu probable. D'après moi, il ne pouvait s'agir d'une autochtone.

— C'est tout.

Il restait deux fiches sur le bureau : Myriam Weider, quarante-cinq ans, et Isabelle Gagnon, vingt-six ans. L'une des deux pouvait bien être couchée en bas, en salle 4. Claudel m'a regardée. Au milieu du front, ses sourcils levés formaient un autre V, inversé cette fois-ci.

— Quel âge avait-elle ? a-t-il demandé, et l'accentuation de sa voix exprimait toute l'étendue de son infinie patience.

— Allons voir en bas.

De quoi mettre un peu de soleil dans sa journée... C'était mesquin, mais je n'avais pas résisté à la tentation. Par réputation, je connaissais sa sainte horreur des salles d'autopsie. Il a eu un moment de panique qui faisait plaisir à voir. Attrapant au passage une blouse de labo, j'étais déjà dans le hall et j'introduisais mon passe pour appeler l'ascenseur. Il avait la tête d'un gars qui va passer son examen de prostate. Le trajet de cet ascenseur lui était pratiquement inconnu. Il n'avait qu'un seul arrêt : la morgue.

Le corps était exactement comme je l'avais laissé. J'ai enfilé mes gants et retiré la feuille de papier. Du coin de l'œil, je voyais Claudel dans le cadre de la porte. Il était entré dans la pièce juste assez pour dire qu'il y était venu. Ses yeux erraient des comptoirs en inox à la balance, aux placards vitrés exposant leurs récipients en plastique transparent, tout, à l'exception du corps. Ce n'était pas la première fois que j'observais ce genre de réactions. On ne se sent pas menacé par une simple photo. L'hémorragie, le sang sont loin. Tenus à distance. Le travail sur la scène du crime ne met en jeu que l'aspect technique, professionnel. Analyse, réflexion, il y a une énigme à résoudre. Mais un cadavre sur une table d'autopsie, c'est une autre affaire. Claudel avait pris un visage inexpressif, en espérant que cela passerait pour du calme.

J'ai retiré de l'eau les os du pubis pour les déposer sur la table. À l'aide d'une sonde, j'ai gratté le dessus de la gangue gélatineuse qui en couvrait la partie droite. Cela lâchait prise petit à petit. Juste en dessous, l'os était sillonné de profonds creux et de bosses qui en rayaient horizontalement la surface. Une lamelle d'os se formait sur le bord extérieur, marquant comme l'ébauche d'un anneau mince au niveau de la symphyse pubienne. Même chose à gauche.

Claudel n'avait pas bougé de son embrasure de porte. J'ai porté le bassin jusqu'à la lampe-loupe. La lumière a illuminé l'os et, au travers du verre grossissant, sont apparus des détails imperceptibles à l'œil nu. J'ai vu ce que j'attendais.

— Venez voir ça, lui ai-je dit sans lever la tête.

Je me suis écartée pour le laisser regarder l'irrégularité sur la bordure supérieure de la hanche. La crête iliaque était en voie de se souder lorsque la mort était survenue.

J'ai reposé la section du bassin. Il n'a pas détourné les yeux, tout en gardant une distance prudente. J'ai sorti la clavicule de l'eau, déjà certaine de ce que j'y trouverais. J'ai dégagé la place de l'articulation puis j'ai fait signe à Claudel. Sans un mot, je lui ai désigné l'extrémité de l'os. Là aussi, la surface en était bosselée et un petit disque

40

d'os venait y adhérer au centre, bien visible et encore séparé.

— Ce qui veut dire ?

Son front était perlé de sueur. La bravade l'aidait à cacher sa nervosité.

— Elle est jeune. Probablement une petite vingtaine.

J'aurais pu lui expliquer comment l'âge peut se décrypter d'après les os, mais il n'aurait certainement pas été un auditeur très attentif. Si bien que je m'en suis tenue là. Des particules de cartilage étaient restées collées sur mes gants et je me tenais mains écartées, paumes en l'air, comme pour mendier. Claudel ne se serait pas tenu plus éloigné d'un patient atteint du virus Ebola. Il me fixait, mais son attention était tournée vers l'intérieur, absorbée par le calcul des dates.

— Gagnon, dit-il d'un ton ferme.

J'ai approuvé d'un signe de tête. Isabelle Gagnon, vingt-trois ans.

— Le coroner fera une requête pour qu'on obtienne les dossiers dentaires.

Visiblement, il se considérait comme le meneur de jeu dans cette affaire.

— Cause du décès ?

— Rien d'évident. J'en saurai plus avec les radios. Ou à l'examen du squelette.

Là-dessus il a quitté la pièce sans dire au revoir. Cela ne m'a pas surprise. Son départ était mutuellement apprécié. J'ai balancé mes gants dans la poubelle.

Au passage, j'ai pointé ma tête dans la grande salle d'autopsie, pour dire à Daniel que j'avais fini. Il allait prendre des radios du corps au complet, plus du crâne, antéro-postérieures et latérales. À l'étage, j'ai prévenu le technicien en chef au labo d'histologie que le corps était prêt à bouillir. Il fallait redoubler de précautions puisqu'il s'agissait d'un démembrement. Mais Denis n'avait pas son pareil pour réduire un cadavre. Dans deux jours, je récupérerais un squelette en parfait état et propre comme un sou neuf.

J'ai passé le reste de l'après-midi sur mon assemblage de crâne. Bien qu'incomplet, il y avait en fait assez de détails pour confirmer l'identité du propriétaire, qui ne conduirait plus jamais des camions-citernes.

Sur le chemin du retour, j'ai de nouveau eu l'espèce de pressentiment de la veille. Toute la journée, la concentration sur mon travail m'avait permis d'étouffer mon angoisse. Et, ce midi, je m'étais absorbée dans l'étude de l'organisation hiérarchique des pigeons. Si Gros-gris était un alpha, Tigré devait arriver en deuxième. Quant à Pied-noir, il était clairement en bas de l'échelle.

Mais, maintenant, j'avais toute liberté pour me détendre. Penser. Me tourmenter. Il avait suffi d'entrer dans le garage, d'éteindre la radio. Adieu musique, bonjour l'angoisse. Non, plus tard... Après dîner.

En pénétrant dans l'appartement, j'ai entendu le bip rassurant du système de sécurité. J'ai laissé mon porte-documents dans l'entrée, et, à pied, je suis allée jusqu'au restaurant libanais du coin. Me commander un chiche-taouk et une assiette de chawarma, pour emporter. Un des plaisirs du centre-ville : à deux pas de chez moi, j'ai le choix entre toutes les cuisines du monde.

J'attendais ma commande à côté de la caisse, lorsque mon regard est tombé sur les bouteilles de vin rouge, sur une étagère à gauche. Rien qu'à les voir, pour la millième fois, j'en ressentais le manque. Je me rappelais le goût, le parfum, la sensation râpeuse et piquante sur la langue. La chaleur partant de la gorge pour se diffuser partout, en allumant des feux de bien-être sur son passage.

Maîtrise de soi. Énergie. Invincibilité. Il suffisait d'un geste. Un seul... Mais qui donc essayais-je de duper ? Je ne m'arrêterais pas là. Je monterais au créneau, me croyant blindée puis invisible. Ne savais-je pas que cela se passerait comme ça ? J'irais trop loin, puis droit au crash. Le bien-être serait de courte durée, le prix à payer exorbitant. Cela faisait six ans que je n'avais pas pris un verre.

J'ai mangé en compagnie de Birdie, devant un match de base-ball. Il dormait, couché sur mes genoux. Les Expos de Montréal perdaient de deux jeux contre les Cubs. Ils n'ont pas parlé du meurtre. Tant mieux.

Un long bain chaud et puis je me suis mise au lit à 10 heures et demie. Une fois allongée au calme dans le noir, plus rien ni personne ne pouvait faire barrage. Comme des cellules prises de folie, l'idée a pris de l'ampleur, jusqu'à forcer les portes de ma conscience. L'autre homicide. L'autre jeune femme qui était parvenue à la morgue en pièces détachées. Chantale Trottier. Seize ans. Étranglée, battue, décapitée, démembrée. Il n'y avait pas un an qu'elle arrivait nue et empaquetée dans des sacs-poubelles.

Pour ma part, j'aurais volontiers arrêté là ma journée. Mais mon esprit refusait de débrayer. Les montagnes se formaient, les plaques continentales dérivaient, tandis que je restais là, immobile. Quand j'ai enfin trouvé le sommeil, les mots ricochaient encore dans mon crâne. Qui allaient me poursuivre tout le week-end. Meurtres en série.

3

J'entendais Gabby appeler mon vol. J'étais sur la passerelle, encombrée par une énorme valise le long de la rampe. Derrière moi, les autres passagers s'impatientaient. Katy, assise dans la première rangée, se penchait pour m'observer. Elle portait une robe que nous avions choisie ensemble pour sa remise de diplôme. En soie vert d'eau. Mais elle m'avait dit par la suite qu'elle ne l'aimait pas. Alors, pourquoi la portait-elle ? Et qu'est-ce que Gabby faisait à l'aéroport au lieu d'être à l'université ? Sa voix dans le haut-parleur devenait de plus en plus forte, stridente.

Je me suis assise sur mon lit. Il était 7 heures et demie. Lundi matin. La lumière du jour illuminait le haut des stores mais ne filtrait qu'à peine.

La voix de Gabby poursuivait :

— ... difficile de te joindre plus tard. Mais t'es plus lève-tôt que je le pensais. En tout cas, pour ce s...

J'ai pris le téléphone :

— Salut. Je m'efforçais de parler sur un ton le moins comateux possible.

La voix s'est interrompue au milieu d'une phrase.

— Temp ? Est-ce que c'est toi ?

J'ai hoché la tête.

— Je t'ai réveillée ?

— Oui.

J'avais l'esprit trop confus pour trouver une meilleure repartie.

— Excuse-moi. Tu veux que je te rappelle plus tard ?

— Non, non. Je suis debout.

J'ai failli ajouter que j'avais bien dû me lever pour répondre au téléphone.

— Eh ! C'est le temps de te sortir du lit, ma vieille ! Le monde appartient à ceux qui se lèvent tôt. Écoute, pour ce soir, est-ce qu'on peut...

Un son aigu lui a coupé la parole.

— Ne quitte pas. J'ai dû laisser le répondeur sur Automatique.

J'ai reposé le combiné et me suis rendue dans le salon. La lumière rouge clignotait. J'ai pris le portable au passage et, une fois revenue dans la chambre, j'ai replacé le combiné sur son support.

— O.K.

Totalement réveillée, je commençais à avoir cruellement besoin d'un café. J'ai pris la direction de la cuisine.

— J'appelais pour ce soir.

Sa voix avait monté d'un cran. Difficile de lui en vouloir, cela devait faire cinq minutes qu'elle essayait de finir sa phrase.

— Je suis désolée, Gabby. J'ai passé tout le week-end sur la thèse d'un étudiant et je me suis couchée vraiment tard hier. Je n'ai même pas entendu sonner le téléphone. Quoi de neuf ?

— Pour ce soir, est-ce qu'on pourrait remettre ça à 7 heures et demie plutôt que 7 heures ? Avec cette étude, je n'arrête pas, j'ai l'impression d'être une souris dans la cage du lion.

— Pas de problème. C'est sûrement mieux pour moi aussi, d'ailleurs.

J'ai coincé le téléphone au creux de mon épaule pour atteindre le pot de café dans le placard et j'en ai versé trois grandes cuillerées dans le moulin.

— Tu veux que j'passe te prendre ?

— Comme tu veux. C'est moi qui peux venir si tu préfères. On va où ?

Mettre le moulin à café en route n'aurait, en fait, pas été une bonne idée ; elle avait déjà l'air un peu agacée.

Silence. Elle devait être en train de jouer avec

sa boucle de nez. Ou, aujourd'hui, c'était peut être un clou. Au début, cela m'empêchait de me concentrer quand je parlais avec elle. J'étais obnubilée par la douleur que cela pouvait représenter de se faire percer le nez. Maintenant je n'y prêtais plus attention.

— Il devrait faire beau, ce soir, a-t-elle dit. Quelque part où on pourrait manger en terrasse, non ? Rue Prince-Arthur ou Saint-Denis ?

— Parfait. Donc, ce n'est pas la peine que tu viennes jusqu'ici. Je te retrouve vers 7 heures et demie. Pense à un endroit nouveau. De l'exotisme me tenterait assez.

Avec Gabby, je prenais des risques, mais elle connaissait beaucoup mieux la ville que moi et, en général, le choix du restaurant lui revenait.

— O.K. À plus tard...

— À plus tard.

J'étais étonnée mais plutôt soulagée. D'habitude, elle restait des heures au téléphone, et je devais parfois inventer des excuses pour m'éclipser.

Entre Gabby et moi, le téléphone avait toujours été une ligne vitale depuis le début de notre amitié. Durant le doctorat, nos conversations étaient un étonnant exutoire à l'état d'abattement dans lequel j'évoluais à l'époque. Ma fille Katy une fois rassasiée, baignée et couchée, nous nous offrions des heures de téléphone, pour partager un engouement pour un nouveau livre, discuter de nos cours, de nos camarades, de tout et de rien. C'était notre seule frivolité dans une période de nos vies qui ne l'était pas.

Par la suite, même si nous nous parlions moins, le principe avait peu changé. Proche ou non, chacune avait toujours été là pour l'autre. Du temps des AA, c'était Gabby qui me tenait la tête hors de l'eau quand le besoin d'un verre obscurcissait mes heures de veille et me réveillait la nuit, en sueur et tremblante comme une feuille. C'était moi que Gabby appelait, exubérante et pleine d'espoir, quand l'amour entrait dans sa vie, mais aussi désespérée, quand il s'enfuyait.

J'ai emporté le café dans la salle à manger. Des souvenirs de Gabby me revenaient en mémoire. Je souriais toujours en pensant à elle. Gabby en séminaire de troisième cycle. Gabby durant les fouilles, le fichu rouge de travers, ses boucles à la rasta se balançant au rythme des coups de pelle. Avec son mètre quatre-vingt-cinq, elle avait vite compris qu'elle ne serait jamais une beauté classique. Elle n'avait jamais essayé de suivre des régimes. Elle ne se rasait pas les jambes, ni les dessous de bras. Gabby, c'était Gabby. Gabrielle Macaulay, de Trois-Rivières. Province de Québec. Mère francophone, père anglophone.

À l'université de Northwestern, elle haïssait l'anthropologie physique et je détestais tout autant ses séminaires d'ethnologie. Par la suite, j'étais allée en Caroline du Nord, elle était retournée au Québec. Nous nous étions peu vues durant plusieurs années, mais le téléphone nous avait gardées proches. C'était en grande partie grâce à Gabby que je m'étais vu offrir une chaire de professeur invité à l'université Mc Gill en 1990. J'avais alors commencé à travailler épisodiquement au labo, puis après mon retour en Caroline j'avais continué à faire la navette avec le Québec toutes les six semaines, comme l'exigeaient les autorités du pays. Cette année, j'avais pris un congé exceptionnel de mon université de Charlotte et j'étais à Montréal à temps plein. Gabby m'avait manqué et j'étais contente de cette occasion de nous retrouver.

Le clignotement du répondeur a attiré mon attention. Quelqu'un avait dû appeler avant Gabby. Je l'avais programmé pour quatre sonneries, à moins que la bande n'ait déjà été déclenchée. Il se mettait alors en route dès le premier coup. Comment avais-je pu continuer à dormir malgré les quatre sonneries et un message au complet ? J'ai appuyé sur le bouton, la bande s'est rembobinée, enclenchée et remise en route. Silence, puis un clic. Suivi d'un court bip, et de la voix de Gabby. On avait raccroché. Parfait. J'ai appuyé sur la remise au début et suis allée m'habiller.

Le labo est situé dans ce qu'on appelle la tour de la Québec Provincial Police ou de la Sûreté du Québec, selon les préférences linguistiques. Le Laboratoire de médecine légale, l'équivalent québécois du Bureau du medical examiner américain, partage le cinquième étage avec le Laboratoire de sciences judiciaires, le labo central du crime pour la province. À eux deux, ils forment un ensemble connu sous le nom de Direction de l'expertise judiciaire. Au quatrième et sur les trois derniers étages de l'immeuble, c'est une prison, dite de Pathenais. La morgue et les locaux d'autopsie sont au sous-sol. La police provinciale occupe les huit autres étages.

Ça a ses avantages : nous sommes tous regroupés. Si j'ai besoin d'un avis sur des fibres, ou d'un rapport sur un échantillon de sol, je n'ai qu'à longer le couloir. L'inconvénient est que, en contrepartie, nous sommes à portée de main. Pour un enquêteur saturé de dépositions et de paperasserie, il suffit d'une petite promenade en ascenseur pour venir nous trouver.

Pour preuve, ce matin : Claudel était déjà devant la porte de mon bureau. Il tenait une petite enveloppe brune, dont il se tapotait rythmiquement la paume. C'était peu dire qu'il avait l'air agacé. Autant dire de Gandhi qu'il avait l'air d'avoir faim.

— J'ai le dossier dentaire, a-t-il déclaré comme

paroles de bienvenue, en brandissant l'enveloppe, avec l'emphase d'un présentateur à la soirée des Oscars. Je suis allé le chercher moi-même.

Il a lu le nom griffonné sur l'enveloppe :

— Dr Nguyen. Son cabinet est sur Rosemont. J'aurais pu être de retour plus tôt. Mais sa secrétaire est une maudite sans-génie.

— Café ?

Je n'avais jamais rencontré la secrétaire du Dr Nguyen, mais j'étais de tout cœur avec elle. J'aurais juré que sa journée n'avait pas bien commencé.

Il a ouvert la bouche, mais je n'ai jamais su la suite. Au même moment, Marc Bergeron a tourné le coin du couloir. Apparemment sans nous voir, il a dépassé en quelques enjambées la rangée étincelante de portes noires, pour s'arrêter presque à côté de la mienne. Le genou replié, il a posé sa mallette sur sa cuisse, on aurait dit le « mouvement de la Grue » dans *Karaté Kid*, puis, en équilibre, l'a ouverte et y a farfouillé pour en sortir un trousseau de clés.

— Marc ?

Il a sursauté. Claqué et rattrapé la mallette, tout cela en un seul mouvement.

— Joli coup, ai-je dit en réprimant un sourire.

— Merci.

Il nous a regardés, Claudel et moi, l'attaché-case dans la main gauche, ses clés dans la droite.

Marc Bergeron avait à tout point de vue un physique déroutant. La cinquantaine finissante ou la jeune soixantaine, une longue silhouette osseuse, légèrement voûtée, penchée en avant comme s'il encaissait perpétuellement un uppercut dans l'estomac. Ses cheveux ne commençaient qu'à la moitié arrière du crâne et jaillissaient en une couronne de bouclettes blanches. Ce qui l'amenait au-delà du mètre quatre-vingt-dix. Ses lunettes étaient toujours graisseuses, maculées de poussière, et souvent il louchait au travers, comme pour déchiffrer les petits caractères d'un coupon-rabais. Il avait plus en commun avec un personnage de Tim Burton qu'avec l'image classique d'un odontologiste judiciaire.

— M. Claudel a obtenu les dossiers dentaires de Gagnon.

Aucune réaction derrière le verre opaque des lunettes. Avec son air interdit, sa touffe de cheveux blancs au bout de son long corps maigre, il avait tout d'un grand pissenlit interloqué. Il n'avait certainement entendu parler de rien.

C'était l'un des spécialistes employés à temps partiel par le labo dans leur domaine d'expertise particulier. Neuropathologie. Radiologie. Microbiologie. Stomatologie. Il n'était là que le vendredi. Le reste du temps, il recevait sa clientèle privée. Il avait été absent la semaine précédente.

J'ai résumé la situation. Il m'écouta avec beaucoup d'attention.

Le tapotement de l'enveloppe s'était accéléré. Claudel ne l'a interrompu, brièvement, que pour regarder sa montre, d'un air éloquent. Il s'est éclairci la gorge.

Bergeron l'a regardé, puis s'est de nouveau tourné vers moi. J'ai poursuivi :

— Avec M. Claudel, nous avons restreint les possibilités à une seule personne disparue. Le profil correspond et cela pourrait marcher pour les dates. Il est allé lui-même chercher le dossier du dentiste. Un certain Dr Nguyen, sur Rosemont. Ça te dit quelque chose ?

Bergeron a secoué la tête et tendu une longue main osseuse :

— Bon, donnez-moi ça, je vais regarder. Denis a déjà fait les radios ?

— Daniel s'en est occupé. Elles devraient être sur ton bureau.

Il a ouvert sa porte et Claudel a suivi. Du couloir, j'ai aperçu une petite enveloppe brune sur le bureau. Bergeron l'a ramassée et a vérifié le numéro de dossier. D'où j'étais, rien ne m'échappait du va-et-vient de Claudel dans la pièce, tel un monarque choisissant sa place pour trôner.

— Vous pouvez m'appeler d'ici une heure, monsieur Claudel, a dit Bergeron.

L'enquêteur s'est arrêté en plein élan. Il a voulu dire quelque chose, puis s'est pincé les lèvres, a réajusté ses manchettes, avant de quitter la pièce. Pour la seconde fois en quelques minutes, j'ai réprimé un sourire. Il était hors de question pour Bergeron de travailler avec un policier lorgnant par-dessus son épaule. Claudel venait de l'apprendre. Le visage décharné de Bergeron est réapparu.

— Tu me rejoins ?

— Avec plaisir. Je vais me chercher un café, tu en veux ?

— Excellente idée. Il a réussi à trouver sa tasse et me l'a tendue. Pendant ce temps, je vais commencer à regarder ça.

J'étais contente de son invitation. Il était fréquent que nous ayons à travailler sur les mêmes cas, les corps décomposés, les carbonisés, les momifiés, ou ceux déjà à l'état de squelette, tous les morts impossibles à identifier par les méthodes classiques. Nous formions une bonne équipe d'après moi. Cela avait l'air d'être aussi son avis.

À mon retour, avec nos deux tasses, les deux séries de petits carrés noirs étaient déjà sur le tableau lumineux. Chaque radio représentait une section de mâchoire, la dentition en clair bien marquée sur le noir de l'arrière-plan. J'ai repensé à la première vision que j'avais eue des dents dans le bois, si incroyablement parfaites dans l'horrible contexte. Là, elles avaient une tout autre allure. Aseptisées. Bien gentiment alignées, prêtes pour l'inspection. Les formes familières des couronnes, des racines, des cavités pulpaires étaient éclairées en diverses tonalités de gris et de blanc.

Bergeron a commencé à les mettre dans l'ordre, les ante mortem à droite, les post mortem à gauche, selon le même alignement. De ces longs doigts osseux, il a repéré une petite marque sur chaque cliché et, un par un, les a replacés dans le bon sens, le point de repère vers le haut.

Il a commencé par rechercher des discordances flagrantes entre les deux séries. Il n'y en avait pas. Pas de dents manquantes, les racines étaient complètes jusqu'à leur extrémité, le détail des formes était en parfaite correspondance. Mais le plus frappant était la disposition des surfaces très blanches, marquant l'emplacement des restaurations dentaires : semblable dans les moindres détails.

Après un temps qui m'a paru interminable, il a sélectionné un des carrés de droite et l'a placé sur le cliché correspondant de la série de gauche. Les formes irrégulières des molaires se superposaient exactement. Il a fait pivoter son fauteuil pour se tourner vers moi.

— Positif.

Il s'est appuyé sur le dossier de sa chaise, en posant un coude sur le bureau. « Non officiellement bien sûr, tant que je n'ai pas terminé l'analyse des rapports écrits. »

Il a saisi sa tasse. Il allait reprendre les rapports écrits, en plus d'une analyse encore plus poussée des radiographies. Mais pour lui, il n'y avait pas de doute, il s'agissait d'Isabelle Gagnon.

J'étais contente de ne pas être chargée de prévenir les parents. Le mari. Le petit ami. Le fils.

52

J'avais déjà participé à ce genre de réunion. Je connaissais l'expression que prenaient les visages. Les yeux, suppliants. Dites-moi que c'est une erreur. Un mauvais cauchemar. Faites que je me réveille. Dites-moi que ce n'est pas vrai. Et puis, quand ils comprennent, en une milliseconde, le monde bascule, pour toujours.

— Merci de t'en être occupé si vite, Marc. Et merci pour cette analyse préliminaire.

— J'aimerais que ça soit toujours aussi facile.

Il a pris une gorgée de café, fait une grimace.

— Je peux m'occuper de Claudel, si tu veux, ai-je dit, en m'efforçant de ne rien trahir de mon animosité.

Visiblement, c'était raté. Il m'a adressé un sourire entendu.

— Je ne me fais pas de souci, tu vas savoir prendre soin de M. Claudel.

— Absolument. C'est bien le mot. Je vais le soigner...

Je l'entendais encore rire en retournant dans mon bureau.

« Il y a une qualité en chacun », avait coutume de me dire ma grand-mère, avec son accent irlandais, doux comme du satin. « Regarde bien et tu vas l'trouver. » Ma chère mamie, tu n'as jamais rencontré Claudel.

Il est vrai qu'il était ponctuel. Cinquante minutes plus tard, il était de retour.

Il s'est arrêté au bureau de Bergeron, leurs voix me parvenaient au travers de la cloison. Mon nom fut répété à plusieurs reprises. Le rythme de l'élocution de Claudel trahissait son irritation. Il voulait un avis, un vrai, et il allait encore devoir se contenter de moi. Je l'ai vu arriver quelques secondes plus tard, le visage dur.

Aucun des deux n'a eu de parole de bienvenue. Il est resté à la porte.

— C'est positif, lui ai-je dit. Gagnon.

Ses sourcils se sont froncés, mais l'excitation se lisait dans ses yeux. Il avait une victime. Enfin, il pouvait commencer son enquête. Éprouvait-il seulement une émotion pour cette femme ou tout cela n'était-il pour lui qu'un exercice théorique ? Trouver l'erreur. Se montrer plus malin que le criminel. J'avais déjà eu droit aux jeux d'esprit, aux bonnes blagues qui saluent le corps mutilé d'une victime. Pour les uns, c'est une manière de résister à l'obscénité de la violence, une barrière pour se protéger de la réalité quotidienne de la sauvagerie. L'humour de la morgue. La bravade macho pour masquer l'horreur. Pour d'autres, ça allait plus loin que cela. Je soupçonnais fort Claudel d'appartenir à la seconde catégorie.

Je l'ai regardé durant quelques secondes. Un téléphone a sonné quelque part, dans le couloir. Fondamentalement, je n'aimais pas cet homme. Mais il me fallait reconnaître que son opinion sur moi m'importait. Je voulais son approbation. Je voulais qu'il m'aime. Je voulais que tous, ils m'acceptent. M'admettent au club.

Dans ma tête est apparue l'image du Dr Lentz, un hologramme du psychologue surgi du passé, me faisant la leçon :

« Tempe, vous êtes la fille d'un père alcoolique. Vous recherchez l'attention qu'il vous a refusée, alors vous essayez de plaire à tout le monde. »

Elle m'avait aidée à en prendre conscience, mais ce n'était pas en son pouvoir de me changer. Il m'arrivait de surcompenser et certains me considéraient comme un parfait modèle d'emmerdeuse. Ce n'était pas le cas avec Claudel. Je me rendais compte que, jusqu'à présent, j'avais évité toute confrontation.

J'ai pris une grande inspiration et me suis lancée, choisissant mes mots.

— Monsieur Claudel, avez-vous envisagé des relations entre ce meurtre et d'autres ?

Son expression s'est figée, ses lèvres étirées en une ligne presque invisible contre ses dents. Un voile rouge est monté de son col, s'est propagé lentement le long du cou, du visage.

— Comme ?

Sa voix était glaciale.

— Comme le cas de Chantale Trottier, ai-je poursuivi. Elle a été assassinée en octobre 1993. Démembrée, décapitée, éventrée. Je l'ai regardé dans les yeux. On en a retrouvé les restes enveloppés dans des sacs-poubelles.

Il a élevé ses deux mains à la hauteur de sa bouche, en croisant les doigts, et s'est tapoté les lèvres. Sur sa chemise de grand couturier, d'un goût parfait, ses boutons de manchettes en or, parfaitement choisis, ont tinté faiblement. Il m'a fusillée du regard.

— *Madame* Brennan, a-t-il dit, en insistant sur la dénomination, il serait préférable que vous en restiez à votre champ d'expertise. Je pense que nous serions tout à fait capables, s'il y avait lieu, de mettre en relation différents crimes de notre juridiction. Mais ces meurtres n'ont rien en commun.

J'ai continué, patiemment.

— Il s'agit de femmes. Toutes les deux assassinées dans les deux dernières années. Les deux corps présentaient des signes de mutilation ou tentative de...

Sa digue de sang-froid, constituée avec soin, a brutalement lâché.

— Tabernac ! a-t-il explosé. Vous, les bonnes f...

Ses lèvres ont continué à articuler le mot dédaigneux, qu'il avait arrêté juste à temps. Avec beaucoup d'efforts, il a repris contenance.

— Vous ne pouvez pas vous empêcher d'en rajouter ?

— Pensez-y, lui ai-je craché au visage.

Et je tremblais de tout mon corps quand je me suis levée pour fermer la porte.

4

Normalement, j'aurais dû me sentir bien, simplement d'être assise dans le sauna et de transpirer. Comme un brocoli. C'était l'idée de départ. Cinq kilomètres sur le Stairmaster, un tour dans la salle du Nautilus, puis jouer les légumes. Mais la gym était comme le reste de la journée, décevante. J'étais toujours énervée. Aucun doute que Claudel était un trou-d'cul. C'était le nom que je lui avais martelé sur la poitrine au rythme du Stairmaster. Trou-d'cul. Enculé. Connard. Cela marchait mieux avec deux voyelles. Cela m'avait changé les idées un moment, mais, une fois l'esprit au repos, les meurtres me revenaient à l'esprit, obsédants. Gagnon. Trottier. Je les tournais et retournais dans ma tête, comme des petits pois autour d'une assiette.

Après le départ de Claudel, j'avais demandé à Denis quand le squelette de Gagnon serait prêt. Je voulais en ausculter chaque centimètre carré pour y trouver d'éventuelles traces de trauma. Fractures. Entailles. N'importe quoi. Et surtout ces marques de coupures. Mais l'appareil était en panne et il fallait attendre le lendemain.

Ensuite, j'étais allée prendre le dossier de Trottier au fichier central. J'avais passé l'après-midi à étudier les comptes rendus de police, les conclusions d'autopsie, le rapport de toxicologie, les photos. Incrusté dans ma mémoire, quelque chose me répétait que les deux cas étaient liés. Un détail oublié qui se refusait à me revenir et qui rapprochait les victimes, d'une manière que je ne parvenais toujours pas à saisir. Ce n'était pas simplement la mutilation (ou les sacs-poubelles). Il me fallait trouver la corrélation.

J'ai réajusté ma serviette et essuyé mon visage en sueur. Le bout de mes doigts était tout fripé mais, pour le reste, j'étais aussi lisse et luisante qu'une truite. J'étais vraiment tire-au-flanc. Impossible de prendre la chaleur plus de vingt minutes, malgré tout le bien que j'en pensais. Un petit cinq de plus...

Chantale Trottier avait été assassinée il y avait moins d'un an, à l'automne de ma première année à plein temps au labo. Elle avait seize ans. Dans l'après-midi, j'avais disposé les photos sur mon bureau, mais ce n'était pas nécessaire. Le souvenir que j'en avais gardait toute son intensité, jusqu'au moindre détail de la journée de son arrivée à la morgue.

Le 22 octobre, l'après-midi du Parté d'huîtres. Un vendredi. La majorité des employés avaient arrêté le travail de bonne heure, pour aller boire de la bière et se taper des cageots de malpeques, selon la tradition d'automne.

Au travers de la foule qui se massait dans la salle de conférences, j'ai remarqué LaManche au téléphone qui se bouchait l'oreille libre d'une main. Il a raccroché et a balayé la pièce du regard. M'apercevant, il m'a fait signe d'aller le retrouver dans le couloir. Même message à Bergeron. Cinq minutes plus tard, il s'expliquait dans l'ascenseur.

Le corps d'une jeune fille venait d'arriver. Salement battu et démembré. Impossible d'en faire une identification visuelle. Il voulait que Bergeron analyse les dents et que moi j'analyse les traces de coupures sur les os.

L'atmosphère en salle d'autopsie contrastait singulièrement avec la gaieté à l'étage du dessus. Deux enquêteurs de la Sûreté se tenaient sur le côté, tandis qu'un policier judiciaire en uniforme prenait des photos. Le technicien replaçait les fragments de corps en silence. Il n'y avait ni plaisanteries ni blagues. Le seul bruit était celui de l'obturateur de l'appareil photo enregistrant l'horreur.

Ce qui restait de la victime avait été arrangé pour former un ensemble cohérent. Les six sections sanglantes étaient disposées selon l'ordre anatomique, mais les angles n'étaient pas exactement respectés. On aurait cru, en grandeur nature, une de ces poupées en caoutchouc spécialement conçues pour être contorsionnées.

La tête avait été tranchée en haut du cou et les muscles coupés net étaient d'un rouge pourpre. La peau blafarde s'était rétractée aux extrémités, comme pour fuir le contact avec la chair crue, à vif. Les yeux étaient à demi ouverts et du sang avait séché en un mince filet sinueux depuis la narine droite. Les cheveux mouillés étaient plaqués contre le crâne. Ils avaient été blonds et longs.

Le buste était coupé en deux à la hauteur de la taille. La partie supérieure était encadrée des bras pliés au niveau des coudes, rapprochés et posés sur l'estomac. Comme un gisant, sauf que les doigts n'étaient pas croisés.

La main droite était en partie détachée et l'extrémité des tendons, d'un blanc crème, en jaillissait comme des fils électriques sectionnés. L'agresseur avait eu plus de succès avec la gauche. Le technicien l'avait placée à côté de la tête, les doigts crispés comme les pattes recroquevillées d'une araignée.

La poitrine avait été ouverte de la gorge au nombril. Le poids des seins tirait les chairs de chaque côté de la cage thoracique. La deuxième moitié du torse allait de la taille aux genoux. Les parties inférieures des jambes étaient disposées l'une à côté de l'autre, en dessous de leur point d'attache habituel. Sans la contrainte des genoux, elles pivotaient vers les côtés, les doigts de pied pointant vers l'extérieur.

Les ongles de pied étaient joliment vernis de rose. Ce que ce simple geste avait d'intime m'a tellement serré le cœur que j'ai eu envie de tirer le drap sur elle, de leur hurler de sortir. Mais je suis restée là, à regarder et à attendre de jouer l'intruse à mon tour.

Je revoyais précisément les lèvres déchiquetées des lacérations sur le cuir chevelu, preuves de blessures répétées avec un objet contondant. Les contusions sur le cou, les signes de l'hémorragie dans les yeux, minuscules points rouges dus à l'éclatement de petits vaisseaux sanguins. Effets d'une énorme pression sur les veines jugulaires, ils sont les symptômes classiques d'une strangulation.

Mon ventre s'est noué à l'idée de ce qu'avait pu subir d'autre cette femme-enfant, élevée avec amour à coups de beurre d'arachide, de scoutisme, de camps d'été et d'école du dimanche. J'aurais voulu pleurer les années qui ne lui seraient pas données de vivre, les diplômes qu'elle n'obtiendrait jamais, les bières qu'elle ne boirait pas en cachette. Nous nous croyons une tribu civilisée, nous les Nord-Américains de la dernière décennie du deuxième millénaire. Nous lui avions promis soixante-dix belles années. Nous ne lui en avions permis que seize.

Refermant ma mémoire sur ces douloureux souvenirs, j'ai secoué mes cheveux humides. Les images devenaient floues, la barrière s'estompant entre ce dont je me rappelais du passé et ce que j'avais vu en détail sur les photos. Comme dans la vie. Quels souvenirs d'enfance ne sont pas en grande partie tirés de vieilles photos, mosaïque d'images de cellulose réorganisées dans ce que nous croyons avoir été notre réalité ? Voyage dans le passé, signé Kodak. Peut-être est-ce mieux ainsi. Nous photographions rarement les moments tristes.

Une femme a ouvert la porte du sauna, m'a souri et est venue s'installer à ma gauche. Ses cuisses avaient une consistance d'éponge. J'ai ramassé ma serviette et me suis dirigée vers la douche.

À la maison, Birdie m'attendait dans le hall, sa forme blanche se reflétant délicatement sur le sol de marbre noir. Il m'a semblé agacé. Ou était-ce de la projection ? À vrai dire, il n'y avait plus beaucoup d'eau dans son bol, mais il n'était pas vide. Je l'ai quand même rempli, avec un sentiment de culpabilité.

Encore une heure avant d'aller retrouver Gabby ; je me suis allongée sur le sofa. L'exercice et le sauna avaient prélevé leur dû, mes principaux muscles semblaient avoir déclaré forfait. Mais l'épuisement a au moins un avantage. Physiquement, j'étais détendue, si ce n'était mentalement. Comme toujours, dans ces cas-là, j'aurais donné cher pour un verre.

Le soleil de fin d'après-midi entrait à flots dans la pièce, tamisé par les voiles de mousseline. C'est ce que j'aime tout particulièrement dans cet appartement : cette luminosité estompée par le clair pastel des voilages. C'est mon îlot de paix dans un monde de tensions.

Mon appartement est situé au rez-de-chaussée d'un bâtiment construit en U autour d'une cour intérieure. Il occupe la majeure partie d'une aile et je n'ai pas de voisins immédiats. Les portes-fenêtres du salon ouvrent d'un côté sur la verdure de la cour, de l'autre vers mon propre petit jardin. Une rareté en plein centre-ville. J'avais même planté quelques herbes aromatiques.

Au début, je n'étais pas sûre d'aimer vivre seule. Je n'avais jamais été maîtresse de mon propre espace, étant partie de la maison pour le collège, puis pour me marier avec Pete et élever Katy. Mais mon appréhension n'avait pas de raison d'être : j'adorais ça.

Le téléphone m'a tirée des limbes où j'errais à la lisière du sommeil. Avec une vague migraine d'être ainsi extirpée de mon somme, j'ai répondu. Pour entendre une voix synthétisée me vanter les avantages d'une concession funéraire...

— Merde, ai-je dit à voix haute en me levant du canapé. C'est l'inconvénient de ma vie en solitaire : je me parle toute seule.

L'autre inconvénient est d'être loin de ma fille. J'ai composé son numéro et elle a décroché à la première sonnerie.

— Oh ! Mom, je suis si contente que tu m'appelles. Comment tu vas ? Je ne peux pas te parler, j'ai quelqu'un sur l'autre ligne ; je peux te joindre un peu plus tard ?

J'ai souri. Katy. Toujours essoufflée et virevoltant dans cent mille directions.

— Bien sûr, ma chérie. Il n'y a rien d'important, je voulais juste te dire un petit bonjour. Je vais dîner avec Gabby ce soir. On peut s'appeler demain...

— Super. Fais-lui une grosse bise de ma part...

Vingt minutes plus tard, je me garais en face de chez Gabby. Par je ne sais quel miracle, il y avait une place libre juste à sa porte.

Gabby habite au carré Saint-Louis, un petit square plein de charme, coincé entre la rue Saint-Laurent et la rue Saint-Denis, entouré de maisons aux formes déroutantes, aux corniches de bois sculpté, datant d'une époque d'architecture audacieuse. Avec leurs couleurs couvrant tout le spectre de l'arc-en-ciel, et leurs jardinets remplis de fleurs, on dirait un décor de Walt Disney.

Au centre du square, une fontaine jaillit d'un bassin comme d'une tulipe géante. Tout autour, une petite barrière en fer forgé, à peine plus haute que le genou, sépare le jeune public du reste de la place. Visiblement, les victoriens, à la sexualité si collet monté, étaient capables d'espièglerie en architecture. Preuve rassurante que, dans la vie, tout s'équilibre.

L'immeuble de Gabby était situé sur le côté nord, la troisième maison depuis la rue Henri-Julien. Katy l'aurait traité de « nullité à pompons », comme ces robes que chaque printemps nous écartions avec mépris lors de nos courses pour le bal des finissants.

C'est un triplex en pierre grise, avec un rez-de-chaussée qui s'avance par de larges bow-windows, une tourelle hexagonale tronquée qui domine le toit. La toiture est revêtue de petites tuiles ovales, comme les écailles sur une queue de sirène, et surmontée d'un belvédère bordé de fer forgé. Les fenêtres sont d'inspiration mauresque, carrées dans le bas, bombées en arches sur le dessus, encadrées de corniches de bois, couleur lavande. Un escalier de fer s'élève jusqu'au porche du premier étage, dont la rampe reprend les boucles et les fioritures de la barrière du parc.

Gabby devait me guetter. Je n'avais pas eu le temps de traverser la rue que la porte d'entrée s'est ouverte. Elle a agité la main dans ma direction, puis a fermé la porte, vérifié qu'elle l'était bien en secouant vigoureusement la poignée. Elle a dévalé les marches de l'escalier, sa longue jupe ondulant derrière elle comme un spi par vent arrière. Son approche était audible : Gabby aime tout ce qui scintille et tinte. Ce soir-là, elle avait autour de la cheville une chaîne de clochettes d'argent. Comme à son habitude, elle était habillée dans le style qu'à l'université j'avais intitulé Nouvel Ashram.

— Comment ça va, Temp ?

— Bien.

Même en le disant, je savais que c'était faux. Mais je n'avais pas envie de me lancer dans une discussion sur les meurtres, ou sur Claudel, ou sur mon voyage manqué à Québec, ou sur mon mariage brisé, ou sur rien de ce qui avait troublé ma tranquillité d'esprit ces derniers temps.

— Et toi ?

— Bien.

Elle a secoué ses tresses. Bien. Pas bien. Comme dans le bon vieux temps. Mais pas tout à fait. Je reconnaissais ma propre attitude. Elle aussi éludait, tenait à garder la conversation en zone neutre.

— Bon, on va manger où ?

— Qu'est-ce qui te tenterait ?

J'y ai réfléchi. Je suis une visuelle, mon choix est plus généralement inspiré par un aspect graphique, que par le menu. Ce soir, il allait vers du rouge et du consistant.

— Italien ?

— O.K... *Vivaldi's* sur Prince-Arthur ? On peut manger dehors.

— Parfait. Comme ça, je n'aurai pas à gaspiller ma place de stationnement.

Nous avons bifurqué par le square, en passant sous les vastes feuillages en arcade au-dessus des pelouses. Des vieux, sur les bancs, bavardaient par groupes. Une femme, coiffée d'un bonnet de douche, nourrissait des pigeons avec du pain et les grondait comme des enfants turbulents. Deux agents de police déambulaient dans les allées, les mains croisées derrière le dos en un V identique, s'arrêtant régulièrement pour échanger des plaisanteries, répondre aux questions, répliquer aux quolibets.

Quittant le parc, nous sommes passées entre les bornes de ciment marquant l'entrée de la zone piétonnière de Prince-Arthur. Nous n'avions pas prononcé une parole. C'était inhabituel. Gabby bouillonnait toujours d'idées et de projets. Ce soir, elle s'était simplement rangée à ma proposition.

Je l'ai observée du coin de l'œil. L'air crispé, elle scrutait les visages qui nous croisaient tout en mordillant l'ongle de son pouce.

La soirée était chaude et humide, et Prince-Arthur était noir de monde. Les restaurants avaient ouvert grand les portes et les fenêtres, les tables étaient installées dehors à la débandade. Des hommes en chemise de coton et des femmes, épaules nues, parlaient et riaient sous les parasols de couleurs vives. D'autres faisaient la queue, attendant une table. J'ai pris mon tour chez *Vivaldi's* pendant que Gabby allait acheter une bouteille de vin au coin de la rue.

Une fois assises, Gabby a commandé des fettucine alfredo et moi un veau picatta, avec des spaghettis à part. Bien que tentée par le citron, je restais en partie fidèle à ma vision de rouge. Tout en attendant nos salades, je sirotais un Perrier. Nous parlions peu, remuant les lèvres, prononçant des mots, sans rien dire vraiment. Ce n'était pas le silence tranquille de vieux amis habitués l'un à l'autre, mais un malaise dialogué.

Je connaissais aussi bien les hauts et les bas de Gabby que mes propres cycles menstruels. Elle était tendue, les yeux toujours en mouvement, aux aguets. Elle buvait souvent. Chaque fois qu'elle levait son verre, la lumière du soir enflammait le chianti, qui rougeoyait comme un crépuscule de Caroline.

Je reconnaissais les signes. Elle tentait de noyer son anxiété. L'alcool : l'opium des inquiets. La glace dans mon Perrier fondait tranquillement et je regardais le citron glisser et se rétablir de cube en cube, avec un doux bruit pétillant.

— Gabby, qu'est-ce qu'il y a ?

Elle a sursauté. Dans un rire nerveux, elle a repoussé en arrière une de ses tresses. Ses yeux étaient indéchiffrables.

J'ai bien reçu le message. Elle me parlerait lorsqu'elle serait prête. Ou peut-être manquais-je de courage, et le prix de notre intimité en serait la mort. Je me suis rabattue sur un sujet neutre.

— As-tu des nouvelles de Northwestern ?

À l'époque de l'université, dans les années soixante-dix, j'étais mariée, Katy était en âge préscolaire. J'enviais la liberté de Gabby et des autres. Je n'avais pas connu la fraternité des nuits de fête, des petits jours où on reconstruit le monde. Nous avions le même âge mais je vivais dans un autre univers. Gabby était la seule dont j'avais pu devenir proche. Je n'ai jamais vraiment compris pourquoi. Nous avons toujours été aussi différentes que deux femmes peuvent l'être. Peut-être était-ce simplement parce que Gabby aimait bien Pete, ou du moins le prétendait. Pete. Avec sa raideur toute militaire, entouré de jeunes gens en fleur, bien allumés à l'herbe et à la mauvaise bière, il prenait un air hautain pour masquer son malaise. Gabby était la seule qui avait fait l'effort d'aller au-delà.

Mes camarades de classe étaient maintenant tous dispersés à travers les États-Unis, la plupart dans des universités ou dans des musées. Au fil des années, Gabby avait mieux réussi que moi à conserver des liens. Ou peut-être était-ce eux qui correspondaient davantage avec elle.

— J'ai des nouvelles de Vern de temps à autre. Il est courtier d'immeubles à Las Vegas. Il est passé par ici il y a quelques mois pour une conférence ou je ne sais quoi. Il a complètement décroché de l'anthropologie et il est l'homme le plus heureux de la terre. Elle a pris une gorgée de vin. Toujours la même coiffure, par contre.

Cette fois-ci, l'éclat de rire a paru sincère. L'effet de l'alcool, ou mon charme personnel, l'aidait à se détendre.

— Oh ! sinon j'ai eu un E-mail de Jenny. Elle pense revenir à la recherche. Tu sais qu'elle a épousé un crétin et qu'elle a laissé tomber un poste de titulaire à Rutgers pour le suivre dans les Key's ? Si bien qu'elle a ramassé une affectation d'auxiliaire et se casse le cul pour obtenir une bourse de recherches. Une autre gorgée. S'il le lui permet. Quoi de neuf avec Pete ?

Sa question m'a prise au dépourvu. Jusque-là, j'étais très réticente à parler de ma séparation. Mon discours restait gelé sur le sujet, comme si le fait de mettre les choses en mots risquait de valider une réalité que je n'étais pas encore prête à admettre. Gabby était l'une des rares personnes que j'avais mises au courant.

— Il va bien. On se parle.

— Les gens changent.

— Oui.

Nos salades sont arrivées et, pendant quelques minutes, nous nous sommes concentrées sur l'assaisonnement et le moulin à poivre. Lorsque j'ai levé la tête, elle était parfaitement immobile, une fourchette de salade au-dessus de l'assiette. Elle était de nouveau loin mais, cette fois, plutôt plongée dans un monde intérieur que tournée vers celui qui l'entourait. J'ai tenté une nouvelle tactique tout en piquant une olive noire.

— Eh ! raconte-moi, comment ça va ton étude ?

— Hein ? Ah ! mon projet. Bien. Ça va bien. J'ai enfin réussi à gagner leur confiance et quelques-unes commencent vraiment à s'ouvrir.

— Gabby, je sais que tu m'as déjà expliqué tout ça, mais redis-le-moi. Je ne suis qu'une pauvre scientifique. Quel est exactement le but de ta recherche ?

Elle a ri de l'allusion à la classique démarcation entre les étudiants d'anthropologie physique et d'anthropologie culturelle. Notre classe était petite mais diversifiée : les uns étudiaient l'ethnologie, d'autres la linguistique, l'archéologie ou l'anthropologie biologique. J'en connaissais aussi peu sur le déconstructionnisme qu'elle sur l'ADN mitochondrial.

— Tu te rappelles ces études que Ray nous avait fait lire ? Les Yanomanis, les Séminoles ou les Nuers ? En fait, c'est la même idée. Nous essayons de décrire le monde de la prostitution de l'intérieur, par l'observation et les entrevues avec les personnes concernées. Une étude de terrain. Sur la base de relations de confiance, de personne à personne. Elle a pris une bouchée de salade. Qui sont-elles ? D'où viennent-elles ? Qu'est-ce qui les a conduites à la prostitution ? Comment définir, sur une base quotidienne, ce qu'elles font ? De quel réseau de soutien bénéficient-elles ? Comment s'inscrivent-elles dans le système économique officiel ? Quelle image ont-elles d'elles-mêmes ? Où... ?

— Je vois.

Peut-être que le vin faisait son effet, ou j'avais tapé juste dans la grande passion de sa vie. Elle s'animait. Ses yeux brillaient à la lumière des réverbères. Ou peut-être de l'alcool.

— La société a simplement mis ces filles de côté.

Personne ne s'y intéresse vraiment, sauf ceux qu'elles dérangent et qui voudraient les voir disparaître.

Nous avons repris toutes les deux une bouchée de salade.

— Les gens pensent en général que ces filles font le trottoir parce qu'elles ont été victimes de violence, ou qu'elles y sont obligées, ou je ne sais quoi. À vrai dire, beaucoup d'entre elles le font simplement pour le fric. Sans qualification, elles ne pourront jamais obtenir un niveau de vie décent sur le marché du travail légal, et elles le savent. Elles décident de se prostituer pendant quelques années parce que c'est ce qu'elles peuvent faire de plus payant. Ça rapporte plus de vendre son cul que des hamburgers.

Un peu de salade.

— Et comme n'importe quel groupe, elles ont créé une sous-culture qui leur est propre. Ce qui m'intéresse, ce sont les réseaux qu'elles ont constitués, leur cartographie mentale, les systèmes d'aide auxquels elles se rattachent, ce genre de truc.

Le serveur nous a débarrassées de nos assiettes.

— Et les gars qui les payent ?

— Comment ?

Ma question a eu l'air de la décontenancer.

— Oui, les types qui vont là. Ils doivent représenter un élément important du tableau. Tu parles avec eux aussi ?

J'ai roulé une fourchette de spaghettis.

— Je..., ouais, quelques-uns, elle a bafouillé, avec un trouble évident. Puis, après un moment de silence : Assez parlé de moi, Temp. Dis-moi sur quoi tu travailles en ce moment. Des cas intéressants ?

Elle avait les yeux fixés sur son assiette. Le coqà-l'âne était si brutal que j'ai été prise de court. J'ai répondu sans réfléchir.

— Ces meurtres me prennent vraiment la tête.

Je l'ai regretté en le disant.

— Quels meurtres ?

Sa voix devenait pâteuse, les mots perdaient de leur précision, s'arrondissaient aux angles.

— Un cas particulièrement pénible est arrivé jeudi dernier.

Je me suis arrêtée. Gabby n'a jamais rien voulu entendre de mon boulot.

— Ah ! oui ?

Elle s'est resservie de pain. Elle était bien élevée. Elle m'avait parlé de son travail, maintenant elle m'écoutait parler du mien.

— Ouais. C'est surprenant qu'il n'y ait pas eu plus de presse là-dessus. On a retrouvé le corps sur Sherbrooke la semaine dernière. Pas pu l'identifier au premier abord. Mais, finalement, il semble qu'elle a été assassinée en avril dernier.

— Cela ressemble à tes cas habituels. Qu'est-ce qui te dérange ?

Je me suis reculée dans mon fauteuil et je l'ai regardée. Je n'étais pas sûre d'avoir envie d'aller plus loin. Mais c'était peut-être une bonne chose d'en discuter. Une bonne chose pour qui ? Pour moi ? Elle était la seule avec qui je pouvais en parler. Mais avait-elle vraiment envie de l'entendre ?

— La victime était mutilée. Coupée en morceaux et jetée dans un ravin... Je pense que le modus operandi est le même que dans un autre cas sur lequel j'ai travaillé.

— Tu veux dire quoi ?

— Je retrouve les mêmes — j'ai cherché le bon mot — éléments dans les deux cas.

— Comme quoi ?

Elle a tendu la main pour prendre son verre.

— La brutalité de l'agression, la manière dont le corps a été mutilé.

— Mais c'est très courant, non ? Quand les femmes sont les victimes. On nous défonce le crâne, on nous étrangle, on nous taille en pièces... Le B.A. BA de la violence machiste.

— C'est vrai, ai-je reconnu. Sans compter que je ne suis pas vraiment sûre de la cause de la mort dans le dernier cas. La décomposition était trop avancée.

Gabby ne semblait pas à son aise. J'avais peut-être eu tort.

— Quoi d'autre ?

Elle a pris son verre mais elle n'a pas bu.

— Les mutilations. La manière de découper le corps. Ou d'en enlever certains morceaux. Ou...

J'ai hésité en pensant à la ventouse. Je n'étais toujours pas sûre de ce que cela voulait dire.

— Tu as l'impression que c'est le même fils de pute qui a fait le coup ?

— Oui. Je pense. Mais je n'arrive pas à convaincre le con qui travaille sur le dossier. Il n'a même pas jeté un coup d'œil à l'autre cas.

— Est-ce que l'agresseur pourrait être un de ces salopards qui prennent leur pied en massacrant des femmes ?

J'ai répondu sans lever la tête :

— Oui.

— Et tu crois qu'il va récidiver ?

Sa voix était de nouveau incisive, sans plus de trace de rondeurs ni de velouté. J'ai posé ma fourchette. Elle me fixait intensément, la tête légèrement projetée en avant, les doigts crispés sur sa coupe de vin. Le verre tremblait et le contenu clapotait doucement.

— Gabby, je suis désolée. Je n'aurais pas dû parler de cela. Gabby, est-ce que ça va ?

Elle s'est redressée, a reposé le verre, sans desserrer les doigts pendant un moment, puis l'a lâché. Elle a continué à me fixer. J'ai adressé un signe au serveur.

— Tu veux un café ?

Elle a accepté d'un hochement de tête.

Nous avons fini le dîner, en nous gâtant : cappucino et gâteaux à la crème. Elle a retrouvé un semblant de bonne humeur lorsque nous avons plaisanté en évoquant l'université. C'était l'âge du Verseau. Les cheveux longs portés sur les épaules, les chemises en batik, les jeans pattes d'éléphant et portés sur les hanches, toute une génération qui se lançait sur les mêmes chemins de traverse pour échapper à la conformité. Il était minuit passé lorsque nous avons quitté le restaurant.

Tandis que nous descendions Prince-Arthur, elle est revenue sur les meurtres.

— Le gars peut ressembler à quoi ?

Sa question m'a interloquée.

— Je veux dire, est-ce qu'il a l'air cinglé ? ou normal ? Serais-tu capable de le repérer ?

Mon hésitation a eu l'air de l'agacer.

— Tu serais capable de le reconnaître, l'enfoiré, au milieu d'une fête de famille ?

— L'assassin ? Je n'en sais rien.

— Aurait-il un comportement normal dans la vie courante ?

— Je pense que oui. Si c'est la même personne qui a tué ces femmes, et je suis loin d'en être sûre, Gab, c'est un méthodique. Il planifie ses crimes. Les tueurs en série peuvent tromper le monde entier pendant des années avant d'être arrêtés. Mais je ne suis pas psychologue. Il s'agit de pure spéculation.

Nous étions arrivées à la voiture. Soudain, elle m'a agrippé le bras.

— Viens que j't'e montre la bande.

Je n'avais pas suivi. Son changement de sujet

m'avait de nouveau laissée en route. Mentalement, j'ai récapitulé ce que nous avions pu dire.

— Le quartier chaud... mon étude. On y fait un tour en voiture et je te montre les filles.

Je lui ai jeté un coup d'œil juste au moment où elle était prise dans le pinceau des phares d'une voiture qui fit ressortir certains détails, et en rejeta d'autres dans l'ombre. J'ai regardé ma montre : minuit dix-huit.

— D'accord.

Ce qui n'était pas vrai. La journée serait dure demain. Mais cela semblait si important pour elle, je n'avais pas le cœur de la décevoir.

Elle s'est pliée pour rentrer dans la voiture, a reculé le siège au maximum. Ce qui lui a donné un peu plus d'espace pour ses jambes, mais pas encore assez.

En suivant ses instructions, j'ai passé plusieurs rues vers l'ouest, puis tourné au sud sur Saint-Urbain, en contournant le ghetto de Mc Gill, ce mélange schizoïde de logements étudiants bon marché, d'appartements chics et de maisons de pierre grise, rénovées pour la bonne bourgeoisie. À moins de six rues, j'ai tourné à gauche sur Sainte-Catherine. Dans mon rétroviseur se dessinaient le cœur de Montréal, le complexe Desjardins et la place des Arts, face à face, au-dessus du complexe Guy-Favreau et du palais des congrès.

Tout de suite après, la rue Sainte-Catherine débouche sur le sordide de la zone est. Née dans l'opulence de Westmount, en quelques enjambées elle parcourt le centre-ville, jusqu'au boulevard Saint-Laurent, la Main, ligne de démarcation entre l'est et l'ouest. Sainte-Catherine, c'est le berceau du Forum, l'ancienne patinoire olympique, des grands magasins et de la salle de concert du Spectrum. Du côté sud, elle est bordée de tours et de grands hôtels, de théâtres et de centres commerciaux. Mais, à partir de Saint-Laurent, elle laisse derrière elle les ensembles d'habitations et de bureaux, les centres de conférences et les boutiques, les restaurants et les bars de rencontres. Commence le domaine des prostituées et des punks. Leur secteur, partagé avec les dealers et les skinheads, s'étend à l'ouest, jusqu'au village gay. Touristes et banlieusards viennent s'y rincer l'œil, ébahis et fuyant les regards. Rassurés par leur différence, ils ne s'éternisent pas.

Nous étions presque à Saint-Laurent quand Gabby m'a fait signe de m'arrêter. J'ai trouvé une place libre devant la Boutique du sexe. De l'autre côté de la rue, un groupe de femmes occupait le devant de l'hôtel *Granada*. Un panneau y offrait des « chambres touristiques », mais je doutais qu'un touriste y eût jamais mis les pieds.

— Tiens ! Elle, c'est Monique.

Monique portait des cuissardes en plastique rouge et une jupe en Lycra noir, étirée jusqu'à sa limite d'élasticité, lui moulait la croupe. Se dessinaient au travers les coutures de sa culotte et les plis de l'ourlet de sa chemise blanche en polyester. Des boucles d'oreilles d'un rose clinquant lui pendaient jusqu'aux épaules, scintillant contre l'impossible noir de ses cheveux. Une vraie caricature.

— C'est Candy.

Elle me montrait une fille en short jaune et bottes de cow-boy. À côté de son maquillage, Bozo aurait eu grise mine. Elle était désespérément jeune. Sans la cigarette et cette face de clown, elle aurait pu être ma fille.

— Est-ce qu'elles utilisent leur vrai nom ?

J'avais l'impression de nager en plein cliché.

— Je n'en sais rien. Tu le ferais, toi ?

Elle m'a indiqué une fille en baskets noires, le short ras des fesses.

— Poirette.

— Quel âge a-t-elle ?

J'étais consternée.

— Elle dit avoir dix-huit ans. Elle en a probablement quinze.

Je me suis appuyée contre le dossier, les mains sur le volant. Je ne pouvais pas m'empêcher de penser à des gibbons : comme eux, les filles se divisaient le domaine en une mosaïque de territoires bien déterminés. Chacune travaillait sur son terrain, chassait les intrus et mettait tout en œuvre pour séduire un partenaire. Les poses aguichantes, les railleries et les quolibets, tout correspondait à un rituel nuptial version *sapiens*. À la différence près que, là, le but n'était pas la reproduction de l'espèce.

Je ne m'étais pas rendu compte que Gabby avait arrêté de parler. Quand je me suis tournée vers elle, son regard était dirigé sur moi, mais me traversait, fixé sur quelque chose à l'extérieur de ma vitre. Peut-être à l'extérieur de mon monde.

— Allons-y.

Elle a dit cela si doucement que je l'ai à peine entendue.

— Que...

— Grouille !

Sa violence m'a choquée. Mais ce que j'ai lu dans son regard a retenu la bordée d'injures qui me montait aux lèvres.

Nous avons de nouveau roulé en silence. Gabby semblait plongée dans ses pensées, en orbite d'une autre planète. Au moment où je m'arrêtais devant chez elle, une autre de ses questions m'a sidérée.

— Elles sont violées ?

Dans ma tête, j'ai rembobiné la bande de notre conversation et me la suis repassée. Mystère. J'avais dû manquer quelque chose.

— Qui ?

— Ces femmes.

74

Les prostituées ? Les victimes des meurtres ?
— Quelles femmes ?
Pendant quelques secondes, elle n'a pas répondu.
— J'en ai tellement marre de ces conneries !
Elle était sortie de la voiture et avait monté l'escalier avant que j'aie eu le temps de réagir. Sa véhémence m'a alors frappée de plein fouet.

5

Durant la quinzaine qui a suivi, je n'ai eu aucune nouvelle de Gabby. Ni de Claudel. Il m'avait carrément rayée de sa liste d'appel. Ce que j'ai appris sur la vie d'Isabelle Gagnon, ce fut par Pierre LaManche.

Elle habitait avec son frère et le petit ami du frère rue Saint-Édouard, un quartier ouvrier au nord-est du centre-ville. Elle travaillait dans le magasin de l'ami, une petite boutique rue Saint-Denis, spécialisée en vêtements unisexes et articles de sports. *Une tranche de vie. A Slice of Life*. Le nom avait été trouvé par le frère, boulanger de métier. L'ironie de la situation était déprimante.

Isabelle avait disparu le vendredi 1er avril. D'après son frère, c'était une habituée d'un bar de la rue Saint-Denis et, la nuit précédente, elle était rentrée tard. Il avait cru l'entendre vers 2 heures, mais il n'avait pas vérifié. Les deux hommes avaient quitté la maison tôt le lendemain pour aller travailler. Un voisin l'avait aperçue vers 13 heures. Elle ne s'était pas présentée à la boutique à 16 heures, comme prévu. Neuf semaines plus tard, on retrouvait ses restes sur les terres du Grand Séminaire. Elle avait vingt-trois ans.

LaManche est passé à mon bureau, un jour en fin d'après-midi, pour voir si j'avais terminé mon analyse.

— Il y a de multiples fractures au niveau du crâne, lui ai-je dit. La reconstitution a pris du temps.

J'ai pris le crâne posé sur un rond de liège.

— Elle a été frappée au moins trois fois. Ceci correspond à la première fois.

J'ai désigné une légère dépression de la taille d'une soucoupe. Une série de cercles concentriques s'élargissait depuis l'épicentre, comme sur une cible de tir.

— Le premier choc n'a pas été suffisant pour faire éclater le crâne. Il a simplement causé une fracture par enfoncement au niveau de la table externe. Puis il l'a frappée à cet endroit.

J'ai indiqué le centre d'une zone de fractures en étoile. Une succession de lignes concentriques venait s'ajouter aux rayons du système stellaire, formant une configuration de toile d'araignée.

— Le coup a été beaucoup plus violent et a provoqué une fracture comminutive majeure. Le crâne a explosé.

Cela avait pris des heures pour rassembler les morceaux. Des traces de colle étaient encore visibles sur les bords.

Il m'écoutait, totalement absorbé, et son regard qui passait de moi au crâne était si concentré qu'il semblait creuser un canal de l'un à l'autre.

— Ensuite, il l'a frappée à cet endroit-ci.

Une ligne partait d'une autre zone d'éclatement vers une des branches de la première étoile. Le second foyer de fêlures s'étendait jusqu'au premier mais s'arrêtait net, comme une route de campagne à un croisement.

— Ce coup-là est arrivé plus tard. Les fractures préexistantes font obstacle aux plus récentes. Les nouvelles lignes ne traversent pas les anciennes. Ce choc a donc été frappé en dernier.

— Oui.

— Les coups ont dû être portés par l'arrière et légèrement de la droite.

— Oui.

Chez lui, l'absence de réaction n'était pas signe de manque d'attention. Ni d'incompréhension. Il ne laissait rien passer et je doute qu'il ait jamais eu besoin d'une seconde explication. Mais ses réactions monosyllabiques étaient sa manière de forcer son interlocuteur à organiser ses idées. Une sorte de galop d'essai pour la présentation aux jurés. J'ai continué.

— Un crâne qui reçoit un choc réagit comme un ballon. Durant une fraction de seconde, les os s'enfoncent au point d'impact et se bombent sur le côté opposé. Ce qui fait que les dommages ne se limitent pas à la zone du choc.

Je l'ai regardé pour savoir s'il me suivait toujours. Il ne me lâchait pas d'une semelle.

— Du fait de l'architecture crânienne, les forces résultant d'un choc violent se propagent selon des directions particulières. Les fêlures, ou les fractures, sont d'une certaine manière prévisibles.

J'ai désigné la partie frontale...

— Par exemple, un impact dans cette zone peut provoquer des lésions au niveau des orbites ou de la face.

... Puis l'arrière du crâne.

— Un choc ici entraîne généralement des fractures de part et d'autre de la base du crâne.

Il a approuvé d'un signe de tête.

— Dans notre cas, on a deux fractures comminutives et une fracture avec enfoncement sur l'os pariétal postéro-latéral. Il y a plusieurs lignes de fractures qui débutent dans la partie opposée du crâne pour venir rejoindre les dommages sur le pariétal droit. Ce qui laisse supposer qu'elle a été frappée de l'arrière et par la droite.

— Trois fois ?

— Trois fois.

— Est-ce que cela a pu la tuer ?

Il connaissait déjà ma réponse.

— C'est possible. Je ne peux vraiment pas le dire.

— Y aurait-il d'autres indices sur la cause du décès ?

— Pas de projectile, aucune trace de coups de couteau, pas d'autres fractures. J'ai trouvé quelques entailles étranges sur les vertèbres, mais je ne suis pas vraiment sûre de leur signification.

— Résultant du démembrement ?

— Je ne crois pas. Elles ne sont pas au bon endroit.

J'ai reposé le crâne sur son rond de liège.

— Le démembrement est très soigné. Il n'a pas simplement tranché les membres d'un coup de hache. Proprement. Vous vous souvenez du cas Gagne ? ou de Valencia ?

Il a réfléchi une minute. En un surprenant déploiement de gestes, il a secoué la tête, à droite puis à gauche, comme un chien aux prises avec un emballage de Cellophane.

— Gagne est arrivé ici, oh ! il doit y avoir deux ans. Enveloppé dans plusieurs épaisseurs de couvertures, ligoté avec du gros ruban adhésif. Ses jambes avaient été sciées et empaquetées séparément.

Sur le moment, cela m'avait fait penser aux momies égyptiennes, dont les organes internes étaient conservés à part et disposés auprès du corps.

— Ah ! oui, je m'en souviens.

— Ses jambes avaient été sciées sous les genoux. Même chose pour Valencia. Bras et jambes avaient

78

été sectionnés quelques centimètres en dessous ou au-dessus des articulations.

Valencia avait été trop gourmand sur une affaire de drogue. Il nous était arrivé dans un sac de hockey.

— Dans les deux cas, les membres étaient coupés grossièrement là où c'était le plus facile. Dans ce cas-ci, le type a soigneusement découpé les articulations. Regardez.

Sur le croquis d'autopsie standard j'avais indiqué les points où le corps avait été découpé. Un trait traversait la gorge, d'autres coupaient les articulations des épaules, des hanches et des genoux.

— Il a enlevé la tête à la hauteur de la sixième vertèbre cervicale. Retiré les bras à l'articulation des épaules et les jambes au niveau des cavités articulaires. La partie inférieure des jambes est sectionnée à partir des articulations des genoux.

J'ai pris l'omoplate gauche.

— Vous voyez comment il a longé la cavité glénoïde ?

Il a examiné les marques, une série de stries parallèles qui encerclaient l'emplacement de l'articulation.

— Même chose pour les jambes. J'ai reposé l'omoplate pour saisir le bassin. Regardez le cotyle. Il a coupé droit dans la cavité articulaire.

Les parois de l'alvéole qui reçoit la tête du fémur étaient toutes tailladées. Le col du fémur était marqué de sillons parallèles.

— Le seul endroit où il a procédé autrement, c'est pour les mains. Il les a simplement tranchées à travers l'os.

Je lui ai montré le radius.

— Bizarre. Qu'est-ce qui est le plus représentatif ? Ceci ou l'autre manière de procéder ?

— L'autre. En général, vous découpez un corps

pour vous en débarrasser. Quelques coups de scie et voilà. Lui y a mis plus de temps.

— Humm. Ce qui indique quoi ?

J'ai médité un moment sur la question.

— Je n'en sais rien.

Pendant un instant, nous n'avons rien dit ni l'un ni l'autre.

— La famille réclame le corps pour l'enterrement. Je vais les faire attendre aussi longtemps que possible, mais assurez-vous d'avoir de bonnes photos et tout ce dont vous pourriez avoir besoin si nous allons en cour.

— Je prévois de prélever des échantillons de deux ou trois de ces marques d'entailles. En les observant au microscope je pourrai essayer de déterminer l'outil qu'il a utilisé.

J'ai poursuivi en choisissant mes mots avec soin et en guettant sa réaction.

— Si je peux relever des éléments caractéristiques, j'aimerais pouvoir comparer avec des marques observées sur un autre cas.

Il a eu un tressaillement, presque imperceptible, au coin de la bouche. Je n'aurais pas pu dire si c'était un signe d'amusement ou d'agacement. Mais mon imagination pouvait me jouer des tours.

— Oui, a-t-il dit après un silence, M. Claudel m'a parlé de cela. Il m'a regardée franchement dans les yeux. Il m'a dit que vous pensiez que ces cas étaient reliés.

Je lui ai exposé rapidement les ressemblances que je trouvais entre les cas Trottier et Gagnon. Les coups donnés avec une arme contondante. Le fait de découper le cadavre après la mort. L'utilisation de sacs en plastique. Le fait d'être allé les jeter dans un lieu écarté.

— Est-ce que les deux cas relèvent de la Cum ?

— Gagnon oui. Trottier est un cas de la Sûreté. Elle a été trouvée à Saint-Jérôme.

Comme dans bien d'autres grandes villes, les questions de juridiction sont parfois épineuses à Montréal. La ville est située sur une île au milieu du Saint-Laurent. La Cum s'occupe des meurtres ayant eu lieu sur l'île même. En dehors, cela revient aux polices locales ou à la Sûreté. La coordination n'est pas toujours bonne.

Après un moment de silence, il a repris :

— M. Claudel n'est pas toujours... facile. Persévérez dans votre travail de comparaison. Si vous avez besoin de quoi que ce soit, faites-le-moi savoir.

Durant la semaine, j'ai pris des clichés des marques d'entailles, par macrophotographie, en jouant avec les angles, les grossissements et les intensités de lumière. Je voulais mettre en valeur les détails de leur structure interne. J'avais prévu d'examiner les petits échantillons d'os prélevés au niveau des articulations découpées au microscope électronique à balayage. Mais, finalement, d'autres analyses m'avaient submergée.

J'étais en train de travailler sur la reconstitution d'un crâne, lorsque j'ai reçu l'appel.

Depuis un moment, je l'attendais, mais pas si tôt. Mon pouls s'est brutalement accéléré, mon sang bouillonnait sous mon plexus, comme une boisson gazeuse secouée dans une bouteille. J'avais des bouffées de chaleur.

— Elle est morte il y a moins de six heures, m'a dit LaManche. Je pense que vous devriez venir voir.

6

Margaret Adkins était âgée de vingt-quatre ans. Elle vivait avec son conjoint et leur fils de six ans, dans la proximité immédiate du stade olympique. Ce matin-là, elle devait retrouver sa sœur à 10 heures et demie pour aller faire des courses et déjeuner. Elle n'y était pas allée. De même qu'elle n'avait plus répondu au téléphone après avoir parlé à son mari à 10 heures. Elle n'était plus en état de le faire. Elle avait été assassinée entre cet appel et midi quand sa sœur avait découvert le corps. Soit deux heures auparavant. C'était tout ce que nous savions.

Claudel était encore sur les lieux. Son partenaire, Michel Charbonneau, était assis sur l'une des chaises en plastique au fond de la salle d'autopsie. LaManche était revenu du lieu du meurtre il y avait moins d'une heure, quelques minutes après l'arrivée du corps. L'autopsie était déjà commencée lorsque je suis entrée. À l'évidence, nous pouvions tous nous attendre à des heures supplémentaires ce soir-là.

Elle était couchée sur le ventre, les bras collés le long du corps, paumes en l'air avec les doigts repliés vers l'intérieur. On avait déjà retiré les sacs en papier dont on les avait recouverts sur les lieux du crime. Les ongles avaient été inspectés, et on en avait prélevé les éventuels résidus. Elle était nue et, contre le poli de l'inox, sa peau prenait une teinte cireuse. Des petits ronds s'étaient imprimés sur son dos, à l'emplacement des trous d'écoulement de la table d'autopsie. Çà et là, un cheveu solitaire, échappé à jamais de ses boucles emmêlées, restait collé sur la peau.

L'arrière de la tête était déformé, légèrement enfoncé, comme ces figures maladroites de dessins d'enfant. Du sang suintait des cheveux. Mêlé à l'eau utilisée pour la laver, il formait sous le corps une mare rouge et translucide. Ses survêtement, soutien-gorge, culotte, chaussures et chaussettes avaient été étalés sur la table d'à côté. Ils étaient saturés de sang et l'odeur visqueuse empoissait l'air. Près des vêtements, un sac en plastique contenait une ceinture élastique et une serviette hygiénique.

Daniel prenait des clichés au Polaroïd, qu'il déposait sur le bureau à côté de Charbonneau. Charbonneau les examinait l'un après l'autre, puis les reposait soigneusement à leur place, en se mordillant la lèvre inférieure.

Un policier de l'Identité judiciaire prenait tout au Nikon et au flash. Au fur et à mesure qu'il tournait autour de la table, Lisa, une nouvelle parmi les techniciens de labo, plaçait derrière le corps un écran blanc sorti des oubliettes. Autrefois, ce genre d'appareillage servait, dans les hôpitaux, rver l'intimité du patient durant certains soins. L'ironie était à hurler : quelle pudeur tentaient-ils de protéger ? Margaret Adkins avait passé le stade de s'en soucier.

Après plusieurs prises de vue, le photographe s'est levé de son tabouret et a interrogé LaManche du regard. Celui-ci a pointé du doigt une éraflure à l'arrière de l'épaule gauche.

— Vous avez pris cela ?

Lisa a présenté à la gauche de la lésion un carton rectangulaire indiquant le numéro d'immatriculation du labo, le numéro de la morgue et la date : 23 juin 1994. Daniel et le photographe ont pris des gros plans.

À la demande de LaManche, Lisa a rasé les cheveux autour des plaies de la tête, en arrosant le cuir chevelu au jet à plusieurs reprises. Il y en avait cinq en tout, chacune présentant les lèvres déchiquetées, typiques d'une blessure causée par un objet contondant. LaManche les a mesurées et a reporté les indications sur un croquis. Nouveaux gros plans. Puis il a dit :

— Ça devrait suffire pour cet angle. Vous pouvez la retourner.

Lisa, en s'avançant, m'a bouché la vue. Elle a fait glisser le corps jusqu'au bord gauche de la table, l'a redressé sur le côté en plaçant le bras gauche contre l'estomac. Puis, avec Daniel, elle l'a mis sur le dos. J'ai entendu un léger bruit sourd lorsque la tête a heurté la table en métal. Lisa a soulevé la tête, placé un bloc de caoutchouc sous le cou, puis s'est reculée.

C'est alors que j'ai eu la sensation que le doigt qui avait bloqué le liquide gazeux dans la bouteille venait de se retirer du goulot. L'épouvante a jailli en geyser dans ma poitrine.

Margaret Adkins avait été éventrée du plexus au pubis. Une plaie aux bords irréguliers béait depuis le sternum, en exposant les couleurs et les textures des entrailles. Au plus creux, là où les viscères avaient été déplacés, je pouvais voir l'enveloppe luisante qui couvrait la colonne vertébrale.

Je me suis arrachée à cette vision d'horreur, mais de regarder plus haut ne m'a apporté aucun soulagement. La tête était légèrement tournée et montrait un visage de lutin, avec un nez retroussé et un petit menton pointu. Les pommettes étaient hautes, constellées de taches de rousseur dont la mort accentuait le contraste avec la pâleur sur laquelle elles semblaient surnager. Elle ressemblait à Fifi-Brindacier, avec des cheveux courts et bruns. Mais la petite bouche d'elfe ne souriait pas. Elle était distendue par un mamelon qui avait été tranché, et dont la pointe reposait sur la délicate lèvre inférieure.

84

J'ai croisé le regard de LaManche. Les rides autour de ses yeux semblaient plus creusées que d'habitude et, en dessous, une tension distordait par spasmes les lignes qui dessinaient des parenthèses. J'y ai lu de la tristesse, mais peut-être autre chose encore.

Il n'a rien dit. Il a poursuivi l'autopsie, en reportant son attention du corps au bloc où il notait chacune des atrocités, avec l'endroit où elles avaient été commises, et leurs dimensions. Il inscrivait en détail chaque blessure, chaque lésion. Pendant ce temps, les photographes continuaient leur travail. Nous attendions. Charbonneau fumait.

Après ce qui avait paru des heures, LaManche a terminé l'examen externe.

— Bon. Vous pouvez l'emmener en radiographie.

Il a retiré ses gants et s'est assis au bureau pour se pencher sur ses notes, comme un vieil homme courbé au-dessus de sa collection de timbres.

Lisa et Daniel ont apporté une civière et, avec une dextérité toute professionnelle, y ont transféré le corps.

Silencieusement, je suis venue m'asseoir à côté de Charbonneau. Il a fait mine de se lever, a incliné la tête et m'a souri. Il a pris une dernière bouffée de sa cigarette et en a écrasé le mégot.

— Docteur Brennan, *how goes it ?*[1].

Il s'adressait toujours à moi en anglais, très fier de son aisance. C'était un mélange étrange de québécois et de jargon sudiste, lié à son enfance à Chicoutimi, agrémenté de deux ans passés sur les champs pétroliers de l'est du Texas.

— Bien. Et vous ?

— Peux pas me plaindre.

Il a eu ce geste dont seuls les francophones ont

1. Comment ça se passe ?

la maîtrise, haussement d'épaules, paumes levées vers le ciel.

Son visage était large et sympathique, surmonté de cheveux gris et hirsutes qui me faisaient penser à une anémone de mer. Il était bâti comme une armoire à glace et son cou était si disproportionné que ses cols avaient toujours l'air trop étroits. Ses cravates, peut-être dans une tentative de compensation, étaient systématiquement de guingois, ou desserrées jusqu'au premier bouton de chemise. Il les perdait assez tôt dans la matinée, histoire de prendre le look international. Ou simplement pour être à son aise. Contrairement à la plupart des enquêteurs, il n'essayait pas de ressembler à une gravure de mode. Ou bien il manquait son coup. Cette journée-là, il portait une chemise jaune pâle, un pantalon en polyester et une veste de sport d'un écossais vert. La cravate était marron.

— Déjà vu les photos du bal ? m'a-t-il demandé en tendant le bras pour récupérer une enveloppe brune, posée sur le bureau.

— Pas encore.

Il en a retiré une pile de Polaroïd qu'il m'a tendus.

— Ce sont les photos de la scène, arrivées avec le corps.

Tandis que je commençais à les regarder, il ne me lâchait pas des yeux. Peut-être espérait-il une réaction de recul, pour pouvoir dire à Claudel que je m'étais troublée. Ou ma réaction l'intéressait vraiment.

Les photos étaient classées en séquences chronologiques. La première montrait une petite rue bordée de part et d'autre par des triplex, anciens mais bien entretenus. Des arbres étaient plantés parallèlement aux trottoirs, dans des petits carrés de terre entourés de béton. Devant chaque maison, il y avait un jardinet minuscule, partagé en deux par une allée qui conduisait à un escalier en fer. Ici et là, un tricycle encombrait le trottoir.

La série suivante privilégiait l'extérieur d'une des habitations en brique. Les numéros 1407 et 1409 s'inscrivaient près des deux portes du premier palier. Au rez-de-chaussée, quelqu'un avait planté des fleurs juste en dessous de la fenêtre. Trois malheureux soucis, serrés les uns contre les autres, qu'on avait dû soigner avec amour puis oublier une fois éclos, leurs larges têtes jaunes s'étiolant au bout de tiges également arquées. Un vélo était posé contre la barrière rouillée qui entourait le jardinet. Une pancarte plantée dans le gazon penchait vers le sol, comme pour en dissimuler le message : *À vendre. For sale.*

Malgré tous les efforts, la maison ressemblait exactement à toutes les autres de la rue. Mêmes escaliers, mêmes balcons, mêmes portes voisines, mêmes rideaux de dentelle. Pourquoi la tragédie avait-elle choisi cet endroit-là ? Pourquoi pas le 1405 ? ou le trottoir d'en face ? ou plus bas dans la rue ?

Chaque photo me rapprochait un peu plus, comme un microscope permettant avec un grossissement progressif. La série suivante montrait l'intérieur de l'appartement, et, là encore, c'est la petitesse qui m'a frappée. Des pièces minuscules. Des meubles bon marché. L'inévitable télé. Un salon. Une salle à manger. Une chambre d'enfant avec des posters de hockey accrochés au mur. Un livre posé sur le lit : *Le Monde en 20 leçons.* Nouveau serrement de cœur. Il y avait peu de chances que le livre puisse expliquer cela.

Margaret Adkins avait aimé le bleu. Les portes et les moulures étaient toutes peintes d'un bleu clair, grec.

Finalement, la victime. Le corps était étendu

dans une toute petite pièce à la gauche de l'entrée, qui donnait d'autre part sur une deuxième chambre et sur la cuisine. Par la porte de la cuisine, je pouvais voir une table en Formica, couverte de napperons en plastique. L'espace exigu où Adkins était morte ne contenait qu'une télévision, un divan et un buffet. Le corps était étendu en plein milieu.

Elle était sur le dos, jambes écartées. Habillée, mais le haut du survêtement avait été tiré sur le visage, emprisonnant les poignets au-dessus de la tête, coudes tournés vers l'extérieur et mains rapprochées mollement, comme une ballerine débutante en la troisième position, à son premier spectacle.

L'entaille au niveau de la poitrine exposait une chair crue et sanguinolente, vaguement voilée par la pellicule qui noircissait autour du corps et qui semblait couvrir toute la scène. Un carré cramoisi marquait l'emplacement du sein gauche, dessiné à grands coups d'incisions qui se chevauchaient et se croisaient à quatre-vingt-dix degrés. J'ai pensé aux trépanations rituelles pratiquées sur les crânes des Mayas. Mais, là, il n'était pas question de soulager la souffrance ni de délivrer un esprit imaginaire. Si une âme emprisonnée avait été libérée, ce n'était certainement pas celle de Margaret Adkins. Elle n'avait été que la trappe par laquelle l'esprit tourmenté d'un inconnu avait trouvé un soulagement.

Le bas du survêtement avait été tiré jusqu'aux genoux, dont l'écartement distendait l'élastique. Du sang avait coulé d'entre les jambes et formé une grande flaque sous le corps. Elle était morte avec ses chaussettes et ses chaussures aux pieds.

Sans un mot, j'ai replacé les photos dans l'enveloppe que j'ai redonnée à Charbonneau.

— C'est particulièrement salaud, non ?

Il a retiré une particule de sa lèvre inférieure, l'a

examinée et s'en est débarrassé d'une chique-
naude.

— Oui.

— Cette pourriture se prend pour un maudit
bon chirurgien. Un vrai cow-boy du couteau.

J'allais répondre quand Daniel est revenu avec
les radios et a commencé à les placer sur le négatoscope. Chaque fois qu'il en prenait une, cela pro-
duisait comme un lointain bruit de tonnerre.

Nous les avons examinées dans l'ordre, tous nos
regards glissant de gauche à droite, de la tête de la
victime à ses pieds. Les vues frontales et latérales
du crâne montraient plusieurs fractures. Les
épaules, la cage thoracique et les bras étaient
normaux. Il n'y avait rien de remarquable avant
que nous en arrivions aux clichés du ventre et du
bassin. Ce fut une exclamation unanime.

— Hostie de saloperie ! a dit Charbonneau.

— Chris...

— Tabernouche...

Une forme humaine miniature luisait au fond
des entrailles de Margaret Adkins. Nous sommes
tous restés là, interdits. Il n'y avait qu'une seule
explication possible. La figurine avait été introduite
de force par le vagin et poussée avec assez de puissance pour qu'elle soit totalement indécelable de
l'extérieur. J'ai senti comme un tisonnier chauffé
au rouge me transpercer le ventre et j'y ai porté
les mains en un geste involontaire. Le cœur me
martelait les côtes.

C'était une statuette. Encadrée par le bord des
os iliaques, la silhouette se détachait nettement des
organes où elle avait été insérée. Outrageusement
blanche sur le gris des intestins, elle était debout,
un pied en avant, les mains ouvertes. Le visage
était incliné, comme ces statuettes du paléoli-
thique, dites de Vénus.

Personne ne parlait. On aurait entendu voler une mouche.

— Cela me dit quelque chose, a finalement dit Daniel.

D'un coup sec, il a remonté ses lunettes sur son nez. Un tic lui comprimait les traits, comme s'il avait été en caoutchouc.

— C'est Notre-Dame de quelque chose. Vous voyez... Marie...

Nous avons tous regardé de plus près la forme opaque sur les radios. D'une certaine manière, cela aggravait le crime, en le rendant d'autant plus obscène.

— Ce fils de pute est vraiment un maudit écœurant de cinglé, a dit Charbonneau.

L'émotion du moment lui avait fait perdre sa nonchalance étudiée de spécialiste d'homicides.

Je me suis demandé si c'était l'horreur de l'acte qui était la cause de cette véhémence, ou aussi le caractère religieux de l'objet. Comme la majorité des Québécois, Charbonneau avait certainement eu une enfance imprégnée de catholicisme, rythmée intimement par les rites. La plupart d'entre nous avions rejeté toute appartenance extérieure mais, la plupart du temps, le respect des symboles demeurait. Un homme refusera de porter un scapulaire mais n'y mettra jamais le feu. Je comprenais cela. Autre lieu, autre langage, mais, moi aussi, j'étais membre du clan. Les émotions ataviques ont la vie dure.

Il y a eu un autre long silence. Finalement, LaManche a pris la parole, en pesant ses mots. Avait-il conscience de toute la portée de ce que nous venions de voir ? Même pour moi, je n'en étais pas sûre. Son ton était plus modéré que n'aurait été le mien, mais il a exprimé à voix haute exactement ce que je pensais.

— Monsieur Charbonneau, je pense qu'il serait

bon que nous nous réunissions, vous et votre parte-naire, le docteur Brennan et moi-même. Comme vous le savez certainement, il y a entre ce cas et divers autres des rapports troublants.

Il a marqué une pause, pour laisser à l'idée le temps de faire son chemin et consulter menta-lement un calendrier.

— J'aurai les résultats d'autopsie plus tard dans la soirée. Demain est férié. Est-ce que lundi vous conviendrait ?

L'inspecteur l'a regardé, puis ses yeux se sont tournés vers moi. Son visage n'exprimait rien. Impossible de deviner s'il avait compris ou s'il n'était tout bonnement pas au courant. Ce n'était pas indigne de Claudel d'avoir ignoré mes remarques sans même en avoir parlé à son coé-quipier. Auquel cas, il pouvait difficilement avouer son ignorance.

— Ouais. O.K. Je vais voir ce que je peux faire.

LaManche a laissé son regard triste fixé sur lui et a attendu.

— O.K., O.K., on y sera. Pour l'instant, je ferais mieux de me bouger le cul et de retourner sur le terrain pour trouver la piste de ce salopard. Si Claudel se ramène, dites-lui que je le retrouve au Q.G. aux alentours de 8 heures.

Il était ébranlé. Il en avait oublié de revenir au français en s'adressant à LaManche. Aucun doute que les deux enquêteurs allaient avoir une longue conversation.

LaManche avait repris l'autopsie avant même que la porte ne se soit refermée. La suite était de la routine. Inciser la poitrine en Y, retirer les organes, les peser, les ouvrir et les examiner. L'em-placement de la statuette a été soigneusement noté, ainsi que les dommages internes. Daniel a coupé au scalpel le cuir chevelu au sommet de la tête, détaché le scalp vers l'avant et vers l'arrière.

Puis il a découpé une section de crâne avec sa scie. Je me suis reculée d'un pas en retenant ma respiration, quand le geignement de la scie et l'odeur d'os carbonisé ont empli la pièce. Du point de vue de la structure, le cerveau était normal. Ici et là, des globules gélatineux adhéraient à la surface, comme des méduses noires sur une sphère grise et luisante : les hématomes subduraux causés par les coups portés sur la tête.

Je connaissais déjà la teneur du rapport. La victime était une jeune femme en bonne santé, sans malformations ni signes apparents de maladie. Ce jour-là, quelqu'un l'avait donc frappée à la tête avec suffisamment de force pour fracturer le crâne et causer une hémorragie des vaisseaux cérébraux au niveau de l'encéphale. Au moins à cinq reprises. Il lui avait ensuite enfoncé une statuette dans le vagin, l'avait partiellement éventrée et avait sectionné un sein.

J'ai été parcourue d'un frisson en considérant ce qu'elle avait subi. Les blessures au vagin étaient mortelles, les chairs déchirées avaient saigné abondamment... La statue avait été enfoncée alors que le cœur battait encore. Alors qu'elle était encore en vie.

— ... Dites à Daniel ce que vous voulez, Temperance.

Je n'avais pas écouté. LaManche en avait terminé, mais il me suggérait de prendre des échantillons osseux. Le sternum et la cage thoracique avaient été retirés plus tôt durant l'autopsie, j'ai donc dit à Daniel de les emporter pour les mettre à tremper.

Je me suis approchée du corps, pour examiner l'intérieur de la cavité thoracique. Une série d'incisions marquait la couche de tissus résistants qui enveloppe l'épine dorsale.

— Je veux les vertèbres à peu près d'ici à là.

Avec les côtes, aussi. Envoyez ça à Denis, qu'il les fasse tremper mais pas bouillir. Et prenez toutes les précautions dans le prélèvement, qu'il n'y ait de contact avec aucune sorte de lame.

Il m'écoutait en tenant écartées ses mains gantées. Il secouait la tête sans arrêt.

— Après, vous pourrez refermer, lui a ensuite indiqué LaManche.

Daniel s'est mis au travail. Il allait prélever ce qu'il fallait d'os, puis replacer les organes et refermer le corps. En dernier lieu, il remettrait la calotte crânienne, rajusterait le visage, avant de recoudre les bords du scalp. À l'exception de la cicatrice en Y sur le devant, Margaret Adkins paraîtrait intacte. Prête pour l'enterrement.

Je suis revenue à mon bureau. J'avais besoin de me remettre les idées en place avant de prendre le volant jusqu'à la maison. Le cinquième étage était totalement désert. Les pieds posés sur le rebord de la fenêtre, j'ai plongé du regard dans l'univers du fleuve. De mon rivage, le complexe Miron ressemblait à un assemblage de Lego, avec ses bizarres tours grises reliées l'une à l'autre par un treillis métallique. Juste en avant de la cimenterie passait un bateau qui remontait lentement le courant, ses lumières estompées par le voile du crépuscule.

L'immeuble était totalement tranquille, mais ce calme était plutôt angoissant que propice à la détente. Mes pensées étaient aussi sombres que les eaux du fleuve. Quelqu'un était-il là, de l'autre côté, à m'observer depuis l'usine, aussi esseulé, aussi troublé que moi ?

J'avais mal dormi et j'étais debout depuis 6 heures et demie. Mais au lieu d'être fatiguée, j'étais inquiète. Sans m'en rendre compte, je jouais avec mon sourcil droit, un tic qui avait toujours profondément énervé mon mari et dont des années de remarques ne m'avaient pas guérie. La séparation avait ses bons côtés : je pouvais me livrer à ma manie tout mon content.

Pete. Notre dernière année de vie commune. Le visage de Katy lorsque nous lui avions annoncé la séparation. Nous avions pensé que cela ne devrait pas trop la traumatiser, elle n'était plus vraiment à la maison depuis le début de ses études. Erreur ! Ses larmes m'avaient presque amenée à revenir sur notre décision.

Margaret Adkins, ses mains recroquevillées dans la mort. Ses mains qui avaient peint les portes en bleu. Avec lesquelles elle avait punaisé les posters dans la chambre de son fils. L'assassin. Était-il dans les rues à ce moment même, savourant son crime ? Sa soif de sang était-elle satisfaite ou, au contraire, son besoin de tuer n'en avait-il pris que plus de force ?

Le téléphone a sonné, fendant le silence comme un bang supersonique. Dans mon sursaut, j'ai renversé du coude le pot de crayons. Les stylos et les marqueurs ont volé dans les airs.

— Docteur Bren...

— Tempe. Oh ! merci mon Dieu ! J'ai essayé ton appartement, mais tu n'y étais pas. Évidemment... Elle a eu un rire aigu et forcé. J'ai essayé ce numéro à tout hasard.

Sa voix avait une tonalité que je ne lui avais jamais entendue. Suraiguë, avec une cadence au bord de la crise de nerfs. Comme un chuchotement lâché dans une brutale expiration. Une nouvelle fois, j'ai senti mes tripes se nouer.

— Gabby, je n'ai pas eu de tes nouvelles depuis trois semaines. Pourquoi tu n'...

— Je n'ai pas pu. Je me suis trouvée... impliquée... dans quelque chose. Tempe, j'ai besoin d'aide.

À l'arrière, je distinguais le brouhaha d'un lieu

public. Un staccato de voix assourdies, des cliquettements métalliques.

— Où es-tu ?

J'ai choisi un stylo dans la pagaille répandue sur mon bureau, que je me suis mis à tourner entre mes doigts.

— Dans un restaurant. La Belle Province, à l'angle de Sainte-Catherine et de Saint-Laurent. Viens me chercher, Tempe. Je ne peux pas sortir d'ici.

— Gabby, j'ai eu une grosse journée aujourd'hui. Tu es à quelques coins de rue de ton appartement. Tu ne peux pas...

— Il va finir par me tuer ! Je n'ai plus aucun contrôle sur lui. Il n'est pas normal. Il est dangereux. Il est... *absolutely mad*[1] !

Sa voix avait monté au pas de course tous les paliers de l'hystérie. Elle s'est tue d'un coup, d'autant plus abruptement qu'elle avait changé de langue. J'ai lâché le stylo et regardé ma montre : 21 h 15. Merde.

— O.K. Je suis là dans quinze minutes. Guette-moi, je vais arriver par l'autre côté de Sainte-Catherine.

J'ai fermé à clé la porte de mon bureau et j'ai couru jusqu'à la voiture aussi vite que mes jambes flageolantes me le permettaient. Le cœur battant la chamade, comme sur un rush de caféine.

1. Complètement fou.

7

Durant le trajet, mes pensées jouaient aux montagnes russes. Il faisait déjà nuit et la ville s'était entièrement illuminée. Les gens avaient sorti les chaises sur les balcons et les vérandas, et, un verre à la main, savouraient la douceur du crépuscule après la chaleur moite de l'après-midi.

J'enviais leur quiétude. Ma seule envie était de rentrer à la maison, de partager un sandwich au thon avec Birdie et de me coucher. Si je tenais à ce que Gabby soit en sécurité, j'aurais aussi voulu qu'elle prenne un taxi jusque chez elle.

J'ai pris le boulevard René-Lévesque vers Saint-Laurent, tourné à droite en laissant Chinatown derrière moi. Les derniers marchands rentraient les cageots et les éventaires à l'intérieur des boutiques. Devant moi s'étalait la Main, quartier encombré de petits magasins, de bistros et de cafés miteux. Autour du boulevard Saint-Laurent s'étend un réseau de rues étroites où s'entassent de minuscules logements bon marché. Francophone de tempérament, ce quartier a cependant toujours été une mosaïque de cultures, la plaque tournante de l'immigration à Montréal. Les identités ethniques y coexistent mais ne s'y mélangent pas, comme la variété d'odeurs s'échappant des douzaines de magasins et de boulangeries. Italiens, Portugais, Grecs, Polonais et Chinois se regroupent par enclaves tout le long du boulevard, depuis le port jusqu'à la montagne.

Aujourd'hui, la Main voit s'ajouter à sa traditionnelle clientèle d'immigrés une faune de marginaux et de rapaces, loosers et prédateurs également mis de côté par la société. Pour le reste, on vient pour se procurer des marchandises à prix de gros, des snacks pas chers, de la drogue, de l'alcool et du sexe.

J'ai tourné sur la droite de la rue Sainte-Catherine, frontière sud du quartier, et me suis arrêtée au coin où, avec Gabby, nous nous étions garées presque trois semaines auparavant. Les putes commençaient tout juste à se répartir les territoires et les motards n'étaient pas encore arrivés.

Elle devait me guetter. Quand j'ai jeté un coup d'œil dans le rétroviseur, elle était déjà au milieu de la rue, au pas de course, l'attaché-case serré contre sa poitrine. Pas assez terrifiée pour décoller mais avec une panique évidente. Elle courait à la manière des adultes ayant depuis longtemps perdu l'aisance des cavalcades enfantines : ses longues jambes à peine fléchies, la tête levée, le sac en bandoulière tressautant au rythme disgracieux de sa précipitation.

Elle a ouvert la portière et s'est assise, les yeux clos, la poitrine haletante. Elle essayait désespérément de reprendre contenance, serrant ses mains l'une contre l'autre pour les empêcher de trembler. Même si Gabby avait toujours eu un grand sens du drame, je ne l'avais encore jamais vue dans cet état.

Pendant un petit moment, je n'ai rien dit. Malgré la chaleur, j'avais des frissons et ma respiration n'était plus qu'un souffle. Dehors, on entendait une prostituée qui racolait un conducteur, sa voix planant dans l'air du soir comme un avion miniature.

— Allons-y.

Si doucement que j'ai failli ne pas l'entendre. Sentiment de déjà vu.

— Peux-tu me dire ce qui se passe ?

Elle a levé la main comme pour contrer un reproche. Une main tremblante, qu'elle a alors portée contre sa poitrine. L'odeur de sa peur se répandait dans la voiture. Son corps était chaud d'un parfum de santal et de transpiration.

— J'y arrive, j'y arrive. Donne-moi une minute.

— Ne me mène pas en bateau, tu veux, Gabby ?

Mon ton était plus vif que je ne l'aurais voulu.

— Pardonne-moi. Mais peut-on déjà se tirer d'ici...

Elle a mis son visage dans ses mains.

Parfait. Nous allions suivre son scénario. Il fallait d'abord qu'elle se calme et, ensuite, elle m'expliquerait, à sa manière. Mais qu'elle se décide, à un moment ou à un autre !

— On va chez toi ?

Elle a fait oui de la tête, le visage toujours enfoui dans ses mains. J'ai démarré et pris la direction du carré Saint-Louis. Quand je suis arrivée devant chez elle, elle n'avait toujours rien dit. Sa respiration s'était calmée, mais ses mains continuaient à se nouer, s'agripper l'une à l'autre, se décrisper, puis de nouveau se serrer, dans d'étranges figures de panique. La chorégraphie de l'angoisse.

Je me suis garée, appréhendant l'affrontement que je sentais venir. Dans bien des situations catastrophiques, de conflit parental, de problèmes à l'université, de confiance en soi, de relations amoureuses, j'avais conseillé Gabby. Cela m'avait toujours épuisée. Invariablement la fois suivante, je la retrouvais pleine d'entrain et rassérénée, la crise oubliée. Ce n'était pas de l'indifférence mais simplement le fait que Gabby m'avait fait le coup bien des fois. La grossesse qui n'en était pas une. La mallette volée qu'on retrouvait sous les coussins du divan. Toutefois, sa réaction avait une intensité qui ne me plaisait pas. Même si j'avais une furieuse envie de me retrouver seule, je pouvais difficilement la laisser dans cet état.

— Tu veux venir chez moi ce soir ?

Elle n'a pas répondu. Dans le parc, un vieil

homme s'installait sur le banc pour la nuit, son balluchon sous la tête.

Comme le silence durait, j'ai cru qu'elle n'avait pas entendu. Me retournant pour répéter mon invitation, j'ai croisé son regard fixe. Les mouvements désordonnés avaient laissé place à une immobilité parfaite. Elle se tenait le dos raide, le haut du corps légèrement penché en avant. Une main sur les genoux, l'autre serrée contre sa bouche. Ses yeux étaient mi-clos, les paupières inférieures agitées d'un tremblement presque imperceptible. Elle semblait peser le pour et le contre, considérer les conséquences possibles. Ce brusque changement d'état était déconcertant.

— Tu dois penser que je suis folle.

Elle s'exprimait avec calme, d'une voix basse et modulée.

— Je ne sais plus très bien où j'en suis.

Je n'ai pas dit ce que je pensais vraiment.

— Ouais. C'est une manière de présenter les choses.

Cela avec un petit rire d'autodépréciation, en faisant voltiger ses tresses.

— Je crois que j'ai vraiment paniqué, tout à l'heure.

J'ai attendu la suite. Une portière a claqué. Le chant lent et mélancolique d'un saxophone nous est parvenu du parc. Une sirène d'ambulance a gémi au loin. L'été en ville.

Dans le noir, j'ai senti, plutôt que vu, l'attention de Gabby changer de cap. Comme si elle s'était dirigée vers moi, pour bifurquer à la dernière minute. Telle une mise au point automatique, son regard s'est focalisé sur un point au-delà de ma personne.

— Ça va aller, a-t-elle finalement dit, en ramassant sa mallette et en cherchant la poignée de la porte. Je te remercie tellement d'être venue me chercher.

Elle avait décidé de prendre la tangente.

Effet de la fatigue ou du stress de ces derniers jours, peu importe. J'ai craqué.

— Attends une minute, tu veux ? Je veux savoir ce qui se passe. Il y a une heure, il était question d'un type qui voulait te tuer. Tu sors du restaurant comme une folle, tu traverses la rue comme si tu avais le diable à tes trousses ! Tu suffoques, tes mains tremblent comme si tu venais de te prendre une décharge de haute tension. Et tu crois t'en tirer avec un « Merci pour la balade » sans plus d'explication ?

Jamais je n'avais été aussi furieuse contre elle. Mon ton avait monté, ma respiration était saccadée. Une petite veine palpitait sur ma tempe gauche.

Elle en est restée clouée sur place. Ses yeux ronds et vides comme un lièvre pris dans les phares. Une voiture est passée et a éclairé son visage, lumière blanche puis rouge, accentuant encore l'image.

Un moment, elle est restée comme ça, son profil catatonique découpé sur le fond du ciel d'été. Puis, comme après l'ouverture d'une valve, son corps a semblé relâcher la tension. Elle a retiré la main de la poignée, reposé sa mallette. Elle s'est livrée à un nouveau débat intérieur, peut-être pour décider par où commencer, ou envisager les manières de s'en sortir. J'ai attendu.

Finalement, elle a pris une grande inspiration et ses épaules se sont légèrement crispées. Elle avait pris une décision. Dès qu'elle a commencé à parler, j'ai su ce qu'elle avait l'intention de faire. M'impliquer, mais seulement jusqu'à un certain point. Elle parlait lentement, avançant pas à pas en tenant son fil conducteur dans le dédale de ses émotions.

— J'ai travaillé avec des gens un peu... particuliers... ces derniers temps.

Le terme m'a semblé faible, mais je n'ai rien dit.

— Non, non, je sais que ça peut paraître une platitude. Je ne parle pas du monde habituel de la rue. Avec ça, je m'en sors bien.

Elle prenait d'infinies précautions dans le choix des mots.

— Si tu connais les joueurs, que tu apprends les règles et le jargon, tu ne risques rien. C'est comme partout ailleurs. Il faut respecter l'étiquette locale et pas faire chier le monde. Respecter les territoires, ne pas bousiller un bon coup, ne pas parler aux flics. À part les horaires, ce n'est pas dur d'y travailler. En plus, maintenant, les filles me connaissent, elles savent bien que je ne les menace en rien.

Elle s'est tue. Me faussait-elle encore compagnie ou se livrait-elle à un niveau tri mental ? Je me suis décidée à intervenir.

— Est-ce que l'une d'elles te menace ?

L'éthique avait toujours été un point important pour Gabby, et je la soupçonnais de vouloir protéger un informateur.

— Les filles ? Non, non. Elles sont correctes. Je n'ai aucun problème avec elles. Je dirais même que, d'une certaine manière, elles aiment ma compagnie. Je les vaux largement dans l'obscénité.

Merveilleux. Nous savions déjà ce que le problème n'était pas. J'ai poussé l'avantage un peu plus loin.

— Comment fais-tu pour qu'on ne te confonde pas avec elles ?

— Oh ! je n'essaie pas. Je me fonds dans la masse, simplement. Sinon, je manquerais le but que je me suis fixé. Les filles savent que je ne leur fais pas de concurrence, si bien que, je ne sais pas, ça ne doit pas les déranger.

Je n'ai pas posé la question évidente.

— Si un type m'emmerde, je dis juste que je ne travaille pas pour le moment. La plupart laissent tomber.

Elle a marqué une nouvelle pause. Un chien a aboyé dans le square. Elle jouait avec un pompon de sa mallette. J'étais certaine qu'elle protégeait quelqu'un, ou quelque chose. Mais, cette fois, je n'ai pas insisté.

— La plupart, elle a continué, sauf ce type dernièrement.

Silence.

— Qui est-ce ?

Silence.

— Je ne sais pas, mais il m'a vraiment foutu la frousse. Ce n'est pas un client, pas à proprement parler, mais il aime se tenir avec les putes. Je ne crois pas que les filles fassent très attention à lui. Mais il en connaît pas mal sur la rue, et, comme il est venu me voir, j'ai fait des entrevues avec lui.

Silence.

— Dernièrement, il s'est mis à me suivre. Ça ne m'a pas frappée tout de suite, mais j'ai commencé à l'apercevoir dans des endroits bizarres. Au supermarché le soir. Ou ici, dans le square. Une fois, je l'ai vu à Concordia, juste devant le bâtiment de la bibliothèque, là où j'ai mon bureau. Ou juste derrière moi, sur le trottoir. La semaine dernière, je l'ai repéré sur Saint-Laurent. Au début, j'ai voulu croire que mon imagination me jouait des tours. Alors je l'ai testé. Si je ralentissais, il ralentissait. Si j'accélérais, il accélérait. J'ai essayé de m'en débarrasser en entrant dans une pâtisserie. Quand je suis sortie, il était de l'autre côté de la rue, comme s'il regardait une vitrine.

— Tu es sûre que c'est toujours le même ?

— Absolument.

Il y a eu un long silence, lourd. J'ai attendu, patiemment.

— Ce n'est pas tout.

Elle a contemplé ses mains qui, une fois de plus, étaient serrées l'une contre l'autre.

— Récemment, il s'est mis à me raconter des trucs vraiment dégueulasses. J'ai essayé de l'éviter, mais ce soir il a débarqué au restaurant. Ces derniers temps, on jurerait qu'il a des radars. Il a recommencé avec ses conneries, me posant toutes sortes de questions vraiment fuckées.

Elle a reconsidéré cela dans sa tête. Au bout d'un moment, elle s'est tournée vers moi, comme si elle venait de trouver une réponse qui lui avait échappé jusque-là.

— C'est ses yeux, Tempe. Il a des yeux tellement bizarres. Noirs et méchants, comme une vipère. Et le blanc est tout rouge et injecté de sang. Je ne sais pas s'il est malade, ou s'il est tout le temps shooté ou quoi. Je n'ai jamais vu des yeux comme ça. Ça te donne envie de ramper sous n'importe quoi, pour te cacher. Tempe, j'ai paniqué, c'est tout. J'ai dû repenser à notre conversation de l'autre jour, ton tueur de bonnes femmes. J'ai embarqué là-dessus...

Je ne savais pas quoi dire. Il m'était impossible de lire son expression dans l'obscurité, mais tout son corps exprimait la peur. Elle se tenait raide, et ses bras serraient la mallette contre son buste, comme pour se protéger.

— Qu'est-ce que tu sais d'autre sur lui ?

— Pas grand-chose.

— Les filles en pensent quoi ?

— Elles l'ignorent.

— Est-ce qu'il t'a menacée ?

— Non. Pas directement.

— Est-ce qu'il s'est déjà montré violent ? ou a-t-il perdu le contrôle de lui-même ?

— Non.

— Il est drogué ?

— Je n'en sais rien.

— Sais-tu son nom ? où il habite ?

— Non. Il y a un certain nombre de choses sur lesquelles tu ne poses pas de questions. C'est une règle tacite là-bas.

Il y a eu un nouveau long silence, chacune pesant ce qu'elle venait de dire. Un cycliste pédalait sans se presser le long du trottoir. Chaque fois qu'il passait sous un réverbère, son casque semblait s'allumer, puis s'éteignait de nouveau, puis il a disparu lentement dans la nuit, comme une luciole. Je réfléchissais. Était-ce de ma faute ? Est-ce qu'en parlant de mes peurs j'avais favorisé les siennes ? Ou avait-elle vraiment croisé la route d'un psychopathe ? Exagérait-elle une suite de coïncidences inoffensives ? Ou était-elle vraiment en danger ? Est-ce que je devais laisser venir pendant un moment ? Est-ce que je devais faire quelque chose ? Cela relevait-il de la police ? C'était à mon tour de déambuler dans mes méandres habituels.

Nous sommes restées là un petit moment, à écouter les bruits du parc, à respirer les parfums de la nuit d'été, chacune perdue dans ses pensées. Finalement, Gabby a secoué la tête, posé sa mallette sur ses genoux, et son corps s'est détendu. Même dans l'obscurité, le changement dans son expression était visible.

— Je sais que j'exagère. Sa voix était plus forte, plus assurée. C'est juste un drôle de type, inoffensif, qui essaie de me brasser la cage. Et je suis rentrée dans son jeu. J'ai laissé ce connard me prendre la tête.

— Tu n'as pas souvent affaire à des drôles de types, comme tu dis ?

— La plupart de mes informateurs ne sont pas vraiment la clientèle Ralph Lauren...

Elle a eu un petit rire, sans gaieté.

— Qu'est-ce qui te fait penser que ce type peut être différent ?

En mordillant l'ongle de son pouce, elle réfléchissait.

— C'est difficile de l'exprimer en mots. Il y a juste une... une frontière qui sépare les allumés des vrais vautours. C'est difficile à définir, mais tu le sais quand la ligne est franchie. C'est peut-être un instinct que j'ai appris de la zone. Dans le métier, si une fille sent mal un type, elle ne monte pas avec lui. Chacune a ses propres messages d'alerte, mais elles ont toutes une limite à un moment donné. Ça peut être les yeux, ça peut être une demande bizarre. Hélène ne monte jamais avec un type qui porte des bottes de cow-boy... Je crois que je me suis juste fait du cinéma avec ces histoires de serial killers et d'obsédés sexuels...

J'ai coulé un regard discret vers ma montre.

— Tout ce que ce type essaie de faire, c'est de me perturber.

Elle se parlait à elle-même pour faire retomber la tension...

— Quel salopard !...

... Ou pour la faire remonter. La colère montait dans sa voix de minute en minute.

— Hostie de chris, Tempe, je suis en train de laisser ce connard se branler à me raconter et à me montrer ses saloperies. Je vais lui dire d'aller se faire enculer.

Elle a posé sa main sur la mienne.

— Je m'en veux tellement de t'avoir obligée à venir ici ce soir. Je suis vraiment une conne ! Tu vas me pardonner ?

Je l'ai regardée, sans dire un mot. Sa volte-face émotionnelle m'avait de nouveau prise de court. Comment pouvait-elle passer de la terreur à l'analyse, de la colère à la culpabilité, tout cela dans l'espace d'une demi-heure ? J'étais trop fatiguée, ou la soirée était trop avancée, pour tirer cela au clair.

— Gabby, il est tard. Si on reparlait de cela demain ? Tu sais bien que je ne suis pas fâchée. Tu vas bien, c'est tout ce que je demande. C'était sincère quand je te proposais de venir chez moi. Tu es toujours la bienvenue.

Elle s'est penchée pour me serrer dans ses bras.

— Merci, mais ça va aller. Je t'appelle. C'est promis.

Je l'ai regardée grimper l'escalier, sa jupe flottant autour d'elle comme une brume. Un instant plus tard, elle avait disparu derrière la porte violette, laissant retomber le vide et le calme entre nous. Je n'ai pas bougé, enveloppée par l'obscurité et une faible odeur de santal. Sans raison, j'ai eu un pincement au cœur. Comme une ombre qui m'a envahie, puis s'est retirée.

En revenant vers la maison, mes pensées tournaient à la vitesse de la lumière. Gabby était-elle en train de se créer un nouveau mélodrame ? Qu'est-ce qu'elle ne me disait pas ? Ce type pouvait-il être vraiment dangereux ? Couvait-elle la graine de paranoïa que j'avais moi-même plantée ? Fallait-il prévenir la police ?

Pour ne pas me laisser envahir par mon inquiétude à son sujet, j'ai eu recours à un rituel d'enfance qui me soulage lorsque je suis trop tendue : un bon bain, avec des sels aromatiques. J'ai mis un C.D. de Léonard Cohen à fond et me suis laissé bercer par sa vision du futur, tout en barbotant. Tant pis pour les voisins. Sortie du bain, j'ai réessayé le numéro de Katy, mais c'était encore le répondeur. J'ai partagé des biscuits et du lait avec Birdie, qui a préféré le lait, et me suis mise au lit.

Mon angoisse n'était pas totalement évanouie. Le sommeil était lent à venir et je suis restée un bon moment à regarder les ombres danser sur le plafond et à résister à l'envie d'appeler Pete. Je me détestais d'avoir besoin de lui dans ces moments-là, d'implorer sa force lorsque ça n'allait pas. C'était un autre rituel auquel je m'étais juré de ne plus avoir recours.

Finalement, le sommeil m'a prise comme dans un tourbillon, brouillant dans ma conscience tout ce qui pouvait concerner Pete, ou Katy, ou Gabby, ou les meurtres. Cela a été une bonne chose. C'est ce qui m'a permis de passer au travers des jours qui ont suivi.

8

Le lendemain matin, j'ai dormi profondément jusqu'à 9 heures et demie. Cela ne m'arrivait pas souvent, mais on était le vendredi 24 juin, le jour de la Saint-Jean-Baptiste. Fête nationale du Québec. C'était ma manière de participer à la paresse générale, dûment autorisée en ce jour férié.

Presque tout étant fermé, la *Gazette* ne serait pas déposée devant ma porte ce matin. J'ai donc préparé du café et me suis rendue jusqu'au coin de la rue pour me trouver un autre journal.

La journée était claire et éclatante, le monde semblait être exposé en Technicolor. Chaque objet était rehaussé par le jeu net d'ombres et de lumières. Les couleurs de brique et de bois, métal et peinture, herbes et fleurs, revendiquaient leur place respective dans l'éventail du spectre. Le ciel était d'une pureté sans nuages, de ce bleu impossible qui me rappelait le bleu roi des images saintes de mon enfance. Saint Jean aurait certainement apprécié.

L'air matinal était doux et tiède, en accord parfait avec le parfum des pétunias sous mes fenêtres. Au cours de la semaine, les températures s'étaient élevées lentement, de jour en jour. Prévisions météo : trente-deux degrés pour la journée. Montréal étant sur une île, la proximité du fleuve assure une humidité constante. Wouaooh ! Cela promettait une température de Caroline : chaude et humide. Celle que je préférais, en vraie fille du Sud.

J'ai acheté *Le Journal de Montréal*. Le « n° 1 des quotidiens français d'Amérique » était moins tatillon sur le congé que l'anglophone *Gazette*. En parcourant le demi-pâté de maisons pour rentrer chez moi, j'ai jeté un œil sur la une. Le gros titre était écrit sur dix centimètres de haut, en lettres de la couleur du ciel : BONNE FÊTE, QUÉBEC !

J'ai pensé à la parade et aux concerts qui allaient suivre au parc Maisonneuve. À la sueur et à la bière qui couleraient à flots, aux dissensions politiques qui divisaient le Québec. Avec la tenue d'élections à l'automne suivant, les passions étaient à leur paroxysme et les séparatistes espéraient de tout leur cœur que cette année serait la bonne. Des affiches et des T-shirts le proclamaient déjà : « L'an prochain, mon pays ! » Pourvu que la violence ne vienne pas gâcher la fête !

De retour à la maison, je me suis préparé un bol de céréales et j'ai ouvert le journal sur la table de la salle à manger. Je suis une infomaniaque. Je peux supporter plusieurs jours sans journal, en me shootant régulièrement aux informations télévisées de 23 heures. Quand je voyage, je repère la fréquence de CNN avant même de défaire mes valises. Cela me permet de passer au travers des jours trépidants de la semaine, en me laissant bercer par les voix familières du *Morning Edition* ou du *All Things Considered*. Mais assez vite, j'ai besoin des mots écrits.

Je ne buvais plus, la fumée de cigarette me levait le cœur et, depuis le début de l'année, c'était le calme plat sur le plan sexuel. Autant dire que, le samedi matin, je me livrais à des orgies de journaux, les épluchant pendant des heures dans leurs moindres détails. Non que les nouvelles soient bien nouvelles, ce dont je suis parfaitement consciente. C'est comme des numéros à la Loterie. Toujours les mêmes événements qui se produisent et se reproduisent. Tremblement de terre. Coup d'État. Guerre économique. Prise d'otages. Ma manie consiste à vouloir connaître les numéros qui sont sortis.

Le Journal de Montréal se compose de courts textes et de beaucoup de photos. Certes, ce n'est pas *The Christian Science Monitor*. Mais ça irait quand même. Birdie, qui connaît la routine, avait sauté sur la chaise à côté de moi. Difficile de savoir si c'était ma compagnie qui l'attirait ou d'éventuelles miettes. Il s'est assis sagement en repliant ses pattes. Tout en lisant, je sentais ses yeux ronds et jaunes posés sur ma joue, comme pour puiser en moi la réponse à je ne sais quel mystère félin.

Je suis tombée dessus en deuxième page, entre l'histoire d'un prêtre étranglé et le reportage sur la Coupe mondiale de foot.

ASSASSINÉE ET MUTILÉE À SON DOMICILE.

« Une femme, âgée de vingt-six ans, a été retrouvée assassinée et affreusement mutilée hier après-midi à son domicile dans l'est de la ville. La victime a été identifiée comme Margaret Adkins, sans profession, mère d'un petit garçon de six ans. Mme Adkins avait parlé au téléphone avec son conjoint à 10 heures le matin même. Le corps, sauvagement battu et mutilé, a été retrouvé par sa sœur aux environs de midi.

Selon la police, il n'y avait pas de signes d'effraction et on ignore toujours comment l'agresseur s'est introduit dans l'appartement. Une autopsie a été menée par le Dr LaManche au Laboratoire de médecine légale. Le Dr Temperance Brennan, une anthropologiste judiciaire américaine, spécialiste des lésions du squelette, a notamment examiné les ossements de la victime à la recherche d'éventuelles traces de couteau... »

L'article se poursuivait par une suite de suppositions quant aux dernières allées et venues de la victime, un résumé de sa vie, un compte rendu larmoyant des réactions de la famille, et la promesse que la police allait mettre tout en œuvre pour retrouver l'assassin.

Plusieurs photos accompagnaient l'article, illustrant l'horrible drame et sa distribution d'acteurs. En grisé noir et blanc, on voyait l'appartement avec l'escalier extérieur, la police, les employés de la morgue qui poussaient la civière. Une brochette de voisins s'alignait le long du trottoir, maintenus à distance par le ruban de sécurité, leur curiosité immortalisée dans une trame granuleuse de noir et de blanc. De l'autre côté, j'ai reconnu Claudel, le bras droit levé, genre maestro dirigeant un orchestre de collégiens. Une photo de

110

Margaret Adkins était en encart, version floue mais plus souriante que celle que j'avais vue sur la table d'autopsie.

Une deuxième photo montrait une femme plus âgée, aux cheveux décolorés soigneusement serrés en chignon, et un jeune garçon en short, avec un T-shirt de l'équipe des Expos. Un homme barbu, avec des lunettes à monture d'acier, les tenait par les épaules. Les trois fixaient l'objectif avec douleur et ahurissement, expressions que je ne connaissais que trop, communes à tous ceux qu'un crime violent a laissés dans son sillage. La légende les présentait comme la mère, le fils et le conjoint de la victime.

La troisième photo m'a consternée. Elle me mettait en scène lors d'une exhumation, vieux cliché pris en 1992, régulièrement ressorti des filières et réimprimé. J'étais, selon l'habitude, présentée comme « une anthropologiste améri-caine »...

— Nom de Dieu !

Birdie a donné un coup de queue et a pris un air désapprobateur. Mon vœu de ne pas penser aux meurtres pendant tout le week-end avait fait long feu. J'aurais bien dû me douter que l'histoire allait être dans les journaux du matin. J'ai bu la dernière gorgée, froide et épaisse, de mon café et j'ai composé le numéro de Gabby. Pas de réponse. Il pouvait y avoir un million d'explications, mais cela m'a quand même mise encore plus à cran.

J'ai décidé d'aller au tai-chi. Les cours avaient normalement lieu le mardi soir, mais, comme tout le monde devait être en congé, ils avaient voté une séance extraordinaire. Cela me libérerait l'esprit au moins une heure ou deux.

Nouvelle erreur. Les quatre-vingt-dix minutes de « saisir la queue de l'oiseau », « laisser flotter les mains comme des nuages » et « retourner à la montagne » n'avaient pas réussi à me mettre en humeur de vacances. Ma distraction était telle que tout mon entraînement était à contretemps, et j'étais repartie encore plus mal qu'avant.

Sur la route, j'ai allumé la radio. J'étais déterminée à maîtriser mes pensées comme un berger mène ses moutons, et les frivolités m'aideraient à chasser mes préoccupations macabres. Le weekend n'était pas encore à l'eau.

« ... a été assassinée aux environs de midi hier. Mme Adkins était attendue par sa sœur et ne s'est pas présentée au rendez-vous. Son corps a été retrouvé à son appartement au 6327, Desjardins. La police n'a pu trouver aucune trace d'effraction et suppose que la victime pouvait connaître son assaillant. »

J'aurais dû changer de poste. Mais j'ai laissé la voix pénétrer en moi, aller chercher ce qui fermentait dans mon étuve intérieure, remonter mes frustrations à la surface. En anéantissant définitivement tout espoir de quelques jours de détente.

« ... les résultats de l'autopsie n'ont pas été révélés. La police ratisse le quartier est de Montréal et interroge tous ceux qui ont pu connaître la victime. Le meurtre est le vingt-sixième de l'année dans la juridiction de la Cum. Toute personne pouvant apporter une information utile à l'enquête est priée de se mettre en contact avec l'escouade des Crimes contre la personne, au 555-2052. »

Cela n'a pas été une décision consciente. Après un brusque demi-tour, j'ai pris la direction du labo. J'y arrivais moins de vingt minutes plus tard, résolue à aller jusqu'au bout, sans savoir de quoi.

Une tranquillité inhabituelle régnait dans la tour de la Sûreté. Les préposés à la sécurité m'ont regardée passer d'un air méfiant mais sans rien dire. Ma queue-de-cheval et mes collants de gym pouvaient y être pour quelque chose. Ou c'était une morosité globale, pour avoir été mis de service un jour de congé.

Les ailes des deux labos étaient totalement abandonnées. Les stylos étaient toujours éparpillés sur mon bureau. Je les ai ramassés, tout en jetant un regard circulaire sur les rapports inachevés, les diapos non classées, et un projet en attente sur les sutures maxillaires. Les orbites creuses de mes crânes de référence me contemplaient d'un œil morne.

Je n'étais toujours pas sûre de ce que j'avais l'intention d'y faire. J'ai pensé de nouveau au Dr Lentz. Elle m'avait amenée à reconnaître mon alcoolisme, à voir la réalité de ma dépendance croissante envers Pete. Doucement mais sans pitié, ses mots avaient mis à nu mes vraies émotions. « Tempe, m'aurait-elle dit, êtes-vous toujours obligée de tout contrôler ? Personne d'autre n'est-il digne de confiance ? »

Elle avait sans doute raison. C'était peut-être une tentative pour échapper au sentiment de culpabilité qui m'étreignait dès que j'étais face à un problème non résolu. Ou de conjurer l'impression de ne pas être à la hauteur qui accompagnait généralement l'inaction. Je me répétais que les enquêtes sur les meurtres ne relevaient pas de ma responsabilité, que c'était le boulot des policiers et que mon rôle consistait à leur apporter un soutien technique compétent. Me reprochais de n'être là que par manque d'autres invitations. Peine perdue.

L'impression d'avoir une tâche à accomplir ne me lâchait pas. Une sensation tenace d'avoir laissé passer un détail essentiel. Je devais faire quelque chose.

J'ai sorti un dossier de l'armoire où je gardais mes vieux rapports, un autre de la pile des cas en cours, et les ai posés à côté de celui d'Adkins. Trois chemises jaunes. Trois femmes arrachées à leur environnement et abattues avec la malveillance d'un psychopathe. Trottier. Gagnon. Adkins. Les victimes habitaient à des kilomètres de distance, ne se ressemblaient ni par le milieu, ni par l'âge, ni par le physique. Et, pourtant, je ne pouvais pas me retirer de l'idée que la même main était responsable de ces trois boucheries. Claudel ne voyait que les différences. J'allais trouver de quoi le convaincre.

Sur une feuille de bloc, j'ai tracé un tableau rudimentaire. En colonne les éléments qui pouvaient avoir une importance : âge, race, cheveux (couleur/longueur). Couleur des yeux. Taille. Poids. Vêtements (le jour de la disparition). Statut marital. Langue. Groupe ethnique/religion. Lieu et type de résidence. Lieu et type d'emploi. Cause, date et heure du décès. Traitement infligé au corps post mortem. Emplacement du corps.

J'ai commencé par Trottier. Pour me rendre compte très vite que mes dossiers étaient incomplets. Il me fallait les rapports de police, avec les photos des lieux. J'ai regardé ma montre : 2 heures moins le quart. Trottier relevant de la Sûreté, j'ai décidé d'aller faire un tour au premier. Il n'y avait sûrement pas foule dans la salle des enquêteurs, c'était le bon moment pour demander ce dont j'avais besoin.

Effectivement, l'immense salle était quasiment vide, la rangée de bureaux en métal gris presque inoccupée : trois hommes dans un coin au fond de la pièce, dont deux en vis-à-vis, derrière des piles de classeurs et de casiers de rangement surchargés.

L'un était grand, dégingandé, les joues creuses et des cheveux de la couleur d'un étain poli. Il se tenait renversé sur sa chaise, les pieds sur la table et les chevilles croisées. Andrew Ryan. Il s'exprimait en français, avec l'accent dur et sans intonation des anglophones, et martelait l'air de son stylo. Sa veste était pendue au dossier de sa chaise et, à chaque coup de stylo, les manches vides ballottaient en rythme. On aurait dit des pompiers dans leur caserne, détendus mais sur le qui-vive.

Le partenaire de Ryan le regardait, la tête un peu inclinée, comme un canari scrutant un visage à l'extérieur de sa cage. Petit et musclé, malgré un début d'embonpoint dû à l'âge, il avait le teint uni des salons de bronzage, des cheveux fins et noirs parfaitement coupés. Un aspirant comédien sur une photo de classe. Même sa moustache devait être taillée par un professionnel. Une plaque de bois posée sur son bureau indiquait : Jean Bertrand.

Le troisième homme était perché sur le coin du bureau de Bertrand, et écoutait la conversation tout en examinant les pompons de ses mocassins. En le voyant, mon moral est tombé en chute libre.

— ... comme un bouc pétant des flammes.

Il y a eu une explosion de rires, de ce rire gras que les hommes partagent en général quand ils font de l'humour sur le dos des femmes. Claudel a regardé sa montre.

Tu deviens parano, Brennan, me suis-je dit. Ressaisis-toi. Je me suis éclairci la gorge et j'ai taillé ma route dans le labyrinthe des bureaux. Le trio s'est tu et s'est tourné vers moi. En me reconnaissant, les policiers de la Sûreté ont souri et se sont levés. Claudel n'a pas bougé. Sans masquer son désaccord, il s'est redressé et s'est replongé dans l'inspection du pompon, qu'il n'avait interrompue que pour consulter sa montre.

— Docteur Brennan. *How are you ?*[1] m'a demandé Ryan en anglais, en me tendant la main. Êtes-vous retournée chez vous dernièrement ?

_____
1. Comment allez-vous ?

— Pas depuis quelques mois.

Sa poignée de main était ferme.

— Dites-moi, ça prend un AK-47 pour sortir de chez soi là-bas ?

— Non, nous les gardons pour un usage domestique. Armés.

J'étais habituée à leurs blagues sur la violence aux États-Unis.

— Et ils ont des toilettes intérieures maintenant ? a demandé Bertrand.

Le Sud était son sujet favori.

— Uniquement dans certains grands hôtels, ai-je répondu.

Des trois, seul Ryan avait l'air gêné.

Andrew Ryan n'était pas franchement le candidat idéal pour devenir policier dans la section des Crimes majeurs à la Sûreté. Né en Nouvelle-Écosse, il était le seul fils de parents irlandais qui, ayant étudié la médecine en Angleterre, étaient arrivés au Canada en ne parlant que l'anglais. Ils s'attendaient que, professionnellement, leur fils prenne la relève et, comme ils avaient souffert d'être limités par leur unilinguisme, ils s'étaient juré de lui assurer une parfaite maîtrise du français.

C'est au collège de Saint-François-Xavier que les choses s'étaient gâtées. Fasciné par la marginalité, Ryan s'était trouvé impliqué dans des problèmes d'alcool et de drogue. Il avait fini par passer le plus clair de son temps, non plus sur le campus, mais dans l'obscurité et les relents de bière des lieux que fréquentaient les motards et les dealers. La police locale le connaissait bien, ses cuites se terminant régulièrement sur le plancher d'une cellule, le nez fourré dans son vomi. Il avait finalement abouti à Saint-Martha's Hospital, la gorge entaillée par le couteau d'un sniffeur de coke, qui avait manqué la carotide de peu.

116

Avec l'ardeur d'un évangéliste, sa conversion avait été rapide et totale. Toujours attiré par les bas-fonds, il avait simplement changé de camp. Ayant poursuivi des études en criminologie et posé sa candidature à la Sûreté, il était parvenu au poste de lieutenant.

Son expérience de la rue lui était très utile. Bien que toujours courtois et poli, Ryan avait une réputation de bagarreur, capable d'affronter les voyous sur leur terrain et de les contrer pied à pied. Je n'avais jamais travaillé avec lui, tout ce que je savais venait de rumeurs mais je n'avais jamais entendu un commentaire négatif.

— Que nous vaut votre présence ici ? demanda-t-il, avec un geste de son grand bras en direction de la fenêtre. Vous devriez être en train de profiter de la fête.

Une petite cicatrice dépassait du col de sa chemise et serpentait le long de son cou. Lisse et brillante, comme une chenille de latex.

— Vie sociale pourrie, faut croire. Et je ne sais plus quoi faire dès que les magasins sont fermés.

J'ai repoussé mes cheveux en arrière. J'ai repensé à ma tenue de gym et me suis sentie un peu mal à l'aise face à leurs habits de mannequin dignes d'une publicité pour *Vogue hommes*.

Bertrand a fait le tour de son bureau et m'a serré la main. Claudel m'ignorait toujours. Je me réjouissais de sa présence comme d'une infection vaginale.

— Je me demandais s'il était possible de jeter un œil sur un dossier de l'année passée. Chantale Trottier. Elle a été assassinée en octobre 1993 et son corps a été retrouvé à Saint-Jérôme.

Bertrand a claqué des doigts et les a pointés vers moi.

— Oui. Je me souviens du cas. La petite dans le

dépotoir. On n'a toujours pas coincé le salopard qui a fait le coup.

Du coin de l'œil, j'ai vu que Claudel jetait un regard à Ryan. Le mouvement avait beau être imperceptible, cela a suffi à mettre ma curiosité en éveil. Cela m'aurait étonnée que Claudel ne soit là que pour une visite amicale, ils avaient certainement parlé du meurtre d'hier. Avaient-ils abordé les cas Trottier ou Gagnon ?

— Bien sûr, a dit Ryan, avec un visage souriant mais vide d'expression. Tout ce que vous voulez. Vous pensez que nous pourrions avoir omis quelque chose ?

Il s'est penché pour prendre son paquet de cigarettes et en a sorti une. Il m'a tendu le paquet. J'ai refusé d'un signe de tête.

— Non, non. Pas du tout. Simplement, deux cas sur lesquels je travaille en ce moment m'ont fait penser à Trottier. Je ne sais pas très bien ce que je cherche. Je voudrais juste jeter un œil sur les photos et peut-être sur le rapport d'enquête.

— Ouais, je connais ça, a-t-il dit en soufflant une bouffée du coin de la bouche.

S'il était au courant que mes cas étaient également ceux de Claudel, il n'en laissait rien paraître.

— Des fois, il faut suivre ses intuitions. Vous avez déjà une idée en tête ?

— Elle pense qu'il y a un psychopathe en liberté responsable de tous les meurtres depuis Barbe-Bleue.

La voix de Claudel n'avait pas d'intonation. Ses yeux étaient revenus à ses pompons et il parlait en bougeant à peine les lèvres. Il m'a semblé qu'il n'essayait même pas de cacher son mépris. Je lui ai tourné le dos.

Ryan lui a souri.

— Allons, Luc, relax. Un nouveau coup d'œil ne peut pas faire de mal. On ne peut pas dire qu'on a battu un record de vitesse pour pincer cette vermine.

Claudel a reniflé et secoué la tête. Il a de nouveau consulté sa montre. Puis, s'adressant à moi :

— Vous avez une idée ?

Avant que j'aie pu répondre, la porte s'est ouverte avec fracas et Michel Charbonneau a fait irruption dans la pièce. Il a zigzagué à travers les bureaux, en agitant un papier de la main gauche.

— On le tient ! s'est-il exclamé. On le tient, ce fils de pute.

Il avait le visage rouge et la respiration haletante.

— Pas trop tôt, a dit Claudel. Montre.

Il s'adressait à Charbonneau comme à un livreur de pizzas, oubliant dans son impatience le moindre semblant de courtoisie. Charbonneau a froncé les sourcils mais a tendu le papier. Les trois hommes se sont groupés autour, tête contre tête, comme une équipe autour d'un plan de match.

— Cet enculé de merde a utilisé la carte bancaire de la fille une heure après l'avoir refroidie. Faut croire qu'il ne s'était pas assez amusé pour la journée, il s'est pointé au dépanneur du coin pour tirer du fric. Sauf que l'endroit n'étant pas vraiment le genre haut de gamme, ils ont une caméra vidéo branchée en permanence sur le guichet. La transaction a été identifiée et *that's it*, on a un petit souvenir Kodak.

Il a eu un geste du menton vers la photo.

— Une vraie beauté, pas vrai ? Je m'y suis pointé ce matin, mais l'employé de nuit ne connaissait pas le nom du gars. Par contre, la gueule lui disait quelque chose. D'après lui, faudrait aller parler au type qui travaille après 9 heures. Notre homme serait un habitué.

— Saint Cibole ! a dit Bertrand.

Ryan continuait à fixer la photo, sa grande carcasse courbée au-dessus de l'épaule de son partenaire.

— L'hostie de chien sale, a dit Claudel, en examinant l'image qu'il avait à la main. On va lui faire sa fête à ce trou d'cul.

— J'aimerais venir avec vous.

Ils m'avaient complètement oubliée. Ils se sont tous tournés vers moi, les policiers de la Sûreté mi-amusés, mi-curieux de ce qui allait se passer.

— C'est impossible, a dit Claudel. En français.

Mâchoires serrées et visage dur, sans un sourire dans les yeux.

— Sergent Claudel, j'ai commencé, moi aussi en français et en choisissant soigneusement mes mots, je pense discerner des ressemblances caractéristiques entre les divers homicides que l'on m'a demandé d'examiner. Si c'était le cas, cela voudrait dire qu'un seul individu, un psychopathe comme vous les appelez, est à l'origine de tous ces crimes. J'ai peut-être raison, j'ai peut-être tort. Êtes-vous prêt à assumer la responsabilité d'ignorer cette possibilité et de risquer la vie d'autres innocentes victimes ?

J'étais polie mais déterminée. Moi non plus, je ne m'amusais pas.

— Oh ! chris, Luc, prenons-la avec nous, a dit Charbonneau. On va juste là-bas pour interroger des gens.

— Allez ! De toute manière, le type est cuit, que tu la mettes dans le coup ou pas, a dit Ryan.

Claudel n'a rien dit. Il a ramassé ses clés, fourré la photo dans sa poche, et m'a presque bousculée en se dirigeant vers la porte.

— Bougeons-nous le cul, a dit Charbonneau.

J'ai eu l'intuition que cette journée allait, elle aussi, dépasser les heures réglementaires.

9

Nous rendre jusque-là n'a pas été une mince affaire. Charbonneau, au volant, s'est frayé un chemin vers l'ouest le long du boulevard de Maisonneuve. Assise à l'arrière, je regardais dehors, sans prêter attention aux grésillements de la radio. L'après-midi était étouffant, et je voyais les ondulations de chaleur monter du sol comme des vagues.

Montréal se pavanait de ferveur patriotique. L'emblème de la fleur de lis était partout, aux balcons et aux fenêtres, imprimé sur les T-shirts, les chapeaux et les shorts, peint sur les visages, agité en drapeaux et sur les affiches. Du centre-ville à la Main, les rues étaient encombrées de fêtards en sueur, bloquant la circulation aussi sûrement que des plaques d'athérome les artères coronaires. Apparemment sans ordre, la foule remontait doucement vers la rue Sherbrooke et la parade, les punks au coude à coude avec des mamans et leur poussette. Les manifestants et les chars du défilé avaient quitté la rue Saint-Urbain à 14 heures et se dirigeaient vers l'est au pas de parade. Nous nous trouvions juste en dessous.

Au travers du ronflement de l'air conditionné, j'entendais un brouhaha de rires, de chansons. Il y avait déjà quelques bagarres. À l'angle de la rue Amherst, j'en ai vu un qui poussait sa copine contre un mur. Ses cheveux, couleur de dents mal lavées, étaient hérissés sur le dessus de la tête et longs dans la nuque, sa peau blême de poulet virait au rouge grenadine. Le feu est passé au vert et j'ai gardé l'image de la fille interloquée, sur un fond de poitrine de femme nue. Yeux rétrécis en fente et bouche en O, elle se découpait sur l'affiche de l'exposition Tamara de Lempicka du musée des

Beaux-Arts. Une femme libre, proclamait le slogan. Encore une ironie de la vie. Je me suis consolée en pensant que la brute ne passerait certainement pas une bonne nuit. Pour ma part, il pouvait bien crever.

Charbonneau s'est tourné vers Claudel.

— Tu peux me r'passer la photo une minute.

L'autre l'a tirée de sa poche et Charbonneau s'est plongé dans une étude attentive.

— Il n'a vraiment pas l'air de grand-chose, trouvez pas ? a-t-il lancé à la cantonade.

Sans un mot, il m'a tendu la photo par-dessus le siège.

C'était un agrandissement en noir et blanc d'un individu pris du dessus et du côté droit. Le visage, flou, était masculin, la tête était tournée de côté, absorbée par la tâche d'introduire ou de récupérer une carte dans un guichet automatique.

Les cheveux étaient courts, fins et étalés en frange sur le front. Le dessus de la tête était presque chauve et le type avait peigné ce qui lui restait de mèches de gauche à droite pour masquer sa calvitie. La coiffure masculine que je préfère. Aussi sexy qu'un bonnet de bain.

D'épais sourcils cachaient les yeux, les oreilles étaient décollées en pétales de violettes et la peau d'une blancheur cadavérique. Il portait une chemise « carreautée » et ce qui ressemblait à des pantalons de travail. L'épaisseur du grain et l'angle médiocre de la prise de vue ne permettaient pas de distinguer plus. J'étais d'accord avec Charbonneau. Il n'avait pas l'air de grand-chose. Cela aurait pu être n'importe qui. J'ai rendu la photo, sans commentaire.

Les dépanneurs sont les épiciers du Québec. Il y en a partout où un local couvert peut contenir des étagères et un réfrigérateur. Dispersés dans la ville, ils survivent en vendant l'indispensable en termes d'épicerie, répondant aux besoins des résidents et des passants : lait, cigarettes, bières et vins médiocres, et, pour le reste, cela dépend des préférences locales. Les mieux équipés disposent d'un guichet automatique. C'était un de ceux-là qui nous intéressait.

— Rue Berger ? a demandé Charbonneau à Claudel.

— Oui. Elle coupe Sainte-Catherine, vers le sud. Tu prends René-Lévesque jusqu'à Saint-Dominique. C'est un piège de sens interdits dans ce coin-là.

Charbonneau a commencé sa lente descente vers le sud. Dans l'énervement, il jouait sans arrêt avec le frein et l'accélérateur, ce qui donnait à la voiture une allure d'autotamponneuse. Le cœur à l'envers, j'ai essayé de me concentrer sur l'animation de la rue Saint-Denis, les boutiques, les bistros et les bâtiments modernes en brique de l'université du Québec.

— Tabernac !

— Câââlice ! s'est écrié Charbonneau lorsqu'une grosse camionnette verte lui a coupé la route.

— Chris de colon, a-t-il ajouté en pilant sur le frein pour s'arrêter à quelques millimètres du pare-chocs arrière. Regarde-moi cette petite enflure.

Claudel n'a pas relevé, apparemment habitué à la conduite erratique de son partenaire. J'ai failli demander de la Drammamine, mais je me suis tue.

Finalement, nous avons atteint René-Lévesque, coupé sur Saint-Dominique, puis tourné sur Sainte-Catherine. Une fois de plus, j'étais à moins d'un pâté de maisons des filles de Gabby. Berger, une des rues d'un quadrilatère coincé entre Saint-Laurent et Saint-Denis, était juste à droite.

Charbonneau est venu garer la voiture en face du dépanneur Berger. Une enseigne miteuse indiquait « Bière et vin ». Des publicités de bières étaient collées sur la vitrine, blanchies par le soleil et écornées par l'âge. Des cadavres de mouches jonchaient le perron, en strates superposées selon la saison du décès. Des barreaux de fer protégeaient la porte vitrée. Deux vieux types étaient assis devant, sur des chaises en plastique.

— Le gars s'appelle Halevi, a dit Charbonneau, après un coup d'œil à son calepin. Il n'aura probablement rien à dire.

— Ils n'ont jamais rien à dire. Mais si on le cuisine un peu, la mémoire peut lui revenir, a dit Claudel en claquant la portière.

Les vieux nous regardaient sans dire un mot.

Une chaîne de clochettes en laiton a signalé notre entrée. À l'intérieur, il faisait chaud, cela sentait la poussière, les épices et le vieux carton. Un assortiment poussiéreux de vieilles conserves et de boîtes de carton s'accumulaient sur deux rangées d'étagères qui occupaient toute la longueur du magasin.

Sur la droite, un comptoir de réfrigération contenait des bacs de noix, de lentilles, de pois secs et de farine. S'y ajoutaient dans le fond quelques légumes ramollis. Vestige d'une autre époque, la chambre froide ne fonctionnait plus.

Des armoires réfrigérantes contenant de la bière et du vin s'alignaient le long du mur de gauche. À l'arrière, du lait, des olives et du fromage feta étaient entreposés dans une petite caisse, ouverte, enveloppée d'un plastique pour garder le froid. Le guichet bancaire était juste à droite. En dehors de cette nouveauté, la dernière rénovation du magasin semblait remonter à l'époque où l'Alaska avait émis le souhait de devenir le quarante-neuvième État d'Amérique.

Le comptoir était tout de suite à gauche de la porte. M. Halevi se tenait derrière, en grande conversation téléphonique sur son cellulaire. Il

124

avait gardé l'habitude de se passer la main sur la tête, souvenir d'une jeunesse plus riche en cheveux. Sur une étiquette apposée sur la caisse enregistreuse, on pouvait lire : SOURIEZ. DIEU VOUS AIME. M. Halevi ne suivait pas ses propres conseils. Il était congestionné et visiblement très en colère. Je suis restée en arrière, en observatrice.

Claudel s'est placé juste devant le comptoir et s'est éclairci la gorge. D'un geste de la paume et d'un hochement de tête, Halevi lui a fait signe d'attendre une seconde. Claudel a sorti sa plaque. Halevi s'est troublé et, après quelques mots brefs en hindi, a immédiatement raccroché. Ses yeux, immenses derrière ses grosses lunettes, papillonnaient de Claudel à Charbonneau.

— Bipin Halevi ? a demandé Claudel en anglais.
— Oui.

Charbonneau a posé la photo sur le comptoir.

— Vous connaissez cet homme ?

Halevi a tourné la photo vers lui, s'est penché au-dessus, en en maintenant les coins d'une main tremblante. Il voulait se montrer le plus coopérant possible. Ou du moins le paraître. Beaucoup de gérants de dépanneurs vendent des cigarettes de contrebande ou d'autres produits de marché noir. Une visite de la police y est aussi appréciée qu'un contrôle fiscal.

— Personne ne pourrait reconnaître quelqu'un d'après ça. Ça vient de la vidéo ? Il y en a qui sont venus pour ça tout à l'heure. Qu'est-ce qu'il a fait ?

Il parlait anglais avec l'inflexion chantante des Indiens du Nord.

— Sa tête ne vous dit vraiment rien ? a dit Charbonneau, sans répondre aux questions.

Halevi a haussé les épaules.

— Avec les clients, je ne demande rien. En plus, c'est trop flou. Et il a la tête tournée.

Il a remué sur son tabouret. Il se détendait un

peu, comprenant que ce n'était pas lui qui était en cause mais quelque chose en rapport avec la bande-vidéo confisquée.

— C'est quelqu'un du coin ? a demandé Claudel.

— Je vous ai dit, je ne sais pas.

— Ça ne vous rappelle pas, ne serait-ce que vaguement, quelqu'un qui vient ici ?

Halevi a fixé la photo.

— Peut-être. Peut-être bien. Mais ce n'est pas clair. J'aimerais être utile, mais... C'est peut-être quelqu'un que j'ai déjà vu.

Charbonneau l'a regardé sans amabilité. Il devait penser la même chose que moi. Halevi essayait-il de paraître conciliant ou la photo lui rappelait-elle vraiment quelqu'un ?

— Qui ?

— Je... je ne le connais pas. C'est juste un client.

— Quelque chose de particulier ?

Halevi l'a regardé sans comprendre.

— Est-ce qu'il vient à des heures régulières ? Est-ce qu'il arrive du même côté ? Est-ce qu'il achète les mêmes trucs ? Est-ce qu'il se balade avec un maudit tutu ?

Claudel commençait à s'énerver.

— Je vous ai dit. Je ne pose pas de questions. Je ne remarque pas. Je vends mes trucs. Le soir, je retourne à la maison. Ce visage ressemble à beaucoup de gens. Ils vont, ils viennent.

— Le magasin est ouvert jusqu'à quelle heure ?

— 2 heures du matin.

— Il vient le soir ?

— Peut-être.

Charbonneau prenait des notes dans son calepin relié de cuir. Il n'avait pas noté grand-chose jusque-là.

— Vous avez travaillé hier après-midi ?

— Oui. Beaucoup de monde, le jour avant le

congé, eh ! peut-être les gens pensaient que je n'étais pas ouvert aujourd'hui !

— Vous l'avez vu quand il est venu ?

Halevi a de nouveau examiné la photo, ramené les deux mains en arrière de sa tête et a vigoureusement gratté sa couronne de cheveux. Il a poussé un soupir et a élevé les paumes en geste d'impuissance.

Charbonneau a glissé la photo dans son calepin et en a rabattu sèchement la couverture. Il a placé sa carte sur le comptoir.

— Si vous pensez à quelque chose, monsieur Halevi, appelez-nous. Nous vous remercions de votre temps.

— Certainement, certainement, a-t-il dit et, pour la première fois depuis qu'il avait vu l'insigne de police, son visage s'est éclairé. J'appellerai.

— Certainement, certainement, a dit Claudel quand nous sommes sortis. Cette larve va nous appeler quand la reine d'Angleterre fera une pipe à Saddam Hussein.

— Il travaille dans un dépanneur. Il a du chili à la place du cerveau, a répliqué Charbonneau.

Au moment où nous traversions pour aller vers la voiture, j'ai jeté un œil au-dessus de mon épaule. Les deux types étaient toujours là, de chaque côté de la porte. On aurait dit une décoration permanente, comme les lions de pierre à l'entrée d'un temple bouddhiste.

— Passez-moi la photo une minute, ai-je dit à Charbonneau.

Il a eu l'air surpris, mais l'a ressortie. Claudel a ouvert la portière et une chaleur d'étuve s'en est échappée comme d'un haut fourneau. Il s'est appuyé du bras sur la porte, a posé son pied sur le rebord de la carrosserie et m'a regardée. Il a dit quelque chose à Charbonneau quand j'ai retraversé la rue. Par chance, je n'ai pas entendu.

Je suis allée directement vers le vieux assis sur la droite. Il portait un short d'un rouge délavé, un débardeur, des chaussettes bien tirées et des souliers à lacets. Ses jambes osseuses étaient si couvertes de varices que la peau, d'un blanc crayeux, semblait étirée sur un nœud de spaghettis. Une cigarette lui pendait au coin de la bouche qui s'affaissait vers l'intérieur sur une évidente absence de dents. Il m'a regardée approcher avec une curiosité manifeste.

— Bonjour, ai-je dit en français.

— *Hi*, a-t-il répondu, en se penchant pour décoller son dos luisant de sueur du dossier craquelé de la chaise.

Il devait nous avoir entendus parler ou il avait remarqué mon accent.

— Une journée chaude.

— J'ai connu pire.

La cigarette tressautait quand il parlait.

— Vous habitez près d'ici ?

Son bras décharné a battu l'air en direction du boulevard Saint-Laurent.

— Je peux vous demander quelque chose ?

Il a recroisé les jambes et a acquiescé d'un signe de tête. Je lui ai tendu la photo.

— Vous avez déjà vu cet homme ?

Il a tenu la photo au bout de son bras gauche et l'a protégée du soleil de la main droite. La fumée de sa cigarette flottait devant son visage. Cela a duré si longtemps que j'ai pensé qu'il s'était assoupi. Un chat gris et blanc, couvert de cicatrices à vif, a filé derrière sa chaise, longé le bâtiment et disparu au coin.

L'autre vieux a posé les mains sur ses genoux et s'est redressé avec un grognement. Son teint avait dû être clair un jour, mais on aurait cru qu'il était resté assis sur cette chaise depuis cent vingt ans. Il a remonté ses bretelles d'abord, puis la ceinture qui tenait son pantalon, et s'est approché de nous en traînant les pieds. Il a mis la visière de sa casquette des Mets à la hauteur de l'épaule de son compagnon et a plissé les yeux. Finalement, Jambes-de-spaghetti m'a rendu la photo.

— Une mère n'y reconnaîtrait pas son petit. C'est une photo de merde.

Le deuxième bonhomme s'est montré plus positif.

— Il habite quelque part par là, a-t-il dit, en pointant un doigt jaune vers un triplex en brique, plus bas dans la rue.

Il s'exprimait dans un joual si prononcé que j'avais de la difficulté à le comprendre. Lui non plus n'avait ni dents ni dentier, et, lorsqu'il parlait, son menton semblait vouloir toucher son nez. Quand il s'est tu, j'ai montré la photo puis le bâtiment. Il a hoché la tête.

— Souvent ? ai-je demandé.

— Mmm, oui, il a répondu, en levant les sourcils et les épaules, avançant sa lèvre inférieure. Il a tourné ses paumes vers le ciel puis vers le sol : souvent, d'une certaine façon...

L'autre a secoué la tête et reniflé de dégoût.

J'ai fait signe à Charbonneau et à Claudel de venir me rejoindre, et leur ai expliqué ce que le vieux avait dit. Claudel m'a regardée comme une guêpe qui lui aurait tourné autour. Je l'ai défié du regard. Il savait bien qu'ils auraient dû interroger les deux hommes.

Sans faire de commentaires, Charbonneau nous a tourné le dos pour se concentrer sur le couple. L'échange en joual a ressemblé à un vrai tir d'artillerie, voyelles traînantes et fins de phrases avalées, si bien que l'essentiel de la conversation m'a échappé. Mais les gestes et les mimiques avaient la limpidité d'un gros titre. Les-Bretelles disait que le gars habitait au bout du pâté de maisons. Jambes-de-spaghetti n'était pas d'accord.

À la fin, Charbonneau s'est retourné vers nous. Il a montré la voiture du menton et nous a fait signe de le suivre. En traversant la rue, je sentais deux paires d'yeux chassieux plantées dans mon dos.

10

Charbonneau s'est appuyé contre la voiture, a sorti une cigarette de son paquet et l'a allumée. Il était aussi tendu qu'un arc bandé. Pendant un moment, il n'a rien dit, semblant ruminer ce que les vieux avaient dit. Il s'est finalement décidé à parler, d'une bouche pincée, en remuant à peine les lèvres.

— Qu'est-ce que vous en pensez ?

— Les deux Totos ont l'air de passer pas mal de temps là-devant, j'ai suggéré.

Une rigole de sueur a coulé le long de mon dos.

— Peuvent bien être une vraie paire de cinglés, a dit Claudel.

— Ou ils peuvent l'avoir effectivement vu, a dit Charbonneau.

Il a aspiré profondément la fumée et, de son majeur, a fait tomber la cendre.

— Ils ne sont pas vraiment champions pour ce qui est des détails, a dit Claudel.

— Ouais, a dit Charbonneau, mais on est tous d'accord. Le type n'a rien pour marquer les esprits. Et, généralement, les mutants de son espèce gardent un profil bas.

— Et Papi numéro deux avait l'air vraiment sûr, ai-je ajouté.

Claudel a reniflé.

— Ces deux-là ne doivent pas être sûrs de grand-chose, à part la marque de leur bière et leur numéro d'assurance sociale. Probablement les deux seuls repères qui doivent leur rentrer dans la tête.

Charbonneau a pris une dernière bouffée, a laissé tomber sa cigarette qu'il a écrasée du bout du pied.

— C'est peut-être rien, mais le type peut aussi y être. J'ai pas vraiment envie de me planter. Je propose qu'on y aille et qu'on lui fasse sa fête si on le trouve.

Une nouvelle fois, j'ai vu Claudel hausser les épaules.

— O.K. Mais j'ai pas l'intention de me faire allumer. Je demande du renfort.

Il m'a jeté un coup d'œil puis a regardé Charbonneau, les sourcils interrogateurs.

— Elle ne me dérange pas, a dit Charbonneau.

En branlant la tête, Claudel a contourné la voiture et s'est penché pour prendre le micro. Charbonneau s'est tourné vers moi.

— Restez sur vos gardes. Si ça pète, couchez-vous.

J'ai apprécié qu'il s'abstienne de la recommandation de ne toucher à rien.

En moins d'une minute, la tête de Claudel a réapparu.

— *Let's go.*

Je suis montée à l'arrière. Charbonneau a mis le moteur en route et nous avons lentement descendu la rue. Claudel s'est tourné vers moi.

— Ne touchez à rien là-dedans. Si c'est le bon gars, il n'est pas question de bousiller quoi que ce soit.

131

— Je ferai mon possible, ai-je dit en essayant d'atténuer mon ton sarcastique. Mais nous autres, qui n'avons pas de testostérone, on a parfois du mal à se souvenir de ce genre de choses.

Il a poussé un soupir et s'est retourné sur son siège. Avec une audience favorable, il aurait sûrement levé les yeux au ciel et souri d'un air entendu.

À la moitié du pâté de maisons, Charbonneau s'est arrêté au bord du trottoir. Le bâtiment était entouré de terrains vagues dont le gravier et le ciment tout fissuré étaient envahis de mauvaises herbes et jonchés de bouteilles, de vieux pneus, de toutes sortes de débris. Sur le mur face au terrain, quelqu'un avait peint une fresque. Une chèvre avec une mitraillette pendue à chaque oreille et un squelette humain dans la gueule. Je n'étais pas sûre que la symbolique en soit claire pour qui que ce soit d'autre que pour l'artiste.

— Le vieux type ne l'a pas vu aujourd'hui, a dit Charbonneau, en tambourinant des doigts contre le volant.

— À quelle heure ils étaient en faction ? a demandé Claudel.

— 10 heures.

Il a regardé sa montre et nous avons tous imité son geste. Pavlov aurait été ravi. 15 h 10.

— C'est peut-être un lève-tard, a-t-il ajouté. Ou sa petite sortie d'hier l'a épuisé.

— Ou il n'est pas là du tout et les deux types sont en train de s'éclater de rire.

— Peut-être.

Un groupe d'adolescentes traversaient le terrain libre en arrière, bras dessus bras dessous, et leurs shorts formaient une rangée de drapeaux québécois, de fleurs de lis se balançant à l'unisson tandis qu'elles foulaient les mauvaises herbes. Chacune avait tressé ses cheveux à l'africaine et les avait vaporisés d'un bleu vif. Je les regardais rire et chahuter dans la chaleur de l'été et j'ai pensé qu'il suffisait de si peu pour que ce bel entrain soit anéanti par un fou. Était-ce possible que nous soyons à moins de dix mètres d'un pareil monstre ?

Au même moment, une voiture de patrouille bleu et blanc est venue se glisser derrière nous. Charbonneau est sorti pour parler aux policiers. Une minute plus tard, il revenait vers nous.

— Ils vont couvrir l'arrière. Sa voix était tendue. Allons-y.

Quand j'ai ouvert la portière, Claudel a eu l'air de vouloir dire quelque chose puis, se reprenant, s'est dirigé vers le bâtiment. J'ai suivi avec Charbonneau. Il avait déboutonné sa veste et son bras droit était légèrement fléchi. Réflexes bandés. Dans l'attente de quoi ?

Le bloc de brique rouge restait là tout seul, ses voisins ayant disparu depuis longtemps. De grosses bornes de ciment étaient disposées n'importe comment sur les terrains adjacents, comme d'énormes galets abandonnés par le retrait d'un glacier. Une chaîne rouillée et détendue bordait le côté sud du bloc, la fresque en décorait la face nord.

Trois très vieilles portes blanches, côte à côte, donnaient sur Berger au niveau de la rue. Devant chacune d'elles, une bande d'asphalte couvrait le sol jusqu'au trottoir. Le revêtement, originalement rouge, avait pris une teinte de sang séché.

Derrière la vitre de la troisième porte, une pancarte écrite à la main était placée dans l'angle, contre des rideaux de dentelle, informes et gris. J'ai eu du mal à lire tant la vitre était sale. « Chambres à louer. » Claudel a posé un pied sur la marche et appuyé sur la plus haute des deux sonnettes qui se trouvaient sur le bord du chambranle. Pas de réponse. Il a sonné une nouvelle fois, puis, après un bref temps d'attente, a donné des coups de poing dans la porte.

— Tabernac ! m'a hurlé une voix stridente, droit dans l'oreille, me projetant le cœur dans la gorge.

En me retournant, j'ai vu qu'elle provenait d'une fenêtre du rez-de-chaussée, à huit mètres sur ma gauche. Un visage grimaçait derrière le store, avec un visible mécontentement.

— C'est quoi qu'tu fais d'après toi ? Si tu casses c'te porte, trou-d'cul, tu vas me la payer.

— Police, a dit Claudel, sans relever l'insulte.

— Ouais ? Montre-moi ça...

Claudel a mis sa plaque juste devant le store. La tête s'est penchée en avant, ce qui m'a permis de voir qu'il s'agissait d'une femme. Une figure congestionnée et porcine, entourée d'une écharpe d'un vert translucide, nouée de manière excentrique sur le dessus de la tête. Les bouts rebiquaient et flottaient en l'air comme des oreilles de mousseline. Avec des mitraillettes en plus et cinquante kilos en moins, elle présentait une ressemblance certaine avec la chèvre du mur.

— Et puis ?

Les pointes du fichu flottaient, tandis que son regard passait de Claudel à Charbonneau, puis de Charbonneau à moi. Considérant que j'étais la moins inquiétante, elle les a pointées dans ma direction.

— Nous aimerions vous poser quelques questions, ai-je dit avec l'impression immédiate de faire une mauvaise imitation de Colombo.

Cela sonnait aussi cliché en français qu'en anglais. Tout juste si je n'avais pas ajouté Ma'am à la fin.

— C'est au sujet de Jean-Marc ?

— Nous ne devrions pas discuter de cela dans la rue, ai-je dit, en me demandant qui était Jean-Marc.

La figure a eu un temps d'hésitation, puis a disparu. Un moment plus tard, les serrures ont tourné et la porte s'est ouverte sur une énorme femme, dans une robe d'intérieur en polyester jaune. Le dessous des bras et la taille étaient noirs de transpiration et, dans les plis du cou, la sueur se mêlait au fond de teint. Elle nous a tenu la porte, puis a viré de bord et tangué le long d'un étroit couloir. Nous suivions en file indienne, Claudel en tête, moi fermant la marche. Cela sentait le chou et l'huile rance et, à l'intérieur, il ne devait pas faire loin de quarante degrés.

Le minuscule appartement était empuanti d'une odeur de litière pleine à ras bord et encombré de l'ameublement lourd qui avait fait les belles heures des années vingt et trente. Les tissus dataient sûrement de la sortie d'usine. Une bande de plastique transparent coupait le salon en diagonale, au-dessus du tapis, une imitation élimée de motifs persans. Il n'y avait pas un seul endroit net à portée de vue.

La femme s'est dirigée pesamment vers un énorme fauteuil près de la fenêtre et s'y est laissée tomber de tout son poids. L'ébranlement a fait vaciller la table de télévision en métal à sa droite et la boîte de Pepsi a menacé de se renverser. Elle s'est installée et a jeté un regard nerveux dehors. Attendait-elle quelqu'un ? Ou avait-elle simplement horreur d'être interrompue dans sa surveillance ?

Je lui ai tendu la photo. Elle l'a regardée et ses yeux sont devenus comme deux larves entre ses paupières bouffies. Elle les a levés vers nous, pour s'apercevoir, trop tard, qu'elle s'était mise en position d'infériorité. Elle a tendu le cou. Visiblement, elle passait de l'agressivité à la méfiance.

— Vous êtes... ? a commencé Claudel.

— Marie-Ève Rochon. C'est pourquoi tout ça ? Y a un problème avec Jean-Marc ?

— Vous êtes la concierge ?

— Je collecte les loyers pour le propriétaire, a-t-elle répondu.

Malgré le peu d'espace, elle a réussi à changer de position et le fauteuil a émis une protestation audible.

— Vous le connaissez ? a demandé Claudel en montrant la photo d'un geste.

— Oui et non. Il reste ici, mais je l'connais pas.

— Où ?

— Appartement 6. Première entrée, en bas, a-t-elle dit, avec un grand geste, ce qui a agité une chair grumeleuse comme du tapioca.

— Son nom ?

Elle a réfléchi un moment, en jouant d'un air absent avec la pointe de son fichu. Une perle de sueur a atteint son niveau hydrostatique maximal, a éclaté et lui a dégouliné le long du visage.

— Saint-Jacques. Sûr qu'ils utilisent pas souvent leur vrai nom.

Charbonneau prenait des notes.

— Il habite là depuis longtemps ?

— P't-être un an. C'est long pour ici. La plupart, c'est des vagabonds. Sûr que je l'ai pas vu souvent. P't-être qu'il vient et qu'il part. J'ai pas fait attention.

Elle a baissé les yeux et pincé les lèvres devant l'évidence du mensonge.

— J'pose pas d'questions.

— Il avait des références ?

Ses lèvres ont trembloté en expulsant un gros soupir et elle a lentement secoué la tête.

— Il reçoit des visites ?

— J'vous ai dit, je l'vois pas souvent.

Elle s'est tue pendant un moment. En jouant

avec son foulard, elle l'avait tiré vers la droite et les oreilles n'étaient plus au centre.

— On dirait qu'il est toujours tout seul.

Charbonneau a jeté un coup d'œil autour de lui.

— Les autres appartements sont comme celui-ci ?

— Le mien est le plus grand.

Les coins de sa bouche se sont légèrement étirés et elle a eu un redressement, presque imperceptible, du menton. Même dans la médiocrité, il y avait de la place pour la fierté.

— Les autres sont divisés. Y en a, c'est juste une pièce avec une plaque chauffante et une toilette.

— Il est là ?

Elle a haussé les épaules.

Charbonneau a fermé son calepin.

— Nous avons besoin de lui parler. Allons-y.

Elle a eu l'air surpris.

— Moi ?

— On peut avoir besoin de vous pour entrer dans l'appartement.

Elle s'est penchée en avant et, des deux mains, s'est frotté les cuisses. Ses yeux se sont rétrécis, les narines ont semblé se dilater.

— J'peux pas faire ça. Ce s'rait une violation de domicile. Ça vous prend un mandat ou que'que chose.

Charbonneau l'a fixée d'un regard froid et n'a rien dit. Claudel a poussé un gros soupir, comme s'il était ennuyé ou déçu. Une rigole de condensation a coulé le long de la boîte de Pepsi, jusqu'au cerne qui en entourait la base. Personne ne parlait ni ne bougeait.

— O.K., O.K., mais c'est votre idée.

Elle a tangué d'une fesse sur l'autre, avançant en diagonale comme un voilier tirant des bords. La robe remontait de plus en plus haut, découvrant d'énormes surfaces de chair marbrée. Lorsque son centre de gravité s'est trouvé au bord du fauteuil, elle a placé ses deux mains sur les accoudoirs et s'est soulevée.

Elle a traversé la pièce jusqu'à un bureau au fond et farfouillé dans un tiroir. Rapidement, elle en a sorti une clé, dont elle a vérifié l'étiquette, puis satisfaite, l'a tendue à Charbonneau.

— Merci, madame. Cela nous fera plaisir de venir faire une petite visite d'inspection dans l'immeuble.

Au moment où nous allions partir, sa curiosité a pris le dessus.

— Hé, il a fait quoi, l'gars ?

— Nous vous remettrons la clé en sortant, a dit Claudel.

De nouveau, des yeux nous brûlaient le dos quand nous sommes partis.

Le couloir de la première entrée était identique à celui que nous venions de quitter. Des portes s'ouvraient à droite et à gauche et, au fond, un escalier étroit montait à l'étage. Le numéro 6 était la première porte à gauche. La chaleur était étouffante et il régnait un silence inquiétant.

Charbonneau s'est mis à gauche, moi et Claudel à droite. Tous les deux avaient déboutonné leur veste et Claudel avait la main posée sur la crosse de son .357. Il a frappé à la porte... Une seconde fois... Toujours pas de réponse.

Ils ont échangé un regard et Claudel a hoché la tête. Les coins de sa bouche étaient légèrement rentrés, ce qui accentuait son profil en bec. Charbonneau a introduit la clé dans la serrure et a ouvert la porte d'un coup. Nous n'avons pas bougé, à l'écoute des moutons de poussière qui retombaient.

— Saint-Jacques ?

Silence.

— Monsieur Saint-Jacques ?

Idem.

Charbonneau a levé la paume vers moi, j'ai attendu que les policiers rentrent, avant de les suivre, le cœur battant la chamade.

Il y avait peu de meubles dans la pièce. Dans le coin gauche, au fond, un rideau de plastique orange était suspendu par des anneaux rouillés à une tringle semi-circulaire. La salle de bains de fortune. On voyait dépasser la base d'un W.-C. et plusieurs tuyaux complètement rouillés, où prospérait une colonie de matière vivante, verte et mousseuse, qui devaient être reliés à un lavabo. À la droite du rideau sur un comptoir de Formica étaient posés une plaque chauffante, plusieurs gobelets de plastique et une collection disparate d'assiettes et de casseroles.

En avant du rideau, un lit défait prenait toute la longueur du mur de gauche. Une planche de contre-plaqué était placée contre le mur de droite, reposant sur des chevalets bien clairement identifiés comme propriété de la ville de Montréal. Elle était couverte de livres et de papiers. Au-dessus, des plans, des photos et des articles de journaux couvraient le mur, selon une mosaïque de découpages et de collages qui excédait la longueur de la table. Une chaise pliante en métal était glissée en dessous. La seule fenêtre de la pièce était à droite de la porte d'entrée, avec le même type de store que chez Mme Rochon. Deux ampoules nues pendaient du plafond.

— Ravissant endroit, a dit Charbonneau.

— Ouais. Ça a son charme. Du niveau de l'herpès et des postiches de Burt Reynolds.

Claudel s'est dirigé vers l'espace de la salle de bains et, avec le stylo qu'il avait retiré de sa poche, a écarté le rideau délicatement.

— Le ministère de la Défense aimerait sûrement prendre des échantillons. Ce truc doit être plein de qualités pour une guerre bactériologique.

Il a laissé retomber le rideau et s'est avancé vers la table.

— Évidemment, la tête de nœud n'est pas là, a dit Charbonneau, en rejetant du pied un coin de couverture sur le lit.

J'étais plongée dans l'examen de la vaisselle sur le comptoir. Deux gobelets de bière des Expos. Une casserole cabossée où séchait ce qui ressemblait à des spaghettis en boîte. Un gros morceau de fromage à moitié mangé, figé dans la même substance, dans un bol chinois bleu. Une tasse de Burger King. Plusieurs petits paquets de biscuits-soda, enveloppés de Cellophane.

Cela m'a saisie quand je me suis penchée au-dessus de la plaque. La chaleur résiduelle m'a glacé le sang, j'ai fait volte-face.

— Il est ici !

Exactement au même moment, une porte s'est ouverte avec fracas à l'angle droit de la pièce. Elle a claqué contre Claudel, lui faisant perdre l'équilibre et lui clouant le bras et l'épaule contre le mur. Une silhouette, pliée en deux, s'est propulsée au travers de la pièce. J'entendais siffler la respiration dans sa gorge.

À un seul moment, le fugitif a levé la tête et deux yeux ternes et sombres ont croisé les miens, du dessous de la visière orange d'une casquette. Dans cet éclair bref, j'ai pu lire l'expression d'une bête affolée. Rien de plus. Il avait disparu.

Claudel a repris son équilibre, dégainé son revolver et est sorti comme un ouragan. Charbonneau était sur ses talons. Sans réfléchir, je me suis lancée dans la poursuite.

11

Quand j'ai déboulé dans la rue, le soleil m'a fait cligner des yeux. J'ai regardé vers le haut de la rue Berger, pour repérer Claudel ou Charbonneau. La parade était terminée et un grand nombre de gens redescendait vers Sherbrooke. J'ai fini par apercevoir Claudel, le visage congestionné, jouant des épaules au milieu de la foule. Charbonneau le suivait de près, sa plaque à bout de bras, comme un burin pour forcer sa route.

La fête se poursuivait comme si de rien n'était. Une grosse blonde tanguait sur les épaules de son copain, la tête rejetée en arrière, brandissant vers le ciel sa bouteille de bière. Accroché à un lampadaire, un type ivre, enveloppé d'un drapeau du Québec comme d'une cape de Superman, stimulait la foule aux cris de : « Le Québec aux Québécois ! » Les voix étaient plus strindentes que tout à l'heure.

Coupant par le terrain vague, j'ai grimpé sur un bloc de ciment. Mais Saint-Jacques, si c'était bien lui, n'était visible nulle part. Il avait l'avantage du terrain et il s'était empressé de mettre le plus de champ possible entre lui et nous.

J'ai vu un agent de patrouille raccrocher son micro et se lancer à son tour dans la poursuite. Il avait dû appeler des renforts, mais même un cruiser n'aurait pu pénétrer cette cohue. Suivi de son coéquipier, il se frayait un chemin à coups de coude vers Sainte-Catherine, loin derrière Claudel et Charbonneau.

Soudain j'ai repéré vers l'ouest la casquette orange. Loin de Charbonneau qui lui, aveuglé par l'écran des corps, avait tourné vers l'est sur Sainte-Catherine. À peine l'avais-je aperçu qu'il s'était volatilisé. J'ai agité les bras mais c'était peine perdue. Claudel avait disparu et aucun des deux agents ne pouvait me voir.

Sans réfléchir, j'ai plongé dans la masse. Les odeurs suintant des corps, de transpiration, de lotion solaire et de bière formaient autour de moi comme une brume de vapeur humaine. N'ayant pas d'insigne pour excuser mon manque inhabituel de courtoisie, je poussais et bousculais en évitant les regards. Certains prenaient cela avec bonne humeur, d'autres s'arrêtaient pour m'insulter. La plupart ne prenaient pas parti.

La casquette orange avait totalement disparu. Je me dirigeais au jugé vers le point où je l'avais aperçu, comme un brise-glace s'ouvrant un chenal sur le Saint-Laurent.

J'y étais presque. Quand une main, de la taille d'une raquette de tennis, s'est enroulée autour de ma gorge, et que ma queue-de-cheval a été violemment tirée vers le bas. J'ai senti, ou entendu, quelque chose craquer dans mon cou. Je me suis trouvée plaquée contre un torse de bûcheron, bâti comme un yeti. Sa transpiration m'imprégnait les cheveux et le dos. Il s'est penché vers moi, m'enveloppant d'une odeur de vinasse, de nicotine et de relents de nachos.

— Hé ! maudite plotte, tu t'imagines que tu pousses qui, chris...

L'aurais-je voulu, j'aurais été dans l'incapacité de répondre. Cela a eu l'air de l'énerver encore davantage. Lâchant mon cou, il m'a expédiée vers l'avant d'une violente bourrade dans le dos. J'ai heurté une femme en short et talons aiguilles, qui a hurlé, et, mains en avant, j'ai poursuivi ma course vers le sol où je suis venue m'érafler la joue et le front. Le sang me battait aux oreilles, du sable crissait sur ma pommette. Un pied s'est posé sur ma main, me réduisant les doigts en bouillie. Je ne voyais que des genoux, des jambes et des pieds.

142

Les gens continuaient à avancer, ne s'apercevant apparemment de ma présence qu'au moment de trébucher. Des coups involontaires m'empêchaient de me relever.

Soudain, une voix furieuse a retenti et la foule s'est légèrement écartée. Une main est apparue à la hauteur de mon visage, avec des doigts qui gesticulaient d'impatience. Je m'en suis saisie et me suis hissée, pour émerger comme par miracle à l'air et à la lumière du soleil.

La main appartenait à Claudel. De l'autre bras, il écartait la foule tandis que je me remettais péniblement sur mes pieds. Ses lèvres remuaient mais je ne comprenais rien. Une fois de plus, il avait l'air contrarié. Mais jamais je n'avais été aussi contente de le voir. Il a fini par se taire et m'a regardée des pieds à la tête. Mon genou, bien écorché, les éraflures sur mes coudes... Son regard est venu se poser sur ma pommette à vif. L'hématome de ce côté commençait à me fermer l'œil.

Il m'a lâchée, a sorti un mouchoir de sa poche et l'a agité devant mon nez. Quand je l'ai pris, ma main tremblait. J'ai essuyé un peu le sang et le sable, puis l'ai replié à nouveau pour appliquer une surface de lin propre contre ma joue.

Il s'est penché et m'a crié à l'oreille :

— Restez avec moi !

Il s'est frayé un passage jusqu'au côté ouest de Berger, là où la foule était un peu moins compacte. J'avais des jambes en coton. Il s'apprêtait à remonter vers la voiture quand, d'un bond, je lui ai agrippé le bras. Il m'a regardée d'un air interrogateur. J'ai secoué la tête avec véhémence et ses sourcils sont passés de l'accent circonflexe à une imitation de Stan Laurel.

— Il est de ce côté ! ai-je hurlé en montrant l'autre direction. Je l'ai vu.

Les sourcils de Claudel se sont divisés au milieu du front.

— Il faut aller à la voiture.

— Je l'ai vu sur Sainte-Catherine ! ai-je répété en pensant qu'il n'avait peut-être pas entendu. Devant le bar des Foufounes électriques ! Il se dirigeait vers Saint-Laurent.

Même à moi, ma voix a paru un rien hystérique.

Il a eu une seconde d'hésitation, tout en évaluant de l'œil l'étendue des dommages sur ma joue et mes genoux.

— Ça ira ? Vous retournez à la voiture ?

— Oui !

Il allait partir.

— Attendez.

J'ai passé mes jambes tremblantes au-dessus du câble rouillé qui faisait le tour du terrain et suis allée me poster sur une des bornes en ciment pour scruter le flot de têtes. Pas de casquette orange. Le regard de Claudel s'élançait vers le carrefour, puis revenait impatiemment sur moi. On aurait dit un chien de traîneau guettant le coup de feu du départ.

J'ai finalement secoué la tête et levé les mains.

— Allez-y. Je vais continuer à regarder.

Il a contourné le terrain vague et s'est lancé à coups de coude dans la direction que je lui avais indiquée. Sainte-Catherine était plus que jamais bondée et, en quelques minutes, sa tête a disparu au milieu des autres. La foule l'avait absorbé, comme une armée d'anticorps encerclant une protéine étrangère.

De l'autre côté, vers Saint-Urbain, une voiture de patrouille essayait d'entamer la foule, à grands coups de sirène et de phares. Mais cela n'avait pas l'air d'impressionner grand monde. À un moment, j'ai cru voir un éclat orange. Mais ce n'était qu'un tigre, avec des franges et des baskets. La fille est passée à côté de moi un peu plus tard, tenant la tête de son déguisement d'une main et un Pepsi de l'autre.

Le soleil était brûlant et la douleur me martelait la tête. Mais il n'était pas question de quitter mon poste avant le retour des autres. Même si c'était de la blague. Il était clair qu'avec la protection de la fête et de Saint-Jean, notre proie nous avait échappé.

Une heure plus tard, nous étions tous rassemblés autour de la voiture. Les deux enquêteurs avaient jeté sur le siège arrière veste et cravate. La sueur leur coulait sur le visage et le long du cou. Charbonneau avait un teint de tarte aux framboises et, avec ses cheveux qui rebiquaient sur le devant, on aurait dit un schnauzer avec une coupe ratée. Nos respirations étaient revenues à leur rythme normal et nous avions dit « *fuck* » une bonne douzaine de fois, à tour de rôle.

— Merde, a dit Claudel.

Ce qui était une variante acceptable.

Charbonneau s'est penché dans la voiture pour prendre un paquet de cigarettes. Il s'est affalé contre l'aile, en a allumé une et a soufflé la fumée du coin de la bouche.

— Pour se frayer un chemin dans ce bordel, le salopard est meilleur qu'un cafard dans un tas de merde.

— Il connaît le coin... J'ai résisté à l'envie de tâter mon menton. Ça aide.

Il a continué à fumer.

— D'après vous, Brennan, c'est le gars du guichet ?

— Seigneur, je n'en sais rien. Je n'ai vraiment pas eu le temps de le regarder comme il faut.

Claudel a reniflé. Il a tiré un mouchoir de sa poche et s'est essuyé la nuque.

J'ai braqué sur lui mon seul œil valide.

— Vous auriez été capable de l'identifier, vous ?

Je l'ai regardé secouer la tête et mes résolutions de ne pas faire de commentaires ont volé en éclats.

— Vous vous comportez envers moi comme si je n'étais pas très brillante, monsieur Claudel, et vous commencez franchement à me faire chier.

Il a eu de nouveau un de ses sourires entendus.

— Votre visage, ça va ?

— De la peau de pêche, lui ai-je craché, dents serrées. À mon âge, les gommages épidermiques gratuits sont une aubaine.

— La prochaine fois que vous vous lancerez dans une partie de lutte active contre le crime, n'attendez pas que je vous ramasse.

— La prochaine fois, faites du travail plus propre sur une arrestation et je n'aurai pas à m'en mêler.

Mes poings étaient si crispés que mes ongles s'incrustaient dans mes paumes.

— Bon, ça va, arrêtez vos conneries, a dit Charbonneau, en jetant sa cigarette. Allons nous occuper de l'appartement.

Il s'est tourné vers les patrouilleurs qui, jusque-là, s'étaient tenus en silence à l'écart.

— Appelez l'Identité.

— C'est comme s'ils étaient là, a dit le plus grand en se dirigeant vers sa voiture.

En silence, nous avons suivi Charbonneau vers le bâtiment de brique. L'autre policier est resté posté dehors.

En notre absence, quelqu'un avait refermé la porte extérieure mais celle de l'appartement 6 était restée ouverte. Nous nous sommes de nouveau déployés à l'entrée de la pièce, comme des acteurs répétant la scène de l'arrestation.

Au fond, la plaque chauffante avait eu le temps de refroidir et l'état des pâtes ne s'était pas amélioré. Une mouche dansait sur le bord de la casserole, et j'ai pensé à ce que l'occupant avait pu laisser de plus macabre.

Je me suis dirigée vers la porte à l'extrême droite de la pièce. Le sol était jonché de petites lamelles de plastique, résultant de la violence avec laquelle la poignée avait heurté le mur. Une marche descendait sur une petite plate-forme, bordée de boîtes de conserve vides, puis un escalier en bois prenait un virage à quatre-vingt-dix degrés vers le bas. Le reste était plongé dans l'obscurité. Des crochets rouillés sortaient du bois à la hauteur des yeux et, sur le mur de gauche, il y avait un interrupteur qui laissait voir les fils électriques se tortiller comme des vers de pêche dans leur boîte.

Charbonneau est venu me rejoindre, a repoussé la porte et relevé l'interrupteur avec son stylo. Une ampoule s'est allumée quelque part en bas, projetant des ombres sur les dernières marches. Nous avons tendu l'oreille. Silence. Claudel est arrivé derrière nous.

Après un temps d'arrêt, Charbonneau a entamé lentement la descente. J'ai suivi. Les marches gémissaient sous mes pieds et mes jambes tremblaient comme si j'avais couru un marathon. Mais je me suis retenue de toucher les murs. Le passage était étroit et, en avant, je ne voyais que les épaules de Charbonneau.

En bas, il faisait froid et humide, ce qui est venu agréablement soulager mon menton qui brûlait comme de la lave en fusion. Cela sentait le moisi. C'était une cave ordinaire, grossièrement de la taille du bâtiment. Le mur du fond, visiblement ajouté pour diviser un espace plus grand, était construit en parpaings bruts. En avant, il y avait une cuve en métal et, tout contre, un long établi dont la peinture rose s'écaillait. Par terre s'accumulait toute une collection de brosses de lavage, dont les poils jaunis étaient couverts de toiles d'araignées. Un tuyau d'arrosage noir était enroulé contre le mur. Une chaudière éléphantesque emplissait l'espace sur la droite, hérissée de tuyaux qui s'élevaient comme les branches d'un chêne. Un tas d'ordures en encerclait la base. La maigre lumière me permettait de distinguer des cadres de photos brisés, des roues de bicyclette, des chaises de jardin tordues, des pots de peinture vides et un bol de toilette. On aurait dit des offrandes pour un dieu barbare.

Une ampoule nue pendait au milieu du plafond et devait dispenser un watt de lumière. C'était tout. Le reste de la cave était vide.

— Le fils de pute doit avoir attendu sur le palier, a dit Charbonneau, la tête levée vers le haut des marches, les mains sur les hanches.

— Mme Poufiasse aurait pu nous dire que le gars avait sa petite cachette, a dit Claudel, en poussant du pied le tas de détritus. Un vrai bon coin pour Salman Rushdie.

La référence littéraire m'a impressionnée mais j'ai gardé mes réflexions pour moi.

— Il aurait pu nous exploser la gueule, cet enculé...

Ni moi ni Charbonneau n'avons répondu. Nous avions eu la même idée.

Charbonneau est retourné vers l'escalier et je l'ai suivi, en commençant à me sentir comme l'éternel second. Arrivée dans la chambre, la chaleur m'a submergée. Je me suis approchée de la table pour examiner le collage sur le mur.

L'élément central était une grande carte de la région de Montréal, entourée de coupures de magazines et de journaux. À droite, les photos pornos classiques, dans la lignée de *Playboy*. Jeunes filles fixant l'objectif, faisant la moue ou mimant les transports de l'orgasme. Aucune n'était vraiment convaincante. Le collectionneur avait des goûts éclectiques. Il n'affichait de préférence ni pour le type racial, ni pour un physique particulier ou une couleur de cheveux. La bordure de chaque photo était soigneusement découpée, chacune agrafée à égale distance de ses voisines.

Des articles de journaux s'alignaient à la gauche de la carte. Quelques-uns en anglais, incluant toujours des photos, mais la plupart étaient tirés de la presse francophone. En me penchant, j'ai lu quelques phrases sur la bénédiction d'un chantier d'église à Drummondville. Puis un article en français sur un kidnapping à Senneville. Mon regard a glissé sur une publicité pour Vidéodrome, revendiquant la première place dans la distribution de films porno au Canada. Il y avait un encart d'*Allô Police* sur un bar de danseuses nues, présentant Babette, avec ses jarretières de cuir et ses chaînes. Un autre sur une effraction à Saint-Paul-du-Nord. Le cambrioleur avait fabriqué un mannequin avec une chemise de nuit, l'avait poignardé à plusieurs reprises, avant de l'abandonner sur le lit. J'ai alors vu quelque chose qui m'a de nouveau glacé les sangs.

Saint-Jacques avait inclus dans sa collection trois articles, décrivant chacun un tueur en série. Contrairement aux autres, il s'agissait là de photocopies. La première portait sur Léopold Dion, « le monstre de Pont-Rouge ». Au printemps 1963, la police l'avait trouvé chez lui, avec les corps de quatre jeunes hommes, étranglés.

La deuxième détaillait les exploits de Wayne Clifford Boden qui avait enlevé et étranglé quatre femmes à Montréal et à Calgary, de 1969 à 1971. Dans la marge, quelqu'un avait écrit : « Bill l'étrangleur ».

Le troisième article récapitulait la carrière de William Dean Christenson, alias Bill l'éventreur.

L'éventreur de Montréal. Dans le début des années quatre-vingt, il avait tué, décapité et démembré deux femmes.

— Regardez ça, ai-je dit à la cantonade.

Malgré la chaleur suffocante, j'en avais des frissons. Charbonneau est arrivé derrière moi.

— Oh ! baby, baby, a-t-il chantonné d'une voix atone, en parcourant des yeux l'assemblage à la droite de la carte. L'amour en grand angle.

— Regardez ceux-là, ai-je dit en pointant du doigt les articles.

Claudel nous a rejoints et ils ont lu en silence. Il se dégageait d'eux une odeur de sueur, de coton sorti de la teinturerie, d'après-rasage. Dehors, une femme a appelé Sophie. Je me suis demandé s'il s'agissait d'un chien ou d'un enfant.

— Hostie de merde, a soufflé Charbonneau.

— Ça ne veut pas dire qu'il soit Charlie Manson, a raillé Claudel.

— Non. Il doit terminer sa thèse de doctorat.

Pour la première fois, j'ai cru déceler une note d'énervement dans la voix de Charbonneau.

— Le gars peut se prendre pour un autre, a continué Claudel. Il a peut-être suivi l'affaire des frères Menendez et trouvé que, comme parricides, ils étaient numéro 1. Ou il se prend pour le Chevalier Preux, parti en guerre contre le diable. Ou il veut améliorer son français et il trouve ça plus intéressant que Tintin. Chris, qu'est-ce que j'en sais ? Mais ça n'en fait pas Jacques l'éventreur. Il a jeté un coup d'œil vers la porte. Ils foutent quoi, l'Identité ?

Fils de pute, j'ai pensé. Mais j'ai tenu ma langue.

Charbonneau et moi avons reporté notre attention sur le bureau. Une pile de journaux était appuyée contre le mur. Charbonneau a pris son stylo pour feuilleter la pile. Des sections entières de petites annonces, pour la plupart de *La Presse* et de la *Gazette*.

— Cette vermine se cherchait peut-être du boulot, a dit Claudel, sardonique. En pensant utiliser Boden comme référence.

— Qu'est-ce qu'il y a en dessous ?

J'avais aperçu quelque chose de jaune.

D'un coup sec, Charbonneau a pris la pile par en dessous avec son stylo pour la plaquer contre le mur. C'était un bloc de papier jaune ligné, du type de ceux utilisés par les avoués, et on avait écrit sur la première page. Retenant les journaux du dos de la main, il l'a tiré vers nous. Je me suis demandé, un quart de seconde, si la manipulation du stylo faisait partie de l'entraînement des enquêteurs.

L'effet des articles sur les tueurs en série n'était rien en comparaison du choc ressenti en voyant ce qui était griffonné là-dessus.

Isabelle Gagnon. Margaret Adkins. Les noms étaient inclus dans une liste de sept, alignés le long de la page. Sous chacun d'eux était tracée une suite de colonnes séparées, formant un tableau rudimentaire, avec des données personnelles pour chaque individu. Un peu comme mon propre tableau, à la différence près que les cinq autres noms ne me disaient rien.

La première colonne correspondait aux adresses, la deuxième aux numéros de téléphone. La suivante contenait de brèves annotations sur le type de résidence. Appt ss asc/entr. ext, r.d.c ; maison ss asc/jard. Dans l'autre était inscrite une série de lettres devant certains noms, d'autres lignes étant vides. J'ai regardé à Adkins. Cj. Fs. Les lettres me semblaient familières. J'ai fermé les yeux pour me concentrer sur la clé du code.

— Les gens avec qui elles vivent, ai-je dit. Regardez à Adkins. Conjoint. Fils.

— C'est ça. À Gagnon, y a Fr. et Am., frère et amant, a dit Charbonneau.

— Bande de tapettes, a ajouté Claudel. Ça veut dire quoi, Ex ? a-t-il demandé, en se référant à la dernière colonne.

Ce n'était écrit que pour certains noms.

Aucun de nous n'avait de réponse.

Charbonneau a tourné la première page et nous sommes tous restés muets. La page était divisée en deux, avec un nom en haut et un autre à mi-hauteur. De nouveau, une succession de colonnes à côté. Celle de gauche était intitulée : « Date », les deux autres : « In » et « Out ». Les cases vides étaient remplies de dates et d'heures.

— Nom de Dieu, mais il les prend en filature ! Il les repère et il les traque... comme des chris de perdrix ou Dieu sait quoi, a explosé Charbonneau.

Claudel ne disait rien.

— Ce maudit malade prend des femmes en chasse, a répété Charbonneau, comme si de le réexprimer autrement rendait le fait plus crédible. Ou moins.

— Certaines sont juste des projets de recherche, ai-je dit doucement. Et il n'a pas encore rendu tous ses devoirs.

— Quoi ? a demandé Claudel.

— Adkins et Gagnon sont mortes. Ces dates sont récentes. Qui sont les autres ?

— Maudit chris.

— Qu'est-ce qu'ils foutent, les gars de l'Identité ?

Claudel s'est dirigé vers la porte en quelques enjambées et a disparu dans le couloir. Je l'entendais sacrer contre l'agent de patrouille.

Mes yeux sont venus se poser de nouveau sur le mur. J'avais mon compte pour la journée. J'avais chaud, et vraiment de plus en plus mal aux jambes et dans le cou. Il n'y avait rien de réjouissant à constater que j'avais probablement raison. Que dorénavant même Claudel serait obligé de se joindre à l'équipe.

J'ai regardé la carte, y cherchant de quoi me changer les idées. De grande dimension et avec toutes les couleurs de l'arc-en-ciel, elle représentait l'île, le fleuve et le fouillis d'agglomérations qui composaient la communauté urbaine de Montréal et sa banlieue. Les municipalités, en rose, étaient quadrillées de petites rues en blanc, bordées des routes principales en rouge et des autoroutes en bleu. Elles étaient parsemées du vert des parcs, des terrains de golf et des cimetières, de l'orange des édifices publics, du violet des centres commerciaux et du gris des zones industrielles.

J'ai trouvé le quartier centre-ville et me suis rapprochée pour situer ma minuscule rue. Elle n'était longue que d'un pâté de maisons et, en la cherchant, j'ai mieux compris pourquoi les taxis avaient tant de mal à me trouver. Je serais plus patiente à l'avenir, me suis-je promis. Ou tout au moins plus précise. J'ai suivi Sherbrooke ouest, c'est là que j'ai eu mon troisième choc de la journée.

Mon doigt est resté à la hauteur d'Atwater, juste à la démarcation du carré orange du Grand Séminaire. Un petit signe dans l'angle sud-ouest a accroché mon regard, un X tracé à la main entouré d'un cercle. Placé à côté de l'endroit où le corps d'Isabelle Gagnon avait été découvert. Le cœur battant, je suis passée à l'est et j'ai cherché le stade olympique.

— Monsieur Charbonneau, venez voir.

Ma voix était tendue à l'extrême.

Il s'est rapproché.

— Où est le stade ?

Il l'a pointé de son stylo et m'a regardée.

— La maison de Margaret Adkins ?

Il a eu un moment d'hésitation. Il s'apprêtait à me désigner une rue coupant le parc Maisonneuve au sud, quand son stylo est resté suspendu. Nous avions aperçu le signe en même temps. Un petit X, encerclé au stylo.

— Où vivait Chantale Trottier ?

— Sainte-Anne-de-Bellevue. Trop loin.

Nous sommes restés tous les deux à fixer le plan.

— Faisons une recherche systématique, secteur par secteur, ai-je proposé. Je vais commencer par le coin en haut à gauche, en descendant. Vous, prenez depuis en bas à droite, vers le haut.

Il l'a trouvé le premier. Le troisième X. Sur la rive sud, près de Saint-Lambert. Il n'avait aucun souvenir d'un homicide dans ce secteur. Claudel non plus. Nous avons encore cherché dix minutes mais sans rien trouver d'autre.

Nous venions d'entamer une deuxième recherche quand la camionnette du service de l'Identité s'est arrêtée en avant.

— Vous avez foutu quoi, chris ? leur a demandé Claudel au moment où ils entraient dans la pièce avec leurs valises métalliques.

— C'est pire que de vouloir traverser Woodstock, dans le coin, a dit Pierre Gilbert. La boue en moins. Son visage rond était totalement entouré d'une barbe et de cheveux frisés, ce qui lui donnait la tête d'un dieu romain, je n'arrivais jamais à me rappeler lequel. On a quoi ici ?

— La fille de la rue Desjardins, tu vois ? Le gars qui l'a soulagée de sa carte bancaire a élu domicile dans ce trou, a dit Claudel. Semblerait...

Il a montré la pièce d'un grand geste du bras.

— Y aurait mis beaucoup de lui-même.

— O.K., on s'en occupe, a dit Gilbert avec un sourire. Ses cheveux lui collaient en boucles sur le front. On va saupoudrer.

— Il y a une cave, en plus.

154

— Ouais.

À l'exception de l'intonation, qui baissait puis remontait, cela ressemblait plus à une question qu'à une affirmation. « Whouayyyyy ? »

— Claude, si tu commençais en bas ? Marcie, tu t'occupes du comptoir là-bas au fond.

Marcie s'est dirigé vers le fond de la pièce, a sorti une bombe aérosol de sa valise et a commencé à répandre une poudre noire sur le Formica. L'autre technicien est parti en bas. Pierre a mis ses gants et a commencé à ramasser les journaux pour les mettre dans un grand sachet en plastique. J'ai alors eu le choc final de la journée.

— Qu'est-ce que c'est ? a-t-il dit, en prenant un petit carré qui était glissé au milieu de la pile. Il l'a examiné un bon moment. C'est toi ?

J'ai été tout étonnée qu'il se tourne vers moi.

Sans un mot, je suis venue jeter un coup d'œil sur ce qu'il avait à la main. Ça m'a secouée de voir mes propres jeans, mon T-shirt marqué « Absolutely Irish », mes lunettes de soleil Bausch et Lomb. Dans sa main gantée, il tenait la photo parue dans le *Journal de Montréal* le matin même.

Elle avait été découpée avec le même soin attentif que celles sur le mur. À une différence près. Mon image avait été encerclée à plusieurs reprises au stylo, et ma poitrine était marquée d'un grand X.

12

J'ai dormi une grande partie du week-end. Samedi matin, j'avais essayé de me lever mais la tentative avait été de courte durée. Mes jambes flageolaient et, si je tournais la tête, des élancements me montaient le long du cou et m'enserraient la base du crâne. Mon visage ressemblait à de la crème brûlée, et mon œil droit à une prune qui aurait mal tourné. Régime soupe, aspirine et antiseptique. Affalée sur le canapé, j'ai suivi les péripéties de l'affaire O. J. Simpson et, à 9 heures, j'étais au lit.

Lundi matin, le marteau-piqueur avait cessé de me marteler le crâne. J'arrivais à marcher, avec raideur, et à tourner un peu la tête. M'étant levée tôt, j'ai pris ma douche et, à 8 heures et demie, j'étais au bureau.

Trois réquisitions m'attendaient. J'ai d'abord essayé de joindre Gabby. Répondeur. Après m'être préparé une tasse de café instantané, j'ai déplié les messages ramassés dans mon casier. Un enquêteur de Verdun, Andrew Ryan et un troisième appel d'un journaliste. Le dernier est allé à la poubelle, les deux autres à côté du téléphone. Ni Charbonneau ni Claudel n'avaient appelé. Gabby non plus.

J'ai composé le numéro du bureau de Charbonneau. Après un moment d'attente, on m'a répondu qu'il n'était pas là. Claudel non plus. J'ai laissé un message, en me demandant s'ils étaient partis sur le terrain de bonne heure ou s'ils n'étaient pas encore arrivés.

J'ai appelé Ryan mais le poste était occupé. Décidément, ce n'était pas une bonne journée pour téléphoner. Autant me déplacer directement. Ryan souhaiterait peut-être discuter du cas de Trottier.

Au premier, je me suis dirigée vers la salle de l'unité. C'était largement plus animé qu'à ma précédente visite. En me rendant au bureau de Ryan, je sentais des yeux fixés sur mon visage. Ce qui m'a mise vaguement mal à l'aise. L'histoire de vendredi avait visiblement fait le tour.

— Docteur Brennan... Ryan s'est levé et m'a tendu la main. Son long visage s'est fendu d'un sourire quand il a vu l'état de ma pommette droite. Vous essayez une nouvelle marque de maquillage ?

— Absolument. Cramoisi, de chez Béton. Vous m'avez appelée ?

Pendant un moment, il a eu l'air interdit.

— Ah ! oui. J'ai sorti le dossier Trottier. Vous pouvez y jeter un coup d'œil si vous voulez.

Il a fouillé dans une pile de chemises qu'il a étalées en éventail sur le bureau. Il en a choisi une, qu'il m'a tendue. Au même moment, Bertrand, son partenaire, est entré dans la salle et s'est dirigé vers nous. Veste de sport gris pâle, assortie au gris plus foncé du pantalon, cravate à motif floral, blanc et noir. À l'exception du bronzage, il semblait sorti tout droit de la télévision des années cinquante.

— Docteur Brennan, comment ça va ?

— En grande forme.

— Wouaou, très joli...

— Le macadam n'a pas d'état d'âme, ai-je dit en cherchant des yeux une place pour étaler le dossier. Est-ce que je peux... ? Je montrais d'un geste un bureau vide.

— Bien sûr, ils sont déjà sortis.

J'ai commencé à feuilleter les rapports d'enquêtes, les entrevues, les photos. Chantale Trottier. C'était comme de marcher pieds nus sur un trottoir brûlant. Il me fallait de temps à autre reporter mes yeux ailleurs, pour permettre à mon esprit de dominer des vagues de tristesse.

Le 16 octobre 1993, une jeune fille de seize ans s'était levée de mauvaise grâce, avait repassé son chemisier, s'était lavé les cheveux et pomponnée pendant une heure. Elle avait refusé le petit déjeuner que lui avait offert sa mère et avait quitté sa maison de banlieue pour rejoindre des amis avec qui elle prenait le train pour l'école. Elle portait une jupe écossaise d'uniforme, des grandes chaussettes et un sac à dos contenant ses livres. Elle avait bavardé, rigolé et, après son cours de math, avait déjeuné rapidement. Elle avait disparu en fin de journée. Trente heures plus tard, on retrouvait son corps mutilé à soixante kilomètres de chez elle, dans des sacs-poubelles.

Une ombre s'est profilée sur le bureau et j'ai levé la tête. C'était Bertrand, avec deux tasses de café. Sur celle qu'il m'offrait était écrit : « Demain, je commence mon régime. » Je l'ai prise avec reconnaissance.

— Quelque chose d'intéressant ?

— Pas vraiment. J'ai bu une gorgée. Elle avait seize ans. On l'a trouvée à Saint-Jérôme.

— Bon.

— Gagnon en avait vingt-trois. Trouvée au centre-ville. Également dans des sacs plastique.

Je réfléchissais à voix haute.

Il a penché la tête de côté.

— Adkins en avait vingt-quatre. Trouvée chez elle, près du stade.

— Elle n'était pas démembrée.

— Non, mais elle avait été mutilée au couteau. L'assassin a pu être interrompu. Manquer de temps.

Il a bu bruyamment. Des perles de café au lait s'étaient accrochées dans la moustache.

— Gagnon et Adkins étaient toutes les deux sur la liste de Saint-Jacques.

Je supposais que, à l'heure qu'il était, tout le monde était au courant. Je ne m'étais pas trompée.

— Oui, mais les médias y ont fourré leur nez. Le type avait épinglé des articles d'*Allô Police* et de *Photo Police* sur les deux affaires. Avec des photos. Ce n'est peut-être qu'un charognard qui se repaît de ce genre de saloperies.

— Peut-être.

J'ai pris une autre gorgée. Je n'étais pas vraiment convaincue.

— Il en avait bien tout un assortiment, de ces merdes ?

— Absolument, a dit Ryan derrière nous. Cette vermine avait une collection sur toutes sortes de trucs vraiment pas nets. Francœur, tu n'as pas eu affaire une fois ou deux au type des mannequins quand t'étais au Crime contre la propriété ?

Cela s'adressait à un homme petit et gros, avec des cheveux bruns et luisants, qui mangeait un Snickers quatre bureaux plus loin.

Francœur a posé sa confiserie, s'est léché les doigts et a acquiescé. Les verres de ses lunettes clignotaient quand sa tête bougeait de haut en bas.

— Hum. Hum. Deux fois. Un coup de langue. Jamais vu ça. Un coup de langue. Cette fouine s'introduit dans la maison et poignarde une grosse poupée qu'il s'est faite avec une chemise de nuit ou un survêtement appartenant à la femme qui habite là. Faut croire que ça l'excite plus qu'un examen de math. Un, deux coups de langue. Après ça, il trisse son camp. Jamais volé un sou noir.

— Du sperme ?

— Du tout. Faut croire que pour lui, le vice, ça se protège.

— L'arme ?

— Probablement un couteau, mais on ne l'a jamais trouvé. Il doit l'apporter avec lui.

Il a déchiré le papier de son chocolat, a pris une autre bouchée.

— Il rentre comment ? À quel moment ?

— Par la fenêtre de la chambre... Dans une bouffée de caramel et d'arachides. La nuit, en général.

— Et ses petites mises en scène de cinglé ont eu lieu où ?

Francœur a continué à mâcher lentement, puis,

de l'ongle du pouce, a délogé un morceau de caca-
huète de sa molaire.

— L'une à Saint-Callixte et, je crois, l'autre à
Saint-Hubert. Celle de Saint-Paul-du-Nord, dont le
type a découpé l'article, remonte à deux semaines.
En passant sur ses incisives, sa langue a fait
bomber sa lèvre supérieure. Et je crois qu'il y a eu
un cas ici, à la Cum. Il doit y avoir un an.

Silence.

— Ils vont le pincer, mais ce genre de fouine
n'est pas vraiment leur priorité. Il ne blesse personne, ne prend rien, il s'est simplement fait une
idée bizarre d'un rendez-vous à la con.

Son papier chiffonné, il l'a expédié dans la poubelle de son bureau.

— J'ai entendu dire que la victime de Saint-
Paul-du-Nord n'a pas voulu déposer de plainte.

— Ouais, a dit Ryan, faut dire que ce genre de
cas est à peu près aussi excitant qu'une lobotomie
avec un couteau de cuisine.

— Notre superman a dû épingler l'histoire parce
que ça le fait bander de lire quelque chose sur
l'effraction d'une chambre à coucher. Il avait aussi
celle de la fille kidnappée à Senneville, et là on est
sûr que c'est pas lui qui a fait le coup. On a fini par
s'apercevoir que c'était le père qui avait planqué la
fille. Francœur s'est appuyé sur le dossier de sa
chaise. Peut-être qu'il se sent des affinités avec ce
genre de pervers.

J'écoutais l'échange d'une oreille distraite, tout
en observant une grande carte de Montréal, placée
juste derrière Francœur. Du même type que celle
de la rue Berger mais, à une plus petite échelle,
elle incluait la grande banlieue à l'est et à l'ouest
de l'île.

La conversation faisait le tour de la salle, chacun
y ajoutant son anecdote de voyeurs et autres
pervers sexuels. Je me suis levée discrètement pour

m'approcher de la carte. J'ai repris l'exercice auquel nous nous étions livrés avec Charbonneau, pour replacer mentalement les X. La voix de Ryan m'a fait sursauter.

— Vous pensez à quelque chose ? a-t-il demandé.

J'ai pris une boîte d'épingles sur le rebord en dessous de la carte. Chacune était surmontée d'une tête ronde, de couleur vive. J'en ai choisi une rouge, que j'ai plantée au coin sud-ouest du Grand Séminaire.

— Gagnon.

Ensuite, j'en ai placé une autre sous le stade olympique.

— Adkins.

La troisième est venue marquer l'angle supérieur gauche, près d'un élargissement du fleuve appelé le lac des Deux-Montagnes.

— Trottier.

L'île de Montréal a la forme d'un pied, avec la cheville qui descend du nord-ouest, le talon vers le sud et la pointe vers l'est. Deux épingles étaient plantées au niveau du pied, juste au-dessus de la plante, une dans le talon du centre-ville, l'autre à l'est, à mi-chemin des orteils. La troisième était au-dessus de la cheville, vers l'extrême ouest de l'île. Il n'y avait aucun lien apparent.

— Saint-Jacques avait indiqué celle-ci et celle-là.

J'ai montré du doigt celle du centre et celle à l'extrême est.

J'ai cherché la rive sud, suivi le pont Victoria vers Saint-Lambert, puis vers le sud. J'ai planté une quatrième épingle tout à fait en bas du fleuve, sous la voûte plantaire. La dispersion était encore moins significative. Ryan m'a regardée d'un air perplexe.

— Ça, c'était son troisième X.

— Et il y a quoi, là ?

— D'après vous ? ai-je demandé.

— Le diable si j'en sais quelque chose. Ça peut bien être le cadavre de son fidèle Fido. Il a jeté un œil sur sa montre. Écoutez, on doit...

— Ça serait une bonne idée de le savoir, non ?

Il m'a regardée un bon moment avant de répondre. Ses yeux d'un bleu néon. J'ai été un peu étonnée de ne pas m'en être aperçue plus tôt. Il a secoué la tête.

— C'est qu'il y a quelque chose qui cloche. C'est trop incomplet. Pour l'instant, votre histoire de meurtres en série a plus de trous que la Transcanadienne. Comblez-les. Apportez-moi de nouveaux éléments. Ou demandez à Claudel de faire une requête auprès de la Sûreté pour qu'on entreprenne une recherche. À cette date, ce n'est pas notre bébé.

Bertrand lui faisait signe, en pointant sa montre puis en indiquant la porte du pouce. Ryan l'a regardé, a hoché la tête, son regard néon est venu de nouveau sur moi. J'ai cherché sur son visage une toute petite marque d'encouragement. En vain.

— Faut que j'y aille. Vous n'avez qu'à laisser le dossier sur mon bureau quand vous aurez fini. Et... euh... restez prudente.

— Comment ?

— On m'a dit ce que vous avez trouvé là-bas. Ce connard pourrait être plus que l'ordure moyenne.

Il a plongé la main dans sa poche, en a sorti une carte sur laquelle il a écrit quelque chose.

— Vous pouvez me joindre à ce numéro à n'importe quelle heure. Appelez-moi si vous avez un problème.

Dix minutes plus tard, j'étais assise à mon bureau, frustrée et stressée. Impossible de me concentrer. Chaque fois qu'un téléphone sonnait quelque part à l'étage, je tendais la main vers le

mien, dans l'espoir que ce soit Claudel ou Charbonneau. À 10 h 15, j'ai rappelé. Une voix a dit :
« Ne quittez pas, s'il vous plaît. » Puis :

— Claudel.

— C'est le docteur Brennan.

Le silence qui a suivi était assez profond pour
une plongée en scaphandre.

— Oui.

— Avez-vous eu mes messages ?

— Oui.

Bien. Il allait se montrer aussi coopérant qu'un
bootlegger affrontant un contrôleur de taxes.

— Je me demandais ce que vous aviez trouvé
sur Saint-Jacques ?

Il a eu un reniflement.

— Ouais, Saint-Jacques. Disons...

J'aurais voulu remonter la ligne pour lui
arracher la langue. Mais j'ai jugé que la situation
réclamait du tact, règle numéro 1 dans les soins et
le dressage d'enquêteurs arrogants.

— Vous pensez qu'il ne s'agit pas de son vrai
nom ?

— Si c'est son vrai nom, moi je m'appelle Margaret Thatcher.

— Si bien que vous en êtes où ?

Il y a eu un autre silence et je l'imaginais levant
les yeux au plafond pour y trouver la meilleure
manière de se débarrasser de moi.

— Je vais vous dire où nous en sommes : nulle
part. On est complètement planté. Pas d'arme
dégoulinante. Pas de vidéo. Pas d'épanchement
dans un journal intime. Pas de morceaux de corps
gardés en souvenir. Un gros zéro.

— Des empreintes ? Des effets personnels ?

— Rien d'utilisable. En termes de goût, le gars
oscille entre l'austérité et l'ascétisme. Pas une
touche de décoration. Pas d'effets personnels. Pas
de vêtements. Ah ! si. Un survêtement et un vieux

gant en caoutchouc... Une couverture sale. *That's it*[1].

— Pourquoi le gant ?

— Peut-être qu'il prend soin de ses ongles.

— Qu'est-ce que vous avez ?

— Ce que vous avez vu. Sa collection de miss-montre-moi-ton-cul, la carte, les journaux, les articles, la liste. Ah ! et quelques spaghettis franco-américains.

— Rien d'autre ? Pas d'articles de toilettes ? Des trucs de pharmacie ?

— Rien. Nada.

J'ai médité là-dessus un moment.

— Cela donne l'impression qu'il ne vit pas vraiment là.

— S'il vit là, c'est le fils de pute le plus dégueulasse que j'aie jamais rencontré. Il ne se brosse pas les dents, ne se rase pas. Pas de savon. Pas de shampooing. Pas de fil dentaire.

— Vous comprenez ça comment ?

— Le petit mongol utiliserait les lieux comme planque, pour ses tripatouillages d'obsédé. Sa vieille n'apprécie peut-être pas ses goûts artistiques. Ou elle veut pas qu'il se branle à la maison. Qu'est-ce que j'en sais ?

— Et la liste ?

— On est en train de vérifier les noms et les adresses.

— Rien à Saint-Lambert ?

Nouveau silence.

— Non.

— Avez-vous eu d'autres informations sur la manière dont il a pu se procurer la carte d'Adkins ?

Cette fois-ci, le silence a été plus long, plus franchement hostile.

1. C'est tout.

164

— Docteur Brennan, pourquoi vous n'en restez pas à ce que vous faites et ne nous laissez pas nous occuper des tueurs ?

— Il en est un ? N'ai-je pu m'empêcher de demander.

— Quoi ?

— Un tueur ?

C'est la tonalité qui m'a répondu.

J'ai passé ce qui restait de la matinée à estimer l'âge, le sexe et la taille d'un individu d'après un simple cubitus. L'os avait été trouvé par des enfants qui se construisaient un fortin dans le coin de Pointe-aux-Trembles. Il provenait probablement d'un vieux cimetière.

À midi quinze, je suis montée me chercher quelque chose à boire. De retour à mon bureau, j'ai fermé la porte et sorti mon sandwich et ma pêche. J'ai tourné le fauteuil vers la rivière, pour laisser libre cours à mon esprit. Mais comme des missiles Patriote, mes pensées ne se concentraient que sur un but : Claudel.

Il continuait à rejeter mon idée de serial killer. Pouvait-il avoir raison ? Les coïncidences étaient-elles fortuites ? Est-ce que je me forgeais des associations de toutes pièces ? Saint-Jacques n'aurait-il qu'un intérêt monstrueux pour la violence ? C'est sûr, les producteurs de cinéma et les éditeurs se font des millions avec ça. Il pouvait ne pas être lui-même un tueur, se borner simplement à planifier des crimes, à se jouer une espèce de jeu-poursuite de voyeur. Peut-être qu'il avait simplement trouvé la carte de Margaret Adkins. Ou il l'avait volée avant sa mort et elle n'avait pas eu le temps de s'en apercevoir. Peut-être. Peut-être.

Non. Ça ne marchait pas. Si ce n'était pas Saint-Jacques, il y avait quelqu'un d'autre en liberté responsable de ces meurtres. Au moins certains d'entre eux étaient liés. Il n'était pas question d'attendre une autre boucherie pour prouver que j'avais raison.

Qu'est-ce qui convaincrait Claudel que je n'étais pas une idiote avec une imagination trop fertile ? Il prenait mon intrusion sur son territoire comme si j'outrepassais mes limites. Il m'avait dit de m'en tenir à ce que je faisais. Et Ryan. Il avait parlé de quoi ? De nids-de-poule. Insuffisant. À moi de trouver une preuve de correspondance plus sérieuse.

— C'est bien, Claudel, espèce de fils de pute, c'est exactement ça que tu vas avoir.

J'ai dit cela à voix haute, en redressant mon dossier d'un coup sec et en envoyant le noyau de pêche dans la poubelle.

Donc. Je fais quoi ? Je déterre des corps. J'examine des ossements.

13

Au labo d'histologie, j'ai demandé à Denis de me sortir les dossiers 25906-93 et 26704-94. J'ai dégagé la table à droite du microscope opératoire et pris deux tubes de produit d'empreintes dentaires, une spatule, une liasse de papier imperméabilisé et un compas à calibrer numérique, au centième.

Denis m'a apporté deux boîtes en carton, une grande et une petite, scellées et soigneusement étiquetées. J'ai sorti les fragments du squelette d'Isabelle Gagnon de la première et les ai disposés sur la droite de la table. Pour Chantale Trottier, le corps avait été rendu à la famille, mais nous avions prélevé des échantillons osseux comme éléments de preuve, procédure classique en cas d'homicides avec mutilation. Ils étaient contenus dans seize enveloppes plastique que j'ai retirées de la petite boîte, chaque sachet portant l'indication de la partie et du côté du corps. Poignet droit. Poignet gauche. Vertèbre thoracique, vertèbre lombaire... J'ai disposé leur contenu en ordre anatomique sur la gauche de la table. Pour les poignets, j'avais quinze centimètres de radius et de cubitus. Les extrémités sciées à l'autopsie étaient assez clairement identifiées pour qu'il soit impossible de les confondre avec les marques laissées par l'assassin.

J'ai pris le premier tube et j'ai pressé un ruban bleu clair de pâte sur la première feuille. À côté, j'ai pressé un peu de produit blanc, provenant du second tube. Ayant devant moi un os du bras de Trottier, j'ai malaxé rapidement avec la spatule la catalyse bleue et la base blanche jusqu'à l'obtention d'une substance homogène. J'en ai rempli une seringue en plastique et, comme pour décorer un gâteau, j'en ai minutieusement couvert la surface de l'articulation.

J'ai posé l'os, nettoyé la spatule et la seringue, jeté le papier. Pour recommencer avec un deuxième os. Dès qu'une empreinte avait durci, je la retirais, la marquais du numéro de cas, de la place anatomique et de la date, et la déposais à côté de l'os correspondant. Et cela jusqu'à ce que chaque os soit accompagné de son moulage de précision bleu. Ce qui m'a pris plus de deux heures.

Je me suis alors tournée vers le microscope, dont j'ai ajusté le grossissement et la fibre optique. J'ai débuté avec le fémur droit de Gagnon, par l'examen attentif de toutes les encoches et ébréchures apparaissant sur la surface dont je venais de prendre l'empreinte.

Les traits de coupe étaient de deux types. Les os

des bras et des jambes portaient une série de goulets, comme des tranchées, parallèles au plan des articulations. Les parois en étaient droites et venaient couper le fond à quatre-vingt-dix degrés, la plupart mesurant moins de un centimètre de long et environ un dixième de centimètre de large.

Les autres traits étaient en forme de V. Au bout des os longs, ils se dessinaient parallèlement aux goulets mais étaient les seuls à marquer les articulations des hanches et les vertèbres.

J'ai reporté sur un schéma l'emplacement de chaque marque, leur longueur, leur largeur et, dans le cas des goulets, leur profondeur. Je suis ensuite passée à l'examen des moulages, qui donnait des goulets une image inversée et en vue transversale. D'infimes détails me sont alors apparus, renflements et rainures apparaissant en trois dimensions, comme une carte en relief, reproduite en bleu clair dans la matière plastique.

Les membres avaient été séparés aux jointures, ce qui n'avait pas altéré les os longs, à l'exception des avant-bras, sectionnés au-dessus des poignets. À cet endroit-là, les radius et les cubitus portaient la marque d'une ligne de rupture, saillies apparaissant dans l'os là où il a fini par céder. J'en ai complété l'analyse par les coupes transversales, aussi bien pour Gagnon que pour Trottier.

Il m'a semblé entendre Denis me demander s'il pouvait fermer. J'ai répondu oui, machinalement. Le labo est devenu silencieux.

— Qu'est-ce que vous faites encore là ?

J'ai presque lâché la vertèbre que je retirais du microscope.

— Jésus Christ ! Ne faites jamais ça...

— Eh ! on ne panique pas ! J'ai vu la lumière et j'ai voulu jeter un œil sur ce que Denis pouvait avoir d'excitant à découper à cette heure-ci.

— Quelle heure est-il ?

J'ai rassemblé les autres vertèbres cervicales pour les replacer dans leur sac.

Andrew Ryan a regardé sa montre :

— 5 h 40. Vous avez trouvé quelque chose d'intéressant ?

— Hum, oui.

J'ai bien enfoncé le couvercle et pris les os pubiens de Gagnon.

— Claudel n'a pas l'air d'y croire beaucoup, à ce truc d'analyse des marques...

C'était exactement ce qu'il ne fallait pas dire.

— D'après lui, une scie, c'est une scie...

— Et vous, vous en pensez quoi ?

— Chris, j'en sais rien.

— Vous appartenez à la caste des bricoleurs. Qu'est-ce que vous savez des scies ? ai-je dit en continuant mon rangement.

— Ça coupe des trucs.

— Bien. Quels trucs ?

— Du bois. Des arbustes. Du métal... Des os.

— Comment ?

— Comment ?

— Oui, comment.

Il a réfléchi une minute.

— Avec des dents. Les dents vont d'avant en arrière et coupent la matière.

— Et les scies circulaires ?

— Oh ! elles, elles coupent en tournant.

— Est-ce que les scies tranchent le matériau ou forcent dedans, comme un burin ?

— Vous voulez dire quoi ?

— Les dents, est-ce qu'elles sont aiguisées ou écrasées ? Est-ce qu'elles coupent le matériau comme une lame ou elles se forcent un passage au travers ?

— Oh !...

— Et est-ce qu'elles coupent vers l'avant ou vers l'arrière ?

169

— Vous voulez dire quoi ?

— Vous dites que les dents vont d'avant en arrière. Est-ce qu'elles coupent sur l'avant ou sur l'arrière ? Sur la poussée ou sur la traction ?

— Oh !...

— Est-ce qu'elles sont conçues pour couper le long de la fibre ou au travers de la fibre ?

— Ça change quelque chose ?

— Les dents sont disposées selon quel écartement ? Est-ce qu'elles sont espacées régulièrement ? Il y en a combien sur une lame ? Quel est l'angle d'attaque de l'avant vers l'arrière ? Le bord est-il pointu ou carré ? Elles sont placées comment par rapport au plan de la lame ? Quelle sorte de...

— O.K., c'est bon. Expliquez-moi...

— Il peut y avoir des centaines de sortes de scies différentes. Des scies à émonder, des scies à métaux, des scies de boucher, des scies de Ryoba... Pour ne parler que des scies manuelles. Certaines sont à action alternative, d'autres à action continue, certaines ont un mouvement de va-et-vient, d'autres une lame rotative. Les scies sont conçues pour différents types de matériaux et pour produire différentes actions en coupant. Si nous nous limitons aux scies à main, ce qui est le cas ici, elles varient par les dimensions de la lame, la taille, la voie et l'emplacement des dents.

Je l'ai regardé pour voir s'il me suivait toujours. Ses yeux, bleus comme la flamme d'un brûleur au gaz, ne me lâchaient pas.

— Tout ça pour dire que, dans un matériau comme la matière osseuse, les scies laissent des empreintes caractéristiques. Les traits sont de différentes largeurs. Les parois et les fonds des goulets sont marqués d'éléments distinctifs.

— Donc, d'après un os, vous pouvez dire quelle scie l'a découpé ?

— Non. Mais je peux déterminer le type de scie qui a vraisemblablement exécuté la coupe.

— Et qu'est-ce qui vous dit que c'est une scie à main ?

— Les scies mécaniques ne dépendant pas de la force musculaire, les traces laissées sont plus homogènes, les directions données aux traits de coupe sont également plus uniformes. Il n'y a pas tant de variation dans la dérive... Comme il n'y a pas d'effort à fournir, les gens utilisant une scie mécanique vont souvent laisser beaucoup de faux départs. Marqués plus profondément. En plus, comme la scie est plus lourde ou que la personne va appuyer davantage, les lignes de rupture vont dans l'ensemble être plus larges.

— Et si quelqu'un de vraiment costaud manie une scie à main ?

— Bonne remarque. L'habileté et la force d'un individu ont leur importance. Mais les scies mécaniques vont laisser des éraflures au début du trait de scie, la lame étant déjà en mouvement quand elle arrive en contact. On voit aussi plus de projection d'esquilles. Je me suis arrêtée mais, cette fois-ci, il n'est pas intervenu. La plus grande puissance développée va également laisser un poli sur la surface de coupe. C'est rarement le cas pour des scies à main.

J'ai repris mon souffle. Il a attendu d'être sûr que j'avais terminé.

— C'est quoi, un faux départ ?

— Quand la lame entre en contact avec l'os, elle laisse un sillon, avec des angles particuliers. Au fur et à mesure que la scie s'enfonce, ces angles deviennent les parois du goulet, qui se creuse avec un fond bien marqué. Si la lame rebondit, ou que la traction la déporte avant qu'elle ait traversé l'os, reste une rainure qu'on appelle faux départ. On y lit toutes sortes d'informations. Leurs largeurs sont déterminées par la largeur de la lame et la disposition des dents. Les dents vont marquer les parois, ce qui est visible en coupe transversale.

— Et quand la scie descend directement à travers l'os ?

— On aura quand même un bon aperçu du fond du goulet au niveau de l'endroit où l'os a cédé. Des marques de dents peuvent aussi s'être incrustées sur la surface de coupe.

J'ai ressorti un radius de Gagnon et j'ai dirigé le champ optique en plein dessus.

— Regardez ceci.

Il s'est penché pour coller ses yeux aux oculaires et s'est escrimé sur le bouton de mise au point.

— Bon, je vois.

— Regardez le plancher du goulet. Vous voyez quoi ?

— C'est grumeleux.

— C'est ça. Les grumeaux sont des buttes témoins, qui indiquent que la voie, c'est-à-dire la disposition des dents le long de la lame, correspond à un angle alternatif. Ce qui provoque une dérive de lame.

Il a levé la tête et m'a regardée d'un air interdit. Les oculaires avaient imprimé deux cercles autour de ses yeux, on aurait dit un nageur avec des lunettes de piscine trop serrées.

— Lorsque la première dent attaque l'os, elle tend à s'aligner sur le plan de la lame. Quand la deuxième dent entre dans l'os, l'effet est le même, sauf qu'elle est disposée selon un angle opposé. La lame se réajuste, selon la ligne médiane. Ce qui veut dire que les forces appliquées sur la lame changent constamment. Il en résulte ce qu'on appelle une dérive d'un bord à l'autre du goulet. Un très grand écartement de l'angle des dents provoque une telle dérive qu'il reste de la matière

172

au milieu du goulet : les buttes témoins. Les grumeaux.

— Cela vous indique donc que les dents sont disposées en angle.

— À vrai dire, cela me dit plus que ça. Comme chaque changement de direction est provoqué par l'introduction d'une nouvelle dent, la distance entre ces changements de direction peut me donner la distance entre les dents. De plus, les buttes représentant la dérive maximale de la lame, la distance entre elles est égale à l'espacement entre deux dents. Laissez-moi vous montrer autre chose.

J'ai enlevé le radius et placé l'extrémité latérale du cubitus. Je lui ai cédé la place devant le microscope.

— Voyez ces rayures sur le plan de coupe ?

— Ouais. On dirait de la tôle ondulée, tout en courbes.

— On appelle ça des harmoniques. De la même manière qu'elle laisse des buttes témoins sur le fond, la dérive de lame laisse des pics et des vallées sur les parois du goulet. Qui correspondent aux points extrêmes de la dérive...

— Et vous pouvez les mesurer comme les buttes ?

— Exactement.

— Pourquoi je n'en vois plus vers le bas du goulet ?

— La dérive de lame est surtout marquée au début ou à la fin de la coupe, quand les dents ne sont pas empâtées de matière osseuse.

— C'est logique.

Il a levé la tête. Il avait de nouveau le rond des lunettes.

— Et concernant la direction ?

— De l'angle d'attaque de la lame ou de sa progression ?

— Ce qui veut dire ?

— L'angle d'attaque est en rapport avec le fait que la lame coupe sur la poussée ou sur la traction. La majorité des scies ici est conçue pour couper sur la poussée. La progression, elle, est en rapport avec la direction que suit la scie en s'enfonçant dans l'os.

— Ça, vous pouvez le déterminer ?

— Hm, oui.

— Si bien que vous en êtes où ?

Je me suis massé les reins, puis j'ai pris mon bloc. J'ai parcouru mes notes pour sélectionner les points significatifs.

— Il y a assez peu de faux départs sur les os de Gagnon. Les goulets mesurent quelques millimètres et les fonds présentent des irrégularités. Il y a et des harmoniques et des buttes. Toutes deux mesurables. J'ai tourné la page. Il y a des traces de projection d'esquilles.

— Ce qui signifie... ?

— Je pense que nous avons affaire à une scie manuelle, avec un espacement des dents d'environ deux millimètres et demi. Les dents sont du genre burin et elles coupent sur la poussée. La dérive est extrême et il y a beaucoup d'esquilles. Mais la lame semble couper efficacement en forçant le matériau. Je dirais qu'il s'agit probablement d'un type de scie à métaux. Les buttes indiquent que l'angle d'écartement est maximal, ce qui évite que la lame coince.

— Ce qui vous ramène à quoi ?

J'étais presque certaine de moi. Mais je suis restée prudente.

— J'ai quelqu'un à consulter avant d'avancer une conclusion.

— Autre chose ?

J'ai rabattu la première page du bloc.

— Les faux départs sont présents sur la face

antérieure des os longs. Quand il y a des lignes de rupture, ils se situent sur la face postérieure. Ce qui veut dire que le corps devait être sur le dos quand on l'a découpé. Les bras ont été sciés aux épaules, les mains tranchées. Les jambes ont été détachées à la hanche et l'articulation des genoux a été sectionnée. Le corps a été décapité au niveau de la cinquième vertèbre cervicale. Le thorax a été ouvert d'un coup de lame vertical qui a pénétré jusqu'à la colonne vertébrale.

Il a secoué la tête.

— Ce type est un vrai as de la scie.

— C'est plus compliqué que ça.

— Plus compliqué ?

— Il a également utilisé un couteau. J'ai replacé le cubitus et réglé la mise au point. Regardez encore.

Il s'est penché sur le microscope. Il avait vraiment un joli petit cul. Brennan, voyons...

— Vous n'avez pas besoin d'appuyer si fort sur les oculaires.

Ses épaules se sont un peu relâchées et il a changé d'appui.

— Vous voyez les goulets dont nous parlions ? Maintenant, regardez à gauche. Vous voyez les incisions ?

— Oui... On dirait un angle aigu.

— C'est ça. Ça, c'est fait par un couteau.

Il s'est redressé. Avec les lunettes.

— Les traits de couteau ne sont pas disposés au hasard. Un grand nombre est parallèle aux faux départs de la scie, d'autres les traversent. Et ce sont les seules marques qui apparaissent au niveau des vertèbres et de l'articulation des hanches.

— Ce qui veut dire ?

— Certains traits de couteau se superposent aux traits de scie, d'autres sont sous-jacents. Ce qui veut dire que le travail avec le couteau a eu lieu soit avant soit après la scie. Je pense qu'il a coupé la chair avec son couteau, a sectionné les articulations avec la scie, puis a terminé au couteau, sans doute pour couper ce qui restait de muscles ou de tendons. À l'exception des poignets, il a suivi la ligne des articulations.

Il a hoché la tête.

— Pour décapiter Gagnon et lui ouvrir la poitrine, il a utilisé le couteau. Il n'y a aucune trace de scie sur les vertèbres.

Nous sommes restés silencieux en réfléchissant à cela. Je voulais que tout soit bien compris avant de lâcher la bombe.

— J'ai aussi examiné Trottier.

Le faisceau des yeux bleus a croisé les miens. Son visage maigre avait l'air tendu, comme pour se préparer à ce que j'allais lui dire.

— C'est identique.

Il a avalé sa salive, pris une grande inspiration.

— Ce type doit avoir du fréon dans les veines.

Un gardien a passé la tête par la porte, mais voyant nos expressions sombres, il s'est éclipsé. Les yeux de Ryan ont de nouveau cherché les miens. Ses mâchoires étaient crispées.

— Mettez Claudel dans le coup. Cette fois, vous y êtes.

— Il y a encore deux ou trois choses que je veux vérifier. Ensuite, j'irai voir notre charmant petit camarade.

Il est parti sans dire au revoir. J'ai fini de ranger les os dans les boîtes et j'ai fermé le labo derrière moi. En traversant le hall de la réception, j'ai lu 18 : 30 sur l'horloge au-dessus des ascenseurs. Encore une fois, j'étais seule avec l'équipe de nettoyage. Je savais bien qu'il était un peu tard pour mener à bien les deux choses que j'avais prévues. Mais j'ai quand même décidé de tenter le coup.

J'ai suivi le couloir jusqu'à la dernière porte sur

la droite. Une petite plaque indiquait Informatique et, inscrit juste en dessous, le nom de Lucie Dumont.

Cela avait pris du temps mais à l'automne 1993, les labos étaient enfin informatisés. Il était déjà possible de consulter les cas courants, avec les rapports de toutes les divisions groupés dans un fichier central. Les cas antérieurs étaient enregistrés peu à peu. L'expertise judiciaire était rentrée sabre au clair dans l'ère informatique et c'était Lucie Dumont qui sonnait la charge.

La porte était fermée. J'ai frappé, par acquit de conscience. Mais à 6 h 30, même Lucie Dumont était partie.

J'ai regagné mon bureau et sorti l'annuaire de l'*American Academy of Forensic Sciences*. J'y ai trouvé le nom que je cherchais. Un bref coup d'œil à ma montre : là-bas, il devait être 4 heures et demie. Ou 5 heures et demie ?

— Oh ! et puis merde...

J'ai demandé Aaron Calvert. Vous parlez au service de nuit, m'a-t-on expliqué avec un accent chaleureux et nasillard. Mais mon message serait transmis avec plaisir. J'ai laissé nom et numéro de téléphone, sans avoir en aucune idée de la zone horaire où j'étais tombée.

Ce n'était pas la joie. Si seulement j'avais eu ma révélation plus tôt... J'ai repris le téléphone pour appeler Gabby. Pas de réponse. Apparemment, même son répondeur était débranché. J'ai essayé son bureau à l'université, et, après quatre sonneries, la ligne est repassée au standard. Au moment où j'allais raccrocher, le bureau du département m'a répondu. Non, ils ne l'avaient pas vue. Non, elle n'avait pas ramassé son courrier ces derniers jours. Non, ce n'était pas étonnant, c'était l'été. J'ai remercié et j'ai raccroché.

— Dernier essai, ai-je dit au vide. Pas de Lucie.

Pas d'Aaron. Pas de Gabby. Gabby, où diable es-tu ? Il ne fallait pas que j'y pense.

J'ai tapoté le sous-main avec mon stylo.

— Fausse balle.

J'ai continué à battre le rythme.

— Prolongation, ai-je ajouté, sans tenir compte du changement de métaphore... Balle de match.

Je me suis renversée dans le fauteuil et j'ai envoyé mon stylo en l'air. Je l'ai rattrapé et relancé.

— Double faute... Faute personnelle... C'est le temps de changer de plan d'attaque.

Rattrape. Relance.

— Temps de piocher et de garder ses cartes en main.

J'ai repris le stylo et l'ai gardé serré. Piocher. J'ai regardé le stylo. Piocher. Mais bien sûr...

— O.K..., j'ai repoussé ma chaise et ramassé mon sac... Change de main pour le service.

J'ai balancé le sac sur mon épaule et j'ai éteint la lumière.

— À nous deux, Claudel !

14

En allant à la voiture, j'ai tenté de reprendre mon soliloque. Mais j'avais perdu le fil. J'étais trop excitée par ce que j'avais décidé de faire le soir même.

Un arrêt chez Kojax pour m'emporter une assiette de souvlakis, et j'ai foncé vers la maison. Ignorant l'accueil accusateur de Birdie, j'ai bondi vers le frigo pour me sortir un Coke Diet. J'ai jeté un œil sur le répondeur, qui m'a renvoyé un regard morne et silencieux. Gabby n'avait pas appelé...

Mon pouls s'est mis à battre prestissimo, comme celui d'un chef d'orchestre emporté par la musique.

Au fond du troisième tiroir de mon meuble de chevet, j'ai trouvé ce que je voulais. De retour à la salle à manger, je l'ai déplié sur la table à côté de mon repas. Erreur. À la simple vue du riz graisseux et du bœuf trop cuit, mon estomac s'est contracté. J'ai pris un morceau de pita.

Une fois ma rue repérée sur la forme de pied qui commençait à me devenir familière, je me suis tracé un itinéraire du centre-ville à la rive sud du fleuve. J'ai replié le plan sur le quartier qui m'intéressait, la partie de Saint-Lambert et de Longueuil. Tout en mémorisant le trajet, j'ai tenté une bouchée de souvlaki. Mais mon estomac semblait bien décidé à n'accepter aucun corps étranger.

Birdie était subrepticement apparu à moins de dix centimètres de moi.

— Surtout, ne te gêne pas.

J'ai poussé vers lui l'assiette en aluminium. Il a eu l'air de ne pas en croire ses yeux, a hésité, puis a fait un pas en avant. Le ronronnement avait déjà commencé.

Dans le placard de l'entrée, j'ai trouvé une lampe de poche, une paire de gants de jardin et une bombe de produit insecticide. J'ai mis ça dans mon sac à dos, avec le plan, un carnet et un bloc-notes. Je me suis changée pour une tenue jeans-T-shirt-baskets et me suis attachée les cheveux en une tresse serrée. J'ai quand même pris une chemise à manches longues. Sur le bloc à côté du téléphone, j'ai griffonné : « Partie vérifier le troisième X à Saint-Lambert ». Puis j'ai ajouté l'heure : 19 h 45. Je l'ai laissé en évidence sur la table. C'était sûrement inutile, mais, en cas de problème, j'aurais au moins laissé une trace.

J'ai balancé le sac sur mon épaule et rentré mon

code dans le système de sécurité. J'étais tellement énervée que je me suis trompée deux fois de suite. Me concentrant sur chaque mot, je me suis récité : « À la cour du roi sont belles les vaillantes pucelles. » J'avais appris cela à l'université : vider son esprit par un exercice neutre. Mon échappée médiévale m'ayant permis de reprendre mes esprits, le code est revenu sans une hésitation.

En sortant du garage, j'ai contourné le bloc, pris Sainte-Catherine est vers de-la-Montagne. Dans la direction du pont Victoria, l'un des trois ponts reliant Montréal à la rive sud. Les nuages qui s'étaient tranquillement agglutinés dans le ciel durant l'après-midi formaient maintenant une barre menaçante, donnant au fleuve des teintes d'encre.

De l'autre côté, je voyais l'île Notre-Dame et l'île Sainte-Hélène, enjambées par le pont Jacques-Cartier. Elles semblaient bien mornes, ainsi plongées dans l'obscurité. Vibrant d'activité au temps de l'Expo'67, elles étaient maintenant désertées et silencieuses, comme le site de quelque civilisation disparue.

Plus bas se trouvait l'île-des-Sœurs, rattachée à la ville par le cordon ombilical du pont Champlain. Nun's Island. Ancienne propriété ecclésiastique, elle s'était convertie en ghetto yuppie, avec luxueux appartements, piscines, terrains de golf et tennis. Les lumières de ses tours scintillaient, comme pour concurrencer les éclairs au loin.

En arrivant sur la rive sud, j'ai pris la sortie boulevard Wilfrid-Laurier. Le temps de traverser le fleuve, et la nuit avait pris des lueurs d'un vert spectral. Je me suis arrêtée pour consulter ma carte. Les taches émeraude qui marquaient un parc et le terrain de golf de Saint-Lambert m'ont aidée à me repérer, et j'ai reposé le plan sur le siège à côté de moi. Au moment où je repartais, un éclair a électrisé la nuit. Le vent s'était levé et les premières grosses gouttes sont venues s'écraser contre mon pare-brise.

Dans l'obscurité effrayante d'avant l'orage, j'avançais au pas, ralentissant à chaque intersection pour me tordre le cou et déchiffrer les plaques de rue. À gauche, puis à droite et encore deux fois à gauche.

Dix minutes plus tard, je me garais. Les battements de mon cœur résonnaient comme un match de ping-pong en pleine action. J'ai essuyé mes paumes moites contre mon jean et j'ai regardé tout autour.

L'obscurité était presque totale. J'avais traversé des quartiers résidentiels de petites maisons et de rues bordées d'arbres, mais je me trouvais maintenant au bout d'un parc industriel abandonné ; un petit croissant gris sur la carte. Il n'y avait pas âme qui vive.

Une rangée d'entrepôts désaffectés longeait la rue, éclairée de l'unique réverbère en état. Le bâtiment le plus proche du labo sortait de l'ombre avec une précision inquiétante, comme un plateau de théâtre pris dans les feux de la rampe. Ses voisins, au contraire, s'enfonçaient de plus en plus dans les ténèbres. Certains portaient une pancarte à vendre ou à louer. Pour d'autres, les propriétaires avaient dû renoncer. Les vitres étaient brisées et l'emplacement des stationnements était crevassé et jonché de débris. On aurait dit Londres pendant le Blitz.

Sur la gauche, cela n'était pas plus réjouissant. Rien. Obscurité totale. Ce qui correspondait à l'espace vert, non identifié sur la carte, où Saint-Jacques avait placé son troisième X. J'avais espéré y trouver un cimetière ou un square.

Merde. Et maintenant, on fait quoi ? À vrai dire, mes pensées n'étaient pas allées jusque-là.

Soudain, un éclair incandescent a inondé la rue. Quelque chose a surgi de la nuit et est venu gifler le pare-brise. J'ai fait un bond et lâché un glapissement. Un moment, la créature a battu un rythme spasmodique contre la vitre, avant de disparaître de nouveau, étrange cavalier chevauchant le vent.

Du calme, Brennan. Respire à fond. Mon niveau d'anxiété voltigeait dans l'ionosphère. J'ai ramassé mon sac à dos, mis la chemise à manches longues, fourré mes gants dans ma poche arrière et la lampe de poche dans ma ceinture mais laissé le carnet et le bloc.

La nuit sentait le ciment chaud mouillé de pluie. Le vent pourchassait des détritus le long de la rue, soulevait les feuilles et les papiers en petites tornades, les entassait en piles, puis les dispersait à nouveau. Il se prenait dans mes cheveux, faisait claquer les pans de ma chemise comme du linge étendu sur une corde. Je l'ai rentrée dans mon pantalon.

Balayant la rue d'une main mal assurée avec le faisceau de la lampe, j'ai rejoint le trottoir d'en face. J'avais bien raison : une barrière rouillée, d'environ deux mètres de haut, faisait le tour de la propriété. De l'autre côté de la grille, les arbres et les buissons étaient enchevêtrés en une jungle sauvage, qui s'arrêtait brusquement à la clôture. J'ai dirigé la lumière dessus, mais c'était impossible de dire ni jusqu'où cela s'étendait ni s'il y avait quelque chose derrière.

Le long de la grille, les branches qui dépassaient étaient fouettées par le vent, les ombres dansaient dans le petit rond jaune de ma lampe de poche. Les gouttes de pluie s'écrasaient sur les feuilles au-dessus de ma tête, quelques-unes passaient au travers et me frappaient au visage. Le déluge n'allait pas tarder. La chute de température ou l'hostilité de l'ambiance me donnaient des frissons.

Vraisemblablement les deux. Quelle idiote d'avoir pris la bombe d'insecticide au lieu d'une veste !

Aux trois quarts du bloc, j'ai brutalement mis le pied dans une dénivellation. J'ai éclairé ce qui semblait être une allée ou une voie de service, menant droit à une trouée dans les arbres. Prolongeant la grille, deux battants de portail étaient fermés d'une chaîne et d'un cadenas : une entrée qui n'avait pas dû être utilisée récemment. Les mauvaises herbes poussaient dans le gravier, et la ligne continue de déchets qui cernait la grille ne s'arrêtait pas au portail. Le faisceau de la lampe pointée dans l'ouverture ne portait pas bien loin. Autant essayer d'éclairer tout le terrain de l'Astrodome avec un briquet Bic.

J'ai continué sur une cinquantaine de mètres, jusqu'au bout du bloc. Ça m'a pris dix ans. Arrivée au coin, j'ai regardé alentour. La rue que j'avais suivie se terminait en T. L'autre côté de la rue perpendiculaire était également noir et désert.

Apparemment, il y avait une grande étendue d'asphalte qui courait le long du bloc, entourée d'une chaîne. Probablement, l'aire de stationnement d'une usine ou d'un entrepôt. Le terrain, plein de trous et de bosses, était éclairé par une simple ampoule suspendue à un arceau de fortune sur un poteau de téléphone. Couverte d'un capuchon de métal, elle envoyait de la lumière à cinq ou six mètres. Ici et là se devinait la silhouette d'un cabanon ou d'un garage.

J'ai tendu l'oreille. Cacophonie de sons. Vent. Gouttes de pluie. Tonnerre au loin. Les battements de mon propre cœur. O.K., Brennan, reprends-toi. Qui ne tente rien n'a rien.

— Hum, c'est bien vrai, ça, ai-je dit tout haut.

Ma voix m'a paru étrange, étouffée, comme si la nuit avalait mes mots avant qu'ils ne parviennent à mes oreilles.

En revenant vers la grille, j'ai vu qu'au bout du bloc elle tournait à angle droit vers la gauche, parallèlement à la rue que je venais d'atteindre. À trois mètres environ, les barreaux de fer ont laissé place à un mur de pierre. Le mur était grisâtre, haut d'à peu près deux mètres cinquante, surmonté d'un rebord de pierre qui débordait de quinze centimètres. D'après ce que je pouvais distinguer, il continuait jusqu'à une ouverture à mi-longueur du bloc. Sans doute le devant de la propriété.

La base du mur était jonchée de papiers détrempés, d'éclats de verre, de boîtes d'aluminium. Mes pieds se posaient sur des choses que je préférais ne pas identifier. Moins de cinquante mètres plus loin, le mur s'arrêtait sur un nouveau portail rouillé. Même type de battants qu'à l'entrée latérale, avec cadenas et chaîne. À la lumière, les anneaux de métal ont scintillé. La chaîne avait l'air neuve.

Glissant la lampe dans ma ceinture, j'ai tiré sur la chaîne d'un coup sec. Cela tenait bon. Nouvel essai, aussi peu concluant. J'ai reculé d'un pas, récupéré ma lampe et passé lentement le faisceau du haut en bas des barreaux.

Juste à ce moment, quelque chose m'a attrapé la jambe. J'ai agrippé ma cheville, en lâchant ma lampe. J'avais eu la vision de deux yeux rouges, avec des dents jaunes. Sous ma main, j'ai senti le plastique d'un sac.

— Merde... La bouche sèche, les mains encore plus tremblantes alors que je me dépêtrais du sac. Attaquée et sauvagement battue par un sac d'épicerie qui s'est enfui en virevoltant dans le vent. Je l'entendais bruire pendant que je tâtonnais pour retrouver ma lampe, qui avait rendu l'âme en heurtant le sol. Je l'ai finalement retrouvée, mais elle se refusait obstinément à fonctionner. Quand je l'ai tapée, l'ampoule a eu un sursaut. Encore un

184

essai et, cette fois-ci, la lumière est restée allumée, mais faible et incertaine. Je ne me faisais pas beaucoup d'illusions sur ses performances à long terme.

J'ai eu un moment d'hésitation dans le noir. Avais-je vraiment envie de poursuivre ? Mais, bon Dieu, j'avais l'intention d'aller où avec ça ? Un bon bain et mon lit me semblaient un bien meilleur plan.

Les yeux fermés, je me suis concentrée sur les bruits environnants, à l'écoute d'éventuels signes de présence humaine au milieu du charivari des éléments. Je me suis souvent demandé par la suite si quelque chose avait pu m'échapper. Un crissement de pneu sur le gravier. Le grincement d'une portière. Le ronronnement d'un moteur. Ou l'orage en préparation s'est mis lui aussi contre moi. Je n'ai rien remarqué d'anormal.

Prenant une grande inspiration, j'ai redressé les épaules et fouillé du regard l'obscurité derrière le mur. Un jour, en Égypte, je me trouvais dans une tombe de la Vallée des Rois quand la lumière s'était éteinte. Je me souviens d'être restée immobile dans l'espace exigu, avec une impression d'être engloutie non seulement dans le noir mais dans un néant. Comme si le monde avait été mouché d'un coup. C'était cette impression-là qui revenait. Qui renfermait les plus noirs secrets ? Le tombeau du pharaon ou ces ténèbres au-delà du mur ?

Le X devait marquer quelque chose. Ici, à l'intérieur. Vas-y.

Je suis revenue sur mes pas jusqu'à l'entrée latérale. Comment faire pour débloquer le cadenas ? Je balayais les barreaux avec ma lampe, quand un éclair a illuminé la scène comme un flash d'appareil photo. L'air s'est imprégné d'une odeur d'ozone, des picotements ont parcouru mon cuir chevelu et mes mains. Mais j'avais pu apercevoir un écriteau à la droite du portail.

Apparemment, c'était une plaque de métal rivée aux barreaux. Rouillée et noircie, mais le message était clair. Entrée interdite. *Entrance forbidden.* Avec ma lampe, j'ai essayé de déchiffrer les plus petits caractères en dessous. Quelque chose de « Montréal ». On aurait dit archiduc. Archiduc de Montréal ? Il n'y en avait pas à ma connaissance.

De l'ongle, j'ai gratté un peu la rouille sur un petit rond en dessous des lettres. Un emblème a commencé à apparaître, on aurait dit un blason, qui m'était vaguement familier. D'un coup, j'ai compris. Archidiocèse. « Archidiocèse de Montréal. » Bien sûr. C'était probablement un couvent abandonné ou un monastère. La province de Québec en était truffée.

D'accord, Brennan, tu es catholique. Le respect pour les biens de l'Église. L'interdiction suprême. Mais d'où me venaient tous ces clichés. Jaillissant entre deux bouffées d'adrénaline et de frissons d'angoisse ?

La chaîne d'une main et le barreau rouillé de l'autre, je m'apprêtais à tirer mais, sans opposer aucune résistance, maillon par maillon, la chaîne s'est déroulée le long des barreaux, glissant autour de mon poignet comme un serpent autour d'une branche. J'ai lâché la grille et relevé la chaîne des deux mains. Le cadenas a fini par bloquer entre deux barreaux. Je l'ai examiné, incrédule. Il était bien accroché au dernier maillon, mais on ne l'avait pas fermé.

Le vent s'était brutalement arrêté et un silence inquiétant venait battre à mes oreilles. Enroulant la chaîne sur le portant de droite, j'ai tiré le gauche à moi. Les charnières m'ont semblé hurler. Rien ne troublait le silence. Pas de grenouille. Pas de criquet. Pas de sifflement de train au loin. Comme si l'univers retenait son souffle, dans l'attente de ce qu'allait faire l'orage.

Le battant s'est écarté de mauvaise grâce et je me suis glissée dans l'ouverture, en le refermant derrière moi. Le gravier du chemin crissait légèrement sous mes chaussures. J'explorais de la lampe les haies d'arbres de chaque côté. Au bout de dix mètres, je me suis arrêtée et j'ai dirigé le faisceau vers le haut. Les branches, d'une immobilité sinistre, s'entrelaçaient au-dessus de ma tête pour former une voûte.

« Là, est l'église. Là, est le clocher. » Merveilleux. Voilà que j'en étais aux rimes de mon enfance. La tension me faisait trembler et j'aurais eu l'énergie d'aller repeindre le Pentagone. Tu perds la boule, Brennan, me suis-je dit en guise d'avertissement. Pense à Claudel. Non. Pense à Gagnon, à Trottier, à Adkins.

Me tournant vers la droite, j'ai dirigé ma lampe aussi loin que je le pouvais, en arrêtant le faisceau sur chacun des arbres bordant la route. Ils se succédaient d'un seul tenant. Même chose sur ma gauche et, là, j'ai cru voir une étroite brèche à environ dix mètres.

La lampe fixée sur ce point, j'ai avancé d'un pas. Ce qui ressemblait à une ouverture n'en était pas une. Les arbres ne s'écartaient pas, mais l'endroit présentait quelque chose de bizarre, comme s'il avait été dérangé. Puis c'est devenu clair. Ce n'était pas les arbres mais le sous-bois qui était clairsemé. Les plantes grimpantes et rampantes semblaient moins développées que leurs voisines. Comme une clairière débroussaillée, qui aurait repoussé.

C'est plus récent, me suis-je dit. J'ai braqué la lumière dans toutes les directions. Cette végétation nouvelle semblait suivre une bande étroite, comme un ruisseau qui serpente au travers des arbres. J'ai serré plus fortement la lampe dans ma main et me suis avancée. Dès le premier pas, l'orage a éclaté.

Le crachin a cédé la place à un torrent. Les arbres s'agitaient avec violence, se secouant dans tous les sens comme des milliers de cerfs-volants. Les éclairs claquaient, les coups de tonnerre leur répondaient, encore et encore. Comme des créatures démoniaques se pourchassant sans relâche. Vlam. Où es-tu ? Boum. Par ici. Le vent revenait dans toute sa fureur, chassant la pluie en oblique.

L'eau m'a trempée en un instant, plaquant mes cheveux sur mon crâne, me brouillant la vue. En clignant des yeux, j'ai ramené mes cheveux derrière mes oreilles et passé la main sur mon visage. J'ai tiré un pan de ma chemise pour protéger le boîtier de ma lampe.

Les épaules courbées, j'ai continué à avancer sur le sentier, ne voyant que le cercle de trois mètres de diamètre qu'éclairait le halo de ma lampe. Le faisceau se balançait d'un bord et de l'autre en fouillant les boisés, comme un chien en laisse qui renifle et furète.

C'est à une cinquantaine de mètres que je l'ai aperçu. Avec le recul, je me rends compte que le contact de synapses s'est établi dans l'espace d'une nanoseconde, établissant un lien entre ce que j'avais devant les yeux et une expérience enregistrée récemment. Avant que mon esprit ne puisse s'en former une image précise, j'ai su ce que c'était.

Le faisceau venant dissiper les ombres, la compréhension est arrivée à ma conscience. J'en ai eu un goût de fiel dans la bouche.

La lumière vacillante de la lampe dansait sur un sac-poubelle qui dépassait de la terre et des feuilles. Le nœud qui en fermait le haut sortait du sol comme un lion de mer venant respirer en surface.

La pluie ruisselait sur le sac, ravinant les bords

du trou peu profond où il était enfoui, transformant la poussière en boue. Le dégageant lentement mais sûrement. Je sentais mes jambes de plus en plus molles.

Le claquement d'un éclair m'a ramené les pieds sur terre. D'un bond, plus que d'un pas, j'ai avancé et j'ai agrippé le nœud du sac pour le tirer vers moi. Il était encore enterré assez profondément pour refuser de bouger. J'ai essayé de défaire le nœud mais mes doigts mouillés glissaient sur le plastique humide. J'ai placé mon nez tout près de l'ouverture et j'ai respiré à fond. Terre et plastique. Rien d'autre.

De l'ongle du pouce, j'ai déchiré un peu le sac. J'ai senti de nouveau. Bien que faible, l'odeur était identifiable. Le parfum sucré, fétide, d'un cadavre en décomposition. J'hésitais entre la fureur et la fuite, quand une branche a craqué juste derrière moi. J'ai senti quelque chose bouger. J'ai voulu bondir sur le côté, mais un éclair a éclaté dans mon crâne, me renvoyant dans le néant de la tombe du pharaon.

15

Cela ne m'était pas arrivé depuis longtemps d'avoir une telle gueule de bois. Évidemment, je me sentais trop mal pour me rappeler quoi que ce soit. Au moindre mouvement, j'avais l'impression que ma tête allait exploser. Pas de doute que, si j'ouvrais les yeux, j'allais vomir. Et pourtant je devais me lever. Par-dessus tout, j'étais transie, d'un froid qui me pénétrait jusqu'à l'os. Je grelottais d'une manière incoercible. J'avais vraiment besoin d'une autre couverture.

Je me suis assise en gardant obstinément les yeux fermés. La douleur dans ma tête a été si violente que j'ai régurgité de la bile. Mon front sur mes genoux, j'ai attendu que la nausée passe. Toujours incapable d'ouvrir les yeux, j'ai recraché la bile dans ma main droite, en cherchant mon édredon de la main gauche. Entre la migraine et les frissons, j'ai commencé à me rendre compte que je n'étais pas dans mon lit. Ma main tâtonnante ne rencontrait que des brindilles et des feuilles.

J'étais assise dans un bois, couverte de boue et avec des vêtements mouillés. L'air était lourd d'une odeur de terre et de tout ce qui retournerait à la terre. Au-dessus de moi, des branches emmêlaient leurs sombres filaments sur un ciel d'un noir violacé. Des millions d'étoiles scintillaient au travers des feuilles.

D'un coup, la mémoire m'est revenue. Mais qu'est-ce que je faisais allongée là ? Rien à voir avec une nuit de beuverie, ce n'en était qu'une mauvaise imitation.

J'ai tâté l'arrière de ma tête ; sous les cheveux ma bosse avait la taille d'un œuf. Formidable. Deux fois envoyée au tapis dans la même semaine. Bien des boxeurs ne peuvent en dire autant.

Mais comment était-ce arrivé ? J'avais trébuché et j'étais tombée ? Je m'étais pris une branche sur la tête ? L'orage avait envoyé valdinguer pas mal de choses, mais je ne voyais pas de grosse branche à proximité. Impossible de me souvenir. Pourtant c'était le cadet de mes soucis. Le plus important était de foutre le camp.

En réprimant ma nausée, je me suis mise à quatre pattes pour chercher ma lampe. Elle était à moitié enfoncée dans la boue. Je l'ai brossée et allumée. Le plus drôle, c'est qu'elle fonctionnait. Je me suis redressée du mieux que j'ai pu sur des jambes flageolantes, et une nouvelle décharge m'a explosé dans la tête. Je me suis accrochée à un arbre pour vomir.

Le goût de bile a déclenché une autre rafale de questions. À quand remontait mon dernier repas ? Hier soir ? Ce soir ? Il était quelle heure ? Depuis combien de temps étais-je là ? L'orage avait cessé et les étoiles réapparaissaient. Il faisait toujours nuit. Et j'étais gelée. Je n'en savais pas plus.

Mes contractions abdominales se sont calmées et j'ai pu me redresser. J'ai éclairé les alentours à la recherche du sentier. Ce tâtonnement lumineux a rebranché un autre fil cognitif. Le sac enterré. En même temps, une vague d'angoisse m'a submergée. Ma main s'est crispée sur la lampe et j'ai fait volte-face pour m'assurer qu'il n'y avait personne derrière moi. Le sac. Il était où ? Le souvenir se rétractait mais j'en gardais la forme générale. Je voyais l'image du sac, sans parvenir cependant à le fixer spatialement.

J'ai fouillé la végétation environnante. La tête m'élançait et je continuais à avoir des haut-le-cœur. Mais n'ayant plus rien à vomir, les spasmes n'arrivaient plus qu'à m'arracher des larmes et à me donner des points de côté. Je restais accrochée à mon arbre, en attendant la fin de la crise. Les criquets s'échauffaient pour leur concert de fin d'orage. Leurs chants me crissaient dans l'oreille et me donnaient l'impression d'avoir le cerveau raclé contre un tamis.

J'ai finalement retrouvé le sac à moins de deux mètres. J'avais du mal à stabiliser la lumière tellement je tremblais. Il était comme que je me le rappelais, mais encore plus découvert. L'eau de pluie avait formé des rigoles tout autour et de petites flaques s'étaient accumulées dans les creux du plastique.

Je n'étais vraiment pas en mesure de l'emporter. Et puis les lieux devaient être inspectés selon les normes. Mais j'étais paniquée à l'idée que quelqu'un puisse venir déranger quelque chose ou enlever les restes avant l'arrivée d'une équipe. J'en aurais pleuré de frustration.

C'est ça, bonne idée, Brennan. Sanglote un bon coup. Quelqu'un va sûrement venir à ton secours.

Hébétée, je restais là à grelotter, entre autres de froid. Mes cellules cérébrales refusaient absolument de coopérer et se fermaient à toute sollicitation. Il faut téléphoner. Cette idée-là a quand même réussi à émerger.

Repérant les bordures du sentier, je me suis dirigée vers la sortie. Du moins, c'est ce que j'espérais. Je ne me souvenais plus du tout comment j'étais arrivée là et assez vaguement de la manière d'en sortir. Mon sens de l'orientation s'était évaporé avec ma mémoire immédiate. Sans avertissement, la lumière a rendu l'âme. Je n'étais éclairée que par la lueur en partie voilée des étoiles. De secouer la lampe n'était pas d'un grand secours, ni de l'injurier.

— Saloperie !

Au moins, j'aurais essayé.

Je me suis mise à l'écoute d'éventuelles indications sonores. Grillons de tous les côtés, stridulant de concert. Pas de quoi aller bien loin. Puis, j'ai essayé de distinguer les ombres des broussailles basses des ombres des broussailles hautes. Pour prendre la direction droit devant. C'était un plan comme un autre. Mes cheveux et mes vêtements s'accrochaient à des branches invisibles, des plantes s'accrochaient à mes pieds.

Tu es sortie du chemin, Brennan. Ça devient plus touffu.

192

D'un seul coup, mon pied a rencontré le vide et je me suis ramassée sur les mains et un genou. Mon pied était coincé et mon genou appuyait sur ce qui ressemblait à de la terre meuble. La lampe de poche m'était tombée des mains et avait brutalement ressuscité en heurtant le sol. Elle tournait vers moi son œil glauque et jaune. En regardant par terre, j'ai vu que mon pied disparaissait dans un petit trou noir. Le cœur dans la gorge, je me suis agrippée comme j'ai pu pour me sortir de là, en obliquant vers la lumière comme un crabe sur une plage. J'ai pointé le faisceau de ma lampe sur mon point de chute. C'était un cratère de faible dimension, tout frais, comme une blessure ouverte dans le sol. De la terre meuble en bordait le tour et s'amoncelait en un petit tas juste derrière.

Ce n'était pas un grand trou, peut-être soixante centimètres de large sur près de un mètre de profondeur. En trébuchant, j'avais marché trop près du bord et une rigole de terre avait glissé dans le creux. Comme des grains de riz qu'on verserait, me suis-je dit.

Je n'arrivais pas à détacher mes yeux de ce tas de terre dans le trou. Il y avait là quelque chose... Mais oui ! La terre était pratiquement sèche. J'avais beau être dans les vapes, la déduction coulait de source. Soit le trou avait été couvert, soit on l'avait creusé depuis la pluie.

Un frisson m'a saisie et je me suis enveloppée de mes bras pour me donner un peu de chaleur. J'étais toujours aussi trempée et l'orage avait laissé de l'air froid dans son sillage. Cela ne m'a pas vraiment réchauffée et a déporté le faisceau de la lampe. J'ai décroisé les bras et éclairé de nouveau le trou. Pourquoi est-ce que quelqu'un... ?

La vraie question m'est revenue comme un boomerang au creux de l'estomac. Qui ? Qui aurait pu venir ici creuser ou vider ce trou ? Quelqu'un qui pouvait encore être là ? L'idée a secoué mon inertie. J'ai fait un tour de trois cent soixante degrés sur moi-même en braquant ma lampe. Un geyser de douleur a jailli dans ma tête et mon rythme cardiaque a triplé.

Je ne peux pas dire qui je m'attendais à voir. Un doberman écumant ? Jeremy Bates et sa mère ? Hannibal le cannibale ? E.T. en fantôme d'Halloween ? Mais j'étais toute seule avec les arbres, les plantes et l'obscurité trouée d'étoiles. Mon tour de spot m'avait cependant permis de repérer le sentier. J'ai tourné le dos au trou pour me diriger en titubant vers le sac à moitié enterré. Du pied, j'ai envoyé un peu de feuilles dessus. Le camouflage grossier ne tromperait pas la personne qui l'avait apporté, mais cela le dissimulerait au commun des mortels.

Une fois cela assuré, j'ai pris la bombe d'insecticide dans ma poche et l'ai placée dans la fourche d'un arbre voisin, bien en vue. J'ai repris le sentier, mais je trébuchais dans les plantes et les racines. Les jambes molles, comme sous l'effet d'une drogue, j'avançais très lentement.

À l'intersection du sentier et de la voie de service, j'ai coincé chacun des gants dans un arbre et me suis précipitée vers le portail. Épuisée, malade, je sentais venir l'évanouissement. Autant que cela m'arrive ailleurs qu'ici.

Ma vieille voiture n'avait pas bougé de place. Sans regarder ni à droite ni à gauche, j'ai traversé tête baissée. Quelqu'un aurait aussi bien pu m'attendre. Presque au radar, j'ai fouillé dans toutes mes poches pour trouver mes clés. Pour m'engueuler ensuite d'en avoir tant sur le même trousseau. Tremblant, jurant, et les laissant échapper deux fois de suite, j'ai fini par ouvrir la portière et me suis jetée sur le siège. J'ai refermé la porte, entouré le volant de mes bras et j'ai laissé reposer ma tête. Simplement m'assoupir, pour échapper à tout ça... Mais je devais résister. Quelqu'un pouvait être là, m'épiant et se préparant à agir. Une seule seconde d'abandon serait une nouvelle erreur, me suis-je répété. Je sentais mes yeux loucher.

Mon esprit divaguait. E.T. est apparu et, le doigt levé, a dit : « E.T., *phone home* ». Je me suis redressée d'un coup, en ramenant mes mains sur mon ventre. La douleur m'a aidée à reprendre conscience. Je n'ai pas eu de nausée. Il y avait du progrès.

— Si tu veux avoir des chances de la retrouver un jour ta maison, Brennan, tu ferais bien de te bouger le cul d'ici. Et en vitesse.

Ma voix a résonné bizarrement dans l'espace clos, mais cela aussi m'a permis de remettre les pieds sur terre. J'ai démarré et les chiffres se sont affichés sur le cadran lumineux : 2 :15. J'étais partie à quelle heure ? Pour contrer mes frissons, j'ai réglé le chauffage au maximum. Sans être bien certaine de l'effet. Le froid que je ressentais au fond de l'âme ne relevait pas d'un réchauffement mécanique. J'ai démarré sans un regard dans le rétroviseur.

Je me passais et repassais le savon sur la poitrine, comme si la mousse parfumée pouvait me laver des événements de la nuit. Le visage sous le jet, je laissais l'eau tambouriner sur mon crâne et couler le long de mon corps. Il n'y aurait bientôt plus d'eau chaude. Cela faisait vingt minutes que j'étais sous la douche, avec l'espoir de me réchauffer et de faire taire les voix dans ma tête.

La chaleur, la vapeur, le parfum de jasmin auraient dû détendre mes muscles et calmer mon angoisse. Mais cela ne marchait pas. Pendant tout ce temps, j'avais tendu l'oreille vers l'extérieur, guettant la sonnerie du téléphone. J'avais tellement peur de manquer l'appel de Ryan que j'avais pris le portable avec moi dans la salle de bains.

Dès mon arrivée à la maison, j'avais appelé la Sûreté, avant même de me débarrasser de mes vêtements mouillés. La fille du standard s'était montrée sceptique, très réticente à l'idée de déranger un enquêteur au milieu de la nuit. Elle refusait absolument de me donner son numéro chez lui et j'avais laissé sa carte au bureau. Debout dans mon salon, grelottant, avec la tête qui m'élançait toujours et mon estomac qui se préparait à une nouvelle pirouette, je n'étais pas vraiment en état de négocier. Mes mots, aussi bien que le ton, avaient fini par la convaincre. Il serait temps de faire des excuses demain.

Cela faisait une heure et demie. La bosse à l'arrière de ma tête était toujours là, de la texture d'un œuf dur, sensible au toucher. Avant de passer sous la douche, j'avais suivi les recommandations d'usage à appliquer après un choc crânien. Inspection de pupilles, rotation rapide de la tête à droite et à gauche, sensibilité des pieds et des mains à la piqûre d'une aiguille. Tout fonctionnait. Si je souffrais d'une commotion, elle était mineure.

J'ai coupé l'eau et je suis sortie de la douche. Le téléphone était toujours aussi muet et indifférent. « Nom de Dieu, où est-il ? » me suis-je dit. J'ai passé mon vieux peignoir en éponge et me suis enveloppée les cheveux avec une serviette. Pas de clignotant rouge sur le répondeur. Merde. J'ai pris le combiné du portable et appuyé sur le bouton. Tonalité. Évidemment. J'étais juste à bout de nerfs.

Pas question de me coucher. Je me suis allongée sur le divan, avec le téléphone à côté sur la table à café. Il n'allait pas tarder à appeler. J'ai fermé les yeux, juste pour me reposer quelques minutes avant de me préparer quelque chose à manger. Mais le froid, la tension, la fatigue, le coup sur la tête ont uni leurs effets dans une lame de fond qui est venue m'engloutir dans un sommeil abyssal mais agité. Je ne me suis pas assoupie, j'ai perdu connaissance.

J'étais devant une grille, et de l'autre côté quelqu'un creusait avec une énorme pelle. Chaque fois qu'il la sortait du sol, elle grouillait de rats. J'ai regardé par terre, il y avait des rats partout. La silhouette qui tenait la pelle était dans l'ombre, mais quand elle s'est tournée vers moi, j'ai vu que c'était Pete. Il m'a montrée du doigt et a dit quelque chose que je n'ai pas compris. Il s'est mis à crier et à gesticuler, le rond sombre de sa bouche ouverte s'élargissait de plus en plus jusqu'à transformer son visage en un hideux masque de clown.

Les rats me couraient sur les pieds. Il y en avait un qui traînait la tête d'Isabelle Gagnon. Il tenait les cheveux dans ses dents et la tirait au travers de la pelouse. Je voulais m'enfuir mais mes jambes refusaient de bouger. Debout dans une tombe, la terre dégringolait autour de moi. Charbonneau et Claudel me regardaient d'en haut. Aucun son ne sortait de ma bouche. J'ai tendu les mains vers eux mais ils ne faisaient pas attention à moi.

Une autre personne est venue les rejoindre. Un homme avec une longue robe et un chapeau bizarre. Il m'a demandé si j'avais bien été confirmée. Je n'arrivais pas à répondre. J'étais sur une propriété ecclésiastique, expliqua-t-il, et seules les personnes travaillant pour l'Église avaient le droit de franchir les grilles. Sa soutane claquait dans le vent et j'avais peur que son chapeau ne soit emporté dans la tombe. Il essayait de retenir les pans de son vêtement d'une main, en composant de l'autre un numéro sur son téléphone cellulaire.

Le téléphone s'est mis à sonner mais il n'y prêtait pas attention. Cela sonnait, sonnait...

Sonnait aussi mon téléphone, que j'ai fini par distinguer du téléphone de mon rêve. Émergeant avec beaucoup de difficultés, j'ai pris le combiné.

— Hum..., ai-je dit, groggy.

— Brennan ?

Anglophone. Bourrue. Familière. Je faisais des efforts désespérés pour émerger.

— Oui ?

J'ai jeté un œil à mon poignet. Pas de montre.

— C'est Ryan. Vous avez intérêt à avoir une fichue bonne raison.

— Quelle heure est-il ?

J'avais de nouveau totalement perdu la notion du temps.

— 4 heures et demie.

— Une seconde.

J'ai posé le téléphone et me suis dirigée au radar vers la salle de bains. J'ai aspergé mon visage d'eau froide et j'ai entonné un couplet du *Drunken Sailor* en courant sur place. Je suis revenue vers Ryan, en rattachant mon turban. Je ne tenais pas à l'énerver davantage en le faisant attendre, mais encore moins à lui paraître à côté de la plaque. Autant prendre une minute pour récupérer mes esprits.

— O.K., me voilà. Excusez-moi.

— Il y a quelqu'un qui chantait ?

— Hum. Je suis allée à Saint-Lambert cette nuit... Je voulais lui en dire suffisamment mais sans rentrer dans les détails vu l'heure. J'ai trouvé l'endroit où Saint-Jacques a placé son X. C'est une espèce de terrain abandonné qui appartient à l'Église.

— Vous m'appelez à 4 heures du matin pour me dire ça ?

— J'ai trouvé un cadavre. Bien décomposé, sans doute déjà à l'état de squelette d'après l'odeur. Il

198

faut absolument que nous allions là-bas avant que quelqu'un ne tombe dessus ou que les chiens du quartier ne se payent un gueuleton.

J'ai repris ma respiration et j'ai attendu.

— Vous êtes complètement cinglée ou quoi ?

Je n'étais pas sûre que sa remarque s'adressât à ce que j'avais trouvé, ou au fait d'être allée là-bas seule. Même s'il avait probablement raison pour le deuxième point, j'ai misé sur le premier.

— Je sais reconnaître un cadavre quand j'en trouve un.

Il y a eu un long silence, puis :

— Enterré ou en surface ?

— Enterré, mais pas très profondément. La partie que j'ai vue était à découvert et la pluie était en train de la dégager encore plus.

— Et vous êtes sûre que ce n'est pas encore un des ces maudits cimetières exhumés ?

— Le corps est empaqueté dans des sacs plastique.

— Maudit chris.

J'ai entendu le grattement d'une allumette, puis la longue inspiration qui indiquait qu'il venait de s'allumer une cigarette.

— Il faudrait peut-être qu'on y aille tout de suite, non ?

— Hors de question, hostie. Je l'entendais tirer sur sa cigarette. Et ça veut dire quoi « on ». Vous avez la foutue réputation de faire cavalier seul, Brennan, mais ça ne m'impressionne pas, mais alors pas du tout. Votre façon de traiter les gens par-dessous la jambe marche peut-être avec Claudel, mais vous pouvez oublier ça avec moi. La prochaine fois que ça vous démangera d'aller faire un tour de piste sur une scène de crime, vous prendrez la peine d'aller poliment demander à quelqu'un des Homicides s'il a de la place sur son carnet de bal. Il nous arrive de trouver encore du temps pour ce genre de chose.

Je ne m'étais pas attendue à de la gratitude. Mais la violence de sa réponse m'a estomaquée. La moutarde me montait au nez et amplifiait ma migraine. J'ai attendu, mais il s'est arrêté là.

— J'apprécie que vous ayez rappelé si vite.

— Hum.

— Vous êtes où ?

En pleine possession de mes moyens, c'est une question que je n'aurais jamais posée. Je me suis mordu les lèvres.

Silence.

— Avec quelqu'un.

Pas idiot, Brennan. C'est clair qu'il est embêté.

— Je pense qu'il y avait quelqu'un là-bas.

— Hein ?

— Pendant que je regardais la fosse, j'ai cru entendre bouger, puis j'ai pris un coup sur la tête qui m'a assommée. Il faisait un orage de tous les diables, si bien que je ne suis pas sûre.

— Vous êtes blessée ?

— Non.

Nouveau silence. Je l'entendais presque penser.

— Je vais envoyer une équipe pour bloquer les lieux jusqu'à demain. Puis je demanderai à l'Identité d'y aller. D'après vous, ils auront besoin des chiens ?

— Je n'ai vu qu'un seul sac, mais il devrait y en avoir d'autres. En plus, on aurait dit que quelqu'un était en train de creuser à une autre place sur le même terrain. Ce serait une bonne idée.

J'ai attendu la réponse. Silence.

— Vous passez me chercher à quelle heure ?

— Je ne passe pas vous chercher, docteur Brennan. Il s'agit d'un vrai meurtre, relevant du service des Crimes majeurs. Pas du dernier épisode de *Murder she wrote*.

Pour le coup, j'étais furieuse. Le sang me martelait les tempes et un petit nuage de chaleur s'épaississait entre les deux, au centre de mon cerveau.

— Plus de trous que la Transcanadienne, lui ai-je craché. Apportez-moi d'autres éléments... Ce sont vos propres mots, Ryan. O.K., j'ai compris le message. Et je vous ai pris au mot. Sans compter qu'on parle toujours de restes humains. De squelette. Ce qui relève de *ma* juridiction, si je ne m'abuse.

Son silence a été si long que j'ai pensé qu'il avait raccroché.

— Je passerai à 8 heures.

— Je serai là.

— Brennan ?

— Oui ?

— Vous devriez penser à investir dans un casque.

La ligne a été coupée.

16

Ryan était un homme de parole. À 8 heures et demie, nous nous glissions derrière la camionnette de l'Identité. À moins de trois mètres de l'endroit où j'étais garée la nuit précédente, mais c'était un autre monde. Il y avait du soleil et la rue bourdonnait d'activité. Des voitures et des autos de patrouille s'alignaient le long des trottoirs, et une vingtaine de personnes discutaient par groupes, en uniforme ou en civil.

J'apercevais des experts de sciences judiciaires, des flics de la Sûreté et de la police de Saint-

Lambert, chacun avec leurs uniformes et leurs insignes distinctifs. Comme ces volées disparates où des oiseaux mêlent naturellement leurs gazouillements, chaque espèce arborant la couleur et la variété de son plumage.

Une femme, portant un grand sac en bandoulière, et un homme bardé d'appareils photo fumaient, appuyés contre le capot d'une Chevrolet blanche. Encore une autre espèce : la presse. Un peu plus loin, sur le terre-plein de pelouse proche du portail, un berger allemand haletait et tournait autour d'un homme habillé d'une combinaison bleu marine. Le chien faisait mine de s'élancer par bonds, truffe au sol, puis jetait un œil vers son dresseur, en remuant la queue et en retroussant les babines. L'attente avait l'air de le perturber.

— Tout le monde est là, a dit Ryan, en éteignant le moteur et débloquant sa ceinture de sécurité.

Il n'avait pas présenté d'excuses pour sa muflerie de la veille, mais je n'en avais pas vraiment attendu. Personne n'est à son mieux à 4 heures du matin. Tout au long du trajet, il s'était montré cordial, presque enjoué, me désignant les endroits où des incidents mémorables s'étaient déroulés. Histoires de vieux combattants. Ici, dans ce triplex, une femme a battu son mari avec une poêle à frire, puis s'est tournée contre nous. Dans ce restaurant-là, on a retrouvé un type à poil, coincé dans la cheminée d'aération. Conversation de flics. À se demander si leur carte mentale n'est pas établie d'après les lieux où la police est intervenue, plutôt que sur les noms de fleuves, de rues, ou sur le numéro des maisons, comme le commun des mortels.

Ryan a repéré Bertrand dans un groupe qui comprenait également Pierre LaManche et un homme mince et blond, portant des lunettes d'aviateur opaques. Il a traversé la rue pour les rejoindre. Je cherchais Claudel ou Charbonneau des yeux. Même si c'était un raout de la Sûreté, apparemment, tous les autres étaient là. Mais je ne les ai pas vus.

En approchant, il m'a semblé de plus en plus évident que l'homme aux lunettes était nerveux. Ses mains bougeaient tout le temps, tortillaient continuellement un trait maigre de moustache qui lui ombrait la lèvre supérieure, tripotaient ses cheveux clairsemés, qu'il replaçait ensuite d'un geste caressant des doigts. Sa peau était particulièrement terne et sans défaut, sans teinte ni texture. Il portait un blouson de pilote en cuir et des bottes noires. Il pouvait avoir vingt-cinq ans, ou soixante-cinq.

LaManche avait les yeux fixés sur moi. Quand nous avons rejoint le groupe, il m'a saluée de la tête mais n'a rien dit. Je commençais à me sentir moins sûre de moi. J'avais orchestré tout ce cirque, convoqué les gens. Mais s'ils ne trouvaient rien ? Si quelqu'un avait enlevé le sac ? Et si d'un seul coup ce n'était qu'un de ces maudits cimetières ? La nuit dernière, il faisait sombre et j'étais sous adrénaline. Quelle avait pu être la part de mon imagination ? Je me sentais l'estomac de plus en plus noué.

Bertrand nous a salués. Pour changer, il avait tout d'une version trapue d'un mannequin de mode. Pour les circonstances, il avait choisi des couleurs de terre, brun et ocre, écologiquement correctes, ne devant évidemment rien à des colorants chimiques.

Nous avons dit bonjour à ceux que nous connaissions, puis nous sommes tournés vers l'homme aux lunettes. Bertrand nous l'a présenté.

— Andy, doc, c'est le père Poirier. Il est ici pour représenter le diocèse.

— L'archidiocèse.

— Excusez-moi, l'archidiocèse. Du fait qu'il s'agit d'une propriété de l'Église.

Il a pointé du pouce la barrière derrière lui.

— Tempe Brennan, me suis-je moi-même présentée en lui tendant la main.

Le père Poirier a tourné vers moi ses verres opaques et a répondu à mon geste d'une poignée de main molle. Si les gens étaient notés d'après leurs poignées de main, il recevrait un D moins. Ses doigts étaient froids et flasques, comme des carottes gardées trop longtemps dans le bac à légumes. Quand il a lâché ma main, j'ai résisté à l'envie de l'essuyer sur mon jean.

Il a répété le rituel avec Ryan, qui a gardé un visage impassible. La jovialité du petit matin avait laissé place à un air grave et sérieux, le style flic. Poirier a eu l'air de vouloir dire quelque chose mais, devant la mine de Ryan, ses lèvres se sont crispées en une ligne mince. Sans que rien n'ait été dit, il devait se rendre compte que l'autorité avait changé de bord.

— Quelqu'un est déjà entré là-dedans ? a demandé Ryan.

— Personne. Cambronne est arrivé ici vers 5 heures, a dit Bertrand en indiquant le policier en uniforme à sa droite. Personne n'est entré ni sorti. D'après le père, seulement deux personnes ont un droit d'accès, lui et un gardien. Le type a dans les quatre-vingts et travaille ici depuis que Mamie Eisenhower a mis les bombes à la mode.

En français, cela donnait Isenouer. C'était cocasse.

— Il est impossible que la grille soit restée ouverte, a dit Poirier, en tournant de nouveau ses verres teintés vers moi. Je vérifie chaque fois que je viens ici.

— Ce qui veut dire quand ? a demandé Ryan.

Les verres m'ont lâchée et se sont orientés prestement vers Ryan. Ils sont restés là un bon trois secondes avant que la réponse n'arrive.

— Au moins une fois par semaine. L'Église se sent responsable de toutes ses propriétés. Nous ne nous content...

— Il y a quoi ici ?

Nouvel arrêt.

— Le monastère Saint-Bernard. Fermé depuis 1983. L'Église a considéré que les résultats ne justifiaient pas de continuer.

Je trouvais étrange qu'il parle de l'Église comme d'un être vivant, avec des sentiments et des désirs. Son français aussi était bizarre, subtilement différent de la version inarticulée et nasillarde à laquelle je commençais à m'habituer. Il n'était pas québécois, mais je n'arrivais pas à situer son accent. Ce n'était pas la prononciation pointue, bien que gutturale, des Français, ce qu'en Amérique du Nord on appelle « le Parisien ». Il devait être belge ou suisse.

— Et maintenant, il s'y passe quoi ? a poursuivi Ryan.

Encore un silence, comme si les ondes sonores devaient traverser de grandes distances avant d'être interceptées.

— De nos jours, plus rien...

Il a poussé un soupir. Peut-être se remémorait-il les jours heureux de l'Église, quand les monastères étaient prospères. Ou bien rassemblait-il ses idées, désireux d'être précis dans ses déclarations à la police. Les lunettes cachaient ses yeux. Drôle de type pour un prêtre, avec sa peau virginale, son blouson de cuir et ses bottes de motard.

— Actuellement, je viens vérifier régulièrement la propriété. Le gardien maintient les choses en état.

— Les choses ?

Ryan prenait des notes.

— La chaudière, les canalisations. Déblayer la neige. Nous avons des hivers très froids. Il a eu un grand geste de son bras maigre, comme pour englober toute la province. Les vitres. De temps à autre, des gamins s'amusent à y jeter des pierres. Il m'a regardée. S'assurer que les portes et les grilles sont bien fermées.

— Quand avez-vous vérifié le cadenas pour la dernière fois ?

— Dimanche, à 18 heures. Ils étaient tous enclenchés.

La rapidité de sa réponse m'a frappée. Cette fois-ci, il ne s'était pas accordé de temps pour réfléchir. Bertrand lui avait peut-être déjà posé la question, ou il l'avait anticipée. Mais cela sentait le réchauffé.

— Vous n'aviez rien remarqué d'anormal ?

— Non.

— Et quand est-ce que le gardien... ? il s'appelle comment ?

— M. Roy.

— Quand est-ce qu'il vient ?

— Le vendredi, à moins d'un problème particulier...

Ryan ne disait rien mais ne le quittait pas des yeux.

— ... comme déblayer la neige, ou remplacer une vitre.

— Père Poirier, l'enquêteur Bertrand a déjà dû vous interroger sur la possibilité qu'il y ait des tombes sur ce terrain.

Silence.

— Non, il n'y en a pas.

Il a secoué la tête de droite à gauche et ses lunettes ont glissé sur son nez. Une branche s'est décrochée de son oreille et la monture a pris une inclinaison de vingt degrés. On aurait dit un pétrolier qui donnait de la bande.

206

— C'était un monastère, et seulement un monastère. Personne n'a jamais été enterré là. Mais j'ai téléphoné à notre archiviste pour qu'elle vérifie, afin d'être absolument certain.

Tout en parlant, il a porté les deux mains à ses tempes pour réajuster ses lunettes.

— Vous savez pourquoi nous sommes là ?

Poirier a hoché la tête et les lunettes ont glissé de nouveau. Il a failli dire quelque chose, puis s'est tu.

— O.K., a dit Ryan, en refermant son carnet qu'il a glissé dans sa poche. D'après vous, on procède comment ?

Cette fois, il s'adressait à moi.

— Je vais vous montrer ce que j'ai trouvé et, quand nous l'aurons récupéré, on pourra lâcher le chien. Pour voir s'il y a autre chose.

J'espérais que ma voix exprimait plus d'assurance que je n'en ressentais. Et si on ne trouvait rien ?

— Bien.

Ryan s'est dirigé à grands pas vers l'homme en combinaison. Le berger allemand a sauté vers lui et poussé sa main du museau. Ryan lui a flatté le dessus de la tête, tout en parlant au maître. Puis il est revenu vers nous et nous a tous emmenés à la barrière. Je jetais discrètement des regards aux alentours, à la recherche d'éventuelles traces de mon expédition de la veille. Rien en vue...

Devant le portail, Poirier a sorti de sa poche un énorme trousseau de clés et en a sélectionné une. Il a saisi le cadenas et tiré dessus, comme pour essayer sa résistance contre les barreaux. Cela a produit un faible claquement dans l'air matinal et de la rouille est tombée en pluie sur le sol. L'avais-je refermé quelques heures avant ? Je ne me le rappelais pas.

Il a ouvert le cadenas, libéré la chaîne, puis tiré

le battant du portail. Il y a eu un léger grincement. Rien du hurlement strident dont je me souvenais. Il a reculé d'un pas pour me laisser passer. Tout le monde attendait. LaManche n'avait toujours pas dit un mot.

J'ai remonté le sac à dos sur mon épaule, me suis glissée devant le prêtre et j'ai pris la route de service. Dans la lumière vive de la matinée, le bois semblait amical. Le soleil brillait au travers des feuilles et des aiguilles de conifères, l'air était chargé d'un parfum de résine. Cela m'évoquait les années de collège, des images de chalets au bord de l'eau, de camps d'été. Pas de cadavre, ni d'ombre nocturne. J'avançais lentement, scrutant chaque arbre, chaque centimètre carré de sol, en quête de branches brisées, d'un dérangement dans la végétation, n'importe quel signe m'apportant la preuve qu'un humain était venu là. Moi en particulier.

À chaque pas, mon angoisse grimpait d'un cran. Et si je n'avais pas refermé le cadenas ? Et si quelqu'un était venu après moi ? Qu'est-ce qui avait pu se produire après mon départ ?

L'atmosphère des lieux me donnait l'impression de n'y être jamais venue. Bien que m'étant familiers par ce que j'aurais pu lire ou voir sur des photos. J'essayais de retrouver le sentier par des sensations de temps ou de distance. Mais je n'étais vraiment pas sûre. Mes souvenirs étaient flous et emmêlés, comme des bribes de rêves. Les événements majeurs étaient nets, mais leur succession et leur durée manquaient totalement de précision. J'ai imploré un signe.

Ma prière a été entendue sous la forme des gants. Je les avais oubliés. Là, sur le côté gauche du chemin, juste à la hauteur des yeux, trois doigts dépassaient de la fourche d'un arbre. Enfin. J'ai examiné les arbres voisins. L'autre gant se trouvait à environ un mètre cinquante du sol, coincé dans un petit érable. Je me suis soudain revue, tremblante comme une feuille, tentant de percer l'obscurité pour trouver un endroit où les placer. Je méritais une bonne note pour la prévoyance. Et une mauvaise pour la mémoire. J'aurais cru les avoir mis plus haut. Mais, comme Alice, ma taille avait changé cette nuit. J'ai bifurqué entre les deux arbres, dans ce qui pouvait difficilement être considéré comme une trouée. La trace dans les fourrés était si subtile que, sans mes points de repère, je serais certainement passée tout droit. À la lumière du jour, il n'y avait qu'une simple variation dans la végétation, qui y était plus éparse que sur les côtés. Sur une étroite bande, les plantes et les arbustes s'étendaient par touffes séparées, sans se mélanger à leurs voisins, et laissaient voir à leurs pieds le tapis terre de Sienne de feuilles mortes et d'humus.

J'ai repensé aux puzzles que je faisais enfant avec ma grand-mère. Il fallait trouver la bonne pièce, les yeux et l'esprit concentrés sur la moindre variation de teinte ou de forme. Par quel miracle avais-je repéré ce sentier dans le noir ?

Derrière moi, j'entendais le froissement des feuilles, le craquement des brindilles. Je n'avais pas signalé la présence des gants, les laissant s'émerveiller de mon sens de l'orientation. Brennan, le chef guide. Quelques mètres plus loin, j'ai aperçu la bombe d'insecticide. Rien de bien subtil pour le coup, le capuchon orange brillait dans le feuillage comme un phare.

Et mon monticule camouflé était bien là. Sous un chêne blanc, une légère protubérance recouverte de feuilles et cernée de terre nue. Là où c'était déblayé se distinguaient clairement les marques qu'avaient laissées mes doigts lorsque j'avais tenté de cacher le plastique. Le résultat semblait plutôt mettre en évidence que masquer, mais, dans la panique du moment, c'était ce qui semblait être la chose à faire.

Ce n'était pas ma première levée de corps. La plupart du temps, c'est à la suite d'une dénonciation ou par hasard qu'on découvre le pot aux roses. Des délateurs mouchardant leurs anciens complices. Des enfants tout excités montrant leur trouvaille du doigt. Cela me faisait bizarre d'être un de ces enfants.

— Ici.

J'ai indiqué le tas de feuilles.

— Vous êtes sûre ? a demandé Ryan.

Je l'ai regardé. Personne ne disait rien. J'ai posé mon sac à dos et en ai sorti une autre paire de gants de jardin. Je me suis approchée, en plaçant mes pieds avec précaution, pour déranger les lieux le moins possible. C'était absurde, vu mon intervention musclée de la veille, mais considérant le contexte officiel, il s'agissait de respecter les règles de procédure.

M'accroupissant, j'ai écarté de la main assez de feuilles pour dégager un morceau du sac. Ses formes irrégulières laissaient penser que le contenu y était toujours. Rien ne semblait avoir été dérangé. Quand je me suis retournée, le père Poirier se signait.

Ryan s'est adressé à Cambronne.

— Prends donc des photos, pour l'album souvenir.

Rejoignant les autres, j'ai attendu en silence que Cambronne accomplisse son rituel. Il a sorti l'équipement puis il a pris plusieurs clichés du monticule et du sac, selon divers angles et à des distances différentes. Il a finalement baissé son appareil et s'est reculé.

Ryan s'est tourné vers LaManche.

— Doc ?

210

LaManche a prononcé son premier mot depuis mon arrivée :

— Temperance ?

J'ai pris une truelle dans mon sac et me suis rapprochée. J'ai enlevé délicatement ce qui restait de feuilles et j'ai pelleté petit à petit autour, pour dégager le sac. Du sol s'élevait une très ancienne odeur d'humus, comme si chaque molécule renfermait d'infimes parties de tout ce qui y avait trouvé nourriture, depuis que les glaciers avaient relâché leur emprise.

Des voix nous parvenaient de la rue, le brouhaha qui accompagne le festival des services d'ordre. Mais là où je travaillais, les seuls bruits étaient ceux des oiseaux, des insectes, et le raclement régulier de ma truelle. Les branches s'agitaient doucement dans la brise. La veille, j'avais eu droit aux bonds de guerriers massaïs dans leur danse rituelle de guerre. Le programme de la matinée donnait *Le Beau Danube bleu*. Les ombres jouaient sur les visages et dessinaient sur le sac comme des formes de marionnettes chinoises.

En moins de quinze minutes, la butte était devenue un trou et une bonne moitié du sac était visible. Selon moi, la décomposition avait fait son œuvre et les ossements avaient dû se libérer de leurs contraintes anatomiques. S'il s'agissait bien d'ossements.

Considérant que j'avais retiré assez de terre, j'ai posé ma truelle et empoigné le nœud de plastique. J'ai tiré lentement. Mais on aurait dit que, sous la terre, quelqu'un me défiait en retenant l'autre extrémité du sac, dans un jeu macabre de lutte à la corde.

Cambronne avait continué à prendre des photos et se tenait maintenant derrière moi pour immortaliser sur Kodakchrome le moment où le sac allait se libérer. Une phrase a résonné dans ma tête. Saisissez la vie dans tous ses instants. Et la mort, me suis-je dit.

J'ai frotté mes gants sur les côtés de mon jean, réassuré ma prise sur le sac... Cette fois, il a bougé. Ce n'était pas encore gagné, mais j'avais marqué un point. J'ai senti le contenu qui se replaçait imperceptiblement. J'ai pris une grande respiration, puis tiré à nouveau, plus fort. Je voulais le dégager, mais sans le déchirer. Il est venu un peu, puis est retombé dans sa position initiale.

En assurant fermement mes pieds, j'ai tiré encore une fois et, là, mon adversaire du sous-sol a lâché prise. J'ai replacé mes doigts autour du nœud et, centimètre par centimètre, je l'ai sorti.

Une fois sur le bord, je l'ai lâché et reculé d'un pas. Un sac-poubelle ordinaire, comme on en trouve partout dans les cuisines et les garages. Intact. Son contenu lui donnait des formes bosselées. Pas vraiment pesant. C'était bon signe ? ou mauvais signe ? Allais-je trouver les restes d'un bon toutou et être humiliée ? ou le cadavre d'un humain et être justifiée ?

Cambronne est entré en action. Il a placé sa pancarte et a pris une série de clichés. Retirant un gant, j'ai sorti de ma poche mon petit couteau suisse. Dès que Cambronne a eu fini, je me suis agenouillée près du sac. Malgré mes tremblements, j'ai quand même réussi à déplier la lame. L'acier inoxydable a renvoyé un éclat de soleil. J'ai choisi un coin près du nœud pour inciser. Cinq paires d'yeux étaient fixées sur moi.

J'ai regardé LaManche. Ses traits changeaient avec le jeu d'ombres. Et je me suis soudain demandé quelle tête je pouvais avoir, barbouillée de terre et en pleine lumière. LaManche m'a fait signe d'y aller. Au moment où la lame allait fendre le plastique, mes mains sont restées suspendues, arrêtées par le bruit de ce qui ressemblait à une bête attachée au bout d'une corde. Nous l'avons entendu en même temps, mais c'est Bertrand qui a exprimé à voix haute ce que nous pensions tous.

— Mais qu'est-ce que c'est que ce bordel ?

17

Une cacophonie de sons. Les aboiements frénétiques d'un chien se mêlaient à des voix humaines, amplifiées par l'excitation. Des appels fusaient de toutes parts, entrecoupés, mais trop indistincts pour que les mots en soient compréhensibles. Cela venait du terrain du monastère, quelque part sur notre gauche. La première pensée a été que mon rôdeur de la nuit était revenu et que tous les flics de la province, et au moins un berger allemand, étaient à ses trousses.

Nous étions tous figés sur place. Même Poirier avait arrêté de tripoter sa moustache et restait pétrifié, une main suspendue à la hauteur de sa lèvre supérieure.

Puis le bruit d'un corps, s'ouvrant une tranchée dans le feuillage comme un bulldozer, a rompu le sortilège. Toutes les têtes se sont tournées, comme actionnées par le même mécanisme. Des arbres, une voix a appelé.

— Ryan ? Tu es là ?

— Ici.

— Sacrebleu. Nouveaux craquements et fracas. Aïe.

Un enquêteur de la Sureté est finalement apparu, bataillant et grommelant de manière audible. Son visage sanguin était écarlate, sa respiration sifflante. La sueur perlait à son front et aplatissait la frange de cheveux qui bordait son crâne presque chauve dont la peau était tout égratignée par les branches. En nous apercevant, il s'est plié en deux pour reprendre son souffle.

Finalement il s'est redressé et a pointé du pouce l'endroit d'où il venait. D'une voix asthmatique, comme de l'air pulsé au travers d'un filtre encrassé, il a soufflé :

— Tu ferais bien d'aller voir, Ryan. Ce maudit chien a perdu la boule, à croire qu'il a sniffé de la mauvaise camelote.

Du coin de l'œil, j'ai vu que la main de Poirier montait prestement vers son front, puis glissait vers sa poitrine, dans un nouvel accès de signe de croix.

— Quoi ?

Ryan a levé les sourcils.

— DeSalvo l'a amené sur le terrain comme tu l'avais dit, et l'hostie de malade s'est mis à tourner autour de c'te place, en aboyant comme s'il pensait que Hitler et toute la foutue armée du Reich étaient enterrés là-dessous... Non, mais tu l'entends !

— Et ?

— Et ? ? ? Mais ce chris de bâtard va finir par s'exploser les cordes vocales ! Si tu t'y pointes pas rapidement, pour moi, il tourne tellement sur lui-même qu'il va finir par s'enfoncer dans son propre trou d'cul.

J'ai retenu un sourire.

— Retiens-le encore quelques minutes. File-lui un MacDo ou shoote-le au Valium s'il le faut. On doit absolument finir avec ce qu'on a ici. Il a regardé sa montre. Reviens dans dix minutes.

Le policier a haussé les épaules, relâché la branche qu'il tenait et a fait demi-tour.

— Hé, Piquot...

Le visage rond a pivoté vers nous.

— Tu as un passage ici.

— Sacrifice, a-t-il sifflé entre ses dents en

coupant dans les broussailles pour rejoindre le sentier que lui indiquait Ryan.

Il était sûr qu'il allait le reperdre dans les quinze mètres.

— Hé, Piquot..., a encore dit Ryan.

Le visage s'est tourné une nouvelle fois vers nous.

— Laisse pas Rintintin déranger quoi que ce soit.

Il s'est retourné vers moi.

— Vous attendez l'âge d'or ou quoi, Brennan ?

Les bruits de Piquot bataillant vers la sortie résonnaient encore quand j'ai fendu le sac de part en part. L'odeur n'a pas jailli en me prenant à la gorge, comme pour Isabelle Gagnon. Elle s'est élevée lentement, avec assurance. Mon odorat identifiait des parfums de décomposition végétale, surmontés d'autre chose. Ce n'était pas la puanteur de la putréfaction, mais une senteur plus primitive. Évoquant des images de passage, d'origine et de fin, d'éternel recommencement. Elle m'était familière. Elle m'indiquait que le sac renfermait des choses mortes, et pas mortes d'hier.

Que ce ne soit pas un chien ou un chevreuil, ai-je prié en agrandissant l'ouverture de mes mains gantées. Un frisson m'a parcourue, qui a fait bruire le plastique. Si, finalement, que ce ne soit qu'un chien ou un chevreuil ! Ryan, Bertrand et LaManche se pressaient autour de moi. Poirier ne bougeait pas plus qu'une pierre tombale, enraciné dans le sol. D'abord, je n'ai vu qu'une omoplate. Assez pour confirmer que ce n'était ni un animal familier ni la cachette d'un chasseur. J'ai regardé Ryan. Des tics lui tiraillaient le coin des yeux et il avait les mâchoires serrées.

— Ce sont des restes humains.

La main de Poirier a volé vers son front, pour un nouveau tour de piste.

Ryan a récupéré son carnet et tourné une page.

— On a quoi ?

Sa voix était aussi tranchante que la lame de mon couteau.

J'ai doucement écarté les ossements :

— Des côtes... omoplates... clavicules... vertèbres. Tous semblerait appartenir au buste... Ah ! et un sternum.

Tous me regardaient fouiller, sans prononcer un mot. Quand j'ai atteint le fond du sac, une grosse araignée noire a couru sur ma main puis le long de mon bras. Les yeux étaient dressés au bout des antennes, minuscules périscopes cherchant la cause de cette intrusion. Le grouillement des pattes était léger et délicat sur ma peau, comme la caresse d'un mouchoir de dentelle. J'ai eu un mouvement brusque, qui a projeté l'araignée dans l'espace.

— C'est tout. Je me suis redressée. La partie supérieure d'un buste. Les bras n'y sont pas.

J'avais la chair de poule, mais pas à cause de l'araignée. Mes mains gantées pendaient de chaque côté de mon corps. Je ne ressentais aucune joie de voir reconnu mon jugement. Simplement une apathie morne, comme après un choc nerveux. Ma capacité à m'émouvoir avait tiré le rideau et affiché à la porte : « De retour après déjeuner. » Et voilà, me suis-je dit. Encore une retrouvée morte. Un monstre court en liberté.

Ryan griffonnait sur son calepin. On voyait la tension des tendons le long de son cou.

— Et maintenant ?

La voix de Poirier était à peine plus qu'un couinement.

— Maintenant, il faut trouver le reste, j'ai dit.

Cambronne s'était mis en position quand nous avons entendu revenir Piquot. Coupant de nouveau à travers bois. Nous rejoignant, il a jeté un coup d'œil sur les ossements et a poussé un juron dans un soupir.

Ryan s'est tourné vers Bertrand.

— Tu t'occupes de ça pendant qu'on va vérifier où en est le chien ?

Bertrand a acquiescé d'un signe de tête. Il se tenait aussi raide que les pins autour de nous.

— Mets ce qu'on a dans un sac de transport. Qu'après l'Identité puisse ratisser le coin. Je te les envoie.

Laissant Bertrand et Cambronne, nous sommes repartis derrière Piquot en direction des aboiements. Le chien paraissait presque affolé.

Trois heures plus tard, j'étais assise sur une bande de gazon, plongée dans l'examen de ce que contenaient quatre sacs de transport. Le soleil était haut et me chauffait les épaules. Mais cela ne suffisait pas à dissiper le froid qui me glaçait de l'intérieur. À cinq mètres, le chien était couché à côté de son maître, la tête posée de travers sur ses énormes pattes brunes.

Dressé à reconnaître l'odeur de tissus organiques décomposés ou en voie de décomposition, ce type de chien détecte les cadavres cachés aussi bien que des détecteurs infrarouges indiquent une source de chaleur. Même si les restes n'y sont plus, ils retrouveront l'endroit où de la chair en putréfaction a été déposée. Ce sont les limiers de la mort. Ce chien-ci avait accompli une belle performance, il s'était dirigé droit sur trois autres lieux d'enfouissement. Chaque fois, il signalait sa trouvaille avec zèle, aboyant, sautant, courant en rond autour de l'emplacement avec une véritable frénésie. Je me demandais si tous les chiens policiers étaient aussi passionnés par leur travail.

Cela avait pris deux heures pour exhumer, enregistrer et mettre les restes dans les sacs. Premier inventaire avant l'exhumation, puis maintenant une liste plus détaillée pour consigner chacun des fragments osseux.

J'ai jeté un coup d'œil sur le chien. Seuls les yeux bougeaient, les orbites chocolat changeant d'orientation comme des coupoles de radars. Il avait de bonnes raisons d'être épuisé, mais moi aussi. Il a levé la tête et a laissé échapper une longue langue mince et haletante. J'ai gardé ma langue pour moi et me suis replongée dans l'inventaire.

— Combien ?

Je ne l'avais pas entendu approcher mais la voix m'était connue. J'ai rassemblé mes forces.

— Bonjour, monsieur Claudel. Vous allez bien ?

— Combien ?

— Un seul, ai-je répondu, sans lever les yeux.

— Y manque quelque chose ?

J'ai terminé ma liste et me suis tournée vers lui. Jambes écartées, la veste pendue sur un bras, il sortait de son emballage son sandwich.

Comme Bertrand, il avait choisi des textiles naturels, coton pour le pantalon, lin pour la veste. En revanche, il était resté fidèle aux verts, pour une apparence plus végétale. Seule sa cravate présentait des variations de couleur. Elle était parsemée d'éclats mandarine.

— Vous pouvez dire ce que nous avons récupéré ?

Il battait l'air avec la viande et le pain.

— Oui.

Il n'était pas là depuis trente secondes que j'avais envie de lui arracher son sandwich des mains et de le lui enfoncer dans les trous de nez ou dans n'importe quel autre orifice. Il ne déchaînait déjà pas le meilleur de moi-même quand j'étais en forme et reposée. Ce matin, je n'étais ni l'un ni l'autre. Comme le chien, j'en avais ma claque. Je n'avais ni l'énergie ni l'envie de rentrer dans son petit jeu.

— Ce que *nous* avons récupéré est un squelette humain incomplet. Il n'y a presque plus de tissus conjonctifs. Le corps a été démembré, placé dans des sacs-poubelles et enterré à quatre endroits différents dans le périmètre de ces grilles. J'ai montré d'un geste le terrain du monastère. J'ai trouvé un des sacs la nuit dernière. Le chien a senti les trois autres.

Il a pris une bouchée et a tourné son regard vers les arbres.

— Y manque quoi ?

Ses mots étaient empâtés de jambon et de fromage.

Je l'ai fixé sans répondre, en me demandant pourquoi une simple question de routine me tapait tellement sur les nerfs. C'était son attitude. Je me suis récité une de mes variations sur Claudel. Ignore-le. C'est Claudel. Un reptile. N'attends de lui qu'orgueil et condescendance. Il sait parfaitement que c'est toi qui avais raison. Il connaît déjà toute l'histoire. Il ne va tout de même pas t'offrir ses félicitations. Il doit en être malade. Contente-toi de cela. Laisse-le faire.

Devant mon silence, il a reporté son attention sur moi.

— Il n'y a rien qui manque ?

J'ai reposé la feuille d'inventaire et je l'ai regardé en face. Il m'a retourné un regard oblique, tout en mâchant. Une seconde, cela m'a étonnée qu'il n'ait pas mis ses lunettes de soleil.

— La tête.

Il s'est arrêté de manger.

— Quoi ?

— La tête manque.

— Elle est où ?

— Monsieur Claudel, si je savais où elle était, elle ne manquerait pas.

J'ai vu ses mâchoires se crisper, puis se détendre. La mastication n'y était pour rien.

— C'est tout ?

— C'est tout quoi ?

— C'est tout ce qui manque ?

— Rien de significatif.

Il a mâchouillé mentalement l'information, tandis que ses dents, elles, mâchouillaient son sandwich. Ses doigts comprimaient en boule l'emballage de Cellophane. Il l'a mis dans sa poche et s'est essuyé les coins de la bouche avec l'index.

— Je suppose que vous n'avez rien d'autre à me dire ?

Moins une question qu'une constatation.

— Quand j'aurai eu le temps d'examiner...

— C'est ça.

Il s'est détourné et s'est éloigné.

En jurant dans ma barbe, j'ai refermé la fermeture Éclair des sacs. Le chien a dressé la tête. Ses yeux m'ont suivie tandis que je fourrais le bloc dans mon sac à dos et que je traversais la rue vers un employé de la morgue, pas plus épais qu'une chambre à air. Je lui ai dit qu'ils pouvaient charger les restes. Et d'attendre pour la suite.

De l'autre côté de la rue, je voyais Ryan et Bertrand discuter avec Claudel et Charbonneau. Rencontre de la Sûreté et de la Cum. Ma paranoïa brodait sur leur conversation. Qu'est-ce que Claudel leur racontait ? Était-il en train de me dénigrer ? La plupart des flics sont plus jaloux de leurs droits territoriaux que des singes hurleurs. Leur juridiction, leurs cas, leurs propres arrestations. Claudel était pire que les autres, mais pourquoi manifester tant de dédain à mon égard ?

Laisse tomber, Brennan. C'est un connard et tu l'as mouché sur son propre terrain. Tu n'es pas au top de son hit-parade. Arrête de te tracasser pour des sentiments et concentre-toi sur le boulot. Et puis en terme de possessivité de territoire, que celui qui n'a jamais péché...

La conversation a cessé quand je me suis approchée. Ce qui a un peu freiné l'élan de mon approche, que je voulais enjouée. Mais j'ai fait comme si de rien n'était.

— Hi, doc, a dit Charbonneau.

Je lui ai adressé un signe de tête, et un sourire.

— Et puis, nous en sommes où ? ai-je demandé.

— Votre patron est parti il y a à peu près une heure. Le père aussi. L'Identité a presque fini, a dit Ryan.

— Ils ont trouvé quelque chose ?

Il a secoué la tête.

— Et le détecteur de métal ?

— Toutes les maudites languettes de canettes de la province. Ryan avait l'air exaspéré. Ah ! et on doit être bon pour un parcomètre. Et vous ?

— Je suis claquée. J'ai prévenu les types de la morgue qu'ils pouvaient charger.

— Claudel nous a dit qu'il vous manquait la tête.

— Exact. Le crâne, la mâchoire et les quatre premières vertèbres cervicales.

— Ce qui veut dire quoi ?

— Que la victime a été décapitée et que l'assassin a mis la tête autre part. Il peut l'avoir également enterrée ici mais séparément, comme il l'a fait pour le reste. Les sacs étaient vraiment dispersés.

— Si bien qu'il pourrait rester un autre sac ?

— Possible. Ou il l'a carrément mis ailleurs. Dans le fleuve, dans les toilettes, dans sa chaudière... Je n'en sais foutrement rien.

— Pourquoi il aurait fait ça ? a demandé Bertrand.

— Peut-être pour que le cadavre ne soit pas identifié...

— Il le sera quand même ?

— Probablement. Mais c'est méchamment plus facile avec les dents et les rapports dentaires. À côté de cela, il a laissé les mains.

— Et alors ?

— Quand un corps est mutilé pour empêcher l'identification, en général ils enlèvent aussi les mains.

Il m'a adressé un regard interdit.

— On peut prendre des empreintes sur des cadavres même salement décomposés. Tant qu'il reste un peu de peau. J'ai relevé les empreintes d'une vieille mamie de cinq cents ans.

— Vous avez pu l'identifier ?

La voix de Claudel était dénuée d'intonation.

— Elle n'était pas fichée, ai-je répondu, moi aussi sans sourire.

— Mais là, on n'a que des os, a dit Bertrand.

— L'assassin n'en savait rien. Il ne pouvait pas deviner le moment où on allait retrouver le corps.

Comme pour Gagnon, me suis-je dit. La seule qu'il avait enterrée.

Pendant un instant, j'ai eu l'image de l'assassin rôdant dans l'obscurité des bois pour se débarrasser de ses sacs. Avait-il découpé sa victime ailleurs, empaqueté les morceaux pleins de sang, avant de les apporter ici en voiture ? S'était-il garé à la même place que moi ? Ou avait-il réussi, d'une manière quelconque, à rentrer sur le terrain avec sa voiture ? Est-ce qu'il avait d'abord creusé les trous, en choisissant les emplacements ? Ou simplement apporté les sacs l'un après l'autre, creusant un trou ici, puis un autre là, en faisant quatre allers-retours jusqu'à la voiture ? Le démembrement était-il une tentative désespérée pour dissimuler un crime passionnel ? Ou bien le meurtre et la mutilation avaient-ils été décidés de sang-froid ?

J'ai été secouée par une idée effroyable. Et s'il avait été là, avec moi, la nuit dernière ? Retour au présent.

— Ou...

Ils me regardaient tous.

— Ou il peut l'avoir gardée avec lui.

— Avec lui ? a ricané Claudel.

— Chris, a dit Ryan.

— Comme Dahmer ? a demandé Charbonneau.

J'ai haussé les épaules.

— On ferait mieux d'envoyer chien-chien faire un autre tour de circuit, a dit Ryan. Ils ne l'ont jamais emmené où l'on a trouvé le buste.

— Certainement, ai-je dit. Il serait ravi.

— Ça vous ennuie qu'on vienne ? a demandé Charbonneau. Claudel lui a décoché un regard noir.

— Non, tant que vos pensées sont positives... Je vais chercher le chien. On se retrouve au portail.

En m'éloignant, j'ai entendu la voix nasale de Claudel lâcher un « salope ». Certainement en référence à l'animal.

Le chien s'est levé d'un bond à mon approche, en remuant mollement la queue. Son regard passait de moi au visage du maître, pour quêter l'autorisation d'aller vers le nouveau venu. J'ai lu « DeSalvo » imprimé sur la combinaison bleue.

— Fido serait prêt pour un autre tour ?

J'ai tendu ma main vers le chien, paume tournée vers le sol. DeSalvo a eu un imperceptible hochement de tête. La bête a bondi vers moi et flairé mes doigts d'une truffe humide.

— Elle s'appelle Margot, a-t-il dit en anglais, mais en prononçant le nom à la française.

Sa voix était basse et régulière, et il bougeait avec la fluidité et le calme de ceux qui passent l'essentiel de leur temps avec des animaux. Son visage était bronzé et parcouru de rides. Des pattes-d'oie s'étoilaient aux coins de ses yeux. Il avait le physique de quelqu'un qui vit au grand air.

— Francophone ou anglophone ?

— Elle est bilingue.

— Bonjour, Margot. J'ai posé un genou à terre pour la gratter derrière l'oreille. Pardonne-moi pour le changement de sexe. Grosse journée, hein ?

Le battement de la queue s'est accéléré. Quand je me suis levée, elle a sauté en arrière, décrit un tour complet sur elle-même, puis s'est figée, en ne me lâchant pas des yeux. Elle penchait la tête d'un côté puis de l'autre, tout en fronçant et défronçant le sillon qu'elle avait au milieu du front.

— Tempe Brennan, me suis-je présentée.

Il a accroché un bout de la laisse à sa ceinture et refermé la main sur l'autre bout. Puis il m'a tendu sa main libre. Une sensation sèche et ferme, comme du métal vieilli. Incontestablement un A.

— David DeSalvo.

— Nous pensons qu'il pourrait rester quelque chose là-bas, Dave. Margot serait-elle bonne pour un autre tour ?

— Regardez-la.

En entendant son nom, elle a pointé les oreilles, s'est arquée tête au sol, hanches dressées, puis a décrit une série de petits bonds en avant. Ses yeux étaient collés au visage de DeSalvo.

— Bon. Vous avez couvert quoi jusqu'à présent ?

— On a zigzagué pas mal partout, sauf là où vous étiez en train de travailler.

— Est-ce qu'elle pourrait avoir laissé passer quelque chose ?

— Nan. Pas aujourd'hui. Les conditions sont idéales. Le temps est juste ce qu'il faut, beau et encore humide de la pluie. Beaucoup de brise. Et Margot est au sommet de sa forme.

224

Elle a poussé son genou du museau et a été récompensée d'une caresse.

— Elle ne laisse pas passer grand-chose. Elle a été dressée uniquement pour les cadavres, si bien qu'elle ne se laisse distraire par rien d'autre.

Je me suis rappelé une conférence de l'Academy, où un exposant avait distribué des échantillons d'odeur de cadavre en bouteille. Eau de putréfaction. Un dresseur de ma connaissance utilisait des dents extraites, fauchées chez son dentiste, qu'il laissait vieillir en flacons de plastique.

— Margot est le meilleur chien avec lequel j'ai travaillé. S'il y a autre chose là-bas, elle va le trouver.

Je lui ai jeté un coup d'œil. Elle en avait tout l'air.

— O.K. On peut l'emmener sur le premier emplacement.

DeSalvo a accroché le bout libre de la laisse au harnais et elle nous a entraînés jusqu'au portail où nous attendaient les quatre policiers. Nous avons remonté le chemin désormais familier, Margot en tête, tirant sur la laisse. Elle reniflait tout le long du chemin, explorant du nez les moindres coins et recoins, comme ma lampe de poche l'avait fait avec son faisceau. De temps en temps, elle s'arrêtait, inhalait rapidement et rejetait l'air d'un souffle, ce qui envoyait voltiger les feuilles mortes autour de son museau. Elle ne repartait qu'une fois satisfaite.

Nous avons fait halte là où le sentier s'enfonçait dans le bois.

— C'est ce coin-là qu'elle n'a pas fait, a dit DeSalvo. Je vais faire le tour avec elle, la placer sous le vent. Elle travaille mieux dans ce sens. Si elle flaire quelque chose, je la laisserai aller.

— On ne risque pas de la déranger en restant là ? ai-je demandé.

— Nan. Elle ne s'occupe pas de vous.

Le chien et le maître ont continué par la route sur une dizaine de mètres, avant de disparaître dans les arbres. Avec les enquêteurs nous avons pris le sentier. Les piétinements l'avaient rendu plus évident. À vrai dire, le lieu d'enfouissement lui-même était pour le moins chamboulé. La végétation avait été foulée aux pieds, plusieurs branches en hauteur avaient été brisées. Au centre, le trou abandonné était béant, noir et vide, comme une tombe violée. Il était plus large que lorsque nous étions partis et, tout autour, le sol était nu et labouré. Un tas de terre s'élevait à côté, en forme de cône, avec des bords en pente douce et un sommet tronqué. Le grain de la terre était uniforme. Résidus de ce qu'ils avaient passé au tamis.

Moins de cinq minutes plus tard, nous avons entendu aboyer.

— Il est derrière nous ? a demandé Claudel.

— Elle, ai-je corrigé.

Il a ouvert la bouche, puis a resserré les lèvres. Une petite veine palpitait sur sa tempe. Ryan m'a fusillée du regard. D'accord, cela pouvait être considéré comme du harcèlement.

Sans dire un mot, nous avons reculé jusqu'au sentier. Margot et DeSalvo étaient quelque part sur la gauche, on les entendait dans les feuilles. En moins d'une minute, ils nous sont apparus. Le corps de Margot tendu comme une corde de violon, les muscles des épaules saillants, la poitrine serrée dans le harnais de cuir. Elle tenait la tête dressée, donnait des coups secs d'un côté et de l'autre, en testant l'air dans toutes les directions. Sa truffe frémissait fiévreusement.

Tout à coup, elle est tombée à l'arrêt, les oreilles droites, les pointes tressaillantes. Le son est parti de loin dans son ventre, puis s'est amplifié, moitié grondement, moitié gémissement, comme les lamentations d'une pleureuse dans quelque cérémonie primitive. J'ai senti mes cheveux se hérisser sur ma nuque et un frisson a parcouru tout mon corps.

DeSalvo s'est penché pour libérer la laisse. Margot est restée un moment immobile, comme pour bien prendre ses marques. Puis elle a bondi.

— Qu'est-ce que c'... ? a dit Claudel.

— Mais où elle... ? a dit Ryan.

— Saint Ciboire ! a dit Charbonneau.

Nous étions sûrs qu'elle avait flairé l'emplacement derrière nous. Mais elle a traversé le sentier d'un bond, foncé au travers des arbres. Nous l'avons regardée sans dire un mot.

À moins de deux mètres, elle s'est arrêtée, a tendu le museau vers le sol et a inhalé plusieurs fois. En soufflant bruyamment, elle a recommencé la même manœuvre à gauche. Tous ses muscles étaient tendus. Je la regardais faire et une image a commencé à se former dans ma tête. La course dans l'obscurité. Une violente culbute. Un éclair d'orage. Un trou vide.

Margot a repris toute mon attention. Elle était arrêtée au pied d'un pin, totalement concentrée sur le sol devant elle. Elle a tendu le museau et inhalé. Puis le poil s'est hérissé le long de sa colonne vertébrale, ses muscles se sont mis à tressauter. Elle a levé le nez vers le ciel, rejeté une dernière bouffée d'air, puis elle s'est lancée dans une danse frénétique. Bondissant d'avant en arrière, queue entre les jambes, grondant et claquant des mâchoires.

— Margot ! Ici ! a ordonné DeSalvo.

Plongeant au travers des fourrés, il a saisi son harnais et l'a tirée en arrière.

Je n'avais pas besoin de m'approcher. J'étais sûre de ce qu'elle avait trouvé. Et de ce qu'elle n'avait pas trouvé. Je me revoyais, immobile dans le noir, les yeux fixés sur la terre sèche et le trou vide. Creusé dans l'intention d'enterrer ou bien de déterrer quelque chose ? Maintenant, je savais.

Les grondements de Margot s'adressaient au trou dans lequel j'étais tombée la veille. Son flair venait de me dire ce qu'il avait contenu.

18

La plage. Les rouleaux. Les bécasseaux sur leurs longues pattes grêles. Les pélicans qui planent comme des avions en papier, puis replient leurs ailes pour plonger dans la mer. En pensée, j'étais de retour en Caroline. Je pouvais sentir l'odeur saumâtre des lagunes, des embruns, du sable mouillé, du varech et des poissons rejetés par l'océan. Hatteras ou Sullivan, peu importait l'île, je voulais être de nouveau chez moi. Je voulais des palmes et des crevettiers, pas des femmes découpées en morceaux, ni des fragments de cadavre.

J'ai ouvert les yeux sur des pigeons perchés sur la statue de Norman Béthune. Le ciel s'assombrissait, les dernières lueurs de rose et de jaune fuyaient devant l'avant-garde de l'obscurité montante, salué par les réverbères et le clignotement de néon des enseignes lumineuses. Sur les trois côtés du petit square, à l'angle des rues Guy et de Maisonneuve, le troupeau motorisé des bêtes à quatre roues se débandait en rugissant.

Je partageais mon banc avec un homme portant un maillot des Canadiens. Les cheveux lui tombaient sur les épaules, ni blonds ni blancs, qui, dans la lueur des phares, formaient autour de sa tête comme un halo de verre filé. Ses yeux avaient une couleur de jean lavé pour la millième fois, bordés de rouge, avec les coins collés de mucosités jaunes. Il portait autour du cou une grosse croix en métal.

Revenue à la maison en fin d'après-midi, j'avais mis le répondeur et m'étais endormie. Des ombres de gens que je connaissais s'étaient mêlées à des figures inconnues, dans un défilé sans thème. Je m'étais réveillée plusieurs fois, pour finalement me lever à 20 heures, affamée et migraineuse. Une lumière se reflétait sur le mur à côté du téléphone : rouge, rouge, rouge. Stop. Rouge, rouge, rouge. Trois messages. Je me suis traînée jusqu'au répondeur et l'ai mis en route.

Pete considérait la proposition d'emploi d'un cabinet d'avocats à San Diego. Formidable. Katy envisageait de lâcher l'école. Merveilleux. Un message raccroché. Au moins, ce n'était pas une mauvaise nouvelle. Toujours rien de Gabby. Super.

Ce ne sont pas les vingt minutes de conversation avec Katy qui auraient pu me tranquilliser. Elle était aimable, mais sur la réserve. Pour finir sur un long silence, puis on se reparle, avant de me raccrocher au nez. Fermant les yeux, j'étais restée totalement immobile. Dans ma tête, l'image de Katy à treize ans. La joue posée contre la joue de son appaloosa, ses cheveux blonds mêlés à la crinière noire. Pete et moi étions allés lui rendre visite à son camp d'été. En nous voyant, son visage s'était illuminé et elle avait lâché son cheval pour se jeter dans mes bras. Nous étions si proches l'une de l'autre à cette époque. Pourquoi un fossé s'était-il creusé entre nous ? Qu'est-ce qui la rendait malheureuse ? Pourquoi voulait-elle quitter l'école ? Était-ce notre faute, à Pete et à moi ? Rongée de culpabilité parentale, j'ai composé le numéro de Gabby. Pas de réponse. Une fois déjà, elle avait disparu pendant dix jours. C'était stupide de me faire du souci pour elle. Elle pouvait aussi bien être partie en retraite pour retrouver son moi intérieur...

Deux cachets d'analgésiques m'ont soulagée de mon mal de tête et un spécial crevettes de chez Singapore a calmé mon appétit. Mais rien n'a dissipé ma mauvaise humeur. Ni les pigeons ni les étrangers sur les bancs de square. Les questions se heurtaient et se bousculaient dans ma tête comme des autotamponneuses. Qui était l'assassin ? Comment choisissait-il ses victimes ? Est-ce qu'elles le connaissaient ? Gagnait-il leur confiance pour s'introduire chez elles ? Adkins avait été assassinée à la maison. Et Trottier, et Gagnon ? À une place choisie d'avance, pour le meurtre et le démembrement ? Il se déplaçait comment ? Était-ce Saint-Jacques ?

Je fixais les pigeons sans les voir. J'imaginais les victimes, imaginais leur peur. Chantale Trottier n'avait que seize ans. Avait-il abusé d'elle en la menaçant d'un couteau ? À quel moment avait-elle compris qu'elle allait mourir ? L'avait-elle supplié de ne pas la faire souffrir ? supplié de ne pas la tuer ? D'autres images de Katy. Les Katy de quelqu'un d'autre. L'empathie jusqu'à la souffrance.

Bon. Demain matin, travailler sur les ossements. M'arranger avec Claudel. Soigner les croûtes sur mon visage. Bon, Katy rêvait d'une carrière de groupie dans la Ligue professionnelle de basket. Ce que je dirais ne la ferait pas changer d'avis. Pete allait peut-être déménager sur la côte Ouest. Mon niveau d'excitation sexuelle valait celui de Madonna, sans espoir d'assouvissement à l'horizon. Et, pour l'amour de Dieu, où était Gabby ?

— C'est ça, ai-je déclaré, ce qui a fait sursauter les pigeons et mon voisin de banc.

Il y avait au moins une chose que je pouvais faire : Je suis retournée à la maison, droit au garage, et j'ai pris la voiture pour me rendre au carré Saint-Louis. J'ai trouvé une place à un coin de rue de l'appartement de Gabby. Cette maison me faisait souvent penser à la maison de Barbie, mais aujourd'hui c'était plutôt Lewis Carroll. J'en ai presque souri.

Une seule ampoule éclairait le porche lavande, projetant l'ombre des pétunias sur les côtés. Les vitres miroirs me renvoyaient un regard sombre. Alice n'est pas là, disaient-elles.

J'ai sonné à l'appartement 3. Pas de réponse. J'ai essayé au 1, puis au 2 et au 4. Sans succès. Le pays des merveilles avait fermé ses portes pour la nuit.

J'ai fait le tour du square à la recherche de sa voiture. En vain. Sans plan précis en tête, je suis repartie vers le quartier de la Main. Et après vingt minutes exaspérantes pour trouver une place, je me suis finalement garée dans l'une des ruelles qui coupent Saint-Laurent. Son assortiment de canettes de bière écrasées et sa puanteur de vieille urine lui donnaient un cachet particulier. Une musique de juke-box me parvenait au travers d'un mur de brique, sur la gauche. C'était l'air de la publicité du Club, une compagnie bien connue d'assurances automobiles. N'en étant pas membre, j'ai confié ma voiture au dieu des parkings et j'ai rejoint la foule du boulevard.

Comme dans les forêts tropicales, diverses espèces coexistent sur la Main, vivant côte à côte, mais chacune occupant sa niche. Une est active le jour, l'autre est essentiellement nocturne. Entre l'aube et le crépuscule, c'est le royaume des livreurs, des gérants de magasins, des écoliers et des mères de famille. Les bruits sont ceux du commerce et du jeu. Les odeurs sont franches et parlent d'alimentation : poissons frais chez Waldman, *smoked meat* chez Schwartz, pommes et fraises chez Warshaw, pains et gâteaux à la Boulangerie polonaise.

Lorsque les ombres s'allongent, que s'allument les réverbères et que s'ouvrent les tavernes et les temples du porno, la foule diurne cède peu à peu la place à d'autres variétés fauniques. Certaines sont inoffensives, comme les touristes et les adolescents qui viennent se saouler et se donner des émotions à peu de frais. D'autres sont plus toxiques. Macs, dealers, prostituées et drogués. Exploiteurs et exploités, prédateurs et leurs proies, dans la même chaîne alimentaire de la misère humaine.

À 23 h 15, l'équipe de nuit avait pris le contrôle. Les rues étaient bondées, les bars miteux et les bistros étaient pleins. Je suis descendue à pied jusqu'à Sainte-Catherine et me suis arrêtée devant La Belle Province. Cela pouvait constituer un bon point de départ. En entrant, je suis passée devant le téléphone public d'où Gabby m'avait adressé son appel panique.

Dans le restaurant régnait une odeur de désinfectant, de friture et d'oignons brûlés. Il était trop tard pour le dîner et trop tôt pour les fins de veille. Seulement quatre boxes étaient occupés.

Un couple, avec une coupe mohawk identique, se contemplait d'un air morne au-dessus de leurs bols de chili. Leurs crêtes hérissées étaient du même noir corbeau, à croire qu'ils avaient acheté la teinture à deux. Ils avaient sur eux assez de cuir clouté pour ouvrir un chenil assorti d'articles pour motards.

Une femme, des bras gros comme des pinceaux et une coiffure bouffante platine, fumait et buvait du café dans un box à l'arrière. Son bustier de coton rouge ne lui couvrait que les seins et elle était moulée dans un petit pantalon court. Elle devait avoir ce look depuis qu'elle avait lâché l'école pour se joindre à l'effort de guerre.

Elle a bu la dernière goutte de son café, tiré une longue bouffée sur sa cigarette, dont elle a écrasé le mégot dans le petit cendrier en aluminium. Ses yeux peinturlurés passaient la salle en revue avec indifférence. Sans vraiment espérer une touche, mais disposée à danser la danse. Son visage reflétait l'humeur sans joie de ceux qui sont dans la rue depuis trop longtemps. Incapable de tenir la distance avec les jeunes, elle devait s'être spécialisée dans les passes de ruelles et les pipes vite faites sur les sièges arrière. L'extase du petit jour, à prix d'ami. Elle a remonté son bustier sur sa poitrine osseuse, ramassé la facture et s'est dirigée vers la caisse. Rosie la vamp hante de nouveau les rues.

Trois jeunes occupaient le box près de la porte. L'un était affalé sur la table, la tête dans le creux du bras. Ils portaient tous les trois des T-shirts, des jeans coupés et des casquettes de base-ball. Deux avaient la visière tournée à l'envers. Le troisième l'avait fermement plantée sur le front, en un geste provocant de mépris envers la mode. Les deux qui se tenaient droit dévoraient un cheese-burger, sans paraître porter la moindre attention à leur camarade. Ils devaient avoir seize ans. Le seul autre client était une religieuse. Pas de Gabby.

Je suis sortie du restaurant, et j'ai jeté un œil sur Sainte-Catherine. Les motards avaient envahi la rue, alignant les Harley et les Yamaha le long des deux trottoirs vers l'est. Ils étaient installés sur leurs motos, ou buvaient et parlaient en groupes, bottés et vêtus de cuir malgré la chaleur.

Leurs femmes attitrées étaient assises derrière ou discutaient entre elles. Cela me rappelait l'adolescence. Sauf qu'elles avaient choisi un monde de violence et de machisme. Comme les femelles des babouins hamadryas, elles étaient gardées en troupeau et dominées. Pis. Mises sur le trottoir, objets de troc, tatouées et brûlées, battues et tuées. Et pourtant elles restaient. Si, pour elles, c'était une amélioration, il était difficile d'imaginer ce qu'elles avaient laissé derrière.

Coup d'œil à l'ouest. Voilà ce que je cherchais. Deux prostituées faisaient le pied de grue devant le Granada, cigarettes au bec, aguichant la foule. J'ai reconnu Poirette, mais l'autre ne me disait rien.

J'ai eu une soudaine envie de tout laisser tomber. Et si je n'étais pas habillée comme il fallait ? J'avais choisi ce qui me paraissait neutre, sweat-shirt, jean et sandales. Mais j'en savais quoi au fond ? Je n'avais jamais pratiqué ce genre de travail de terrain.

Arrête ton cirque, Brennan, tu noies le poisson. Bouge-toi le cul et vas-y. Le pire qui puisse t'arriver, c'est qu'elles t'envoient foutre. Ça ne sera pas la première fois.

Je suis venue me planter devant les deux filles.

— Bonjour.

Ma voix chevrotait, comme une cassette étirée et rembobinée. J'ai toussé pour me donner une contenance.

Elles ont arrêté de parler et m'ont examinée. À peu près comme elles auraient regardé un insecte bizarre ou un drôle de truc qu'elles auraient sorti de leur nez.

Poirette a changé de jambe d'appui, en pointant la hanche en avant. Elle portait les mêmes baskets noires que la dernière fois où je l'avais vue. Elle a croisé un bras sur sa taille et y a appuyé l'autre coude, en me considérant d'un œil voilé. Elle a tiré sur sa cigarette, inhalé profondément la fumée puis, en avançant la lèvre inférieure, a lâché une grande bouffée vers le haut. La lueur clignotante du néon qui descendait de l'enseigne de l'hôtel projetait sur sa peau café au lait des stries rouge et bleu. Sans un mot, ses yeux noirs ont abandonné mon visage, pour revenir au spectacle de la rue.

— Tu veux quoi, chère ?

La voix de la fille était basse et éraillée, comme si les mots étaient composés de particules de sons, détachés les uns des autres. Elle s'adressait à moi en anglais, avec une intonation qui évoquait des maquis d'hyacinthes et de cyprès, les gombos et les orchestres de zareco, la stridulation des cigales dans les nuits d'été. Elle était plus âgée que Poirette.

— Je suis une amie de Gabrielle Macaulay. Je la cherche.

Elle a secoué la tête. Cela signifiait-il qu'elle ne la connaissait pas ou qu'elle ne voulait pas répondre ?

— Une anthropologiste... Qui travaille dans la rue par ici...

— Sugar, on travaille toutes dans la rue par ici.

Poirette a reniflé et changé de pied. Je l'ai regardée. J'étais sûre qu'elle connaissait Gabby. C'était l'une des filles de l'autre soir. De plus près, elle avait l'air encore plus jeune. Je me suis concentrée sur sa compagne.

— Gabby est une grande femme. À peu près de mon âge. Elle a, j'ai hésité sur la couleur, des tresses roussâtres...

Aucune réaction.

— Et un anneau dans le nez.

Je frappais un mur.

— Je n'arrive pas à la joindre depuis quelque temps. J'ai pensé que son téléphone était en dérangement, et je me fais du souci pour elle. Vous la connaissez sûrement...

J'étirais les voyelles et forçais l'accent sudiste. Un appel du pied aux sensibilités régionales. Toutes des filles du Grand Dixie. Louisiana a haussé les épaules, en une version cajun de la

235

réponse française universelle. Plus de mouvement dans les épaules, moins dans les paumes.

O.K., c'était raté pour l'approche confédérée. Je commençais à comprendre ce que Gabby voulait dire. Tu ne poses pas de questions sur la main.

— Si vous la voyez, pourriez-vous lui dire que Tempe la cherche ?

— C'est un nom du Sud, chère ?

Elle a glissé dans ses cheveux un ongle long et verni de rouge, et s'est gratté la tête. La coiffure était si raide de laque qu'elle aurait tenu bon face à un ouragan. Cela bougeait d'un seul bloc, comme si la tête elle-même changeait de forme.

— Pas exactement. Vous ne savez vraiment pas où je pourrais la trouver ?

Nouveau haussement d'épaules. Elle a retiré son ongle et l'a inspecté. J'ai sorti une carte de ma poche arrière.

— Si vous pensez à quelque chose, vous pouvez me joindre à ce numéro.

En m'éloignant, j'ai vu que Poirette tendait la main vers la carte.

D'autres approches auprès de filles de Sainte-Catherine n'ont rien donné de plus. Les réactions se classaient de l'indifférence au mépris, toutes sous-tendues de méfiance. Information zéro. Si Gabby avait jamais existé dans la zone, aucune n'était prête à l'admettre.

J'allais de bar en bar, inspectant successivement tous les hauts lieux de la vie nocturne. Ils se ressemblaient tous, également nés de l'imagination tordue d'un seul décorateur. Plafonds bas, murs en parpaings peints de fresques fluo ou couverts de faux bambous, de bois de mauvaise qualité. Sombres et humides, pleins d'odeurs de vieille bière, de fumée et de transpiration. Dans les mieux, le plancher était sec et les chasses d'eau fonctionnaient.

Certains avaient installé une scène où se dandinaient des strip teaseuses, le visage également morne, les dents et les cache-sexe miroitant d'une lueur violette sous les maigres lumières. Devant, des hommes en débardeur et aux joues bleuies de barbe buvaient de la bière au goulot. Des imitations de femmes élégantes sirotaient du mauvais vin ou des limonades déguisées en whisky-soda, s'éveillant brusquement pour sourire aux hommes qui passaient, dans l'espoir de faire une touche. Se voulant séduisantes, elles avaient surtout l'air épuisées.

Le plus navrant étaient celles qui se trouvaient aux confins de ce marché de la chair. Celles qui venaient juste de franchir la ligne et celles qui étaient sur la fin. Les dramatiquement jeunes, dont certaines arboraient encore les couleurs de la puberté. Les unes étaient là pour le plaisir et le fric facile, d'autres fuyaient un quelconque enfer domestique. Leurs histoires avaient toutes un refrain commun. Faire le trottoir assez longtemps pour s'en mettre à gauche, et reprendre alors une vie respectable. Aventurières ou fugueuses, elles étaient arrivées par autobus de Sainte-Thérèse et de Val-d'Or, de Valleyfield ou de la Pointe-du-Lac. Avec leurs cheveux brillants, leurs jolies frimousses, sûres de leur immortalité, de leur capacité à contrôler le futur. La cocaïne et le joint n'étaient là que pour un peu d'évasion. Elles ne se rendaient pas compte qu'elles mettaient le pied sur les premiers barreaux d'une échelle qui ne conduisait qu'au désespoir. Sauf quand elles y auraient grimpé assez haut pour n'en sortir qu'en tombant.

Et puis il y avait celles qui avaient réussi à

vieillir. Seules les plus futées, les très solides, avaient réussi à s'en sortir. Les plus faibles, au physique ou au mental, étaient mortes, les costauds mais aux tempéraments plus fragiles, avaient survécu vaille que vaille. Elles voyaient clairement le futur et l'acceptaient. Elles mourraient dans la rue, parce qu'elles ne connaissaient rien d'autre. Parce qu'elles craignaient ou aimaient suffisamment quelqu'un pour vendre leur cul et payer sa dope. Ou qu'elles avaient besoin de manger, d'un toit pour dormir.

J'évitais la génération des seniors, des endurcies et des rouées. J'avais pensé que les jeunes, naïves et méfiantes, ou les vieilles, blasées et éreintées, seraient plus ouvertes. Erreur. Bar après bar, elles se détournaient, laissant mes questions se dissoudre dans l'air enfumé. Le code tenait bon. Les étrangers n'étaient pas admis.

À 3 heures et quart, je n'en pouvais plus. Mes cheveux et mes vêtements empestaient la cigarette et la marijuana, mes semelles étaient collantes de bière. J'avais avalé assez de Sprite pour traverser le désert de Kalahari et mes yeux semblaient remplis de gravier. Laissant une dernière pièce dans un dernier bar, je me suis déclarée vaincue.

19

L'air avait une texture de rosée. Une brume était montée du fleuve et des gouttelettes d'humidité scintillaient dans la lumière des réverbères. Un point de douleur entre mes omoplates me laissait penser que, depuis des heures, j'étais sur le qui-vive. Possible. Mais alors, ce n'était pas seulement lié à ma quête de Gabby. D'accoster les prostituées avait fini par devenir une routine. Comme pour elles, les attitudes de rejet. Envoyer promener les dragueurs du dimanche et les mains baladeuses devait, à la longue, faire partie des automatismes.

C'était le conflit intérieur qui m'avait épuisée. Durant quatre heures, j'avais résisté à une vieille passion dont je savais n'être jamais délivrée. Toute la nuit, j'avais affronté la tentation — l'éclat châtaigne du whisky sur glace, l'ambre de la bière coulant des bouteilles. J'avais respiré le parfum si tendrement suave de l'alcool, vu son éclat dans les yeux. Je l'avais tant aimé. Et Dieu seul savait comme je l'aimais encore. Mais pour moi l'enchantement était dévastateur. Le moindre badinage et j'étais anéantie. J'avais su m'éloigner, de douze longs pas. Et je m'étais tenue loin. Ayant été amants, nous ne serions jamais amis. Cette nuit, nous avions presque été jetés dans les bras l'un de l'autre.

J'ai respiré à fond. L'air était un cocktail d'odeurs d'essence, de ciment mouillé et de levure fermentée provenant de la brasserie Molson. Sainte-Catherine était presque déserte. Un vieil homme, avec un bonnet et un parka, dormait dans le renfoncement d'un porche, un bâtard galeux à ses côtés. Un autre fouillait dans les poubelles de l'autre côté de la rue. Peut-être y avait-il une troisième équipe sur la Main.

Découragée, épuisée, je me suis dirigée vers Saint-Laurent. J'avais essayé. Si Gabby avait des ennuis, ces gens-là ne m'aideraient en rien. Le club était aussi fermé que la Ligue junior. Je suis passée devant le My Kinh. Une enseigne au-dessus de la vitrine annonçait « Cuisine vietnamienne », et un service toute la nuit. Machinalement, j'ai jeté un œil au travers de la vitrine sale et me suis arrêtée net. La compagne de Poirette, avec sa coiffure de pagode abricot, était assise dans un box. Elle trempait un rouleau impérial dans une sauce rouge cerise, puis le portait à sa bouche et en léchait le bout. Après un moment, elle l'examinait, puis grignotait la croûte du bout des dents. Elle le trempait de nouveau et recommençait la manœuvre sans se presser. Je me suis demandé depuis quand elle jouait avec.

Non. Si. Il est trop tard. Oh ! et puis merde. Un dernier essai. J'ai poussé la porte et je suis entrée.

— Hello.

Sa main a fait un saut au son de ma voix. Elle a eu l'air stupéfaite, puis soulagée en me reconnaissant.

— Hi, chère. Pas encore couchée ?

Elle est revenue à son rouleau impérial.

— Je peux me joindre à vous ?

— Fais à ton aise. Tu n'essaies pas de marcher sur mon territoire, Sugar, je n'ai rien contre toi.

Je me suis glissée dans le box. Elle était plus vieille que je ne le pensais, la trentaine bien entamée, peut-être même la quarantaine. Son cou et son front étaient lisses, et elle n'avait pas de poches sous les yeux. Mais la lumière crue des néons révélait de petites rides autour de ses lèvres. Et la ligne du menton commençait à perdre sa fermeté.

Le serveur est venu apporter un menu. J'ai commandé une soupe tonkinoise, non par faim mais pour me donner une excuse.

— Tu as retrouvé ton amie, chère ?

Elle a tendu la main vers son café, et les bracelets en plastique ont tinté contre son poignet. Des lignes grises de cicatrices lui marquaient l'intérieur du coude.

— Non.

Nous nous sommes tues tandis qu'un jeune Asiatique, d'environ quinze ans, m'apportait l'eau et un napperon en papier.

— Je suis Tempe Brennan.

— Je sais. Jewel Tambeaux vend peut-être son cul, mon cœur, mais elle n'est pas stupide.

Elle a léché le rouleau impérial.

— Madame Tambeaux, je...

— Appelle-moi Jewel, baby.

— Jewel, je viens de passer quatre heures à essayer de savoir si une amie a besoin d'aide. Mais personne n'a seulement admis la connaître. Gabby travaille dans le milieu depuis des années, je suis certaine qu'elles savent de qui je parle.

— Elles savent peut-être, chère. Mais elles ignorent complètement pourquoi tu poses des questions.

Elle a posé le rouleau impérial et a bu son café avec un doux bruit de succion.

— Je vous ai donné ma carte. Je n'ai pas caché qui j'étais.

Elle m'a dévisagée pendant un moment. Son odeur d'eau de Cologne bon marché, de cigarettes et de cheveux mal lavés emplissait l'espace étroit du box. Son fond de teint avait taché le col de son dos-nu.

— Qui êtes-vous vraiment, madame-avec-une-carte-marquée-Tempe-Brennan ? un flic ? quelqu'un qui retape d'une drôle de manière ? quelqu'un qui a une rancune à régler ?

En parlant, elle a dégagé une longue griffe rouge de l'anse de sa tasse et l'a pointée vers moi, en martelant chacune des possibilités.

— Ai-je l'air d'être une menace pour Gabby ?

— La seule chose que les gens savent, chère, c'est que tu te balades avec ton petit maillot du club des Hornets de Charlotte et tes sandales de yuppie, que tu poses beaucoup de questions et que tu te donnes bien du mal pour sortir quelqu'un de son trou. Tu n'as pas l'air de faire la rue, et c'est pas de la dope que tu cherches. Les gens ne savent pas où te classer.

Le serveur a apporté ma soupe. Avec la minuscule cuillère chinoise, j'ai pressé les petits cubes de citron vert et ajouté de la pâte de piment rouge. Jewel grignotait son rouleau impérial. J'ai décidé de tenter l'humilité.

— C'est vrai, j'ai dû me planter dès le départ.

Elle a levé sur moi des yeux noisette. Un de ses faux cils s'était décroché et pendait à sa paupière, comme un mille-pattes s'étirant pour tester l'air. Elle a baissé les yeux et lâché ce qui restait du rouleau impérial pour tirer sa tasse de café devant elle.

— Vous avez raison. Je n'aurais pas dû attaquer les gens comme ça, bille en tête, et commencer à poser des questions. C'est juste que je me fais du souci pour Gabby. Je l'ai appelée chez elle, je l'ai appelée à l'université. Personne n'a l'air de savoir où elle est. Cela ne lui ressemble pas.

J'ai pris une cuillerée de soupe. Elle était meilleure que je ne l'aurais pensé.

— Elle fait quoi, ton amie Gabby ?

— Elle est anthropologiste. Elle étudie les gens. Elle s'intéresse à la vie dans le milieu.

— Mœurs et sexualité sur la Main.

Elle a ri pour elle-même, en guettant ma réaction à cette référence de Margaret Mead. Je n'ai rien dit. Mais il était de plus en plus clair que Jewel n'était pas une imbécile. Elle me testait.

— Peut-être qu'elle n'a pas envie de se laisser voir.

Tu peux sortir ta copie d'examen, Brennan.

— C'est possible.

— Alors, quel est le problème ?

Tu peux prendre ton stylo.

— Elle avait l'air vraiment préoccupée la dernière fois que nous nous sommes vues. Presque affolée.

— Préoccupée de quoi, Sugar ?

Go.

— D'un type qui semblait la suivre. Elle disait qu'il était bizarre.

— Il y en a beaucoup de bizarres dans le milieu, chère.

O.K., premier degré, allons-y.

Je lui ai raconté toute l'histoire. Elle m'écoutait, les yeux fixés sur le fond brunâtre de café qu'elle faisait tourner dans sa tasse. Elle m'a laissée finir, a continué un moment avec la tasse, comme si elle évaluait ma réponse. Puis d'un signe, elle a redemandé du café. J'attendais de connaître ma note finale.

— Je ne connais pas son nom, mais je crois savoir de qui tu parles. Un maigrichon, avec une personnalité d'asticot. Il est bizarre, c'est vrai, et ce qui le travaille en dedans n'est sûrement pas une petite affaire. Mais, pour moi, il n'est pas dangereux. J'aurais du mal à le croire assez futé pour seulement lire sa boîte de céréales.

J'étais reçue.

— La plupart d'entre nous l'évitent.

— Pourquoi ?

— Ce sont juste des rumeurs de la rue, vu que moi-même je n'fais pas d'affaires avec lui. Rien qu'à le voir, j'ai la peau qui se rétracte comme une tortue dans sa carapace. Elle a grimacé et a eu comme un frisson. On dit qu'il a des demandes particulières.

— Particulières ?

Elle a posé sa tasse et m'a regardée, d'un œil évaluateur.

— Il paye pour, mais il ne baise pas.

J'ai rempli ma cuillère de nouilles et j'ai attendu.

— Y a une fille du nom de Julie qui va avec lui. Personne d'autre. Elle a pas inventé l'eau chaude, mais ça c'est une autre histoire. Elle m'a raconté que chaque fois, c'est le même numéro. Ils vont à la chambre, le type arrive avec un sac en papier, avec une chemise de nuit dedans. Rien de sexy, de dentelles ou de truc du genre. Il la regarde enfiler ça, puis il lui dit de s'allonger sur le lit. Jusque-là, rien de spécial. C'est là qu'il agrippe la chemise de nuit d'une main, sa bitte de l'autre. En moins de deux secondes, il bande comme un tuyau d'incendie et lui lâche un vrai geyser, avec des gémissements et des grognements qu'on croirait qu'il est parti dans un autre monde. Puis il lui fait retirer la chemise, la remercie, la paye et fout le camp. Julie considère que c'est de l'argent vite gagné.

— Qu'est-ce qui vous fait penser que c'est le type qui harcèle mon amie ?

— C'est qu'une fois il était en train de ranger sa chemise de mémé quand Julie a vu dépasser un vieux manche de couteau. Si tu veux plus de cul, cow-boy, elle lui a dit, laisse faire le couteau. C'est mon arme de vertu, il lui a dit, ou un truc du genre, avec tout un grand discours sur le couteau, son âme, l'équilibre naturel et tout le bordel. Que ça écarterait le mauvais qu'elle porte en elle.

— Et ?

Nouveau haussement d'épaules.

— Il est toujours dans le coin ?

— Ça fait un moment qu'on l'a pas vu, mais ça ne veut pas dire grand-chose. Pour moi, ça n'a jamais été un régulier. Le genre qui va et vient.

— Vous lui avez déjà parlé ?

— Ma jolie, on lui a toutes déjà parlé. Quand il est là, c'est une vraie chaude-pisse, agaçant pour mourir mais t'arrives pas à t'en débarrasser. C'est comme ça que je sais que c'est le genre larve de blatte.

— Vous l'avez déjà vu avec Gabby ?

J'ai aspiré d'autres nouilles. Elle s'est appuyée contre le dossier et a éclaté de rire.

— Bien essayé, sugar.

— Est-ce qu'il y a eu un endroit où je peux le trouver ?

— J'en sais foutre rien. Si t'es patiente, il va finir par se montrer.

— Et Julie ?

— C'est une zone franche ici, chère, les gens bougent. Je ne les suis pas à la trace.

— Vous l'avez vue récemment ?

Elle y a réfléchi un moment.

— Peux pas dire quand c'était la dernière fois.

J'ai considéré les nouilles au fond du bol, puis Jewel. Elle avait un tout petit peu levé le couvercle. Est-ce que je pouvais pousser l'avantage ? J'ai tenté ma chance.

— Il se peut qu'il y ait un tueur en série en liberté, Jewel. Quelqu'un qui tue des femmes et les découpe en morceaux.

Il n'y a eu aucun changement dans sa physio-nomie. Une gargouille de pierre. Soit elle n'avait pas compris, soit elle ne réagissait plus aux pensées de violence, de souffrance et même de mort. Ou, peut-être, cachait-elle derrière ce masque une peur trop vraie pour être reconnue dans des mots. Cette dernière solution me semblait la plus probable.

— Jewel, mon amie est-elle en danger ?

Nos regards étaient soudés l'un à l'autre.

— Ton ami-e, chère ?

J'ai repris le chemin de la maison au radar, l'esprit en roue libre. Il n'y avait plus un chat et les feux de circulation clignotaient dans une maison vide. Soudain une paire de phares est apparue dans mon rétroviseur et a foncé vers moi. J'ai traversé Peel et me suis déportée sur la droite pour le laisser passer. Les phares m'ont emboîté le pas. Je suis revenue sur la voie du centre. Le conducteur a suivi, en mettant ses pleins phares.

— Salopard.

J'ai accéléré. Moment de panique. La voiture restait collée à mon pare-chocs. Et si ce n'était pas simplement un type ivre. En plissant des yeux, j'ai essayé de distinguer le conducteur dans mon rétroviseur. Une silhouette. Apparemment de grande taille. Un homme ? Impossible de dire. Les phares m'aveuglaient. Et la voiture n'était pas identifiable.

Serrant le volant de mes mains moites, j'ai croisé la rue Guy, tourné à gauche, puis encore à gauche, brûlant les feux rouges. Bifurquant brutalement dans ma rue, j'ai plongé dans la rampe d'accès du garage et j'ai attendu la fermeture complète de la porte électrique, puis j'ai bondi, la clé à la main, l'oreille tendue vers d'éventuels bruits de pas. Personne ne me suivait. En passant dans le hall, j'ai jeté un œil au travers des rideaux. Une voiture était arrêtée au bord du trottoir, au bout de la rue, tous phares allumés. Dans la faible clarté de l'aube, le conducteur n'était qu'un profil noir. La même voiture ? Je n'en étais pas certaine. Étais-je en train de perdre la boule ?

Une demi-heure plus tard, j'étais allongée, les yeux fixés sur les vitres derrière lesquelles les teintes passaient de l'anthracite à un gris perle, funèbre. Birdie ronronnait dans le creux de mes genoux. J'étais si épuisée que je m'étais mise au lit en sautant les préliminaires. Cela ne me ressemblait pas. Je suis plutôt une maniaque de la brosse à dents et du démaquillant. Mais ce soir, je m'en foutais.

246

20

Le mercredi est le jour des poubelles dans mon quartier. Mon sommeil n'a pas été troublé par le passage des éboueurs. Ni par les agaceries insistantes de Birdie. Ni par trois sonneries de téléphone.

J'ai émergé à 10 heures et quart, dans un état de migraine et de léthargie avancé. Il fallait m'avouer que je n'avais plus vingt ans. Ce qui me mettait hors de moi. Ma peau, mes cheveux, même mes draps sentaient la cigarette. J'en ai fait un tas, avec mes vêtements de la veille, et j'ai tout mis à la machine à laver. Puis je me suis longuement savonnée sous la douche.

J'étalais du beurre d'arachide sur un vieux croissant, quand le téléphone a sonné.

— Temperance ?

— LaManche.

— J'ai essayé de vous joindre.

J'ai jeté un œil au répondeur. Trois messages.

— Désolée.

— Oui. Nous vous verrons aujourd'hui ? M. Ryan a déjà appelé.

— Je serai là dans moins d'une heure.

— Bon.

J'ai écouté les messages. Un étudiant de doctorat qui paniquait. LaManche. Un message raccroché. N'étant pas d'humeur à écouter des problèmes d'étudiant, j'ai essayé le numéro de Gabby. Pas de réponse. J'ai composé celui de Katy, pour tomber sur son répondeur.

— Laissez un court message, comme celui-ci, chantonnait une voix pleine d'entrain. Je me suis exécutée, sans entrain.

En vingt minutes, j'étais au labo. J'ai fourré mon sac dans un tiroir, sans un regard pour les fiches roses éparpillées sur le sous-main, je suis descendue directement à la morgue.

Les morts arrivent d'abord à la morgue. Ils y sont enregistrés, puis entreposés dans des compartiments réfrigérés jusqu'à ce qu'ils soient assignés à un médecin légiste. La couleur du sol codifie les répartitions de juridiction. La morgue, relevant du coroner, ouvre directement sur les chambres d'autopsie, et le rouge des planchers des boxes s'arrête au seuil des salles de labo. Plancher rouge : coroner. Plancher gris : Laboratoire de médecine légale. J'effectue le premier examen dans l'une des quatre salles d'autopsie. Le corps est ensuite envoyé en histologie pour le nettoyage final.

LaManche incisait en Y la poitrine d'une petite fille. Les minuscules épaules calées contre un appuie-tête en caoutchouc, les mains écartées du corps, on aurait dit qu'elle se préparait au saut de l'ange.

— Secouée.

C'est tout ce qu'il a dit.

De l'autre côté de la pièce, Nathalie Ayers était penchée sur une deuxième autopsie, un jeune homme dont Lisa soulevait la zone pectorale. Sous la tignasse rousse, les yeux étaient violets et enflés, il avait un petit trou sombre sur la tempe droite. Suicide. Nathalie étant nouvelle au labo, elle ne s'occupait pas encore des homicides.

Daniel a posé le scalpel qu'il était en train d'aiguiser.

— Vous voulez les ossements de Saint-Lambert ?

— S'il vous plaît. En salle 4 ?

L'analyse du squelette m'a pris quelques heures et a confirmé mon impression initiale. Les fragments appartenaient au même individu, une femme de race blanche, d'environ trente ans. Il n'y avait plus que très peu de tissus conjonctifs, mais les os étaient en bon état et des masses graisseuses y adhéraient encore. La date de la mort s'inscrivait entre deux et cinq ans. La seule particularité était au niveau de la cinquième lombaire, dont l'arc n'était pas soudé. Sans la tête, une identification absolue serait difficile.

J'ai demandé à Daniel d'emporter le tout en histologie, me suis lavé les mains, et je suis remontée. La pile de messages avait encore augmenté. J'ai appelé Ryan pour lui donner le résumé de mes observations. En coordination avec la police de Saint-Lambert, il travaillait déjà sur la liste des disparus.

L'un des appels venait d'Aaron Calvert, à Norman, Oklahoma. Datant d'hier. J'ai rappelé et une voix sirupeuse m'a informé qu'il n'était pas à son bureau. Qu'elle était véritablement désolée, mais qu'il aurait le message sans faute. Laissant de côté les autres fiches, je suis allée voir Lucie Dumont.

Son bureau était encombré de terminaux, d'imprimantes et de tout un bric-à-brac de matériel informatique. Des câbles électriques grimpaient le long des murs pour disparaître dans le plafond, ou se regroupaient en faisceaux, collés au sol avec du ruban adhésif. Les étagères croulaient sous les piles de listings, qui s'évasaient vers le bas comme des alluvions le long d'une pente d'écoulement.

Le pupitre de commande était en fer à cheval autour du bureau qui faisait face à la porte. Lucie travaillait en se propulsant avec son fauteuil d'un poste à l'autre de la pointe de ses baskets. Lucie, c'était pour moi l'arrière d'une tête, découpée sur un écran lumineux vert.

Cette journée-là, cinq Japonais en complet-veston encombraient l'espace du fer à cheval. Bras collés au corps, ils hochaient gravement la tête aux explications que Lucie leur donnait en pointant du doigt quelque chose sur l'écran du terminal. En râlant d'avoir si mal choisi mon moment, je suis retournée en histologie.

Le squelette de Saint-Lambert étant prêt, je me suis lancée dans l'analyse des traits de sciage, comme je l'avais fait avec Trottier et Gagnon. Là encore, les traits étroits et les goulets indiquaient l'utilisation d'un couteau et d'une scie. Les détails au microscope étaient similaires et la disposition des traits de coupe était presque identique entre les différents cas.

Les mains de la victime avaient été sciées aux poignets, les autres membres détachés aux jointures. Le ventre avait été ouvert d'un coup de couteau assez profond pour laisser des marques sur la colonne vertébrale. Même en l'absence du crâne et des dernières vertèbres, l'observation de la sixième cervicale montrait que la femme avait été décapitée au milieu de la gorge. Le type avait de la suite dans les idées.

J'ai replacé les os dans les boîtes, rassemblé mes notes, et je suis revenue à mon bureau, après un détour dans le couloir pour voir si Lucie était libre. Personne en vue. J'ai laissé un Post-it sur sa console. Elle serait peut-être ravie de ce prétexte pour s'éclipser.

En mon absence, Calvert avait rappelé. Évidemment. Au moment où je composais son numéro, Lucie est apparue dans l'embrasure de la porte, tenant ses mains fortement serrées devant elle.

— Vous m'avez laissé un message, docteur Brennan ?

Sourire éclair. Elle ne parlait pas un mot d'anglais.

Elle aussi grasse qu'une soupe de centre d'hébergement. Sa coupe de cheveux en brosse, très courte, accentuait encore la forme allongée de son crâne. Ce qui, avec la pâleur de sa peau, amplifiait l'effet de ses lunettes, en lui donnant presque l'air d'un mannequin pour les très grosses montures.

— Oui, Lucie, merci de vous arrêter.

Je me suis levée pour lui libérer une chaise.

En se glissant sur le siège, elle a croisé ses pieds derrière les barreaux, comme un chat prenant place sur un coussin.

— Vous étiez coincée pour faire la visite ?

Elle a ébauché un sourire, puis m'a regardée d'un air interdit.

— Les Japonais.

— Oh ! oui. Ils viennent d'un labo de criminalistique à Kôbé. Des chimistes essentiellement. Cela ne m'ennuie pas.

— Je ne suis pas sûre que vous puissiez m'aider. Mais j'essaie quand même.

Ses verres de lunettes se sont arrêtés sur la rangée de crânes placés sur une étagère derrière mon bureau.

— Comme référence, lui ai-je expliqué.

— Ce sont des vrais ?

— Oui, ce sont des vrais.

Elle a changé son regard de place et je me suis vue en version distordue dans chacun des verres roses. Les coins de sa bouche se sont relevés d'une saccade. Ses sourires apparaissaient et disparaissaient, comme la lumière d'une ampoule avec un mauvais contact.

J'ai expliqué ce que je voulais. À la fin, elle a levé la tête et examiné le plafond, comme pour y lire la réponse. On entendait le ronronnement d'une imprimante, plus bas dans le couloir.

— Il n'y aura rien avant 1985, ça je le sais, a-t-elle dit finalement, avec un spasme facial, aussitôt disparu.

— Je suis bien consciente que c'est une demande

inhabituelle, mais regardez si vous pouvez faire quelque chose.

— Ville de Québec aussi ?

— Non, simplement les cas du labo pour l'instant.

Elle a hoché la tête, souri et quitté mon bureau. Comme en réponse, mon téléphone s'est mis à sonner. Ryan.

— Et quelqu'un de plus jeune ?

— Plus jeune comment ?

— Dix-sept ans.

— Non.

— Mais s'il s'agit d'une personne avec une...

— Non.

Silence.

— J'en ai trouvé une de soixante-sept ans.

— Ryan, la victime n'avait de problèmes ni d'acné ni de transit intestinal.

Il continuait avec l'entêtement d'une tonalité de ligne occupée.

— Et en imaginant une constitution osseuse particulière ? J'ai lu que...

— Ryan, elle avait entre vingt-cinq et trente-cinq ans.

— Bon.

— Elle a probablement disparu entre 1989 et 1992.

— C'est ce que vous m'avez dit.

— Ah ! autre chose. Elle avait probablement des enfants.

— Quoi ?

— J'ai trouvé des aspérités osseuses sur la face interne du pubis. Vous cherchez la mère de quelqu'un.

— Bon, merci.

Le téléphone a resonné, avant qu'il ait pu avoir le temps de recomposer.

— Ryan, j'ai... Hello, ma chérie, comment vas-tu ?

252

— Bien, Mom... Tu es fâchée pour notre conversation d'hier ?

— Bien sûr que non, Katy. Simplement, je m'inquiète pour toi. Long silence.

— Alors, quoi de neuf ? On n'a pas vraiment eu le temps de parler de ce que tu as fait cet été.

J'avais tellement à dire, mais je lui laissais l'initiative de la conversation.

— Pas grand-chose. Y a rien à faire à Charlotte, comme d'habitude. C'est nul.

Bien. Négativité typiquement adolescente. Exactement ce qu'il me fallait. J'ai essayé de garder mon agacement pour moi.

— Comment ça va, ton boulot ?

— Bien. Je fais des bons pourboires. J'ai ramassé quatre-vingt-quatorze dollars hier soir. Et c'est super, j'ai accumulé beaucoup d'heures.

— Magnifique.

— Je veux arrêter.

J'ai attendu. Elle aussi.

— Katy, tu vas avoir besoin de cet argent pour l'école. Katy, ne gâche pas ta vie.

— Je te l'ai dit. Je ne veux pas y retourner tout de suite. J'ai l'intention de prendre une année off. Pour travailler.

Nous y revoilà. Avec une bonne idée de la suite, j'ai lancé l'offensive.

— Mon cœur, on a déjà parlé de tout cela. Si tu n'aimes pas l'université de Virginie, tu peux essayer ici, à Mc Gill. Pourquoi tu ne prends pas quinze jours pour venir voir sur place, te faire une idée.

— Allez, envoie, Mom.

— On en profiterait pour partir en vacances. Je prendrais des jours de congé, on irait se promener dans les Maritimes, en s'arrêtant quelques jours en Nouvelle-Écosse.

Nom de Dieu. Qu'est-ce que j'étais en train de raconter ? Et comment j'allais concilier tout ça ?

Non, aucune importance. Ma fille passait en premier.

Elle n'a pas répondu.

— Ce n'est pas une question de notes, n'est-ce pas ?

— Non, non. Elles sont bonnes.

— Alors, il n'y aura pas de problèmes pour transférer tes crédits de cours. Nous pourrions...

— Je veux aller en Europe. En Italie.

— En Italie... C'est là que Max joue ?

— Oui.

Agressive.

— Et puis...

— Et puis ?

— Ils lui donnent bien plus que les Hornets.

Je n'ai rien dit.

— Plus une maison... Et une voiture. Une Ferrari... Hors taxes.

Sa voix prenait de plus en plus un ton de défi.

— Je suis ravie pour Max, Katy. Il a la chance de faire ce qu'il aime et d'être payé pour cela. Mais toi ?

— Il veut que je vienne.

— Max a vingt-quatre ans et il a un diplôme. Tu en as dix-neuf et tu n'as qu'un an de collège.

Elle a perçu de l'irritation dans ma voix.

— Tu t'es bien mariée à dix-neuf ans.

— Mariée ?

Mon sang a fait trois tours.

— Quoi ! c'est bien ce que t'as fait...

Elle tapait juste. Je me suis retenue de parler, dévorée d'inquiétude pour elle. Mais consciente que je ne pouvais rien faire.

— J'ai juste dit ça comme ça. On n'a pas l'intention de se marier.

Nous sommes restées là, comme ça, à écouter circuler l'air entre Montréal et Charlotte, pendant ce qui m'a paru une éternité.

— Katy, tu vas réfléchir à cette idée de venir ici ?

— O.K.

— Tu me promets que tu ne feras rien sans m'en parler ?

Nouveau silence.

— Katy ?... Je t'aime, ma puce.

— Moi aussi je t'aime.

— Tu dis bonjour à ton papa de ma part.

— O.K.

— Je te laisse un mot dans ton E-mail demain.

— O.K.

Ma main tremblait en raccrochant. Et puis quoi ensuite ? Les os sont plus faciles à interpréter que les enfants. Je suis allée me chercher une tasse de café et j'ai repris le téléphone.

— Dr Calvert, s'il vous plaît.

— Puis-je savoir qui le demande ? Je me suis présentée. Une minute, s'il vous plaît.

Mise sur attente.

— Tempe, comment ça va ? Tu passes plus de temps au téléphone qu'un vendeur de cellulaires. Tu es vraiment difficile à joindre.

— Je suis désolée, Aaron. Ma fille veut lâcher l'école, pour partir Dieu sait où avec un joueur de basket, ai-je laissé échapper.

— Il est bon sur les déséquilibres et les tirs à trois points ?

— Je suppose.

— Laisse-la faire.

— Très drôle.

— Il n'y a rien de drôle là-dedans. Si le type est effectivement aussi bon que ça, l'argent est en banque.

— Aaron, j'ai eu un autre démembrement.

J'avais déjà appelé Aaron pour des cas précédents. Il nous arrivait fréquemment d'échanger des idées sur nos dossiers respectifs.

Je l'ai entendu glousser.

— Pour moi, cela manque d'armes à feu chez vous. Mais visiblement on aime le couteau.

— Oui. Je pense que ce dingue a plusieurs découpages à son actif. Ce sont toutes des femmes mais, en dehors de cela, elles n'ont pas grand-chose en commun. Sauf les traits de coupe. Qui risquent de devenir un élément essentiel du dossier.

— Série ou masse ?

— Série.

— Bon... Vas-y.

Je lui ai tout expliqué en détail. Il m'interrompait de temps à autre, pour une question ou me demander de ralentir. Je l'imaginais prenant des notes, sa longue silhouette décharnée penchée au-dessus d'un bout de papier, dont il remplissait le moindre millimètre carré d'espace disponible. Il n'avait que quarante-deux ans, mais son teint brun et sombre, et ses yeux d'Indien cherokee lui en donnaient au moins quatre-vingt-dix. Depuis toujours. Son intelligence était aussi brûlante que le désert de Gobi, et son cœur aussi vaste.

— Pas de faux départs en profondeur ?

Très professionnel.

— Non. Ils sont essentiellement superficiels.

— Les harmoniques sont claires ?

— Très.

— Tu dis qu'il y a une dérive de lame dans le goulet ?

— Euh, oui.

— Tu es confiante dans tes mesures ?

— Absolument. Les marques étaient distinctes à plusieurs endroits. De même que les buttes témoins.

— Sinon, les fonds sont plutôt plats ?

— Absolument. C'est vraiment évident sur les moulages.

256

— Avec beaucoup d'esquilles, a-t-il marmonné, plus pour lui que pour moi.

— Plein.

Un long moment de silence est passé, le temps qu'il analyse ce que je venais de dire et qu'il considère les diverses possibilités. Je regardais passer les gens devant ma porte. Des téléphones sonnaient. Des imprimantes se mettaient en route, ronronnaient, puis s'arrêtaient. J'ai fait pivoter mon fauteuil pour regarder dehors. Le trafic roulait sur le pont Jacques-Cartier, un flot de voitures et de camions lilliputiens. Les minutes cliquetaient. Finalement :

— Je travaille pas mal à l'aveugle là-dessus, Tempe. Je ne suis pas sûr de ce que tu attends de moi. Mais bon, allons-y.

Me replaçant face au bureau, j'ai posé mes coudes sur la table.

— Je suis prêt à parier qu'il ne s'agit pas d'une scie mécanique. Cela m'a plutôt l'air d'une scie à main. Genre scie de cuisine.

Oui ! Tapant du plat de la main sur le bureau, j'ai levé le poing serré en l'air et rabaissé brutalement un sifflet imaginaire. Les fiches roses ont voltigé.

Aaron continuait, absolument inconscient de ma mimique.

— Les goulets sont trop larges pour que ce soit une scie à chantourner, avec des dents fines, ou un couteau-scie. En plus, la voie a l'air beaucoup trop marquée. D'après les fonds, il faut que ce soit du genre burin. Tout cela, sans avoir les éléments sous les yeux, évidemment, me ferait penser à une scie de boucher.

— Ce qui ressemble à quoi ?

— Sorte de scie à métaux. Les dents sont en angles très écartés, pour éviter que cela coince. C'est pour cela que tu as ces buttes témoins dans

257

les faux départs. En général, cela donne une dérive très importante, mais la lame force bien au travers de l'os et coupe très proprement. Ce sont de bonnes petites scies, très efficaces. Elles coupent aussi bien les os, les nerfs, les tendons, n'importe quoi.

— Rien d'autre qui soit significatif ?

— Écoute, tu peux toujours tomber sur une scie qui n'est pas standard. Les scies ne lisent pas les bouquins techniques, tu le sais. Mais a priori, à chaud, en fonction de ce que tu m'as dit, je ne vois pas ce que cela pourrait être d'autre.

— Tu es fantastique. C'est exactement ce que je pensais, mais je voulais te l'entendre dire. Aaron, tu ne peux pas savoir à quel point je te remercie.

— Oh !...

— Tu aimerais avoir les photos et les moulages ?

— Certainement.

— Je te les envoie demain.

La seconde passion d'Aaron dans la vie, c'étaient les scies. Il regroupait toutes les descriptions écrites ou photographiques des traces laissées sur des os par des scies connues et passait des heures à étudier des cas qui lui parvenaient de partout dans le monde.

Un sursaut dans sa respiration m'a indiqué qu'il avait autre chose à dire.

— Tu dis que les seuls os complètement sciés sont ceux des avant-bras ?

— Exact.

— Pour les autres, il a coupé à l'articulation.

— Exact.

— Proprement.

— Très.

— Hum.

— Donc ?

— Donc ?

Innocent.

258

— Quand tu dis : « Hum » comme ça, c'est que tu as quelque chose en tête.

— Simplement une association drôlement intéressante.

— C'est-à-dire ?

— Le type utilise une scie de boucher. Quand il se lance dans le découpage d'un corps, il sait apparemment où il va. Il sait où et comment procéder. Et il opère de la même manière d'une fois à l'autre.

— Exact. Cela donne à réfléchir.

— Et pourtant il tranche les mains. Ce qui voudrait dire quoi ?

— Ça, docteur Brennan, c'est une question pour un psychologue, pas pour un spécialiste des scies.

Il avait raison. J'ai changé de sujet.

— Et les filles, ça va ?

Aaron ne s'était jamais marié et, même si je le connaissais depuis vingt ans, je n'étais pas sûre de lui avoir jamais connu un flirt. Ses chevaux étaient sa première passion. De Tulsa à Louiseville, en revenant vers Oklahoma, il allait partout où des courses pour les quarters-horses pouvaient l'attirer.

— Complètement excitées. L'automne dernier, je les ai menées à l'étalon. Depuis, ces dames se comportent comme des yearlings.

Nous avons échangé des nouvelles de nos vies, quelques remarques sur des amis communs, et nous nous sommes promis de nous voir au congrès de l'Academy en février.

— Et puis, bonne chance pour pincer ce type, Tempe.

Il était 4 h 40 à ma montre. Encore une fois, le calme retombait dans les bureaux et les couloirs autour de moi. J'ai sursauté à la sonnerie du téléphone.

Le combiné était encore chaud contre mon oreille.

Trop de café, j'ai pensé.

— Je t'ai vue la nuit dernière.

— Gabby ?

— Ne refais jamais ça, Tempe.

— Gabby, où es-tu ?

— Tu ne fais qu'aggraver les choses.

— Mais bon sang, Gabby, tu te fous pas de moi ! Où es-tu ? Qu'est-ce qui se passe ?

— Ne t'occupe pas de ça. Je ne peux pas te voir pour le moment.

Je n'arrivais pas à croire qu'elle me refaisait le coup. Je sentais la colère me monter à la tête.

— Tiens-toi loin, Tempe. Tiens-toi loin de moi. Tiens-toi loin de mon...

La grossièreté égocentrique de Gabby a mis le feu aux poudres de mes terreurs refoulées. Entretenues par l'arrogance de Claudel, la cruauté d'un tueur psychopathe et les folies de jeunesse de Katy, elles ont soudain explosé en un jet de lance-flammes, qui a déferlé sur Gabby et l'a carbonisée.

— Mais pour l'amour du ciel, tu te prends pour qui ?

J'écumais au téléphone, la voix proche du point de rupture. Je serrais le combiné avec assez de force pour briser la Bakélite. J'étais déchaînée.

— O.K., je vais te foutre la paix. Je vais te foutre la paix, c'est bien compris ! Je ne sais pas à quel maudit jeu de con tu joues, Gabby, mais moi, je suis out. Partie. Game, set, match, finito. Je n'embarque pas dans ta schizophrénie. Je n'embarque pas dans ta paranoïa. Et il est hors de question, tu entends bien, hors de question, que je joue le chevalier masqué pour tes beaux yeux de damoiselle en détresse.

Chacun de mes neurones était survolté, comme du 110 volts branché sur du 220. Je haletais. Je sentais les larmes toutes proches. La colère de Tempe.

Du côté de Gabby, on avait raccroché.

Je suis restée là un moment, sans rien faire, sans penser à rien. J'avais la tête qui tournait.

Doucement, j'ai replacé le combiné. J'ai fermé les yeux, me suis passé mentalement mes partitions musicales préférées. Celle-ci convenait parfaitement à la situation. À voix basse et grave, j'ai fredonné : *Busted flat in Baton Rouge*[1].

21

Il était 6 heures du matin et une pluie persistante tambourinait contre mes vitres. Dans la rue, une voiture isolée passait avec un chuintement. Pour la troisième fois en quelques jours, j'assistais au lever du soleil. Événement qui me ravit autant que Joe Montana voyant débouler sur lui une attaque adverse. Cette fois-ci, j'avais fini par me lever après m'être tournée et retournée pendant onze heures, sans pour cela être ni reposée ni encore endormie.

De retour à la maison après l'appel de Gabby, je m'étais livrée à une débauche de bouffe. Poulet frit graisseux, purée de pommes de terre réhydratée arrosée d'une sauce brune synthétique, accompagnés d'un épi de maïs spongieux et d'une tarte aux pommes mal cuite. Le fast-food vous aime. Suivi d'un bain chaud et d'une longue séance d'épluchage de croûtes sur ma pommette droite. La microchirurgie n'avait pas amélioré les choses. J'avais toujours l'air d'être victime d'un vol plané raté. Vers 7 heures, j'avais mis les Expos et m'étais endormie sur les commentaires du match.

1. Chanson de Janis Joplin (Drapeau en berne à Baton Rouge). *(N.d.T.)*

J'ai allumé mon ordinateur — fringant à 6 heures du matin comme à 6 heures du soir. J'avais envoyé un E-mail à Katy, de mon adresse électronique de Mc Gill vers mon serveur de UNC-Charlotte. Elle le recevrait directement depuis sa chambre. Wouaohh ! Heureux les voyages sur Internet.

Le curseur clignotait désespérément. Le document que j'avais créé était vide. Parfaitement exact. Le tableau n'avait que des en-têtes de colonnes, sans rien dedans.

En quoi avions-nous avancé depuis le jour de la parade, excepté la découverte d'un autre cadavre ? La mise sous surveillance de l'appartement rue Berger confirmait que l'occupant n'y mettait plus les pieds. Très surprenant. La perquisition n'avait rien apporté d'utile. Nous n'avions aucun indice sur l'identité de « Saint-Jacques » et nous n'avions pas identifié le dernier cadavre.

Bon, retour au tableau. J'ai rajouté des colonnes. Particularités physiques. Localisation. Organisations de vie. Emplois. Amis. Famille. Date de naissance. Date de décès. Date de la découverte du corps. Heure. Emplacement. Tous les éléments qui me venaient à l'esprit et qui pouvaient révéler une corrélation. À l'extrême gauche, j'ai entré quatre en-têtes de lignes : Adkins, Gagnon, Trottier, « Inconnue », avant d'avoir un meilleur nom pour les ossements de Saint-Lambert. À 7 heures et demie, j'ai fermé le fichier et me suis préparée pour aller au labo.

Le tunnel Ville-Marie s'annonçait moins encombré. Il faisait jour mais de gros nuages noirs enfermaient la ville dans une atmosphère terreuse. Les rues étaient couvertes d'un vernis d'humidité, qui reflétait les feux arrière de l'heure de pointe.

Mes essuie-glaces couinaient leur refrain monotone. Penchée en avant, je balançais la tête comme une tortue paralytique, pour tenter de voir quelque chose entre les traînées de pluie. Il serait temps de changer tes essuie-glaces, me suis-je dit. Tout en sachant pertinemment que je n'en ferais rien. Le trajet m'a pris une bonne demi-heure.

Je voulais me plonger immédiatement dans les dossiers, pour pouvoir compléter mon tableau. Mais j'avais deux demandes d'intervention qui m'attendaient. D'abord le corps d'un bébé de sexe masculin trouvé dans un parc municipal. Selon la note de LaManche, les tissus étaient desséchés et les organes internes méconnaissables. Mais, sinon, le corps était en bon état de conservation. Il voulait mon avis sur l'âge. Cela ne serait pas long.

Un rapport de police était attaché à l'autre formulaire. « Ossements trouvés dans un bois. » Le genre de cas le plus fréquent dans mon travail, ce qui pouvait correspondre aussi bien à un massacre à la tronçonneuse qu'à un cadavre de chat.

J'ai demandé à Denis les radiographies du bébé, puis je suis descendue à la morgue examiner les ossements. Lisa m'a apporté une boîte, qu'elle a déposée sur la table.

— C'est tout ?

— C'est tout.

C'étaient trois mottes de glaise, dont dépassaient des bouts d'os. La terre était dure comme du ciment.

— Prenez les photos et les radios, puis mettez ça dans un bac et laissez tremper. Servez-vous de divisions pour que les paquets ne se mélangent pas. Je serai de retour après la réunion.

LaManche et les quatre autres médecins du labo se réunissent tous les matins pour revoir les cas et se répartir les autopsies. Quand je suis là, j'y assiste. À mon arrivée, LaManche, Nathalie Ayers, Jean Pelletier et Marc Bergeron étaient déjà assis autour de la petite table de conférence. Le tableau de présence indiquait que Marcel Morin était en cour et qu'Émile Santangelo avait pris congé pour la journée.

Tout le monde s'est poussé pour me faire une place et on a ajouté une chaise. Échange de « Bonjour » et de « Comment ça va ? ».

— Qu'est-ce qui t'amène ici un jeudi, Marc ? lui ai-je demandé.

— C'est férié demain.

J'avais complètement oublié. La fête du Canada.

— Vous allez à la parade ? a demandé Pelletier, avec son air pince-sans-rire.

Son français avait les couleurs du Québec profond et, au début, sa diction me donnait du fil à retordre. Mais, au bout de quatre ans, je ne manquais presque rien de ses commentaires cyniques. Ce n'était pas très difficile de voir où il voulait en venir.

— Je pense que je vais sauter celle-là.

— Vous pourriez pourtant profiter d'un des stands de maquillage !

Gloussements tout autour.

— Ou peut-être un tatouage. C'est moins douloureux.

— Très drôle.

Il a feint l'innocence, sourcils levés, épaules remontées, paumes tournées vers le ciel. Puis, saisissant de ses doigts jaunis le dernier bout de son mégot sans filtre, il a aspiré une grande bouffée. On m'avait dit qu'il n'avait jamais dépassé les frontières du Québec. Il avait soixante-quatre ans.

— Nous n'avons que trois autopsies, a commencé LaManche en distribuant l'ordre du jour.

— Cessez-le-feu d'avant les fêtes, a dit Pelletier, en tendant la main vers la feuille. Son dentier cliquetait légèrement quand il parlait. Les choses devraient reprendre.

— Oui. LaManche a pris son feutre rouge. Au moins, il fait moins chaud. Ça va peut-être aider.

Il a repris la triste liste de la journée. Un suicide par monoxyde de carbone. Un vieux monsieur trouvé mort dans son lit. Et le bébé jeté dans le parc.

— Le suicide ne semble pas faire de doutes. LaManche a parcouru le rapport d'enquête : sexe masculin, race blanche... Vingt-sept ans... Trouvé au volant de sa voiture, dans son propre garage... Réservoir à essence vide, la clé tournée dans le contact.

Il a déposé plusieurs Polaroïd sur la table. On y voyait une vieille Ford bleue, dans un garage d'un seul emplacement. Un tuyau flexible, du genre utilisé pour la ventilation des sèche-linge, partait du pot d'échappement vers la vitre arrière droite.

— ...Historique de dépressions. Note d'adieu. Il a regardé Nathalie. Docteur Ayers ?

Elle a fait oui de la tête et a tendu la main vers le dossier. Il a marqué Ay en rouge sur sa liste et a pris les documents suivants.

— Le cas 26742 est un homme, de race blanche... Soixante-dix-huit ans, traité pour du diabète... N'avait pas été vu depuis plusieurs jours, c'est sa sœur qui l'a trouvé... Pas de trauma apparent... Un point curieux en revanche : le délai entre le moment où elle l'a trouvé et celui où elle a appelé les secours. Apparemment elle aurait fait un peu de ménage entre-temps. Il a levé la tête. Docteur Pelletier ?

Pelletier a tendu la main. Était joint au dossier un sac en plastique plein d'ordonnances et de drogues légales. Il a eu un bon mot, que j'ai manqué.

J'étais concentrée sur la pile de Polaroïd qui accompagnaient le dossier du bébé. On y voyait sous divers angles un ruisseau étroit, enjambé par une passerelle. Le petit corps était étendu parmi les rochers, les muscles contractés, la peau jaunie

265

comme du parchemin. Un halo de cheveux fins flottait autour de sa tête. Les doigts étaient écarquillés, comme pour implorer de l'aide. Il était nu et sortait à moitié d'un sac-poubelle vert. On aurait dit une miniature de pharaon, exposée à tous les vents. Les sacs plastique commençaient à me faire horreur.

J'ai reposé les photos, LaManche avait terminé son résumé. Il s'occuperait de l'autopsie. À moi d'établir une fourchette d'âge plus précise d'après l'analyse du squelette. Bergeron se chargerait de l'évaluation dentaire. Hochements de tête autour de la table. En l'absence d'autres commentaires, la séance a été levée.

Quand je suis revenue à mon bureau avec un café, on m'avait déposé une grande enveloppe brune. J'en ai sorti la première radio du bébé, que j'ai placée sur le négatoscope. Ayant sorti un formulaire, j'ai commencé l'examen. Il y avait seulement deux os carpiens dans chaque main. Pas de coiffe à l'extrémité des os des doigts. J'ai regardé les avant-bras. Pas de coiffe non plus au niveau des radius. J'ai terminé l'examen du haut du corps, en indiquant sur mes fiches ostéologiques tous les éléments osseux présents et en notant ceux qui n'étaient pas encore formés. Même chose avec la partie inférieure, en vérifiant attentivement sur chaque radio. Mon café refroidissait.

À la naissance, le squelette d'un nouveau-né est incomplet. Certains os n'apparaissent que des mois, parfois même des années plus tard. Sur d'autres os manquent les épiphyses et les apophyses qui leur donneront leurs formes adultes. L'évolution correspond à une chronologie connue, ce qui permet de donner un âge assez précis à de très jeunes enfants. Ce bébé-ci n'avait vécu que sept mois.

J'ai rédigé le résumé de mes conclusions sur un

autre formulaire, ai inclus le tout dans une chemise jaune, que j'ai placée sur la pile destinée au secrétariat. J'ai fait un rapport verbal à LaManche. Puis je suis passée à mes blocs de boue.

La terre n'était pas totalement dissoute, mais au moins assez ramollie pour que je puisse en dégager le contenu. Quinze minutes de raclage et de grattage plus tard, la matrice livrait finalement huit vertèbres, sept fragments d'os longs et trois morceaux de bassin. Les preuves d'un dépeçage étaient claires. Cela m'a pris trente minutes pour laver, faire le tri de tout cela et composer une note brève. En remontant, j'ai demandé à Lisa de prendre en photo les fragments de squelettes. Il y avait trois victimes : deux cerfs de Virginie et un chien de taille moyenne. Insolite, mais pas un problème judiciaire.

Lucie m'avait laissé un mot. Elle était assise le dos à la porte, ses yeux passant de l'écran de la console à un dossier ouvert à côté d'elle. Elle tapait d'une main, gardant sa ligne de l'autre, en glissant lentement son index d'une donnée à la suivante.

Elle a levé le doigt, rentré encore quelques informations, puis a posé une règle sur son document. Se poussant et se tournant en un même mouvement, elle a roulé jusqu'au bureau.

— J'ai eu votre note. J'ai sorti ce que vous m'avez demandé. En tout cas, une approche.

Elle a fouillé dans une pile de papiers, puis dans une autre, est revenue à la première, qu'elle a parcourue plus posément. Elle en a finalement sorti une petite liasse agrafée, qu'elle m'a tendue.

— Rien avant 1988.

J'ai tourné les feuillets, consternée. Comment pouvait-il y en avoir autant ?

— D'abord, j'ai appelé les cas avec « démembrement » comme mot clé. C'est la première liste. La longue. Cela m'a donné toutes les personnes s'étant jetées sous un train ou dont les membres ont été arrachés dans un accident. Ce n'est certainement pas ce que vous cherchez... Alors j'ai ajouté « intentionnel », pour ne prendre que les cas où le démembrement avait été volontaire.

Je l'ai regardée.

— Cela n'a rien donné.

— Rien ?

— Ça ne veut pas dire qu'il n'y en ait pas.

— Comment ça ?

— Ce n'est pas moi qui entre les données. Depuis deux ans, nous avons eu un budget spécial pour embaucher du personnel à temps partiel, pour saisir l'historique le plus rapidement possible. Elle a poussé un soupir d'exaspération et secoué la tête. Cela a pris des années pour que le ministère se décide à s'informatiser et maintenant ils voudraient tout, tout de suite. En tout cas, les gens de la saisie ont des codes standard pour les critères de base : date de naissance, date et cause du décès, ainsi de suite. Mais pour les cas particuliers, ils y vont pas mal à leur idée. Ils se font leur propre code.

— Comme dans le cas d'un démembrement.

— Exact. L'un peut appeler cela « amputation », l'autre utiliser le terme de « dépeçage ». En général ils prennent simplement le mot que le médecin légiste a utilisé dans son rapport. Ou ils peuvent aussi bien rentrer « coupé au couteau » ou « scié ».

J'ai de nouveau regardé la liste, totalement découragée.

— J'ai essayé tous ceux-là, plus quelques autres. Rien.

Cela aurait pu être une bonne idée...

— « Mutilation » a donné l'autre très longue liste. Elle a attendu que je tourne la deuxième page. C'était encore pire que « démembrement ».

Alors j'ai essayé « démembrement » avec « post mortem » comme limitateur. Pour ne sortir que les cas où — elle a levé les mains et fait un signe des doigts, comme pour gratter dans l'air de chaque côté du mot — l'événement avait eu lieu après la mort.

J'ai relevé la tête, avec un nouvel espoir.

— Tout ce que j'ai eu, c'est le type qui s'est fait couper le pénis.

— L'ordinateur vous a prise au mot.

— Hein ?

— Non, rien.

— Alors j'ai essayé « mutilation » en combinaison avec « post mortem » et... elle s'est penchée au-dessus du bureau et a tourné les feuilles jusqu'à la dernière page, ... et là, bingo ! Je pense que ça pourrait correspondre à ce que vous cherchez. Ne tenez pas compte de certains cas, comme les histoires de drogue où ils ont utilisé de l'acide. Elle a pointé du doigt quelques lignes qu'elle avait rayées au crayon. Ceux-là ne vous intéressent sans doute pas.

Je hochai la tête machinalement, l'esprit complètement absorbé par la page trois. Douze cas, dont trois qu'elle avait biffés.

— Mais je pense que les autres devraient vous intéresser.

Je l'entendais à peine. Mes yeux étaient venus se river sur le sixième nom. Une sensation de malaise m'étreignait.

— Lucie, c'est formidable. C'est mieux que ce que j'espérais.

— Vous allez pouvoir en tirer quelque chose ?

— Oui. Oui, je crois bien, ai-je dit d'un ton faussement désinvolte.

— Vous voulez que je sorte le détail des cas ?

— Non. Merci. Laissez-moi regarder ça, et puis je pense que je vais carrément sortir les dossiers.

Faites que je me trompe, ai-je prié dans mon for intérieur.

— Bien sûr.

Elle a retiré ses lunettes et a commencé à essuyer un des verres avec le bord de son gilet. Cela lui donnait l'air incomplète, pas vraie d'une certaine manière. Comme si Woody Allen se mettait à porter des verres de contact.

— J'aimerais savoir ce qui va en découler, a-t-elle dit, le nez de nouveau surmonté des deux rectangles roses.

— Bien sûr. Je vous tiendrai au courant.

En m'éloignant, j'ai entendu son fauteuil rouler sur le carrelage.

Revenue à mon bureau, j'ai posé le document sur la table, et j'ai relu la troisième page. Il y avait un nom dont je n'arrivais pas à détacher mes yeux. Francine Morisette-Champoux. Francine Morisette-Champoux. Je l'avais totalement oubliée. Du calme, me suis-je dit. Ne saute pas tout de suite aux conclusions.

Je me suis forcée à lire les autres données. Gagne et Valencia y étaient. Chantale Trottier aussi. J'ai reconnu le nom d'une étudiante hondurienne que son mari avait abattue avec son fusil de chasse. Il l'avait ramenée en voiture de l'Ohio jusqu'au Québec, lui avait coupé les mains et avait jeté son corps presque décapité dans un parc provincial. Comme geste d'adieu, il lui avait gravé sur la poitrine ses propres initiales. Les quatre autres cas ne me disaient rien. Ils remontaient à avant 1990, avant mon temps. Je suis allée au fichier central et j'ai sorti leurs dossiers avec celui de Morisette-Champoux.

J'ai classé les chemises dans l'ordre des numéros de labo, ce qui correspondait à la chronologie. Le mieux était de procéder méthodiquement. J'avais à peine dit cela que je violais ma résolution,

270

en sautant directement au dossier de Morisette-Champoux. Qui contenait de quoi propulser mon angoisse en orbite.

22

Francine Morisette-Champoux avait été frappée à mort et abattue chez elle en janvier 1993. Un voisin l'avait vue promener son épagneul aux environs de 10 heures du matin. Moins de deux heures plus tard, son mari retrouvait son cadavre dans la cuisine. Le chien était dans le salon, décapité. On n'avait jamais retrouvé sa tête.

Le cas m'était connu, même si je n'avais pas été impliquée dans l'enquête. Cet hiver-là, je faisais encore la navette, venant dans le Nord une semaine sur six. Pete et moi n'arrêtions pas de nous disputer, si bien que j'avais donné mon accord pour rester tout l'été 1993 au Québec, dans l'espoir qu'une séparation de trois mois donnerait un nouveau souffle à notre couple... La violence de l'agression contre Morisette-Champoux m'avait choquée à l'époque et le temps n'avait rien atténué.

Elle était à demi étendue sous une petite table en bois, les bras et les jambes écartés, sa culotte blanche tirée sur les genoux. Elle était entourée d'une mare de sang qui couvrait en partie le motif géométrique du linoléum. Il y avait des traînées sombres sur les murs et sur les parois du comptoir. Hors du champ de l'objectif, une chaise renversée semblait pointer ses pieds vers elle. Tu es là.

Le cadavre avait une blancheur spectrale, qui contrastait avec le pourpre de l'environnement.

Une cicatrice, fine comme un trait de crayon, dessinait sur le ventre, juste au-dessus du pubis, un sourire de bonhomme. Elle était éventrée de là jusqu'au plexus et la plaie ouverte laissait déborder les viscères. Le manche d'un couteau de cuisine était à peine visible à la pointe du triangle formé par les jambes. Sa main droite reposait à un mètre cinquante, entre l'îlot central de la cuisine et l'évier. Elle avait quarante-sept ans.

— Jésus, ai-je soupiré à mi-voix.

J'étais plongée dans le rapport d'autopsie quand Charbonneau est apparu à la porte. Son humeur ne semblait pas être aux amabilités. Il avait les yeux injectés de sang et, sans s'embarrasser de mots de bienvenue, il s'est assis sur la chaise en face de moi.

En le regardant, j'ai soudain éprouvé un sentiment de perte. Le pas pesant, la souplesse dans sa manière de se déplacer, simplement sa largeur ont touché en moi quelque chose que je pensais avoir définitivement abandonné. Ou qui m'avait abandonnée.

Un moment, j'ai vu Pete assis là et cela m'a ramenée loin dans le passé. Combien son corps m'était devenu une drogue ! Je n'ai jamais su vraiment pourquoi. Peut-être était-ce simplement sa fascination pour moi. Cela paraissait tellement vrai. Il était impossible de m'imaginer un jour rassasiée de lui. J'avais eu divers fantasmes érotiques, même de très très bons. Mais à partir du moment où Pete m'était apparu sous la pluie, devant la bibliothèque de droit, ils l'avaient toujours impliqué. J'en avais un là, juste à ma portée... Mon Dieu, Brennan, ressaisis-toi. Je suis revenue brutalement au présent.

Je l'ai laissé commencer. Il avait les yeux fixés sur ses mains.

— Mon coéquipier peut être un beau salaud,

a-t-il dit en anglais. Mais ce n'est pas un mauvais gars.

Je n'ai pas répondu. Ses ourlets de pantalon étaient cousus à la main, à dix centimètres du bord. Je me suis demandé s'il en était l'auteur.

— Il est juste... conservateur... Il n'aime pas le changement.

Il évitait mon regard. Cela m'a mise mal à l'aise.

— Et ? ai-je dit pour l'encourager.

Il s'est appuyé contre le dossier de sa chaise et s'est mordillé l'ongle du pouce. Dans le couloir, on entendait la voix mélancolique de Roch Voisine chanter *Hélène* à la radio.

— Il dit qu'il va déposer une plainte.

Il a baissé les deux mains et a tourné les yeux vers la fenêtre.

— Une plainte ?

J'essayais de garder une voix neutre.

— Auprès du ministre et du directeur. Et de LaManche. Il envisage même d'aller jusqu'à votre corporation professionnelle.

— Et qu'est-ce qui déplaît tant à M. Claudel ?

Reste calme.

— Il dit que vous outrepassez vos limites. Que vous vous ingérez dans ce qui n'est pas votre boulot. Que vous bousillez son enquête.

Le soleil le faisait cligner des yeux.

Mon estomac s'est noué et la chaleur m'est montée au visage.

— Continuez, ai-je dit d'un ton détaché.

— Il pense que vous... il a hésité sur le mot, cherchant sans doute un équivalent à celui que Claudel avait dû utiliser... en voulez trop.

— Ce qui signifie quoi, exactement ?

— Il dit que vous essayez de faire du cas Gagnon une bien plus grosse affaire que ça n'est en réalité. Que vous imaginez toutes sortes de trucs. Il dit que vous essayez de transformer un simple meurtre en une espèce de psychodrame à l'américaine.

— Et pourquoi je ferais ça ?

Ma voix tremblait légèrement.

— Chris, Brennan, cela ne vient pas de moi. J'en sais rien.

Pour la première fois, ses yeux ont croisé les miens. Il avait l'air pitoyable. C'était clair qu'il aurait voulu être ailleurs.

Je l'ai fixé, sans vraiment le regarder, mais pour me laisser le temps de réprimer les messages d'alarme que m'envoyaient mes glandes surrénales. J'avais une bonne idée de ce que pouvait déclencher une plainte de ce genre. Pour avoir moi-même siéger au conseil d'administration du comité d'éthique. Quelle que soit la conclusion de l'enquête, le résultat n'était jamais très joli.

« Hélène, *the things you do. Make me crazy'bout you...* », roucoulait la radio.

Ne tue pas le messager, me suis-je dit en moi-même. Mes yeux sont tombés sur le dossier posé sur le bureau. Un cadavre, avec une peau couleur de lait, reproduit en une douzaine de rectangles glacés. J'ai levé les yeux sur Charbonneau. Je n'avais pas décidé d'aborder cela aussi vite, mais Claudel me forçait la main. Et puis merde. Cela ne pouvait pas être pire.

— Monsieur Charbonneau, vous souvenez-vous d'une femme qui s'appelait Francine Morisette-Champoux ?

— Morisette-Champoux ? Il a répété le nom plusieurs fois, en vérifiant mentalement ses fiches. Cela fait plusieurs années, non ?

— Presque deux ans. Janvier 1993.

Je lui ai tendu les photos. Il les a feuilletées, en hochant la tête tandis que le souvenir lui revenait.

— Ouais, je m'en souviens. Et puis ?

— Réfléchissez, Charbonneau. Qu'est-ce que vous vous rappelez du cas ?

— On n'a jamais pincé le salopard qui a fait le coup.

— Quoi d'autre ?

— Brennan, ne me dites pas que vous êtes en train de rajouter cette histoire-là aussi !

Il a de nouveau passé les photos en revue, le hochement de tête devenant franchement désapprobateur.

— Impossible. Elle a été abattue avec une arme à feu. Cela ne correspond pas au schéma.

— Le salaud l'a ouvert en deux et lui a coupé la main.

— Elle était vieille. Quarante-sept ans, je crois.

Je lui ai envoyé un regard glacial.

— Je veux dire, plus vieille que les autres, a-t-il marmonné, en rougissant.

— L'assassin de Morisette-Champoux lui a enfoncé un couteau dans le vagin. D'après le rapport de police, il y a eu une très forte hémorragie... Elle était toujours vivante.

Il a secoué la tête. Je n'avais pas besoin d'expliquer qu'une blessure infligée après la mort saigne peu, puisque le cœur ne pompe plus et qu'il n'y a plus de pression artérielle. Francine Morisette-Champoux avait saigné abondamment.

— Dans le cas de Margaret Adkins, c'était une statue en métal. Elle aussi était encore vivante.

Sans dire un mot, j'ai pris derrière moi le dossier de Gagnon.

— J'ai sorti les photos de la scène et les ai étalées devant lui. On voyait le buste étendu sur son sac plastique, tacheté des rayons du soleil de l'après-midi. La ventouse était à sa place, la cloche de caoutchouc rouge coincée entre les os du pubis, le manche pointé vers le haut décapité du corps.

— Je pense que l'assassin de Gagnon l'a

pénétrée avec cette ventouse et a forcé le manche dans le ventre jusqu'à ce qu'il ressorte par le diaphragme.

Il a examiné les photos pendant un long moment.

— Même scénario pour les trois victimes, ai-je dit pour enfoncer le clou. Violente pénétration avec un objet extérieur alors que la victime est vivante. Mutilation du cadavre après la mort. Coïncidence, monsieur Charbonneau ? Combien voulons-nous de sadiques en liberté, monsieur Charbonneau ?

Il a passé les doigts dans ses touffes de cheveux, puis a pianoté sur le bras du fauteuil.

— Pourquoi vous ne nous avez pas raconté cela plus tôt ?

— Il n'y a qu'aujourd'hui que j'ai pris conscience de la corrélation avec Morisette-Champoux. Avec juste Adkins et Gagnon, c'était un peu maigre.

— Ryan en dit quoi ?

— Je ne lui en ai pas parlé.

Machinalement, je tripotais la croûte sur ma pommette. J'avais toujours l'air d'avoir été envoyée au tapis par Georges Foreman.

— Merde. Sans grande conviction.

— Comment ?

— Je crois que je commence à être de votre avis. Claudel va m'éclater la gueule. Nouveau pianotage. Quoi d'autre ?

— Les traits de sciage et les schémas de démembrement sont presque identiques pour Gagnon et Trottier.

— Ouais. Ryan nous a dit ça.

— Ainsi que pour l'inconnue de Saint-Lambert.

— Une cinquième ?

— Vous êtes rapide.

— Merci. Il a recommencé à pianoter. Avez-vous finalement une idée de l'identité ?

— Ryan travaille là-dessus.

Il a passé la main sur son visage. Une main forte, avec des jointures couvertes de touffes de poils gris, versions miniatures des boucles rases sur sa tête.

— D'après vous, ça donne quoi pour le mode de sélection des victimes ?

J'ai tourné les paumes vers le ciel.

— Ce sont toutes des femmes.

— Super. L'âge ?

— Seize à quarante-sept ans.

— Physique ?

— Un mélange.

— Localisations ?

— N'importe où.

— Alors, qu'est-ce qui le branche, ce maudit chien sale ? la gueule qu'elles ont ? les chaussures qu'elles portent ? les endroits où elles font leurs courses ?

J'ai laissé le silence lui répondre.

— Il n'y a rien que vous trouviez de commun entre ces cinq-là ?

— Un fils de pute les tabasse et les tue.

— Exact. S'inclinant vers moi, il a placé ses mains sur ses genoux, a haussé et rabaissé les épaules, et poussé un profond soupir. Claudel va en péter des flammes.

Après son départ, j'ai appelé Ryan. Ni lui ni Bertrand n'étant là, j'ai laissé un message. Rien d'intéressant dans les autres dossiers. Deux revendeurs de drogue liquidés par leurs anciens copains de crime. Un homme assassiné par son neveu, découpé à la scie mécanique et entreposé à la cave dans un congélateur domestique. Une coupure d'électricité avait éveillé l'attention du reste de la famille. Une femme, dont le buste avait été rejeté

277

sur le rivage dans un sac de hockey. Le mari avait été reconnu coupable.

J'ai refermé le dernier dossier, pour me rendre compte que je mourais de faim. 2 heures moins dix. Pas étonnant. Je suis allée m'acheter un croissant jambon-fromage à la cafétéria du VIII^c, avec un Coke Diet, et je suis revenue à mon bureau avec la ferme intention de faire une pause. J'ai quand même réessayé le poste de Ryan. Toujours sorti. Va donc pour la pause. J'ai mordu dans mon sandwich, en laissant dériver mes pensées. Gabby. Pas question. Hors jeu. Claudel. Veto. Saint-Jacques. Zone interdite.

Katy. Comment réussir à rétablir le contact ? Pour l'instant, il n'y avait pas grand-chose à faire. Par défaut, j'en suis revenue à Pete, et j'ai ressenti le papillonnement familier au creux du plexus. Me suis souvenue des frissons à fleur de peau, du martèlement du sang, de la chaleur moite entre mes jambes. Oui, la passion... Brennan, c'est de la pure excitation. J'ai pris une nouvelle bouchée de sandwich.

L'autre Pete. Les nuits de colère. Les disputes. Les dîners en solitaire. Le froid linceul du ressentiment qui étouffe le désir. J'ai bu une grande gorgée de Coke. Pourquoi pensais-je à lui si souvent ? S'il y avait eu quelque chose à revivre... Merci, madame Streisand.

C'était plutôt raté comme exercice de relaxation. J'ai repris le document de Lucie, en évitant de le tacher de moutarde. Notamment la page trois, où j'ai tenté de déchiffrer ce qu'elle avait barré au crayon. Par pure curiosité, j'ai effacé ses ratures pour lire les données. Deux correspondaient à ces types qu'on avait plongés dans un tonneau et arrosés d'acide. Nouvel épisode de la guerre des gangs.

Le troisième cas m'a laissée perplexe. D'après le numéro du labo, il remontait à 1990. Il avait été confié à Pelletier. Aucune indication du coroner. Dans l'espace du nom était inscrit : Singe. La date de naissance, la date d'autopsie et la cause du décès avaient été laissées en blanc. Comme il portait la mention Démembrement/Post mortem, l'ordinateur l'avait inclus dans la liste.

J'ai terminé mon croissant et me suis rendue au fichier central pour sortir le dossier. Il ne contenait que trois pièces : le rapport d'événement de la police, l'opinion du médecin légiste en un feuillet, et une enveloppe avec des photos. Après avoir parcouru les photos et lu les rapports, je suis partie à la recherche de Pelletier.

— Je peux vous déranger une minute ? ai-je dit à son dos courbé.

Il s'est détourné du microscope, ses lunettes dans une main, le stylo dans l'autre.

— Entrez, entrez, a-t-il répondu avec empressement en replaçant ses doubles foyers sur son nez.

Mon bureau avait une fenêtre, le sien avait de l'espace. Il s'est précipité pour me désigner d'un geste l'une des deux chaises qui flanquaient la table basse devant son bureau.

Il a fouillé dans sa blouse, en a sorti un paquet de cigarettes, qu'il m'a tendu. J'ai secoué la tête. C'était un rituel que nous avions accompli des milliers de fois. Il savait que je ne fumais pas mais il continuerait à m'en offrir. Dans son style, Pelletier aussi était conservateur. Comme Claudel.

— Que puis-je faire pour vous ?

Il a allumé sa cigarette.

— J'aimerais des informations sur un de vos cas. Remontant à 1990.

— Oh ! mon Dieu, je ne suis pas sûr de pouvoir me rappeler si loin. Des fois, c'est à peine si je me souviens de ma propre adresse. Il s'est penché vers moi et, mettant sa main en coupe autour de sa bouche, a pris un air de conspirateur. Je l'écris sur mes pochettes d'allumettes, au cas où.

Nous avons ri tous les deux.

— Docteur Pelletier, je crois que vous avez une mémoire sans failles quand vous le voulez bien.

Il a haussé les épaules, mimé un air de parfaite innocence.

— De toute manière, j'ai apporté le dossier. Je l'ai ouvert sur la table. Selon le rapport de police, les restes ont été retrouvés dans un sac de sport au terminus d'autobus Voyageur. Un vagabond a regardé dedans, pour essayer d'en retrouver le propriétaire.

— Disons... Les clochards honnêtes sont si nombreux qu'ils devraient former leur propre confrérie.

— En tout cas, l'odeur ne lui a pas plu. Il a dit — j'ai parcouru le rapport d'événement pour trouver la phrase exacte — que l'haleine de Satan s'est élevée du sac et a enveloppé son âme. Fermez les guillemets.

— Un poète. J'aime ça. À se demander ce qu'il dirait de mes caleçons.

J'ai continué à lire.

— Il a porté le sac à un gardien, qui a appelé la police. Ils ont trouvé des fragments de cadavre, enveloppés dans une espèce de nappe.

— Ah ! oui, je m'en souviens, a-t-il dit en pointant vers moi son doigt jauni. Effroyable. Horrible.

Il avait l'expression de circonstance.

— Docteur Pelletier ?

— Le terminus du singe.

— J'ai donc bien lu votre rapport ?

Il a levé les sourcils d'un air interrogateur.

— Il s'agissait bien d'un singe ?

Il a gravement approuvé d'un hochement de tête.

280

— Capucin.

— Et il a abouti ici comment ?

— Mort.

— Oui... Mais pourquoi en tant que dossier du coroner ?

Mon expression avait dû exiger une réponse immédiate.

— Ce qu'il y avait là-dedans était de petite taille, et quelqu'un l'avait écorché et coupé en morceaux. Cibolle, ça aurait pu être n'importe quoi. Les flics ont pensé que ce pouvait être un fœtus ou un nouveau-né.

— Y avait-il là quelque chose de bizarre ?

— Du tout. Simplement un autre singe découpé en rondelles.

Les coins de sa bouche ont eu un tressaillement imperceptible.

— Exact... Mais est-ce que quelque chose vous a frappé dans la manière dont le singe avait été découpé ?

— Pas vraiment. Tous les démembrements de singes se ressemblent.

Tout cela n'aboutissait à rien.

— Avez-vous trouvé à qui avait appartenu le singe ?

— En fait, oui. Ils ont fait paraître une annonce dans le journal, et un type a appelé. De l'université.

— De l'UQAM ?

— Oui, je crois bien. Un biologiste ou un zoologiste ou dans le genre. Anglophone. Oh ! attendez...

Il a ouvert un tiroir, y a farfouillé pour sortir une pile de cartes professionnelles attachées avec un élastique. Il a roulé l'élastique, a feuilleté les cartes et m'en a tendu une.

— C'est lui. Je l'ai rencontré quand il est venu identifier le défunt.

La carte indiquait : Parker T. Bailey, professeur

de biologie, université du Québec à Montréal. Le numéro de téléphone, de fax, l'Email et l'adresse.

— Et qu'est-ce qui s'était passé ?

— Ce charmant monsieur garde des singes pour ses recherches. Un jour, il a constaté en arrivant qu'il manquait un sujet.

— Volé ?

— Volé ? Libéré ? Échappé ? Qui sait ? Le singe était parti sans laisser d'adresse.

— Si bien qu'ayant lu l'annonce, il a appelé ici ?

— C'est ça.

— Qu'est-ce qu'on en a fait ?

— Du singe ? Nous l'avons remis à...

Il a montré la carte.

— Au Dr Bailey...

— Oui. Il n'y avait plus de parent proche. Du moins, au Québec...

— Je vois.

J'ai de nouveau regardé la carte. Laisse tomber, me disait mon hémisphère gauche, au moment même où je m'entendais demander :

— Est-ce que je peux la conserver ?

— Bien sûr.

— Une dernière chose. Pourquoi avez-vous appelé ça le terminus du singe ?

— Eh bien, parce que cela l'était, a-t-il répondu, l'air étonné.

— L'était quoi ?

— Pour le singe. Le terminus.

— Ah ! je vois.

— Et aussi, c'est là qu'il était.

— Où ?

— Au terminus. Le terminus d'autobus.

Certaines choses se comprenaient aussi bien en anglais qu'en français. Malheureusement.

Durant le restant de l'après-midi, j'ai complété mon tableau avec l'information des quatre dossiers. Couleur des cheveux. Des yeux. De la peau. Poids.

Appartenance religieuse. Signes du zodiaque. À peu près tout et rien. Je m'obstinais à emplir des cases, en reportant l'analyse à plus tard. Ou peut-être avais-je l'espoir que les données viendraient s'organiser spontanément comme des neurotransmetteurs au niveau des neurorécepteurs. Ou qu'une tâche machinale me permettait de garder l'esprit occupé, en me donnant l'illusion de progresser.

À 4 heures et demie, j'ai encore essayé de joindre Ryan. Il n'était pas à son bureau, mais la réceptionniste avait l'impression de l'avoir vu passer. À contrecœur, elle s'est lancée dans une recherche. Pendant que j'attendais, mes yeux sont tombés sur les photos du singe. Il y en avait deux séries, une de Polaroïd, l'autre d'épreuves couleurs, treize par dix-huit. La réceptionniste est revenue en ligne : M. Ryan n'était dans aucun des bureaux qu'elle avait appelés. Oui, soupir, elle allait essayer à la cafétéria.

J'ai parcouru rapidement les Polaroïd. Visiblement pris à l'arrivée à la morgue. Un sac de sport en nylon violet, fermeture Éclair fermée puis ouverte, cette dernière laissant voir un paquet à l'intérieur. Puis le paquet sur la table d'autopsie, avant et après avoir été déballé.

La demi-douzaine restante représentait les différents fragments. L'échelle marquée sur le carton d'identification confirmait qu'il s'agissait vraiment d'un très petit sujet, plus petit qu'un fœtus à terme ou qu'un nouveau-né. La putréfaction était joliment avancée. Les chairs avaient commencé à noircir et étaient tachetées de ce qui ressemblait à du tapioca tourné. Il m'a semblé reconnaître une tête, le buste et les membres. En dehors de cela, un gros zéro. Les photos avaient été prises de trop loin et les détails étaient flous.

La téléphoniste m'est revenue avec un ton

résolu. Il n'était pas là. Il fallait rappeler demain. Je ne lui ai pas laissé le loisir de se lancer dans l'argumentation qu'elle devait avoir en réserve. J'ai dicté mon message et j'ai raccroché.

Les photos treize par dix-huit avaient été prises après le nettoyage. Les détails qui manquaient sur les Polaroïd y étaient bien distincts. Le minuscule cadavre avait été écorché et découpé. Cela avait une étrange ressemblance avec des morceaux de lapin préparés pour un ragoût. À l'exception d'une chose. La cinquième image montrait un petit bras, terminé par quatre doigts et un pouce repliés sur une paume délicate.

Les deux derniers clichés se concentraient sur la tête. Sans peau ni cheveux, elle avait quelque chose de primitif, comme celle d'un embryon détaché du cordon ombilical, nu et vulnérable. Le crâne était de la taille d'une mandarine. Même si le visage était aplati et les traits anthropoïdes, pas besoin d'être Diane Fossey pour savoir qu'il ne s'agissait pas d'un hominidé. La bouche présentait une dentition complète. J'ai compté. Trois prémolaires dans chaque quadrant. Le singe du terminus provenait d'Amérique du Sud.

Ce n'est qu'un autre cas d'animal, me suis-je dit en replaçant les photos dans l'enveloppe. Nous en recevions à l'occasion, quand ils avaient été confondus avec des restes humains. Des pattes écorchées d'ours, laissées par des chasseurs, des porcs ou des chèvres abattus pour la viande et dont les déchets étaient jetés sur un accotement. Des chats ou des chiens maltraités et noyés. L'insensibilité de l'animal humain m'a toujours ébahie.

Alors pourquoi m'attarder ? Un nouveau coup d'œil sur les photos couleurs. Bon. Le singe avait été découpé. La belle affaire. C'était courant pour les carcasses animales que nous récupérions. Un connard avait dû prendre son pied à le torturer et à le tuer. Peut-être un étudiant, qu'on avait foutu dehors.

Mon regard est resté cimenté à la cinquième image. Encore une fois, mon ventre s'est noué. J'ai tendu la main vers le téléphone.

23

Il n'y a rien de plus désert qu'un édifice scolaire après les heures de cours. C'est comme ça que j'imagine les suites d'une bombe à neutrons. Les lumières restées allumées. Les fontaines prêtes à cracher leur filet d'eau à la demande. Les sonneries continuant à ponctuer les heures. Les ordinateurs ouverts sur la lueur spectrale des écrans. Un silence de catacombes.

J'étais assise sur une chaise pliante de l'université du Québec à Montréal, devant le bureau de Parker Bailey. Depuis mon départ du labo, j'avais eu le temps de faire un tour à la gym, passer au supermarché et m'avaler un plat de spaghettinis à la sauce de palourdes. Pas si mal pour une grosse bouffe vite expédiée. Même Birdie était impressionné. Mais là, je commençais à trouver le temps long.

C'était peu dire du département de biologie qu'il était calme. Autant dire d'un quark qu'il est petit. En aval et en amont, toutes les portes du couloir étaient fermées. J'avais épluché les tableaux d'information, lu les brochures de la faculté, les petites annonces du campus. Lu et relu. J'ai regardé ma montre pour la millionième fois. 21 h 12. Merde. Il aurait dû être là. Son cours se terminait à 9 heures.

Du moins, d'après la secrétaire. Je me suis levée. Que ceux qui attendent se lèvent... 21 h 14. Merde.

À 21 h 30, j'ai craqué. Au moment où je balançais mon sac sur mon épaule, j'ai entendu une porte s'ouvrir. Un instant plus tard, un homme est apparu au coin, pressé, les bras chargés d'une énorme pile de livres de labo. Son cardigan avait l'air d'avoir quitté l'Irlande avant la grande famine provoquée par le mildiou. Il devait avoir dans les quarante ans.

Il s'est arrêté en me voyant, mais son visage est resté inexpressif. J'allais me présenter quand un carnet de notes a glissé. Nous avons tous les deux plongé pour le ramasser. Mauvaise idée dans son cas. La plus grande partie de la pile a suivi et s'est éparpillée sur le sol comme des confettis à une soirée de nouvel an. Cela nous a pris quelques minutes pour rassembler et rempiler le tout, avant qu'il n'ouvre la porte et ne déverse les livres sur son bureau.

— Désolé, a-t-il dit avec un accent français épouvantable. Je...

— Ce n'est rien, ai-je répondu en anglais. J'ai dû vous surprendre.

— Oui. Non. J'aurais dû faire deux voyages. Cela m'arrive tout le temps.

Son anglais n'était pas américain.

— Des livres de laboratoire ?

— Exact. J'enseigne la méthodologie éthologique.

Il arborait toutes les couleurs d'un soleil couchant. Le rose pâle de la peau, le rose framboise des pommettes et des cheveux de la couleur d'une gaufrette à la vanille. Ambre pour la moustache et les cils. Il avait plutôt l'air d'avoir brûlé que bronzé.

— Cela semble fascinant.

— Si seulement ils pensaient tous comme vous. Vous êtes...

— Tempe Brennan, ai-je dit en sortant une carte de mon sac. Votre secrétaire m'a dit que je pouvais vous intercepter à cette heure-ci.

Je lui ai expliqué la raison de ma visite.

— Absolument, je me rappelle. Pour moi, c'était terrible de perdre ce singe. J'en ai réellement été malade sur le moment. Puis, abruptement : Vous désirez peut-être vous asseoir...

Sans attendre ma réponse, il s'est précipité pour déblayer une chaise et tout empiler sur le plancher. J'ai jeté discrètement un regard circulaire. À côté de l'exiguïté de ses quartiers, mon bureau ressemblait au grand stade des Yankees.

Chaque centimètre carré de mur non couvert par des étagères était tapissé de photos d'animaux. Épinoches. Pintades. Ouistitis. Phacochères. Même un fourmilier. Toutes les familles de la classification de Linné y étaient. Cela me faisait penser au bureau d'un imprésario, avec les souvenirs de célébrités épinglés en trophées. Sauf que les photos de Bailey n'étaient pas dédicacées.

Nous nous sommes assis tous les deux, lui derrière son bureau, les pieds posés sur un tiroir ouvert, moi dans la chaise du visiteur, tout juste débarrassée.

— Oui. J'en étais vraiment malade, a-t-il répété. Puis sautant du coq à l'âne : Vous êtes anthropologiste ?

— Hum, hum.

— Vous travaillez beaucoup avec les primates ?

— Non. Autrefois, mais plus maintenant. J'appartiens à la faculté d'anthropologie de l'université de Charlotte, en Caroline du Nord. Il m'arrive occasionnellement de donner un cours de biologie ou de comportement des primates, mais je ne suis plus vraiment impliquée dans le domaine. La recherche judiciaire et l'expertise-conseil me prennent trop de temps.

— Ah bon ! Il agitait ma carte. Et vous avez fait quoi avec les primates ?

À se demander qui était l'interviewé.

— J'ai travaillé sur l'ostéoporose, plus précisément sur l'interaction entre comportements sociaux et évolution de la maladie. Nous utilisions des animaux de laboratoire, principalement des singes rhésus, en modifiant les groupes sociaux pour créer des situations de stress et mesurer ensuite les pertes osseuses.

— Quelques études sur le terrain ?

— Seulement dans les îles des territoires extérieurs.

— Ah oui ?

D'intérêt, les sourcils ambre se sont haussés en accents circonflexes.

— Cayo Santiago à Porto Rico. Pendant plusieurs années, j'ai animé un cours pratique sur Morgan Island, proche de la côte de Caroline du Sud.

— Avec des singes rhésus ?

— Oui. Docteur Bailey, j'aimerais que vous me parliez du singe qui a disparu de votre département.

Il n'a tenu aucun compte de ce fondu pas vraiment enchaîné.

— Comment êtes-vous passée des os de singes aux cadavres ?

— Biologie du squelette. C'est le point commun essentiel.

— Évidemment. Très juste.

— Le singe ?

— Le singe. Je ne peux pas vous en dire grand-chose. Il a frotté ses baskets l'une contre l'autre. Je suis arrivé un matin, et la cage était vide. Nous avons pensé que quelqu'un avait dû oublier de bloquer le loquet, et qu'Alsa, c'était son nom, avait réussi à s'échapper. Ils en sont capables, vous savez. Elle était drôlement rapide à la détente, et d'une dextérité manuelle phénoménale. Elle avait des petites mains vraiment incroyables. En tout cas, nous avons fouillé le bâtiment, alerté le service de sécurité du campus, mis tout le monde sur le pied de guerre. Mais nous ne l'avons jamais retrouvée. C'est alors que j'ai vu l'annonce dans le journal. Vous connaissez la suite.

— Et vous l'utilisiez pour quoi ?

— À vrai dire, Alsa ne relevait pas de mes propres recherches. C'est une étudiante de troisième cycle qui travaillait avec elle. Je m'intéresse aux systèmes de communication dans le monde animal, en particulier mais pas exclusivement, à ceux qui ont rapport avec les phéromones et autres signaux olfactifs.

Le changement de rythme dans le débit ainsi que l'utilisation soudaine de jargon m'indiquaient que son laïus avait déjà servi. Il me délivrait le baratin classique, « ma recherche porte sur... », le résumé oral que tout chercheur destine au grand public. Fondé sur le principe KISS. *Keep It Simple Stupid*[1]. Rodé pour les cocktails, les levées de fonds, les réunions de présentation et autres mondanités. Nous avons chacun le nôtre. J'avais droit au sien.

— Et sur quoi portait l'étude ?

Assez parlé de toi.

Il a eu un sourire désabusé.

— Le langage. L'apprentissage du langage dans le nouveau monde des primates. C'est de là qu'elle tenait son nom. L'apprentissage du langage du singe américain. ALSA. Marie-Lise s'apprêtait à devenir la réplique québécoise de Penny Patterson et Alsa le Koko des singes d'Amérique du Sud.

Il a brandi un stylo au-dessus de sa tête, a eu un reniflement moqueur et a laissé retomber son bras

1. Rester simple et basique. (*N.d.T.*)

289

lourdement. J'ai observé son visage. Il avait l'air soit très fatigué soit découragé, je ne parvenais pas à me faire une idée.

— Marie-Lise ?

— Mon étudiante.

— Et ça fonctionnait ?

— Difficile à dire. Elle a vraiment manqué de temps. Le singe a disparu cinq mois après le démarrage de l'étude. Nouvelle grimace désabusée. Suivi peu de temps après par Marie-Lise.

— Elle a quitté l'université ?

Il a acquiescé d'un signe de tête.

— Savez-vous pourquoi ?

Il n'a pas répondu tout de suite.

— Marie-Lise était une bonne étudiante. Évidemment, elle aurait été obligée de reprendre sa thèse depuis le début, mais je suis sûre qu'elle aurait obtenu son master. Elle aimait beaucoup ce qu'elle faisait. C'est sûr qu'elle était anéantie quand Alsa a été tuée mais, d'après moi, ce n'est pas la vraie raison.

— Qui était quoi, d'après vous ?

Il dessinait de petits triangles sur un des livres de labo. Je l'ai laissé prendre son temps.

— Elle avait un petit ami. Qui n'acceptait pas le fait qu'elle soit à l'université. Ils se disputaient sans arrêt là-dessus. Elle ne m'en a parlé qu'une fois ou deux mais je crois que cela lui posait vraiment un problème. Lui, je l'ai rarement vu, lors de fêtes organisées dans le département. Mais il m'a fait froid dans le dos.

— Pourquoi ?

— Oh ! je ne sais pas..., antisocial. Cynique. Agressif. Grossier. Comme s'il était dépourvu des automatismes de base. Il me faisait penser à un singe de Harlow. Vous voyez ce que je veux dire ? Comme s'il avait été élevé dans un isolement complet et n'avait pas appris à se comporter avec les autres. Quel que soit ce que vous pouviez dire, il roulait des yeux et affichait un petit sourire satisfait. Dieu du ciel, ce que je pouvais détester cela...

— L'avez-vous soupçonné d'avoir tué Alsa pour saboter le travail de Marie-Lise et l'amener à quitter l'université ?

Son silence m'indiquait qu'il y avait pensé. Puis :

— Il était supposé être à Toronto à ce moment-là.

— Il pouvait le prouver ?

— Marie-Lise y croyait. On n'a pas poursuivi. Elle était tellement bouleversée. Et puis, ça changeait quoi ? Alsa était morte.

Je ne savais pas trop comment poser la question suivante.

— Avez-vous eu l'occasion de lire ses notes de recherche ?

Il a arrêté son griffonnage et m'a regardée.

— Qu'est-ce que vous voulez dire ?

— Serait-il possible qu'elle ait voulu dissimuler quelque chose ? Une raison quelconque pour vouloir laisser tomber l'étude ?

— Non. Pas du tout.

Le ton était convaincu. Ses yeux l'étaient moins.

— Est-elle restée en contact ?

— Non.

— C'est fréquent ?

— Certains le font, d'autres non.

Les triangles prenaient de l'ampleur. J'ai changé de tactique.

— Qui d'autre avait accès au..., est-ce qu'il s'agit d'un laboratoire ?

— Oui, un petit. Nous gardons très peu d'animaux sur le campus. Essentiellement pour une raison de place. Chaque espèce doit être gardée dans un local à part, vous savez.

— Ah oui ?

— Oui. Le CCPA a des directives précises pour ce qui est du contrôle de température, de l'espace, de l'alimentation, des paramètres sociaux et comportementaux, tout ce que vous pouvez imaginer.

— Le CCPA ?

— Le Conseil canadien pour la protection des animaux. Il publie une brochure réglementant l'utilisation et l'élevage d'animaux de laboratoire. C'est notre bible. Toute personne travaillant avec des animaux de laboratoire doit s'y conformer. Les scientifiques. Les éleveurs. Les entreprises. Cela touche aussi la santé et la sécurité des personnes.

— La sécurité ?

— Absolument. Les directives sont très précises.

— Quelles sont vos mesures de sécurité ?

— Je travaille avec des épinoches actuellement. Des poissons.

Il a fait pivoter sa chaise, pour m'indiquer du stylo les poissons sur le mur.

— Ils n'en exigent pas beaucoup. Certains de mes collègues conservent des rats de laboratoire. Eux non plus. En général, les activistes de la protection des animaux s'intéressent peu aux poissons et aux rongeurs.

Son visage a exprimé la coupe Davis du désabusement.

— Alsa était notre seul autre mammifère, les règles de sécurité n'étaient donc pas trop sévères. Elle avait une petite pièce pour elle, que nous gardions fermée à clé. Et, bien sûr, sa cage elle-même était fermée à clé. Et la porte extérieure du labo... J'ai tout repassé dans ma tête. Je n'arrive pas à me rappeler qui est parti le dernier ce jour-là. Je n'avais pas de cours le soir, je n'ai pas dû rester tard. C'est probablement un des étudiants de troisième cycle qui a contrôlé en dernier... Je suppose qu'une personne étrangère à la faculté a pu entrer. Ce n'est pas impossible que les portes soient restées ouvertes. Certains étudiants sont moins responsables que d'autres.

— Et la cage ?

— Pour la cage, ce n'était pas très compliqué. Un simple cadenas. Que nous n'avons jamais retrouvé. Je suppose qu'on l'a coupé.

J'ai essayé d'aborder la question suivante avec tact.

— Est-ce qu'on a fini par retrouver les parties qui manquaient ?

— Les parties qui manquaient ?

— Alsa avait été découpée en morceaux. Dans le paquet qu'on a récupéré, le corps n'était pas complet. Je me demandais si rien n'avait réapparu par la suite.

— Comme quoi ? Il manquait quoi ?

Son visage aux tons pastel exprimait la stupéfaction.

— La main droite, docteur Bailey. La main droite avait été sectionnée au niveau du poignet. Elle n'était pas avec le reste.

Je n'avais aucune raison de lui parler des femmes qui avaient subi le même sort, ni de la véritable raison de ma visite. Il a croisé ses doigts derrière sa tête et a fixé un point dans l'air au-dessus de moi. Le framboise de ses pommettes avait viré au rhubarbe. Sur son armoire de classement, un réveil-radio émettait un léger bourdonnement.

Au bout d'une éternité, j'ai brisé le silence.

— A posteriori, qu'est-ce qui s'est passé d'après vous ?

Son silence a duré si longtemps que j'ai cru qu'il ne répondrait pas :

— Je pense qu'il doit s'agir d'une de ces formes de vie mutantes, engendrées par l'atmosphère délétère de ce campus.

J'ai pensé qu'il avait terminé. Sa respiration était descendue plus profondément dans sa poitrine.

Mais il a ajouté quelque chose, presque dans un murmure. Je n'ai pas compris.

— Pardon ?

— Marie-Lise méritait mieux.

C'était une drôle de chose à dire. Alsa aussi, ai-je pensé, mais j'ai tenu ma langue. Sans avertissement, une sonnerie a fendu le silence, déclenchant dans tout mon corps une poussée d'adrénaline. J'ai regardé ma montre : 22 heures.

Esquivant d'éventuelles questions sur les raisons de mon intérêt pour ce singe mort quatre ans plus tôt, je l'ai remercié de m'avoir accordé un moment et lui ai demandé de m'appeler s'il repensait à autre chose. Je l'ai laissé là, assis, les yeux de nouveau fixés sur ce qui avait dû flotter au-dessus de ma tête. Probablement plus dans le passé que dans l'espace.

Ne sachant trop où me garer, je m'étais fiée à ma ruelle de la fois précédente. Celle de la Grande Quête de Gabby. Cela me semblait remonter à des années-lumière. C'était l'avant-dernière nuit.

Il faisait plus frais que l'autre jour et il tombait une petite bruine. J'ai remonté la fermeture Éclair de mon blouson et suis partie vers la voiture.

En quittant l'université, j'ai remonté Saint-Denis vers le nord. À quelques coins de rues de Saint-Laurent, Saint-Denis n'en est pas moins dans une autre galaxie. Avec sa clientèle d'étudiants et de gens friqués, c'est la place pour chercher tout et n'importe quoi — depuis une robe jusqu'à l'aventure d'un soir. La rue des désirs. Toutes les grandes villes en ont une. Montréal en a deux : Crescent pour les anglophones, Saint-Denis pour les francophones.

En attendant aux feux à l'angle de De Maison-neuve, je continuais à penser à Alsa. Bailey avait sans doute raison. Le terminus d'autobus se trouvait tout de suite à droite. Le ou la coupable n'avait pas eu un long bout à faire. Ce qui suggérait plutôt quelqu'un du coin.

J'ai regardé un jeune couple sortir de la station de métro Berri-UQAM. Courant entre les gouttes, collés l'un à l'autre comme deux chaussettes qui sèchent.

Ou un banlieusard... Mais oui, Brennan. Quelqu'un ramasse un singe, le ramène chez lui en métro, le tue et le dépèce, le retrimballe par le métro pour le déposer au terminus d'autobus. Bien pensé.

Le feu est passé au vert. J'ai pris vers l'ouest sur De Maisonneuve, toujours absorbée par ma conversation avec Bailey. Qu'est-ce qui me chagrinait chez lui ? qu'il ait montré trop d'émotions à propos de son étudiante ? ou pas assez à propos du singe ? Pourquoi s'était-il montré si — si quoi d'ailleurs ? — négatif sur le projet d'études ALSA ? Comment pouvait-il ne pas être au courant pour la main ? Pelletier m'avait bien dit qu'il était venu reconnaître le cadavre ? Et il n'aurait pas remarqué l'absence de la main ? C'est à lui qu'on avait remis les restes, il les avait remportés du labo.

— Connerie, ai-je dit à voix haute, en me frappant mentalement le front.

Un homme, vêtu d'une combinaison, s'est retourné vers moi, visiblement inquiet. Il n'avait ni chemise ni chaussure et serrait contre lui un sac d'épicerie en papier, dont les deux anses déchirées pointaient vers l'extérieur de façon bizarre. Je lui ai adressé un sourire rassurant et il a poursuivi son chemin en traînant les pieds, et en branlant la tête devant l'état de l'humanité et de l'univers.

Tu fais un fameux Columbo, me suis-je injuriée. Tu n'as même pas demandé à Bailey ce qu'il avait fait du corps !

Après m'être copieusement fustigée, j'ai fait amende honorable en me proposant un arrêt hot-dog. Me doutant que de toute manière j'aurais du mal à dormir, j'ai accepté. Ce qui me permettrait d'en rejeter la responsabilité sur une digestion difficile. Je suis entrée au Chien Chaud sur Saint-Dominique, où j'ai commandé un hot-dog all dressed, des frites, et un Coke Diet. Pas de Coke. Pepsi..., m'a dit un sosie de John Belushi, avec d'épais cheveux noirs et un accent à couper au couteau. Parfois, c'est la réalité qui imite la fiction.

J'ai mangé mon hot-dog, assise dans un box en plastique rouge et blanc, les yeux fixés sur les posters de voyage qui se décollaient aux murs. Je ne serais pas contre, me suis-je dit intérieurement, en contemplant les ciels trop bleus et le blanc aveuglant des maisons de Paros, Santorin, Mykonos. Je ne serais vraiment pas contre. Dehors, les voitures s'accumulaient sur l'asphalte mouillé. Le quartier de la Main vrombissait dans des pétarades de pots d'échappement.

Un homme est entré et s'est mis à parler très fort avec Belushi, vraisemblablement en grec. Ses vêtements étaient humides et sentaient la nicotine, la friture et une épice inconnue. Des gouttelettes scintillaient dans ses cheveux. Quand j'ai levé les yeux vers lui, il m'a envoyé un sourire, a levé un sourcil broussailleux et a passé lentement sa langue sur sa lèvre supérieure. Un peu plus et il me montrait ses hémorroïdes. Je lui ai fait un doigt d'honneur pour me mettre à son niveau de maturité, et j'ai reporté mon attention sur l'ambiance de la rue.

Au travers de la vitrine zébrée de pluie, j'apercevais en face des rangées de boutiques, noires et silencieuses en cette veille de jour férié. La cordonnerie Lafleur. Quel rapport y avaient-ils entre les fleurs et les chaussures ? La boulangerie Nan.

Était-ce le nom du propriétaire, ou simplement une publicité pour le pain indien ? Derrière la vitrine, les étagères étaient vides, prêtes pour la moisson du matin. Les boulangers boulangent-ils un jour de fête nationale ?

La boucherie Saint-Dominique. Les annonces des « spéciaux » de la semaine couvraient la vitrine. Lapin frais. Bœuf. Saucisse. Singe...

Ça va comme ça, Brennan. Tu dérailles. J'ai chiffonné ma serviette dans l'enveloppe en papier du hot-dog. Voilà pourquoi nous abattons des arbres... En y ajoutant ma canette de Pepsi, j'ai tout envoyé à la poubelle et je suis partie.

La voiture était telle que je l'avais laissée. Pendant que je conduisais, mes pensées sont venues reboucler sur les meurtres.

Chaque claquement d'essuie-glace apportait une nouvelle image. Le bras tronqué d'Alsa. Clac. La main de Morisette-Champoux sur le lino de la cuisine. Clac. Les tendons de Chantale Trottier. Clac. Les os des bras sectionnés à leurs extrémités inférieures. Clac.

Était-ce toujours la même main ? Il faudrait vérifier. Aucune main humaine ne manquait. Coïncidence ? Claudel avait-il raison ? Était-ce de la paranoïa ? Le ravisseur d'Alsa pouvait collectionner les paumes d'animaux. Ou être simplement un fervent admirateur de Poe. Clac. Ou fervente admiratrice ?

À 11 h 15, je rentrais dans le garage. J'étais fatiguée jusqu'à la moelle des os. Aucun hot-dog n'allait m'empêcher de dormir ce soir.

Birdie ne m'avait pas attendue. Lové dans le petit fauteuil à bascule à côté de la cheminée, il a levé la tête à mon entrée et m'a adressé un regard jaune de sous des paupières lourdes.

— Hello, Bird, comment a été ta journée de chat, aujourd'hui ? ai-je roucoulé en lui grattant le dessous du menton. Pas de problème pour dormir ?

Il a fermé les yeux et étiré le cou, pour se soustraire ou au contraire pour s'abandonner à la sensation de ma caresse. Puis il a bâillé avec application et reposé son menton entre ses pattes. Je me suis dirigée vers ma chambre, en sachant qu'il finirait par me suivre. J'ai enlevé mes barrettes, laissé mes vêtements en boule sur le plancher. Puis j'ai tiré les couvertures et me suis glissée au lit.

Dans le temps de le dire, je suis tombée dans un sommeil comateux et sans rêve. À un moment, j'ai eu la sensation d'une masse chaude contre mes jambes. Birdie venait de me rejoindre. Mais j'ai continué à dormir, plongée dans un néant opaque.

Soudain, je me suis réveillée. Le cœur battant, les yeux grands ouverts. Sur le qui-vive, sans savoir pourquoi. La transition était si abrupte que cela m'a pris un moment pour m'orienter.

Il faisait un noir d'encre dans la chambre. Le réveil indiquait minuit sept. Birdie était parti. Retenant mon souffle et l'oreille aux aguets, je cherchais désespérément un indice. Qu'est-ce qui avait pu mettre mon corps sur alerte rouge ? J'avais entendu quelque chose ? Quel bip avait détecté mon radar personnel ? Un de mes récepteurs sensoriels avait envoyé un signal. Birdie avait-il entendu quelque chose ? Où était-il ? Cela ne lui ressemblait pas de rôder au milieu de la nuit.

J'ai relâché ma tension musculaire et j'ai écouté avec plus d'attention. Le seul bruit était le battement de mon cœur, martelant contre ma poitrine.

Et, soudain, je l'ai entendu. Un klonk assourdi, suivi d'un léger schlack métallique. Je suis restée immobile, respiration suspendue. Dix. Quinze. Vingt secondes. Un chiffre lumineux a changé sur l'écran du réveil. Puis, alors que je commençais à croire à une hallucination, je l'ai entendu de nouveau. Klonk. Schlack. Mes molaires se sont compressées comme un étau de Black et Decker et j'ai serré les poings.

Y avait-il quelqu'un dans l'appartement ? Je connaissais maintenant les bruits habituels des lieux. Mais là, c'était différent. Un corps étranger sonore, un intrus.

Lentement, j'ai repoussé l'édredon et me suis glissée hors du lit. En bénissant mon laisser-aller de la veille, j'ai enfilé mon T-shirt et mon jean. Je me suis avancée sur la moquette sans faire de bruit.

Arrivée à la porte de la chambre, j'ai jeté un regard en arrière. Que prendre comme arme ? Je n'avais rien. Il n'y avait pas de lune, mais la lumière d'un réverbère se glissait par la fenêtre de l'autre chambre et baignait le couloir d'une lueur diffuse. J'ai continué à avancer. Dépassant les toilettes, j'ai suivi le couloir jusqu'aux portes du jardin central. À chaque pas, je m'arrêtais, respiration bloquée, les yeux écarquillés. À l'entrée de la cuisine, je l'ai entendu de nouveau. Klonk. Schlack. Cela venait de quelque part près des portes-fenêtres.

J'ai coupé par la cuisine. Au travers des baies vitrées, j'ai jeté un œil vers le patio qui bordait un côté de l'appartement. Pas de mouvement suspect. En maudissant mon aversion pour les revolvers, j'ai parcouru des yeux la cuisine. Ce n'était pas franchement un arsenal. Très doucement, j'ai tâté le mur de la main pour trouver le râtelier à couteaux. Me décidant pour un couteau à pain, j'ai enroulé mes doigts autour du manche et, pointant la lame vers l'arrière, j'ai étendu le bras au maximum.

Lentement, glissant mes pieds nus l'un après l'autre, j'ai avancé suffisamment pour regarder dans le salon. Il y faisait aussi sombre que dans la chambre et la cuisine.

J'ai distingué la silhouette de Birdie dans la pénombre. Il était assis à moins d'un mètre des portes-fenêtres, les yeux fixés sur quelque chose à l'extérieur. Le bout de sa queue fouettait l'air en petites saccades nerveuses.

Un autre klonk-schlack m'a arrêté le cœur et a bloqué ma respiration. Cela venait de dehors. Birdie a couché les oreilles.

Cinq pas tremblants m'ont rapprochée de lui. Machinalement, j'ai tendu la main pour lui tapoter la tête. Ce contact inattendu a provoqué chez lui un mouvement de recul et il a filé droit au travers de la pièce, avec une telle violence que ses griffes en ont levé des divots dans la moquette. Dans l'ombre, on aurait dit des petites virgules sombres. S'il était possible de dire d'un chat qu'il avait hurlé, c'était exactement ce qu'il avait fait.

J'en suis restée paralysée, plantée comme une statue de l'île de Pâques.

Fais comme le chat et tire-toi de là au plus vite ! me disait la voix de la panique.

J'ai reculé d'un pas. Klonk. Schlack. Mes mains se sont crispées sur mon couteau comme sur une corde de secours. Silence. Noirceur. Doum-doum. Doum-doum. J'écoutais les battements de mon cœur, cherchant désespérément dans mon cerveau un secteur encore capable de raisonner.

S'il y a quelqu'un dans l'appartement, il est derrière toi, a été le message. Ta voie d'issue est devant toi, pas derrière. Mais s'il y a quelqu'un juste au-dehors, ne lui laisse pas une ouverture pour entrer.

Doum-doum. Doum-doum.

Le bruit vient de l'extérieur, j'ai répliqué. Ce que Birdie a entendu est à l'extérieur.

Doum-doum. Doum-doum.

Glisse un œil. Aplatis-toi contre le mur et écarte juste assez les rideaux pour regarder dehors. Tu pourras peut-être voir une silhouette dans le noir. Logique.

Armé de mon Victorinox, j'ai décollé un pied de la moquette, ai avancé de quelques centimètres, pour atteindre le mur. En prenant une grande inspiration, j'ai écarté un tout petit peu le rideau. Les formes dans le jardin n'étaient pas précises mais néanmoins reconnaissables. L'arbre, le banc, des arbustes. Aucun mouvement décelable, à part les branches agitées par le vent. Je suis restée là un moment. Rien n'a bougé. J'ai fait un pas jusqu'au milieu de la fenêtre et j'ai essayé la poignée. Toujours fermée à clé.

Le couteau prêt à entrer en action, j'ai glissé le long du mur jusqu'à la porte d'entrée principale. Jusqu'au système de sécurité. Le voyant de sécurité ne clignotait pas. Il n'y avait pas eu d'effraction. Une impulsion m'a fait appuyer sur le bouton test. Une sonnerie a fendu le silence et, j'avais beau m'y attendre, j'ai sauté en l'air. Ma main a bondi vers le haut, lame pointée en avant.

Imbécile ! m'a déclaré la partie fonctionnelle de mon cerveau. Le système d'alarme est branché et il n'a pas été déclenché. Rien n'a été ouvert. Personne n'est entré.

Donc, il est dehors ! j'ai répondu, encore passablement secouée.

Peut-être, m'a dit mon cerveau, mais ce n'est pas si grave. Allume des lumières, montre qu'il y a quelqu'un, et un rôdeur avec un tant soit peu de sens commun va évacuer les lieux.

J'ai essayé de déglutir, mais ma bouche était trop sèche. Dans un grand geste de bravoure, j'ai allumé la lumière du couloir, puis toutes les autres jusqu'à ma chambre. Aucun intrus nulle part. À peine assise sur le coin de mon lit, le couteau à la main, je l'ai de nouveau entendu. Klonk, schlack.

Enhardie par la certitude de n'avoir pas d'intrus

à l'intérieur, je me suis dit : Attends un peu, mon salopard, que je te voie et j'appelle les flics.

Je suis retournée aux portes-fenêtres, cette fois-ci rapidement. La pièce n'était toujours pas allumée et j'ai de nouveau écarté le rideau pour glisser un œil dehors, plus crâne qu'avant. Les lieux étaient pareils à eux-mêmes. Des silhouettes vaguement familières, agitées par le vent. Klonk, schlack ! J'ai sursauté sans le vouloir. Puis je me suis dit : Le bruit ne vient pas des fenêtres, mais d'au-delà.

Je me suis rappelé le projecteur du jardin et suis allée l'allumer. Ce n'était pas le moment de me soucier des voisins. Je suis revenue à mon coin de rideau. La lumière n'était pas très forte mais suffisante pour permettre de bien distinguer les formes.

La pluie avait cessé, et une brise s'était levée. Une petite brume dansait dans le faisceau du projecteur. J'ai tendu l'oreille. Rien. J'ai scruté plusieurs fois l'intégralité de mon champ de vision. Rien. Oubliant la prudence, j'ai désactivé le système de sécurité, ouvert la porte-fenêtre et pointé ma tête dehors.

À gauche, l'épinette noire était bien digne de son nom, mais rien d'étranger ne se mêlait à ses branches. Le vent soufflait par bourrasques. Klonk, schlack. Nouveau sursaut de panique.

La barrière. Le bruit venait de la barrière. J'ai tourné la tête assez vite pour surprendre un léger mouvement. Puis il y a eu un nouveau souffle de vent et la barrière a bougé imperceptiblement au-delà des limites du loquet. Klonk. Schlack.

Contrariée, je suis sortie pour aller jusqu'à la barrière. Pourquoi n'avais-je jamais remarqué ce bruit ? Puis j'ai tressailli une nouvelle fois. Il n'y avait plus de cadenas. Ce qui maintenait la barrière en place avait disparu. Est-ce que Winston avait oublié de le replacer après avoir tondu le gazon ? Sans doute.

J'ai donné à la grille une bonne poussée pour enclencher le loquet le mieux que je pouvais et suis revenue vers ma porte-fenêtre. C'est alors que j'ai entendu l'autre son, plus léger et assourdi.

J'ai tourné la tête en direction du bruit, et j'ai vu un objet étranger au milieu de mon coin d'herbes aromatiques. Comme une citrouille, empalée sur un bâton sortant de terre. Le froissement doux était celui du plastique qui le recouvrait, effleuré par le vent.

L'horreur m'a saisie. Sans savoir comment j'avais deviné, j'ai eu l'intuition de ce que recouvrait le plastique. Les jambes tremblantes, j'ai traversé la pelouse et soulevé le sac.

Ce que j'ai vu m'a provoqué un haut-le-cœur et je me suis retournée pour vomir. M'essuyant la bouche d'un revers de main, j'ai couru jusqu'à la maison, claqué et fermé la porte à clé, réenclenché le système d'alarme.

J'ai fouillé dans mes papiers à la recherche d'un numéro, me suis jetée sur le téléphone. Je devais faire un suprême effort pour composer les bons chiffres. On a répondu à la quatrième sonnerie.

— Venez, je vous en supplie. Immédiatement !

— Brennan ? Groggy. Quel chris de...

— Au nom du ciel, ramenez-vous, Ryan ! Tout de suite !

24

Trois litres de thé plus tard, j'étais recroquevillée dans le fauteuil de Birdie, suivant d'un œil stupide les allées et venues de Ryan. Il en était à son troisième coup de téléphone, personnel cette fois-ci, pour assurer quelqu'un qu'il serait là bientôt. Vu la fin de la conversation, la personne concernée n'était pas de bonne humeur. Dur à encaisser.

L'hystérie n'a pas que des inconvénients. Ryan était là dans les vingt minutes. Il avait fouillé l'appartement et le jardin, contacté la Cum pour qu'ils envoient une auto de patrouille surveiller l'immeuble. Il avait placé le sac dans un autre, plus grand, qu'il avait scellé et déposé par terre dans un coin de la salle à manger. Il l'emporterait à la morgue tout à l'heure. Une équipe de l'Identité viendrait dans la matinée.

Je n'aurais pas pu dire ce qui m'avait calmée le plus, le thé ou sa présence. Probablement pas le thé. Ce dont j'avais réellement envie, c'était d'un solide verre d'alcool. Envie n'était pas le bon terme. « Besoin impérieux » aurait été plus proche de la réalité. À vrai dire, un verre n'aurait pas suffi. Toute la bouteille y serait passée. Oublie ça, Brennan. Tu as mis le bouchon dessus et il va rester dessus.

Je sirotais mon thé et j'observais Ryan. Il portait un jean et une chemise en denim délavé. Choix judicieux. Le bleu rehaussait ses yeux comme un coloriage de vieux film. Il a mis fin à son appel, sans pour autant arrêter son manège.

— Il faudra que ça fasse...

Il a reposé brutalement le téléphone sur son support et s'est passé la main sur le visage. Il était ébouriffé et visiblement fatigué. Mais moi non plus je ne devais pas avoir la tête de Claudia Schiffer.

Que ça fasse quoi ? me suis-je demandé.

— J'apprécie que vous soyez venu. Et je suis désolée d'avoir réagi si excessivement.

Je l'avais déjà dit mais je le répétais.

— Non. Vous avez eu raison.

— D'habitude, je ne...

— C'est correct. On va avoir sa peau, à ce psycho.

— J'aurais pu simplement...

Il s'est penché en avant, a posé ses coudes sur ses genoux. Les lasers bleus de ses yeux se sont plantés dans les miens et ne les ont pas lâchés. Un flocon de coton était accroché à un de ses cils, comme un grain de pollen sur un pistil.

— Brennan, c'est une affaire sérieuse. Il y a un type dans le coin, qui est un mutant mental. Une monstruosité psychologique. Comme les rats de cette ville qui se creusent des galeries sous les tas d'ordures et se faufilent dans les canalisations d'égouts. C'est un rapace. Il a disjoncté. Et il a l'air de vous avoir intégrée dans la toile de cauchemar, qu'il a l'air de s'être tissée pour son propre compte. Mais il vient de faire une erreur. On va le sortir de son trou et on va l'écrabouiller. C'est la seule chose à faire avec la vermine.

Je suis restée éberluée par la véhémence de sa réponse. Faire remarquer le mélange de métaphores ne semblait pas à propos.

Il a pris mon silence pour du scepticisme.

— Je suis sérieux, Brennan. Cet enculé a de la bouillie pour chien dans le cerveau. Ce qui implique que vos petits numéros, c'est terminé.

Sa remarque m'a exaspérée, et je n'avais déjà pas vraiment besoin qu'on me pousse dans cette voie. Je me trouvais vulnérable et dépendante, et j'avais horreur de ça. Il a écopé de mes frustrations.

— Petits numéros ? ai-je craché.

— Merde, Brennan, je ne parle pas de ce soir.

Nous savions très bien tous les deux de quoi il parlait. Et il avait raison. Ce qui n'a fait qu'accroître ma rage et mon irritation. J'ai remué mon thé, maintenant froid, et je me suis tue.

— Ce salopard vous a visiblement filée, a-t-il insisté avec l'obstination d'un marteau-piqueur. Il sait où vous habitez. Il sait comment s'introduire chez vous.

— Il n'est pas vraiment rentré chez moi.

— Il a planté une maudite tête humaine dans vos plates-bandes !

— Je sais !

Mon hurlement a dévoilé une sacrée ligne de faille dans mon apparence de sang-froid.

J'ai coulé un regard vers le coin de la salle à manger. Le truc du jardin était là, inerte et silencieux, en attente de traitement. Cela aurait pu être n'importe quoi. Un ballon de volley. Un globe terrestre. Un melon. À l'intérieur le plastique transparent scellé par Ryan, la forme ronde, dans son sac noir et brillant, paraissait inoffensive. Et pourtant, les images macabres de son contenu ont afflué à ma conscience. Le crâne planté sur son horrible pieu. Les orbites creuses levées vers moi, le scintillement rose du néon sur l'émail blanc de la bouche béante. J'imaginais l'intrus coupant le cadenas, traversant impudemment le jardin pour venir planter son répugnant message.

— Je sais... Vous avez raison. Je dois être plus prudente.

Les yeux fixés sur le fond de ma tasse, cherchant une réponse dans les feuilles de thé.

— Un autre thé ?

— Non, ça ira. Il s'est levé. Je vais aller voir si l'équipe de surveillance est arrivée.

Il est parti vers l'arrière de l'appartement et je me suis préparé une autre tasse. J'étais encore dans la cuisine quand il est revenu.

— Il y a une voiture garée dans la ruelle de l'autre côté de la rue. Ils vont en mettre une autre à l'arrière. Je vérifierai avec eux en partant. Personne ne devrait s'approcher de l'immeuble sans être vu.

— Merci.

J'ai pris une gorgée et me suis appuyée au comptoir. Il a sorti un paquet de cigarettes, m'a interrogée du regard.

— Allez-y.

Je détestais qu'on fume dans mon appartement. Mais lui devait détester être coincé ici. La vie est faite de compromis. J'ai envisagé de partir à la recherche de mon unique cendrier, mais je n'ai pas bougé. Il fumait et je buvais à petites gorgées, adossée au comptoir, chacun plongé dans ses réflexions. Le réfrigérateur ronronnait.

— Vous savez, ce n'est pas vraiment le crâne qui m'a paniquée. J'ai l'habitude. Mais c'était, comment expliquer, tellement décalé.

— C'est sûr.

— C'est un cliché, je sais bien, mais j'ai ressenti cela comme un viol. Comme si une espèce de créature anthropoïde avait pénétré mon espace intime, fouillé partout, pour ne repartir que sa curiosité satisfaite.

Je tenais ma tasse à deux mains, détestant ma fragilité. Me sentant idiote aussi. Il avait dû entendre ce genre de discours si souvent. Mais, si c'était le cas, il n'en a pas fait la remarque.

— Vous pensez que c'est Saint-Jacques ?

Il m'a regardée, a fait tomber sa cendre dans l'évier. S'appuyant au comptoir, il a pris une grande bouffée. Ses jambes s'allongeaient presque jusqu'au réfrigérateur.

— Je n'en sais rien. Chris, on n'a même pas réussi à identifier le gibier qu'on a levé. Saint-Jacques est probablement un nom d'emprunt. Ce qui est sûr, c'est qu'il ne vivait pas vraiment là. La patronne a déclaré ne l'avoir vu que deux fois. On a placé l'appartement sous surveillance pendant une semaine. Personne n'est rentré ni sorti.

Le réfrigérateur ronronnait. Il inhalait et exhalait de la fumée. Je faisais tourner le thé dans ma tasse.

— Il avait ma photo. Il l'avait découpée et avait écrit dessus.

— Ouais.

— Parlez-moi franchement.

Après un silence :

— Je miserais sur lui. Une telle coïncidence est peu vraisemblable.

Je le savais, mais je n'avais pas envie de l'entendre. Plus encore, je n'avais pas envie de penser à ce que cela voulait dire. J'ai désigné le crâne d'un geste.

— Le cadavre de Saint-Lambert ?

— Alors ça, c'est votre département.

Il a pris une dernière bouffée, a fait couler de l'eau sur son mégot et a cherché des yeux un endroit où le jeter. Je me suis écartée du comptoir et j'ai ouvert le placard de la poubelle. Quand il s'est relevé, j'ai posé ma main sur son avant-bras.

— Ryan, pensez-vous que je suis folle ? Croyez-vous que cette histoire de tueur en série n'existe que dans ma tête ?

Il s'est redressé et m'a regardée droit dans les yeux.

— Je ne sais pas. Je ne sais vraiment pas. Il est possible que vous ayez raison. Quatre femmes assassinées en deux ans, découpées, démembrées ou les deux à la fois. Peut-être une cinquième. De possibles similitudes dans les mutilations. La pénétration avec des objets. Mais c'est tout. Jusqu'à présent, rien d'autre de commun. Peut-être que tout est lié. Peut-être que non. Peut-être qu'on a un wagon de sadiques en liberté qui opèrent séparément. Ce peut être Saint-Jacques qui a tout fait. Ou il aime seulement collectionner les histoires de

308

ce que d'autres ont fait. Peut-être qu'il n'y a qu'une personne, qui n'est pas lui. Il est peut-être en train de fantasmer sur sa prochaine sortie. Ou le maudit chris n'a fait que planter un crâne dans votre jardin. Peut-être que non. Je n'en sais rien. Mais ce que je sais, c'est que, cette nuit, un hostie de malade a foutu un crâne dans vos bégonias. Écoutez, je ne veux pas que vous preniez de risques. Je veux que vous me promettiez que vous allez faire attention. Fini les expéditions.

Encore son paternalisme.

— C'était du persil.

— Comment ?

Le tranchant de sa voix était assez affilé pour couper au pied toute velléité de désinvolture.

— Dites-moi précisément ce que vous attendez de moi.

— Pour le moment, plus de sorties. Puis, montrant du pouce la pièce à conviction dans son sac : Et dites-moi de qui il s'agit.

Il a regardé sa montre.

— Chris, 3 heures et quart. Ça va aller ?

— Oui. Merci d'être venu.

— C'est rien.

Il a fait une dernière vérification du téléphone et du système de sécurité, a ramassé le sac et je l'ai raccompagné jusqu'à la porte. En le regardant s'éloigner, je n'ai pas pu m'empêcher de remarquer que son jean ne mettait pas en valeur que ses yeux. Brennan ! Trop de thé. Ou trop peu d'autre chose.

À exactement 4 h 27, le cauchemar a recommencé. En premier, j'ai cru que je rêvais, que je me rejouais la scène précédente. Mais je ne m'étais pas vraiment endormie. Je m'étais allongée, en intimant à mon corps l'ordre de se détendre, laissant mes pensées s'éparpiller et se réassembler comme des formes dans un kaléidoscope. Mais le son que je venais d'entendre appartenait à la réalité. Je l'ai reconnu. Le bip du système de sécurité m'indiquait qu'une porte ou une fenêtre avait été ouverte. L'intrus était revenu et il avait réussi à entrer.

Mon rythme cardiaque s'est mis sur orbite, et j'ai senti revenir la peur. La suffocation et la paralysie d'abord, puis le rush d'adrénaline. Me laissant en état d'alerte, mais indécise. Faire quoi ? Bats-toi. Ou barre-toi. Mes doigts restaient crochetés dans la couverture, l'esprit battant la campagne. Comment avait-il évité les autos de patrouille ? Dans quelle pièce était-il ? Le couteau ! Je l'avais laissé sur le comptoir de la cuisine. Je ne bougeais pas d'un cil, passant en revue toutes les options. Ryan avait vérifié le téléphone. Mais, pour dormir tranquille, j'avais débranché celui de ma chambre. Est-ce que je pouvais trouver le cordon, situer la prise et passer un appel avant qu'il me terrasse ? Ryan avait dit que les voitures étaient garées où ? Si je me précipitais à la fenêtre pour hurler, les policiers pourraient-ils m'entendre et réagir à temps ?

Je me suis concentrée, à l'écoute du moindre bruit. Là ! Un petit clic. Dans le hall d'entrée ? J'ai arrêté de respirer. Mes dents étaient plantées dans ma lèvre inférieure.

Un raclement contre le sol de marbre. Près de l'entrée. Birdie ? Non, il y avait du poids derrière. À nouveau ! Un bruissement doux, cette fois contre le mur. Trop haut pour un chat.

M'est revenu brutalement un souvenir d'Afrique. Une nuit, dans le parc national d'Ambolesi. Un léopard saisi dans les phares de la Jeep, muscles bandés, les narines aspirant l'air du soir. S'approchant sans bruit d'une gazelle sans méfiance. Mon poursuivant avait-il autant de maîtrise dans l'obscurité, se dirigeant sans hésiter vers ma chambre ? me coupant toute retraite ? Il faisait quoi ? Pourquoi était-il revenu ? Quoi faire ? Quelque chose ! Ne reste pas là à attendre. Le téléphone ! Il fallait essayer le téléphone. Il y avait des unités de police juste là, dehors. Le dispatcher les rejoindrait. Y arriverais-je sans donner l'éveil ? Cela avait-il une importance ?

Doucement, j'ai soulevé la couverture et me suis mise sur le dos. Le froissement des draps a résonné à mes oreilles comme un grondement de tonnerre.

Quelque chose a de nouveau effleuré le mur. Plus nettement. Plus près. Comme si l'intrus prenait de l'assurance.

Tendons et muscles sous tension, je me suis déplacée imperceptiblement vers le côté gauche du lit. Dans la noirceur totale de la chambre, c'était plus difficile de m'orienter. Pourquoi avais-je tiré le store ? Pourquoi avais-je débranché ce téléphone, simplement pour dormir un peu plus longtemps ? Imbécile. Imbécile. Imbécile. Trouve le cordon, repère la prise, compose 911[1] dans le noir. J'ai fait un inventaire mental des objets posés sur la table de nuit. Visualisant le chemin qu'allait prendre ma main. Il allait falloir me glisser en bas du lit pour atteindre la fiche du téléphone.

Arrivée à la gauche du matelas, je me suis redressée sur les coudes. Mais il faisait trop sombre pour distinguer rien d'autre que la porte de la chambre. Elle était faiblement éclairée par le cadran lumineux d'un quelconque appareil électrique. Il n'y avait pas de silhouette dans l'embrasure.

Enhardie, j'ai sorti ma jambe gauche du lit et, doucement, à tâtons, j'ai cherché le sol. Quand une ombre s'est encadrée dans la porte ! Ma jambe est restée figée à mi-hauteur, mes muscles noués par une panique catatonique...

1. Code d'appel d'urgence. (N.d.T.)

C'est la fin, me suis-je dit. Dans mon propre lit. Seule. Avec quatre flics dehors, ne se doutant de rien. Les images des autres femmes ont défilé devant mes yeux, leurs ossements, leurs visages, leurs corps éviscérés. La ventouse. La statue. Non ! a hurlé une voix dans ma tête. Pas moi. Je vous en supplie. Pas moi. Combien de hurlements pourrais-je encore pousser avant qu'il ne soit sur moi ? Avant qu'il ne les éteigne d'un coup de couteau au travers de ma gorge ? Assez pour alerter la police dehors ?

Mes yeux virevoltaient d'un bord à l'autre, fous de terreur. Une masse sombre emplissait l'enca-drement. Une silhouette humaine. Je restais là, sans voix, sans bouger, même pas capable de pousser un dernier hurlement...

La silhouette a semblé hésiter. Aucun trait dis-tinctif. Simplement une forme dans l'ouverture de la porte. La seule ouverture. La seule sortie. Sei-gneur, pourquoi ne gardais-je pas de revolver ?

Les secondes s'éternisaient. Les contours de mon corps n'étaient peut-être pas visibles au bord extrême du lit. La chambre pouvait avoir l'air vide depuis le seuil. Avait-il une lampe de poche ? Allait-il allumer la lumière de la pièce ?

Mon esprit est brutalement sorti de sa paralysie. Que disaient-ils dans les cours d'autodéfense ? Cours si tu peux. Je ne peux pas. Si tu es acculée, bats-toi pour vaincre. Mords. Griffe. Donne des coups de pied. Frappe-le ! Règle numéro un : ne le laisse jamais passer par-dessus. Règle numéro deux : ne le laisse pas te plaquer au sol. C'est ça. Prends-le par surprise. Si j'arrivais à atteindre une sortie, les flics dehors pourraient voler à mon secours.

Mon pied gauche était déjà sur le sol. Toujours sur le dos, j'ai glissé ma jambe droite vers le bord du lit, millimètre par millimètre, pivotant sur mes fesses. J'avais les deux pieds par terre, quand la silhouette a eu un mouvement brusque et j'ai été aveuglée par l'éblouissement de la lumière.

J'ai couvert mes yeux de la main et j'ai foncé, dans un effort désespéré pour le bousculer et m'échapper de la chambre. Mon pied droit s'est pris dans les draps et je me suis étalée de tout mon long sur la moquette. J'ai roulé rapidement sur ma gauche et me suis ramassée sur les genoux, face à l'assaillant. Règle numéro trois : ne jamais tourner le dos.

La forme est restée de l'autre côté de la pièce, la main sur l'interrupteur. Elle avait maintenant un visage. Un visage bouleversé par un émoi intérieur que je ne pouvais qu'imaginer. Un visage que je connaissais. Mon propre visage est passé par toutes sortes d'expressions. La terreur. L'étonnement. L'incompréhension. Nos regards sont restés vissés l'un à l'autre. Personne ne bougeait. Personne ne parlait. Nous nous faisions face à chaque bout de la chambre.

J'ai hurlé.

— Gabby, maudite folle ! Connasse ! Mais tu fous quoi ? Mais qu'est-ce que je t'ai fait ? Saloperie de conne ! Maudite saloperie de conne !

Je me suis rassise sur mes talons, les mains sur les cuisses. Sans essayer de retenir les sanglots qui me secouaient.

25

Sur les genoux, j'oscillais d'avant en arrière avec des hurlements et des sanglots. Mes mots ne voulaient pas dire grand-chose, d'autant plus incohérents qu'ils étaient entrecoupés de hoquets. Cette voix était la mienne. Mais j'étais incapable de la contenir. Le charabia qui jaillissait de mes lèvres m'était inconnu, scandant le balancement, les pleurs et les cris.

Les sanglots ont fini par se calmer en sons assourdis de déglutition. Après un dernier frisson, le mouvement de balancier s'est arrêté et mon attention est revenue sur Gabby. Elle aussi pleurait. Une main crispée sur l'interrupteur, l'autre pressée contre la poitrine, ses doigts s'ouvraient et se fermaient par saccades. Sa poitrine se soulevait à chaque inspiration et les larmes ruisselaient sur son visage.

— Gabby ?... by ?

Elle a hoché vigoureusement la tête, les tresses voltigeant autour de son visage terreux. Elle émettait de petits bruits de succion, comme pour ravaler ses larmes. Elle était visiblement hors d'état de parler.

— Seigneur Dieu, Gabby ! Tu es folle ? ai-je dit à voix basse, ayant repris le contrôle de moi-même. Qu'est-ce que tu fais ici ? Pourquoi tu n'as pas téléphoné ?

Elle a paru réfléchir à la seconde question, mais c'est à la première qu'elle a tenté de répondre.

— J'avais besoin de... te parler.

Je l'ai regardée durement. Depuis trois semaines, j'avais tout essayé pour joindre cette femme. Elle m'avait évitée. Il était 4 heures et demie du matin, et elle débarquait chez moi sans prévenir, me vieillissant presque de dix ans d'un coup.

— Comment es-tu entrée ?

— J'ai toujours une clé. Encore quelques bruits étranglés, mais plus calmes, plus espacés. Depuis l'été dernier.

Elle a décollé sa main tremblante de l'interrupteur pour me montrer une clé pendue au bout d'une petite chaîne.

J'ai senti monter la colère, mais l'épuisement en a eu raison.

— Pas ce soir, Gabby.

— Tempe, je...

Je lui ai décoché un nouveau regard supposé la transformer en statue de sel. Elle me regardait sans comprendre, suppliante.

— Tempe, je ne peux pas aller chez moi.

Ses yeux étaient sombres et écarquillés, son corps totalement pétrifié. Une antilope écartée du troupeau, acculée. Une très grande antilope, mais non moins terrifiée.

Sans un mot, je me suis levée, j'ai pris des serviettes et des linges de toilette dans le placard du couloir, que j'ai lancés sur le lit de la chambre d'ami.

— Tempe, je...

— Nous parlerons demain, Gabby. Demain.

Au moment de sombrer, j'ai cru l'entendre utiliser le téléphone. Peu m'importait. Demain.

Et nous avons parlé. Des heures et des heures. Au-dessus de bols de corn flakes et d'assiettes de spaghettis. En buvant cappucino sur cappucino. Nous avons parlé, pelotonnées sur le lit ou marchant dans la ville. Ce fut un week-end de mots. Surtout pour Gabby. Au début, j'étais convaincue qu'elle avait vraiment craqué. J'en étais moins sûre le dimanche soir.

L'équipe de l'Identité judiciaire a débarqué tard le vendredi matin. Par égards pour moi, ils avaient appelé avant, sont arrivés sans fanfare et ont travaillé vite et bien. Ils ont accepté la présence de Gabby comme une suite logique. Le soutien d'une amie après une nuit d'angoisse. J'ai dit à Gabby qu'un intrus avait pénétré dans mon jardin, mais en gardant l'histoire du crâne pour moi. Elle en avait déjà assez en tête. L'équipe est repartie après des paroles d'encouragement.

— Ne vous inquiétez pas, docteur Brennan, on va le pincer, ce salopard. Lâchez pas.

Dans l'horreur, la situation de Gabby valait bien la mienne. Son informateur était devenu son traqueur. Il était partout. Sur un banc du parc. Derrière elle dans la rue. La nuit, il traînait sur Saint-Laurent. Elle refusait maintenant de lui parler, mais il continuait à la suivre. À distance, mais sans jamais la quitter des yeux. À deux reprises d'après elle, il avait pénétré dans son appartement.

— Gabby, tu es sûre ? lui ai-je dit, en pensant : Gabby, ne perds-tu pas la boule ?

— Il a pris quelque chose ?

— Non. À date, je ne crois pas. Mais je sais qu'il a fouillé dans mes affaires. Tu le sais, on sent ça. Il ne manque rien mais les choses ne sont pas exactement à leur place.

— Pourquoi n'as-tu pas retourné mes appels ?

— J'ai arrêté de répondre au téléphone. Cela pouvait sonner douze fois par jour et il n'y avait jamais personne au bout de la ligne. Pareil avec le répondeur. Plein de messages raccrochés. J'ai carrément arrêté de le brancher.

— Pourquoi ne m'as-tu pas appelée ?

— Pour dire quoi ? Que j'étais victime de harcèlement ? Par ma propre faute ? Que je n'arrivais pas à contrôler le cours de ma vie ? J'ai pensé qu'en le traitant pour ce qu'il était, une larve, il finirait par abandonner. Qu'il disparaîtrait dans la poussière et irait faire son cocon ailleurs.

Ses yeux étaient torturés.

— Et puis je savais ce que tu allais dire. Tu perds la boule, Gabby. Ne laisse pas ta paranoïa diriger ta vie. Tu as besoin d'aide, Gabby.

J'ai ressenti une vague de culpabilité, en me rappelant comment je l'avais envoyée promener la dernière fois. Elle avait raison.

— Tu aurais pu appeler la police. Ils t'auraient protégée.

Même en le disant, je n'y croyais pas.

— Sûrement.

C'est là qu'elle m'a raconté ce qui s'était passé la veille.

— Je suis rentrée à la maison vers 3 heures et demie. Et j'ai vu que quelqu'un avait pénétré chez moi. J'avais utilisé le vieux truc du fil au travers de la serrure. Il ne s'était pas montré de la nuit, du coup j'étais en super forme. En plus, je venais juste de faire changer les serrures. De ce côté-là, j'étais tranquille, pour la première fois depuis des mois. Mais de voir le fil par terre, ça m'a vraiment tuée. Je ne pouvais pas croire qu'il avait encore réussi à rentrer. Je ne savais pas s'il était encore chez moi, mais je ne suis pas allée vérifier. J'ai pris mes jambes à mon cou et je suis venue ici.

Bribe par bribe, elle me racontait les événements de ces trois semaines, comme ils lui revenaient en tête. Peu à peu, je suis parvenue à rétablir la chronologie. Même si le type qui la harcelait n'avait rien fait d'ouvertement agressif, il montrait une audace de plus en plus marquée. Dimanche, je commençais à partager son angoisse.

Nous avons décidé qu'elle resterait chez moi pendant quelque temps. Bien que je ne sois pas trop sûre que mon appartement soit bien placé au palmarès de la sécurité. Ryan m'avait appelée vendredi en fin de journée, pour me dire que la voiture de patrouille resterait là jusqu'à lundi. Je leur adressais un signe de tête quand nous sortions. Gabby pensait qu'ils étaient là à cause de l'intrus du jardin. Je ne l'ai pas détrompée. J'étais là pour conforter son tout nouveau sentiment de sécurité, pas pour lui donner le coup de grâce.

J'ai suggéré que nous en parlions à la police, mais son refus a été catégorique. Elle craignait que leur intervention ne compromette ses filles. Je crois aussi qu'elle avait peur de perdre ses bons contacts avec elles. Je me suis rangée à son avis, à contre-cœur.

Lundi, j'ai dû la laisser pour aller travailler. Elle avait prévu de passer chez elle, ramasser quelques trucs. Elle était d'accord pour se tenir un peu loin de la Main et voulait en profiter pour écrire. Mais, du coup, elle avait besoin de son portable et de ses dossiers.

Quand je suis arrivée au bureau, il était 9 heures. J'avais déjà un message griffonné de Ryan : « Trouvé un nom. AR. » J'ai rappelé, mais il était déjà sorti. Je suis descendue au labo d'histologie pour faire l'examen de mon petit cadeau du jardin.

Nettoyé et marqué, il était en train de sécher sur le comptoir. L'absence de tissus conjonctifs n'avait pas rendu nécessaire de le faire bouillir. Il ressemblait à des milliers d'autres crânes qui m'étaient passés entre les mains. Et pourtant, quelle terreur il avait déclenchée en moi trois nuits plus tôt.

— L'emplacement, l'emplacement..., ai-je dit au labo vide.

— Pardon ?

Je n'avais pas entendu entrer Denis.

— C'est ce qu'un agent immobilier m'a dit un jour.

— Ah !...

— Ce n'est pas la nature de la chose, mais son emplacement qui, le plus souvent, détermine notre réaction.

Il m'a regardée d'un air interdit.

— Laissez tomber. Vous avez pris des échantillons de sol avant de le laver ?

— Oui.

Il a soulevé deux petits flacons de plastique.

— On va les faire analyser. Vous avez fait les radios ?

— Oui. Je viens juste de donner celles des dents, postérieures et antérieures, au Dr Bergeron.

— Il est ici un lundi ?

— Il part en vacances pour deux semaines. Il avait quelques rapports à terminer.

— Heureuse journée. J'ai placé le crâne dans un bac en plastique. Ryan pense qu'il a trouvé un nom.

— Ah oui ? Un tic lui a relevé les sourcils.

— Il a dû se lever aux aurores ce matin. Son message a été pris par le service de nuit.

— Pour le squelette de Saint-Lambert ou pour votre copain ?

En me désignant le crâne. Visiblement, tout le monde savait.

— Peut-être pour les deux. Je vous tiendrai au courant.

Je suis passée voir Bergeron. Ryan lui avait parlé. Il semblait avoir trouvé une personne disparue correspondant suffisamment au profil pour obtenir un mandat du coroner, permettant de récupérer les dossiers ante mortem. Il était en route.

— Tu as des détails ?

— Non, rien.

— Je devrais avoir fini avec le crâne d'ici midi. Si tu en as besoin, viens me voir.

J'ai passé les deux heures suivantes à en déterminer le sexe, la race et l'âge. J'ai examiné les structures de la face et de la boîte crânienne, pris des mesures et effectué les fonctions discriminantes à l'ordinateur. Nous arrivions aux mêmes conclusions. Le crâne était celui d'une femme blanche. Comme le squelette de Saint-Lambert.

Pour l'âge, c'était plus décourageant. Mon seul point d'analyse était les soudures des sutures crâniennes. Un système bien connu pour sa grande imprécision. L'ordinateur ne me serait d'aucun secours. J'ai estimé qu'à sa mort elle était entre la fin de la vingtaine et le milieu de la trentaine. Peut-être proche de quarante. Là aussi, ça collait avec les ossements de Saint-Lambert.

J'ai ensuite porté mon analyse sur d'autres éléments. La taille générale. La robustesse des attaches musculaires. Le niveau d'évolution d'arthrose. L'état des os. La conservation. Tout correspondait. J'étais déjà convaincue que c'était la tête du monastère Saint-Bernard, mais je voulais plus. J'ai retourné le crâne pour en examiner la base.

Une série d'entailles marquait transversalement l'occipital, proche du point où le crâne se rattache à la colonne vertébrale. Elles présentaient un profil en V, de haut en bas, suivant le contour de l'os. Sous la lampe-loupe, ils semblaient identiques à ceux que j'avais observés sur les os longs.

Retournant au labo d'histologie, j'ai posé le crâne à côté du microscope et j'ai sorti le squelette sans tête. J'ai placé la sixième vertèbre cervicale sous le microscope, puis le crâne, me concentrant sur les entailles qui en marquaient la face postérieure et la base. Les marques étaient identiques, les profils et les dimensions, d'après la coupe transversale, étaient équivalents.

— Grace Damas.

J'ai éteint la fibre optique et me suis retournée vers la voix.

— Qui ?

— Grace Damas, a répété Bergeron. Trente-deux ans. D'après Ryan, elle aurait disparu en février 1992.

J'ai calculé. Deux ans et quatre mois.

— Ça colle. Quoi d'autre ?

— Je n'ai pas vraiment posé de questions. Ryan

320

m'a dit qu'il serait là cet après-midi. Il repartait déjà sur une autre piste.

— Il sait que l'identification est absolue ?

— Pas encore. Je viens de finir. Il a regardé les ossements. Qu'est-ce que ça donne ?

— Tout s'accorde. J'attends de voir s'ils vont détecter des résidus dans les échantillons de sol, peut-être un type de pollen. Mais mon idée est faite. Même les marques de couteau sont les mêmes. J'aurais bien aimé avoir la dernière vertèbre cervicale, mais ce n'est pas crucial.

Grace Damas. Tout au long du déjeuner, le nom a résonné dans ma tête. Grace Damas. Numéro cinq. À moins que ? Combien allions-nous en trouver encore ? Chacun des noms était inscrit dans ma tête, comme une marque au fer rouge sur la croupe d'une génisse. Morisette-Champoux. Trottier. Gagnon. Adkins. Maintenant une autre. Damas.

À 13 h 30 Ryan rentrait dans mon bureau. Il avait vu Bergeron. Je lui ai confirmé pour le squelette.

— Qu'est-ce que vous savez sur elle ? lui ai-je demandé.

— Elle avait trente-deux ans. Trois enfants.

— Seigneur.

— Bonne mère. Épouse fidèle. Très pratiquante. Il a jeté un œil sur ses notes. Près de Saint-Démétrius, en haut sur Hutchison. Pas loin de l'avenue du parc et de Fairmount. Elle a emmené ses enfants à l'école un jour. On ne l'a jamais revue.

— Le mari ?

— Il a l'air correct.

— Un amant ?

Il a secoué les épaules.

— Famille grecque super traditionnelle. Si on ne parle pas d'une chose, elle ne peut pas arriver.

C'était une bonne fille. Très dévouée à son mari. Ils ont foutu une espèce de tabernacle pour elle dans la salle à manger... Peut-être que c'était une sainte. Peut-être que non. Ce n'est ni par la mama ni par le chéri qu'on apprendra quelque chose. De vraies huîtres. Parle de cul, ils se rétractent et bonsoir.

Je lui ai parlé des similitudes dans les traces de couteau.

— Les mains ont là aussi été sectionnées.

— Hum.

Après son départ, j'ai allumé l'ordinateur et appelé mon tableau à l'écran. J'ai effacé « Inconnue » et tapé Grace Damas. Puis j'ai entré les maigres informations qu'il m'avait données. Dans un autre fichier, j'ai résumé ce que je savais de chacune, par ordre chronologique de dates de décès.

Grace Damas avait disparu en février 1992. Elle était âgée de trente-deux ans, mariée, trois enfants. Elle vivait au nord-est de la ville, dans un quartier connu sous le nom de parc Extension. Le corps avait été démembré et enterré dans une tombe de faible profondeur au monastère Saint-Bernard à Saint-Lambert, où il avait été découvert en juin 1994. La tête en avait réapparu dans mon jardin quelques jours plus tard. Cause de décès inconnue.

Francine Morisette-Champoux avait été frappée à mort en janvier 1993. Elle avait quarante-sept ans. Son corps était retrouvé moins de deux heures plus tard dans le sud du centre-ville, dans la maison qu'elle partageait avec son mari. Son assassin lui avait ouvert le ventre, coupé la main droite et entré de force un couteau dans le vagin.

Chantale Trottier avait disparu en octobre 1993. Elle avait seize ans. Elle vivait avec sa mère tout au bout de l'île, dans la commune de Sainte-Anne-de-Bellevue. Elle avait été battue, étranglée et démembrée, sa main droite partiellement sectionnée, la gauche complètement détachée. Son corps était retrouvé deux jours après à Saint-Jérôme.

Isabelle Gagnon avait disparu en avril 1994. Elle vivait avec son frère à Saint-Édouard. En juin de la même année, son corps démembré était retrouvé sur les terres du Grand Séminaire. La cause du décès n'avait pas été déterminée, mais les marques sur les os indiquaient qu'elle avait été démembrée et éventrée. Ses mains avaient été sectionnées et son assassin lui avait enfoncé une ventouse dans le vagin. Elle avait vingt-trois ans.

Margaret Adkins avait été tuée le 23 juin, il y avait une semaine. Elle avait vingt-quatre ans, un fils, et vivait avec son conjoint. Elle avait été battue à mort. On lui avait ouvert le ventre, coupé un sein qu'on lui avait enfoncé dans la bouche. Une statuette de métal lui avait été insérée profondément dans le vagin.

Claudel avait raison. Il n'y avait aucun schéma dans le modus operandi. Toutes avaient été frappées, mais Morisette-Champoux avait été abattue avec une arme à feu. Trottier avait été étranglée. Adkins battue à mort. Et Dieu du ciel, nous n'avions même pas la cause du décès pour Damas et Gagnon.

Il y avait un thème commun : cruauté sadique et mutilation. Il fallait que ce soit une seule personne. Un seul monstre.

Je fixais l'écran. Ça doit être là, Brennan. Pourquoi n'étais-je pas capable de le voir ? Pourquoi ces femmes-là ? Leurs âges étaient en haut et en bas de l'échelle. Ce n'était pas cela. Elles étaient toutes de race blanche. La belle affaire, nous étions au Canada. Francophone. Anglophone. Allophone. Mariée. Célibataire. Conjoint de fait. Prenons un autre critère. La géographie peut-être.

J'ai sorti une carte et piqué une épingle là où les corps avaient été retrouvés. Cela avait encore moins de sens que la dernière fois avec Ryan. Maintenant, la dispersion comprenait cinq épingles. J'ai essayé avec leurs habitations. Les épingles ressemblaient à des projections de peinture sur la toile d'un peintre abstrait.

Tu espères quoi ? Une flèche pointée vers un appartement de la rue Sherbrooke ? Laisse tomber les lieux. Essaie les dates.

Damas arrivait en premier. Début 1992. J'ai calculé dans ma tête. Onze mois entre Damas et Morisette-Champoux. Trottier neuf mois après. Six mois pour Gagnon. Deux mois entre Gagnon et Adkins. Les intervalles rétrécissaient. Soit le tueur prenait de l'assurance, soit sa soif de sang s'amplifiait. Mon cœur s'est mis à battre fort dans ma poitrine. Déjà plus d'une semaine s'était écoulée depuis la mort de Margaret Adkins...

26

Je me sentais à l'étroit dans ma peau. Perturbée par des visions qui s'inscrivaient sur mon écran mental, mais sans que je parvienne à tourner le bouton. Je regardais un papier de bonbon flotter dans le vent derrière ma fenêtre.

Ce morceau de papier, c'est toi, Brennan, me suis-je reproché. Tu es incapable de maîtriser le cours de ton destin, encore moins celui des autres. Tu n'as rien sur Saint-Jacques. Rien sur celui qui est venu mettre le crâne dans ton jardin. Le cinglé de Gabby se balade toujours en liberté. Claudel est probablement en train de déposer une plainte contre toi. Ta fille est sur le point de lâcher l'école. Et tu es obsédée, jour et nuit, par l'assassinat de ces cinq femmes, auxquelles vont sans doute s'ajouter une sixième ou une septième, au train où va ton enquête.

J'ai regardé ma montre : 14 h 15. Impossible de supporter mon bureau une minute de plus. Il fallait faire quelque chose.

Mais quoi ?

J'ai jeté un œil sur le rapport de Ryan. Cela m'a donné une idée.

Ils vont être furieux, me suis-je dit.

C'est sûr.

Vérification faite, l'adresse était bien indiquée sur le rapport. J'ai repris mon tableau. Elles y étaient toutes. Avec les numéros de téléphone.

Tu ferais mieux d'aller à la gym. Un peu d'exercice te défoulerait de tes frustrations.

Certainement.

Poursuivre l'enquête en solo n'arrangera pas la situation avec Claudel.

Non.

Tu pourrais perdre l'appui de Ryan.

Très juste. Dur...

J'ai lancé l'impression du tableau, et j'ai pris le téléphone. Un homme m'a répondu à la troisième sonnerie. Surpris mais d'accord pour me recevoir. Attrapant mon sac, j'ai foutu le camp vers la lumière.

Il faisait encore chaud et l'air était si épais d'humidité qu'on aurait pu y graver ses initiales du doigt. Les rayons de soleil se diffractaient dans la brume comme au travers d'un voile. Je roulais vers la maison que Francine Morisette-Champoux avait partagée avec son mari. Je l'avais choisie pour une simple raison de proximité. C'était à moins de dix minutes de chez moi. Au pire, je serais sur le chemin du retour.

J'ai trouvé l'adresse et j'ai arrêté la voiture. Le long de la rue s'alignaient de petites maisons de brique, chacune avec un balcon en fer, un garage en sous-sol et une porte peinte de couleurs vives.

Contrairement à la plupart des quartiers, celui-ci n'avait pas de nom. La croissance urbaine avait transformé d'anciennes terres du CN[1] en lieux d'habitations, remplaçant les voies ferrées et les cabanes à outils par des maisons, des barbecues et des plants de tomates. Le quartier était propre, de bourgeoisie moyenne. Mais il souffrait d'une crise d'identité. Trop près du cœur de la ville pour se réclamer de la banlieue, il était pourtant, à un cheveu près, à l'extérieur du quartier en vogue. Ni ancien ni récent, fonctionnel et pratique, il manquait de charme.

J'ai sonné. Une odeur d'herbe coupée et d'ordures mûrissantes flottait dans l'air chaud. Deux portes plus loin, un arroseur envoyait ses gerbes d'eau sur un timbre-poste planté de pelouse. Un ventilateur central s'est mis en route, étouffant de son ronronnement assourdi le clic persistant du système d'arrosage.

Lorsqu'il a ouvert, j'ai cru voir un bébé Gerber en version adulte. Ses cheveux blonds commençaient à dégarnir ses tempes et lui retombaient sur le front en accroche-cœurs. De bonnes joues, un menton rond et un petit nez retroussé. Il était bien bâti, pas encore d'embonpoint mais il en prenait le chemin. Il faisait 32° C dehors mais il portait un jean et un sweat-shirt marqué Calgary Stampede 1985.

— Monsieur Champoux, je suis...

Il a ouvert grand la porte, a reculé d'un pas, sans prêter attention à la carte d'identité que je lui tendais. Je l'ai suivi le long d'un couloir minuscule,

1. Canadian National Railway (N.d.T.)

jusqu'à un salon minuscule. Des aquariums s'alignaient contre le mur et baignaient la pièce d'une étrange luminosité marine. À l'autre bout s'empilaient sur un comptoir des petits filets, des boîtes de nourriture et autre matériel pour les poissons. Des portes à claire-voie donnaient sur la cuisine. J'ai reconnu l'îlot central. J'ai détourné les yeux.

M. Champoux m'a libéré une place sur le canapé et m'a fait signe de m'asseoir. Il s'est laissé tomber dans un grand fauteuil de cuir.

— Monsieur Champoux, je suis le docteur Brennan, du Laboratoire de médecine légale.

J'en suis restée là. Je préférais éviter les explications quant à mon rôle exact dans l'enquête. Qui, à vrai dire, était des plus flou.

— Vous avez trouvé quelque chose ? Je..., cela fait si longtemps que je me suis efforcé de ne plus penser à tout cela. Il s'adressait au parquet. Il y a un an et demi que Francine est morte et plus d'un an que je n'ai eu aucune nouvelle de vous autres.

Où me situais-je parmi les « vous autres » ?...

— J'ai répondu à tant de questions, parlé à tant de gens. Le coroner. Les flics. Les journalistes. J'ai même engagé mon propre détective. J'aurais tout fait pour coincer ce type. Mais cela n'a rien donné. Ils n'ont pas trouvé le moindre indice. On peut situer à l'heure près le moment où il l'a tuée, voyez-vous. Le coroner m'a dit que le corps était encore tiède. Un détraqué tue ma femme, quitte la maison et s'évanouit dans la nature sans laisser de trace. Il a eu un hochement de tête incrédule. Avez-vous enfin trouvé quelque chose ?

Ses yeux exprimaient l'angoisse et l'espoir. La culpabilité m'a percé le cœur.

— Non, monsieur Champoux, pas vraiment. (Excepté le fait que le même monstre a dû en assassiner quatre autres.) Je voulais juste revenir sur certains détails, au cas où quelque chose nous aurait échappé.

L'espoir s'est évanoui et la résignation a refait surface. Il s'est appuyé au dossier et m'a laissée venir.

— Votre femme était nutritionniste ?

Il a acquiescé d'un signe de tête.

— Où travaillait-elle ?

— Franchement, un peu partout. Elle était payée par le MAS, elle pouvait être n'importe où.

— Le MAS ?

— Le Ministère des affaires sociales.

— Elle bougeait beaucoup ?

— Elle était déléguée auprès des clubs d'achats collectifs, surtout auprès des groupes d'immigrants. Pour les conseiller sur la manière de faire leurs achats. Elle les aidait à former des cuisines collectives, leur apprenait à préparer à moindre coût ce qu'ils étaient habitués à manger, sans rien perdre des qualités nutritives. Elle les aidait à se procurer les fruits, les légumes, la viande, tout. Le plus souvent en gros. Elle se rendait régulièrement dans les cuisines, pour s'assurer qu'ils s'en sortaient bien.

— Et ces cuisines se situaient où ?

— Un peu partout. Parc Extension. Côte des Neiges. Saint-Henri. Petite Bourgogne.

— Elle travaillait avec le MAS depuis combien de temps ?

— Peut-être six ou sept ans. Avant, elle travaillait à l'Hôpital général de Montréal. Ses horaires étaient bien meilleurs.

— Est-ce qu'elle aimait son travail ?

— Oh ! oui. Elle adorait ça.

Les mots se sont légèrement coincés dans sa gorge.

— Elle avait des heures irrégulières ?

— Non, très régulières. Elle travaillait tout le

temps. Le matin. Le soir. Les fins de semaine. Il y avait toujours des problèmes, que Francine était la seule à pouvoir résoudre.

Il a serré et desserré les mâchoires.

— Aviez-vous des désaccords au sujet de son travail ?

Il n'a rien dit pendant un moment. Puis :

— Je voulais la voir plus. J'aurais aimé qu'elle reste à l'hôpital.

— Dans quel domaine travaillez-vous, monsieur Champoux ?

— Je suis ingénieur. Dans la construction. Mais, de nos jours, il n'y a plus grand-chose qui se construit. Il a eu un sourire sans joie et a penché la tête sur le côté. Ma compagnie a dû me licencier.

— Je suis désolée... Savez-vous où votre femme devait aller le jour de son assassinat ?

— Non. Nous ne nous étions presque pas vus de la semaine. Il y avait eu un incendie dans une des cuisines et elle y avait passé jour et nuit. Elle devait peut-être y retourner... À ma connaissance, elle ne gardait ni journal ni agenda précis. Ils n'en ont pas trouvé à son bureau et je n'en ai jamais vu ici. Elle avait parlé de se faire couper les cheveux. Seigneur, c'est peut-être là qu'elle allait.

Il m'a regardée avec un regard torturé.

— Vous pouvez imaginer l'impression que ça fait ? Je ne sais même pas ce que ma femme avait l'intention de faire le jour de sa mort.

En bruit de fond, on entendait le doux murmure de l'eau circulant dans les aquariums.

— Avait-elle parlé de quoi que ce soit d'anormal ? de coups de téléphone bizarres ? d'un étranger qui aurait pu sonner à la porte ? J'ai pensé à Gabby. De quelqu'un dans la rue ?

Nouveau hochement de tête.

— Vous en aurait-elle parlé ?

— Probablement, si nous avions discuté. Ces

derniers jours, nous n'en avions vraiment pas eu le temps.

J'ai tenté une nouvelle tactique.

— C'était au mois de janvier. Dans les grands froids. Les portes et les fenêtres devaient être fermées. En règle générale, les fermait-elle à clé ?

— Oui. Elle n'avait jamais aimé vivre ici, elle n'aimait pas être de plain-pied sur la rue. J'avais réussi à la convaincre d'acheter la maison, mais elle préférait les grands immeubles avec des systèmes de sécurité, des gardiens. Il y a de drôles d'oiseaux dans le coin, ça la rendait nerveuse. C'est pour ça que nous devions déménager. Elle aimait l'espace, le petit jardin à l'arrière, mais, pour le reste, elle ne s'était jamais habituée. Son travail l'obligeait parfois à aller dans des quartiers difficiles et, à la maison, elle voulait se sentir en sécurité. Intouchable. C'est ça qu'elle disait. Intouchable. Vous voyez ce que je veux dire ?

Oui, oh ! oui...

— Et quand l'avez-vous vue pour la dernière fois ?

Il a inspiré profondément, expiré.

— Elle a été assassinée un jeudi. La veille, elle avait travaillé tard, à cause de l'incendie. J'étais déjà couché quand elle est rentrée.

Il a baissé la tête et s'est de nouveau adressé au parquet. Des plaques de petits vaisseaux sanguins coloraient ses joues.

— Quand elle est venue se coucher, elle avait encore la tête pleine de sa journée. Elle a essayé de me raconter où elle avait été, ce qu'elle avait fait. Mais je ne voulais pas en entendre parler.

Je voyais haleter sa poitrine sous le sweat-shirt.

— Le lendemain, je me suis levé tôt et je suis parti. Sans même lui dire au revoir.

Il y a eu un moment de silence.

— C'est ça que j'ai fait, et il n'y a pas à sortir de là. Je n'aurai pas de deuxième chance.

Il a levé les yeux et fixé l'eau turquoise des aquariums.

— Je vivais mal le fait qu'elle puisse travailler alors que moi, non. Du coup je la battais froid. Maintenant, il faut que je vive avec ça.

Avant que j'aie pu penser à une réponse, il s'est tourné vers moi, le visage tendu, la voix plus sèche que tout à l'heure.

— Je suis allé chez mon beau-frère. Il avait du travail pour moi, pour un toit. J'y suis resté toute la matinée, puis je l'ai trouv... je suis revenu ici vers midi. Elle était déjà morte. Cela a été vérifié.

— Monsieur Champoux, je ne suis pas en train d'insinuer...

— Je ne vois pas où cela mène. Nous ne faisons que remâcher les mêmes vieilles histoires.

Il s'est levé. J'étais congédiée.

— Je suis désolée de raviver des souvenirs si douloureux.

Il m'a regardée, puis s'est dirigé vers le couloir.

— Merci de m'avoir consacré un moment, monsieur Champoux. Je lui ai tendu ma carte. Si quelque chose vous revient par la suite, soyez gentil de me passer un coup de fil.

Il a hoché la tête. Son visage avait l'expression fermée de quelqu'un emporté par une tragédie et incapable d'oublier que ses derniers mots, ses derniers gestes envers la femme aimée étaient mesquins et très éloignés de ce qu'un adieu devrait être. Mais quel adieu est-il jamais ce qu'il devrait être ?

En m'éloignant, je sentais son regard planté dans mon dos. Malgré la chaleur, je me suis sentie glacée. Je me suis hâtée vers la voiture.

L'entrevue avec Champoux m'avait secouée. Mille questions me passaient par la tête, tandis que je reprenais la route de la maison.

De quel droit avais-je exhumé la souffrance de cet homme ?

Je revoyais ses yeux. Tant de chagrin. Causé par mon insistance à réveiller les souvenirs ?

Non. Je n'étais pas l'architecte de cette maison du regret. Champoux était l'artisan de son propre remords.

Remords pour quoi ? Pour ce qu'il avait fait à sa femme ?

Non. Ce n'était pas dans son caractère.

Remords de ne pas lui avoir témoigné d'attention. De l'avoir laissée penser qu'elle n'était pas importante. Aussi simple que cela. La veille de sa mort, il lui avait tourné le dos. Le matin, il ne lui avait même pas dit adieu. Maintenant, il ne le pourrait plus jamais.

J'ai pris Saint-Marc vers le nord, en plongeant dans l'ombre d'un pont d'autoroute. À quoi pouvaient aboutir mes questions, si ce n'était à ramener en surface des souvenirs qui raviveraient la souffrance ?

Pouvais-je réussir là où une armée de professionnels avait échoué. Ou n'était-ce qu'une quête personnelle pour écraser Claudel ?

— Non !

J'ai frappé le volant du plat de la main.

Non, dieu du ciel, me suis-je dit dans mon for intérieur. Ce n'est pas mon but. Je suis la seule à être convaincue qu'il n'y a qu'un seul tueur, et qu'il va récidiver. Pour empêcher d'autres morts, il faut déterrer d'autres faits.

De l'ombre, j'ai émergé dans la lumière du soleil. Au lieu de tourner vers la maison, j'ai traversé Sainte-Catherine, fait demi-tour par la rue du Fort et me suis engagée sur la 20 Ouest. Ici, les gens l'appelaient la 2-20. Mais jamais personne n'avait encore été capable de me définir ou de me situer la 2.

Il était 3 heures et demie, et les bouchons commençaient sur l'échangeur Turcot. Je n'avais pas choisi la meilleure heure.

Trois quarts d'heure plus tard, je trouvais Geneviève Trottier sarclant ses tomates à l'arrière de la maison d'un vert pâli qu'elle avait autrefois partagée avec sa fille. Elle a levé les yeux quand je me suis arrêtée dans l'allée et m'a regardée traverser la pelouse.

— Oui ?

Aimable, assise sur ses talons et clignant des yeux. Elle portait un short jaune vif et un dos-nu trop large pour sa petite poitrine. La sueur raidissait les boucles autour de son visage. Elle était plus jeune que je ne l'aurais cru.

Sa gentillesse s'est assombrie quand j'ai expliqué qui j'étais et la raison de ma visite. Elle a eu un moment d'hésitation, a posé son outil, puis s'est levée, en frottant ses mains l'une contre l'autre. L'air était lourd du parfum de tomate.

— Nous ferions mieux de rentrer, a-t-elle dit en baissant les yeux. Elle non plus ne m'a pas demandé ce qui m'autorisait à poser des questions.

Elle s'est dirigée vers la maison et je lui ai emboîté le pas, haïssant d'avance la conversation qui allait suivre. Le nœud de son dos-nu ballottait contre la protubérance des vertèbres. Des brins d'herbe étaient restés collés à ses mollets.

Dans la cuisine, l'éclat de la porcelaine et du bois témoignait d'années de soins. Des kalanchoes en pots s'alignaient le long des fenêtres, bordés de rideaux en vichy jaune. Les boutons des placards et les tiroirs étaient également jaunes.

— J'ai fait de la citronnade.

Déjà, ses mains s'activaient. Le réconfort des gestes quotidiens.

— Oui, merci. Volontiers.

Assise à la table de bois, je l'ai regardée sortir les glaçons du bac en plastique, les mettre dans les verres, verser la citronnade. Elle les a apportés sur la table et s'est placée en face de moi.

— C'est difficile pour moi de parler de Chantale.

Les yeux fixés sur son verre...

— Je comprends. Je compatis tellement à votre deuil. Comment vous sentez-vous ?

— Certains jours sont plus faciles que d'autres.

Elle a croisé les mains et tout son corps s'est tendu, les maigres épaules contractées sous le dos-nu.

— Êtes-vous venue m'apporter des nouvelles ?

— Je crains que non, madame Trottier. Et je n'ai pas vraiment de questions précises. J'ai pensé que peut-être vous vous étiez rappelé quelque chose, que vous n'aviez pas cru important au premier abord.

Elle continuait à fixer sa citronnade. Dehors, un chien a aboyé.

— Rien ne vous est-il revenu à l'esprit après avoir parlé aux enquêteurs ? Un détail concernant le jour où Chantale a disparu ?

Silence. Dans la cuisine, il faisait chaud et humide. Y flottait une odeur de désinfectant au citron.

— Je sais que c'est très pénible pour vous. Mais nous gardons espoir de trouver l'assassin de votre fille et, pour cela, nous avons encore besoin de votre aide. Est-ce que quelque chose vous a préoccupée, auquel vous avez repensé ?

— Nous nous sommes disputées.

Encore. La culpabilité du non-accompli. Le désir d'effacer certains mots pour en substituer d'autres.

334

— Elle refusait de manger. Elle se trouvait grosse... Elle n'était pas grosse. Vous auriez dû la voir. Elle était magnifique. Elle n'avait que seize ans.

Ses yeux ont finalement rencontré les miens. Une seule larme a débordé de chaque paupière et a coulé le long de ses joues.

Comme dans la chanson anglaise.

— Je suis vraiment désolée... Au travers de la moustiquaire me parvenait le parfum des géraniums. Y avait-il des choses qui chagrinaient Chantale ?

Ses doigts se sont crispés sur son verre.

— C'est ça qui est le plus pénible. C'était une enfant tellement facile. Toujours contente. Toujours pleine de vie, de projets. Même mon divorce ne semblait pas l'avoir affectée. Elle a pris le dessus et continué son petit bonhomme de chemin.

Réalité ou fantasme rétrospectif ? Je me suis souvenue que les parents avaient divorcé quand Chantale avait neuf ans. Le père habitait quelque part en ville.

— Que pouvez-vous me dire des toutes dernières semaines ? Avait-elle changé ses habitudes d'une manière ou d'une autre ? Avait-elle reçu des coups de téléphone bizarres ? S'était-elle fait de nouveaux amis ?

Elle secouait lentement la tête. Non.

— Avait-elle du mal à se faire des amis ?

Non.

— Avait-elle des amis que vous n'aimiez pas ?

Non.

— Avait-elle un petit ami ?

Non.

— Est-ce qu'elle sortait ?

Non.

— Avait-elle des difficultés à l'école ?

Non.

Technique d'interrogatoire nulle. C'est à toi de faire parler le témoin, pas le contraire.

— Et concernant la journée de sa disparition ?

Elle m'a regardée, avec des yeux indéchiffrables.

— Pouvez-vous me raconter ce qui s'est passé ce jour-là ?

Elle a pris une gorgée de citronnade, l'a avalée posément. A reposé son verre sur la table. Posément.

— Nous nous sommes levées vers 6 heures. J'ai préparé le déjeuner. Elle serrait son verre avec une telle force que j'ai eu peur qu'il ne se brise. Chantale est partie pour l'école. Elle prenait le train avec ses camarades, puisque l'école est au centre-ville. Ils ont dit qu'elle était allée à tous ses cours. Et puis elle...

Un souffle de brise a gonflé les rideaux de vichy.

— Elle n'est jamais revenue à la maison.

— Elle avait des projets pour la journée ?

— Non.

— D'habitude, revenait-elle directement après ses cours ?

— Généralement oui.

— Vous l'attendiez ce jour-là ?

— Non. Elle allait voir son père.

— Cela lui arrivait souvent ?

— Oui. Pourquoi dois-je répondre encore une fois à ces questions ? C'est inutile. J'ai déjà raconté tout cela aux enquêteurs. Pourquoi répéter les mêmes choses, encore et encore ? Cela n'apporte rien. Cela n'a rien donné dans le passé, cela ne donnera rien de plus maintenant.

Dans ses yeux fixés aux miens, la souffrance était presque palpable.

— Je vais vous dire quelque chose. Pendant tout le temps où je remplissais des avis de recherche, que je répondais aux questions, Chantale était déjà morte. Elle était dans un dépotoir, découpée en morceaux. Déjà morte.

Elle a laissé tomber sa tête et un hoquet a agité ses frêles épaules. Elle avait raison. Nous en étions au point zéro. J'allais à la pêche. Elle apprenait à enterrer son chagrin, à faire pousser des tomates, à survivre, et je lui tendais une embuscade.

Sois gentille. Sors d'ici.

— C'est bien, madame Trottier. Si vous ne vous rappelez pas d'autres détails, ils sont probablement sans importance.

J'ai laissé ma carte, avec la demande classique. Appelez-moi si vous pensez à quelque chose. J'aurais été très étonnée qu'elle le fasse.

La porte de Gabby était fermée quand je suis revenue à la maison, la chambre silencieuse. J'ai eu envie d'entrer, me suis retenue. Elle pouvait être très susceptible sur son intimité. Je me suis mise au lit avec un livre. Mais les mots de Geneviève Trottier continuaient à me hanter. Déjà morte. Champoux avait utilisé les mêmes termes. *Already dead*[1]. Par cinq fois. C'était l'effroyable vérité. Moi aussi, j'avais des pensées qui refusaient de se tenir tranquilles.

27

Je me suis réveillée au son des informations. 5 juillet. L'*Independence Day* était passé et je ne m'en étais même pas rendu compte. Pas d'*apple pie*. Pas de chant patriotique. Pas une seule petite

1. Déjà morte.

bougie. Je ne sais pas pourquoi mais ça m'a déprimée. J'en arrivais à endosser le rôle d'une spectatrice canadienne de la culture américaine. Je me suis promis qu'à la première occasion j'irais sur un terrain de base-ball soutenir n'importe quelle équipe américaine alors en ville.

J'ai pris ma douche, me suis fait du café et des toasts, et j'ai parcouru la *Gazette*. Énième discussion sur la séparation. Cela donnerait quoi pour l'économie ? pour les autochtones ? les anglophones ? Les petites annonces étaient révélatrices de la peur ambiante. Tout le monde vendait, personne n'achetait. Et si je rentrais chez moi ? Qu'espérais-je accomplir ici ?

Brennan, ça va comme ça. Tu es de mauvaise humeur parce que tu dois emmener la voiture au garage.

C'était vrai. Je hais ce genre de corvée. Je hais toutes les petites obligations de la vie quotidienne dans un État-nation technologique à l'aube du troisième millénaire. Passeport. Permis de conduire. Permis de travail. Déclaration de revenus. Nettoyage à sec. Visite de contrôle chez le dentiste. Frottis vaginal. Mon attitude de base : ne pas y penser, à moins d'y être obligée. Aujourd'hui, la voiture avait besoin d'une inspection.

Impossible de renier mes origines en ce qui concerne l'automobile. Sans voiture, je me sens incomplète, amputée, vulnérable. Comment fuir en cas d'invasion ? Et si je veux quitter la soirée plus tôt ou rester après le dernier métro ? aller à la campagne ? déménager une commode ? Ça prend des roues. Mais je n'en fais pas une fixation. Je veux une voiture qui démarre quand je tourne la clé de contact, qui me conduit où je veux. Et cela durant au moins dix ans, sans avoir besoin d'être bichonnée toutes les cinq minutes.

Toujours rien du côté de la chambre de Gabby.

Tout devait bien aller. J'ai ramassé mon stock et je suis partie.

À 9 heures, la voiture était au garage et j'étais dans le métro. L'heure de pointe était passée et le wagon était relativement vide. Pour passer le temps, mes yeux papillonnaient sur les publicités. Allez au spectacle au théâtre Saint-Denis. Améliorez vos aptitudes professionnelles au collège O'Sullivan. Achetez des jeans chez Guess, des parfums à La Baie, des couleurs chez Benetton.

Mes yeux ont glissé sur le plan de métro. S'y croisaient des lignes de couleur, comme des circuits sur une carte mère. Les arrêts étaient indiqués par des pastilles blanches.

J'ai retracé mon voyage sur la ligne verte, de Guy-Concordia à Papineau. La ligne orange tournait autour de la montagne, nord-sud dans sa boucle est, est-ouest en dessous de la ligne verte, puis de nouveau nord-sud. La jaune plongeait sous le fleuve, réemergeait sur l'île Sainte-Hélène et à Longueuil sur la rive sud. À Berri-UQAM se croisaient les lignes orange, jaune et verte. Grosse pastille. Station principale de changement.

La rame s'est enfoncée dans le tunnel avec un chuintement. J'ai compté mes stations. Sept pastilles.

Compulsive, Brennan. Besoin de te laver les mains ?

J'ai suivi des yeux la ligne orange vers le nord, en visualisant le changement de paysage urbain. Berri-UQAM. Sherbrooke. Mont-Royal... Puis Jean-Talon, près de Saint-Édouard. Le quartier d'Isabelle Gagnon.

Ah ?

Où était le quartier de Margaret Adkins ? Ligne verte. Quelle station ? Pie-IX. J'ai compté depuis Berri-UQAM : six stations.

À combien était Gagnon ? Retour sur la ligne orange. Six.

J'ai senti le duvet se hérisser sur ma nuque.

Morisette-Champoux. Métro Georges-Vanier. Ligne orange. Six stations à l'ouest de Berri.

Seigneur.

Trottier ? Non. Le métro n'allait pas à Sainte-Anne-de-Bellevue.

Damas ? Parc Extension. Entre les stations Laurier et Rosemont. Troisième et quatrième station après Berri-UQAM.

Mes yeux restaient rivés à la carte. Trois des victimes avaient vécu à exactement six stations de Berri-UQAM. Coïncidence ?

« Papineau », a annoncé une voix monocorde.

Attrapant mes affaires, j'ai bondi sur le quai.

Au moment où j'ouvrais la porte de mon bureau, dix minutes plus tard, le téléphone sonnait.

— Docteur Brennan.

— Vous foutez quoi, Brennan ?

— Bonjour, Ryan. Que puis-je faire pour vous ?

— À cause de vous, Claudel veut me les épingler au mur. D'après lui, vous êtes allée vous mettre le nez partout et déranger les familles des victimes.

Il a attendu que je dise quelque chose, mais je n'ai rien dit.

— Brennan, j'ai pris votre défense parce que j'ai de l'estime pour vous. Mais je vois très bien ce qui s'en vient. Vous allez finir par me faire retirer le dossier.

— J'ai posé quelques questions. Ce n'est pas illégal.

— Vous allez frapper aux portes comme ça, sans rien dire à personne. Sans tenir compte d'aucune coordination. De votre propre chef.

Sa respiration sifflait entre ses narines. Qui devaient être pincées.

340

— J'ai appelé avant.

Pas tout à fait vrai pour Geneviève Trottier.

— Vous n'êtes pas un détective privé.

— Ils étaient d'accord pour me rencontrer.

— Vous vous prenez pour Mickey Spillane[1]. Ce n'est pas votre boulot.

— Vous avez de bonnes lectures.

— Chris, Brennan, vous me faites chier !

Brouhaha de la salle des enquêteurs en bruit de fond.

— Écoutez-moi. S'étant ressaisi : Comprenez-moi bien. Je vous crois solide. Mais ceci n'est pas un jeu. Ces gens-là méritent mieux que ça.

Ses mots avaient la dureté du granit.

— Oui.

— Le cas de Trottier relève de mon autorité.

— Et qu'est-ce qui s'est fait exactement sous votre autorité ?

— Bren...

— Et pour les autres ? Il s'est fait quoi jusqu'à présent ?

J'étais déchaînée.

— À l'heure actuelle, ces enquêtes sont loin d'être prioritaires, pour qui que ce soit, Ryan. Francine Morisette-Champoux a été tuée il y a plus de dix-huit mois. Huit mois ont passé depuis Trottier. J'ai cette bizarre idée que l'assassin de ces femmes doit être démasqué et mis sous les verrous. C'est pour ça que je m'implique. Je pose deux ou trois questions. Qu'est-ce qui arrive ? On me dit de me mêler de mes oignons. Et sous prétexte que M. Claudel me trouve à peu près aussi utile qu'un bouton d'acné, on va progressivement classer ces dossiers vers le bas de la pile. Jusqu'à ce qu'ils

1. Personnage de roman policier, créé par Mike Hammer. (N.d.T.)

disparaissent des ordres du jour et des préoccupations de chacun. Une fois de plus.

— Je ne vous ai pas dit de vous occuper de vos oignons.

— Et vous avez dit quoi, Ryan ?

— Ce que je vois, c'est que Claudel vous a dans sa ligne de mire. Et que vous voulez lui écraser les couilles. Remarquez, je serais le premier que ça tenterait s'il jouait au plus fin avec moi. La seule chose que je veux, c'est qu'à vous deux vous ne foutiez pas mon enquête en l'air.

— Ce qui veut dire quoi exactement ?

Il a pris un long moment avant de répondre.

— Je n'ai pas dit que je ne veux pas de vos interventions. Je veux simplement que les priorités dans cette enquête soient claires...

La colère grésillait sur la ligne de part et d'autre.

— Je crois que j'ai trouvé quelque chose.

— Comment ?

— J'ai peut-être une corrélation.

— Ce qui veut dire quoi ?

Sa voix était déjà moins tendue.

Je n'étais pas sûre de ce que cela voulait dire. Ce pouvait n'être qu'une manière de le désorienter.

— Allons déjeuner ensemble.

— Vous avez intérêt à avoir une bonne raison, Brennan. Silence. Je vous retrouve chez Antoine à midi.

Par chance, je n'avais pas de nouveau cas. J'ai pu m'y mettre tout de suite. Jusque-là, rien ne concordait. Le métro pouvait être la solution.

J'ai allumé mon ordinateur et vérifié les adresses sur mon fichier. C'était bien cela, j'avais les bonnes stations. J'ai sorti une carte et j'ai épinglé les arrêts. Les trois épingles formaient un triangle dont le centre était Berri-UQAM. L'appartement de Saint-Jacques était à côté.

Était-ce cela, l'explication ? Il prend le métro à

Berri. Choisit une victime qui descend six arrêts plus loin. J'avais bien lu des choses sur ce type de comportement... Fixation sur une couleur. Un nombre. Une série d'actions. La poursuite d'un schéma directeur. Ne jamais en dévier. Être en situation de contrôle. N'était-ce pas caractéristique des tueurs en série ? Notre type aurait-il passé au degré supérieur ? Pourrait-il être un serial killer dont le comportement obsessionnel incluait les meurtres ?

Mais Damas et Trottier ? Cela ne pouvait pas être aussi simple. Je regardais fixement la carte, une intuition obscure se pressant juste derrière les limites de ma conscience. Quoi ? C'était à peine si j'avais entendu frapper.

— Docteur Brennan ?

Lucie Dumont venait de glisser sa tête dans mon bureau. C'était exactement ce dont j'avais besoin. La brèche était ouverte.

— Alsa !

L'explosion a pris Lucie de court. Elle en a presque laissé échapper son listing.

— Vous voulez que je revienne plus tard ?

Je fouillais déjà dans mes papiers à la recherche de sa liste. Mais oui. Bien sûr. Le terminus d'autobus. Il était quasiment à côté de la station Berri-UQAM. J'ai planté une épingle pour Alsa. En plein centre du triangle.

C'était ça ? Le singe ? Il faisait partie de l'histoire ? Si oui, comment ? Une autre victime ? Une expérience ? Alsa était morte deux ans avant Grace Damas. N'avais-je pas lu aussi quelque chose là-dessus ? Le voyeurisme de l'adolescence, l'escalade des fantasmes qui dégénère en tortures d'animaux, puis finalement, en viol d'humain et en meurtre ? N'était-ce pas l'effroyable évolution de Dahmer ?

J'ai poussé un soupir. Si c'était là le communiqué

laborieux de mon subconscient, Ryan ne risquait pas d'être impressionné.

Cap sur le fichier central. Lucie avait disparu. Je ferais mes excuses plus tard. Cela devenait une habitude... Retour au bureau.

Le dossier Damas n'avait pas de quoi sauver mon exposé. Adkins... À force de les manipuler, les documents ressemblaient à des archives. Pas d'étincelle. Allons voir Gagnon...

Cela m'a pris une heure pour reprendre toute l'information. Toujours le puzzle de ma grand-mère. Mélanger et engranger les données. Laisser le cerveau tourner et réorganiser le tout. C'était au niveau de la réorganisation que cela n'allait pas fort. Pause café...

J'ai rapporté ma tasse dans mon bureau, avec le *Journal de Montréal* du jour. Bois et lis. Reprends-toi. Les nouvelles, elles, ne changeaient pas beaucoup de celles en anglais de la *Gazette*. Mais les éditoriaux énormément. Comment Hugh MacLennan appelait cela ? Les « Deux Solitudes ».

De nouveau, ce titillement subliminal...

O.K., Brennan. Procède de manière systématique. La sensation a commencé aujourd'hui. Tu as fait quoi ? Pas grand-chose. Lu le journal. Emmené la voiture au garage. Pris le métro. Consulté les fichiers.

Alsa ? Ce n'était pas suffisant. La voiture ? Non. Le journal ? Peut-être. Je l'ai feuilleté de nouveau. Les mêmes histoires. Les mêmes éditoriaux. Les mêmes petites annonces. Stop. Les petites annonces. Où en avais-je vue des piles ?

Dans la chambre de Saint-Jacques.

Je les ai reprises posément. Emplois. Objets perdus, objets trouvés. Vente de garage[1]. Animaux familiers. Immobilier.

1. Équivalent du vide-grenier. *(N.d.T.)*

344

Immobilier ? Immobilier !

Les photos du dossier d'Adkins... Oui. C'était bien ça. La pancarte inclinée et rouillée, dans le jardin mal entretenu. À vendre. Quelqu'un vendait un appartement dans l'immeuble de Margaret Adkins.

Et puis ? Réfléchis. Champoux. Il avait dit quoi ? Elle n'aimait pas habiter là. C'est pour ça que nous devions déménager. Quelque chose du genre.

J'ai pris le téléphone. Pas de réponse.

Et Gagnon ? Le frère n'était-il pas locataire ? Peut-être que le propriétaire vendait l'immeuble.

J'ai vérifié sur les photos. Aucune pancarte. Merde. Champoux ne répondait toujours pas.

Geneviève Trottier... Elle a décroché à la deuxième sonnerie.

Enjouée.

— Bonjour.

— Madame Trottier ?

Étonnée.

— Oui.

— C'est le Dr Brennan. Nous nous sommes parlé hier.

Apeurée.

— Oui.

— J'aurais une autre question, si je peux me permettre.

Résignée.

— Oui.

— Votre maison était-elle à vendre au moment de la disparition de Chantale ?

— Pardonnez-moi ?

— Aviez-vous mis votre maison en vente en octobre dernier ?

— Qui vous a dit ça ?

— Personne. Je me posais la question.

— Non. Non. Je vis ici depuis que nous sommes

séparés, mon mari et moi. Je n'ai pas l'intention de déménager. Chantale... je... la maison était à nous.

— Je vous remercie, madame Trottier. Je suis désolée de vous avoir dérangée.

J'avais encore violé le pacte qu'elle était parvenue à signer avec ses souvenirs.

Cela ne conduisait nulle part. L'idée était peut-être stupide.

Encore un essai chez Champoux. Une voix d'homme m'a répondu au moment où j'allais raccrocher.

— Monsieur Champoux ?

— Un instant.

— Oui.

Une deuxième voix masculine.

J'ai expliqué qui j'étais et j'ai posé ma question. Oui, ils essayaient de vendre leur maison. Ils étaient inscrits chez ReMax. À la mort de sa femme, il l'avait retirée du marché. Oui, il avait dû y avoir une publication dans les petites annonces, mais il n'était pas sûr. Je l'ai remercié et j'ai raccroché.

Deux sur cinq. Et si Saint-Jacques utilisait les petites annonces ?

J'ai appelé le service de l'Identité. Les matériaux ramassés dans l'appartement de la rue Berger étaient au Crime contre la propriété.

11 h 45. C'était le moment d'aller rejoindre Ryan. Il n'accrocherait pas. Je n'avais pas assez d'éléments.

Encore une fois, j'ai étalé les photos de Gagnon et les ai examinées une par une. Cette fois-ci, je l'ai vu. J'ai pris un compte-fils pour être certaine.

— Nom de Dieu de merde.

Fourrant les photos dans ma mallette, j'ai foncé vers le restaurant.

Le Paradis Tropique est situé exactement en face de l'immeuble de la Sûreté. La bouffe est plus que médiocre, le service lent, mais le minuscule restaurant est toujours bondé à midi. En grande partie grâce à l'exubérance du patron, Antoine Janvier.

— Ah ! madame, m'a-t-il accueillie, bonne humeur oujou'd'hui ? Oui ? Quel bonheur de vous voir. Cela fait t'ès longtemps.

Son visage d'ébène a pris une mine désapprobatrice.

— Oui, Antoine, j'ai été très occupée.

Vrai. Mais la cuisine des Caraïbes ne serait jamais mon régime quotidien.

— Ah ! tellement fort, vous travaillez t'op fort. Mais oujou'd'hui, j'ai du beau poisson. On vient de le pêcher. Il est encore tout mouillé de la mer. Vous allez manger ça et après, ça ira mieux. J'ai une belle table pour vous, la meilleure. Vos amis sont déjà là.

Mes amis ? Qui d'autre ?

— Venez. Venez.

Il devait y avoir cent personnes qui transpiraient à l'intérieur, attablées sous des parasols. J'ai suivi Antoine à travers le dédale des tables, jusqu'à une estrade dans le coin au fond. La silhouette de Ryan se découpait sur une fenêtre en trompe l'œil, un coucher de soleil peint, encadré de rideaux lavande et jaune. Au plafond, un ventilateur tournait mollement ses pales au-dessus de sa tête tandis qu'il parlait à un homme portant une veste en lin. Le dos était tourné vers moi, mais j'ai reconnu les plis impeccables et la coupe au rasoir.

— Brennan.

Ryan a fait mine de se lever. Voyant mon expression, il a plissé les yeux en guise d'avertissement : « Faites-moi confiance. »

— Lieutenant Ryan.

D'accord. Mais la raison a intérêt à être bonne.

Claudel est resté assis et m'a adressé un signe de

tête. J'ai pris la chaise à côté de Ryan. La femme d'Antoine est venue nous voir et, après les amabilités d'usage, les policiers ont commandé de la bière, moi un Coke Diet.

— Alors, c'est quoi le scoop ?

Personne ne savait être aussi méprisant que Claudel.

— Si on commandait d'abord ? dit Ryan, le pacificateur.

Ryan et moi avons échangé quelques remarques sur le temps. Nous sommes mis d'accord pour reconnaître qu'il faisait chaud. Quand Janine est réapparue, j'ai commandé le menu du jour avec le poisson, les policiers des assiettes jamaïcaines. Je commençais à me sentir de trop.

— Alors, quelle est votre idée ? demanda Ryan, le modérateur.

— Le métro.

— Le métro ?

— Ça restreint les possibilités à près de quatre millions de personnes. Deux millions si on ne considère que les hommes.

— Laisse-la parler, Luc.

— Quoi de spécial avec le métro ?

— Morisette-Champoux habitait à six stations de Berri-UQAM.

— Nous progressons à pas de géant.

Ryan lui a décoché un regard qui aurait fendu la glace.

— De même que Gagnon. Et Margaret Adkins.

— Hum...

— Trottier est trop loin.

— Oui. Et Damas, trop proche.

— L'appartement de Saint-Jacques est à quelques coins de rue.

Pendant un moment, nous avons mangé en silence. Le poisson était sec, les frites et le riz sauté

348

étaient graisseux. Une harmonie très difficile à établir.

— Cela pourrait être plus complexe que juste l'histoire du métro.

— Ah ?

— Les Morisette-Champoux avaient mis leur maison en vente. Par ReMax... Il y avait un panneau devant l'immeuble d'Adkins. ReMax.

Ils m'ont laissée continuer. Je me suis arrêtée là. J'ai sorti la photo du dossier Gagnon et l'ai posée sur la table. Claudel a piqué un morceau de plantain frit du bout de sa fourchette. Ryan a pris la photo, l'a examinée puis m'a adressé un regard perplexe. Je lui ai tendu le compte-fils, en lui désignant quelque chose dans le coin supérieur gauche. Il l'a scruté longuement, puis, sans un mot, a tendu la photo et le compte-fils au travers de la table.

Claudel s'est essuyé les mains, a chiffonné sa serviette qu'il a posée dans son assiette. Prenant la photo, il a répété la manœuvre de Ryan. Les muscles de ses mâchoires se sont crispés. Il est resté dessus un bon moment, sans rien dire.

— Un voisin ? a demandé Ryan.

— Apparemment.

— ReMax ?

— Je crois. On voit le R et une partie du E. On peut demander un agrandissement.

— C'est facile à vérifier. La liste de mise en marché remonte au plus à quatre mois. Et chris, avec l'économie actuelle, elle n'a probablement pas changé.

Ryan prenait déjà des notes.

— Et pour Damas ?

— Je ne sais pas.

Pas question de déranger les familles des victimes. Mais je ne l'ai pas dit.

— Trottier ?

— Non. J'ai parlé à la mère de Chantale. Elle n'avait pas mis en vente...

— Ça pourrait être le père.

Nous nous sommes tous les deux tournés vers Claudel. C'était moi qu'il regardait et cette fois-ci, sa voix n'était pas condescendante.

— Comment ? a demandé Ryan.

— Elle passait beaucoup de temps chez son père. Lui essayait peut-être de vendre.

Fallait-il y voir une approbation ?

— Je vais vérifier.

Ryan a encore pris des notes.

— Elle y allait justement le jour où elle a été tuée, ai-je dit.

— Elle y restait au moins deux jours par semaine.

Supérieur, mais pas méprisant. Il y avait du progrès.

— Il habite où ?

— Westmount. Un appartement hors de prix sur Barat, au nord de Sherbrooke.

J'ai essayé de situer. Juste à la limite du centre-ville.

— Presque à côté du Forum ?

— Exact.

— Quelle station de métro ?

— Vraisemblablement Atwater. C'est à deux ou trois blocs au nord.

Ryan a jeté un coup d'œil sur sa montre, a agité le bras pour attirer l'attention de Janine et a mimé une signature dans l'air. Nous avons payé, et Antoine nous a remis des poignées de bonbons.

À la minute où je suis arrivée dans mon bureau, j'ai sorti la carte, situé la station Atwater et compté les arrêts depuis Berri. Un. Deux. Trois. Quatre. Cinq. Six. Le téléphone a sonné au moment où je tendais la main pour décrocher.

28

Cela faisait un an et demi que l'appartement de Robert Trottier avait été mis en vente.

— Faut croire qu'à ce niveau de prix le marché est lent.

— Je n'en ai aucune idée, Ryan. Je n'ai jamais eu ce problème.

— Je l'ai vu dans une annonce à la télévision.

— ReMax ?

— Royal Lepage.

— Les petites annonces ?

— Il pense que oui. On vérifie.

— Une pancarte à l'extérieur ?

— Oui.

— Et Damas ? ai-je demandé.

Elle vivait avec le mari et les trois enfants chez ses beaux-parents. Qui étaient propriétaires de leur maison depuis que la poussière avait été inventée. Ils mourraient dedans.

— Elle faisait quoi, Grace Damas ?

— Élevait les enfants. Préparait des napperons au crochet pour les bonnes œuvres. Des petits boulots à temps partiel. Vous ne savez pas la meilleure ? Elle a déjà travaillé dans une boucherie.

— Merveilleux. — Qui était le boucher de la bouchère ? — Le mari ?

— Sans histoire. Chauffeur de camions. Un silence. Comme son père avant lui...

— Vous pensez que ça peut vouloir dire quelque chose ?

— Le métro ou les maisons à vendre ?

— Les deux.

— Chris, Brennan, j'en sais rien... Faites-moi un scénario.

Je m'étais déjà livrée à l'exercice dans mon coin.

— Bon. Saint-Jacques lit les petites annonces.

Il choisit une adresse. Ensuite, il fait le guet, jusqu'à ce qu'il ait repéré sa victime. Il la suit, attend sa chance. Et c'est l'embuscade.

— Et le métro ?

Après un moment de réflexion :

— Pour lui, c'est un sport. Il est le chasseur, elle est le gibier. La cachette sur Berger, c'est son affût. Il la lève avec les petites annonces, la piste, puis sort de son trou pour la mise à mort. Il ne chasse que dans certains secteurs.

— Dans un rayon de six stations.

— Avez-vous une meilleure idée ?

— Pourquoi les annonces immobilières ?

— Pourquoi ? Une cible vulnérable, une femme seule à la maison. Il prévoit qu'elle sera là pour faire visiter. Peut-être qu'il appelle avant. Cela lui donne un prétexte pour entrer.

— Pourquoi six ?

— Aucune idée. Son nombre de couilles.

Très fort, Brennan.

— Il doit connaître la ville foutrement bien.

On a ruminé ça un moment.

— Un employé du métro ?

— Un chauffeur de taxi ?

— Un employé de la Ville ?

— Un flic ?

— Brennan, je ne voudrais...

— Non.

— Et Trottier et Damas ? Elles ne rentrent pas dans le schéma.

— Non.

Silence.

— Gagnon a été retrouvée au centre-ville. Damas à Saint-Lambert. Trottier à Saint-Jérôme. Si notre bonhomme habite en banlieue, il se débrouille comment ?

— Je n'en sais rien, Ryan. Mais il y a trois cas sur cinq où l'histoire des annonces et du métro fonctionne. Cherchez du côté de Saint-Jacques, ou du moins du rat qui pouvait habiter rue Berger. C'est juste à Berri-UQAM, et il collectionne les petites annonces. Ça vaut le coup de mettre un suivi là-dessus.

— Absolument.

— Je commencerais avec la collection de Saint-Jacques, voir ce qu'il a mis de côté.

— Absolument.

— Et si on faisait établir un profil ? On a assez d'éléments pour tenter le coup.

— C'est très à la mode.

— Ça pourrait être utile.

Je pouvais lire ses pensées au travers de la ligne.

— Claudel n'a pas besoin de le savoir. Je peux faire une petite enquête officieuse, pour voir si ça vaut la peine d'aller plus loin. On a les lieux du crime pour Champoux et Adkins, la cause de la mort et le traitement infligé au cadavre pour les autres. À mon avis, ils doivent pouvoir avoir une idée avec ça.

— Par Quantico[1] ?

— Ouais.

Il a reniflé.

— Ouais, disons. Ils sont tellement enterrés qu'ils ne vous rappelleront pas avant le début de l'autre siècle.

— Je connais quelqu'un.

— Je n'en doute pas. Soupir. Pourquoi pas ! Mais une simple demande de renseignements au point où nous en sommes. Ne nous engagez sur rien. La requête officielle devra venir de Claudel ou de moi.

Une minute plus tard, je composais le code téléphonique de Virginie. J'ai demandé à parler

1. Académie nationale de Quantico, unité d'études du comportement. (N.d.T.)

353

avec John Samuel Dobzhansky, et j'ai attendu. M. Dobzhansky n'était pas disponible. J'ai laissé un message.

J'ai appelé Gabby pour savoir si elle avait prévu quelque chose pour le dîner. Ma propre voix m'a demandé de laisser un message.

Appelé Katy. Message.

Personne ne restait donc plus chez lui ?

Le reste de l'après-midi s'est passé en courrier et en recommandations d'étudiants, l'oreille tendue vers le téléphone. Dans ma tête, une horloge égrenait ses minutes. Compte à rebours. Combien de temps restait-il jusqu'à la prochaine victime ? À 5 heures, j'ai abandonné et je suis rentrée à la maison.

L'appartement était silencieux. Pas de Birdie. Pas de Gabby.

— Gab ?

Elle faisait peut-être un somme.

La porte de la chambre d'ami était toujours fermée. Birdie dormait sur mon lit.

— Tous les deux, vous avez vraiment la vie dure. Je lui ai caressé la tête. Oh ! oh ! c'est le temps de changer ta litière.

Il y avait indiscutablement une odeur.

— Trop de choses en tête, Bird. Désolée.

Aucune marque d'intérêt.

— Où est Gabby ?

Regard vide. Étirement.

J'ai changé la litière. Birdie lui a pour le coup marqué un intérêt immédiat, en expédiant une bonne partie de la sciure à côté.

— Allons, Bird, Gabby n'est pas la camarade de salle de bains la plus soignée qu'il soit, mais fais ta part. J'ai jeté un œil sur le fouillis de démaquillants et de produits de beauté. Je suppose qu'elle a dû nettoyer un peu.

Je suis allée me chercher un Coke et j'ai passé un short en jean. Le dîner ? Je me foutais de qui ? On irait manger à l'extérieur.

Le voyant du répondeur clignotait. Un message. Le mien. J'avais appelé vers 1 heure. Gabby ne l'avait pas entendu ? n'avait pas voulu l'entendre ? Elle avait peut-être débranché le téléphone. Ou elle était malade. Ou elle n'était pas là. Je me suis approchée de sa porte.

— Gab ?

J'ai frappé doucement.

— Gabby ?

J'ai ouvert la porte et jeté un œil. La pagaille habituelle. Des bijoux. Des dossiers. Des bouquins. Des vêtements partout. Un soutien-gorge suspendu au dossier d'une chaise. Vérification dans le placard : chaussures et sandales étaient jetées en tas. Au milieu de tout cela, le lit était impeccablement fait. Cette incohérence m'a frappée.

— La salope.

Birdie s'est glissé entre mes jambes.

— Était-elle seulement là la nuit dernière ?

Il m'a regardée, a sauté sur le lit et, après deux tours sur lui-même, s'est installé. Je me suis laissée tomber à côté de lui, avec ma crispation familière au ventre.

— Elle m'a refait le coup, Bird.

Il a étiré sa patte et s'est mis à la lécher consciencieusement.

— Même pas un foutu message.

Il se concentrait sur l'espace entre ses griffes.

— Je refuse d'y penser.

Je suis allée vider le lave-vaisselle. Dix minutes plus tard, j'étais suffisamment calmée pour appeler chez elle. Pas de réponse. Évidemment. J'ai essayé son numéro à l'université. Pas de réponse.

Direction : la cuisine. J'ai ouvert le réfrigérateur. L'ai fermé. Dîner ? L'ai réouvert. Un Coke. Retour au salon. J'ai posé la nouvelle canette à côté de la précédente, ai allumé la télévision. Zappé entre les chaînes, pour m'arrêter sur une comédie que je ne regarderais pas. Mon esprit sautait des meurtres à Gabby, au crâne du jardin, à Gabby encore, totalement incapable de se fixer. Le rythme des dialogues et des rires préenregistrés formait un fond sonore sur lequel mes pensées caracolaient comme des particules d'atomes.

Colère. Rancœur. Peine, qu'elle ait pu me faire ça. Inquiétude. Angoisse à la pensée d'une nouvelle victime. Frustration de mon impuissance. J'étais blessée, mais je ne restais pas en paix.

Je ne sais pas combien de temps j'ai pu demeurer comme ça, quand le téléphone a sonné. Le bruit a déchargé en moi toute l'adrénaline qui pouvait s'être constituée en réserve.

Gabby !

— Allô.

— Tempe Brennan, s'il vous plaît.

Une voix masculine. Aussi familière que mon enfance dans le Middle West.

— J.S. ! Mon Dieu, comme je suis contente de t'entendre !

John Samuel Dobzhansky. Mon premier amour. Notre idylle avait commencé quand nous étions moniteurs au camp Northwoods, puis s'était poursuivie sans nuages jusqu'à notre première année de collège universitaire. J'étais alors allée dans le Sud, J.S. dans le Nord. J'avais choisi l'anthropologie, rencontré Pete. Lui avait étudié en psychologie, s'était marié, avait divorcé. Deux fois. Il y avait quelques années, nous avions repris contact lors d'une réunion de l'Académie. J.S. était devenu un spécialiste des crimes sexuels.

— Sens-tu en toi l'esprit de Northwoods ? a-t-il demandé.

— Au plus profond de mon cœur...

C'était la chanson du camp. Nous avons ri tous les deux.

— Je n'étais pas sûr que tu voulais que je te rappelle chez toi. Mais comme tu avais laissé le numéro, je me suis permis d'essayer.

— Tu as bien fait, j'en suis ravie. Je te remercie. Merci, merci. Je voulais te mettre les méninges à contribution à propos d'un problème que nous avons ici. Cela ne t'ennuie pas ?

— Tempe, si tu savais comme tu me brises le cœur...

Nous avions dîné ensemble lors d'un congrès de l'Académie et la possibilité d'une aventure avait d'abord pesé lourd entre nous. Pouvions-nous voler un peu d'adolescence ? La passion était-elle encore là ? Sans que rien n'ait été dit, cette idée s'était peu à peu estompée de part et d'autre. Mieux vaut ne pas replonger dans les eaux du passé.

— Et cette nouvelle flamme dont tu m'as parlé l'an dernier ?

— Disparue.

— Désolée. J.S., nous avons ici des meurtres que je pense reliés. Si je te donne une vue d'ensemble, peux-tu me donner une opinion sur la probabilité d'un tueur en série ?

— Je peux donner une opinion sur n'importe quoi.

C'était une de nos vieilles phrases rituelles.

J'ai décrit les scènes du crime pour Adkins et Champoux, et esquissé ce qui avait été fait aux victimes. J'ai décrit où et dans quel état on avait retrouvé les autres corps, et de quelle manière ils avaient été mutilés. J'ai exposé ensuite ma théorie du métro et des petites annonces.

— J'ai du mal à convaincre les flics que ces crimes ont un rapport entre eux. Ils s'obstinent à dire qu'il n'y a pas de schéma directeur. C'est vrai jusqu'à un certain point. Les victimes sont toutes différentes. Dans un cas, il y a eu utilisation d'une arme à feu, pas dans les autres. Elles vivaient un peu partout...

— Waoh, waoh, pas si vite. Tu ne t'y prends pas comme il faut. Presque tout ce que tu me décris concerne le modus operandi.

— Oui.

— Les similitudes dans les modus operandi peuvent être très utiles, comprends-moi bien, mais les disparités sont extrêmement fréquentes. Un criminel peut bâillonner et ligoter une victime avec le fil du téléphone et apporter sa propre corde pour le suivant. Il peut poignarder une victime, tirer ou étrangler la suivante, dévaliser l'une, pas l'autre. J'ai établi le profil d'un gars qui utilisait une arme différente chaque fois. Tu me suis toujours ?

— Oui.

— Le modus operandi d'un tueur n'est pas immuable. Comme dans tout, l'apprentissage intervient. Ils apprennent ce qui marche et ce qui ne marche pas. Ils améliorent constamment leur technique. Certains plus que d'autres, évidemment.

— Réconfortant.

— De plus, des événements liés au hasard peuvent affecter le comportement d'un criminel, quel que soit ce qu'il a pu établir comme plan au préalable. Un téléphone qui sonne. Un voisin qui débarque. Une corde qui casse. Il doit improviser.

— Je vois.

— Suis bien ma pensée. Nous nous servons bien sûr des schémas dans les modus operandi. Mais les variations ne veulent pas dire grand-chose.

— Vous vous servez de quoi ?

— Du rituel.

— Du rituel ?

358

— Certains de mes collègues appellent ça une signature, ou une carte de visite. Et il n'y en a pas forcément dans tous les crimes. La plupart des tueurs vont développer une façon de procéder d'après ce qui leur a réussi deux ou trois fois. Cela les met en confiance, ils ont l'impression de diminuer ainsi les risques de se faire prendre. Mais avec des meurtriers violents, récidivistes, il y a autre chose qui intervient. Ces gens-là sont animés par la colère. Leur colère les amène à fantasmer sur la violence, et ils finissent par réaliser leurs fantasmes. Mais la violence ne leur suffit pas. Ils développent des rituels pour exprimer leur colère. Ce sont ces rituels qui les trahissent.

— Quelle sorte de rituels ?

— Généralement, ils impliquent la domination, même l'humiliation de la victime. Tu vois, l'important n'est pas vraiment la victime. Son âge, son apparence peuvent être secondaires. Mais c'est ce besoin d'exprimer la colère. Je me suis occupé d'un gars dont les victimes avaient de sept à quatre-vingts ans.

— Donc, à quoi fais-tu attention ?

— La manière dont il entre en contact avec ses victimes. S'il leur saute dessus. S'il les aborde verbalement. Comment il en prend le contrôle une fois qu'il a établi le contact. S'il les agresse sexuellement. Avant ou après les avoir tuées ? S'il les torture. S'il mutile le corps. Laisse-t-il quelque chose sur les lieux du crime ? Emporte-t-il quelque chose ?

— Mais là aussi, il peut y avoir des contingences auxquelles il ne s'attendait pas ?

— Bien sûr. Mais le point déterminant, c'est que ce qu'il fait relève de la réalisation de ses fantasmes, de son rituel pour dissiper sa colère. Pas seulement d'une volonté de se couvrir.

— Si bien que tu en penses quoi ? Ce que je t'ai décrit ressemble-t-il à une signature ?

— De toi à moi ?

— Bien sûr.

— Tout à fait.

— Vraiment ?

J'ai commencé à prendre des notes.

— Je suis prêt à parier mes couilles là-dessus.

— Ta virilité ne risque rien, J.S. Tu penses qu'il s'agit d'un sadique sexuel ?

Il y a eu un raclement sur la ligne quand il a changé le combiné d'oreille.

— Les sadiques sexuels sont excités par la douleur de leur victime. Ils ne veulent pas juste tuer, ils veulent que leurs victimes souffrent. Et, là est le point crucial, c'est ça qui provoque en eux une excitation sexuelle.

— Donc ?

— Une partie de ta description me dit que oui. L'insertion d'objets dans le vagin ou dans le rectum est chose courante chez ces types-là. Les victimes étaient encore vivantes ?

— Au moins une. Difficile de dire pour les deux autres, vu l'état de décomposition des cadavres.

— Je dirais que le sadisme sexuel est une possibilité. La question essentielle reste de savoir si le tueur a été excité sexuellement par ce qu'il a fait.

Je ne pouvais pas répondre à cela. Nous n'avions retrouvé de sperme sur aucune des victimes. Je le lui ai dit.

— Cela aiderait, mais cela n'exclut pas le caractère sexuel ou sadique d'un crime. J'ai eu le cas d'un gars qui se masturbait dans la main de sa victime, qu'il coupait ensuite pour la passer au robot culinaire. Il n'y avait jamais de sperme sur les lieux du crime.

— Vous l'avez eu comment ?

— Un jour, il a mal visé.

360

— Trois de ces femmes ont été démembrées. De cela, on est sûr.

— Cela peut être l'indication d'un schéma directeur, mais ne prouve pas qu'il y ait de sadisme sexuel. À moins que le démembrement n'ait eu lieu avant la mort. Les tueurs en série, sadiques sexuels ou non, sont pleins d'astuces. Ils planifient beaucoup. La mutilation post mortem peut être une manière de rendre le cadavre plus facile à cacher.

— Et la mutilation ? Les mains ?

— Même chose. C'est un schéma, un niveau supérieur de meurtre, mais ce peut être ou ne pas être d'ordre sexuel. Parfois, c'est juste leur façon de symboliser l'impuissance de la victime. Mais je discerne quand même quelques indicateurs. Tu me dis que le tueur ne connaissait pas les victimes. Elles étaient sauvagement battues. Trois ont subi une pénétration avec un objet, probablement ante mortem. La combinaison est caractéristique.

J'écrivais avec fureur.

— Vérifie s'il a apporté les objets ou s'ils étaient déjà sur la scène. Ce pourrait être un élément de signature, la préméditation, en opposition avec une cruauté opportuniste.

Je l'ai inscrit, et j'ai mis une étoile à côté.

— Et les autres caractéristiques d'un sadisme sexuel ?

— Un modus operandi structuré. L'utilisation d'un prétexte pour établir le contact. Le besoin de dominer et d'humilier sa victime. Une cruauté extrême. Une excitation sexuelle provoquée par la peur ou la souffrance de la victime. Le fait de garder des souvenirs de la victime. Le...

— Qu'est-ce que tu as dit en dernier ?

J'écrivais si vite que j'en avais des crampes dans la main.

— Des souvenirs.

— Quelle sorte de souvenirs ?

— Des objets de la scène du meurtre, des morceaux de vêtements de la victime. Des bijoux, ce genre de choses.

— Des articles découpés dans le journal ?

— Les sadiques sexuels adorent leur propre presse.

— Est-ce qu'ils gardent des notes ?

— Des plans, un journal intime, des calendriers, des dessins, tout ce que tu veux. Il y en a qui font des cassettes. Le fantasme va au-delà du meurtre. La poursuite avant et après, la reconstitution des événements, peuvent jouer un rôle important dans l'excitation.

— S'ils sont si forts pour éviter de se faire repérer, pourquoi gardent-ils ce genre de trucs ? C'est plutôt risqué, non ?

— Pour la plupart, ils se croient supérieurs aux flics. Trop malins pour se faire prendre.

— Et des morceaux de cadavre ?

— Qu'est-ce que tu veux dire ?

— Est-ce qu'ils en gardent ?

Un temps de réflexion.

— Pas courant, mais ça arrive.

— Donc, que penses-tu de mon idée avec le métro et les annonces ?

— Les fantasmes réalisés par ces types sont incroyablement élaborés et spécifiques à chacun. Ils peuvent exiger des lieux donnés, une succession précise d'événements. Certains sadiques sexuels ont besoin de réactions particulières de leurs victimes, si bien qu'ils écrivent le script, obligent la victime à dire certaines choses, à accomplir certains actes, à porter certains vêtements. Mais Tempe, ces comportements ne concernent pas seulement les sadiques sexuels. Ils caractérisent un grand nombre de troubles de la personnalité. Ne te bloque pas dans l'optique d'un sadique sexuel.

Ce que tu dois chercher, c'est une signature, la carte de visite que ton tueur est le seul à laisser. C'est comme ça que tu pourras le pincer, peu importe comment les psychiatres le classeront par la suite. L'utilisation du métro et des journaux peut très bien s'encadrer dans le fantasme de ton bonhomme.

— J.S., en fonction de ce que je t'ai dit, tu en penses quoi ?

Il a laissé passer un long silence, puis a expiré lentement.

— Je pense que tu as affaire à un modèle particulièrement puant, Tempe. Colère effroyable. Extrême violence. S'il s'agit bien de ce Saint-Jacques, le fait qu'il ait utilisé la carte bancaire de sa victime me pose un problème. Ou il est incroyablement stupide, ce qui n'a pas l'air d'être le cas, ou, pour une raison ou une autre, quelque chose l'a troublé. Peut-être une brusque pression financière. Ou il prend de l'assurance. Le crâne dans ton jardin, c'est une banderole. Il envoie un message. Ça peut être du persiflage. Ou c'est possible aussi que, d'une certaine façon, il veuille se faire prendre. Je n'aime pas ce que tu m'as dit de la manière dont tu t'intègres dans ce truc-là. Car c'est clair qu'il t'a intégrée. La photo. Le crâne. À la lumière de ce que tu m'as expliqué, on dirait vraiment qu'il fait du persiflage à ton égard.

Je lui ai raconté ce qui s'était passé la nuit au monastère, et la fois où une voiture m'avait suivie.

— Chris, Tempe, si ce type se refixe sur toi, ne t'amuse pas avec ça. Il est dangereux.

— Si c'était lui au monastère, pourquoi ne m'a-t-il pas simplement tuée ?

— On revient à ce que je viens de te dire. Tu l'as probablement pris au dépourvu. Du coup il n'était pas préparé à tuer comme il aime le faire. Ce n'est pas lui qui contrôlait la situation. Peut-être qu'il n'avait pas son matériel. Ou que le fait que tu sois inconsciente lui enlevait le trip qu'il ressent à voir la peur de sa victime.

— Pas de rituel.

— Exactement.

Nous avons papoté un moment, d'autres lieux, de vieux amis, du temps où le meurtre ne faisait pas encore partie de nos vies. Quand nous avons raccroché, il était plus de 8 heures.

Je me suis allongée, bras et jambes étirés, et j'ai essayé de me détendre. Je suis restée là un moment, poupée de chiffon projetée dans le passé. Finalement, la faim m'a forcée à me lever. Je suis allée me réchauffer un plat de lasagnes surgelées et me suis forcée à le manger. Puis ça m'a pris une heure pour reprendre mes notes. Les derniers mots de J.S. me revenaient comme une obsession : L'intervalle se raccourcit de plus en plus. Oui, je le savais. Il augmente les enjeux. Je savais cela aussi.

Il peut bien t'avoir dans le collimateur.

À 10 heures, je suis allée me coucher. Allongée dans le noir, les yeux fixés au plafond, je me sentais seule et pitoyable. Pourquoi prenais-je sur moi la mort de ces femmes ? Un psychopathe m'avait-il en point de mire de ses fantasmes ? Pourquoi personne ne me prenait au sérieux ? Pourquoi est-ce que je devenais vieille, mangeais des plats surgelés devant une télévision que je ne regardais même pas ? Quand Birdie est venu se nicher dans le creux de mes genoux, ce simple petit contact a déclenché les larmes que je retenais depuis ma conversation avec J.S. J'ai pleuré dans la taie d'oreiller que nous avions achetée à Charlotte avec Pete. Ou plutôt, que j'avais achetée pendant qu'il s'impatientait à côté de moi.

Pourquoi mon mariage avait-il échoué ? Pourquoi

est-ce que je dormais seule ? Pourquoi Katy était-
elle si mécontente ? Pourquoi ma meilleure amie
prenait-elle une fois de plus aussi peu d'égards
pour moi ? Où était-elle ? Non. Il ne fallait pas
penser à cela. Je ne sais pas combien de temps je
suis restée ainsi éveillée, à ressentir le vide de ma
vie, l'oreille tendue pour entendre la clé de Gabby
tourner dans la serrure.

29

Le lendemain matin, j'ai donné à Ryan un
résumé de ma conversation avec J.S. Une semaine
a passé. Calme plat.

Le temps restait à la chaleur. Le jour, je travaillais sur des ossements. Des restes trouvés dans
une fosse septique à Cancun se sont révélés être
ceux d'un touriste disparu depuis neuf ans. Des os
déterrés par un chien avaient appartenu à une adolescente, assassinée avec un objet contondant. Et
du cadavre dans une boîte, sans mains et le visage
affreusement mutilé, n'ont pu être déterminés que
la race, blanche, le sexe, masculin, et l'âge approxi-
matif.

Le soir, je fréquentais le festival de jazz, m'agglutinant avec la foule aux coins de Saint-Catherine
et de Jeanne-Mance. Musiques péruviennes, avec
leurs sonorités mêlées, flûtes et forêt tropicale.
Promenade de la place des Arts au complexe Desjardins, à profiter des saxophones, des guitares,
des nuits d'été. Dixieland. R & B. Calypso.
Interdiction de chercher Gabby. Refus d'intégrer la
peur concernant ces femmes. Pendant un moment,

bercée par les musiques du Sénégal, du Cap-Vert, de Rio, de New York, j'ai oublié. La cinquième.

Finalement le jeudi, j'ai reçu un appel. La-Manche. Réunion mardi. Important. Votre présence est vivement souhaitée.

Je suis arrivée là, sans savoir à quoi m'attendre. Et certainement encore moins à quelle sorte d'accueil je devais me préparer. Autour de la table avec LaManche, il y avait Ryan, Bertrand, Claudel, Charbonneau, et deux enquêteurs de Saint-Lambert. Le directeur du labo, Stefan Patineau, était assis au bout, avec, à sa droite, un procureur de la Couronne.

À mon entrée, ils se sont tous levés comme un seul homme. Mon indicateur d'anxiété a basculé dans le rouge. J'ai serré la main de Patineau et du procureur. Les autres m'ont adressé un signe de tête, visages indéchiffrables. J'ai cherché les yeux de Ryan, mais il détournait le regard. En m'asseyant, j'avais les paumes moites et mon habituel nœud dans le ventre. Était-ce une réunion pour discuter d'allégations que Claudel aurait émises contre moi ?

Patineau n'y est pas allé par quatre chemins. Un groupe commando venait d'être formé. La possibilité d'un tueur en série devait être examinée sous tous les angles. Ce qui voulait dire soumettre tous les cas suspects à une enquête, suivre énergiquement toutes les pistes. Les personnes reconnues coupables de délits d'ordre sexuel seraient arrêtées et interrogées. Les six policiers étaient affectés à cette enquête à plein temps, Ryan coordonnant le travail de l'équipe. Quant à moi, tout en continuant mon travail habituel, j'en étais un membre de plein droit. Une salle était mise à notre disposition à l'étage du dessous, où seraient transférés tous les dossiers et le matériel pertinent. Sept cas étaient pris en considération. La première réunion du groupe était prévue l'après-midi même. M. Gauvreau et le bureau du procureur devaient être tenus informés de tout développement de l'enquête.

Aussi direct. C'était fait. Je suis revenue à mon bureau, plus sonnée que soulagée. Pourquoi ? Qui ? Cela devait faire un mois que je défendais la thèse du tueur en série. Qu'était-il arrivé pour que, brutalement, on y ajoute foi ? Sept cas ? Qui étaient les deux autres ? Pourquoi te poser des questions, Brennan ? Tu finiras par le savoir.

Effectivement. À 1 heure et demie, je pénétrais dans une grande salle du deuxième étage. Quatre tables avaient été rassemblées pour former un îlot au centre avec tout autour des tableaux noirs et des panneaux d'affichages. Tels des acheteurs devant un stand d'une foire commerciale, les policiers étaient tous agglutinés au fond de la pièce, devant les cartes, si familières, de Montréal et du métro, dans lesquelles étaient plantées des épingles de couleur. Sept autres panneaux étaient alignés côte à côte, chacun portant en en-tête le nom d'une femme et sa photo. Cinq d'entre elles m'étaient aussi connues que ma propre famille. Les autres ne me disaient rien.

Claudel m'a fait l'honneur d'un contact visuel d'une demi-seconde. Les autres m'ont accueillie aimablement. Nous avons échangé quelques propos sur le temps, avant de nous installer autour de la table. Ryan a pris au centre des blocs de papier ligné qu'il nous a distribués, puis a attaqué bille en tête.

— Vous savez tous pourquoi vous êtes ici et vous savez tous comment faire votre boulot. À cette étape-ci, je veux simplement préciser certaines choses.

Des yeux, il a fait un tour de table et a désigné d'un geste une pile de chemises.

— Je veux que chacun étudie ces dossiers. Parcourez-les attentivement. Intégrez-en tous les éléments. L'information sera bientôt sur ordinateur mais cela prend du temps. Pour le moment, on s'en tiendra à la bonne vieille méthode. Si quelque chose vous semble intéressant, n'importe quoi, inscrivez-le sur le panneau correspondant.

Hochements de tête.

— On va nous sortir aujourd'hui un listing de la confrérie des pervers. Répartissez-la entre vous, allez chercher les gars, et vérifiez où ils se font la fête.

— Généralement, dans leurs propres caleçons, a dit Charbonneau.

— S'il y en a qui ont passé la ligne, ils trouvent peut-être leurs caleçons trop étroits.

Ryan nous a regardés l'un après l'autre.

— C'est absolument essentiel que nous travaillions en équipe. Pas de chacun pour soi. Pas de héros. Parlez. Échangez-vous les informations. Discutez. C'est comme ça que nous pincerons ce salopard.

— S'il y en a un, a dit Claudel.

— Sinon, Luc, on fera un gros ménage et on pincera tout un tas de salopards. Il n'y aura rien de perdu.

Les coins de la bouche de Claudel se sont étirés vers le bas, et il a dessiné sur sa feuille une série de petits traits rageurs.

— Très important aussi de rester prudent, a continué Ryan. Pas de fuite.

Charbonneau :

— Patineau va-t-il annoncer la création de notre petit groupe civique ?

— Non. Dans un sens, on travaille sous le manteau.

Charbonneau :

— Tu dis « tueurs en série » et les gens virent dingues. C'est même étonnant qu'ils n'aient pas déjà réagi.

— Apparemment, la presse n'a pas encore saisi la corrélation. Ne me demandez pas pourquoi. Patineau veut garder cette ligne pour le moment. Ça peut changer.

Bertrand :

— La presse a autant de mémoire qu'un moucheron.

— Non, ça c'est leur niveau de QI.

— Ils vont jamais faire le rapprochement.

— O.K., O.K. On continue. Voyons ce qu'on a ici.

Ryan a résumé chacun des cas. Muette, j'écoutais mes idées, presque mes mots, résonner dans la pièce, pris en notes sur les blocs de bureau. D'accord, il y avait aussi un certain nombre d'idées de Dobzhansky. Mais transmises par moi.

Mutilation. Pénétration par voie génitale. Petites annonces. Stations de métro. Quelqu'un avait écouté. Mieux, quelqu'un avait vérifié. La boucherie où Grace Damas avait travaillé était située à un bloc de Saint-Laurent. Près de l'appartement de Saint-Jacques. Près de Berri-UQAM. Pile dans le schéma. Cela faisait quatre sur cinq. Sans doute ce qui avait fait pencher la balance. Ça et J.S.

À la suite de notre conversation, Ryan avait persuadé Patineau de déposer une demande officielle auprès de Quantico. J.S. avait accepté d'étudier les cas de Montréal en priorité. Une rafale de fax lui avait fourni ce dont il avait besoin et, trois jours plus tard, Patineau avait le profil. Il avait décidé d'agir. Voilà. Groupe commando.

Je me sentais soulagée, mais aussi froissée. Ils avaient récupéré mon travail et m'avaient laissée mariner. En me rendant à la réunion, j'avais même envisagé une mise en cause personnelle. Pas la reconnaissance tacite d'une tâche menée à bien. Mais qu'importe... J'ai affermi ma voix pour dissimuler mon irritation.

— Et Quantico nous a dit de chercher quoi ?

Ryan a sorti une mince chemise de la pile, l'a ouverte.

— Un homme, a-t-il lu. De race blanche. Francophone. N'a sans doute pas été au-delà du secondaire. Probablement une histoire d'agression sexuelle simple...

Bertrand :

— Ce qui veut dire ?

— Délit mineur. Du voyeurisme. Des coups de téléphone obscènes. Des outrages à la pudeur.

Claudel :

— Les trucs sympas.

Bertrand :

— L'homme aux mannequins.

Claudel et Charbonneau ont eu un reniflement.

Claudel :

— Hostie.

Charbonneau :

— Mon héros.

Ketterling, de Saint-Lambert :

— C'est qui ce chris-là ?

— Une petite vermine qui s'introduit dans les maisons, fabrique un mannequin avec la chemise de nuit de la madame et le lacère de coups de couteau. Ça doit faire cinq ans qu'il se livre à son petit jeu.

Ryan a poursuivi, en sélectionnant certaines phrases du rapport.

— Planifie ses coups. Doit utiliser une ruse pour approcher ses victimes. L'angle de l'immobilier est possible. Sans doute marié...

370

Rousseau, de Saint-Lambert :

— Pourquoi ?

— La cachette. Difficile de rapporter les victimes à sa chérie...

Claudel :

— Ou à môman.

— Il doit sélectionner un lieu isolé, le préparer d'avance.

Ketterling, de Saint-Lambert :

— La cave ?

Charbonneau :

— Chris, Gilbert l'a aspergée au Luminol. S'il y avait du sang là-dedans, tout se serait illuminé comme Tomorrowland[1].

— L'excès de violence et la cruauté suggèrent une extrême colère. Avec une possible orientation de revanche. Possibilité de fantasmes sexuels impliquant domination, humiliation, souffrance. Variable religieuse possible.

Rousseau :

— Pourquoi ?

— La statuette, l'endroit où les cadavres ont été jetés. Trottier était sur une propriété ecclésiastique, Damas aussi.

Pendant un moment, personne n'a rien dit. On entendait le tic-tac régulier de l'horloge murale. Un bruit de talons hauts a résonné dans le couloir, s'est approché, puis éloigné. Le stylo de Claudel était agité de soubresauts nerveux.

Claudel :

— Beaucoup de « possible » et de « probable ».

Son opposition persistante m'est tombée sur les nerfs.

— C'est également *possible* et *probable* que nous nous retrouvions bientôt avec un autre meurtre, ai-je dit sèchement.

---

1. Partie futuriste de Disneyworld. *(N.d.T.)*

Le visage de Claudel a pris sa dureté de masque, mâchoires crispées, mais il a regardé vers la table et n'a rien dit.

— M. Dobzhansky a-t-il une prévision à long terme ? ai-je demandé, plus calmement.

— À court terme, a dit Ryan sombrement, et il a repris le document du profil. Indices d'une perte de contrôle. De plus en plus d'audace. Intervalles de plus en plus courts. Il a fermé la chemise et l'a poussée vers le centre de la table. Tuera à nouveau.

Un autre silence.

Finalement, Ryan a regardé sa montre. Nous l'avons tous imité, comme une lignée de robots sur une chaîne de montage.

— Bon. Allons-y avec les dossiers. Ajoutez tout ce que vous savez et qui n'y serait pas. Luc et Michel, Gautier est un cas de la Cum, investissez-vous davantage sur celui-là... Pitre relève de la Sûreté. Je m'en occupe plus particulièrement. Les autres sont plus récents, ils devraient être pas mal complets.

Les cinq plus récents ne m'étant déjà que trop connus, j'ai commencé avec Pitre et Gautier. Les dossiers avaient été ouverts respectivement en 1988 et 1989.

Le cadavre de Constance Pitre avait été retrouvé, à moitié nu et très décomposé, dans une maison abandonnée de Khanawake, une réserve indienne sur la rive sud en amont de Montréal. Marie-Claude Gautier avait été trouvée derrière le métro Vendôme, point de correspondance pour les trains desservant les banlieues ouest. Les deux femmes avaient été sauvagement battues, leur gorge tranchée. Gautier avait vingt-huit ans, Pitre trente-deux. Aucune des deux n'était mariée et elles vivaient seules. Les suspects habituels avaient été interrogés, les pistes habituelles explorées. Cul-de-sac dans les deux cas.

Même si les dossiers, comparés aux autres, étaient plutôt maigres, j'y ai passé trois heures. Le fait qu'il s'agisse de prostituées était-il la raison de ces enquêtes restreintes ? Exploitées durant leur vie, ignorées dans leur mort ? Bon débarras ? Je me suis refusée à poursuivre dans cette voie.

Sur les photos, les visages étaient différents, mais, en même temps, similaires d'une manière dérangeante. La pâleur d'un blanc brouillé, l'abondance de maquillage, le regard fixe, froid et éteint. Leurs expressions m'ont rappelé ma nuit sur Sainte-Catherine. La résignation. La désespérance. Et encore, ce que j'avais vu était vivant. Là, il s'agissait de natures mortes.

Pas de surprise sur les clichés de la scène du crime. Pour Pitre, le jardin, la chambre à coucher, le corps. Pour Gautier, la station, les buissons, le corps. Pitre était presque totalement décapitée. Gautier avait aussi été poignardée, et son œil droit n'était plus qu'une bouillie sanglante. L'extrême brutalité de l'agression les avait fait inclure dans l'enquête.

J'ai lu l'autopsie, la toxicologie et les rapports de police. J'ai disséqué chaque entrevue et le résumé de l'enquêteur. J'ai sorti tous les détails des allées et venues des victimes, toutes les particularités de leur vie et de leur mort. J'ai tout reporté dans un tableau sommaire. Il n'y avait pas grand-chose.

Autour de moi, les autres bougeaient, déplaçaient des chaises, échangeaient des blagues. Mais je n'y prêtais pas attention. Quand j'ai finalement refermé les dossiers, il était plus de 5 heures. Il ne restait que Ryan. J'ai croisé son regard en levant la tête.

— Ça vous tenterait d'aller voir les Gypsies ?

— Comment ?

— J'ai entendu dire que vous aimiez le jazz.

— Oui, mais le festival a fermé ses portes, Ryan.

Entendu par qui ? Comment ? Devais-je prendre cela comme une invitation ?

— Très juste, mais pas la ville. Ils jouent au Vieux-Port. Un super groupe.

— Ryan, je ne pense pas.

Mais j'y pensais. J'y avais pensé. C'est pour cela que je refusais. Pas tant que l'enquête n'était pas bouclée. Pas tant que la bête n'était pas dans nos filets.

— C'est bon. Regard bleu néon. Mais vous allez dîner, non ?

Parfaitement exact. Un autre plat surgelé, en solo, ne m'enthousiasmait pas. Non. Pas question de donner à Claudel ne serait-ce que l'apparence d'une inconvenance.

— Je ne suis pas sûre que ce soit une b...

— On pourrait discuter de vos impressions autour d'une pizza...

— Repas d'affaires.

— C'est ça.

Avais-je envie d'en discuter ? Sans aucun doute. Il y avait quelque chose dans les deux nouveaux cas qui n'était pas dans le ton. Et puis, j'étais curieuse de savoir la vraie dynamique du groupe commando. Au-delà de la version officielle que Ryan nous avait servie en réunion. Y avait-il des fils dans cette toile d'araignée que je devais connaître ? ou éviter ?

Y aurait-il matière aux commérages ? Non.

— Certainement, Ryan. Où voulez-vous aller ?

Haussement d'épaules.

— Chez Angela ?

Tout près de chez moi. J'ai pensé au coup de

téléphone à 4 heures du matin le mois précédent. À « l'ami » avec qui il était censé être. C'est de la paranoïa, Brennan. Il a simplement envie d'une pizza. Et il sait que tu peux te garer dans ton parking.

— Ça vous va ?

— En plein sur la route.

La route de quoi ? J'ai gardé la question pour moi.

— Parfait. Je vous retrouve là-bas — j'ai regardé ma montre — dans une demi-heure ?

J'ai fait un saut à la maison, pour donner à manger à Birdie. Interdiction de miroir. Ni coup de peigne ni maquillage. Business.

À 6 h 15, Ryan sirotait une bière, moi un Coke Diet, en attendant notre suprême végétarienne. Fromage de chèvre seulement sur ma moitié.

— Vous avez tort.

— Je n'aime pas ça.

— Puriste ?

— À l'écoute de moi-même.

Nous avons échangé des banalités, puis j'ai embrayé sur le sujet :

— Pourquoi ces deux autres cas, Pitre et Gautier ?

— Patineau m'a dit d'inclure tous les homicides de la Sûreté non élucidés, correspondant au profil. Depuis 1985. Grosso modo, en fonction des éléments sur lesquels vous aviez largement insisté. Des femmes. Une tuerie sauvage. La mutilation. Claudel a cherché pour la Cum. Et on a demandé la même chose aux polices locales. Pour l'instant, il n'y a que ces deux-là qui sont sorties.

— Uniquement Québec ?

— Pas tout à fait.

Nous nous sommes tus à l'arrivée de la serveuse,

qui a coupé et servi la pizza. Ryan a commandé une autre Belle Gueule. Rien pour moi, avec quelque regret. Tu ne peux blâmer que toi, Brennan.

— Vous n'envisagez même pas d'essayer ma moitié ?

— J'aime pas ça... Savez-vous tout ce qu'absorbe une chèvre ?

Oui, mais je refusais d'y penser.

— Qu'est-ce que vous voulez dire, pas tout à fait ?

— Au départ, Patineau a demandé une recherche pour Montréal et les environs immédiats. Quand le profil de Quantico est arrivé, il a envoyé un dossier mixte, nos trucs et les leurs, à la GRO[1]. Au cas où les fédéraux auraient eu d'autres cas en filières.

— Et ?

— Négatif. Apparemment, on a affaire à un gars d'ici.

Nous avons mangé en silence pendant un moment.

Finalement :

— Vous en tirez quoi ? a-t-il demandé.

— Écoutez, je n'ai passé que trois heures sur les dossiers. Mais pour moi, il y a quelque chose qui ne colle pas.

— Le côté prostituées ?

— Oui. Mais pas seulement. Les crimes ont été violents, là n'est pas la question, mais ils ont quelque chose de...

Tout l'après-midi, j'avais essayé de mettre un mot sur mon impression. J'ai contemplé la pointe de pizza dans mon assiette, la tomate et l'artichaut luisants de gras sur la pâte mal cuite.

---

1. Gendarmerie royale canadienne (*Royal Canadian Mountain Police*). (*N.d.T.*)

— ... pas net.

— Pas net ?

— Pas net.

— Chris, Brennan, qu'est-ce qu'il vous faut ? Vous avez vu l'appartement d'Adkins ? ou Champoux ? On aurait dit Wounded Tree.

— Knee.

— Comment ?

— Knee. C'était Wounded Knee.

— Les Indiens ?

J'ai hoché la tête.

— Je ne parle pas du sang. Les scènes de crime pour Pitre et Gautier ont quelque chose de, comment dire... je cherchais à nouveau le bon mot... de désorganisé. D'impulsif. Avec les autres, on avait la sensation que le type savait exactement ce qu'il faisait. Il réussissait à s'introduire chez elles. Il apportait son arme avec lui. Il la remportait. On n'en a jamais retrouvé sur les lieux, non ? Pour Gautier, ils ont retrouvé le couteau.

— Sans empreintes. Cela peut indiquer une préméditation.

— C'était l'hiver. Le type devait porter des gants.

J'ai fait tourner le Coke dans mon verre.

— Les corps ont l'air d'avoir été abandonnés. En panique. Gautier était sur le ventre. Pitre était couchée sur un côté, les vêtements déchirés, les culottes aux chevilles. Allez revoir les photos de Champoux et d'Adkins. On dirait presque que les corps ont été posés sciemment. Elles sont toutes les deux sur le dos, les jambes écartées, les bras placés. Comme des poupées. Ou des ballerines. Seigneur, Adkins a l'air d'avoir été allongée au milieu d'une pirouette. Leurs vêtements n'ont pas été déchirés, mais découpés, proprement. Comme si le type avait voulu mettre en valeur ce qu'il leur avait fait.

La serveuse est réapparue. Oui, c'était parfait. Autre chose ? L'addition.

— C'est juste que j'ai une sensation différente pour les deux autres. Mais je peux me tromper totalement.

— C'est ce que nous devons éclaircir.

Il a ramassé la facture, avec un geste du genre « on ne discute pas ».

— Cette fois, c'est pour moi. La prochaine est à vous.

Il a coupé court à mes protestations en levant la main vers ma lèvre supérieure. De l'index, il a essuyé un coin de ma bouche et l'a soumis à mon inspection.

— Chèvre.

Une invasion de fourmis rouges aurait eu moins d'effet sur mon visage.

Je suis rentrée dans un appartement vide. Pas de surprise. Mais je commençais à m'inquiéter. J'espérais qu'elle n'allait pas tarder à réapparaître. Principalement pour l'envoyer sur les roses.

Allongée sur le canapé, j'ai regardé le match des Expos. Le frappeur venait d'être atteint par une balle de Martinez. Le commentateur devenait hystérique. Remplacement houleux au monticule.

Peu à peu, la voix du commentateur s'est estompée et mon brouhaha intérieur a pris le dessus. En quoi Pitre et Gautier pouvaient-elles correspondre au profil ? Khanawake voulait-il dire quelque chose ? Pitre était mohawk. Toutes les autres étaient blanches. Quatre ans plus tôt, les Indiens avaient bloqué le pont Mercier, transformant la vie de banlieue en enfer. Les relations entre la Réserve et ses voisins étaient restées fraîches. Quelle signification cela pouvait-il avoir ?

Pitre avait déjà été arrêtée plusieurs fois.

Aucune des autres victimes n'avait de casier judiciaire. Qu'est-ce que cela voulait dire ? Si les victimes étaient choisies au hasard, en quoi serait-ce bizarre que deux sur sept soient des prostituées ?

Les lieux du crime pour Champoux et Adkins reflétaient-ils vraiment la préméditation, comme j'en avais l'impression ? Ou était-ce fortuit ?

La composante religieuse ? Je n'avais pas du tout exploré cette voie-là. Si c'était le cas, cela voulait dire quoi ?

J'ai fini par m'assoupir d'un sommeil agité. J'étais sur la Main. Gabby m'adressait des signes depuis une fenêtre, à l'étage d'un hôtel minable. Derrière elle, la chambre était pauvrement éclairée et je voyais passer des ombres. J'ai voulu traverser la rue pour la rejoindre, mais des femmes qui se tenaient devant l'hôtel se sont mises à me jeter des pierres. Une silhouette est apparue derrière Gabby. C'était Constance Pitre. Elle essayait de lui mettre quelque chose sur la tête, une robe ou une espèce de tunique. Gabby résistait, ses gestes vers moi devenaient de plus en plus affolés.

Une pierre m'a atteinte à la gorge, me renvoyant brutalement dans la réalité. Birdie était debout sur mon estomac, la queue en position d'atterrissage, les yeux fixés sur mon visage.

— Merci.

Je l'ai repoussé et me suis assise.

— Qu'est-ce que c'est que cette histoire, Bird ?

D'ordinaire, mes rêves ne sont pas vicieux. Mon subconscient récupère des éléments de mon passé récent et me les renvoie, en général sous forme de devinettes. Même si, des fois, j'ai l'impression d'être le roi Arthur devant les réponses énigmatiques de Merlin.

Les pierres. Évident : la balle de Martinez. Gabby.

Évident : je pensais à elle. La Main. Pitre essayant d'habiller Gabby. Gabby appelant à l'aide. Une sensation d'angoisse commençait à m'effleurer.

Des prostituées. Pitre et Gautier étaient prostituées. Elles étaient mortes. Gabby travaillait avec des prostituées. Elle était victime de harcèlement. Elle avait disparu. Y avait-il un rapport ? Pouvait-elle être en danger ?

Non. Elle profite de toi, Brennan. Ce n'est pas la première fois. Tu te laisses toujours avoir.

La peur ne voulait pas me lâcher.

Et le type qui la suivait ? Elle semblait vraiment terrifiée.

Elle s'est tirée. Sans même un mot d'explication. Un merci. « Faut que j'y aille... » Même pour Gabby, n'était-ce pas un peu fort ? L'angoisse prenait de l'ampleur.

— O.K., docteur Macaulay, on va trouver le fin mot de l'histoire.

Je suis allée voir dans sa chambre. Par où commencer ? J'avais déjà empilé ses affaires, que j'avais placées en bas du placard. Cela me mettait horriblement mal à l'aise d'aller y fouiller.

La corbeille à papiers. C'était déjà moins agressif. Je l'ai vidée sur le bureau. Des mouchoirs en papier. Des papiers de bonbons. Du papier d'aluminium. Un ticket de magasin. Un reçu de guichet automatique. Trois boules de papier chiffonnées.

J'ai ouvert la jaune. Les gribouillis de Gabby sur une feuille lignée :

« Je suis désolée. Je ne peux pas continuer comme ça. Je ne me pardonnerais jamais si... »

Cela coupait court. Un mot pour moi ?

J'ai ouvert la deuxième boule jaune :

« Je ne donnerai pas prise à son harcèlement. Tu es un élément irritant qui doit... »

Encore une fois, elle s'arrêtait là. Ou avait été interrompue. Qu'essayait-elle de dire ? Et à qui ?

La dernière boule était blanche et plus grosse. En la dépliant, ma peur est partie en flèche comme un cheval emballé, pulvérisant toutes les mauvaises pensées que j'avais pu avoir. J'ai lissé le papier de mes mains tremblantes.

C'était un dessin au stylo. La forme centrale était clairement celle d'une femme, avec la poitrine et le sexe représentés dans tous leurs détails. Le corps, les bras et les jambes étaient esquissés grossièrement, le visage n'était qu'un ovale avec des traits à peine marqués. Le ventre était ouvert et les viscères qui en sortaient venaient entourer la silhouette. Dans le coin gauche en bas, quelqu'un avait écrit :

« Chacun de tes mouvements. Chacun de tes pas. Ne m'écarte pas. »

30

Je me suis sentie glacée des pieds à la tête. Oh ! mon Dieu, Gabby. Dans quelle galère t'es-tu mise ? Où es-tu ? J'ai regardé la pagaille autour de moi. Son désordre habituel ou le résultat d'un sauve-qui-peut ?

À qui étaient destinées ses notes inachevées ? à moi ? à son poursuivant ? Je ne me pardonnerais jamais quoi ? Un élément irritant qui doit quoi ? Le dessin. La même terreur que devant les radiographies de Margaret Adkins. Un pressentiment. Non. Non, pas Gabby.

Calme-toi, Brennan. Réfléchis.

Téléphoner. J'ai essayé son appartement et son bureau. Répondeur. Boîte vocale. Bienvenue dans l'ère électronique.

Réfléchis.

Ses parents vivaient où ? À Trois-Rivières. Les renseignements. Nous n'avons qu'un seul Macaulay. Neal Macaulay. Une voix de femme âgée m'a répondu. En français. Quelle joie de vous entendre ! Cela fait si longtemps. Comment allez-vous ? Non, Gabriella n'a pas donné de nouvelles depuis quelques semaines. Non, ce n'est pas inhabituel. Les jeunes gens sont toujours si occupés. Est-ce qu'il y a un problème ? Non, non. Paroles rassurantes, promesses de visite très bientôt.

Et après ? Je ne connaissais pas un seul des copains de Gabby.

Ryan ?

Il n'est pas ton ange gardien. Et, de toute façon, tu lui dirais quoi ?

Ne t'emballe pas... Je suis allée me chercher un Coke. Est-ce que je réagissais de manière excessive ? Je suis retournée dans la chambre pour réexaminer le croquis. Excessive ? Seigneur, c'était plutôt le contraire. Ayant vérifié un numéro, j'ai repris le téléphone.

— Allô ?

— Salut J.S., c'est Tempe.

J'avais toutes les peines du monde à garder une voix posée.

— Ciel ! Deux appels en une semaine. Avoue-le. Tu es folle de moi.

— Cela fait plus d'une semaine.

— Même dans un délai maximum d'un mois, je l'interprète comme l'indice d'une attirance irrésistible. Qu'est-ce qui t'amène ?

— J.S., je...

Il a soudain perçu le tremblement dans ma voix et sa désinvolture a laissé place à l'inquiétude.

— Est-ce que ça va, Tempe ? Qu'est-ce qu'il y a ?

— C'est au sujet des meurtres dont je t'ai parlé...

— Eh bien ? J'ai établi le profil tout de suite. En espérant qu'ils y verraient la conséquence de ton intervention. Ils ont reçu mon rapport ?

— Oui. Tu as fait pencher la balance, réellement. Ils ont mis sur pied un groupe commando. De ce côté, les choses avancent bien.

Je ne savais pas trop comment aborder la question de Gabby, sans abuser de notre amitié.

— Est-ce que je peux te poser quelques questions supplémentaires ? Il y a autre chose qui me touche personnellement, et je ne sais vraiment pas quoi...

— Pourquoi tu demandes, Brennan ? Vas-y.

Par où commencer ? J'aurais dû faire une liste. Mon esprit était à peu près dans l'état de la chambre de Gabby. Les pensées et les images éparpillées au petit bonheur.

— Il y a autre chose.

— Oui, tu viens de le dire.

— Je dirais que le problème concerne ce que tu appelles les délits d'ordre sexuel.

— Bon.

— Est-ce que cela inclut des choses comme suivre quelqu'un, lui téléphoner, mais sans rien faire d'ouvertement agressif ?

— C'est possible.

Allons-y avec le dessin.

— Tu m'as dit l'autre fois que les agresseurs violents se constituaient souvent des sortes de chroniques. Des cassettes ou des dessins, par exemple.

— Absolument.

— Les autres aussi ?

— Les autres quoi ?

— Ceux qui commettent des délits sexuels, ils font aussi des dessins, des trucs comme ça ?

— Cela peut arriver.

— Un dessin est-il révélateur du niveau de violence dont la personne est capable ?

— Pas nécessairement. Pour une personne, le dessin peut être une soupape, une manière de mettre en scène, sans embarquer réellement dans la violence. Pour une autre, ce peut être justement le déclic qui le fera passer à l'acte. Ou le fait de se rejouer ce qu'il a déjà commis.

Merveilleux.

— J'ai trouvé un dessin de femme avec le ventre ouvert et les tripes répandues tout autour. Cela peut signifier quoi ?

— La *Vénus de Milo* n'a pas de bras. GI Joe n'a pas de couilles. Qu'est-ce qu'il faut y voir ? de l'art ? de la censure ? Une déviance sexuelle ? Dur à dire sans contexte.

Silence. Que fallait-il que je lui dise ?

— Le dessin vient de la collection de Saint-Jacques ? a-t-il demandé.

— Non. (Je l'ai trouvé dans la corbeille à papiers de ma chambre d'ami.) Tu me disais que, pour ce genre de délinquants, il y avait souvent une escalade dans la violence, n'est-ce pas ?

— Tout à fait. Au début, ils peuvent se limiter au voyeurisme ou aux coups de téléphone obscènes. Certains vont en rester là, d'autres vont chercher plus loin : exhibitionnisme, suivre des femmes dans la rue, même pénétrer de force chez elles. Pour d'autres encore, cela ne suffit pas, ils vont en arriver au viol et même au meurtre.

— Des sadiques sexuels peuvent donc ne pas en être encore arrivés au stade de la violence ?

— Te voilà revenue à la question des sadiques sexuels. Mais pour répondre à ta question, oui.

Certains de ces types vont réaliser leurs fantasmes d'une autre manière. Parfois avec des objets inanimés ou des animaux. Il y en a qui trouvent des partenaires consentants.

— Des partenaires consentants ?

— Un partenaire complaisant, quelqu'un qui permet ce que peut exiger leur fantasme. La soumission, l'humiliation, même la souffrance. Ce peut être leur femme, une maîtresse, quelqu'un qu'ils payent.

— Une prostituée ?

— Absolument. La plupart des prostituées vont accepter de rentrer dans le jeu. Jusqu'à un certain point.

— Cela peut désamorcer leur violence ?

— Oui, tant qu'elle continue. Idem avec une femme ou une petite amie. C'est souvent quand la partenaire en a marre que les choses se gâtent. Elle lui servait de punching-ball et elle débranche d'un coup, parfois même en le menaçant de tout raconter. Il devient dingue, il la tue, s'aperçoit qu'il aime ça. Et c'est parti pour la suivante.

— Mais revenons en arrière. Quelle sorte d'objets inanimés ?

— Des photos, des poupées, des morceaux de vêtements. À vrai dire, n'importe quoi. J'ai eu le cas d'un gars qui s'envoyait en l'air avec un poster grandeur nature d'Eddy Murphy en travesti.

— J'appréhende l'explication.

— Haine bien ancrée des Noirs, des homosexuels et des femmes. Il se payait la totale à chaque branlette.

— C'est sûr.

Juste derrière, j'entendais la musique de *Phantom of the Opera*.

— Mais si un type en est à ce stade, faire des dessins ou utiliser une poupée par exemple, cela veut-il dire qu'il n'en viendra probablement pas au meurtre ?

— Peut-être, mais, encore une fois, qui sait ce qui peut infléchir la courbe et être le coup de pouce qui le fera passer de l'autre bord ? Une photo cochonne va lui suffire un jour, pas le lendemain.

— Est-ce qu'il peut faire les deux ?

— Les deux quoi ?

— Passer de l'un à l'autre. Tuer certaines victimes, simplement suivre et harceler les autres ?

— Absolument. Un rien dans l'attitude de la victime peut changer l'équation. Il se sent insulté ou rejeté. Elle dit ce qu'il ne faut pas, tourne à droite au lieu d'à gauche. Elle n'a même pas besoin d'en être consciente. N'oublie pas que la plupart des tueurs n'ont jamais rencontré leurs victimes. Mais ces femmes-là s'inscrivent dans leurs fantasmes. Ou il peut aussi en voir une dans un rôle, impliquer l'autre d'une manière différente. Il accomplit son devoir conjugal, sort et tue une inconnue. Faire jouer la proie à l'une, l'amie à l'autre.

— Ce qui veut dire que même si quelqu'un en est déjà au meurtre, il peut à l'occasion revenir à ses anciennes manies, moins violentes.

— Il peut.

— Donc quelqu'un qui apparemment est un simple habitué des délits mineurs peut être capable de bien pire ?

— Absolument.

— Quelqu'un qui harcèle une personne au téléphone, qui la suit, qui lui envoie des dessins dégueulasses, n'est pas nécessairement inoffensif, même s'il garde ses distances ?

— Tu es en train de me parler de Saint-Jacques, non ?

— Cela lui ressemblerait ?

— J'ai tacitement pris pour acquis que c'était de lui dont nous parlions.

Turn your face away from the garish light of the day[1]...

— J.S., c'est devenu un problème personnel.

— Qu'est-ce que tu veux dire ?

Je lui ai tout raconté. Gabby. Ses peurs. Sa fuite. Ma colère, et maintenant mon angoisse.

— Merde, Brennan, comment as-tu fait pour te mettre dans une telle situation ? Écoute, ce type n'est vraiment pas net. Le harceleur de Gabby peut ne pas être Saint-Jacques, mais c'est dans l'ordre du possible. Il prend des femmes en filature. Il fait des dessins de femmes étripées, ne semble pas avoir une vie sexuelle franchement normale, et se balade avec un couteau. Saint-Jacques, ou alias, assassine des femmes et les coupe en morceaux. Il faut en penser quoi, à ton avis ?

Open your mind, let your fantasies unwind[2]...

— Quand a-t-elle remarqué ce type pour la première fois ?

— Je ne sais pas.

— Avant ou après que tout se déclenche ?

— Je ne sais pas.

— Qu'est-ce que tu sais de lui ?

— Pas grand-chose. Qu'il se tient avec les putes, paye pour une passe mais se limite à son numéro avec la chemise de nuit. Qu'il trimballe un couteau. Que la plupart des filles ne veulent rien avoir à faire avec lui.

— Ça t'inspire confiance, toi ?

— Non.

— Tempe, je veux que tu ailles raconter tout ça aux gars de ton équipe. Laisse-les mener l'enquête. Tu dis que Gabby est imprévisible, ce n'est

1. Détourne ton visage de la lueur éblouissante...
2. Ouvre ton âme, laisse monter en toi la folie...

peut-être rien. Mais c'est ton amie. Tu as eu des menaces personnelles. Le crâne. Le type qui t'a suivie en voiture.

— Qui m'a peut-être suivie...

— Gabby était chez toi. Elle a disparu. C'est à prendre en considération.

— Oui, mais Claudel va sauter là-dessus et se faire l'homme aux poupées.

— L'homme aux poupées ? Tu vois trop de flics, ces derniers temps.

D'où j'avais sorti cela ? Bien sûr. L'homme aux mannequins.

— C'est qu'on a un débile ici qui pénètre dans les maisons, fait une poupée avec une chemise de nuit, la poignarde et fout le camp. Cela fait un an que ça dure. Ils l'appellent l'homme aux mannequins.

— Il apporte la chemise de nuit ?

— Non ! Il prend la chemise de nuit de la femme qui habite là...

Une soudaine illumination. Une poupée, habillée comme un mannequin. *Feel me, trust me...*

J.S. a dit quelque chose, mais mes pensées avaient pris un virage sur les chapeaux de roue. Le mannequin. La chemise de nuit. Le couteau. Une prostituée du nom de Julie se laissant habiller comme une poupée. Un dessin de carnage avec ces mots : « Ne m'écarte pas. » Les articles de journaux trouvés rue Berger, dont un sur une effraction avec un mannequin habillé d'une chemise de nuit. L'autre avec ma propre photo, découpé et marqué d'un X. Un crâne grimaçant, planté sur un pieu. Le visage de Gabby à 4 heures du matin. Le chaos de la chambre.

— Il faut que j'y aille, J.S.

Help me make the music of the night[1]...

1. Faisons ensemble la musique de la nuit...

— Tempe, promets-moi que tu vas faire ce que je t'ai dit. C'est peut-être tiré par les cheveux, mais le salaud de Gabby peut justement être le cinglé de la rue Berger. Qui peut se trouver être votre tueur. Si c'est ça, tu es en danger. Tu es sur son chemin, tu représentes une menace. Il a ta photo. Il peut être celui qui a mis le crâne de Damas dans ton jardin. Il sait qui tu es. Où tu habites.

Je n'écoutais pas. Dans ma tête, j'étais déjà en route.

Cela m'a pris une demi-heure pour traverser le centre-ville, remonter jusqu'à la Main et retrouver ma place dans la ruelle. J'ai trébuché sur les jambes étalées d'un clochard affalé contre le mur, la tête dodelinant au tempo assourdi d'heavy metal filtrant au travers de la brique. Il a souri, levé la main pour un doigt d'honneur, puis l'a tendue vers moi, paume ouverte. J'ai fouillé dans ma poche et lui ai donné un vingt-cinq sous. Il surveillerait peut-être ma voiture.

La Main était un souk de noctambules, où je devais marchander mon passage. Mendiants, prostituées, drogués en tout genre, touristes... Gaieté turbulente pour les uns, réalité sans joie pour les autres. Bienvenue à l'hôtel Saint-Laurent.

Cette fois-ci, j'avais un plan. J'ai continué jusqu'à Sainte-Catherine pour trouver Jewel Tambeaux. Pas si facile. L'habituel groupe se tenait bien devant le Granada, mais Jewel n'en faisait pas partie.

J'ai traversé la rue et observé les filles. Aucune n'a ramassé de pierre. J'ai trouvé cela de bon augure. Et maintenant, on fait quoi ? Ma dernière petite visite à ces dames m'avait au moins donné une bonne idée de ce qu'il ne fallait pas faire. Ce qui, par ailleurs, était de peu d'utilité pour savoir ce qu'il fallait faire.

Dans la vie, j'ai un principe qui m'a servi bien des fois. Dans le doute, abstiens-toi. Si tu n'es pas sûre, n'achète pas, ne donne pas ton avis, ne t'implique pas. Tiens-toi assise, les genoux serrés. Toute dérogation à cette maxime a généralement eu des résultats regrettables. La robe rouge avec le col en dentelle. La promesse de participer à un débat sur le créationnisme. La lettre de colère expédiée au recteur.

J'ai repéré un bloc de ciment, en ai brossé les éclats de verre et me suis assise. Les yeux sur le Granada. J'ai attendu. Attendu. Attendu.

Pendant un moment, le roman-feuilleton qui se jouait autour de moi m'a tenue occupée. Grandeurs et splendeurs de la Main. Minuit est passé. Puis 1 heure du matin. Puis 2. Variations sur le thème de la séduction et de l'exploitation. J'inventais des titres, donnais des noms aux personnages.

Mais à 3 heures, même la composition de scénarios ne me distrayait plus. Épuisée, découragée, je m'ennuyais ferme. J'avais pris assez de café pour emplir un aquarium, établi de mémoire des listes sans fin, composé bien des lettres que je n'écrirais jamais et imaginé « l'histoire d'une vie » d'un grand nombre de citoyens du Québec. Filles et macs étaient venus et repartis. Jewel Tambeaux ne s'était pas montrée.

Je me suis levée, me suis arquée vers l'arrière. L'idée m'a traversée de frotter mes fesses endolories. Ce n'était peut-être pas une bonne idée. La prochaine fois, éviter le ciment. La prochaine fois, éviter de rester assise toute une nuit, à attendre une prostituée qui pouvait aussi bien être à Saskatoon.

Au moment où j'allais prendre la direction de ma voiture, une grosse voiture blanche est venue se glisser le long du trottoir de l'autre côté de la rue. En a émergé une chevelure orange chihuly, suivie d'un visage familier et d'un bustier.

Jewel Tambeaux a claqué la portière, puis s'est penchée par la vitre du passager pour dire quelque chose au conducteur. L'instant d'après, la voiture démarrait et elle rejoignait les deux femmes assises sur les marches de l'hôtel. Dans l'éclat intermittent des néons, on aurait dit un trio de commères sur une véranda, les rires flottant dans l'air d'avant l'aube. Au bout d'un moment, elle s'est levée, a tiré sur sa minijupe et a commencé à remonter le bloc.

Le spectacle de la Main tirait à sa fin. Sortie des chercheurs d'aventures, entrée des fouilleurs de poubelles. Jewel marchait tranquillement, ondulant des hanches sur quelque tempo intime. J'ai traversé et me suis glissée derrière elle.

— Jewel ?

Elle s'est retournée, un sourire peint sur le visage. Je n'étais pas ce qu'elle attendait. Ses yeux m'ont dévisagée, surprise, déçue.

— Margaret Mead...

J'ai souri.

— Tempe Brennan.

— Des recherches pour un nouveau livre ? De la main, elle a dessiné dans l'air un faisceau, indiquant un titre. « Sexe et sexualité sur la Main. » Ou « Ma vie chez les putes ». Dans un anglais soyeux du Sud, balancé par le rythme cajun.

J'ai ri.

— Ça devrait vendre. Je peux marcher avec vous ?

Elle a haussé les épaules et lâché une bouffée d'air. Puis elle s'est retournée et a repris son lent roulis de bassin. Je l'ai suivie.

— Tu cherches toujours ton amie, chère ?

— En fait, c'est vous que je voulais voir. Je ne vous attendais pas si tard.

— Les jardins d'enfants sont encore ouverts, sugar. Faut bien faire du business si on veut rester dans le business.

— Exact.

Nous avons fait quelques pas en silence, le bruit de mes semelles en caoutchouc s'accordant au claquement métallique de ses pas.

— J'ai abandonné l'idée de trouver Gabby. Elle est venue me voir la semaine dernière, puis a de nouveau disparu. Je suppose qu'elle refera surface quand ce sera le moment.

J'ai guetté une réaction. Jewel a haussé les épaules mais n'a rien dit. Nous marchions et ses cheveux laqués entraient et sortaient de l'ombre. Çà et là, des enseignes au néon s'éteignaient, marquant la fermeture des dernières tavernes, qui garderaient soigneusement leurs odeurs de bière et de cigarette pour la prochaine nuit.

— Pour tout dire, c'est à Julie que je voudrais parler.

Jewel s'est arrêtée et s'est tournée vers moi. Son visage était tiré, comme vidé par la nuit. Par la vie. Elle a sorti un paquet de cigarettes de l'échancrure de son bustier, en a allumé une et a expiré la fumée vers le ciel.

— Tu ferais peut-être bien de retourner chez toi, ma petite.

— Pourquoi dites-vous cela ?

— Tu es toujours à la poursuite de tes tueurs, non ?

Jewel Tambeaux n'était pas folle.

— Je crois qu'il y en a un qui traîne par ici, Jewel.

— Et tu penses que c'est peut-être le cow-boy de Julie ?

— J'aimerais vraiment beaucoup le rencontrer.

Elle a tiré sur sa cigarette, en a tapoté le bout,

de son interminable ongle écarlate. Elle a regardé les étincelles tomber sur le trottoir.

— Je te l'ai dit la dernière fois. Il a l'intelligence d'une saucisse à hot-dog et la personnalité d'une mouffette écrasée. Mais je serais étonnée qu'il ait tué qui que ce soit.

— Savez-vous où il se trouve ?

— Non. Ce genre de débile est à peu près aussi fréquent que les merdes de pigeons. J'y prête autant d'attention.

— Vous avez dit que ce type n'était vraiment pas net.

— Il n'y a pas grand-chose de net par ici, sugar.

— Il était dans le coin récemment ?

Elle m'a regardée, puis ses yeux se sont posés ailleurs, vers une image intérieure ou une pensée que je ne pouvais qu'imaginer. D'autres choses pas nettes.

— Ouais. Je l'ai vu.

J'ai attendu. Elle a tiré sur sa cigarette, les yeux fixés sur une voiture qui remontait la rue.

— Pas vu Julie.

Elle a pris une autre bouffée, a fermé les yeux en gardant la fumée dans les poumons, puis l'a soufflée vers le ciel de la nuit.

— Ni ton amie Gabby.

Un signe de bonne volonté. Devais-je insister ?

— Vous pensez que je pourrais le trouver quelque part ?

— Franchement, sugar, je ne pense pas que tu puisses retrouver un de tes poils de cul sans un plan.

La considération fait toujours plaisir.

Elle a tiré une dernière fois sur son mégot, l'a jeté et l'a écrasé du bout de sa chaussure.

— Embarque, Margaret Mead. Allons-y pour la mouffette.

31

Jewel avait maintenant un but en tête et le cliquettement de ses talons sur le trottoir s'était accéléré. Je ne savais pas trop où elle m'emmenait, mais cela ne pouvait pas être pire que mon bloc en ciment.

Nous avons passé deux rues vers l'est, puis quitté Sainte-Catherine pour couper par un terrain vague. La sculpture abricot de Jewel avançait sans à-coup dans l'obscurité, tandis que je butais à chaque pas sur des morceaux d'asphalte, des canettes d'aluminium, des débris de verre et de végétation. Comment faisait-elle avec ses talons aiguilles ?

Arrivées à l'autre bout, nous avons tourné dans une ruelle et pénétré dans une bâtisse en bois, basse et dépourvue d'enseigne. Les fenêtres étaient peintes en noir, et seules des guirlandes de Noël éclairaient l'intérieur d'une lueur rougeâtre, comme l'antre d'un animal de nuit dans une exposition. Je me suis demandé si c'était l'idée : éveiller les occupants à quelques tardifs raids nocturnes.

J'ai jeté un œil discret aux alentours. Fidèle au thème de Noël, le décorateur en avait rajouté avec des sapins en carton pour les murs et du plastique rouge fendillé pour les tabourets, décorés d'annonces de bière. Des boxes de bois s'alignaient d'un côté, des caisses de bière s'empilaient de l'autre. Le bar était presque vide, mais était imprégné d'odeurs de fumée, de mauvais alcool, de vomi, de sueur et de marijuana. Finalement, mon bloc de ciment avait son charme.

Jewel et le barman se sont adressé un signe de tête. Il avait une peau de la couleur d'un café cuit et recuit. Ses yeux, sous d'épais sourcils, ne nous lâchaient pas.

Elle a traversé tranquillement la salle, dévisageant chacun sans en avoir l'air. Un vieil homme, assis sur un tabouret, l'a appelée et lui a fait signe de venir le rejoindre, en agitant une bière. Elle lui a envoyé un baiser. Il lui a répondu par un doigt d'honneur.

Alors que nous passions devant le premier box, un bras en a jailli pour agripper Jewel au poignet. De son autre main, elle a déplié les doigts et replacé le bras devant son propriétaire.

— La garderie est fermée, chéri.

J'ai enfoui mes mains au fond de mes poches.

Elle s'est arrêtée devant le troisième box, s'est croisé les bras, en secouant lentement la tête.

— Mon Dieu, a-t-elle dit, et elle a fait claquer sa langue contre son palais.

La seule personne du box était assise face à un verre d'un liquide brun pâle, les coudes sur la table, les poings fermés soutenant ses joues. Tout ce que je voyais était le sommet d'une tête, avec des cheveux bruns et gras, répartis inégalement de chaque côté du visage. Le trait de séparation était constellé de particules blanches.

— Julie, a dit Jewel.

Le visage ne s'est pas relevé.

Avec un nouveau claquement de langue, elle s'est glissée sur la banquette. Je l'ai imitée, en bénissant le rembourrage pourtant maigre. Le dessus de la table était luisant d'une substance indéfinissable. Jewel a voulu poser son coude sur le bord, l'a retiré vivement, avec un geste pour l'essuyer. Elle a sorti une cigarette, l'a allumée.

— Julie.

Plus fermement :

Julie a arrêté de respirer, levé le menton.

— Julie ?

Elle a répété son propre nom, d'une voix ensommeillée.

Mon pouls s'est affolé et je me suis mordu la lèvre inférieure.

Seigneur.

J'avais en face de moi un visage qui n'avait pas plus de quinze ans. Son teint ne pouvait se décrire que dans des tonalités de gris. La peau blême, les lèvres gercées, les yeux vides et éteints, soulignés d'un trait sombre, n'avaient pas dû voir le soleil depuis longtemps.

Elle nous fixait sans expression, comme si nos images étaient lentes à se former dans sa tête ou que l'identification exigeait d'elle un terrible effort. Finalement :

— Je peux en avoir une, Jewel ?

Elle a tendu une main tremblante par-dessus la table. Le creux de son coude était violet dans la faible lumière de la salle. L'intérieur du poignet était tout strié de petits traits gris.

Jewel a allumé une Players et la lui a tendue. Julie a aspiré une grande bouffée qu'elle a retenue dans ses poumons, puis a lâché une colonne de fumée, en une remarquable imitation de Jewel.

— Yee, oh ! yee, elle a dit.

Un fragment de papier à cigarettes était resté collé à sa lèvre inférieure.

Elle a tiré une autre bouffée, les yeux fermés, totalement absorbée par son rituel. Nous avons attendu. Faire deux choses à la fois ne devait pas être à sa portée.

Jewel m'a jeté un regard indéchiffrable. Je la laissais mener le bal.

— Julie, ma chérie, tu travailles ces derniers temps ?

— Un peu.

La fille a tété de nouveau sur sa cigarette, a rejeté la fumée par le nez. Les deux nuages argentés se sont dissous dans la lumière rougeâtre. Notre présence n'avait pas l'air de l'étonner. Selon moi, il n'y avait plus grand-chose qui devait l'étonner.

Au bout d'un moment, elle a écrasé son mégot et nous a observées. D'un air de considérer le bénéfice qu'elle pouvait en tirer.

— Je n'ai rien mangé aujourd'hui...

Sa voix était aussi morne et vide que ses yeux.

J'ai jeté un coup d'œil à Jewel. Elle a haussé les épaules et a sorti une autre cigarette. J'ai regardé autour. Pas de menus.

— Ils ont des burgers.

— Tu en voudrais un ?

Combien avais-je d'argent sur moi ?

— C'est Banco qui les fait.

— D'accord.

Elle s'est penchée hors du box et a appelé le barman.

— Banco. J'peux avoir un burger ? avec du fromage ?

On aurait dit une gamine de six ans.

— T'as déjà une facture, Julie.

— C'est moi qui paye, j'ai dit, en sortant la tête du box.

Banco était appuyé contre l'évier du bar, les bras croisés sur la poitrine. De vraies branches de baobabs.

— Un seul ?

Il s'est redressé d'une secousse.

J'ai regardé Jewel. Elle a secoué la tête.

— Un seul.

Julie s'est affaissée dans un coin, tenant mollement son verre des deux mains. Elle avait la mâchoire pendante. Le bout de papier était toujours collé à sa lèvre. J'ai eu envie de l'enlever, mais elle ne semblait pas en avoir conscience. Un four à micro-ondes a sonné, puis émis un ronronnement. Jewel était concentrée sur sa cigarette.

Très vite, le micro-ondes a fait quatre bip et

Banco est apparu avec le burger, fumant dans son enveloppe en plastique. Il l'a déposé devant Julie et son regard est passé de Jewel à moi. J'ai commandé un club-soda. Jewel a secoué la tête.

Julie a déchiré l'emballage de Cellophane et a soulevé le haut du petit pain pour en inspecter le contenu. Satisfaite, elle a mordu dedans. Quand Banco est venu apporter ma consommation, j'ai glissé un œil discret sur ma montre. 3 h 20. Je commençais à penser que Jewel ne reparlerait jamais.

— Où tu as travaillé, sugar ?

— N'importe où.

La bouche pleine de pain et de viande hachée.

— On t'a pas vue ces derniers temps.

— J'étais malade.

— Ça va mieux ?

— Hum.

— Tu travailles sur la Main ?

— Un peu.

— Tu fais toujours le petit écœurant avec la chemise de nuit ?

Mine de rien.

— Qui ?

Elle a léché le bord de son burger, comme un enfant avec un cornet de glace.

— Le type avec le couteau.

— Le couteau ?

L'air absent :

— Tu sais, chère, le petit bonhomme qui aime se taper une branlette pendant que tu portes les dessous de sa môman.

Le mouvement de mandibules s'est ralenti, puis arrêté. Mais elle n'a pas répondu. Son visage semblait modelé dans du mastic, mou et gris, sans expression.

Jewel a tapoté le dessus de la table du bout de ses ongles.

Voyons, sugar, embraye.

— Tu sais qui je veux dire ?

Julie a avalé, nous a jeté un regard, puis s'est concentrée de nouveau sur son burger.

— Tu lui veux quoi ?

Elle a repris une bouchée.

— Juste savoir s'il est toujours dans le coin.

La bouche pleine :

— C'est qui, elle ?

— Tempe Brennan. C'est une amie du Dr Macaulay. Tu vois qui c'est, chère, non ?

— C'est quoi le problème avec le gars, Jewel ? Il a la chaude-pisse ou le sida ou quoi ? Pourquoi tu me poses des questions sur lui ?

Ses réponses avaient le parcours erratique d'une boule de billard. Elles émergeaient au hasard, sans lien avec une question particulière.

— Non, ma douce, je me demandais juste s'il venait toujours dans le coin.

Les yeux de Julie ont croisé les miens. Deux trous sombres.

— Tu travailles avec elle ? m'a-t-elle demandé. Son menton était luisant de gras.

— Quelque chose comme ça, a répondu Jewel à ma place. Elle voudrait parler à ton bonhomme.

— À propos de quoi ?

— Les trucs habituels.

— Elle a pas de langue ou quoi ? Pourquoi c'est pas elle qui demande ?

J'ai voulu parler mais Jewel m'a fait signe de me taire.

Julie n'avait pas l'air d'attendre de réponse. Elle a terminé ce qui lui restait de burger, s'est léché les doigts, un à un. Puis :

— C'est quoi qu'y a avec ce type ? Chris, lui aussi, il parlait d'elle.

La peur a électrisé toutes mes terminaisons nerveuses.

— Parlé de qui ? ai-je laissé échapper.

Elle m'a regardée, mâchoire pendante. Sauf pour parler ou manger, elle ne semblait pas pouvoir, ou vouloir, garder la bouche fermée. Des particules de nourriture étaient incrustées dans ses dents du bas.

— Pourquoi tu veux l'embarquer ?

— L'embarquer ?

— C'est le seul coup régulier que j'ai.

Jewel :

— Y a personne qu'elle veut embarquer. Elle veut juste lui parler.

Julie a pris une gorgée de son verre. J'ai tenté un nouvel essai.

— Qu'est-ce que tu voulais dire, que le gars parlait d'elle aussi ? Il parlait de qui, Julie ?

Son visage a exprimé la perplexité, comme si elle avait déjà oublié ses propres mots.

— Ton régulier parlait de qui, Julie ?

La voix de Jewel trahissait une certaine lassitude.

— Tu sais... La vieille bonne femme qui se tient dans le coin, l'espèce de gouine, avec l'anneau dans le nez et les cheveux bizarres... Elle a repoussé une des ses propres mèches raides derrière son oreille. N'empêche qu'elle est gentille. Plusieurs fois, elle m'a apporté des beignes. C'est pas elle dont vous parlez ?

J'ai passé outre le coup d'œil d'avertissement de Jewel.

— Et qu'est-ce qu'il disait sur elle ?

— Il était en rogne contre elle ou quelque chose. Je sais pas. J'écoute pas ce que disent les clients. Je les baise et je ferme mes oreilles et ma gueule. C'est plus sûr.

— Mais lui, c'est un régulier ?

— Genre.

— Un moment en particulier ?

Je ne pouvais pas m'en empêcher. Jewel m'a adressé un signe du style. « Eh bien, démerde-toi. »

— C'est quoi qu'elle veut, Jewel ? Pourquoi elle pose toutes ces questions ?

À nouveau, on aurait dit une petite fille.

— Tempe veut lui parler. C'est tout.

— J'peux pas y arriver si le gars s'fait choper. Il est répugnant mais c'est de l'argent régulier. J'en ai vraiment besoin.

— Je sais, sugar.

Elle a joué avec son verre, puis l'a repoussé. Elle évitait mon regard.

— Et j'arrêterai pas de le faire. Je m'en fous de c'que les gens disent. O.K., il est bizarre, et puis ? C'est pas comme s'il allait me tuer ou rien. Chris, j'ai même pas besoin d'le baiser. Et j'ferais quoi le jeudi ? J'irais suivre des cours ? J'irais à l'opéra ? Si c'est pas moi qui l'fais, ça s'ra une autre pute d'toute manière.

C'était la première émotion qu'elle manifestait. Le défi adolescent, qui contrastait avec son apathie précédente. J'étais terriblement désolée pour elle. Mais j'avais peur pour Gabby, et je ne lâcherais pas le morceau.

— Tu as vu Gabby récemment ?

J'ai essayé d'adoucir ma voix.

— Quoi ?

— Dr Macaulay. Tu l'as vue récemment ?

La ride entre ses yeux s'est creusée. J'ai pensé à Margot. Bien que le chien policier ait sûrement une meilleure mémoire à court terme.

— La vieille bonne femme avec l'anneau dans le nez, a dit Jewel, en insistant sur la connotation d'âge.

— Ah !... Non. J'ai été malade.

Reste calme, Brennan. Il ne te manque pas grand-chose.

— Tu vas mieux maintenant ? ai-je demandé.

Elle a haussé les épaules.

— Ça va aller ?

Elle a hoché la tête.

— Tu veux autre chose ?

Elle a fait signe que non.

— Tu habites loin ?

Je me détestais de me servir d'elle comme ça, mais il me fallait un peu plus.

— Chez Marcella. Tu sais, Jewel, plus haut sur Saint-Dominique. On est plein à rester là.

Parfait. J'avais ce dont j'avais besoin. Ou dans très bientôt...

Le burger, l'alcool, ou ce qu'elle avait pu prendre d'autre, commençaient à produire leur effet. Le défi a sombré, laissant remonter l'apathie. Elle s'est affalée dans le coin du box, les yeux fixes, comme des ronds plus sombres dans un visage gris de clown. Elle les a fermés, a pris une grande inspiration qui a bombé sa poitrine osseuse sous le débardeur en coton. Elle avait l'air épuisée.

D'un seul coup, les lumières de Noël se sont éteintes et la salle s'est illuminée de la clarté des fluorescents. Banco a gueulé l'annonce de la fermeture imminente du bar. Les rares clients restants se sont dirigés vers la porte en grommelant. Jewel a replacé ses cigarettes dans son bustier et fait signe qu'il fallait suivre. Un coup d'œil sur ma montre : 4 heures. J'ai regardé Julie et toute la culpabilité que j'avais retenue durant la nuit m'a submergée.

Dans la lumière cruelle, on aurait dit un moribond, quelqu'un se laissant doucement glisser vers la mort. J'ai eu envie de la prendre dans mes bras et de la tenir un moment contre moi. Envie de la ramener chez elle, à Beaconsfield, Dorval ou North Haley, où elle mangerait du fast-food, irait au bal des finissants et commanderait des jeans dans les catalogues. Mais je savais que cela n'arriverait pas. Je savais que Julie ferait bientôt partie des statistiques et que, un jour ou l'autre, elle se ramasserait dans le sous-sol de nos bureaux sur Parthenais.

J'ai payé l'addition et nous sommes sorties. L'air matinal était humide et tiède, riche de parfums de rivière et de brasserie.

— Bonne nuit, les filles, a dit Jewel. N'allez pas toutes danser.

Elle a agité les doigts, s'est retournée et a remonté rapidement la ruelle. Sans un mot, Julie est partie dans la direction opposée. La vision de ma maison et de mon lit n'attirait comme un aimant, mais il me manquait encore une dernière petite information.

Je suis restée en arrière. Je voulais lui laisser un peu d'avance, persuadée qu'elle ne serait pas difficile à suivre. Erreur. Quand j'ai levé les yeux, elle avait presque disparu au coin et j'ai dû me dépêcher pour la rattraper.

Elle a zigzagué de ruelle en terrain vague, jusqu'à un triplex délabré sur Saint-Dominique dont elle a grimpé les marches. Elle a cherché sa clé et a disparu derrière une porte dont la peinture verte s'écaillait. Au moment où, indifférente au vacarme, elle laissait retomber sa porte, un rideau loqueteux a bougé imperceptiblement. J'ai noté le numéro.

C'est bon, Brennan, dodo.

En vingt minutes, j'étais à la maison.

Enfilée sous les couvertures, Birdie sur les genoux, j'ai préparé mon plan. C'était facile de décider ce qu'il ne fallait pas faire. Ne pas appeler Ryan, ne pas effrayer Julie. Ne pas mettre la puce à l'oreille du petit merdeux avec le couteau et la chemise de nuit. Vérifier si c'était Saint-Jacques. Vérifier quelle était sa cachette régulière. Arriver avec du concret. Puis faire intervenir la grosse batterie de l'escouade. Vous y êtes, les boys. Feu.

Cela semblait si simple.

32

La journée du lendemain s'est déroulée dans un brouillard d'épuisement. Je n'avais pas l'intention de mettre les pieds au labo mais LaManche avait besoin d'un rapport et m'a appelée. Une fois sur place, j'ai décidé de rester. J'ai fait le tri de vieux dossiers qui traînaient depuis des mois, dans un état de léthargie et d'humeur massacrante. De retour à la maison vers 16 heures, j'ai dîné tôt, pris un bon bain et, à 20 heures, j'étais sous les couvertures.

Le soleil entrait à flots dans la chambre lorsque je me suis réveillée le jeudi matin. Il devait être tard. Je me suis étirée et j'ai roulé jusqu'au bord du lit pour regarder l'heure. 10 h 25. Parfait. J'avais un peu récupéré. Phase un du plan. Pas question d'aller travailler.

À peine avais-je ouvert les yeux que je m'étais sentie gonflée à bloc, comme un coureur de fond un jour de marathon. Le pied sur le starting-block. Pas d'énervement, Brennan. Joue la tactique. Je me suis récité la check-list de mes projets de la journée.

Je me suis rendue dans la cuisine pour me préparer du café et lire la *Gazette*. Des milliers de Rwandais fuyaient la guerre. Le parti québécois de Parizeau devançait de dix points les libéraux du Premier ministre Johnson. Les Expos perdaient la première place dans la Ligue nationale. Les travailleurs allaient poursuivre les travaux durant les vacances annuelles. Sans blague. Quel pouvait être le surdoué qui avait eu cette idée ? Dans un pays où il n'y a que quatre ou cinq mois de bonne température pour construire, tout s'arrête pendant deux semaines en juillet. « Vacances de la construction... » Brillant.

Deuxième tasse de café et fin de la lecture du journal. Jusque-là, tout allait bien. Passage à la phase deux. Dépense physique.

J'ai sauté dans un short et un T-shirt, direction la gym. Une demi-heure de Stairmaster, puis un circuit de Nautilus. Ensuite, un tour au supermarché, où j'ai acheté de quoi nourrir tout Cleveland. J'ai ensuite passé l'après-midi à laver par terre, frotter, épousseter, aspirer. J'ai même évoqué l'idée de nettoyer le réfrigérateur. Non. Pas d'excès.

À 19 heures, ma frénésie de ménage avait eu son compte. L'appartement empestait le poush-poush et le Monsieur Propre, la table de la salle à manger était couverte de pulls qui séchaient et j'avais assez de culottes propres pour au moins un mois. Pour ma part, j'avais en revanche l'air et l'odeur de quelqu'un revenant de plusieurs semaines de camping. J'étais prête pour le départ.

La journée avait été étouffante et la soirée ne s'annonçait pas beaucoup plus fraîche. J'ai changé d'ensemble short-T-shirt et y ai associé mes vieux Nike. Magnifique. Pas la professionnelle de la rue, mais la gueule de quelqu'un qui ratisse la Main à la recherche d'une défonce chimique, d'un compagnon pour la nuit, ou des deux. En me dirigeant vers Saint-Laurent, j'ai repassé le plan dans ma tête. Trouver Julie. Suivre Julie. Trouver l'homme aux poupées. Suivre l'homme aux poupées. Ne pas être vue. La simplicité même.

J'ai traversé Sainte-Catherine, en scrutant les

deux côtés du trottoir. Quelques femmes avaient déjà ouvert boutique devant le Granada, mais pas trace de Julie. Je ne m'attendais pas à la voir si tôt. J'avais un peu de temps pour me mettre en position.

Le premier pépin m'est tombé dessus au moment où je tournais dans ma ruelle. Tel un génie jaillissant de sa bouteille, une grosse femme s'est matérialisée devant moi et m'a chargée. Elle avait le maquillage de Tammy Bakker[1] au moment de l'élévation et le cou d'un bull-terrier. Un certain nombre de mots m'ont échappé, mais il n'y avait aucun doute quant à la teneur du message. J'ai fait marche arrière et suis partie à la recherche d'un autre arrangement pour me stationner.

J'en ai trouvé un six blocs plus haut, dans une rue étroite bordée de triplex. L'été était fiévreux, les voisins étaient à leurs postes. Des yeux d'hommes me suivaient depuis un balcon, d'autres depuis une véranda. Conversations suspendues, canettes de bière posées sur les genoux moites... Hostiles ? Curieux ? Indifférents ? Pas du tout indifférents ? Je n'ai pas traîné. J'ai fermé les portières à clé et rejoint le coin de la rue au pas de course. Trop nerveuse peut-être, mais je ne voulais pas qu'une interférence puisse saboter ma mission.

Mêlée à la foule de Saint-Laurent, j'ai respiré plus librement. Une horloge au mur d'un restaurant indiquait 8 h 15. Merde. J'aurais voulu être déjà en place. Fallait-il modifier le plan ? Et si je la manquais ?

Une fois sur Sainte-Catherine, nouveau coup d'œil sur l'attroupement du Granada. Pas de Julie. Viendrait-elle y faire un tour ? Quelle route prendrait-elle ? Merde. Pourquoi n'avais-je pas démarré plus tôt ? Ce n'était plus le temps d'hésiter.

1. Épouse d'un célèbre télé-évangéliste (N.d.T.)

Je me suis dépêchée vers l'est, en scrutant les trottoirs des deux côtés de la rue. Mais il y avait de plus en plus de monde et je pouvais facilement la manquer. Au terrain vague, j'ai coupé vers le nord selon le chemin que nous avions pris avec Jewel. J'ai eu un moment d'incertitude dans la ruelle du bar, puis j'ai continué. Elle ne devait pas être du genre à commencer de bonne heure.

Quelques minutes plus tard, j'étais embusquée derrière un poteau de téléphone, de l'autre côté de Saint-Dominique. Il n'y avait pas un chat ni un bruit dans la rue. Aucun signe de vie dans l'immeuble. Pas de lumière aux fenêtres, la lampe du porche était grillée. Les écailles de peinture tombaient une à une. Cela m'a fait penser aux tours du silence que j'avais pu voir en photo, ces plates-formes en Inde où les adeptes parsis placent leurs morts pour que les vautours en nettoient le squelette. Un frisson m'a parcourue malgré la chaleur.

Le temps s'écoulait goutte à goutte. Une vieille femme a remonté le bloc en traînant péniblement sur le trottoir inégal un chariot empli de chiffons. Son butin de la soirée. Elle a disparu au coin, et le bruit grinçant des cahots a résonné encore un moment avant de s'éteindre. Rien d'autre n'a dérangé l'écosystème dévasté de la rue.

Il était 8 h 40 à ma montre. L'obscurité s'était épaissie. Jusqu'à quand fallait-il attendre ? Et si elle était déjà partie ? Fallait-il que j'aille sonner ? Merde. J'aurais dû la travailler encore un peu pour connaître l'heure exacte. Ou arriver ici plus tôt. Mon plan montrait déjà de sérieuses déficiences.

Une autre éternité s'est écoulée. Une minute peut-être. J'envisageais sérieusement de partir quand une lumière s'est allumée à l'étage. Peu de temps après, Julie a émergé, en bustier, minijupe et cuissardes. Dans l'ombre du porche, son visage, son ventre et ses cuisses formaient des taches blanches. Je me suis reculée derrière mon poteau.

Elle a eu un moment d'hésitation, le menton levé, les bras serrés contre elle. Comme si elle prenait le pouls de la nuit. Puis elle a descendu les escaliers en trombe et s'est dirigée vers Sainte-Catherine. Je me suis lancée à sa poursuite, le plus discrètement possible.

Au coin, elle m'a surprise en tournant à gauche, dos à la Main. Autant pour le Granada, mais où allait-elle ? Elle traçait son chemin avec détermination, faisant voler les franges de ses bottes, sans prendre garde aux sifflements racoleurs ou admiratifs. C'était une bonne marcheuse et j'avais du mal à la suivre.

Plus nous avancions vers l'est, plus s'éclaircissait la foule. Jusqu'à n'être plus réduite qu'à ma seule personne. Par prudence, j'avais laissé s'allonger l'écart entre nous, mais ce n'était sans doute pas nécessaire. Elle semblait avoir sa destination en tête et ne pas se préoccuper de l'animation piétonnière.

Le quartier changeait d'ambiance. Nous croisions maintenant des couples unisexes, des beaux gosses aux coupes super mode, tous muscles dehors avec des débardeurs et des jeans teintés à la bombe, et quelques travestis. Nous avions abordé le village gay.

Dépassant les cafés, les librairies et les restaurants ethniques, elle a finalement pris vers le nord, puis vers l'est. Pour tourner franc sud dans une rue en cul-de-sac, bordée d'entrepôts et d'immeubles minables, dont bien des fenêtres étaient aveuglées de tôle ondulée. Certains semblaient avoir été conçus pour abriter des commerces au rez-de-chaussée. Mais ils n'avaient pas dû voir de clientèle depuis des années. Les trottoirs étaient parsemés de papiers, de canettes et de bouteilles. Un vrai décor de *West Side Story*.

Julie s'est dirigée sans hésiter vers une entrée à mi-hauteur du bloc. Elle a ouvert une porte vitrée, opaque de saleté et blindée d'un treillis métallique, a prononcé quelques mots et a disparu à l'intérieur. J'ai pu voir le panneau lumineux d'une marque de bière par une fenêtre sur la droite. Elle aussi protégée d'un grillage. Une enseigne au-dessus de la porte annonçait simplement : Bière et Vin.

Et maintenant ? Y avait-il une chambre privée à l'arrière ou à l'étage ? Ou n'était-ce qu'un lieu de rencontre qu'ils quitteraient ensemble ? J'ai prié que ce soit la seconde solution. S'ils repartaient chacun de son côté, leur petite affaire conclue, le plan était à l'eau. Je ne saurais pas quel homme suivre.

Impossible de rester plantée là, à attendre. Sur l'autre trottoir, j'ai aperçu une sorte de brèche, plus sombre. Une ruelle ? J'ai dépassé la taverne et traversé la rue. C'était un passage de moins de un mètre de large, coincé entre un salon de coiffure pour hommes et une compagnie d'entreposage, noir comme une crypte.

Le cœur battant, je m'y suis glissée. Plaquée contre le mur, je me trouvais en partie cachée par l'enseigne jaunie et craquelée du salon qui surplombait la ruelle. Quelques minutes se sont écoulées. L'air était lourd et immobile, sans autre souffle que celui de ma respiration. Soudain, un bruissement m'a fait faire un saut. Je n'étais pas seule. Au moment où j'allais prendre mes jambes à mon cou, une forme ronde et brune a jailli du tas d'ordures à mes pieds et a filé vers l'autre extrémité du passage. Le cœur m'a manqué et un nouveau frisson m'a parcourue.

Relax, Brennan. Ce n'est qu'un rat. Viens-t'en, Julie !

Comme en écho, Julie a réapparu, suivie d'un type portant un sweat-shirt foncé, avec « Université de Montréal » marqué en arc sur le devant. Il tenait délicatement dans son bras gauche un sac en papier.

Mon pouls s'est encore accéléré. C'était lui ? le visage du distributeur ? du fugitif de la rue Berger ? J'essayais de distinguer ses traits, mais il faisait trop sombre et il était trop loin. Même si je pouvais le voir de près, serais-je capable de reconnaître Saint-Jacques ? Peu probable. La photo était trop floue, le type dans l'appartement trop rapide.

Le couple regardait droit devant, sans se toucher ni se parler. Tels des pigeons voyageurs, ils ont repris le même chemin, jusqu'à Sainte-Catherine où ils ont continué vers le sud au lieu de l'ouest.

Je suivais un demi-bloc en arrière, attentive à tout bruit qui aurait pu me trahir. S'ils se retournaient et me voyaient, je n'avais aucune excuse, ni vitrine à regarder, ni porche où m'engouffrer, rien pour me cacher, ni physiquement ni fictivement. Ma seule option serait de continuer à marcher, avec l'espoir de trouver une bifurcation avant que Julie ne me reconnaisse. Mais ils ne regardaient pas derrière eux.

Nous avons poursuivi notre route dans un dédale de petites rues, chacune plus déserte et moins sympathique que l'autre. À un moment nous ont croisés deux types qui se disputaient violemment. J'ai prié que ni Julie ni son client ne les suivent des yeux. Heureusement non. Ils ont continué et tourné au coin suivant. J'ai accéléré le pas, de peur de les perdre durant les quelques secondes où ils seraient hors de vue.

Mon inquiétude était bien fondée. Quand j'ai tourné, ils avaient disparu. La rue était vide et silencieuse.

Saloperie !

J'ai parcouru des yeux les immeubles de chaque côté, les escaliers en fer, les halls d'entrée... Rien. Plus personne.

Merde.

J'ai remonté rapidement la rue, furieuse de les avoir laissés échapper. J'étais à mi-chemin du coin suivant lorsqu'une porte s'est ouverte à moins de cinq mètres sur ma droite et le régulier de Julie est sorti sur le balcon. Il était à la hauteur de mon épaule, dos à moi, mais j'ai reconnu le gilet. Je me suis figée, incapable de penser ni d'agir.

Il s'est raclé la gorge et a envoyé un gros crachat sur le trottoir. S'essuyant la bouche d'un revers de main, il est rentré et a refermé la porte, sans avoir remarqué ma présence.

Je suis restée plantée là, les jambes en coton.

Brillant ce que tu viens de faire, Brennan. Énerve-toi et fous tout en l'air. Pourquoi pas allumer une balise et déclencher une sirène, pendant que tu y es ?

L'immeuble où ils venaient d'entrer s'intégrait dans une rangée qui semblait tenir debout par un dangereux équilibre d'appuis et de contre-appuis. Un morceau de moins et tout s'écroulait. Une enseigne le désignait comme « Le St-Guy » et proposait des « Chambres touristiques ». Sûrement...

Était-ce chez lui ou simplement un endroit pour ses rendez-vous galants ? Je n'avais pas le choix d'attendre une fois de plus.

De nouveau, j'ai cherché un endroit pour me cacher. De nouveau, j'ai repéré une brèche et j'ai traversé pour me trouver devant une ruelle. Il fallait croire que je m'améliorais avec l'expérience. Ou que j'avais de la chance.

Prenant ma respiration, je me suis fondue dans l'obscurité de mon nouveau passage. C'était comme de se glisser dans un conteneur à poubelles. L'air était chaud, lourd, empuanti d'odeurs d'urine et de trucs franchement mal tournés.

Je dansais d'un pied sur l'autre. Le nombre d'araignées et de cafards ventre en l'air dans l'enseigne du coiffeur me déconseillait de m'appuyer au mur. Il était hors de question de m'asseoir.

Les minutes s'éternisaient. Mes yeux ne quittaient pas Saint-Guy mais mes pensées se promenaient dans la galaxie. Je pensais à Katy. À Gabby. À saint Guy. Qui était-ce d'ailleurs ? Comment aurait-il pris le fait de voir ainsi nommé en son honneur ce trou à rat ? Ce n'était pas une maladie, saint-Guy ? Ou c'était Saint-Antoine ?

J'ai pensé à Saint-Jacques. Le vieux cinglé avait raison. Même une mère n'y aurait pas reconnu son petit d'après la photo. Sans compter qu'il pouvait avoir changé de coiffure, s'être laissé pousser la barbe, avoir mis des lunettes.

Le temps pour les Incas de construire des routes. Le temps pour Hannibal de traverser les Alpes. Le temps que Seti vienne occuper le trône de son père. Aucun mouvement autour de Saint-Guy. J'essayais de ne pas penser à ce qui pouvait se passer dans une des chambres. J'ai fait un vœu pour que le type soit du genre expéditif. C'est bien la première fois, Brennan.

Il n'y avait pas un souffle d'air dans mon minuscule réduit, de chaque côté, les murs de brique avaient emmagasiné la chaleur de la journée. Mon T-shirt me collait à la peau. Je transpirais abondamment de la tête et, de temps à autre, une goutte de sueur me dégoulinait le long du visage ou du cou.

L'air était étouffant. Le ciel tremblait d'éclairs intermittents, grondait faiblement. Grognements célestes, rien de plus. Des voitures isolées remontaient la rue, éclairaient la scène de la lueur de leurs phares, puis s'éloignaient en la replongeant dans l'obscurité.

La chaleur, l'odeur, le confinement ont commencé à m'oppresser. Je sentais une douleur aiguë entre les deux yeux et des choses nauséeuses se préparer en arrière de ma gorge. Et si je laissais tomber. J'ai essayé la position accroupie.

Soudain, une forme s'est matérialisée devant moi... Mon esprit a explosé dans mille directions. La ruelle débouchait-elle de l'autre côté ? Imbécile ! Je ne m'étais pas assurée d'avoir une voie de sortie.

L'homme s'est avancé dans la ruelle, en farfouillant au niveau de sa ceinture. J'étais prise au piège...

Ce fut comme une expérience en physique où des forces contraires et d'égale intensité se trouvent en opposition. Je me suis redressée sur des jambes molles et ai fait un pas en arrière. L'homme aussi a reculé d'un pas, une expression de panique sur le visage. Je pouvais voir qu'il était d'origine asiatique, bien que seules ses dents de cheval et ses yeux stupéfaits soient visibles dans l'obscurité.

Je me suis plaquée contre le mur, plus pour me soutenir que pour me dissimuler. Il m'a dévisagée, a secoué la tête comme sous l'effet d'une incompréhension totale, puis a repris la rue à toute allure, en remontant sa braguette et en tirant sur sa chemise.

Pendant un moment, je suis restée stupide, essayant de réguler mes pulsations cardiaques qui avaient rejoint la stratosphère.

Juste un ivrogne qui voulait pisser. Il est parti.

Et si cela avait été Saint-Jacques ?

Ce n'était pas lui.

Tu ne t'es pas laissé de sortie. Tu t'es comportée comme une parfaite imbécile. Tu vas finir par te faire zigouiller.

C'était juste un ivrogne.

Retourne à la maison. J.S. a raison. Laisse ça aux flics.

Ils ne s'en occuperont pas.

Ce n'est pas ton problème.

Gabby, oui.

Elle est probablement allée faire un tour à Sainte-Adèle.

Là, tu viens de marquer un point.

Plus calme, j'ai repris ma surveillance. J'ai retrouvé certaines histoires concernant saint Guy. La danse de Saint-Guy. C'est ça. Très répandue au xvᵉ siècle. Les gens devenaient de plus en plus agités, irritables, puis ils étaient pris de convulsions. On pensait que c'était une sorte d'hystérie et on rapportait cela au saint. Et saint Antoine alors ? Le feu. Le feu de Saint-Antoine. Quelque chose qui avait à voir avec l'ergot du blé. Ça ne rendait pas aussi les gens fous ?

J'ai pensé aux villes que j'aurais aimé visiter. Abilène. Bangkok. Chittagong. J'avais toujours aimé ce nom, Chittagong. Oui, peut-être que j'irais faire un tour au Bangladesh. J'en étais au D quand Julie est sortie de Saint-Guy et a remonté calmement la rue. J'ai continué à garder le terrain. Ce n'était plus elle qui m'intéressait.

Cela n'a pas été très long. Mon gibier aussi quittait les lieux.

Je lui ai laissé un bloc d'avance. Ses mouvements me rappelaient ceux du rat de la ruelle. Il filait à toute allure, épaules levées, tête baissée, le sac serré contre sa poitrine. Tout en le suivant, j'essayais de le rapprocher de la silhouette que j'avais vue bondir dans la chambre de la rue Berger. Il y avait quelque chose qui ne collait pas avec ce que j'avais gardé en mémoire, mais l'apparition avait été trop brève et inattendue. Ce pouvait être le même mais... C'était clair que celui-là ne courait pas aussi vite.

Je priais le ciel qu'il ne se décide pas à s'arrêter dans une nouvelle taverne. Un autre guet était au-dessus de mes forces. Mais après avoir tournicoté un moment dans des rues secondaires, il a pris un dernier virage et a monté l'escalier extérieur d'une maison de pierre grise, à fenêtres en saillie. Semblable aux centaines que j'avais pu longer cette nuit. Juste un peu moins minable peut-être, la façade un peu plus propre, l'escalier un peu moins rouillé.

Le claquement métallique de ses talons a résonné sur les marches et il a disparu derrière une porte lourdement sculptée. Une lumière s'est allumée presque immédiatement au premier étage. Une ombre a déambulé dans la pièce, voilée par des rideaux gris devant la fenêtre à moitié ouverte.

J'ai traversé la rue et attendu. Pas de ruelle ce coup-ci.

Les allées et venues ont duré un moment, puis la silhouette a disparu.

C'est lui, Brennan. Tire-toi.

Il peut rendre visite à quelqu'un. Ou déposer quelque chose.

Tu l'as eu. Ça suffit.

J'ai regardé ma montre : 11 h 20. Il est encore tôt. Encore dix minutes.

Cela a pris moins que cela. La silhouette a réapparu, a ouvert grand la fenêtre, pour s'évanouir de nouveau. Puis la lumière s'est éteinte. Dodo.

J'ai attendu cinq minutes de plus, pour être sûre que personne ne quittait l'immeuble. Là, plus de doutes. Ryan et ses types pourraient venir le cueillir au nid.

J'ai noté l'adresse et pris le chemin du retour, en espérant ne pas me perdre. Il faisait une même chaleur de plomb. Les feuilles et les rideaux n'avaient pas un frémissement, comme si on les avait amidonnés et suspendus pour sécher. Les enseignes lumineuses sur Saint-Laurent éclairaient le haut des immeubles, soulignant les ombres des petites rues que je remontais à la hâte.

Le tableau de bord indiquait minuit au moment où j'entrais dans le garage. Aucun doute que je m'améliorais. De retour avant l'aube.

Je n'ai pas remarqué le bruit tout de suite. J'avais déjà traversé le garage et je cherchais ma clé quand j'en ai finalement pris conscience. Immobile, j'ai tendu l'oreille. Un bip très aigu, venant de derrière moi, à côté de l'entrée principale des voitures.

Je me suis approchée et le son est devenu plus clair. Une sonnerie intermittente. Venant de la porte à droite de la rampe. Elle semblait fermée mais n'était que partiellement engagée. J'ai poussé et tiré la barre de sécurité, claqué la porte complètement. L'alarme s'est interrompue d'un coup, plongeant le garage dans un silence de mort. Il ne fallait pas que j'oublie d'en parler à Winston.

L'appartement était bon et frais après toutes ces heures étouffantes dans mes réduits malpropres. Plantée dans le hall, j'ai laissé l'air conditionné baigner ma peau moite. Birdie se frottait contre mes jambes, ronronnant et arquant le dos en signe de bienvenue. Je me suis penchée vers lui. Des poils blancs et soyeux étaient restés collés à mes jambes. Je l'ai caressé, nourri, et j'ai vérifié mes messages. Un seul, raccroché. Je me suis dirigée vers la douche.

Tout en me savonnant et resavonnant, je repassais mentalement les événements de la nuit. J'en étais où ? Je savais où habitait le fétichiste de Julie. Du moins, je prenais pour acquis qu'il s'agissait de lui puisque nous étions jeudi. Et après ? Il pouvait très bien n'avoir aucun rapport avec les meurtres.

416

Mais cela ne parvenait pas à me convaincre. Pourquoi ? Qu'est-ce qui me laissait croire que ce type était impliqué dans cette histoire ? Pourquoi son arrestation était-elle devenue pour moi une affaire personnelle ? Parce que j'étais inquiète pour Gabby ? Julie s'en était tirée sans problème.

La douche ne m'avait pas calmée, et je savais qu'il n'était pas question de dormir. J'ai pris un peu de brie et de tomme de chèvre dans le réfrigérateur, un Ginger-Ale et, enveloppée dans une couverture, je suis allée m'allonger au salon. J'ai pelé une orange et l'ai mangée avec mon fromage. Aucun animateur de télévision n'était en mesure de retenir mon attention. Où en étais-je ?

Pourquoi avais-je passé quatre heures, avec les araignées et les rats, à espionner un type sous prétexte qu'il fantasmait sur les putes en déshabillé ? Pourquoi ne pas laisser les flics s'en occuper ?

J'en revenais toujours à ça. Pourquoi ne pas en avoir simplement parlé à Ryan et lui avoir demandé de coffrer ce type ?

Parce que j'en avais fait un problème personnel. Mais pas pour les raisons que j'avais bien voulu me donner. Pas seulement pour l'histoire du jardin, ou parce que je craignais pour ma sécurité ou celle de Gabby. Il y avait autre chose qui faisait que ces meurtres m'obsédaient, quelque chose de plus profond et de plus troublant. Durant l'heure qui a suivi, petit à petit, j'ai fini par l'admettre.

La vérité était que, dernièrement, mes réactions commençaient à m'inquiéter. Tous les jours, j'étais confrontée à la mort et à la violence. Des femmes assassinées par des hommes, jetées dans une rivière, un bois, un dépotoir. Des ossements fracturés d'enfants, découverts dans une boîte, dans des conduites d'égout, dans des sacs plastique. Jour après jour, je les nettoyais, les examinais, les triais. J'écrivais des rapports. Je témoignais en cour. Et, quelquefois, je ne ressentais rien. Détachement professionnel. Indifférence du praticien. Je voyais la mort si souvent, et de si près, que je craignais d'en perdre le vrai sens. Il était certain que je ne pouvais pas m'affliger pour tous les êtres humains qui se présentaient à moi à l'état de cadavre. Cela aurait vidé mes réserves émotionnelles en un rien de temps. Une certaine dose de détachement était nécessaire pour mener à bien mon travail. Mais pas jusqu'à ne plus rien ressentir.

La mort de ces femmes avait remué quelque chose en moi. J'étais bouleversée par leur peur, leur souffrance, leur impuissance face au mal. Je ressentais de la colère et une intense indignation, un besoin profond de dénicher le monstre responsable de ces tueries. Ce que je ressentais pour ces victimes était pour moi comme un garde-fou contre une éventuelle incapacité à ressentir. Pour l'humanité en moi, ma foi en la vie. Je ressentais, et j'en avais de la reconnaissance.

Voilà pourquoi cela me concernait personnellement. Voilà pourquoi je voulais que cela cesse. Voilà pourquoi je hantais les terres ecclésiastiques, les bois, les bars et les rues écartées de la Main. Je persuaderais Ryan de donner suite. Je percerais à jour le client de Julie. Je trouverais Gabby. Peut-être tout était-il lié. Peut-être que non. Peu importe. D'une manière ou d'une autre, je débusquerais le salopard responsable d'avoir versé le sang de toutes ces femmes. Je mettrais tout en œuvre pour qu'il se retrouve sous les verrous. Pour de bon.

33

Relancer l'enquête s'est révélé moins facile que je ne le pensais. En partie de ma faute.

À 5 heures et demie vendredi, j'avais la tête et l'estomac lourds des multiples cafés du distributeur. Cela faisait des heures que nous discutions des dossiers. Personne n'avait rien trouvé de bien intéressant et nous ressassions encore et encore les mêmes histoires.

Bertrand travaillait l'angle de ReMax pour Morisette-Champoux, Adkins et le voisin de Gagnon. Très grosse compagnie, trois bureaux différents, trois agents particuliers. Aucun ne se souvenait des victimes, ni même des propriétés. Le père de Trottier faisait affaire avec Royal Lepage.

L'ex-petit ami de Pitre était dans la drogue et avait tué une prostituée à Winnipeg. Une éventuelle piste. Qui pouvait ne mener à rien. Claudel travaillait là-dessus.

Les interrogatoires des types reconnus coupables de délits sexuels se poursuivaient, sans résultat probant. Quelle surprise !.... Des équipes de policiers en civil enquêtaient dans les quartiers où avaient habité Adkins et Morisette-Champoux. Résultat nul.

Nous tournions comme des lions en cage, nous envoyant mutuellement des coups de patte. J'ai attendu le moment opportun. Ils ont écouté poliment ce que je leur ai expliqué concernant Gabby, notre discussion dans la voiture. J'ai donné tous les détails sur le dessin, sur ce qu'avait pu me dire J.S., sur ma filature de Julie.

Quand j'ai eu fini, personne n'a dit un mot. Sept regards muets nous fixaient depuis les tableaux d'affichage. Le stylo de Claudel dessinait des quadrillages et des arabesques. Il était resté silencieux tout l'après-midi, apparemment déconnecté du reste de l'équipe. Mon rapport n'avait fait que le renfrogner davantage. Le tic-tac de l'horloge devenait obsédant.

Bertrand :

— Et vous ne savez pas du tout si c'est le pleinde-merde qu'on a dérangé sur Berger ?

J'ai secoué la tête.

Tic-tac.

Ketterling :

— Pour moi, on devrait le choper.

Ryan :

— Sur quel motif ?

Tic-tac.

Charbonneau :

— On pourrait s'y pointer, juste pour voir comment il réagit sous la pression,

Rousseau :

— Et si c'est notre bonhomme et que ça le fait paniquer. La dernière chose qu'on veut, c'est qu'il prenne peur et qu'il lève les voiles.

Bertrand :

— Non. La dernière chose qu'on veut, c'est qu'il enfonce un autre jésus en plastique dans le charmant minou de quelqu'un.

— Le type est peut-être juste un branleur de quéquette.

— Ou c'est Bundy avec une couille de coincé.

Tic-tac.

Allers et retours d'un bout de la table à l'autre, de l'anglais au français. Au bout d'un moment, tout le monde s'était mis à griffonner les mêmes dessins que Claudel.

Tic-tac.

Puis, Charbonneau :

— Dans quelle mesure peut-on se fier à cette Gabby ?

J'ai hésité. À la lumière du jour, les choses se

420

coloraient un peu différemment. J'avais déjà lâché ces hommes dans la course, et personne n'était encore certain que ce n'était pas derrière un leurre.

Claudel a levé vers moi son regard froid de reptile et mon ventre s'est noué. Cet homme me méprisait, voulait ma peau. Que préparait-il derrière mon dos ? Jusqu'où était-il allé dans son projet de plainte ? Et si je me trompais ?

C'est là que j'ai fait ce que je ne serais plus jamais en mesure de changer. Peut-être que, au fond de moi, je ne pensais pas possible qu'il arrive quelque chose à Gabby. Elle était toujours retombée sur ses pieds. Peut-être que j'ai choisi la sécurité. Comment savoir ? Je n'ai pas mis au niveau de l'urgence l'inquiétude que je pouvais ressentir pour mon amie. J'ai reculé.

— Ce n'est pas la première fois qu'elle disparaît.

Tic-tac.

Tic-tac.

Ryan a été le premier à réagir.

— Comme ça ? Sans un mot d'explication ?

J'ai acquiescé d'un signe de tête.

Tic-tac.

Tic-tac.

Tic-tac.

Ryan a pris un air sombre.

— Bon. Recherche de nom, contrôle de routine. Mais on garde le profil bas pour le moment. De toute manière, avec seulement ça, on n'aura pas de mandat. Il s'est tourné vers Charbonneau. Tu t'en occupes ?

Charbonneau a hoché la tête. Nous avons encore discuté de deux ou trois éléments, puis nous avons ramassé nos affaires et levé la séance.

Chaque fois que, par la suite, j'ai repensé à cette réunion, je me suis toujours demandé si j'aurais pu modifier la suite des événements. Pourquoi n'ai-je pas sonné la trompe sur les traces de Gabby ? Était-ce le coup d'œil de Claudel qui avait affaibli ma résolution ? Ai-je sacrifié mon zèle de la veille sur l'autel d'une circonspection professionnelle ? Ai-je transigé sur la survie de Gabby pour ne pas mettre en péril mon statut ? Une battue tous azimuts ce jour-là aurait-elle fait une différence ?

Ce soir-là, je suis revenue à la maison et me suis réchauffé un plateau-télé. Steak au poivre, je crois. Au bip du micro-ondes, j'ai sorti la barquette, déchiré le couvercle.

Je suis restée là un moment, les yeux fixés sur la purée synthétique baignant dans sa sauce synthétique. La frustration, le sentiment de ma solitude accordaient leurs violons pour l'ouverture. Je pouvais manger cela, passer une autre soirée à réprimer mes démons entre mon chat et les mauvaises comédies du petit écran. Ou me transformer en chef d'orchestre.

— De la merde... Maestro ?

J'ai tout jeté à la poubelle et suis allée à pied jusqu'à Chez Katsura, sur de-la-Montagne. Festin de sushis, tout en papotant gentiment avec un représentant de commerce de Sudbury. Ensuite, ayant décliné son invitation, je me suis dépêchée pour attraper la dernière séance du *Roi lion,* au cinéma Le Faubourg.

Il était 11 heures moins vingt quand j'ai quitté le cinéma et pris l'escalier roulant jusqu'à l'étage principal. Le petit centre d'achat était désert, les vendeurs avaient plié bagages et mis leurs marchandises en sécurité dans des chariots. Je suis passée devant la boulangerie de bagels, l'échoppe de yoghourt glacé, le grill japonais. Les étagères et les comptoirs étaient nets, protégés par les rideaux de sécurité. Les couteaux et les scies pendaient en bon ordre devant l'étal vide du boucher.

Le film était exactement ce qu'il me fallait. Deux

heures de chœur de hyènes, de rythmes endiablés et de romantisme de lionceau. Je n'avais pas pensé aux meurtres. Bien orchestré, Brennan. Hakuna Matata.

La température était toujours tropicale. Une brume de chaleur entourait les réverbères d'un halo, tremblait au-dessus des trottoirs, comme une vapeur montant des bains dans le froid d'une nuit d'hiver.

J'ai aperçu l'enveloppe au moment où je tournais dans le hall pour rejoindre mon appartement. Elle était calée entre la poignée de cuivre et le montant de la porte. J'ai d'abord pensé à Winston. Il avait peut-être une réparation à faire et couperait l'eau ou l'électricité. Non. Il aurait laissé un avis dans ma boîte aux lettres. Une plainte concernant Birdie ? Un message de Gabby ?

Ce n'était pas cela. À vrai dire, cela n'avait rien d'un message. L'enveloppe contenait deux documents, qui étaient maintenant là, posés sur la table, muets, terribles. Le cœur me battait dans la gorge, mes mains tremblaient. Leur signification n'était que trop claire, même si je me refusais à l'admettre.

Il y avait d'abord une carte rectangulaire en plastique. Portant, en lettres blanches et en relief, le nom, la date de naissance, le numéro d'assurance maladie de Gabby. Au-dessus, dans le coin gauche, un soleil couchant. À droite, sa photo, les tresses hérissées autour de la tête, des pendentifs en argent suspendus à chaque oreille. Le deuxième élément était un carré de cinq centimètres de côté, découpé dans un plan de ville. En français, avec le code habituel de couleurs pour les rues et les espaces verts. Rue Sainte-Hélène. Rue Beauchamp. Rue Champlain. Ces rues ne me disaient rien. Ce pouvait être Montréal, ce pouvait être une autre ville. Je ne connaissais pas encore assez bien le Québec. La carte ne contenait ni autoroute ni indication me permettant de l'identifier. Sauf une. Un grand X noir couvrait le centre du carré.

Je restais là, hébétée. Des images terribles se formaient dans ma tête, mais je les repoussais, refusant la seule conclusion logique. C'était du bluff. Comme le crâne dans le jardin. Ce maniaque se jouait de moi. Voulait voir jusqu'où il pouvait me terrifier.

Je revoyais le visage de Gabby à d'autres endroits, en d'autres temps. Rieur sous un chapeau de clown lors du goûter d'anniversaire pour les trois ans de Katy. Baigné de larmes lorsqu'elle m'avait annoncé le suicide de son frère.

Autour de moi, l'appartement se taisait, l'univers était suspendu. Et, d'un seul coup, l'horrible certitude s'est imposée à moi.

Ce n'était pas du bluff. Oh ! Dieu, mon Dieu, oh ! Gabby. Oh ! pardon, pardon, mille fois pardon.

Ryan a décroché à la troisième sonnerie.

— Il a eu Gabby, j'ai dit dans un murmure, la voix affermie par le seul effet de la volonté, la main blanche aux articulations, crispée sur le combiné.

Il ne s'y est pas trompé.

— Qui est-ce ?

— Je ne sais pas.

— Où sont-ils ?

— Je..., je ne sais pas.

J'ai entendu le bruit de sa main passant sur son visage.

— Vous avez quoi actuellement ?

Il m'a écoutée sans m'interrompre.

— Saloperie.

Silence.

— Bon. Je vais passer chercher le plan. L'Identité va essayer de repérer l'emplacement et on va envoyer une équipe sur place.

— Je peux aller le porter au bureau.

— Non, ne bougez pas de chez vous. Et je vais remettre une surveillance autour de votre immeuble.

— Ce n'est pas moi qui suis en danger, j'ai crié. Gabby est aux mains de cette ordure ! Il doit déjà l'avoir tuée à l'heure qu'il est !

Mon masque était en train de s'effriter. J'avais toutes les peines du monde à maîtriser mon tremblement.

— Brennan, ce qui peut arriver à votre amie me rend malade. Je voudrais lui venir en aide autant qu'il est humainement possible. Croyez-moi. Mais vous devez faire fonctionner votre tête. Si ce psychopathe a simplement ramassé son sac, elle est probablement hors de danger, où qu'elle soit. Si c'est elle qu'il a, et qu'il nous a indiqué où la trouver, il l'aura laissée dans l'état dans lequel lui a décidé de nous la laisser. On ne peut rien y changer. Mais pour l'instant, quelqu'un a déposé un message sur votre porte, Brennan. Le chris de bâtard a pénétré dans votre immeuble. Il connaît votre voiture. Si ce type est le tueur, il n'aura pas de scrupules à vous ajouter sur sa liste. Le respect de la vie n'a pas l'air de l'embarrasser outre mesure, et, apparemment, c'est à vous qu'il en veut maintenant.

Il avait raison là-dessus.

— Et je mets quelqu'un sur la piste du type que vous avez suivi.

J'ai parlé calmement et doucement.

— Je veux que l'Identité m'appelle dès qu'ils auront repéré les lieux.

— Bren...

— Cela pose un problème ? dis-je, pas si doucement que cela.

C'était irrationnel et j'en étais consciente. Mais Ryan était conscient de mon hystérie croissante.

Ou était-ce de la rage ? Peut-être ne voulait-il tout simplement pas avoir à négocier avec moi.

— Non. D'accord.

Il est venu ramasser l'enveloppe vers minuit et l'équipe de l'Identité a appelé une heure plus tard. Ils avaient relevé une empreinte sur la carte. La mienne. Le X désignait un terrain vague à Saint-Lambert. Une heure après, j'ai reçu un autre appel de Ryan. Les patrouilleurs avaient ratissé le terrain et les immeubles environnants. Sans résultat. Ryan avait tout préparé pour qu'une levée de corps soit faite le lendemain. Avec des chiens. Retour sur la rive sud.

— À quelle heure demain, ai-je demandé d'une voix entrecoupée, ma douleur pour Gabby ayant atteint le stade de l'intolérable.

— Je vais tout fixer à 7 heures.

— 6 heures ?

— 6 heures. Vous voulez que je passe vous chercher ?

— Merci.

Il a hésité.

— Peut-être que tout ira bien pour elle.

— Oui.

J'ai accompli mon rituel, en sachant que je ne dormirais pas. Les dents. Le visage. La crème pour les mains. La chemise de nuit. J'errais de pièce en pièce, en essayant de ne pas penser aux femmes sur les tableaux d'affichage. Aux photos des meurtres. Aux rapports d'autopsie. À Gabby. Je réajustais un cadre, replaçais un vase, ramassais une peluche sur le tapis. J'avais froid, me suis préparé une tasse de thé, ai baissé l'air conditionné. L'ai remonté quelques minutes après. Birdie avait disparu dans la chambre, agacé par mon agitation sans but. Mais c'était plus fort que moi. Le sentiment d'impuissance face à l'horreur qui se profilait était insoutenable.

Sur le coup de 2 heures, je me suis allongée sur le canapé, j'ai fermé les yeux et tenté de me forcer à me détendre. À me concentrer sur les bruits de la nuit. Le compresseur du frigo. Une ambulance. Un robinet qu'on ouvrait à l'étage du dessus. L'écoulement de l'eau dans les tuyaux. Les craquements du bois. Le tassement des murs.

Mon esprit est passé en mode visuel. Des images remontaient en surface, tournoyaient et chaviraient, fragments enchaînés d'une histoire hollywoodienne. Chantale Trottier dans sa jupe écossaise. Morisette-Champoux avec le ventre ouvert. La tête putréfiée de ce qui avait été Isabelle Gagnon. Une main sectionnée. Un bout de sein entre des lèvres couleur d'os. Un singe mort. Une statuette. Une ventouse. Un couteau.

Je n'arrivais pas à arrêter, à stopper ce film de mort, l'esprit à la torture de savoir que Gabby faisait maintenant partie du script. L'obscurité s'éclaircissait des premières lueurs de l'aube quand je me suis levée pour m'habiller.

34

Le soleil était juste au-dessus de l'horizon quand nous avons retrouvé le corps de Gabby. Margot s'était dirigée droit dessus, presque sans hésitation, à peine l'avait-on lâchée dans le périmètre du terrain délimité par des palissades. Elle avait flairé l'air un moment, puis était partie ventre à terre au travers des arbustes, le petit jour safrané dorant sa fourrure et la poussière que soulevaient ses pattes.

La fosse était cachée à l'intérieur des fondations d'un bâtiment détruit. Elle était peu profonde, creusée vite et comblée à la hâte. Classique. Mais, cette fois-ci, le tueur y avait ajouté une note personnelle. Il avait entouré la tombe d'un ovale de briques.

Le corps était maintenant déposé sur le sol, dans un sac de transport fermé. La scène avait été bouclée avec du ruban jaune, mais ce n'était pas nécessaire. L'heure matinale et la barrière nous avaient protégés des curieux.

J'étais assise dans une voiture de patrouille, buvant un reste de café froid dans un verre de polystyrène. La radio crachotait, tout se déroulait autour de moi avec les va-et-vient habituels. J'étais venue avec l'idée de faire mon boulot, en bonne professionnelle. Mais je m'étais rendu compte que je n'en étais pas capable. Les autres allaient devoir s'arranger avec ça. Peut-être, plus tard, mon esprit serait-il en mesure d'accepter les messages auxquels il opposait obstinément une fin de non-recevoir. Mais, pour l'instant, j'étais engourdie et mon esprit était engourdi. Je refusais de la revoir dans la fosse, de me rejouer la scène du cadavre marbré et ensanglanté émergeant peu à peu de la terre. J'avais immédiatement reconnu les boucles d'oreilles en argent. Ganesh. Je la réentendais m'expliquer le symbole du petit éléphant. Un dieu amical. Un dieu joyeux. Pas un dieu de souffrance ni d'agonie. Où étais-tu, Ganesh ? Pourquoi n'as-tu pas protégé ton amie ? Pourquoi *aucun* de ses amis ne l'ont-ils protégée ? Atroce. Ne plus penser.

J'avais fait une identification visuelle, puis Ryan avait pris le reste en charge. Un peu plus loin, il était en train de discuter avec Pierre Gilbert. Ils ont parlé un moment, puis il est venu vers moi.

Il s'est accroupi devant la portière ouverte, une main sur l'accoudoir. Nous n'étions qu'en milieu de matinée mais il faisait déjà vingt-sept. La sueur trempait ses cheveux et ses aisselles.

— Je suis vraiment désolé... Je sais combien c'est dur.

Non. Tu ne sais pas.

— Le corps est relativement en bon état. C'est étonnant, considérant la chaleur qu'il fait.

— On ne sait pas depuis combien de temps elle est là.

— Oui.

Il a tendu le bras et pris ma main. Sa paume a laissé une marque ronde de transpiration sur l'accoudoir.

— Il n'y a rien que...

— Vous avez trouvé quelque chose ?

— Pas grand-chose.

— Des empreintes, des traces de pneus, rien dans tout ce foutu terrain de merde ?

Il a secoué la tête.

— Des résidus sur les briques ?

En le disant, je savais que c'était stupide.

Ses yeux ne me lâchaient pas.

— Rien dans la fosse ?

— Il y avait une chose, Tempe. Posée sur sa poitrine. Il a eu un moment d'hésitation. Un gant de chirurgie.

— Un peu négligeant pour ce type-là. Il n'a jamais rien laissé jusqu'à présent. Y a peut-être des empreintes à l'intérieur. Je devais faire beaucoup d'efforts pour ne pas craquer. Rien d'autre ?

— Je ne pense pas qu'elle ait été tuée ici, Tempe. Elle a sans doute été transportée depuis un autre endroit.

— C'est quoi, ici ?

— Une taverne, qui a fermé ses portes il y a quelques années. La propriété a été vendue, le bâtiment a été démoli, mais le nouveau propriétaire a claqué. Le terrain est bouclé depuis plus de six ans.

— Ça appartient à qui ?

— Vous voulez le nom ?

— Oui, je veux le nom, ai-je dit sèchement.

Il a sorti son calepin.

— Un type du nom de Bailey.

Derrière lui, je voyais deux assistants déposer les restes de Gabby sur une civière et les rouler jusqu'à la camionnette du coroner.

Oh ! Gabby ! Je suis tellement désolée.

— Je peux aller vous chercher quelque chose ?

Son regard bleu glacier scrutait mon visage.

— Comment ?

— Vous voulez boire quelque chose ? manger ? Vous voudriez rentrer chez vous ?

Oui. Et ne jamais revenir.

— Non. Ça va.

J'ai tout à coup pris conscience de sa main posée sur la mienne. Les doigts étaient fins, mais la main elle-même était large et osseuse. Une cicatrice en arc de cercle entourait l'articulation du pouce.

— Elle n'était pas mutilée.

— Non.

— Pourquoi les briques ?

— Je n'ai jamais réussi à comprendre la façon de penser de ces mutants.

— Il se moque de nous, c'est ça ? Il voulait qu'on la trouve, et il a tout mis en scène. Il n'y aura pas d'empreintes dans le gant.

Il n'a rien dit.

— Ce n'est pas comme d'habitude, n'est-ce pas, Ryan ?

— Non.

La chaleur dans la voiture me collait à la peau comme du sirop. Je me suis levée et j'ai soulevé mes cheveux pour rafraîchir ma nuque à la brise. Il n'y avait pas de brise. Ils ont fixé le sac avec des sangles de tissu noir et l'ont glissé dans la camionnette. J'ai réprimé un sanglot.

— J'aurais pu la sauver, Ryan ?

— Qui d'entre nous aurait pu la sauver ? Je n'en sais rien. Il a lâché un profond soupir et a grimacé vers le ciel. Il y a plusieurs semaines, peut-être. Sans doute pas hier, ni avant-hier. Il s'est tourné vers moi et a plongé ses yeux dans les miens. Mais ce que je sais, c'est qu'on va avoir la peau de cet enfoiré. C'est un homme mort.

J'ai aperçu Claudel qui venait vers nous, un sac transparent à la main. Un mot de trop et je lui arrache la langue, me suis-je promis. Et je l'aurais fait.

— Mes condoléances, a-t-il marmonné, en évitant mon regard. À Ryan : On a presque fini.

Il lui a fait un signe entendu du menton.

Mon pouls s'est accéléré :

— Qu'est-ce qu'il y a ? Qu'avez-vous trouvé ?

Ryan a posé ses deux mains sur mes épaules.

J'ai regardé le sac. Je pouvais y voir un gant de latex jaune pâle, maculé de traces brunes. Un objet plat en dépassait par l'ouverture. Rectangulaire. Avec une bordure blanche. Un fond sombre. Une photo. Les mains de Ryan appuyaient fort sur mes épaules. Je l'ai regardé fixement, d'un air interrogateur. Appréhendant déjà la réponse.

— On verra ça plus tard.

— Laissez-moi voir...

Claudel a hésité, m'a donné le sac. J'ai appuyé sur un des doigts du gant et j'ai secoué doucement pour faire glisser la photo. J'ai repositionné le sac pour regarder au travers du plastique.

Deux personnes, se tenant enlacées. Cheveux au vent. Derrière, les rouleaux de l'océan. J'ai respiré plus vite. Du calme. Reste calme.

Myrtle Beach. 1992. Moi. Katy. Le salopard avait enterré une photo de ma fille avec le corps assassiné de mon amie.

Personne n'a dit un mot. Venant du lieu d'exhumation, Charbonneau s'est dirigé vers nous. Il nous a rejoints, a regardé Ryan, qui a hoché la tête. Les trois hommes sont restés là, muets. Aucun ne savait que faire, que dire. Je n'étais pas vraiment en mesure de les aider. Charbonneau a rompu le silence.

— Allons pincer cette ordure.

Ryan :

— T'as eu le mandat ?

— Bertrand va nous retrouver là-bas. Ils l'ont sorti dès qu'on a trouvé... le corps. Son regard a croisé le mien puis s'est détourné.

— Notre homme y est ?

— Personne n'est entré ni sorti depuis qu'on a bouclé le secteur. Je pense qu'on devrait pas traîner.

— Bon.

Ryan s'est tourné vers moi.

— Le juge Tessier a évoqué la présomption et a délivré un mandat ce matin. On va aller cueillir le type que vous avez filé jeudi soir. Je vous dépose...

— Pas question, Ryan. Je suis de la partie.

— Bren...

— Au cas où vous l'auriez oublié, je viens d'identifier le corps de ma meilleure amie. Elle avait sur elle une photo de moi et de ma fille. C'est peut-être cette maudite larve puante qui l'a tuée, ou un autre psychopathe. Mais je vais le savoir. Et je vais faire tout ce qui est possible pour lui arracher les couilles. Avec ou sans vous et vos joyeux lurons. Je martelais l'air de mon index, comme un piston hydraulique. J'y suis, j'y reste. Et dès maintenant.

Mes yeux me piquaient, je respirais avec peine. Pas question de pleurer, Brennan. Tu ne pleures pas ! J'ai imposé la voix du calme à mon hystérie. Pendant un long moment, personne n'a rien dit.

— Allons-y, a dit Claudel.

432

35

À midi, la température et l'humidité avaient plongé la ville dans une inertie totale. Arbres, oiseaux, insectes et humains restaient aussi immobiles que possible, paralysés par la canicule. La plupart n'étaient pas visibles.

L'expédition était une reconstitution de celle de la Saint-Jean-Baptiste. Le silence tendu. L'odeur de transpiration au travers de l'air conditionné. Ma barre d'angoisse au ventre. Il ne manquait que la maussaderie de Claudel. Il nous retrouvait là-bas, avec Charbonneau.

Et la circulation n'était pas la même. Remontant sans difficulté des rues désertes, nous étions en moins de vingt minutes devant l'immeuble du suspect. J'ai aperçu Bertrand, Charbonneau et Claudel, dans une voiture banalisée avec, juste derrière, la voiture de patrouille de Bertrand. La camionnette de l'Identité était au bout du bloc, Gilbert au volant, un technicien affalé contre la portière côté passager.

Les trois enquêteurs sont sortis à notre approche. La rue était encore plus ordinaire et délabrée à la lumière du jour que ce qui m'était apparu de nuit. Mon T-shirt était plaqué contre ma peau moite.

— Où est l'équipe de surveillance ? a demandé Ryan en guise de bienvenue.

Charbonneau :

— Ils sont allés faire une ronde à l'arrière.

— Il est là ?

— Aucune activité depuis leur arrivée, aux environs de minuit hier. Possible qu'il dorme.

— Il y a une entrée à l'arrière ?

— Elle a été surveillée toute la nuit. Il y a des autos de patrouille à chaque bout du bloc et une sur Martineau. Si notre Roméo est là, il n'ira nulle part.

Ryan s'est tourné vers Bertrand.

— Tu as le papier ?

— Ouais. C'est 1436, Séguin. Appartement 201. Venez, venez, a-t-il ajouté, en mimant le geste du présentateur invitant un spectateur dans un jeu télévisé.

Nous sommes restés là, à mesurer le bâtiment de l'œil comme des combattants jaugeant un adversaire. Nous préparant à l'assaut et à la capture. Deux jeunes Noirs ont tourné le coin et remonté le bloc, leur énorme radiocassette déversant du rap à tue-tête. Ils portaient des Air Jordan, des pantalons assez larges pour loger toute la famille, et des T-shirts décorés d'emblèmes de violence. Un crâne avec les orbites en fusion. Une Faucheuse avec une ombrelle de plage. La mort aux bains de mer. Le plus grand avait les cheveux rasés, à l'exception d'un ovale sur le haut de la tête. L'autre avait des tresses à la rasta.

Une vision fulgurante des tresses de Gabby. Une crispation de douleur.

Non. Plus tard. Je me suis forcée à me concentrer sur le moment présent.

Nous avons regardé les deux jeunes entrer dans un immeuble voisin. La porte est retombée sur la musique. Ryan a regardé à droite et à gauche, puis ses yeux sont revenus sur nous.

— On est prêt ?

Claudel :

— On va l'avoir, ce fils de pute.

— Luc, toi et Michel, vous surveillez l'arrière. S'il cherche à s'enfuir, vous tirez.

Claudel a eu un regard torve, a incliné la tête comme pour faire une remarque, puis l'a secouée, en soufflant bruyamment par le nez. Il s'éloignait

avec Charbonneau quand la voix de Ryan l'a fait
se retourner.

— Et on travaille dans les règles... Pas de bavures.

Les enquêteurs de la Cum ont traversé la rue et
disparu au coin de l'immeuble.

Ryan s'est tourné vers moi.

— Prête ?

J'ai hoché la tête.

— Ça peut être lui.

— Oui, Ryan. Je sais ça.

— Ça va ?

— Seigneur, Ryan...

— Allons-y.

J'ai senti l'appréhension gonfler dans ma poitrine tandis que nous montions l'escalier. La porte
extérieure n'était pas fermée. Nous sommes entrés
dans un petit hall. Plancher crasseux de céramique,
boîtes aux lettres longeant le mur à droite, avec les
dépliants publicitaires en piles par terre, juste en
dessous. Bertrand a tiré sur la porte intérieure.
Elle non plus n'était pas fermée.

— La confiance règne, a dit Bertrand.

Le couloir était pauvrement éclairé, enveloppé
de chaleur et d'une odeur de friture. Un tapis usé
partait de la porte vers le fond du bâtiment et
recouvrait un escalier à droite, fixé tous les mètres
par des tringles métalliques. On avait posé dessus
une bande protectrice en plastique, autrefois
transparente, mais que l'âge et la saleté avaient
rendue opaque.

Nous sommes montés à l'étage, chacun de nos
pas produisant sur le plastique un petit claquement
sec. L'appartement 201 était à droite. Ryan et
Bertrand se sont placés de chaque côté de la porte,
dos au mur, veste déboutonnée, main détendue
posée sur leur arme.

Ryan m'a fait signe de me placer derrière lui.
M'aplatissant contre le mur, j'ai senti mes cheveux

coller au plâtre. J'ai pris une grande inspiration, mêlée d'odeurs de moisi et de poussière. La transpiration de Ryan était perceptible.

Ryan a fait signe à Bertrand. La boule d'anxiété est remontée dans ma gorge.

Bertrand a frappé à la porte... Puis une deuxième fois.

Silence.

— Police. Ouvrez.

Plus loin dans le couloir, une porte s'est entrebâillée doucement. Des yeux épiaient par l'ouverture permise par la chaîne de sécurité.

Bertrand a tapé cinq autres coups secs qui ont résonné dans le silence oppressant.

— Monsieur Tanguay n'est pas ici.

Nos têtes ont pivoté dans la direction de la voix. Qui était douce et haut perchée, venant de l'autre côté du couloir.

Ryan a fait signe à Bertrand de rester là et nous nous sommes approchés. Les yeux nous observaient, derrière d'épais verres de lunettes qui en agrandissaient les iris. Ils étaient à peine à un mètre trente du sol et devaient se lever de plus en plus. Ils passaient de Ryan à moi, cherchant le point le moins inquiétant pour s'y fixer. Ryan s'est accroupi pour se placer à leur hauteur.

— Salut, a-t-il dit.

— Salut.

— Comment ça va ?

— Ça va.

L'enfant attendait. Je n'arrivais pas à déterminer si c'était un garçon ou une fille.

— Ta maman est à la maison ?

Hochement de tête négatif.

— Ton papa ?

— Non.

— Personne ?

— Vous êtes qui ?

436

Bien, mon petit. On ne parle pas à des étrangers.

— Police.

Il a montré son insigne. Les yeux se sont écarquillés.

— Je peux le toucher ?

Ryan a passé l'insigne par l'entrebâillement. L'enfant l'a examiné gravement et l'a rendu.

— Vous cherchez M. Tanguay ?

— Oui, c'est ça.

— Pourquoi ?

— On veut lui poser des questions. Tu le connais, M. Tanguay ?

L'enfant a hoché la tête, mais n'a rien dit.

— C'est quoi, ton nom ?

— Mathieu.

Un garçon.

— Ta maman sera là à quelle heure, Mathieu ?

— Je vis avec ma Grandmamie.

Ryan a changé d'appui et une de ses articulations a craqué. Il a posé un genou au sol, placé son coude sur l'autre et, le menton sur son poing fermé, a regardé Mathieu.

— Quel âge as-tu, Mathieu ?

— Six ans.

— Tu vis ici depuis combien de temps ?

Le petit garçon a eu un air stupéfait, comme s'il n'avait jamais pensé qu'il puisse exister d'autres possibilités.

— Depuis toujours.

— Tu connais M. Tanguay ?

Mathieu a hoché la tête.

— Il vit là depuis longtemps ?

Haussement d'épaules.

— Ta Grandmamie sera là à quelle heure ?

— Elle fait des ménages pour des gens... Samedi — il a roulé des yeux et mordillé sa lèvre inférieure —, une petite minute. Il a disparu dans l'appartement, pour revenir moins d'une minute plus tard. À 3 heures et demie.

— Mm... mince, a dit Ryan, en dépliant son grand corps. Puis, s'adressant à moi d'une voix tendue, à peine audible : Le trou d'cul est peut-être là, et on a un gamin sans surveillance sur les bras.

Mathieu le regardait comme un chat de gouttière fixant une souris acculée, sans le lâcher des yeux.

— M. Tanguay n'est pas ici.

— Tu es sûr ?

Ryan s'est de nouveau accroupi.

— Il est parti.

— Où ?

Nouveau haussement d'épaules. Un doigt potelé a remonté les lunettes sur son nez.

— Comment tu sais qu'il est parti ?

— C'est moi qui m'occupe de ses poissons. Il a eu un sourire large comme le Mississippi. Il a des tétras, des *angelfish* et des *white clouds*. Ils sont fantastiques !

Fantastique ! Quel mot formidable. Le même mot en anglais n'avait pas autant de force.

— Quand est-ce qu'il doit revenir, M. Tanguay ?

Haussement d'épaules.

— Est-ce que Grandmamie l'a inscrit sur le calendrier ?

Le petit garçon m'a adressé un regard surpris, puis a disparu comme tout à l'heure.

— Quel calendrier ? a demandé Ryan, en levant les yeux vers moi.

— Ils doivent en avoir un. Il est allé vérifier quelque chose quand il n'était pas sûr de l'heure à laquelle rentrait Grandmamie.

Mathieu est revenu.

— Nan.

Ryan s'est redressé.

— On fait quoi ?

— S'il a raison, on entre et on fouille. On a déjà son nom, on va s'en occuper de M. Tanguay. Grandmamie saura peut-être où il est parti. Sinon, on le coince dès qu'il vient faire un tour dans le coin.

Ryan a regardé Bertrand, lui a montré la porte du doigt.

Cinq coups décidés.

Pas de réponse.

— On la casse ? a demandé Bertrand.

— M. Tanguay sera pas content.

Nous avons tous regardé l'enfant.

Pour la troisième fois, Ryan s'est penché vers lui.

— Il sera vraiment en colère si vous faites quelque chose de mal, a dit Mathieu.

— C'est important qu'on aille voir dans l'appartement de M. Tanguay, a expliqué Ryan.

— Il aimera pas ça si vous cassez sa porte.

Je me suis accroupie à côté de Ryan.

— Mathieu, est-ce que tu as les poissons de M. Tanguay dans ton appartement ?

Signe de tête négatif.

— As-tu la clé de l'appartement de M. Tanguay ?

Hochement de tête.

— Nous ferais-tu rentrer ?

— Non.

— Pourquoi ?

— Je peux pas sortir quand Grandmamie est partie.

— C'est bien, Mathieu. Grandmamie ne veut pas que tu sortes parce que ce pourrait être dangereux. Elle a raison et tu es un bon petit homme de l'écouter.

Nouveau sourire mississippien.

— Penses-tu qu'on pourrait utiliser ta clé, Mathieu, juste quelques minutes ? C'est une affaire de police très importante, mais tu as raison, ce ne serait pas bien de casser la porte.

— Oui, je crois que vous pouvez, a-t-il dit. Parce que vous êtes de la police.

Il est parti en courant et est revenu avec la clé. Il a serré les lèvres l'une contre l'autre et m'a regardée franchement dans les yeux en me tendant la clé par la fente.

— Il ne faut pas casser la porte.

— On va faire très attention.

— Et il ne faut pas aller dans la cuisine. Ce n'est pas bien. Vous ne devez vraiment pas aller dans la cuisine.

— Tu vas fermer ta porte et rester à l'intérieur, Mathieu. Je frapperai quand nous aurons fini. N'ouvre pas la porte tant que tu ne m'as pas entendue frapper.

Le petit visage a remué gravement de haut en bas, et la porte s'est refermée sur lui.

Nous avons rejoint Bertrand, qui a cogné une dernière fois, appelé. Il y a eu un instant de malaise, puis Ryan a hoché la tête, et j'ai introduit la clé dans la serrure.

La porte ouvrait directement sur un petit salon, aux teintes résolument bordeaux. Des deux côtés, des étagères grimpaient jusqu'au plafond, les autres murs étaient en bois, assombris par des années de vernis. Des pans de velours rouge, accrochés aux fenêtres et retenus par des galons presque gris, interceptaient l'essentiel de la lumière.

Nous avons attendu, l'oreille aux aguets et les yeux fouillant l'obscurité de la pièce.

Le seul son audible était un faible bourdonnement, erratique, comme un mauvais contact électrique. Bzz. Bzzzzz. Bz. Bz. Cela venait de derrière une porte à double battant, sur la gauche. Autrement, il régnait sur les lieux un silence de mort.

Pas très judicieux, le vocabulaire, Brennan.

Dans la pénombre, j'ai peu à peu distingué les meubles. Plutôt vieux et abîmés. Au centre de la pièce, une table en bois sculpté, avec les chaises assorties. Un divan tout défoncé, couvert d'une couverture mexicaine, occupait le devant de la baie vitrée. En face, un grand écran trônait sur un coffre en bois.

Des petites tables et des meubles de rangement étaient éparpillés tout autour, certains assez jolis, assez semblables à ceux que j'avais dénichés dans des marchés aux puces. Mais ceux-là ne devaient pas être le fruit d'après-midi fouineurs, négociés âprement, pour être par la suite décapés et repeints. Ils avaient l'air d'être là depuis des années, dans l'ignorance et l'indifférence de locataires successifs.

Une natte très usée couvrait le sol. Et il y avait des plantes. Partout. Poussées dans les coins, alignées le long des plinthes, pendues à des crochets et descendant en cascade sur les rebords de fenêtres, les tables, le buffet et les étagères. Ce que l'occupant n'avait pas en ameublement, il le compensait en verdure.

— Ça a l'air d'un chris de jardin botanique ici, a dit Bertrand.

Et ça en a l'odeur, me suis-je dit en moi-même. L'espace était étouffant d'une senteur de moisissure, de feuilles et de terre humide.

Face à la porte d'entrée, un petit couloir menait jusqu'à une porte simple, fermée. Ryan m'a de nouveau fait signe de me placer derrière lui. Puis le dos collé au mur, épaules levées, genoux pliés, il s'est glissé centimètre par centimètre jusqu'à la porte. A marqué un temps d'arrêt, puis a balancé un grand coup de pied dans le bois.

La porte est allée valdinguer contre le mur, puis est revenue sur elle-même, pour s'arrêter à mi-course. J'ai tendu l'oreille vers d'éventuels bruits de mouvements, le cœur battant au rythme du bourdonnement erratique. Bzzzzz. Bz. Bz. Bzzzzz. Doum-doum, doum, doum-doum.

Une lueur spectrale filtrait par l'entrebâillement, accompagnée d'un faible gargouillis.

— On a trouvé les poissons, a dit Ryan en passant la porte.

Il a relevé l'interrupteur de son stylo et la pièce a été inondée de lumière. Chambre à coucher standard. Lit simple, couvert d'un tissu indien. Une table de chevet, avec lampe, réveil, atomiseur nasal. Une penderie, sans miroir. Une minuscule salle de bains au fond. Une seule fenêtre ouvrant sur un édifice en brique et voilée d'épais rideaux.

La seule particularité était les aquariums, s'alignant contre le mur du fond. Mathieu avait raison, ils étaient fantastiques. Des traits bleu néon, jaune canari, blanc et noir circulaient entre des roches roses et blanches et des plantes de tous les coloris de verts imaginables. Chaque minuscule écosystème était illuminé de bleu-vert et bercé par la mélodie de la pompe à oxygène.

Je restais là, hypnotisée, sentant une pensée se former en arrière de ma tête. Poisson ? Quoi poisson ? Rien.

Ryan tournait autour de moi, utilisant son stylo pour écarter le rideau de douche, ouvrir l'armoire à pharmacie, fouiller dans la nourriture et les filets placés à côté des bacs. Il a pris un mouchoir pour ouvrir les tiroirs de l'armoire, puis de nouveau son stylo pour soulever les sous-vêtements, les chaussettes et les gilets de coton.

Laisse tomber les poissons, Brennan. Quelle que soit l'idée qui m'était venue en tête, elle était aussi fuyante que les bulles d'air qui montaient dans les aquariums et disparaissaient à la surface.

— Et puis ?

Il a secoué la tête.

— Rien d'évident. Je ne veux pas foutre en l'air le travail de l'Identité, je vérifie juste comme ça. On va jeter un œil sur les autres pièces, puis je vais appeler Gilbert. C'est bien clair que Tanguay n'est pas là. On va lui mettre la main dessus, mais, d'ici là, on va se faire une bonne idée de ce qu'il y a ici.

Retour vers le salon, où Bertrand examinait la télévision.

— Le super top du progrès, a-t-il dit. Le type est un accroc du cathodique.

— Il doit avoir besoin de sa dose régulière de Cousteau, a déclaré Ryan d'un air absent, le corps sous tension, les yeux à l'affût. Personne ne nous prendrait de surprise aujourd'hui.

J'ai jeté un œil sur les étagères de livres. L'éventail des sujets était impressionnant et, comme la télé, les livres avaient l'air neuf. J'ai parcouru les titres. Écologie. Ichtyologie. Ornithologie. Psychologie. Sexologie. Beaucoup de science, mais les intérêts du gars étaient éclectiques. Bouddhisme. Scientologie. Archéologie. Art maori. La sculpture du bois chez les Kwakiutls. Les guerriers samouraïs. Les grands faits de la Seconde Guerre mondiale. Le cannibalisme.

Il y avait des centaines de livres de poche, notamment des romans contemporains, aussi bien en anglais qu'en français. La plupart de mes auteurs favoris y étaient. Vonnegut. Irving. McMurty. Mais la majorité était des thrillers. Meurtres violents. Traqueurs fous. Psychopathes sadiques. Villes sans pitié. Je n'avais pas besoin de lire les quatrièmes de couverture. Il y avait aussi une rangée entière de biographies consacrées à des serial killers ou à des tueurs fous. Manson. Bundy. Ramirez. Boden.

— Apparemment, Tanguay et Saint-Jacques font partie des mêmes clubs de lecture, ai-je fait remarquer.

— Cet enfoiré est probablement Saint-Jacques, a dit Bertrand.

— Non, ce type-là se brosse les dents, a répliqué Ryan.

— Oui. Quand il est Tanguay.

— Si c'est lui qui lit tout ça, son champ d'intérêt est incroyablement étendu. Et il est bilingue. J'ai de nouveau passé sa collection en revue. Et il est mauditement compulsif.

— Vous en êtes où, docteur Kinsey ? a demandé Bertrand.

— Regardez ça.

Ils sont venus me rejoindre.

— Tout est classé par sujet, dans l'ordre alphabétique... Puis dans chaque catégorie, par auteur et là encore par ordre alphabétique. Puis pour chaque auteur, par année de publication.

— Tout le monde ne fait pas ça ?

Ryan et moi l'avons regardé. Bertrand ne lisait jamais.

— Regardez comment chaque livre est bien aligné sur le bord de l'étagère.

— C'est la même chose avec ses caleçons et ses chaussettes. Il doit les empiler avec une équerre, a dit Ryan.

Puis, exprimant mes pensées à voix haute :

— Ça correspond au profil.

— Peut-être qu'il garde juste les bouquins pour la frime. Pour montrer aux copains que c'est un intellectuel, a dit Bertrand.

— Je ne crois pas, ai-je dit. Il n'y a pas de poussière dessus. Et puis, regardez les petites bandes de papier jaune. Il ne se limite pas à lire, il marque ce sur quoi il veut revenir. Il faut attirer l'attention de Gilbert et de son équipe là-dessus, qu'ils ne perdent pas les marque-pages. Ça peut être utile.

— Je vais leur dire d'envelopper les livres avant de saupoudrer.

— Autre trait caractéristique de M. Tanguay... ?

— Il lit des trucs franchement pas nets, a dit Bertrand.

— Après les histoires de meurtre, qu'est-ce qui l'intéresse le plus ? ai-je demandé. Regardez l'étagère du haut.

— Chris, a dit Ryan. *Gray's Anatomy. Anatomie humaine* de Rouvière. *Color Atlas of Human Anatomy. Traité de dissection anatomique. Dictionnaire du corps humain.* Hostie, regardez-moi ça. *Sabiston's Principles of Surgery.* Il est plus équipé qu'une bibliothèque de fac de médecine. Visiblement, il est super calé pour ce qui est de notre géographie interne.

— Ouais, et pas juste des histoires pour enfants. Cette vermine donne dans la littérature pour adultes.

Ryan a pris sa radio.

— On va mettre Gilbert et son commando là-dessus. Je vais dire aux équipes dehors de se lancer sur la piste de ce Dr Tête-de-nœud. J'ai pas envie qu'il nous tombe dessus sans avertissement. Chris, Claudel doit les avoir sous les bras, à l'heure qu'il est.

Ryan parlait dans son talkie-walkie, Bertrand continuait à éplucher les titres derrière moi.

Bz. Bzzzzzzzz. Bzz. Bz.

— Ah ! ça c'est votre rayon ! Il a tiré sur un livre en se servant de son mouchoir. Apparemment, il n'y en a qu'un du genre.

Il a posé sur la table un volume unique de *American Anthropologist.* Juillet 1993. Je n'avais pas besoin de l'ouvrir. Je connaissais un des titres de la table des matières. « Un très gros coup », avait-elle appelé ça. « C'est un passeport direct pour ma titularisation. »

L'article de Gabby. De voir le document de l'association m'est revenu en plein visage comme un retour de câble. Je voulais me retrouver un samedi ensoleillé, quand tout allait bien, que personne n'était mort, que ma meilleure amie allait me téléphoner pour qu'on aille dîner ensemble.

Vite, de l'eau. Passe-toi de l'eau froide sur le visage, Brennan.

J'ai titubé jusqu'à la porte à deux battants que j'ai poussée du pied, cherchant la cuisine.

Bzzzz. Bzzzzzzz. Bz. Bzzzzzz. Bz.

La pièce n'avait pas de fenêtre. Une horloge digitale sur ma droite donnait une faible lueur orangée. Je distinguais deux formes blanches et une autre bande pale à mi-hauteur. Le réfrigérateur, la cuisinière et l'évier, sans doute. J'ai cherché l'interrupteur. Et puis merde pour la procédure. Ils trouveront au moins mes empreintes.

Le revers de la main collé contre la bouche, j'ai vacillé jusqu'à l'évier et me suis projetée de l'eau froide sur le visage. Quand je me suis relevée, Ryan se tenait dans l'embrasure de la porte.

— Ça va aller, Ryan.

Bzz. Bz. Bzzzz.

— Une menthe ?

Il m'a offert un bonbon au menthol.

— Merci... c'est la chaleur.

— C'est un vrai four.

Une mouche est arrivée en piqué sur sa joue.

— Chris, c'est quoi... Il a balayé l'air de son bras. Il fait quoi, là-dedans ?

Nous les avons aperçus en même temps. Deux objets bruns posés sur le comptoir, séchant sur des essuie-tout tachés d'un halo de graisse. Les mouches dansaient autour, atterrissant et décollant dans une agitation fébrile. À gauche, il y avait un gant de chirurgie, le jumeau de celui que nous avions déterré. Nous nous sommes approchés, déclenchant un mouvement de panique chez les mouches.

J'ai examiné chacune des masses racornies et j'ai repensé aux cafards et aux araignées de l'enseigne du coiffeur. Les pattes séchées et recroquevillées dans la rigidité de la mort. Pourtant, cela n'avait rien à voir avec des arachnides. J'ai su instantanément ce que c'était, même si je n'en avais vu qu'en photo.

— Ce sont des pattes.

— Quoi ?

— Ce sont les pattes d'un animal.

— Vous êtes sûre ?

— Retournez-en une... Regardez, on voit l'attache des os des membres.

— Mais il fout quoi avec ça ?

— Je n'en sais foutre rien, Ryan.

J'ai pensé à Alsa.

— Chris.

— Vérifiez le réfrigérateur.

— Oh ! Chris.

Le tout petit corps était là, écorché et enveloppé dans du plastique transparent. À côté de plusieurs autres.

— C'est quoi ?

— Une espèce de petit mammifère. Sans peau, c'est difficile à dire. Pas des chevaux en tout cas.

— Merci, Brennan.

Bertrand nous a rejoints.

Qu'est-ce que vous avez trouvé ?

— Des bestioles crevées. La voix de Ryan trahissait son exaspération. Et un autre gant.

— Le type mange peut-être du gibier écrasé, a dit Bertrand.

— Peut-être. Et peut-être qu'il met les gens en abat-jour. Ça suffit. Je veux qu'on mette les scellés là-dessus. Je veux qu'on ramasse toute cette foutue merde. La coutellerie, le robot, tout ce qui peut y avoir dans ce maudit réfrigérateur. Qu'ils fassent des prélèvements dans le broyeur à déchets. Et qu'ils arrosent le moindre centimètre carré au Luminol. Il fout quoi, Gilbert ?

Il s'est dirigé vers le téléphone mural à gauche de la porte.

— Attendez. Est-ce qu'il y a une touche bis ?

Il a acquiescé.

— Essayez-la.

— On va probablement avoir son curé. Ou sa Grandmamie.

Il a appuyé sur le bouton. Sept petites notes mélodieuses, puis quatre sonneries. Une voix a répondu, et la boule d'effroi que j'avais retenue toute la journée a explosé.

— *Please leave your name and number phone and I'll return your call as soon as possible*. Bonjour... Veuillez laisser votre nom et numéro de téléphone...

36

D'entendre ma propre voix m'a littéralement assommée. Les jambes molles, je suffoquais.

Ryan m'a soutenue jusqu'à une chaise, apporté de l'eau. Je ne sais pas combien de temps j'ai pu rester là, sans rien éprouver d'autre qu'une sensation de vide. J'ai fini par reprendre le dessus et par analyser la situation.

Il m'avait téléphoné. Pourquoi ? Quand ?

Je voyais Gilbert mettre ses gants, glisser sa main dans le broyeur, en retirer quelque chose qu'il a laissé tomber dans l'évier.

Est-ce moi qu'il essayait de joindre ? ou Gabby ? Il avait l'intention de dire quoi ? de parler ou de vérifier si j'étais là ?

Un photographe allait de pièce en pièce, le flash

éclairant la pénombre de l'appartement comme une luciole.

Les messages raccrochés. C'était lui ?

Un technicien, ganté et en combinaison, fermait les livres avec du ruban adhésif, les scellait dans des sacs plastique, les marquait et signait en travers du scellé. Un autre répandait de la poudre blanche sur le vernis rouge des étagères. Un troisième vidait le réfrigérateur, retirant des paquets enveloppés de papier d'emballage, qu'il plaçait dans une glacière.

Était-elle morte ici, avec pour dernière vision ce que j'avais devant les yeux ?

Ryan parlait à Charbonneau. Bribes de conversation qui me parvenaient au travers de la chaleur. Où est Claudel ? Parti. Va secouer le gardien. Regarde s'il y a une cave ou un espace de rangement. Il nous faut les clés.

Charbonneau est sorti, pour revenir avec une femme d'âge moyen, en peignoir et en pantoufles. Ils ont de nouveau disparu, accompagnés de l'empaqueteur de livres.

Ryan réitérait sa proposition de me ramener. Il n'y avait rien que vous puissiez faire, me disait-il gentiment. Je le savais bien, mais il fallait que je reste.

Grandmamie est arrivée vers 4 heures. Ni hostile ni coopérative. Elle a fourni une description de Tanguay du bout des lèvres. Un homme tranquille. Cheveux bruns, qui se dégarnissaient. Profil moyen à tout point de vue. Qui pouvait correspondre à la moitié des êtres masculins d'Amérique du Nord. Non, elle ne savait pas du tout où il était, ni combien de temps il serait parti. Oui, cela lui était déjà arrivé, mais jamais longtemps. Elle le remarquait uniquement parce que Tanguay demandait à Mathieu de nourrir ses poissons. Il était gentil avec Mathieu. Il lui donnait de l'argent pour s'occuper des poissons. Elle ne savait pas grand-chose d'autre, le voyait rarement. D'après elle, il avait un emploi, une voiture. Mais elle n'était pas certaine. Elle ne s'en occupait pas. Ne voulait pas être impliquée.

Ils ont passé tout l'après-midi et une partie de la nuit à disséquer l'appartement. Pas moi. À 5 heures, il était devenu urgent que je sorte. J'ai accepté l'offre de Ryan et je suis partie.

Dans la voiture, Ryan m'a répété ce qu'il m'avait dit au téléphone. Je devais rester à la maison. Une équipe surveillerait mon immeuble vingt-quatre heures sur vingt-quatre. Pas de sortie nocturne. Pas d'expédition en solo.

— Lâchez-moi, Ryan...

Ma voix trahissait ma fragilité.

Le reste du voyage s'est déroulé dans un silence tendu. Arrivé devant l'immeuble, il s'est garé et s'est tourné vers moi. Je sentais son regard fixé sur mon profil.

— Écoutez, Brennan, je ne cherche pas à vous emmerder la vie. Le temps de cette ordure est compté, vous pouvez en être sûre. J'aimerais juste que vous soyez encore là pour le voir.

Sa sollicitude m'a plus touchée que je n'aurais voulu l'admettre.

Ils ont fait sauter tous les barrages. Un message général a été adressé à tous les policiers du Québec, à la police provinciale d'Ontario, à la gendarmerie royale et aux forces policières américaines de l'État de New York et du Vermont. Mais le Québec est immense, ses frontières faciles à traverser. Les places ne manquaient pas pour se cacher ou disparaître.

Les jours suivants, je me suis débattue avec toutes les possibilités. Tanguay pouvait prendre le profil bas, attendre son heure. Il pouvait être mort.

Ou avoir foutu le camp. Certains tueurs le font. Sentant le danger, ils bouclent leurs valises et vont ailleurs. Certains ne sont jamais arrêtés. Non. Je refusais cette éventualité.

Dimanche, je n'ai pas bougé de la maison. Birdie et moi avons cocooné, comme disent les Français. Je ne me suis pas habillée, n'ai allumé ni la télé ni la radio. C'était au-dessus de mes forces de voir la photo de Gabby, d'entendre les exagérations de journalistes décrivant la victime et le suspect. J'ai passé trois coups de téléphone. D'abord pour appeler Katy, puis ma tante à Chicago. Bonne anniversaire, tantine ! Quatre-vingt-quatre ans. Félicitations.

Katy était à Charlotte, mais j'avais besoin de me rassurer. Pas de réponse. Bien sûr. Foutue distance. Non. Bienheureuse distance. Pour rien au monde, je ne voulais que ma fille soit à un endroit où un monstre avait eu sa photo entre les mains. Elle ne saurait jamais.

Le dernier appel était pour la mère de Gabby. Elle était sous calmants, ne pouvait pas venir au téléphone. J'ai parlé à M. Macaulay. Considérant qu'ils ne retiendraient pas le corps, l'enterrement devait avoir lieu jeudi.

Pendant un moment, je n'ai pu que sangloter, me balançant d'avant en arrière sur ma chaise avec une régularité de métronome. Les démons tapis dans mon organisme réclamaient de l'alcool. Plaisirs-douleurs, le principe est simple. Alimente-nous. Abrutis-nous.

Mais je n'ai pas craqué. Cela aurait été facile. Tu es déjà battue 40-0. Manque la balle de match, va au filet échanger une poignée de main et c'est l'heure d'en déboucher une. Mais ce n'était pas du tennis. Tout y passerait, ma carrière, mes amis, ma propre estime. Nom de Dieu, autant me laisser zigouiller par Saint-Jacques-Tanguay.

Je ne céderais pas. Ni à la bouteille ni à un maniaque. Je le devais à Gabby. Je me le devais à moi, à ma fille. Je suis restée sobre et j'ai laissé le temps couler. En souhaitant désespérément la présence de Gabby à mes côtés pour passer au travers. Je vérifiais souvent si l'équipe de surveillance était bien en place.

Lundi, Ryan m'a appelée vers 11 heures et demie. LaManche avait terminé l'autopsie. Cause de la mort : strangulation au lien. Malgré la décomposition, il avait trouvé un sillon profondément incrusté dans les chairs du cou. Tout autour, la peau était marquée d'ecchymoses et de traces d'ongles. Les vaisseaux dans les tissus du cou montraient de nombreux signes d'hémorragies locales.

Je n'entendais plus Ryan. Je voyais Gabby se débattre, griffer, pour respirer, pour vivre. Assez. Un cadeau du ciel que nous l'ayons trouvée si vite. Je n'aurais pas pu affronter l'horreur de la voir sur ma table d'autopsie.

— ... hyoïde était fracturée. Ce qu'il a utilisé devait avoir des maillons ou des boucles, ça a laissé une trace de spirale dans la peau.

— Elle a été violée ?

— Impossible à dire du fait de l'état du corps. Pas de sperme.

— Le moment de la mort ?

— LaManche donne un minimum de cinq jours. Et on sait que cela ne peut remonter à plus de dix jours.

— Une fourchette drôlement large.

— D'après lui, avec la chaleur et son enfouissement en surface, le corps aurait dû être en plus mauvais état.

Seigneur, elle ne serait peut-être pas morte le jour de sa disparition.

— Vous avez vérifié son appartement ?

— Personne ne l'a vue, mais elle y est allée.

452

— Et Tanguay ?

— Vous êtes assise ? Il est professeur. Dans une petite école de l'ouest de l'île. J'entendais des froissements de papier. Saint-Isidore. Il y est depuis 1991. Vingt-huit ans, célibataire. Dans son dossier d'embauche, il a mis « aucun » pour les parents proches. On vérifie. Il est installé sur Séguin depuis 1991. La propriétaire dit qu'avant il aurait habité aux États-Unis.

— Des empreintes ?

— Plein. Il n'y a rien dans nos fichiers. On les a envoyées dans le sud.

— À l'intérieur du gant ?

— Au moins deux lisibles et une, brouillée, de la paume.

Une vision de Gabby. Le sachet en plastique. L'autre gant. J'ai griffonné un seul mot : gant.

— Il est diplômé ?

— De Bishop, à Lennoxville. Bertrand est là-bas actuellement. Claudel essaie de dénicher quelqu'un à Saint-Isidore, mais sans grand succès. Le concierge doit avoir dans les cent ans, et tout le monde est parti. L'école est fermée pour l'été.

— On n'a pas trouvé de nom dans l'appartement ?

— Aucun. Pas de photo. Ni carnet d'adresses, ni lettres. Le gars doit vivre dans un vide social absolu.

Nous avons ruminé cela tous les deux. Puis Ryan a dit :

— Ce qui peut expliquer son passe-temps bizarre.

— Les animaux ?

— Ça. Et sa collection de couteaux.

— De couteaux ?

— Ce rat a plus d'outils tranchants qu'un chirurgien esthétique. Instruments opératoires pour l'essentiel. Couteaux. Rasoirs. Scalpels.

Planqués sous le lit. Avec une boîte de gants chirurgicaux. D'origine.

— Un ermite fétichiste des couteaux. Super.

— Sans parler de la classique collection porno. Abondamment feuilletée.

— Quoi d'autre ?

— Il a une voiture... une Ford Probe, 1987. Elle n'est pas dans le quartier. Ils ont lancé une recherche. On a eu ce matin la photo du permis de conduire. On l'a également distribuée.

— Et ?

— Je vous laisse juge mais, d'après moi, Grandmamie avait raison. Il n'a rien d'inoubliable. Ou peut-être que la reproduction par Xerox et fax interposés ne lui rend pas justice.

— Ce peut être Saint-Jacques ?

— Possible. Ou Jean Chrétien. Ou le type qui vend des glaces sur Saint-Paul. Jacques Villeneuve est hors de cause, le type a une moustache.

— Vous êtes un petit rigolo, Ryan.

— Il n'a même pas de ticket de stationnement. Un vrai garçon modèle.

— Façon de parler. Un garçon modèle qui collectionne les couteaux, les revues porno, et qui découpe des petits mammifères en rondelles.

Silence.

— C'était quoi, d'ailleurs ?

— On n'en est pas encore sûr. Ils ont demandé l'avis de quelqu'un de l'université de Montréal.

J'ai regardé mon mot griffonné, et j'ai avalé avec difficulté.

— Et le gant retrouvé sur Gabby ? Pas d'empreintes ?

C'était difficile de prononcer son nom.

— Non.

— On savait qu'il n'y en aurait pas.

— Ouais.

Derrière, j'entendais les bruits de la salle des enquêteurs.

— Je vais vous déposer une copie de la photo. Ça vous donnera une idée de la gueule qu'il a, au cas où vous vous trouveriez en contact avec lui. Je persiste à penser que, tant qu'on n'a pas pincé ce trou d'cul, c'est plus raisonnable de rester enfermée chez vous.

— Non, je vais venir. Si l'Identité en a fini avec les gants, je veux les porter en biologie. Et chez Lacroix.

— Je pense que vous...

— Ryan, arrêtez de jouer les machos, O.K. ?

Longue inspiration à l'autre bout, puis expiration.

— Vous êtes sûr que vous ne me cachez rien ?

— Brennan, ce que nous savons, vous le savez.

— Je serai là dans une demi-heure.

Cela m'a pris moins de temps que cela pour arriver au labo. Les gants étaient déjà en biologie.

Une heure moins vingt... J'ai appelé le bureau-chef de la Cum, pour savoir si les photos de la rue Berger étaient disponibles. C'était la pause de midi. Le réceptionniste laisserait le message.

À 1 heure, je me suis rendue au service de biologie. Une femme était en train de secouer une éprouvette. Cheveux rebelles, visage rond et angélique. Elle avait deux gants en latex devant elle.

— Bonjour, Françoise.

— Oh ! je me doutais que je vous verrais aujourd'hui. Ses yeux de chérubin se sont emplis de compassion. Je suis désolée. Je ne sais vraiment pas que vous dire.

— Merci. Ça va aller. J'ai montré les gants du menton. Vous avez trouvé quelque chose ?

— Il n'y a rien sur celui-ci. Elle a désigné celui

de Gabby. Pour l'autre, je commence tout juste. Voulez-vous rester avec moi ?

— S'il vous plaît.

— J'ai pris des échantillons des taches brunes, que j'ai réhydratés dans une solution saline.

Elle a examiné le liquide et placé l'éprouvette sur un support. Sortant une pipette en verre avec un très long tube, elle l'a placée au-dessus d'une flamme pour la sceller et en a tordu l'extrémité pour la casser.

— Je vais d'abord faire le test pour le sang humain.

Prenant une petite fiole dans le réfrigérateur, elle en a brisé le sceau, a inséré l'étroit tuyau d'une autre pipette, qui s'est empli d'antisérum comme un moustique se gonflant de sang. Elle a obturé l'autre orifice du pouce.

Puis, l'introduisant dans la pipette scellée, elle a relevé son pouce et libéré ainsi l'antisérum. Elle m'expliquait les différentes étapes tout en travaillant.

— Le sang reconnaît ses propres protéines, ou ses antigènes. En présence d'une substance étrangère, d'antigènes ne lui appartenant pas, il essaye de les détruire par des anticorps. Certains anticorps vont pulvériser les antigènes étrangers, d'autres vont les grouper. C'est ce qu'on appelle une réaction d'agglutination.

« L'antisérum est fabriqué sur une base animale, généralement un lapin ou un poulet, à qui on injecte le sang d'une autre espèce. Le sang de l'animal reconnaît l'intrus et fabrique des anticorps pour se protéger. Si on lui injecte du sang humain, on obtiendra un antisérum humain. Avec du sang de chèvre, on aura un antisérum de chèvre...

« L'antisérum humain va provoquer une réaction d'agglutination s'il est mis en présence de sang humain. Regardez. S'il s'agit de sang humain, un précipité va se former dans l'éprouvette, exactement à l'endroit où la solution du prélèvement et l'antisérum vont se trouver en contact. On prend la solution saline comme base de comparaison.

Elle a jeté la pipette dans une poubelle de déchets biologiques et a pris l'éprouvette avec le prélèvement de Tanguay. Avec une autre pipette, elle a prélevé un peu de solution qu'elle a versé dans l'antisérum, puis a placé l'éprouvette sur un support.

— Cela peut prendre combien de temps ?

— Cela dépend de la concentration de l'antisérum. De trois à quinze minutes. Celui-ci est de très bonne qualité. Cela ne devrait pas prendre plus de cinq à six minutes.

Nous avons fait une première vérification au bout de cinq minutes. Françoise a placé les éprouvettes sous la lampe-loupe, avec un carton noir en fond. Puis à dix minutes. À quinze. Rien. Pas de bande blanche à la jonction de l'antisérum et de l'échantillon. Le mélange restait aussi transparent que la solution saline.

— Bon. Ce n'est pas humain. Essayons de voir si c'est animal.

Elle est retournée au réfrigérateur, pour sortir un présentoir de fioles.

— Pouvez-vous donner le type exact de l'animal ?

— Non. Seulement par famille. Bovidés, cervidés, canidés...

Un nom d'animal était inscrit près de chaque bouteille. Chèvre. Rat. Cheval. J'ai repensé aux pattes trouvées dans la cuisine.

— Le chien ?

Aucun résultat.

— Et quelque chose comme écureuil ou tamia ?

Elle a réfléchi une minute, puis a pris une bouteille.

— Rat peut-être.

En moins de quatre minutes, une minuscule épaisseur s'était formée dans l'éprouvette. Jaune en dessus, transparent en dessous, avec une couche trouble de blanc entre les deux.

— Voilà, c'est du sang animal. D'un mammifère de petite taille, peut-être un rongeur, une marmotte ou quelque chose de ce type. Je ne peux pas être plus précise. Je ne sais pas si cela vous aide.

— Absolument. Je peux utiliser votre téléphone ?

— Bien sûr.

J'ai composé le numéro d'un bureau dans le même département.

— Lacroix.

M'étant présentée, j'ai expliqué ce dont j'avais besoin.

— Certainement. Laissez-moi vingt minutes, le temps de terminer une analyse.

J'ai signé pour les gants et suis revenue dans mon bureau. Une demi-heure plus tard, de retour dans le service de biologie, je poussais la porte marquée « Incendie et explosifs ».

Un homme en blouse de laboratoire se tenait devant une énorme machine, qu'une étiquette identifiait comme un radiodiffractomètre. J'ai attendu qu'il ait retiré une plaquette d'un prélèvement blanc pour la placer sur un support. Il a alors levé vers moi des yeux doux comme ceux d'un faon de Disney, paupières tombantes, cils recourbés comme des pétales de marguerite.

— Bonjour, monsieur Lacroix. Comment ça va ?

— Bien, bien. Vous les avez ?

Je lui ai tendu les deux sachets en plastique.

— Allons-y.

Dans la petite pièce où il m'a emmenée se trouvait un appareil de la taille d'un photocopieur, avec deux ordinateurs et une imprimante. Un

458

tableau périodique des éléments était affiché au mur.

Lacroix a enfilé des gants. Identiques à ceux des sacs, qu'il a sortis délicatement et examinés.

— Tout d'abord, on regarde les caractéristiques générales, les détails de fabrication. Le poids, la densité, la couleur. Comment sont finies les bordures. Il tournait et retournait les gants tout en parlant. Les deux semblent similaires. Même technique de finition...

Effectivement, les bordures qui finissaient les gants aux poignets s'enroulaient toutes les deux vers l'extérieur.

— Ce n'est pas toujours comme ça ?

— Non. Certaines s'enroulent vers l'intérieur, d'autres vers l'extérieur. Nos deux spécimens sont identiques là-dessus. Passons à la suite...

Soulevant le couvercle de la machine, il a placé le gant de Gabby sur une plaque.

— Avec des spécimens de très petite dimension, j'utilise ces petits supports... — Il a montré du doigt un plateau de petits tubes en plastique —... sur lesquels j'étends un carré de polypropylène. Je fixe le fragment dessus avec des languettes adhésives à pression. Mais là, ce n'est pas nécessaire. On va mettre le gant directement.

Il a relevé un interrupteur et la machine s'est mise à ronronner. Une boîte placée au coin, marquée rayons X en blanc sur fond rouge, s'est allumée. Un panneau de boutons lumineux indiquait l'état de la machine. Rouge : rayons X. Blanc : marche. Orange : panneau ouvert.

Il a réglé des cadrans pendant un moment, puis, ayant rabattu le couvercle, il s'est dirigé vers une chaise en face des écrans.

— Je vous en prie, a-t-il dit en m'indiquant l'autre.

Sur le premier écran est apparu un paysage de

désert, toile de fond granuleuse de synclinaux et d'anticlinaux, avec des ombres et des galets dispersés un peu partout. Une succession de cercles concentriques se dessinait en surimpression, les deux plus petits au centre ressemblant à des ballons de football. Deux lignes hachurées s'y croisaient à angle droit, en plein cœur de la cible.

Lacroix a ajusté l'image à l'aide d'une manette. Les galets glissaient de l'intérieur à l'extérieur des cercles.

— Ça, c'est notre gant agrandi quatre-vingts fois. Je veux juste fixer le champ. On se concentre sur une partie d'environ trois cents microns, grosso modo la zone comprise dans le cercle en pointillé. Il s'agit de diriger les rayons dans la meilleure partie de notre échantillon.

Il a promené encore un moment sa mire, puis s'est arrêté sur un secteur sans galet.

— Bon, ça devrait être parfait.

Il a levé un interrupteur et la machine a ronflé.

— Maintenant, on fait le vide. Ce qui prend quelques minutes. Puis on scanne. C'est très rapide.

— Et cela va vous donner la composition du gant.

— Oui. C'est une forme de radioscopie. La radiomicrofluorescence permet de déterminer les composants chimiques sur l'échantillon.

Le ronflement s'est interrompu et un schéma s'est dessiné sur l'écran de droite. Une succession de petits monticules rouges se sont formés en bas, ont grandi sur le bleu lumineux du fond, partagés au milieu par une fine rayure jaune. Un clavier occupait le coin inférieur gauche, chaque touche portant l'abréviation d'un élément.

Lacroix a entré des commandes, et des lettres sont apparues. Certains monticules sont restés petits, d'autres sont devenus de véritables pics, comme les termitières géantes que j'avais pu voir en Australie.

— Et voilà.

Il a indiqué une colonne tout à fait à droite, allant jusqu'en haut de l'écran et dont le sommet était tronqué. Un sommet plus petit à droite montait jusqu'au quart de sa hauteur. Les deux étaient marqués *Zn*.

— Du zinc. C'est classique. On en retrouve sur tous les gants.

Il a montré deux pointes à l'extrême gauche, l'une assez basse, l'autre atteignant les trois quarts de l'écran.

— La plus basse correspond au magnésium. *Mg*. L'autre au silicium. *Si*.

Plus à droite, un double pic portait la lettre S.

— Soufre.

Une flèche *la* s'élevait à mi-hauteur.

— Pas mal de calcium.

Un fossé après le calcium, puis une série de reliefs bas, en contreforts de la cime du zinc. *Fe*.

— Un peu de fer.

Il s'est appuyé au fond de sa chaise et a résumé.

— C'est un cocktail assez ordinaire. Beaucoup de zinc, silicium et calcium comme autres composants majeurs. Je vais imprimer cela, puis on va analyser un autre secteur.

Les neuf autres tests ont tous montré la même combinaison.

Nous avons répété le procédé avec le gant de la cuisine.

Les pics pour le zinc et le soufre étaient les mêmes, mais ce spécimen comprenait plus de calcium et n'avait ni fer, ni silicium, ni magnésium. Une petite pointe indiquait la présence de potassium. Les différents tests donnaient le même résultat.

— Ce qui signifie quoi ? ai-je demandé en connaissant déjà la réponse.

— Chaque fabricant utilise une recette un peu différente. Il va y avoir des variations entre les gants d'une même compagnie, mais pas de différences notables.

— Ce qui veut dire que les deux gants ne forment pas une paire ?

— Ils ne sont même pas fabriqués par la même compagnie.

Il s'est levé pour sortir le gant de la machine. Mon esprit butait sur ce que nous venions de découvrir.

— L'analyse par diffraction donnerait-elle plus d'informations ?

— L'analyse que nous venons de faire, par microfluorescence, nous dit quels éléments sont présents au niveau de l'échantillon. La diffraction peut en décrire la combinaison exacte. Sa structure chimique. Par exemple, la microfluorescence nous indique qu'il y a du sodium et du chlore. Avec la diffraction, on peut dire que le produit est composé de cristaux de chlorure de sodium. Pour simplifier à l'extrême, dans un radiodiffractomètre, un spécimen subit une rotation et un bombardement par des rayons X. Les rayons rebondissent sur les cristaux et les schémas de leur diffraction vont donner la structure des cristaux. Les limites du système viennent du fait que cela ne marche que pour des produits aux structures cristallines. Qui représentent environ quatre-vingts pour cent de ce qui nous arrive ici. Malheureusement, le latex n'est pas cristallin dans sa structure. La diffraction ne nous donnera probablement rien de plus. Il est certain que ces gants ne proviennent pas du même fabricant.

— Et s'il s'agit simplement de deux boîtes différentes ?

Il s'est tu un moment. Puis :

— Attendez. Je vais vous montrer quelque chose.

Il a disparu dans le labo principal et je l'ai entendu parler au technicien. Il est revenu avec une pile de listings, chacun composé de sept ou huit feuilles représentant le graphique classique de pics et de flèches.

— Chacune d'elles montre une série de test faits sur des gants d'un même manufacturier, mais provenant de diverses boîtes. Il y a des variations, mais jamais de différences aussi importantes que celles que nous venons de voir.

J'ai regardé attentivement plusieurs séries. La taille des pics pouvait varier, mais les composants restaient les mêmes.

— Maintenant, regardez ça.

Il a sorti une autre série de listings. Là encore, il y avait des différences, mais, dans l'ensemble, le mélange était le même.

Soudain, j'ai retenu ma respiration. La configuration me semblait familière. Zn. Fe. Ca. S. Si. Mg. Beaucoup de zinc, de silicium et de calcium. Traces d'autres éléments. J'ai mis juste en dessous le graphique imprimé du gant de Gabby. Le schéma était presque identique.

— Monsieur Lacroix, ces gants viennent-ils du même fabricant ?

— Absolument. D'après moi, probablement de la même boîte. Je viens juste de m'en souvenir.

— De quel cas s'agit-il ?

Les battements de mon cœur jouaient prestissimo.

— C'est arrivé il y a quelques semaines. Il est revenu sur la première page. Numéro d'événement : 327468. Je peux regarder dans l'ordinateur.

— Oui, s'il vous plaît.

En une seconde, les données se sont inscrites sur l'écran.

Numéro d'événement : 327468. Numéro de LML : 29427. Agence requérante : Cum. Enquêteurs : L. Claudel et M. Charbonneau. Lieu : 1422, rue Berger. Date : 24-06-94.

« Un vieux gant en caoutchouc. » Peut-être que le type prend soin de ses ongles. Claudel ! J'ai cru qu'il voulait parler d'un gant pour faire la vaisselle ! Saint-Jacques avait un gant de chirurgie ! Qui correspondait à celui retrouvé sur Gabby !

J'ai remercié Lacroix, ramassé les listings, et je suis partie. J'ai rapporté les gants à la section des Crimes contre la propriété, tout en continuant à décortiquer ce que je venais d'apprendre. Le gant trouvé dans la cuisine de Tanguay ne correspondait pas à celui placé sur le cadavre. Les empreintes de Tanguay y étaient. Les taches extérieures étaient du sang animal. Celui de Gabby était propre. Pas de sang, pas d'empreintes. Saint-Jacques avait un gant de chirurgie. Qui correspondait à celui de Gabby. Bertrand avait-il raison ? Tanguay et Saint-Jacques pouvaient-ils être la même personne ?

Une fiche rose m'attendait sur mon bureau. Le service de l'Identité de la Cum avait appelé. Les photos de la rue Berger avaient été sauvegardées sur CD-Rom. Je pouvais le consulter sur place ou l'emprunter. J'ai téléphoné pour dire que je passais le chercher tout de suite.

Cela m'a pris un temps fou pour parvenir aux bureaux de la Cum. Maudis soient l'heure de pointe et les touristes agglutinés dans la zone du Vieux-Port. Laissant ma voiture en double file, j'ai grimpé les escaliers quatre à quatre. Par extraordinaire, le sergent de la réception avait le disque. J'ai signé, bondi dans ma voiture et fourré ça dans ma mallette.

Sur le chemin du retour, je surveillais sans cesse par-dessus mon épaule. Tanguay. Saint-Jacques. C'était plus fort que moi.

37

Vers 5 heures et demie, j'étais de retour à la maison. Assise dans le silence de l'appartement, j'ai évalué ce que je pouvais faire de plus. Rien. Ryan avait raison. Tanguay pouvait être là-dehors, prêt à me bondir dessus. Je n'allais pas lui faciliter les choses.

Mais il fallait bien manger. Et se tenir occupé.

En sortant par la porte principale, j'ai scruté la rue. Là. Dans la ruelle qui longeait la pizzeria. J'ai adressé un signe de tête aux deux hommes en uniforme et leur ai montré la direction de Sainte-Catherine. Je les ai vus se concerter, et l'un est parti à ma suite.

Ma rue croisait Sainte-Catherine, pas très loin du faubourg. Tout en marchant jusqu'au centre d'achat, j'avais conscience derrière moi de mon encombrant garde du corps. Pas grave. La journée était magnifique. La chaleur s'était atténuée et d'énormes nuages blancs flottaient dans un ciel bleu azur, dessinant sur tout et sur tous des îlots d'ombres.

Légumes. À la plantation, j'ai tâté les avocats, apprécié la couleur des bananes, choisi brocolis et choux de Bruxelles avec l'application d'un neurochirurgien. Une baguette à la boulangerie. Une mousse au chocolat à la pâtisserie. À la boucherie, j'ai pris des côtelettes de porc, de la viande hachée et une tourte.

— C'est tout ?

— Non, au diable l'avarice. Donnez-moi un T-bone. Bien épais.

Du pouce et de l'index, j'ai indiqué une épaisseur de deux centimètres et demi. En voyant le boucher décrocher sa scie, j'ai encore une fois senti mon tressaillement cognitif. La scie ? Trop évident. N'importe qui peut acheter une scie de boucher. La Sûreté avait déjà enquêté dans cette voie en contactant tous les revendeurs de la province. Pour aboutir à un cul-de-sac. Il s'en était vendu des milliers.

Alors quoi ? J'avais appris que plus on essayait d'extirper une idée de son subconscient, plus elle s'y enfonçait. En la laissant dériver, elle finirait peut-être par remonter à la surface. J'ai payé ma viande et pris le chemin du retour, après un bref crochet par le Burger King de la rue Sainte-Catherine.

Ce qui m'a accueillie était bien la dernière chose que je voulais voir. Quelqu'un m'avait appelée. Pendant quelques minutes, je suis restée assise sur le bord du canapé, serrant la poignée de mes sacs, le regard fixé sur la petite lumière clignotante. Un message. Tanguay ? Allait-il parler ou n'aurais-je qu'un silence, suivi de la tonalité ?

— Tu deviens complètement hystérique, Brennan. C'est sûrement Ryan.

J'ai essuyé mes paumes et tendu la main pour appuyer sur la touche. Ce n'était pas Tanguay. C'était pire.

— Salut, Mom. T'es partie faire la fête ? Allô ? Tu es là ? Décroche. En bruit de fond, un brouhaha de circulation, comme si elle appelait depuis une cabine téléphonique. Apparemment non. O.K., de toute façon, je ne peux pas te parler. Je suis sur la route. *On the road again...* Elle a imité la voix de Willy Nelson. Pas mal, hein ? Bon, je m'en viens,

Mom. C'est toi qui as raison. Max, c'est un branleur. J'ai pas besoin de ça. J'ai entendu une voix juste derrière. D'accord, juste une minute, a-t-elle dit à quelqu'un. Écoute, j'ai eu la chance de venir visiter New York. *The Big Appel*. Je me suis décroché un voyage gratuit, alors j'y suis ! Je me suis trouvé une voiture pour Montréal, si bien que j'arrive. À tout de suite... !

Clic.

— Non ! Ne viens pas ici, Katy. Non ! ai-je crié au vide.

Seigneur, quel cauchemar ! Le sang me martelait les tempes. Mon esprit s'emballait. Il fallait la retenir. Mais comment ? Je ne savais même pas où elle était.

Pete.

Au moment où son téléphone sonnait, j'ai eu un flash-back. Katy à trois ans. Au parc. Je discutais avec une autre maman en surveillant Katy qui remplissait des seaux de sable. Quand, d'un seul coup, elle a jeté sa pelle et couru vers le cheval qui se balançait sur son ressort. Elle a eu une seconde d'hésitation, puis s'est précipitée, le visage exubérant à l'idée du jeu, à la vue de la crinière et de la bride qui flottaient dans l'air. J'ai su qu'elle allait le recevoir en pleine figure. Mais je ne pouvais rien faire. Cela recommençait.

Pas de réponse sur la ligne directe de Pete.

J'ai essayé le standard. La secrétaire m'a dit qu'il était sorti recueillir une déposition. Évidemment. J'ai laissé un message.

Fermant les yeux, j'ai pris plusieurs longues inspirations, pour ralentir mon pouls. J'avais l'arrière de la tête pris dans un étau et je me sentais brûlante.

— Cela n'arrivera pas.

J'ai rouvert les yeux sur Birdie qui me contemplait de l'autre côté de la pièce.

— Cela n'arrivera pas, lui ai-je répété.

Il me fixait sans ciller.

— Je dois pouvoir faire quelque chose.

Il a arqué le dos et, la queue en point d'interrogation, s'est assis, sans me quitter des yeux.

— Je vais agir. Je ne vais pas rester assise là, à attendre que ce monstre bondisse. Non, pas sur ma fille.

J'ai rapporté mes courses à la cuisine et je les ai rangées au réfrigérateur. Puis je suis allée dans mon bureau. J'ai sorti les dossiers des cas et branché mon portable. Peut-être que le temps passé à faire des photocopies allait finalement servir à quelque chose.

Pendant deux heures, j'ai tout repassé au crible, les photos, les noms, les dates, littéralement les mots de toutes les entrevues et des rapports de police. Deux fois. À l'affût d'un petit détail qui aurait pu m'échapper. À la troisième lecture, j'ai trouvé.

Cela m'a frappée en relisant l'entrevue de Ryan avec le père de Grace Damas. Comme un éternuement qui se prépare, hésite, refuse de se déclencher, le message a finalement explosé dans ma conscience.

Une boucherie. Grace Damas avait travaillé dans une boucherie. Le tueur a utilisé une scie de boucher, s'y connaissait en anatomie. Tanguay disséquait des animaux. Ce pouvait être un indice. J'ai cherché le nom de la boucherie mais je ne l'ai pas trouvé.

J'ai composé le numéro indiqué dans le dossier. Un homme m'a répondu.

— Monsieur Damas ?

— Oui.

Un accent très marqué.

— Je suis le docteur Brennan. Je travaille sur

468

l'enquête au sujet de la mort de votre femme. J'aurais aimé vous poser quelques questions.

— Oui.

— Au moment de sa disparition, votre femme avait-elle un emploi à l'extérieur de la maison ?

Silence. Puis :

— Oui.

J'entendais la télévision en bruit de fond.

— Est-ce que je peux vous demander où ?

— Dans une boulangerie sur Fairmount. Le Bon Croissant. C'était juste à temps partiel. Avec les enfants et tout, elle ne travaillait jamais à temps plein.

— Elle y travaillait depuis longtemps, monsieur Damas ?

J'essayais de masquer ma déception.

— Pas plus de quelques mois, je crois. Grace ne restait jamais longtemps nulle part.

— Et avant, elle travaillait où ?

— Dans une boucherie.

— Laquelle ?

J'ai retenu mon souffle.

— La boucherie Saint-Dominique. Le propriétaire est quelqu'un de notre paroisse. C'est sur Saint-Dominique, presque à l'intersection de Saint-Laurent, vous voyez ?

Oui. Je voyais encore la pluie dégouliner sur la vitrine.

— Et elle y est restée combien de temps ? ai-je demandé en m'efforçant de garder une voix calme.

— Presque un an, je crois. Tout 1991, ou à peu près. Je peux vérifier. Vous pensez que c'est important ? Ils ne m'ont jamais rien demandé sur les dates avant.

— Je n'en sais rien encore. Monsieur Damas, est-ce que votre femme parlait quelquefois d'un certain Tanguay ?

— Oui ?

Le ton était soudain cassant.

— Tanguay.

La voix d'un commentateur promettait qu'il serait de retour tout de suite après la pause publicitaire. Ma tête bourdonnait et je commençais à sentir une irritation dans la gorge.

— Non.

La brutalité de la réponse m'a surprise.

— Je vous remercie. Vos déclarations m'ont été très utiles. Je vous tiendrai au courant s'il y a de nouveaux développements.

À peine raccroché, j'ai appelé Ryan. Il avait quitté le bureau pour la journée. Il n'était pas non plus chez lui. Il n'y avait qu'une chose à faire. J'ai appelé quelqu'un, ramassé une clé et j'ai pris la direction de la sortie.

Cette fois-ci, la boucherie Saint-Dominique était éclairée et ouverte aux clients. Il n'y avait pas foule. Une vieille femme longeait lentement le comptoir réfrigéré, le visage flasque dans la lueur des fluorescents. Elle a finalement fait volte-face pour désigner un lapin. La petite carcasse m'a rappelé la collection de Tanguay. Et Alsa.

J'ai attendu le départ de la cliente pour m'approcher de l'homme derrière la caisse. Il avait un visage rectangulaire, des mâchoires carrées, des traits épais. Par contraste, les bras qui sortaient du T-shirt avaient l'air maigres et musculeux. Son tablier était souillé d'éclaboussures, comme des pétales racornis sur une nappe en lin.

— Bonjour.

— Bonjour.

— C'est tranquille, ce soir ?

— C'est tranquille tous les soirs.

Le même accent que Damas.

— Je travaille sur l'enquête du meurtre de

470

Grace Damas. Je lui ai tendu ma carte. Je voudrais vous poser quelques questions.

Il m'a regardée fixement. À l'arrière, quelqu'un a ouvert un robinet, puis refermé.

— Vous êtes le propriétaire ?

— Oui.

— Monsieur ?

— Plevritis.

— Monsieur Plevritis, Grace Damas a travaillé ici pendant un petit moment, n'est-ce pas ?

— Qui ?

— Grace Damas. De votre paroisse de Saint-Démétrius ?

Il a croisé ses bras fluets sur sa poitrine et a hoché la tête.

— C'était quand ?

— Il y a trois ou quatre ans, je ne sais plus exactement. Ça rentre, ça sort.

— C'est elle qui est partie ?

— Sans avis.

— Et pourquoi ?

— Aucune maudite idée. C'était la mode à l'époque.

— Avait-elle l'air contrariée, en colère, énervée ?

— Quoi ? j'ai la gueule de Sigmund Freud ?

— Avait-elle des amis ici, quelqu'un dont elle aurait été particulièrement proche ?

Ses yeux ont croisé les miens et un sourire a tordu les coins de sa bouche.

— Proche ? Sa voix était aussi huileuse que de la Valvoline. Je lui ai renvoyé son regard, sans sourire.

— Il n'y a que mon frère et moi ici. Pas grand monde avec qui devenir proche.

Il a étiré le mot, comme un adolescent sortant une blague salace.

— Avait-elle des visiteurs particuliers, quelqu'un qui lui aurait fait des histoires ?

471

— Attendez. Moi, je lui donnais du boulot. Je lui disais quoi faire et elle le faisait. Je surveillais pas sa vie sociale.

— Je me disais que vous auriez peut-être remarqué...

— Grace était une bonne employée. J'étais un beau maudit quand elle est partie. Tout le monde a foutu le camp en même temps, j'étais vraiment dans la merde, et ça ne m'a pas mis de bonne humeur, je l'admets. Mais je ne lui en ai pas voulu. Quand, après, j'ai appris sa disparition, à l'église n'est-ce pas ? j'ai pensé qu'elle avait pris la poudre d'escampette. C'était pas vraiment le genre, mais faut dire que son vieux, c'est pas toujours du gâteau. Je suis désolé qu'elle ait été assassinée. Mais c'est à peine si je me souviens d'elle.

— Que voulez-vous dire, pas vraiment du gâteau ?

On aurait dit que je venais de fermer une porte d'écluse. Son visage est devenu impénétrable. Il a baissé les yeux et gratté de l'ongle quelque chose sur le comptoir.

— Ça, parlez-en à Nikos. Ce sont des histoires de famille.

J'ai compris ce que Ryan voulait dire. Et maintenant ? Supports visuels. J'ai sorti de mon sac la photo de Saint-Jacques.

— Vous avez déjà vu cet homme ?

Il s'est penché en avant pour la prendre.

— C'est qui ?

— Un de vos voisins.

— C'est pas franchement une photo de premier prix.

— Cela a été pris par une caméra vidéo.

— Le film de Zapruder aussi, mais au moins, on y voyait de quoi.

La référence m'a échappé mais je me suis tue. Autant éviter ses onctuosités complices. Soudain, quelque chose a traversé son visage, un tressaillement qui a imperceptiblement plissé le dessous des yeux.

— Qu'est-ce qu'il y a ?

— Eh bien...

Il fixait la photo.

— Oui ?

— Ce gars-là ressemble un peu au petit rigolo qui s'est fait la malle à mes frais. Mais c'est peut-être que vous m'y avez fait repenser avec vos questions. Chris, j'en sais rien. Il a repoussé la photo d'un coup sec. Je ferais mieux de la fermer.

— Qui ? Qui était-ce ?

— Écoutez, la photo est pourrie. Ça ressemble à plein de gars qui ont un problème de cheveux. Ça s'arrête là.

— Vous vouliez dire quoi, quelqu'un qui s'est fait la malle à vos frais ? Quand ?

— C'est à cause de ça que j'étais en tabernac pour Grace. Le gars que j'avais avant elle est parti sans même dire salut. Ensuite, ça a été le tour de Grace, puis pas longtemps après, de cet autre type. Lui et Grace travaillaient à temps partiel, mais mon frère était aux États et j'étais tout seul à m'occuper du business.

— C'était qui ?

— Fortier. Laissez-moi y penser. Léo. Léo Fortier. Je m'en souviens parce que j'ai un cousin qui s'appelle Léo.

— Il a travaillé ici en même temps que Grace Damas ?

— Ouais. Je l'avais engagé pour remplacer l'autre qui était parti juste avant que Grace commence. Je m'étais dit qu'avec deux à mi-temps, si l'un ne rentrait pas, je serais juste mal pris pour la moitié de la journée. Mais ils ont disparu tous les deux. Maudit chris, c'était vraiment la merde. Fortier a dû travailler ici un an, un an et demi, puis il n'est plus rentré. Il a même pas rapporté les clés. J'ai dû repartir tout de zéro. Je préfère pas revivre ça une deuxième fois.

— Qu'est-ce que vous pourriez me dire de lui ?

— Y avait pas de problème avec lui. Rien à dire. Il avait vu mon affiche, il est entré ici en cherchant un mi-temps. Il était disponible exactement dans les heures où j'en avais besoin. Tôt le matin, tard le soir pour la fermeture et tout nettoyer. Et il avait de l'expérience pour couper la viande. Et, effectivement, il était vraiment bon. Tout ça pour dire que je l'ai engagé. Il avait autre chose dans la journée. Il avait l'air correct. Vraiment tranquille. Faisait son boulot, n'ouvrait jamais la bouche. Bon Dieu, j'ai seulement jamais su où il habitait.

— Comment il s'entendait avec Grace ?

— Aucune maudite idée. Il était parti quand elle arrivait, il revenait quand elle avait déjà fini. C'est même pas sûr qu'ils se connaissaient.

— Et, d'après vous, l'homme sur la photo ressemblerait à Fortier ?

— Lui et n'importe quel type qui perd ses cheveux et qui le vit mal.

— Savez-vous ce que Fortier est devenu ?

Il a secoué la tête.

— Connaissez-vous quelqu'un du nom de Saint-Jacques ?

— Nan.

— De Tanguay ?

— Ça sonne comme une marque de fond de teint pour pédés.

Ma tête bourdonnait et je commençais à avoir mal à la gorge. Je lui ai laissé ma carte.

38

Je suis arrivée chez moi pour trouver Ryan sur le pas de ma porte, au bord de l'explosion. Il ne s'est pas embarrassé de préambules.

— Je ne dois pas savoir me faire comprendre, je suppose. Ni moi ni personne. Vous nous la jouez à l'indienne, c'est la danse des fantômes. Un petit coup de costume, un petit coup de danse, et vous voilà blindée...

Une petite veine palpitait à sa tempe. J'ai considéré que ce n'était pas le bon moment pour faire des commentaires.

— C'était la voiture de qui ?

— D'une voisine.

— Ça vous amuse, tout ça, Brennan ?

Je n'ai rien dit. Ma migraine s'était généralisée et une toux sèche m'indiquait que mon système immunitaire avait de la visite.

— Y a-t-il une seule personne sur la planète qui puisse se faire comprendre ?

— Vous ne voulez pas rentrer prendre un café ?

— Vous pensez que vous pouvez mettre les voiles comme ça et laisser tout le monde la gueule dans le sable ? Les types dehors n'ont pas exactement pour vocation de surveiller votre foutue personne, Brennan. Ça vous aurait fait mal de me téléphoner, ou de m'appeler sur mon bip ?

— Je l'ai fait.

— Et vous ne pouviez pas attendre dix minutes ?

— Je ne savais pas où vous étiez, ni combien de temps cela pouvait prendre. Je ne pensais pas partir très longtemps. Et chris, c'est bien le cas.

— Vous auriez pu laisser un message.

— Je vous aurais laissé l'intégralité de *Guerre*

et Paix si j'avais imaginé que vous alliez faire une telle crise.

Pas tout à fait vrai, me suis-je avoué.

— Une crise ? Sa voix est devenue glaciale. Laissez-moi vous rafraîchir la mémoire. Cinq, peut-être sept femmes ont été sauvagement assassinées dans cette ville. Dont l'une il y a moins de quatre semaines. Il énumérait les points en comptant sur ses doigts. Une de ces femmes a fait une apparition partielle dans votre jardin. Un cinglé a votre photo dans sa galerie de portraits osés. Il a disparu de la circulation. Un asocial aimant les putes, collectionnant les couteaux et les animaux découpés en rondelles, a appelé chez vous. Il harcelait votre meilleure amie. Qui, aujourd'hui, est morte. Il a lui aussi disparu de la circulation.

Un couple est passé sur le trottoir, accélérant le pas pour éviter d'être mêlé à une scène de ménage.

— Ryan, rentrons. Je vais faire du café.

Ma voix était rauque, et parler commençait à me faire mal.

Il a levé la main dans un geste d'exaspération, doigts écartés, et l'a laissée retomber. J'ai rapporté les clés à ma voisine, l'ai remerciée de m'avoir prêté sa voiture, et je suis rentrée dans l'appartement avec Ryan.

— Déca ou bien serré ?

Avant qu'il ait pu répondre, la sonnerie de son bip nous a fait bondir tous les deux.

— Un déca serait préférable. Vous savez où est le téléphone.

En remuant les tasses, j'ai tendu l'oreille, sans en avoir l'air.

— Ryan... ouais... Oh ! bien, maudit chris... Quand ?... O.K. Merci. J'arrive tout de suite.

Il est revenu à la porte de la cuisine et est resté là, le visage tendu. Ma température, ma pression et mon pouls se sont mis à grimper de concert. Du calme. J'ai servi deux tasses de café, en essayant de ne pas trembler.

— Ils l'ont eu.

Mon geste s'est figé, la cafetière suspendue en l'air.

— Tanguay ?

Il a hoché la tête. J'ai reposé la cafetière sur la plaque chauffante. Posément. J'ai sorti le lait, en ai versé une cuillerée dans ma tasse, en ai offert à Ryan. Posément. Il a secoué la tête. J'ai remis le lait au frigo. Posément. J'ai bu une gorgée. Bien. Parle.

— Racontez-moi.

— On pourrait s'asseoir.

Nous sommes passés au salon.

— Ils l'ont pris sur la 417, il y a deux heures environ. Il roulait vers l'est. Une patrouille de la Sûreté a relevé le numéro de plaque et l'a arrêté.

— C'est Tanguay ?

— C'est Tanguay. Les empreintes digitales correspondent.

— Il se dirigeait vers Montréal ?

— Apparemment.

— Ils ont quoi comme charges contre lui ?

— Pour l'instant, consommation d'une boisson alcoolisée au volant. Le gars est assez brillant pour se déboucher une Jim Beam, tout en conduisant. Ils lui ont aussi confisqué quelques revues de cul pas vraiment officielles. Il pense que ses bobos s'arrêtent là. Ils vont le laisser transpirer un petit moment.

— Il était où ?

— Il jure ses grands dieux qu'il a un chalet dans le parc de la Gatineau. Hérité de son paternel. Vous n'allez pas le croire, il serait allé à la pêche. L'Identité envoie une équipe pour démonter la cabane.

— Et là, il est où ?

— À Parthenais.

— Vous y allez ?

— Ouais.

Il a pris une grande inspiration, prêt à l'affrontement. Je n'avais aucune envie de voir Tanguay.

— Bon.

J'avais la bouche sèche et une langueur se répandait dans tout mon corps. La tranquillité ? Je n'avais pas ressenti cela depuis longtemps.

— Katy s'en vient. J'ai eu un rire nerveux. C'est pour ça que je..., que je suis sortie ce soir.

— Votre fille ?

J'ai hoché la tête.

— Pas franchement le bon moment.

— J'ai pensé qu'il fallait que je trouve quelque chose. Je..., peu importe...

— Je suis content que ce soit fini. Sa colère s'était évanouie. Il s'est levé. Aimeriez-vous que je m'arrête en passant, après ? Cela risque de ne pas être de bonne heure.

Dans l'état où j'étais, il y avait peu de chance que je puisse dormir avant de connaître le dénouement.

— S'il vous plaît.

Après son départ, je me suis rendu compte que je ne lui avais pas parlé des gants. J'ai de nouveau essayé de joindre Pete. Même si Tanguay était en garde à vue, je n'étais pas totalement rassurée. Pour le moment, je ne voulais de Katy nulle part dans les environs de Montréal. Moi, j'irais peut-être dans le Sud.

Cette fois-ci, il était là. Katy était partie quelques jours plus tôt. Elle lui avait dit que c'était moi qui avais proposé ce voyage. Ce qui était vrai. Et que j'étais d'accord sur son programme. Pas tout à fait. Il n'était pas sûr de son itinéraire. Classique. Elle voyageait avec des amis de l'université, en voiture jusqu'à Washington D.C. où étaient les parents de l'un, puis à New York pour rendre visite à la famille de l'autre. De là, elle envisageait de continuer sur Montréal. Il n'y avait pas vu d'objections. Elle allait sûrement appeler.

J'allais lui raconter pour Gabby et tout ce qui se passait dans ma vie, mais je n'ai pas pu. Non. Quelle importance ! C'était fini. Bien sûr, il était pressé. Il avait une déposition à préparer pour le lendemain matin. Était désolé de ne pas pouvoir parler plus longuement. Quoi de neuf sous le soleil ?

Je n'avais même pas la force ni le courage de prendre un bain. Je me suis enroulée dans une couverture devant la cheminée vide, grelottant et désirant plus que tout avoir quelqu'un pour me faire une soupe, me caresser le front, me dire que cela irait mieux bientôt. Je me réveillais et m'endormais par à-coups, flottant au travers de fragments de rêves, alors que, dans mon sang, se multipliaient des corps microscopiques.

Ryan a sonné à 1 heure et quart.

— Mon Dieu, Brennan, vous avez une tête affreuse.

— Merci. J'ai resserré la couverture autour de moi. Je pense que j'ai attrapé froid.

— Si on remettait cela à demain ?

— Pas question.

Il m'a regardée avec un drôle d'air, m'a suivie à l'intérieur, et, jetant sa veste sur le canapé, s'est assis.

— Il s'appelle Jean-Pierre Tanguay. Vingt-huit ans. C'est un gars de chez nous. Il a grandi à Shawinigan. Ne s'est jamais marié. Pas d'enfants. Il a une sœur, qui vit dans l'Arkansas. Sa mère est morte quand il avait neuf ans. Il y avait beaucoup de tensions chez eux. Le père était maçon, c'est pas mal lui qui a élevé les enfants. Il s'est tué dans un accident de voiture quand Tanguay était au collège. Apparemment, ça a été un gros coup pour le gamin. Il a lâché l'école, est resté chez sa sœur un moment, puis s'est baladé aux États-Unis. Vous ne savez pas la meilleure ? Pendant qu'il était dans le Sud, il a reçu un appel de Dieu. Il voulait rentrer chez les jésuites ou je ne sais qui, mais ça s'est mal passé à l'entrevue. Ils n'ont pas dû trouver qu'il ferait une bonne recrue. En tout cas, il a refait surface au Québec en 1988 et a réussi à intégrer à Bishop. À peu près un an après, il a obtenu sa licence.

— Si bien qu'il est dans le coin depuis 1988 ?

— Exact.

— Il serait revenu à l'époque des meurtres de Pitre et de Gautier.

— Ouais. Et, depuis, il n'est plus reparti.

Je devais avaler ma salive avant de parler.

— Et qu'est-ce qu'il dit, pour les animaux ?

— Il clame qu'il enseigne la biologie. On a vérifié. Il dit qu'il constitue une collection pour ses élèves. Qu'il fait bouillir les carcasses et les monte en squelette.

— Ce qui expliquerait les livres d'anatomie.

— Ça pourrait.

— Il les récupère comment ?

— Sur les routes.

— Seigneur, Bertrand avait raison.

Je l'imaginais rôdant dans la nuit, raclant ses cadavres sur les routes et les rapatriant chez lui dans des sacs plastique.

— A-t-il déjà travaillé dans une boucherie ?

— Il n'en a pas parlé. Pourquoi ?

— Claudel a-t-il appris quelque chose de ses collègues ?

— Rien qu'on ne sache déjà. Il ne fréquente personne, donne ses cours. Personne ne peut vraiment dire qu'il le connaît. Et à l'heure qu'il était, ils n'étaient pas enchantés d'être dérangés par le téléphone.

— Cela ressemble pas mal au profil décrit par Grandmamie.

— D'après la sœur, il a toujours été asocial. Elle ne se rappelle pas qu'il ait eu des amis. Mais elle a neuf ans de plus, elle a peu de souvenirs de lui comme petit garçon. Elle nous en a envoyé une belle.

— Quoi ?

Il a souri.

— Tanguay est impuissant.

— Elle a déclaré cela spontanément ?

— Elle pense que c'est ce qui peut expliquer ses tendances asociales. Il serait inoffensif mais souffrirait d'un manque d'estime de soi. Elle est très branchée pensée positive et tout ce genre de littérature. Elle connaît le jargon sur le bout des doigts.

— Ce serait logique. Il n'y avait pas de trace de sperme pour Adkins et Morisette-Champoux.

— Bingo.

— Et il est devenu impuissant comment ?

— Problème congénital doublé d'un trauma. Il est né avec une seule couille, qu'il s'est éclatée dans un accident de football. Un truc pas net où un autre joueur se baladait avec un stylo. Tanguay l'a pris dans la seule bonne qui lui restait. Adieu, spermatogenèse.

— C'est à cause de cela qu'il s'est fait ermite ?

— Ouais. La sœurette a peut-être raison.

— Ça expliquerait ses piètres performances auprès des filles...

— Et avec tout le monde.

— N'est-ce pas bizarre qu'il ait choisi l'enseignement ? Ryan a pris l'air songeur. Pourquoi travailler dans un contexte où vous devez interagir avec d'autres personnes ? Avec un sentiment fort d'inadaptation, pourquoi choisir un métier si exposé, si stressant ? Pourquoi pas l'informatique ? ou un travail de laboratoire ?

— Je ne suis pas psychologue, mais l'enseignement peut coller tout à fait. L'interaction ne se fait pas avec des égaux, en fait, mais avec des gamins. Le contrôle, c'est vous qui l'avez. Le pouvoir. La classe est votre petit royaume, et les enfants doivent faire ce que vous leur dites de faire. Hors de question qu'ils vous ridiculisent ou vous remettent en question.

— Du moins, pas ouvertement.

— C'est peut-être l'équilibre parfait pour lui. Satisfait ses besoins de pouvoir, de domination pendant le jour, assouvit ses fantasmes sexuels la nuit.

— Et ça, c'est dans le meilleur des scénarios. Pensez aux possibilités de voyeurisme, même d'attouchement qu'il peut avoir avec les enfants.

— Exact.

Nous sommes restés en silence un moment, les yeux de Ryan balayant la pièce presque comme il l'avait fait dans l'appartement de Tanguay. Il avait l'air épuisé.

— L'unité de surveillance ne m'est plus vraiment nécessaire...

— Exact.

Il s'est levé. Je l'ai raccompagné jusqu'à la porte.

— Il vous fait quelle impression, Ryan ?

Il n'a pas répondu tout de suite. Puis il a parlé avec beaucoup de prudence.

— Il proclame qu'il est innocent comme l'agneau qui vient de naître. Mais il est nerveux en chris. Il a quelque chose à cacher. Demain, on saura ce qu'il a dans sa petite planque de campagne. On va se servir de ça pour lui balancer toute l'affaire. Il va s'allonger.

Après qu'il fut parti, j'ai pris une bonne dose de médicaments pour le rhume, et j'ai dormi profondément pour la première fois depuis des semaines. Si j'ai rêvé, je ne m'en souviens pas.

Le lendemain, je me suis sentie mieux, mais pas suffisamment pour aller au labo. C'était peut-être une forme de lâcheté... Birdie était le seul que j'avais envie de voir.

Je me suis tenue occupée en lisant une thèse et en répondant au courrier que j'avais négligé depuis plusieurs semaines. Ryan m'a appelée vers 1 heure. J'ai senti à sa voix que les choses ne se déroulaient pas bien.

— L'Identité a viré le chalet à l'envers, mais ils n'ont rien trouvé. Absolument rien. À croire qu'il triche même pas à la patience. Pas de couteau, pas d'arme à feu. Pas de vidéo de crime, ni un seul des souvenirs à la Dobzhansky. Un cadavre d'écureuil dans le frigo. En tout et pour tout. Pour le reste, un gros zéro pointé.

— De la terre retournée ?

— Rien.

— Une cabane à outils, un sous-sol, où il pourrait garder des scies ou de vieux couteaux ?

— Oui, avec des râteaux, des binettes, une vieille tronçonneuse, une brouette cassée. Les trucs de jardinage habituels. Et assez d'araignées pour peupler une petite planète. Ça a l'air que Gilbert va avoir besoin d'une thérapie.

— Un endroit pour se cacher ?

— Brennan, vous ne m'écoutez pas.

— Le Luminol ? ai-je demandé, totalement déprimée.

— Impeccable.

— Des articles de journaux ?

— Non.

— Y a-t-il quelque chose permettant de faire un lien avec l'appartement de la rue Berger ?

— Non.

— Avec Saint-Jacques ?

— Non.

— Avec Gabby ?

— Non.

— Avec aucune des victimes ?

Il n'a pas répondu.

— Et, d'après vous, il y fait quoi, là-bas ?

— Il va à la pêche et il médite sur sa couille perdue.

— Et maintenant ?

— Bertrand et moi allons avoir une longue conversation avec M. Tanguay. C'est le temps de balancer quelques noms et de monter la flamme. Je continue à penser qu'il va lâcher le morceau.

— Pour vous, il y a une cohérence dans tout cela ?

— Possible. Peut-être que l'idée de Bertrand n'est pas si bête. Que Tanguay a une personnalité éclatée. L'une correspond au professeur de biologie, menant une petite vie tranquille, amateur de pêche, collectionnant des spécimens pour ses élèves. L'autre est animé d'une colère incontrôlable contre les femmes, se sent sexuellement incompétent. Du coup il prend son pied à les suivre, à les battre à mort. Il peut garder ses deux personnalités bien séparées, jusqu'au point d'avoir une place à part pour céder à ses fantasmes et se complaire dans ses souvenirs. Chris, il ne le sait peut-être même pas qu'il est fou.

— Pourquoi pas. M. Janus et M. Phallus.

— Qui ?

— Laissez tomber. Une vieille comédie.

Je lui ai dit ce que j'avais appris de Lacroix.

— Pourquoi vous ne me l'avez pas dit plus tôt ?

484

— C'est assez difficile de vous intercepter, Ryan.

— Ce qui veut dire que la rue Berger est clairement dans le portrait.

— D'après vous, pourquoi n'y aurait-il pas d'empreintes ?

— Merde, Brennan, je n'en sais rien. Tanguay peut bien être aussi traître que du verglas. Si cela peut vous réconforter, Claudel a déjà trouvé quelque chose pour le mettre en dedans.

— Quoi ?

— Je le laisse l'annoncer lui-même. Écoutez, faut que j'y aille.

— Donnez-moi des nouvelles.

Ayant terminé mes lettres, j'ai décidé de les porter à la poste. Un coup d'œil dans le réfrigérateur. Mes côtelettes et mon bœuf haché ne conviendraient pas pour Katy. J'ai souri, en repensant au jour où elle m'avait annoncé qu'elle ne mangerait plus de viande. Mon bébé de quatorze ans en végétarienne fanatique. J'ai pensé qu'elle tiendrait trois mois. Cela faisait cinq ans.

Alors, hoummos, taboulé. Fromage. Jus de fruits. Pas de boissons gazeuses pour ma Katy. Quelle drôle de progéniture j'avais enfantée !

Ma gorge était de nouveau irritée et j'avais chaud partout. Du coup, j'ai décidé de faire un saut à la gym. J'allais exterminer ce vilain microbe avec de l'exercice et de la vapeur. L'un des deux allait finir par gagner.

Pour l'exercice, c'était une mauvaise idée. Après dix minutes sur le Stairmaster, je tremblais sur mes jambes et mon visage dégoulinait de sueur. J'ai dû m'arrêter.

Le sauna a eu un résultat mitigé. Cela a calmé mon mal de gorge et desserré l'étau qui me broyait le front. Mais d'être assise là, dans la vapeur qui s'élevait en volutes autour de moi, me laissait l'esprit libre. Tanguay. Il y avait dans cette histoire quelque chose qui me chiffonnait. Plus la machine s'emballait dans ma tête, plus la tension physique montait. Les gants. Pourquoi avais-je nié leur importance jusque-là ?

L'infirmité de Tanguay le prédisposait-elle à des fantasmes pouvant dégénérer en violence ? Était-il vraiment un homme dévoré par le besoin de contrôler ? Le meurtre serait alors pour lui le contrôle ultime ? *Je peux simplement te suivre des yeux, ou te faire mal, ou même te tuer ?* Les animaux étaient-ils eux aussi un exutoire ? Et Julie ? Alors pourquoi le meurtre ? Restait-il en deçà de la violence, pour finalement succomber au besoin de la mettre en scène ? Ses actes étaient-ils les conséquences d'un abandon maternel ? de sa malformation ? d'un mauvais chromosome ? d'autre chose encore ?

Et pourquoi Gabby ? Elle ne rentrait pas dans le cadre. Il la connaissait. Elle était une des seules qui auraient pu parler avec lui. J'ai ressenti une bouffée d'angoisse.

Oui. Bien sûr qu'elle rentrait dans le cadre. Un cadre qui m'incluait moi. Je trouvais Grace Damas. J'identifiais Isabelle Gagnon. Je représentais une ingérence, la contestation de son autorité. De sa masculinité. De tuer Gabby déchargeait sa rage envers moi et rétablissait sa suprématie. Et ensuite ? La photo signifiait-elle qu'il s'en serait pris à ma fille ?

Un prof. Un tueur. Un homme aimant la pêche. Un homme aimant mutiler des corps. Mes pensées continuaient à dériver. J'ai fermé les yeux. Des taches de couleur glissaient derrière mes paupières closes, comme des poissons rouges dans un étang.

Un prof. La biologie. La pêche.

Encore cette sensation obsédante. Tout était là. Mais quoi ? Quoi ? Un prof. Un prof. O.K., bon.

Un prof. Depuis 1991. À Saint-Isidore. Oui. Oui. On le savait. Alors quoi ? J'avais la tête trop lourde pour réfléchir.

Le CD-Rom. Je l'avais totalement oublié. J'ai ramassé ma serviette. Il y avait peut-être quelque chose, là.

39

Très faible et ruisselant de sueur, j'ai quand même réussi à conduire. Tu as réussi ton coup, Brennan. Les microbes ont gagné cette partie. Ralentis. Ce n'est pas le moment de te faire arrêter. Il faut que tu trouves.

J'ai filé le long de Sherbrooke, contourné le bloc et dévalé la pente de garage. La porte côté piéton était encore mal fermée. Nom de Dieu, Winston n'arrivait pas à la réparer, ou quoi ? J'ai garé la voiture et me suis précipitée vers l'appartement. Vérifier les dates.

Une sacoche était posée dans le couloir contre ma porte.

— Merde, qu'est-ce que c'est que ça, encore ?

Sac à dos de cuir noir. Marque Coach. Cher. Un cadeau de Max. Pour Katy. Il était déposé à ma porte.

Un étau de glace m'a broyé le cœur.

Katy !

J'ai ouvert la porte et l'ai appelée. Pas de réponse. J'ai entré mon code dans le système de sécurité, appelé de nouveau. Silence.

Avait-elle pensé à apporter ses clés ? Elle n'aurait pas laissé son sac à la porte. Elle n'avait trouvé personne, avait laissé ses affaires et était partie faire un tour.

Plantée dans la chambre, le corps tremblant de fièvre et d'angoisse, j'essayais de réfléchir. C'était loin d'être évident.

Elle était allée prendre un café, ou faire les magasins, ou chercher un téléphone. Elle allait appeler d'une minute à l'autre.

Mais, sans ses clés, comment avait-elle pu franchir la porte principale de l'immeuble ? Le garage. Elle avait dû passer par l'entrée piétons, celle qui n'était pas bien verrouillée.

Le téléphone !

J'ai couru au salon. Pas de message. C'était Tanguay ? Il la tenait ?

Impossible. Il était en prison.

Le prof était en prison. Mais ce n'était pas le bon. Ce n'était pas le prof qui était le bon. Ou l'était-il ? Était-ce lui qui louait la chambre de la rue Berger ? Lui qui avait enterré le gant avec la photo de Katy dans la tombe de Gabby ?

Une nausée d'angoisse m'est remontée dans l'œsophage. J'ai dégluti, et ma gorge à vif a gémi de protestation.

Vérifie les faits, Brennan. Ils doivent avoir des vacances.

J'ai démarré l'ordinateur. J'avais de la peine à frapper les touches tellement je tremblais. Le tableau s'est affiché sur l'écran. Les dates. Les heures.

Francine Morisette-Champoux avait été tuée en janvier. Entre 10 heures du matin et midi. Un jeudi.

Isabelle Gagnon avait disparu en avril, entre 13 et 16 heures. Un vendredi.

Chantale Trottier avait disparu en octobre durant l'après-midi. Elle avait été vue pour la dernière fois à son école en centre-ville, à des kilomètres de la banlieue ouest.

Elles étaient mortes ou avaient disparu pendant la semaine. Durant la journée. La journée d'école. Trottier pouvait avoir été enlevée après les heures d'école. Mais pas les deux autres.

J'ai agrippé le téléphone.

Ryan était sorti.

J'ai raccroché violemment. Ma tête était en plomb, mes pensées viraient au ralenti.

J'ai tenté un autre numéro.

— Claudel.

— Monsieur Claudel, c'est le docteur Brennan... Où est située l'école de Saint-Isidore exactement ?

Il a eu un moment d'hésitation et j'ai vraiment cru qu'il n'allait pas répondre.

— À Beaconsfield.

— C'est à quoi ? trente minutes du centre-ville ?

— S'il n'y a pas de circulation.

— Connaissez-vous les horaires de l'école ?

— Pourquoi vous demandez cela ?

— Ce n'est pas possible d'avoir simplement une réponse ?

— Je peux demander.

— Il faudrait également savoir si Tanguay s'est absenté certains jours, s'il a pris des congés pour maladie ou convenance personnelle, notamment les journées où Champoux et Gagnon ont été tuées. Ils ont sûrement un registre. Ils auraient eu besoin de prendre un remplaçant, à moins que l'école n'ait été fermée pour une raison ou une autre.

— Je dois y aller dem...

— Maintenant ! J'en ai besoin maintenant.

J'étais au bord de l'hystérie, les orteils agrippés sur le rebord. Ne me pousse pas.

J'ai presque entendu ses mâchoires se crisper. Vas-y, Claudel. Raccroche. J'aurai ta peau.

— Je vous reviens avec ça.

Assise sur le lit, je restais hypnotisée par les particules de poussière qui dansaient dans les rais de lumière.

Bouge-toi.

Je suis allée me jeter de l'eau froide sur le visage. Puis ramassant une pochette carrée dans ma mallette, je me suis installée à l'ordinateur. Le document était identifié avec l'adresse de la rue Berger et la date : 24-06-1994. J'ai sorti le CD et l'ai introduit dans mon lecteur. J'ai lancé le logiciel de traitement d'images...

Une rangée d'icônes s'est affichée. J'ai ouvert Album, et un seul nom est apparu dans la fenêtre : Berger.abm. J'ai cliqué deux fois et trois rangées de photos ont rempli l'écran, chacune comprenant six clichés de l'appartement de Saint-Jacques. Une ligne en bas m'indiquait que le fichier contenait cent vingt images.

J'ai cliqué sur la première photo pour l'agrandir. La rue Berger. La deuxième et la troisième montraient la rue sous différents angles. Ensuite l'immeuble, l'avant et l'arrière. Puis le couloir menant à l'appartement. Les images de l'intérieur commençaient au numéro 12.

La migraine me martelait la tête. Je passais d'une photo à l'autre, attentive à tous les détails. Mes épaules et mes muscles dorsaux étaient comme des lignes de haute tension. J'y étais. La chaleur suffocante. La peur. L'odeur de crasse et de putréfaction...

Je cherchais, image après image. Je cherchais quoi ? Je n'en étais pas sûre. Tout était là. Les filles de Hustler. Les journaux. Le plan de la ville. Le palier de l'escalier. Le dessus graisseux du comptoir. La tasse de Burger King. Le bol de spaghettis.

Arrêt sur la nature morte. Document 102. Un

bol en plastique, souillé. La graisse figée en cernes blancs, dans une bouillie rouge. Une mouche, les pattes avant jointes, comme en prière. Une masse orange dépassant de la sauce et des pâtes.

Clignant des yeux, je me suis penchée. Est-ce que je voyais bien ce que je croyais voir ? Là. Marqué sur le bloc orange. Mon pouls s'est accéléré. Ce n'était pas possible. Nous n'aurions pas cette chance.

Deux clic, et une ligne pointillée est apparue. J'ai déplacé le curseur et la ligne s'est transformée en rectangle, délimité par des rangées de points. J'ai placé le rectangle en plein sur la tache orange et j'ai zoomé, agrandissant l'image encore et encore. Deux fois. Trois fois. Jusqu'à huit fois sa taille initiale. La petite parabole que j'avais remarquée se transformait sous mes yeux en une ligne courbe de points et de traits.

J'ai réduit l'agrandissement pour obtenir l'ensemble de l'arc.

— Oh ! Seigneur.

Grâce à l'éditeur d'images, j'ai pu jouer sur la clarté et le contraste, manipuler les nuances et la saturation. J'ai essayé d'inverser les couleurs, changeant chaque pixel pour son image négative. Une autre fonction m'a permis d'accentuer les bords afin de faire ressortir la petite ligne sur le fond orange.

Je me suis redressée. C'est bien ça. J'ai respiré profondément. Mon doux Jésus, c'est vraiment ça.

Ma main tremblante s'est emparée du téléphone.

Bergeron était encore en vacances, selon la voix enregistrée. J'allais devoir me débrouiller seule.

En quoi avais-je le choix ? Je l'avais vu faire plusieurs fois. Je pouvais au moins essayer. Il fallait que je sache.

J'ai cherché un autre numéro.

— Centre de détention Parthenais.

— Ici Tempe Brennan. Andrew Ryan est-il là ?
Il devrait être avec un détenu du nom de Tanguay.

— Un instant. Gardez la ligne.

Voix en bruits de fond. Dépêchons, dépêchons...

— Il n'est pas ici.

Merde. J'ai regardé ma montre.

— Jean Bertrand est-il là ?

— Oui. Un instant.

Autres voix. Cliquettement.

— Bertrand.

Je lui ai expliqué ce que j'avais trouvé.

— Maudit chris. Bergeron a dit quoi ?

— Il est en vacances jusqu'à lundi.

— Un morceau de fromage ! C'est génial. Une espèce de faux départ, non ? Qu'est-ce que vous attendez de moi ?

— Trouvez-vous un gobelet de polystyrène ordinaire et demandez à Tanguay de mordre dedans. Ne l'enfoncez pas trop dans la bouche. J'ai juste besoin des six dents de devant. Faites-le mordre de part en part, pour qu'on ait clairement les marques, une rangée de chaque côté. Ensuite, descendez ça à Marc Dallair, au service photo. Il est au fond, derrière la balistique. Vous y êtes ?

— Ouais, ouais. Et je dis quoi à Tanguay ?

— Ça, c'est votre problème. Imaginez quelque chose. S'il proclame qu'il est innocent, il devrait être ravi.

— Et je trouve ça où, un gobelet de polystyrène, à 4 heures de l'après-midi ?

— Allez vous acheter un café au McDonald's du coin, Bertrand. Je n'en sais rien. Mais trouvez-le. Je dois attraper Dallair avant qu'il ne parte. Grouillez-vous !

Dallair attendait son ascenseur quand j'ai appelé. Il a répondu au bureau de la réception.

— J'ai une faveur à vous demander.

— Oui.

— Dans moins d'une heure, Jean Bertrand va apporter à votre bureau un échantillon d'une marque de morsure. J'ai besoin qu'on me scanne l'image en format Tiff et qu'on me l'envoie par Internet le plus vite possible. Pouvez-vous faire ça ?

Il y a eu un long silence. Mentalement, je le voyais lever les yeux vers l'horloge de l'ascenseur.

— C'est en rapport avec Tanguay ?

— Oui.

— Bien sûr. Je vais attendre.

— Essayez de placer la lumière selon un angle le plus parallèle possible au plan des marques, pour qu'elles ressortent au maximum. Et assurez-vous d'inclure un étalon, une règle graduée, ce que vous voulez. Et vérifiez bien, s'il vous plaît, que l'image est à l'échelle.

Il a noté mon adresse E-mail. Il m'appellerait dès qu'il aurait envoyé le fichier.

Et j'ai attendu. Les secondes semblaient prises dans la glace. Le téléphone restait muet. Toujours pas de Katy. Sur le réveil, les chiffres brillaient d'une lueur verte. Je les entendais changer. Clic, clic, clic, quand les aiguilles tournaient.

Quand le téléphone a sonné, j'ai agrippé le combiné.

— Dallair.

— Oui.

J'ai avalé, la douleur était atroce.

— J'ai envoyé le fichier il y a cinq minutes. Le nom est : Tang.tif. Il est compressé, si bien que vous allez devoir le décoder. Je ne bouge pas d'ici jusqu'à ce que vous l'ayez chargé dans votre système, au cas où il y aurait un problème. Vous n'avez qu'à m'envoyer une réponse. Et bonne chance.

Je l'ai remercié et j'ai raccroché. M'installant

devant l'ordinateur, je me suis connectée à ma boîte électronique de McGill. « Message en attente » s'affichait en lettres brillantes. Ignorant les autres messages non lus, j'ai transféré le fichier de Dallair et l'ai retranscrit en mode graphique. Une empreinte dentaire est venue se dessiner en arc sur l'écran, chaque dent bien visible sur le blanc du fond. En bas à gauche, il y avait une échelle millimétrique à angle droit. J'ai envoyé un message réponse et je me suis déconnectée.

De retour dans le logiciel de traitement d'images, j'ai lancé Tang.tif. L'empreinte de Tanguay a empli l'écran. J'ai récupéré la marque de morsure dans le fromage de la rue Berger, et je les ai imbriquées l'une sur l'autre.

Ensuite, je les ai converties toutes les deux en RVB, pour en tirer le maximum d'informations. Ajusté la couleur, la clarté, le contraste, la saturation. Pour finir, à l'aide de l'éditeur d'images, j'ai accentué les bords de l'empreinte sur le gobelet comme je l'avais fait pour celle du fromage.

Pour le type de comparaison que j'avais l'intention de faire, il fallait que les deux images soient à la même échelle. J'ai sorti un compas à pointe sèche et vérifié la règle de référence sur la photo de Tanguay. La distance entre les signes était exactement de un millimètre. Merveilleux. L'image était à l'échelle.

Il n'y avait pas de référence sur la photo de la rue Berger. Que faire ?

Sers-toi d'autre chose. Reviens sur l'image complète. Tu vas bien trouver quelque chose pour te servir de repère.

Il y en avait un. La tasse de Burger King touchait le bol à côté du fromage. Le logo rouge et jaune était net et reconnaissable.

J'ai couru à la cuisine. Pourvu qu'elle y soit

encore. J'ai presque arraché les portes du placard pour fouiller dans la poubelle sous l'évier.

Oui ! L'ayant rincée, j'ai rapporté la tasse à côté de l'ordinateur. Le compas tremblait dans mes mains. La barre verticale du B du logo mesurait exactement quatre millimètres de largeur.

Sélectionnant la fonction Format dans l'éditeur d'images, j'ai cliqué sur un coin du B de la tasse de la rue Berger, déplacé le curseur jusqu'à l'autre bord et cliqué une deuxième fois. Mes points d'étalonnage déterminés, j'ai dit au logiciel de recalibrer toute l'image pour que ce B-là mesure exactement quatre millimètres de large à cet endroit. Immédiatement, la photo a changé de dimension.

Les deux images étaient maintenant à la même échelle. Juxtaposées sur l'écran de l'ordinateur. L'empreinte de Tanguay couvrait l'arcade dentaire complète, avec huit dents de chaque côté de la ligne médiane.

Seulement cinq dents s'étaient imprimées dans le fromage. Bertrand avait raison. C'était comme un faux départ. Les dents avaient mordu, glissé, ou la personne avait rouvert les mâchoires, puis repris un morceau en deçà des marques que je pouvais voir.

Je fixais la ligne d'indentations. J'étais sûre qu'il s'agissait de l'arcade supérieure. Deux longues marques étaient bien visibles à droite et à gauche du centre, probablement les incisives médianes. Il y avait ensuite deux cannelures orientées selon le même angle, mais un peu plus courtes. Puis sur la partie gauche, une petite entaille ronde, vraisemblablement une canine. C'étaient les seules dents qui s'étaient imprimées.

J'ai essuyé mes paumes moites sur les pans de ma chemise, cambré le dos et pris une grande inspiration.

Prêt. Partez.

Choisissant la fonction Transformation, j'ai cliqué sur Rotation et manœuvré doucement l'empreinte dentaire de Tanguay, pour l'orienter selon le même angle que les marques dans le fromage. Clic après clic, j'ai fait pivoter les incisives dans le sens des aiguilles d'une montre. En avant, puis en arrière, en avant encore, quelques degrés à la fois, mon anxiété et ma maladresse n'accélérant pas le processus. Cela a laissé aux arbres le temps de pousser, mais au moins, à la fin, ai-je obtenu ce que je voulais. Les dents de devant pour Tanguay étaient disposées selon le même angle et la même position que les indentations dans le fromage.

Retour à Édition. Fonction Superposer. J'ai choisi le fromage comme image active et l'empreinte de Tanguay comme image flottante. J'ai fixé la transparence à trente pour cent et la marque de morsure de Tanguay a pris une couleur gris voilé.

J'ai cliqué sur le centre de l'arcade dentaire de Tanguay et une autre fois sur le sillon correspondant dans l'empreinte du fromage, afin de fixer le point de juxtaposition dans chaque image. Cela fait, j'ai activé la fonction Mise en place et l'éditeur d'images a superposé la trace de morsure de Tanguay directement sur celle du fromage. Trop opaque. L'image du dessous disparaissait complètement.

J'ai élevé le niveau de transparence à soixante-quinze pour cent ; les points et les traits du gobelet ont pâli jusqu'à une trace fantomatique. J'avais maintenant une vue nette de la marque dans le fromage, au travers de l'empreinte faite par Tanguay.

Dieu du ciel.

J'ai su immédiatement que les morsures ne provenaient pas de la même personne. Des heures de manipulations et de réglage ne pourraient rien changer à cette impression.

L'arcade dentaire de Tanguay était trop étroite, la courbure antérieure beaucoup plus resserrée que celle imprimée dans le fromage. L'image superposée montrait une forme de fer-à-cheval au-dessus d'un fragment de demi-cercle.

Plus frappant encore, la personne qui avait mangé du fromage dans le studio de la rue Berger présentait une brèche sur l'angle d'une incisive centrale. Et les dents adjacentes prenaient une tangente de trente degrés. Ce qui faisait ressembler la dentition à une clôture de pieux mal plantés. Une incisive centrale était méchamment ébréchée et une latérale franchement de travers.

Les dents de Tanguay étaient régulières et continues. Sa marque de morsure ne présentait aucune de ces caractéristiques. Ce n'était pas lui qui avait mordu dans ce fromage. Soit Tanguay avait hébergé un invité rue Berger, soit le studio n'avait rien à voir avec Tanguay.

40

Celui qui utilisait le studio rue Berger, quel qu'il soit, était l'assassin de Gabby. Les gants correspondaient. La probabilité la plus crédible était que Tanguay n'était pas cette personne-là. Qu'il n'était pas Saint-Jacques.

— Pour l'amour du ciel, où es-tu ?

Ma voix a grincé dans le silence de l'appartement vide. Mon angoisse pour Katy a jailli en moi dans toute sa violence. Pourquoi n'avait-elle pas appelé ?

Ryan n'était toujours pas chez lui. J'ai essayé de joindre Bertrand. Il était parti. J'ai essayé la salle du commando. Personne.

Je suis allée jusqu'au jardin et j'ai glissé un œil par la barrière vers la pizzeria, de l'autre côté de la rue. La ruelle était vide. L'équipe de surveillance avait été relevée...

Quelles options me restait-il ? Que pouvais-je faire ? Pas grand-chose. Hors de question de partir. Il fallait que je sois là si Katy revenait. Quand Katy allait revenir.

Le réveil affichait 19 : 10. Les dossiers. Reprendre les dossiers. Que pouvais-je faire d'autre, coincée entre ces quatre murs ? Mon refuge était devenu ma prison.

M'étant changée, je suis allée dans la cuisine. J'avais la tête qui tournait mais je ne voulais pas prendre de médicaments. J'étais suffisamment abrutie comme ça, sans y ajouter un sédatif. De la vitamine C m'aiderait à pulvériser mes microbes. J'ai sorti du congélateur une boîte de jus d'orange concentré. Merde, où avais-je mis l'ouvre-boîtes ? Dans mon impatience, j'ai attrapé un couteau à steak et attaqué le haut du carton... Un pichet. De l'eau. Remuer. Tu vas y arriver. Tu nettoieras après.

Enveloppée dans ma couverture, je me suis installée sur le divan, les mouchoirs d'un côté et le jus d'orange de l'autre. Je jouais avec mon sourcil, histoire de ne pas perdre le contrôle de mes nerfs.

Damas. J'ai encore repris le dossier... Le monastère Saint-Bernard. Nikos Damas. Le père Poirier.

Bertrand avait fait un rapport sur Poirier. Je l'ai relu, malgré des problèmes évidents de concentration. Les déclarations du prêtre avaient été vérifiées. J'ai relu l'entrevue originale, à la recherche d'autres noms à examiner, comme les indices d'une course au trésor, lors d'un rallye automobile. Ensuite, je reprendrai les dates.

Qui était le gardien ? Roy. Émile Roy. Où était sa déposition ?

J'ai cherché partout dans la jaquette. Rien. Quelqu'un lui avait sûrement parlé. Je n'arrivais pas à me souvenir d'avoir vu un rapport là-dessus. Pourquoi n'y était-il pas ?

Immobile, je me sentais de nouveau hantée par la sensation de manquer quelque chose. Comme une aura présageant une migraine. Ma respiration sifflante était le seul bruit dans mon univers.

Retour à la déposition de Fortier. Roy tenait en état les bâtiments et le terrain. Entretenait la chaudière. Déblayait la neige.

Déblayait la neige ? À quatre-vingts ans ? Pourquoi pas ? Certains étaient plus capables que d'autres.

J'ai repensé à mon rêve de la nuit du monastère. Les rats. Pete. La tête d'Isabelle Gagnon. La tombe. Le prêtre. Qu'avait-il dit ? Que seules les personnes qui travaillaient pour l'Église avaient le droit de franchir les grilles.

Cela pouvait-il être ça ? C'était ce qui lui permettait de rentrer sur les terres du monastère et du Grand Séminaire ? Notre tueur était-il quelqu'un qui travaillait pour l'Église ?

Roy !

Génial, Brennan, un serial killer de quatre-vingts ans.

Ferais-je mieux d'attendre l'appel de Ryan ? Il foutait quoi ? J'ai pris l'annuaire téléphonique. Si je pouvais trouver le nom du gardien, j'appellerais.

Il n'y avait qu'un E. Roy enregistré à Saint-Lambert.

Voix rauque :

— Oui.

Sois prudente. Prends ton temps.

— Monsieur Émile Roy ?

— Oui.

J'ai expliqué qui j'étais et la raison de mon appel. Oui, je parlais au bon Émile Roy. Je l'ai interrogé sur ses travaux au monastère. Pendant un long moment, il n'a pas répondu. J'entendais sa respiration siffler, l'air rentrer et sortir des poumons comme au travers d'une bouche d'aération. Finalement :

— Je ne veux pas perdre mon travail. Je prends bien soin de la place.

— Oui. Vous vous en occupez tout seul ?

Sa respiration s'est bloquée, comme si un caillou avait obturé le trou d'aération.

— J'ai juste besoin d'un peu d'aide de temps en temps. Cela ne leur coûte pas plus. Je prends ça directement sur ma paye.

Il pleurait presque.

— Qui vous aide, monsieur Roy ?

— Mon neveu. C'est un bon garçon. Il s'occupe surtout de la neige. J'allais le dire au père, mais...

— Et votre neveu s'appelle comment ?

— Léo. On ne va pas l'embêter avec ça, hein ? C'est un bon garçon.

Le combiné était glissant dans ma paume.

— Léo comment ?

— Fortier. Léo Fortier. C'est le petit-fils de ma sœur.

Sa voix s'éloignait. Je ruisselais de sueur. J'ai dit ce qu'il fallait dire et j'ai raccroché. L'esprit ravagé et le cœur aux cent coups.

Du calme. Ce pouvait n'être qu'une coïncidence. D'être l'aide d'un gardien et d'un boucher à mi-temps ne suffisait pas à faire de quelqu'un un tueur. Réfléchis.

Un coup d'œil sur le réveil et j'ai repris le téléphone. Je t'en supplie, réponds.

Elle a décroché à la quatrième sonnerie.

— Lucie Dumont.

— Lucie ! Je ne peux pas croire que vous soyez encore là.

— J'ai eu des problèmes avec un fichier. Je partais.

— J'ai besoin de quelque chose, Lucie. C'est extrêmement important. Vous êtes sans doute la seule personne qui puisse m'aider là-dessus.

— Oui ?

— J'ai besoin d'une vérification sur quelqu'un. Faites tout votre possible pour sortir l'intégralité de ce qu'il peut y avoir sur ce type. Vous pouvez faire ça pour moi ?

— Il est tard et...

— C'est crucial, Lucie. Ma fille est peut-être en danger...

Je n'essayais pas de cacher le désespoir dans ma voix.

— Je peux me connecter au réseau de la Sûreté, voir s'il a un dossier. J'ai l'autorisation. Que voulez-vous savoir ?

— Tout.

— Que pouvez-vous me donner ?

— Seulement le nom.

— Rien d'autre ?

— Non.

— Il s'appelle ?

— Fortier. Léo Fortier.

— Je vous rappelle. Vous êtes où ?

Je lui ai donné mon numéro et j'ai raccroché.

Folle d'angoisse pour Katy, j'arpentais l'appartement. C'était Fortier ? Le froid de la peur me pénétrait jusqu'au fond de l'âme. Je n'avais jamais eu de pensées plus atroces. J'imaginais Gabby dans ses derniers moments, j'imaginais ce qu'elle avait dû ressentir. La sonnerie du téléphone a explosé au milieu de mes réflexions.

— Oui !

— C'est Lucie Dumont.

— Oui.

Mon cœur battait si violemment qu'elle devait l'entendre.

— Vous connaissez son âge, à votre Léo Fortier ?

— Euh... Trente, quarante.

— J'en ai deux. L'un est né le 9 février 1962, ce qui lui donnerait trente-deux ans. L'autre le 21 avril 1916, ce qui lui ferait, voyons... soixante-dix-huit.

— Celui de trente-deux.

— C'est ce que j'ai pensé, si bien que c'est lui que j'ai fait sortir. Il a un gros dossier. Qui remonte aux tribunaux pour enfants. Pas de crime, mais une succession de problèmes de comportement et de renvois à un encadrement psychiatrique.

— Quelle sorte de problèmes ?

— Il a été arrêté pour voyeurisme à l'âge de treize ans. J'entendais ses doigts taper sur le clavier. Vandalisme. Absentéisme scolaire. Il y a eu infraction lorsqu'il avait quinze ans. Il a enlevé une fille et l'a retenue pendant dix-huit heures. Pas de poursuite. Vous voulez tout ?

— Des choses récentes ?

Clic. Tap-tap. Clic. Je la voyais se pencher vers l'écran, ses verres roses reflétant la luminosité verte.

— La donnée la plus récente date de 1988. Une arrestation pour agression. Il devait s'agir d'un parent, la victime a le même nom. Pas d'emprisonnement. Il a fait six mois à Pinel.

— Il en est sorti quand ?

— La date exacte ?

— L'avez-vous ?

— Apparemment le 12 novembre 1988.

Constance Pitre était morte en décembre 1988.

502

Il faisait très chaud dans la chambre. J'étais trempée de sueur.

— Avez-vous le nom de son psychiatre traitant à Pinel ?

— J'ai une référence à un certain Dr M.C. Laperrière. C'est tout.

— Il y a un numéro de téléphone ?

Elle me l'a donné.

— Fortier est où maintenant ?

— Le fichier s'arrête en 1988. Vous voulez l'adresse ?

— Oui.

Au bord des larmes, j'ai composé le numéro et écouté sonner un téléphone à l'extrême nord de l'île de Montréal. « Si vous connaissez le code de votre correspondant, composez-le maintenant... » J'essayais de penser à ce que j'allais dire.

Une voix féminine :

— L'hôpital Pinel, puis-je vous aider ?

— Dr Laperrière, s'il vous plaît.

S'il travaillait encore là...

— Un instant s'il vous plaît.

Oui ! Il faisait encore partie du personnel. J'ai été mise sur attente. Puis une seconde voix féminine m'a soumis au même rituel.

— De la part de qui, s'il vous plaît ?

— Docteur Brennan.

De nouveau le vide. Puis une voix de femme, celle-ci apparemment fatiguée et énervée :

— Docteur Laperrière :

— Je suis le docteur Temperance Brennan. Je m'efforçais de contrôler ma voix du mieux que je pouvais. Anthropologiste judiciaire au Laboratoire de médecine légale. Je participe à une enquête sur une série de meurtres qui se sont déroulés ces sept dernières années dans la région de Montréal. Nous avons de bonnes raisons de penser qu'un de vos anciens patients pourrait être impliqué.

Sur la défensive :

— Oui.

Lui ayant expliqué la constitution du groupe commando, je lui ai demandé ce qu'elle pouvait me dire sur Léo Fortier.

— Docteur... Brennan, n'est-ce pas ? Docteur Brennan, vous savez qu'il m'est impossible de discuter du dossier d'un patient sur la base d'un simple coup de téléphone. Sans autorisation de la cour, il s'agirait d'une violation du secret médical.

Ne t'énerve pas. Tu savais qu'on allait te répondre ça.

— Bien sûr. Et l'autorisation de la cour ne devrait pas tarder. Mais nous sommes placés dans une situation d'urgence, docteur. Et, au point où en sont les choses, l'autorisation n'est pas franchement une nécessité. Des femmes meurent, docteur Laperrière. Elles sont assassinées sauvagement et démembrées. L'individu responsable de ces actes est capable d'une extrême violence. Il mutile ses victimes. Nous pensons qu'il s'agit d'une personne animée d'une terrible haine contre les femmes, de quelqu'un d'assez intelligent pour planifier ses crimes. Et nous pensons qu'il va récidiver, très bientôt. J'ai dégluti, la peur m'asséchait la bouche. Léo Fortier est un suspect et il nous faut savoir si, selon vous, il peut y avoir dans l'historique de Fortier quelque chose pouvant correspondre à ce profil. Le document officiel pour l'obtention de son dossier va suivre. Mais si vous vous souvenez de ce patient, l'information que vous pourriez fournir peut nous permettre d'arrêter un tueur avant qu'il ne fasse une nouvelle victime.

Une autre couverture m'enveloppait, celle d'un

calme de glace. Elle ne devait pas percevoir l'angoisse dans ma voix.

— Écoutez, je ne peux vraiment...

La couverture était en train de glisser.

— J'ai un enfant, docteur Laperrière. Et vous ?

— Comment ?

La confrontation prenait le pas sur la lassitude.

— Chantale Trottier avait seize ans. Il l'a battue à mort, démembrée et laissée dans un dépotoir.

— Seigneur Dieu.

Je n'avais jamais rencontré le Dr Laperrière. Mais sa voix me brossait un tableau très précis, un triptyque en gris métallisé, vert institutionnel et rouge de vieilles briques.

Il me semblait l'avoir devant moi. D'âge moyen, un profond désenchantement inscrit sur le visage. Elle travaillait pour un système auquel elle ne croyait plus depuis longtemps. Un système incapable de comprendre, et encore moins de maîtriser, la cruauté d'une société devenue folle sur ses franges. Les victimes d'un viol collectif. Les adolescents aux yeux vides, aux poignets tailladés. Les bébés ébouillantés et scarifiés de brûlures de cigarettes. Les fœtus flottant dans l'eau rougie d'un bol de toilette. Les vieux mourant de faim, attachés, baignant dans leurs propres excréments. Les femmes aux visages meurtris, aux yeux implorants. Un jour, elle avait cru pouvoir changer les choses. L'expérience l'avait convaincue du contraire.

Mais elle avait prononcé un serment. À qui ? À quoi ? Le dilemme faisait maintenant partie d'elle, autant qu'autrefois son idéalisme. Je l'ai entendue prendre une grande inspiration.

— Léo Fortier a été interné pour une période de six mois en 1988. J'étais son psychiatre traitant.

— Vous vous souvenez de lui ?

— Oui.

J'ai attendu, le cœur battant. J'ai entendu le claquement d'un briquet que l'on ouvrait, puis refermait, puis une profonde inhalation.

— Léo Fortier est arrivé à Pinel parce qu'il avait battu sa grand-mère avec une lampe... Elle s'exprimait par phrases courtes, précises. L'état de la vieille dame a nécessité plus de cent points de suture. Elle a refusé d'engager des poursuites contre son petit-fils. Quand la période d'hospitalisation d'office est arrivée à son terme, j'ai recommandé une poursuite de traitement. Il a refusé...

« Léo Fortier a assisté à l'agonie de sa mère, alors que sa grand-mère était présente. C'est ensuite elle qui l'a élevé, générant en lui une image de soi extrêmement négative. D'où a résulté une incapacité à développer des relations sociales adéquates...

« Elle le punissait avec une rigueur exagérée. Mais, en même temps, le protégeait des conséquences de ses actes hors de la maison. Une fois adolescent, les manières d'agir de Léo semblent indiquer qu'il souffrait de distorsions cognitives sévères, accompagnées d'un besoin exacerbé de domination. Il avait développé un sens excessif de ses droits et faisait preuve d'une rage narcissique intense lorsqu'on le contrariait.

« Son besoin de dominer, son amour refoulé et sa haine envers sa grand-mère, son isolement social grandissant, le conduisaient à s'enfermer de plus en plus dans son propre monde fantasmatique. Il avait aussi développé tous les mécanismes classiques de défense. Dénégation, refoulement, projection. Émotionnellement et socialement, il était extrêmement immature.

— Pensez-vous qu'il est capable d'un comportement comme celui que je viens de vous décrire ?

Je m'étonnais moi-même d'entendre la fermeté

de ma voix. À l'intérieur, j'étais en ébullition, terrifiée pour ma fille.

— Au moment où j'ai travaillé avec Léo, ses fantasmes étaient déjà fixés, et avec une orientation nettement négative. Beaucoup impliquaient des comportements sexuels violents.

Elle s'est tue et j'ai entendu de nouveau une longue inspiration.

— Selon moi, Léo Fortier est un homme très dangereux.

— Savez-vous où il est maintenant ?

— Je n'ai eu aucun contact avec lui depuis sa sortie de l'hôpital.

J'allais lui dire au revoir quand j'ai pensé à une dernière question.

— La mère de Léo est morte comment ?

— Entre les mains d'un avorteur.

En raccrochant, mes pensées avaient pris le mors aux dents. J'avais un nom. Léo Fortier avait travaillé avec Grace Damas, avait accès aux terres ecclésiastiques et était extrêmement dangereux. Et maintenant ?

J'ai entendu un coup de tonnerre assourdi et remarqué que la lumière dans la pièce était devenue mauve. J'ai ouvert la porte-fenêtre et regardé dehors. D'épais nuages s'étaient agglutinés au-dessus de la ville, obscurcissant prématurément le crépuscule. Le vent avait changé et l'air était lourd d'une odeur de pluie. Le cyprès se balançait déjà de droite à gauche et les feuilles tourbillonnaient sur le sol.

Un de mes anciens cas m'est revenu abruptement à la mémoire. Nellie Adams, cinq ans, portée disparue. J'en avais entendu parler aux informations. Le jour de sa disparition, il y avait eu un violent orage. J'avais pensé à elle ce soir-là, bien en sécurité dans mon lit. L'imaginant peut-être dehors quelque part, seule et terrifiée par l'orage...

Six semaines plus tard, je devais l'identifier, d'après son crâne et des fragments de côtes.

Je t'en prie, Katy ! Reviens. Je t'en prie...

Arrête ! Appelle Ryan.

Un éclair s'est réfléchi sur le mur. J'ai verrouillé les portes et j'ai voulu allumer une lampe. Sans effet. Le minuteur, Brennan. Il est programmé pour 8 heures. Il est encore trop tôt.

Glissant ma main derrière le canapé, j'ai tourné le bouton du minuteur. Toujours rien. J'ai essayé l'interrupteur. Rien. J'ai suivi le mur, jusqu'au coin de la cuisine. Pas de lumière dans la cuisine non plus. De plus en plus inquiète, je me suis dirigée à tâtons vers le couloir et la chambre. Le réveil était éteint. Pas de courant. Je suis restée là un moment, cherchant désespérément une explication. La foudre était tombée ? Le vent avait abattu des branches sur un câble d'alimentation électrique ?

L'appartement m'a paru d'un seul coup anormalement tranquille. J'ai fermé les yeux pour me concentrer. Un mélange de sons remplissait le vide laissé par le silence des appareils électriques. L'orage dehors. Les battements de mon cœur. Mais aussi, autre chose. Un faible cliquettement. Une porte mal fermée ? Birdie ? Était-il dans l'autre chambre ?

Je suis allée jusqu'à la fenêtre de la chambre. Les lumières brillaient le long de la rue et dans les appartements sur Maisonneuve. J'ai couru jusqu'aux portes du jardin. Il y avait de la lumière chez mes voisins, scintillante au travers de la pluie. Il n'y avait que moi à ne pas avoir d'électricité ! Puis, ça m'est revenu : le système de sécurité était resté muet lorsque j'avais franchi la porte-fenêtre. Il ne fonctionnait plus !

J'ai bondi sur le téléphone.

La ligne était coupée.

41

J'ai raccroché et mes yeux ont balayé la pénombre autour de moi. Pas de forme menaçante, mais j'avais la sensation d'une autre présence. Je tremblais, puis, bandant mon esprit, j'ai passé en revue les options que j'avais en main.

Reste calme. Échappe-toi par les portes-fenêtres.

Mais la porte de la barrière était fermée à clé, et la clé était dans la cuisine. J'ai revu mentalement la clôture. Étais-je capable de l'escalader ? Sinon, une fois dans le jardin, quelqu'un m'entendrait crier. Mais qui ? Dehors, l'orage était déchaîné.

Mon cœur battait contre ma cage thoracique comme un papillon de nuit contre un abat-jour. Mon esprit s'échappait dans mille directions. Je pensais à Margaret Adkins, à Pitre, aux autres. Leur gorge tranchée, leurs yeux fixes, morts.

Décide-toi, Brennan. Bouge ! N'attends pas qu'il fasse de toi sa victime ! Ma peur pour Katy m'empêchait de penser rationnellement. Et si j'arrivais à m'enfuir et qu'il reste là à l'attendre ? Mais non, il n'attendra personne. Il lui faut être en situation de contrôle. Il s'éclipsera et s'organisera pour une prochaine fois.

J'ai avalé ma salive et presque gémi de douleur, tellement ma gorge était asséchée par la peur et la fièvre. J'allais courir, ouvrir la porte-fenêtre, m'enfuir dans la pluie, vers la liberté. Muscles et tendons sous tension, j'ai bondi. En cinq enjambées, j'avais contourné le canapé et j'y étais, une main sur la poignée, l'autre tournant le loquet. Le cuivre était froid sous mes doigts fiévreux.

Une main large comme une pièce de bœuf a jailli de nulle part à la hauteur de mon visage et m'a tirée en arrière. Pressant ma nuque contre un corps aussi dense que du béton, écrasant mes lèvres, déviant ma mâchoire de son alignement. La paume me fermait durement la bouche et une odeur familière a empli mes narines. La main était étrangement lisse et glissante. Du coin de l'œil, j'ai saisi un éclat de métal et quelque chose de froid est venu se plaquer contre ma tempe droite. Ma peur était comme un bruit blanc, étouffant ma raison et tout ce qui n'était pas mon corps et sa terreur.

— Eh bien, docteur Brennan, je crois que nous avons un petit rendez-vous ce soir.

Il parlait en anglais, mais avec un accent français. La voix était douce et basse, comme pour réciter les paroles d'une chanson d'amour.

J'ai résisté, me tordant dans tous les sens, agitant les bras. Sa prise me serrait dans son étau. Dans un effort désespéré, je me débattais et griffais l'air.

— Non, non. Laisse-toi faire. Tu es avec moi ce soir. Nous sommes seuls au monde, toi et moi.

Il me plaquait contre lui et je sentais sa chaleur contre mon cou. Comme ses mains, son corps semblait bizarrement lisse et compact. La panique m'a submergée. Le sentiment de mon impuissance.

Je ne parvenais pas à réfléchir. À parler. Devais-je supplier, me battre, discuter ? Il m'immobilisait la tête et m'écrasait les lèvres contre les dents. J'avais un goût de sang dans la bouche.

— Rien à dire ? Bien, nous parlerons plus tard.

Il a alors fait un bruit étrange avec ses lèvres, les mouillant puis les aspirant contre ses dents.

— Je t'ai apporté quelque chose. Son corps s'est tourné et sa main a lâché ma bouche. Un cadeau.

Il y a eu le son d'une ondulation métallique, puis, poussant ma tête en avant, il a glissé quelque chose de froid sur mon visage et autour de mon cou. Avant que j'aie pu réagir, son bras s'est brusquement tendu, me projetant bien au-delà des pensées, là où il n'y avait plus qu'éblouissement, étouffement, étranglement. Où plus rien n'était possible que de différencier mes souffrances en fonction de ses gestes.

Il a relâché la tension, puis a redonné un coup sec sur la chaîne, ce qui m'a broyé le larynx, tordu la mâchoire et les vertèbres. La douleur était intolérable.

Je griffais, suffoquais. Il m'a fait pivoter et, agrippant mes mains, a enroulé une autre chaîne autour de mes poignets. Il l'a tendue d'une saccade, l'a accrochée à la chaîne du cou. Puis les a levées au-dessus de sa tête. Le feu grondait dans mes poumons, mon cerveau réclamait de l'oxygène. Il fallait que je lutte pour rester consciente. Les larmes coulaient sur mon visage.

— Est-ce que ça fait mal ? Oh ! je suis désolé.

Il a baissé le bras et ma gorge torturée a aspiré l'air goulûment.

— On dirait un petit poisson qui gigote au bout de sa ligne.

Il me faisait face maintenant, ses yeux à quelques centimètres des miens. Au travers de la souffrance, quelques impressions filtraient. Il avait la tête de n'importe qui. Les coins de sa bouche tremblaient, comme s'il s'en racontait une bien bonne. Il a souligné le contour de mes lèvres avec la pointe de son couteau.

Ma bouche était tellement sèche que ma langue était collée au palais. J'ai dégluti.

— Je voud...

— Ta gueule ! Tu vas fermer ta foutue grande gueule ! Je sais ce que tu voudrais. Je sais ce que tu penses de moi. Ce que vous pensez tous de moi. Vous pensez que je suis une monstruosité génétique à exterminer. Eh bien ! je vaux bien n'importe qui. Et ici c'est moi qui commande.

Il serrait son couteau avec tant de force que sa

main tremblait. Elle avait une pâleur fantomatique dans la lueur qui provenait du couloir. Les jointures étaient rondes et blanches. Des gants de chirurgie ! C'était cette odeur que j'avais sentie. La lame a entaillé ma gorge et une sensation de chaleur a dégoutté le long de mon cou. Tout espoir m'a abandonnée.

— Avant que j'aie fini, tu déchireras ta petite culotte tellement t'auras envie de moi. Mais pas tout de suite, docteur Brennan. Pour l'instant, on parle quand je dis de parler.

Il respirait bruyamment, les narines blanches. Sa main gauche jouait avec le collier étrangleur, enroulant et déroulant les maillons autour de sa paume.

— Maintenant. Dis-moi. De nouveau, plus calme. Tu voulais dire quoi ?

Ses yeux étaient froids et durs, comme ceux d'un mammifère du mésozoïque.

— Tu penses que je suis fou ?

J'ai tenu ma langue. La pluie rebondissait sur les vitres derrière lui.

Il a tiré sur la chaîne, pour rapprocher mon visage du sien. Son souffle a effleuré ma peau en sueur.

— Inquiète pour ta fille ?

— Que savez-vous de ma fille ? ai-je dit d'une voix étranglée.

— Je sais tout de toi, docteur Brennan.

Sa voix était de nouveau basse et sirupeuse. Elle coulait, obscène, dans mes oreilles. J'ai avalé ma salive malgré la douleur. Il fallait que je parle, mais sans le provoquer. Son humeur valsait comme un hamac dans un ouragan.

— Vous savez où elle est ?

— Possible.

Il a retendu la chaîne, cette fois-ci doucement,

512

me forçant à étendre le cou au maximum. Puis d'un lent revers de main, il a passé la lame sur ma gorge.

Un éclair a illuminé la pièce et sa main a eu un mouvement brusque.

— Assez tendu ? a-t-il demandé.

— Je vous en prie...

Il a redonné du mou à la chaîne, me permettant de baisser le menton. J'ai dégluti et pris une grande bouffée d'air. Ma gorge était en feu, mon cou était meurtri et enflé. J'ai levé les mains pour le frotter, mais il les a rabattues d'un coup sec en tirant sur la chaîne de poignet. Il a refait son répugnant mouvement de bouche.

— Rien à dire ?

Il me fixait, l'œil noir, mangé par la pupille. La paupière inférieure tremblait, comme ses lèvres.

Terrorisée, je me suis demandé ce que les autres avaient fait. Ce que Gabby avait fait.

Il a levé la chaîne au-dessus de ma tête et a commencé à accroître la tension. Un enfant torturant un petit chiot. Un enfant meurtrier. Je me suis rappelé Alsa. Je me suis rappelé les marques dans la chair de Gabby. Qu'avait dit J. S. ? Pouvais-je m'en servir ?

— Je vous en prie. Je voudrais vous parler. Pourquoi nous n'allons pas quelque part, prendre un verre et... ?

— Salope !

Il a relevé le bras d'un coup sec. Des langues de feu sont montées le long de mon cou et de ma tête. Par réflexe, j'ai levé les mains, mais elles étaient glacées et inutiles.

— La célèbre Dr Brennan ne boit pas, n'est-ce pas ? Qui ne sait pas ça.

Au travers de mes larmes, je pouvais voir le tressaillement frénétique de ses paupières. Il s'approchait du paroxysme. Oh ! mon Dieu ! Aidez-moi !

— Tu es bien comme toutes les autres. Tu penses que je suis cinglé, hein, c'est ça ?

Mon cerveau m'envoyait deux messages. Fous le camp ! Retrouve Katy !

Dehors le vent gémissait. Un klaxon de camion a retenti au loin. L'odeur de sa sueur se mêlait à la mienne. Ses yeux, vitreux de démence, restaient collés à mon visage. Mon cœur battait furieusement.

Quand soudain, dans le silence de la chambre, il y a eu le bruit mou d'une chute sur le sol. Ses paupières se sont crispées et il s'est immobilisé. Birdie est apparu dans l'embrasure de la porte. Il a émis un cri, entre glapissement et grognement. Les yeux de Fortier se sont tournés vers la forme blanche. J'ai pris ma chance.

J'ai balancé ma jambe le plus haut possible entre les siennes, de toute la force de ma peur et de ma haine. Mon tibia a frappé violemment son entrejambe. Il a poussé un hurlement et s'est plié en deux. Lui arrachant les chaînes des mains, j'ai pivoté sur moi-même et me suis enfuie vers le couloir, propulsée par la terreur et le désespoir. Il me semblait avancer au ralenti.

Il a vite récupéré, son cri de douleur se transformant en hurlement de rage.

— Salope !

Je titubais le long de l'étroit couloir, m'empêtrant les pieds dans les chaînes.

— C'est ta mort, salope !

Il était derrière moi, vacillant dans le noir, soufflant comme un animal poussé à bout.

— Tu m'appartiens ! Tu ne partiras pas d'ici !

J'ai trébuché jusqu'au coin, me tordant les mains pour essayer de les libérer de la chaîne. Le sang me martelait les tympans. J'étais un automate, actionné par mon système nerveux sympathique.

— Sale pute !

Il était entre moi et la porte d'entrée, m'obligeant à couper par la cuisine ! Toute ma pensée était tendue vers un but : les portes-fenêtres.

Ma main droite s'est dégagée de la chaîne.

— Putain ! Tu es à moi !

Deux pas dans la cuisine, et de nouveau la douleur m'a frappée. J'ai cru que mon cou cédait. Mon bras gauche s'est tendu vers le ciel, ma tête est revenue brusquement en arrière. Il avait mis la main sur le bout traînant de la chaîne. Mes viscères se sont retournés quand l'arrivée d'oxygène a été de nouveau coupée.

De ma main libre, j'ai essayé de libérer ma gorge, mais plus je m'agrippais, me tordais, plus il tirait, plus le collier s'enfonçait profondément.

Il m'a halé lentement vers lui, maillon après maillon, raccourcissant ma laisse. Je percevais l'odeur de sa frénésie, sentais trembler son corps dans les secousses de la chaîne. La tête me tournait. J'ai cru m'évanouir.

— Tu vas payer ça, salope.

Sa voix était sifflante.

Par manque d'oxygène, des fourmillements me venaient aux bouts des doigts, au visage, un son creux résonnait à mes oreilles. La pièce s'est mise à tanguer. Une éclaboussure de points noirs s'est formée dans mon champ de vision, s'agglutinant et s'étendant comme un cumulus. Au travers du nuage toujours plus sombre, j'ai vu monter vers moi les tuiles de céramique, comme au ralenti. Je flottais, les mains tendues vers l'avant, monture insensible d'une créature parasite qui glissait avec moi.

Au moment où nous tombions vers l'avant, mon estomac a frappé un coin du comptoir et ma tête a heurté un placard. Il a perdu un moment sa prise, mais s'est plaqué durement derrière moi.

Il a écarté les jambes et moulé son corps au

mien, me pressant contre le comptoir. Le coin du lave-vaisselle m'a entaillé douloureusement la hanche gauche. Mais je pouvais respirer.

Sa poitrine se soulevait avec effort et la moindre fibre de son corps était tendue comme un lance-pierres prêt à la détente. D'un mouvement enroulant du poignet, il a repris sa prise sur la chaîne et a tiré ma tête en arrière. Puis il a atteint ma gorge et placé la pointe de son couteau sous l'angle de ma mâchoire. Ma carotide palpitait contre le froid de l'acier. Je sentais son souffle sur ma joue gauche.

Il m'a tenue là pendant une éternité, la tête renversée, les mains levées, carcasse balançant à un crochet. J'avais l'impression de m'observer de l'autre bord d'un précipice, en spectateur, horrifié mais totalement impuissant.

Ma main droite s'est posée sur le comptoir, pour essayer de me pousser vers le haut, de donner du mou à la chaîne... J'ai touché quelque chose. La boîte de jus d'orange. Le couteau.

Sans bruit, mes doigts se sont serrés autour du manche. J'ai gémi et tenté de pleurer. Détourne son attention.

— Tais-toi, salope ! On va jouer à un jeu maintenant. Tu aimes les jeux, non ?

J'ai doucement fait pivoter le couteau, en tentant de couvrir l'imperceptible raclement par des halètements.

Mes mains ont tremblé, hésité.

Puis j'ai revu les victimes, vu ce qu'il leur avait fait. J'ai ressenti leur terreur, deviné leur ultime désespoir.

Fais-le !

L'adrénaline a envahi mes poumons et mes membres comme une lave dévalant le flanc d'une montagne. S'il fallait que je meure, ce ne serait pas comme un rat dans son trou. J'allais mourir chargeant l'ennemi, les armes à la main. La conscience m'est revenue et j'ai repris une participation active à mon propre destin. J'ai agrippé le couteau, lame vers le haut, et estimé l'angle. J'ai alors lancé tout mon poids vers mon épaule gauche, avec toute la force que la peur, le désespoir et la vengeance pouvaient rassembler.

La pointe a frappé un os, a glissé légèrement, puis s'est enfoncée dans une matière molle. Son hurlement précédent n'était rien en comparaison du cri qui déchirait maintenant sa gorge. Alors qu'il vacillait en arrière, il a laissé retomber sa main gauche et sa main droite est passée sur ma gorge. Le bout de la chaîne est retombé sur le sol, relâchant son étranglement mortel.

J'ai senti une vague douleur au cou, puis quelque chose d'humide. Je n'y ai pas fait attention. Tout ce que je voulais, c'était de l'air. J'ai respiré à grandes goulées, en tirant sur les maillons pour les desserrer, et j'ai senti sous mes doigts ce que je savais être mon propre sang.

Derrière moi, le cri était aigu, primal, le cri d'agonie d'une bête. En haletant, j'ai pris appui sur le comptoir et me suis retournée.

Il reculait en zigzag dans la cuisine, une main sur le visage, l'autre tendue pour garder l'équilibre. Des sons horribles glougloutaient de sa bouche ouverte. Il a frappé le mur du fond, glissé lentement, en laissant de sa main tendue une traînée sombre sur le plâtre. Pendant un moment, sa tête a dodeliné, puis une faible plainte s'est échappée de sa gorge. Ses mains sont retombées et la tête s'est immobilisée, menton baissé, les yeux fixés sur le sol.

Je suis restée pétrifiée dans le calme soudain, seulement troublé de ma respiration rauque et de son râle, de plus en plus faible. Au-delà de la douleur, je reprenais peu à peu conscience de mon environnement. L'évier. La cuisinière. Le réfrigérateur. Une matière visqueuse sous mes pieds.

Je fixais la forme écroulée et inerte sur le plancher, jambes écartées, le menton sur la poitrine, le dos appuyé contre le mur. Une coulée sombre descendait de son menton vers sa main gauche.

Un éclair a illuminé la scène d'un coup de torche et révélé mon œuvre.

Son corps était luisant et lisse, pris dans une membrane d'un bleu paon. Un bonnet bleu et rouge était tiré sur sa tête, aplatissant les cheveux et donnant à son visage une forme ovale anonyme.

Le manche du couteau à steak sortait de son œil gauche comme un drapeau au milieu d'un green. Le sang coulait le long de son visage et de sa gorge, s'étalait en une tache noire sur sa poitrine. Il ne gémissait plus.

J'ai eu un haut-le-cœur et la flottille de points noirs est revenue emplir l'horizon de mon champ de vision. Mes genoux ont faibli et je me suis retenue au comptoir.

Ayant besoin de plus d'air, j'ai porté les mains à ma gorge pour me libérer de la chaîne. Mes doigts ont touché quelque chose de chaud et gluant. J'ai regardé ma main. Oh ! oui. Je perdais mon sang.

Je me suis dirigée vers la porte, pensant à Katy, à chercher du secours, quand un son m'a figée sur place. Un frôlement de métal. Il y a eu un nouvel éclair.

Trop épuisée pour m'enfuir, j'ai fait face. Une silhouette s'avançait silencieusement dans ma direction.

J'ai entendu ma propre voix, puis vu un millier de points noirs qui ont fondu sur moi en un nuage opaque.

518

Le hurlement de sirènes au loin. Des voix. Une pression sur ma gorge.

J'ai rouvert les yeux, à la lumière et aux mouvements. Une forme s'est penchée menaçante au-dessus de moi. Une main appliquait quelque chose contre ma gorge.

Qui ? Où ? Mon propre salon. La mémoire m'est revenue. La panique. Je me suis débattue pour m'asseoir.

— Attention, attention, elle se lève.

Des mains m'ont repoussée avec une douce fermeté.

Puis, une voix. Familière. Inattendue. Hors de contexte.

— Ne bougez pas. Vous avez perdu beaucoup de sang. Une ambulance s'en vient.

Claudel.

— Où je... ?

— Tout va bien. On l'a arrêté.

— Ce qu'il en reste.

Charbonneau.

— Katy ?

— Restez allongée. Vous avez une entaille à la gorge et, sur la droite du cou, ça saigne dès que vous bougez la tête. Vous avez perdu énormément de sang et vous ne devez pas en perdre davantage.

— Ma fille ?

Leurs visages flottaient au-dessus de moi. Un flamboiement d'éclair les a découpés en blanc dans la lumière jaune de la lampe.

— Katy ?

Mon cœur battait douloureusement. J'avais la respiration coupée.

— Elle est O.K. Elle est inquiète pour vous, elle veut vous voir. Des amis sont avec elle.

— Tabernac. Claudel s'est levé du canapé. Où est cette ambulance ?

Il s'est précipité dans le couloir, a jeté un œil

519

vers quelque chose sur le plancher, puis s'est retourné vers moi, une drôle d'expression sur le visage.

Le hurlement d'une sirène s'est rapproché, a empli l'espace de ma petite rue. Puis une deuxième. Je voyais le clignotement rouge et bleu au travers des portes-fenêtres.

— Détendez-vous maintenant, a dit Charbonneau. Ils sont là. On va s'assurer qu'on s'occupe de votre fille. C'est fini.

42

Il y a toujours un blanc dans les fichiers de ma mémoire consciente. Les deux jours qui ont suivi sont bien là, mais flous et hors synchro, collage discontinu d'images et de sensations, irrationnel.

Une horloge avec des chiffres toujours différents. La douleur. Des mains qui me tirent, me poussent, soulèvent mes paupières. Des voix. Une fenêtre claire. Une fenêtre sombre.

Des visages. Claudel dans la lumière crue des néons. Jewel Tambeaux se découpant sur la chaleur d'un soleil blanc. Ryan dans le halo jaune d'une lampe, tournant lentement des pages. Charbonneau faisant un somme, baigné de la lueur bleutée de la télévision.

J'avais dans le corps assez de pharmacopée pour paralyser toute l'armée d'Iraq, ce qui brouillait sérieusement les frontières entre réalité éveillée et songes abrutis de drogues. Rêves et souvenirs tourbillonnaient et se déplaçaient comme dans l'entonnoir d'un cyclone. Malgré tous mes efforts ultérieurs pour replacer les événements de ces journées-là, je n'ai jamais réussi à remettre les images dans l'ordre.

La cohérence est revenue le vendredi.

J'ai ouvert les yeux sur la clarté d'une journée ensoleillée, vu une infirmière en train de régler mon intraveineuse et su où j'étais. Des petits cliquettements provenaient de quelqu'un sur ma droite. J'ai tourné la tête et la douleur a été fulgurante. L'élancement au niveau de mon cou m'a fortement dissuadée de poursuivre le mouvement.

Assis sur une chaise, Ryan programmait un agenda électronique.

— Vais-je survivre ?

Mes mots sont sortis en bouillie inarticulée.

— Mon Dieu.

Sourire.

J'ai dégluti et répété ma question. Je sentais mes lèvres cartonnées et enflées.

L'infirmière a pris mon poignet, y a placé le bout de ses doigts et s'est concentrée sur sa montre.

— C'est ce qu'ils ont l'air de dire. Ryan a glissé l'agenda dans sa poche de chemise, s'est levé et s'est approché du lit. Commotion, lacération des parties latérale droite et antérieure du cou, avec perte importante de sang. Trente-sept points, soigneusement suturés par un chirurgien esthétique de précision. Pronostic : elle vivra.

L'infirmière lui a envoyé un regard réprobateur.

— Dix minutes, a-t-elle dit, avant de sortir.

Un sursaut de mémoire, et l'angoisse a percé les couches de calmants.

— Katy ?

— On relaxe, elle sera ici tout à l'heure. Elle était là plus tôt, mais vous étiez dans les vapes.

J'ai mis toute mon interrogation dans un regard.

— Elle a débarqué avec une amie juste avant que vous partiez en ambulance. Une fille qu'elle connaissait à McGill. On l'avait laissée devant chez vous dans l'après-midi, sans clé, mais elle s'est débrouillée pour se faire ouvrir la porte extérieure. Visiblement, certains de vos voisins n'ont pas un sens aigu de la prudence. Il a crocheté un pouce dans sa ceinture. Mais elle ne pouvait pas rentrer dans l'appartement. Elle vous a appelée au bureau, mais sans succès. Si bien qu'elle a laissé son sac, comme trace de son arrivée en ville, et a repris contact avec son amie. *Hasta la vista,* Mom.

« Elle avait dans l'idée de revenir pour le dîner, mais l'orage a éclaté et elles sont restées toutes les deux collées au bar chez Hurley. Elle a essayé d'appeler mais ça ne passait pas. Elle a failli faire une attaque quand elle est arrivée, mais j'ai réussi à la calmer. Une personne formée pour l'assistance aux victimes l'a prise en charge et la tient au courant de tout. Plusieurs personnes d'ici ont proposé de l'accueillir chez eux, mais elle a préféré aller squatter chez sa copine. Elle est venue ici tous les jours et commence à ramper sous les portes tellement elle a envie de vous voir.

Malgré tous mes efforts, j'ai éclaté en sanglots. De soulagement. Mouchoir et regard compatissant de Ryan. Ma main avait l'air étrange, posée sur la couverture verte de l'hôpital, comme si elle ne m'appartenait pas. Un bracelet de plastique entourait mon poignet. J'avais des minuscules taches de sang sous les ongles.

Quelques octets de mémoire de plus. Le flamboiement d'un éclair. Le manche d'un couteau.

— Fortier ?

— Plus tard.

— Maintenant. La douleur dans mon cou s'intensifiait. Je ne serais pas en mesure très longtemps de soutenir une conversation. D'ailleurs, ma Florence Nightingale serait bientôt de retour.

— Il a perdu beaucoup de sang, mais la médecine moderne l'a sauvé, ce maudit chien sale.

522

D'après ce que j'ai compris, la lame a percé l'orbite, dévié contre l'os ethmoïde sans pénétrer la boîte crânienne. Il va perdre son œil, mais ses sinus se portent bien.

— Vous êtes un marrant, Ryan.

— Il est rentré dans votre immeuble par la porte défectueuse du garage. Puis il a crocheté votre serrure. Il n'y avait personne, si bien qu'il a coupé le système de sécurité, puis le courant électrique. Vous n'avez pas pu le remarquer, votre ordinateur se met tout de suite sur batterie en cas de coupure. Et il n'y a que votre appareil sans fil qui est branché sur le réseau, pas le téléphone ordinaire. Il a dû couper la ligne juste après que vous avez passé votre dernier appel. Il était probablement là quand Katy a sonné et laissé son sac.

Nouvelle sensation glaçante d'angoisse. Une main meurtrissant ma bouche. Un collier étrangleur.

— Il est où maintenant ?

— Ici.

Je me suis débattue pour me relever et mon estomac a réagi dans la foulée. Ryan m'a doucement repoussée contre les oreillers.

— Il est sous haute surveillance, Tempe. Il n'ira nulle part.

— Saint-Jacques ?

Ma voix tremblait.

— Après.

J'avais encore mille questions, mais c'était trop tard. Je m'enfonçais de nouveau dans le néant où j'étais restée recroquevillée les deux jours précédents.

L'infirmière est réapparue, a jeté à Ryan un regard meurtrier. Il est parti sans que j'en aie conscience.

Lorsque je me suis réveillée la fois suivante, Ryan et Claudel étaient en train de discuter à mi-voix près de la fenêtre. Dehors, il faisait nuit. J'avais rêvé de Jewel et de Julie.

— Jewel était-elle là un peu plus tôt ?

Ils se sont tournés vers moi.

Ryan :

— Elle est venue jeudi.

— Fortier ?

— Ils l'ont sorti de la phase critique.

— Il parle ?

— Oui.

— C'est lui, Saint-Jacques ?

— Oui.

— Et ?

— Ce serait mieux d'attendre que vous ayez un peu récupéré.

— Racontez-moi.

Ils ont échangé un regard, puis se sont rapprochés. Claudel s'est éclairci la gorge.

— Il s'appelle Léo Fortier. Trente-deux ans. Il habite à l'extérieur de l'île, avec sa femme et ses deux enfants. Va de petit boulot en petit boulot. Rien de stable. Il a eu une liaison avec Grace Damas en 1991. Ils se sont rencontrés dans une boucherie où ils travaillaient tous les deux.

— La boucherie Saint-Dominique.

— Oui. Claudel m'a regardée d'un drôle d'air. Ça a commencé à mal aller. Elle le menaçait de vendre la mèche à la chérie en titre, cherchait à lui soutirer du fric en le faisant chanter. Il en a eu marre, si bien qu'il lui a demandé de le retrouver au magasin après la fermeture, l'a tuée et l'a découpée en morceaux.

— Risqué.

— Le propriétaire n'était pas en ville, la boucherie était fermée pour quelques semaines. Tout l'équipement était là. En tout cas, après l'avoir découpée, il a trimballé le corps jusqu'à Saint-Lambert et l'a enterré sur les terres du

524

monastère. Il semble que son oncle y est concierge. Le vieux bonhomme a dû lui donner la clé, ou Fortier s'est servi lui-même.

— Émile Roy.

— Oui.

Nouveau coup d'œil.

— Ce n'est pas tout, a dit Ryan. Il a aussi utilisé le monastère pour Trottier et Gagnon. Il les a amenées là, les a tuées, a démembré leurs cadavres dans la cave. Il nettoyait tout derrière lui pour que Roy ne se doute de rien. Mais quand les gars de Gilbert ont arrosé avec du Luminol ce matin, ça s'est mis à briller comme l'Orange Bowl à la mi-temps.

— C'est aussi comme ça qu'il a eu accès au Grand Séminaire...

— Exact. Il dit avoir eu l'idée en suivant Chantale Trottier. Le condo du père est juste au coin. Au monastère, Roy a un panneau avec des clés d'églises pendues à des crochets et soigneusement identifiées. Fortier a simplement ramassé celle dont il avait besoin.

Ryan :

— Ah ! Et Gilbert a aussi une scie de boucher pour vous. Il semblerait qu'elle rougeoie quasiment.

Il a dû lire quelque chose sur mon visage.

— Quand ça ira mieux.

— Je meurs d'impatience.

Je faisais des efforts mais mon cerveau ébranlé recommençait à s'enfoncer dans les brumes.

L'infirmière est entrée dans la chambre.

— Police. On travaille, a dit Claudel.

Elle a croisé les bras et secoué la tête.

— Merde.

Elle les a poussés vers la porte, mais pour revenir tout de suite après. Avec Katy. Ma fille a traversé la pièce sans un mot, pris mes deux mains dans les siennes. Ses yeux étaient pleins de larmes.

Elle a murmuré :

— Je t'aime, Mom.

Pendant un moment, je n'ai pu que la regarder, bouleversée par le tumulte de mille émotions. Amour. Gratitude. Impuissance. Je chérissais cet enfant plus que tout au monde. J'aurais fait n'importe quoi pour son bonheur. Pour qu'il ne lui arrive rien. Et je me sentais totalement inapte à lui garantir l'un ou l'autre. À mon tour, je refoulais mes larmes.

— Moi aussi, je t'aime, ma chérie.

Elle a tiré une chaise au bord du lit et s'est assise à côté de moi, sans me lâcher les mains. La lumière du fluorescent lui dessinait une auréole blonde autour de la tête.

Elle s'est éclairci la gorge.

— Je reste chez Monica. Elle s'est fait transférer à McGill pour les cours d'été et vit chez ses parents. Toute la famille prend bien soin de moi. Elle s'est arrêtée un moment, sans savoir que dire ou que taire. Et Birdie est avec nous.

Elle a regardé vers la fenêtre, puis de nouveau vers moi.

— Il y a une femme policier qui parle avec moi deux fois par jour. Elle m'amène ici quand je veux. Elle s'est appuyée au dossier de la chaise, l'avant-bras toujours posé sur le lit. Tu as dormi pas mal de temps.

— Je vais essayer de faire mieux.

Elle a eu un sourire nerveux.

— Papa appelle tous les jours. Pour savoir si je n'ai besoin de rien et avoir de tes nouvelles.

La culpabilité et la nostalgie sont venues s'ajouter aux émotions qui se bousculaient en moi.

— Dis-lui que je vais bien.

L'infirmière est revenue sur la pointe des pieds

et s'est placée à côté de Katy. Celle-ci a compris le message.

— Je vais revenir demain.

La deuxième séance sur Fortier a eu lieu un matin.

— C'est un récidiviste en matière de délits d'ordre sexuel. Il a un fichier qui remonte à 1979. Il a retenu une fille pendant une journée et demie quand il avait quinze ans, mais il n'y a pas eu de suite. La grand-mère l'a toujours protégé de la justice, il n'a aucun fichier de condamnation. Le plus souvent, il se choisissait une femme, la suivait, gardait un relevé de toutes ses activités. En 1988, il a finalement été arrêté pour agression...

— Sur sa grand-mère.

Encore un coup d'œil de Claudel. J'ai remarqué que sa cravate en soie était exactement du même mauve que sa chemise.

— Oui. L'évaluation d'un psychiatre désigné par la cour le donne comme paranoïaque et compulsif. Il s'est tourné vers Ryan. Qu'est-ce qu'il a écrit d'autre, le psy ? Énorme colère, violence potentielle, particulièrement envers les femmes.

— Il a pris six mois, puis s'est évanoui dans la nature. Classique.

Cette fois, Claudel m'a simplement fixée. Il s'est pincé le haut de l'arête du nez et a poursuivi.

— À part l'histoire de la fille et de la grand-mère, jusque-là il n'était pas allé beaucoup plus loin que des trucs d'infractions simples. Mais il s'éclate vraiment en tuant Damas. Et il décide de se lancer dans du plus sérieux. C'est juste après qu'il loue sa première cachette. Celle de la rue Berger n'était que sa dernière.

Ryan :

— Cela ne le tentait pas de partager ses petits divertissements avec sa chérie à la maison.

— Mais comment pouvait-il payer un loyer, avec seulement un emploi à mi-temps ?

— Sa femme travaille. Il lui soutirait probablement de l'argent en lui racontant une connerie. Ou il a un autre passe-temps que nous ne connaissons pas. Si c'est ça, vous pouvez être sûre qu'on va le savoir.

Claudel a continué, de son ton professionnel et détaché.

— L'année suivante, il se lance sérieusement dans la filature, s'en fait un système. Vous aviez raison pour le métro. Il a un truc avec le nombre six. Il descend au sixième arrêt, suit une femme qui correspond à son profil. Son premier choix au hasard tombe sur Francine Morisette-Champoux. Notre gars monte à Berri-UQAM, descend à Vanier et la suit jusque chez elle. Il la file pendant plusieurs semaines, avant de faire le coup.

J'ai pensé à ce qu'elle disait et j'ai ressenti une bouffée de colère. Elle voulait se sentir en sécurité. Intouchable dans son foyer. L'ultime désir d'une femme. La voix de Claudel a rétabli le contact.

— Mais la filature au hasard représente trop de risques, il ne maîtrise pas assez les choses. Il voit la pancarte « À vendre » chez Morisette-Champoux et ça lui donne une idée. C'est jouer sûr.

— Trottier ?

Je me sentais mal.

— Trottier. Cette fois-ci, il prend la ligne verte, laisse passer six stations et sort à Atwater. Il fait le tour du quartier en cherchant une pancarte. L'appartement du père. Il observe, prend son temps, enregistre les allées et venues de Chantale. Il dit qu'il a remarqué le logo du Sacré-Cœur sur son uniforme et qu'il est même allé à l'école plusieurs fois. Puis il tend son embuscade.

— Mais entre-temps, il avait aussi trouvé son coin tranquille pour l'assassinat, a ajouté Ryan.

— Le monastère. Impeccable. Mais comment a-t-il obtenu de Chantale qu'elle le suive ?

— Il attend un jour où il sait qu'elle est seule, sonne, demande à visiter. Il est un acheteur potentiel, non ? Mais elle ne le laisse pas entrer. Quelques jours après, il fait mine de la rencontrer à la sortie de son école. Quelle coïncidence ! Il déclare qu'il avait un rendez-vous avec le père, mais que personne ne s'est pointé. Chantale sait combien son vieux tient à trouver un acheteur, si bien qu'elle accepte d'y retourner avec lui. On connaît la suite.

Le tube fluorescent au-dessus de mon lit émettait un bourdonnement léger. Claudel a poursuivi.

— Il ne veut pas risquer un autre cadavre sur les terres du monastère, si bien qu'il la trimballe en voiture jusqu'à Saint-Jérôme. Mais cela ne lui plaît pas non plus. La route est trop longue. Et s'il se fait arrêter ? Il voit le Grand Séminaire, se rappelle les clés. La prochaine fois, il fera mieux.

— Gagnon.

— La courbe de l'expérience.

— Voilà.

Au même moment est rentrée une infirmière, version plus jeune et plus aimable de ma gardienne des jours ouvrables. Elle a lu mon tableau, palpé mon front, pris mon pouls. Je me suis alors aperçue que je n'avais plus d'intraveineuse dans le bras.

— Êtes-vous fatiguée ?

— Non, ça va.

— Je peux vous donner un autre analgésique si vous le désirez.

— Je vais voir comment je m'en sors.

Elle a souri, puis est sortie.

— Et Adkins ?

529

— Il s'énerve quand il parle d'Adkins, a dit Ryan. Se referme. C'est comme s'il était fier des autres, mais que, pour celle-là, c'était différent.

Un chariot de médicaments est passé dans le couloir, ses roues de caoutchouc roulant sans bruit sur le carrelage.

En quoi Adkins ne rentrait-elle pas dans les normes ?

Une voix robotisée a sommé quelqu'un d'appeler le 237.

Pourquoi cette pagaille ?

Les portes de l'ascenseur se sont ouvertes, puis refermées avec un chuintement.

— Pensez-y bien, ai-je dit. Il a la place sur Berger. Son système fonctionne. Il trouve ses victimes par le métro et les pancartes d'immobilier. Puis il les suit jusqu'au moment propice. Il a un endroit sans risque pour les tuer et un autre endroit sans risque pour jeter les corps. Peut-être que ça marche trop bien. Peut-être que ça ne l'éclate plus. Il faut qu'il hausse les enjeux. Il en revient à sa technique d'aller chez la victime, comme pour Morisette-Champoux.

Je me suis souvenue des photos. L'arrangement du survêtement arraché. La mare pourpre autour du corps.

— Mais il manque son coup. On a découvert qu'il avait appelé avant pour avoir un rendez-vous avec Margaret Adkins. Mais ce à quoi il ne s'attendait pas, c'est que le mari appelle pendant la visite. Il est obligé de la tuer rapidement. Obligé de la découper en vitesse, de la mutiler avec ce qu'il a sous la main. Il le fait, prend la porte, mais c'est du bâclé. Il n'est pas en situation de contrôle.

La statuette. La poitrine mutilée.

Ryan a hoché la tête.

— Logique. Le meurtre n'est que l'acte final de son fantasme de domination. Je peux te tuer ou te laisser la vie sauve. Cacher ton cadavre ou le laisser en évidence. Je peux te retrancher de ton sexe par la mutilation de la poitrine ou du vagin. Symboliser ton impuissance en te coupant les mains. Mais, là, le mari appelle et fout par terre toute l'édification de son fantasme.

Ryan :

— Le vole de son trip.

— Avant Adkins, il ne s'était jamais servi d'objets volés. Peut-être a-t-il utilisé sa carte de crédit pour réaffirmer sa domination.

Claudel :

— Ou il avait un problème de liquidités, manquait de pouvoir d'achat pour se poudrer le nez.

Ryan :

— C'est bizarre. On n'a jamais pu le pincer sur les autres, et là il joue au pickpocket avec Adkins.

Pendant un moment, personne n'a rien dit.

— Pitre et Gautier, ai-je demandé, en esquivant ce qu'il me faudrait vraiment savoir.

— Il jure que ce n'est pas lui.

Ryan et Claudel continuaient à parler. Je n'entendais pas. Une onde glaçante se répandait dans ma poitrine, emplissait ma cage thoracique. Une question qui prenait forme. Elle est restée là, cristallisée, puis s'est imposée peu à peu jusqu'à me forcer à l'exprimer en mots.

— Gabby ?

Claudel a baissé les yeux.

Ryan s'est raclé la gorge.

— Vous avez eu...

— Gabby ? ai-je répété, des larmes brûlantes derrière les paupières.

Ryan a acquiescé d'un signe de tête.

— Pourquoi ?

Personne n'a rien dit.

— C'est à cause de moi, n'est-ce pas ?

J'avais beaucoup de mal à garder une voix égale.

— Ce trou-d'cul est vraiment cinglé, a dit Ryan. Il a un vrai délire de domination. Il ne s'étend pas plus qu'il ne faut sur son enfance, mais il explose tellement de rage envers sa grand-mère qu'on doit se laver les dents à la brosse métallique quand on sort de là. Il met tout sur elle. Répète que c'est elle qui l'a foutu en l'air. D'après ce qu'on a appris, c'était une femme extrêmement autoritaire et fanatique en terme de religion. Son sentiment d'impuissance dérive vraisemblablement de ce qui s'est passé entre eux.

— Ce qui veut dire que le gars est un gros zéro auprès des femmes et qu'il met ça sur le dos de la vieille, a ajouté Claudel.

— Quel rapport avec Gabby ?

Ryan montrait une certaine réticence à poursuivre.

— Au début, le voyeurisme lui suffit. Il peut observer ses victimes, tout savoir sur elles, et elles ne se rendent même pas compte de sa présence. Il a son carnet de notes, ses articles, et il se tourne son film dans sa tête. Bonus supplémentaire, il n'y a pas de risque de rejet. Puis il y a l'assassinat de Damas. Il décide de son plan de carrière. La domination ultime. La vie et la mort. Il est le maître des événements et rien ne peut l'arrêter.

Je plongeais mes yeux dans la flamme bleue de ses iris.

— C'est là que vous débarquez et déterrez Isabelle Gagnon.

— Je représente une menace...

— Son modus operandi sans faille est pris en défaut, il se sent menacé. Et la faute en est au Dr Brennan. Vous pouvez pulvériser toute la belle histoire fantasmatique dont il est l'acteur suprême.

— Je déterre et j'identifie Isabelle Gagnon début juin. Trois semaines après, Fortier tue Margaret Adkins et, le lendemain, on débarque rue

Berger. Trois jours plus tard, je retrouve le squelette de Grace Damas.

— Vous y êtes.

— Il est hors de lui.

— Exactement. La traque est sa manière d'exprimer son mépris envers les femmes.

Claudel :

— Ou sa colère contre Mamie.

— Peut-être. En tout cas, il considère que vous vous mettez en travers de son chemin.

— Et je suis une femme.

Ryan a cherché son paquet de cigarettes, puis s'est rappelé où il était.

— En plus, il a fait une erreur. Adkins était loupée. Et utiliser sa carte bancaire a bien failli lui être fatal.

— Il lui faut bien remettre la faute sur quelqu'un.

— Le type ne peut pas admettre qu'il s'est royalement planté. Et le fait qu'une femme puisse le prendre en défaut lui est proprement intolérable.

— Mais pourquoi Gabby ? Pourquoi pas moi ?

— Comment savoir ? La chance ? Une question de temps ? Elle a pu sortir juste avant vous.

— Je ne crois pas. C'est évident qu'il a suivi mes allées et venues à un moment. C'est lui qui a mis le crâne dans mon jardin ?

Hochements de tête.

— Il aurait très bien pu attendre, puis me sauter dessus comme il l'a fait pour les autres.

Claudel :

— C'est un hostie de malade.

— Gabby, c'était différent, elle n'est pas une victime prise au hasard. Fortier savait où j'habitais. Il savait qu'elle restait chez moi.

C'était plus à moi que je parlais qu'à Ryan ou à Claudel. Un anévrisme émotionnel, formé durant ces six dernières semaines et maintenu en état par la seule force de la volonté, était sur le point d'éclater.

— Il l'a fait volontairement. Ce chien psychotique voulait que je sache. C'était un message, comme le crâne.

Ma voix devenait de plus en plus aiguë mais j'étais impuissante à la contrôler. Je revoyais l'enveloppe sur ma porte. Un ovale de briques. Le visage boursouflé de Gabby avec ses petits dieux en argent. Une photo de ma fille.

La mince paroi de la poche émotionnelle a cédé, libérant des semaines de tensions et de chagrins refoulés.

La douleur me déchirait la gorge mais je hurlais :
— Non ! Non ! Non ! Maudit salopard de merde !

J'ai entendu Ryan dire quelque chose d'un ton sec à Claudel, senti sa main se poser sur mon bras, vu l'infirmière, senti l'aiguille. Puis plus rien.

43

Ryan est venu me voir à la maison le mercredi. La terre avait tourné sept fois depuis ma nuit en enfer, mais j'avais eu le temps de m'établir une version officielle. Cependant, il me restait des trous à combler.

— Fortier a-t-il été inculpé ?
— Lundi. Pour cinq chefs d'accusation au premier degré.
— Cinq ?
— Pitre et Gautier n'ont probablement aucun rapport.

— Dites-moi, comment Claudel a-t-il su que Fortier allait débarquer ici ?

— En fait, il n'en savait rien. D'après vos questions pour l'école, il a compris que Tanguay ne pouvait pas être le coupable. Il a vérifié, vu que les enfants étaient en classe de 8 heures à 3 heures et demie. Tanguay avait un dossier d'assiduité parfait. Il n'avait jamais manqué une journée depuis qu'il avait commencé et il n'y avait pas eu de congé les jours sur lesquels vous aviez posé la question. En plus, Claudel avait appris l'histoire des gants.

« Il a pensé que vous étiez en danger, a pris une chris de course jusqu'ici pour surveiller, le temps qu'arrive l'auto de patrouille qu'il avait demandée. Il a essayé de vous téléphoner et vu que la ligne était coupée. Il a sauté par-dessus la barrière du jardin et a trouvé la porte-fenêtre ouverte. Vous deux étiez bien trop occupés pour l'entendre. Il aurait cassé la vitre, mais vous aviez dû ouvrir le loquet lorsque vous avez essayé de vous enfuir.

Claudel, mon sauveur encore une fois.

— Rien de neuf n'est apparu ?

— Ils ont trouvé un sac de sport dans la voiture de Fortier, avec trois colliers étrangleurs, quelques couteaux de chasse, une boîte de gants chirurgicaux et ses habits de ville.

Je préparais mes bagages tandis qu'il me parlait, assis sur un coin du lit.

— Son équipement.

— Oui. Je suis sûr qu'on va établir la similitude entre le gant de la rue Berger, celui de Gabby et ceux de la boîte dans la voiture.

Je le revoyais cette nuit-là, lisse comme un Spiderman, les mains gantées, blanches comme de l'os dans la pénombre.

— Dès qu'il embarquait dans son jeu, il mettait sa tenue de cycliste et ses gants. Même rue Berger.

C'est pour ça qu'on n'a jamais rien trouvé. Pas de cheveux, de fibres, ni d'empreintes.

— Pas de sperme.

— Ah ! oui, exact. Il avait aussi une boîte de condoms.

— Impeccable.

Je suis allée chercher mes vieilles baskets dans le placard, les ai fourrées dans mon sac marin.

— Ses mobiles ?

— Saura-t-on jamais ? Apparemment, la grand-mère a pu mener la danse et faire sortir l'ivraie du bon grain.

— Ce qui veut dire ?

— Elle était dure. Et fanatique.

— Sur quel plan ?

— Le sexe et Dieu. Pas forcément dans cet ordre.

— Par exemple ?

— Elle avait donné au gamin une poire à lavements et le traînait à la messe tous les matins. Histoire de laver le corps et l'esprit.

— La messe quotidienne et le rituel du clystère.

— On a parlé avec un voisin qui s'est souvenu d'une fois où le petit se battait par terre avec le chien de la famille. La vieille a manqué faire une attaque quand elle a vu que le schnauzer bandait. Deux jours après, ils l'ont retrouvé mort, le ventre plein de mort-aux-rats.

— Fortier connaissait l'histoire ?

— Il n'en a pas parlé. Mais il a parlé d'une fois, quand il avait sept ans, où elle l'avait pris en train de se masturber. Elle lui a attaché les mains à son propre poignet et l'a traîné comme ça pendant trois jours. Il lui vient des araignées au plafond quand on lui parle de mains.

Je me suis arrêtée au milieu de mon pliage de pull.

— De mains ?

536

— Exact. Ce n'est pas tout. Il y avait aussi un oncle dans le décor, un prêtre qu'on avait forcé à une retraite précoce. Il se baladait dans la maison en robe de chambre, s'est probablement livré à des trucs pas nets sur le jeune. C'est un autre sujet sur lequel Fortier la ferme. On est en train de vérifier.

— Qu'est devenue la grand-mère ?

— Elle est morte. Juste avant qu'il tue Damas.

— Le déclic ?

— Qui sait.

J'ai commencé à fouiller dans mes maillots de bain, puis j'ai abandonné et les ai tous mis dans mon sac.

— Et Tanguay ?

Ryan a secoué la tête et poussé un long soupir.

— Apparemment, c'est un citoyen de plus avec un sérieux problème de sexe.

J'ai levé la tête des chaussettes que j'étais en train de trier.

— En gros, il lui manque une case, mais il est probablement inoffensif.

— Ce qui veut dire ?

— Il est prof de biologie. Collectionne des bestioles écrasées sur les routes, fait bouillir les carcasses et reconstruit les squelettes. Il préparait une exposition pour sa classe.

— Les pattes ?

— Il les mettait à sécher pour une collection sur les vertébrés.

— C'est lui qui a tué Alsa ?

— Il jure qu'il l'a trouvée morte dans une rue proche de l'UQAM et qu'il l'a rapportée chez lui pour sa collection. Il venait juste de la couper en morceaux quand il a entendu parler d'un singe qui avait disparu à l'université. Ça lui a foutu la trouille, si bien qu'il l'a flanquée dans un sac et l'a laissée au terminus d'autobus. Nous ne saurons probablement jamais comment elle est sortie du labo.

— Tanguay est bien le client de Julie, n'est-ce pas ?

— En plein lui. Il s'envoie au ciel en payant des putes pour mettre des petits déshabillés de mémé. Et...

Il a eu un moment d'hésitation.

— Et ?

— Vous ne connaissez pas la meilleure ? C'était lui l'homme aux mannequins.

— Non ! Le cambrioleur des chambres à coucher ?

— Absolument. C'est pour ça qu'il gardait les fesses serrées quand on l'interrogeait. Il pensait qu'on l'avait pincé là-dessus. Le maudit petit salopard nous a tout craché de lui-même. Apparemment, quand il avait manqué son coup avec les putes, il passait au plan B.

— Effraction, et il se remontait la manivelle avec les gâteries des autres.

— Vous avez tout compris. C'est mieux que de jouer au bowling.

Il y avait autre chose qui m'avait tracassée.

— Les appels téléphoniques ?

— Plan C. Coup de téléphone à une femme, on raccroche, et ça vous chatouille entre les jambes. Truc classique de voyeur. Il avait une liste de numéros.

— On a une explication logique sur le fait qu'il avait le mien ?

— Il avait dû l'avoir piqué à Gabby. Il la suivait.

— Et le dessin que j'ai trouvé dans ma corbeille à papiers ?

— C'est Tanguay. Il donne dans l'art aborigène. C'était la copie d'un machin qu'il avait vu dans un livre. Il l'a fait pour le donner à Gabby. Pour lui demander de ne pas l'écarter du projet.

J'ai regardé Ryan.

— Quelle ironie ! Elle pensait qu'un type la suivait quand il y en avait deux.

J'ai senti mes yeux se remplir de larmes. La suture émotionnelle se cicatrisait mais elle était encore bien fragile. Cela allait prendre du temps avant que je sois capable de penser à elle.

Ryan s'est levé, étiré.

— Katy est passée où ? a-t-il demandé, pour changer de sujet.

— Chercher de la crème solaire.

J'ai tiré sur les cordons de mon sac et l'ai posé par terre.

— Comment elle va ?

— Ça a l'air d'aller. Elle veille sur moi comme une infirmière en service privé.

Machinalement, je grattais les points de suture sur mon cou.

— Mais cela doit la troubler plus qu'elle ne veut bien le laisser paraître. Elle sait que la violence existe, mais jusqu'à présent, c'était la violence des infos du soir, de Los Angeles, Tel-Aviv, Sarajevo. Ça se passait toujours chez les autres. Pete et moi la tenions volontairement à l'écart de mes activités professionnelles. Maintenant, c'est devenu réel, proche, personnel. Son monde a basculé. Mais elle va s'en remettre.

— Et vous ?

— Ça va bien. Vraiment.

Nous nous sommes tus, nous observant en silence. Puis il a ramassé sa veste et croisé ses bras dessus.

— Vous allez au bord de la mer ?

Son affectation d'indifférence n'était pas très convaincante.

— N'importe quelle plage fera l'affaire. Nous avons intitulé cela, la grande course à l'océan. D'abord, Ogonquit, puis on descend tranquillement le long de la côte. Cape Cod. Rehoboth. Cape May. Virginia Beach. Notre seul point fixe est Nags Head, où nous devons être pour le 15.

Pete s'était occupé de cela. Il devait nous y retrouver.

Ryan a posé la main sur mon épaule. Il n'y avait pas que de l'intérêt professionnel dans ses yeux.

— Allez-vous revenir ?

C'était la question que je m'étais posée toute la semaine. Revenir ? Pour quoi ? pour le travail ? Serais-je capable d'affronter cela une nouvelle fois, avec un autre psychopathe dément ? Pour Québec ? Pourrais-je supporter que Claudel me casse du sucre sur le dos et me livre à l'enquête préliminaire d'un comité d'éthique ? Et mon mariage ? Ce n'était pas au Québec que cela se passait. Quelle décision allais-je prendre vis-à-vis de Pete ? Comment allais-je me sentir en le revoyant ?

Je n'avais pris qu'une décision. De ne pas y penser pour le moment. Je m'étais promis de mettre de côté mes incertitudes du lendemain et de profiter pleinement de ces instants avec Katy.

— Bien sûr... Je dois finir mon rapport et témoigner.

— Exact.

Silence gêné. Nous savions tous les deux que ce n'était pas une réponse.

Il s'est éclairci la gorge et a fouillé dans la poche de sa veste.

— Claudel m'a demandé de vous donner cela.

Il m'a tendu une enveloppe brune, marquée dans le coin supérieur gauche du logo de la Cum.

— Super.

Je l'ai fourrée dans ma poche et j'ai raccompagné Ryan à la porte. Plus tard.

— Ryan ?

Il s'est retourné.

— Pouvez-vous faire ça jour après jour, année après année, sans perdre foi en l'espèce humaine ?

Il n'a pas répondu tout de suite. Il a semblé considérer un point dans l'espace entre nous. Puis ses yeux ont rencontré les miens.

— De temps à autre, l'espèce humaine donne naissance à des prédateurs, qui se repaissent de ceux qui les entourent. Ils ne sont pas l'espèce humaine. Ils sont des anomalies de l'espèce. Selon moi, ces monstres n'ont pas droit à une part d'oxygène de l'atmosphère. Mais ils existent. Alors je fais mon possible pour les prendre au piège et les enfermer là où ils ne peuvent plus faire de mal à personne. J'aide à rendre la vie plus sécurisante pour tous ceux qui se lèvent le matin, vont travailler tous les jours, élèvent leurs enfants ou des poissons tropicaux, cultivent leurs tomates et regardent le base-ball le soir à la télé. Ceux-là sont l'espèce humaine.

Je l'ai suivi des yeux tandis qu'il s'éloignait, admirant encore une fois comment son 501 était bien rempli. Et son esprit aussi, ai-je pensé en refermant la porte. Peut-être, me suis-je dit en souriant. Oh ! mon Dieu oui, peut-être.

Plus tard dans la soirée, nous sommes allées avec Katy manger une glace et faire un tour en voiture en haut de la montagne. Installées à mon point de vue préféré, nous avions devant nous toute la vallée, le fleuve Saint-Laurent comme une ligne noire dans le lointain, avec, se répandant depuis ses rives, le scintillement panoramique de Montréal.

De mon banc, je me sentais comme un passager de la grande roue. Mais la roue avait fini par s'arrêter. Peut-être étais-je venue faire mes adieux.

J'ai terminé ma glace et fourré ma serviette

dans ma poche. Ma main a touché l'enveloppe de Claudel.

Après tout, merde, pourquoi pas ?

Je l'ai ouverte et j'ai sorti une lettre manuscrite. Étonnant. Ce n'était pas le formulaire de plainte auquel je m'attendais. Le mot était écrit en anglais.

Dr Brennan,
Vous avez raison. Personne ne doit mourir dans l'anonymat. Soyez-en remerciée, ce ne fut pas le cas pour ces femmes. Soyez-en remerciée, les jours criminels de Léo Fortier viennent de s'achever.

Nous sommes le dernier front face à eux. Les macs, les violeurs, les tueurs au sang froid. Ce serait un honneur pour moi que nous soyons amenés à travailler de nouveau ensemble.
Luc Claudel

Tout en haut de la montagne brillait la grande croix, envoyant son message à toute la vallée. Que disait Kojak ? *Somebody loves ya, baby.*

Ryan et Claudel l'avaient bien dit. Nous étions les derniers combattants.

J'ai regardé la ville à nos pieds. Ne lâche pas. *Somebody loves ya.*

— À la prochaine ? ai-je dit à mi-voix à la nuit d'été.

— Qu'est-ce que tu dis ? a demandé Katy, interloquée.

— Allons voir la mer.

Achevé d'imprimer en février 2000
sur les presses de l'Imprimerie Bussière
à Saint-Amand (Cher)

POCKET - 12, avenue d'Italie - 75627 Paris Cedex 13
Tél. : 01-44-16-05-00

— N° d'imp. 254. —
Dépôt légal : février 2000.

Imprimé en France